漂砂の塔

大沢在昌

OSAWA ARIMASA

KAPPA NOVELS

1

交渉は大詰だった。銀座《ぎんざ》六丁目の雑居ビルの地下にある中国料理店は、男たちの熱気と体臭がむっとするほどこもっていた。ついさっきまでは四川《しせん》料理の匂いで目がひりひりするほどだったのに、今はまるでちがっている。

人種に関係なく、誰もが汗をかいていた。もし汗をかいていない者がいるとしたら、私の隣のボリスくらいのものだろう。あとはボリスの向かいにすわる杜《ドゥ》か。日本での東北グループの凋落《ちょうらく》に乗じるかたちで勢力を伸ばした四川省出身の男だ。事前の調査によれば四川出身というのは自称で、実際は南の雲南《うんなん》省出身らしい。二十代の初めに省都昆明《こんめい》で警官を殺し、ミャンマーに逃亡した。その後タイを経由して中国に舞い戻り、レアメタル採掘でひと山あてる。が、共同で所有していた鉱山が環境汚染の原因となったことを追及され、拠点を重慶《じゅうけい》に移した。

重慶ではホテルやレストラン、ナイトクラブを経営し、日本にもホテルとレストランをもっている。

「こいつらにいえ。カザフやキルギスの女は駄目だ。モルドバかルーマニア、本物の金髪を用意しろ、と」

杜が通訳の侯《ホウ》に中国語でささやいた。侯は向かいにすわる私に日本語でいった。

「白人、金髪、絶対です」

私はボリスを見た。

「中央アジアの女は駄目だといってる。本物の金髪に限るらしい」

ロシア語でいった。

「歳《とし》については何といってる」

ボリスが訊《たず》ねた。母親はウラジオストクで水兵を相手にする商売女だったが、父親はロシア海軍の提督だというのが自慢だ。ウラジオストクの小さな組織がユージノサハリンスクに進出したときが、ボリス・コズロフの人生最初の勝負だった。それまでユージノサハリンスクの商売を牛耳《ぎゅうじ》っていた朝鮮族系の老ボスのもとを訪れ、拳銃を口につっこんで引退を約束させた。

ユージノサハリンスクからウラジオストクに戻り、さらにハバロフスクまで勢力を広げたのは、日本向けの海産物と女の輸出が当たったからだ。

「何もいってない」

私が答えると、ボリスはにやりと笑った。黒髪でずんぐりとした体型は、ロシア人というよりチェチェン人に見える。頬にある深い傷跡は、拳銃をつきつけて引退させた老ボスの甥《おい》に市場で襲われたときのものだ。ボリスは顔を切られながらもナイフを奪い、相手の右手の指をすべて落とした。

「かわいい奴らだぜ。ひとり二万USドルだ」

「ひとり二万USドルです」

私は日本語で侯にいった。侯の通訳を聞いて、

「元《げん》だ、元！」

と、杜が叫んだ。

「元以外じゃ支払いはない」

「こいつらは元以外で払う気はないようだ」

侯の言葉を通訳するフリをして、私はボリスに告げた。ボリスは目を大きく開き、愛敬《あいきょう》たっぷりの笑みを浮かべた。

「馬鹿にしやがって。手前《てめえ》らのきたねえ元を、俺の懐《ふところ》で洗う気だな。パブロ」

ボリスのうしろにすわるパブロが唸《うな》り声をたてた。

「殺しますか。呼べばすぐくるのが、上に四人います」

ボリスの笑みにつられたように杜も笑いを浮かべた。

「奥にいるか」

背後にすわる烈《リエ》に小声で訊《き》いた。

「厨房に二人います。すぐに殺《や》れます」

烈が答える。

背中にどっと汗がふきだした。

「一万をUS、一万を人民元でどうです?」

私はロシア語でボリスに訊ねた。ボリスは首を縦にふり、私の肩をもんだ。

「ユーリ、お前は天才だ」

私は同じことを日本語でいった。侯の通訳を聞いた杜は思案顔になった。

「日本人の女を四人つけてやる。金髪が十人、日本人四人だ。日本人は一万USだけでいい」

ボリスがいい、通訳を聞いた杜は大きく破顔した。

「話を整理しましょう。白人女十人と日本人女四人。十四万USドルと十万USドル相当の人民元」

私の言葉を侯が通訳し、杜は頷《うなず》いた。立ちあがり、ボリスに右手をさしだす。

「取引成立です」

ボリスが握り返す。

「ボス」

耳にイヤフォンをとめていたパブロが声をかけた。手にした携帯の画面をボリスに見せる。

不意に吐きけがこみあげた。悪い兆候だ。が、ボリスは私にいった。

「ユーリ、お前のおかげでいい取引ができた。本当にお前は天才だ」

立ちあがった私を抱きしめる。ジャケットの革の匂いが鼻をついた。

「いかなけりゃならない」

私の耳元でボリスはいった。

「どこへ?」

「イケブクロだ。うちの女がひとり、クスリでぶっとんで客を刺した。日本人のヤクザだ」

「本当か?」

体を離し、訊ねた私にボリスは深刻な表情を見せた。

「ヤクザは怒ってる。たいした怪我じゃないが、ボスの俺が〝ワビ〟をしなけりゃ店を潰すそうだ」

「殺すのか、そのヤクザを」

「場合によっては。パブロも連れていくから、あとはお前に任せる。どうせ金は、女たちとひきかえだ」

「期限は?」

「二ヵ月。女は三回に分けて連れていく。俺が信用できる上海《シャンハイ》の旅行会社を使う」

早口でボリスは答えた。

「伝えておく」

ボリスは人さし指で私をさした。

「ユーリ、お前は最高だ。お前みたいな天才は見たことがない」

「よせよ、ボリス。言葉が話せる以外、俺にはとりえなんてない」

「謙遜するな」

ボリスは片目をつぶり、私の右手を握った。不自然なほど力のこもった握手だった。

「じゃあな。友だちによろしく」

友だち? と訊き返す間もなく、ボリスは店をでていった。

あっけにとられている杜やその手下に、私は大急ぎで告げた。

「ボスは急用ができました。あとの話は、私が進めます」

侯が訳すのを聞いて、杜は首を傾《かし》げた。

「こいつはただの通訳じゃないか。奴は俺をなめてるのか」

背筋が冷たくなった。杜の言葉がわからないフリをしていった。

「女は二ヵ月以内に手配しますが、人数が多いので、三回に分けて中国に連れていきます」

「渡航の方法は?」

「ボスが取引している旅行会社が上海にあるので、そこを使います」

「旅行会社の名を教えてくれ」

「それは――」

　私は黙った。そこまでは聞いていない。知るわけがない。通訳としてボリスに私が雇われてから、まだ四ヵ月しかたっていない。ロシア語と中国語がわかる人間をボリスが捜しているという情報を得たのは半年前のことだ。

「なんだ。教えられないのか。こっちだってビジネスパートナーのことは調べておきたい。以前とちがって公安も、なかなか鼻薬がききにくくなってるんだ」

　杜がいった。侯が日本語に訳すまで私は杜を見つめていた。

　不意に店の扉が開いた。ボリスがでていったあと、鍵をかけていなかった。泡をくったように烈が腰を浮かした。

　地味なスーツにネクタイをしめた、サラリーマン風の男二人がいた。

「すみません！　貸し切りです」

　侯が叫んだ。

「貸し切りだって」

「貸し切りなの？」

　いいあいながらも店の中に入りこんでくる。

「何時まで貸し切り？」

　先頭にいた眼鏡の男が訊ねた。もうひとりは扉を手でおさえている。

「今日はずっと。お客さん、入れません」

　どどどっという足音が階段から聞こえた。

「そのまま動かないで！」

　眼鏡の男がバッジを掲げた。

「警察です。入管難民法違反の疑いでこの店を捜索します」

「警察！」

　侯が杜をふりかえった。

「厨房に二人！　武器をもったのがいる」

　私は叫んだ。

「突入！」

抗弾ベストにヘルメットをつけ、MP5をかまえた集団が店内になだれこんだ。銃器対策部隊選抜のERTだ。グラスが割れ、テーブルが倒れた。パン！　という銃声が一発だけ聞こえて、

「制圧！」

「制圧」

という言葉が口々にくり返された。杜と侯、烈は一瞬で床におさえこまれた。

「どういうことだよ！」

私は大声をだした。今日、急襲があるとは聞いていなかった。そもそもターゲットは、杜ではなくボリスなのだ。そのボリスがいないのにガサをかけても意味がない。第一、女や金なしでは、組織犯罪処罰法の「共謀罪」くらいしか問えない。杜もボリスも、あっという間にシャバにでてくるだろう。

厨房で逮捕された二名と杜、侯、烈の五人が連行されるのを、私は黙って見送った。杜はなぜ自分が逮捕されなければならないのか理解できず、侯に食ってかかっている。私の正体に気づいたのは侯だけのようだが、いずれ伝わるだろう。

「こういうやりかたは勘弁してくれ。俺が狙われる」

木内《きうち》に私はいった。最初にバッジを掲げた眼鏡の男だ。

「文句は課長にいってください。きのうからラインに返事がないっていらついてました。急用があるみたいです」

「ラインなんか見てるわけないだろう。偽装用の携帯しかもってないのだから」

万一、日本語のわかるボリスの手下にのぞき見られたときのことを考え、自分の携帯は家におきっぱなしだ。

「課長に連絡を願います。この作戦は、石上《いしがみ》さんを回収するために緊急発動されたんです」

私は息を吐き、中国料理店をでた。午後六時を回

り、表は暗くなりかけていた。並木通《なみきどお》りにはまだそれほど人がいない。

　ジャケットから偽装用の携帯をとりだし、手が震えていることに気づいた。課長の稲葉《いなば》の携帯番号は暗記している。

「もしもし」

「無事だったようだな」

　私が名乗る前に稲葉はいった。声がやけに不機嫌なのは、こちらの抗議は一切うけつけないという意思表示のようだ。

「無事も何も、どうして今日なんです」

　歩いていた足を止めていった。目の前は、ルイ・ヴィトンのブティックだった。扉の内側に立つ男と目が合い、私は背を向けた。

　ボリスはここで買ったスニーカーを自慢していた。私がはいているのは御徒町《おかちまち》のディスカウントストアで買った安物だ。

「急ぎで話をしたかった」

「私とですか」

「他に誰がいる？　ロシア語ができなけりゃボリスとは話せない」

「ボリスは逃げましたよ」

　私は並木通りを渡りながらいった。

「木内たちが踏みこんでくる直前、パブロにメールがきたんです。情報が洩《も》れたのかもしれない。杜たちにも俺の正体はバレました」

「君の潜入を、組対一課に伝えざるをえなかった。ボリスは池袋《いけぶくろ》の港栄会《こうえいかい》とつきあいがある。一課が港栄会をやる予定で準備を進めていた。もし港栄会がやられたら、ボリスは飛んだろう。だから待ってもらった」

「一課が洩らしたと？」

「大きな声じゃいえんが、池袋署だな。池袋の組対と一課の共同捜査だったんだ」

　思わず目を閉じた。さけられないこととはいえ、所轄のマル暴係とマルBの結託で命を狙われてはたまらない。池袋署から、私のいる本庁組対二課がボリス・コズロフを内偵しているという情報が港栄会に伝わったのだ。池袋署は、港栄会に恩を売るくらいのつもりだったのだろう。準備を進めてきた捜査をあと回しにさせられて、頭にきた刑事がやったのかもしれない。

「しばらく現場にはでません。ボリスもたぶん俺の正体に気づきました」

「その件で話がある。今からあがれるか」

昨夜はほとんど寝ていないし、辛すぎた四川料理がもたれて具合も悪かった。

が、課長の稲葉が「あがれるか」というのは、「今すぐこい」と同義語だ。

私は息を吐いた。

「明日は休みをもらいますよ」

「かまわん」

「向かいます」

2

警視庁組織犯罪対策第二課の課長、稲葉は六階の会議室で私を待っていた。甘めのコーヒーを飲めば、腹のもたれが消えるかと思ったが、まちがいだった。むかつきはよけいひどくなり、食いものが原因ではないと気づいた。

「吐くのなら、さきに吐いてこい」

私の顔を見るなり、稲葉はいった。

「そういう顔ですか」

そっけなく稲葉は頷いた。歳は私のひと回り上の四十九、準キャリアの警視正だ。結婚しているが子供はいない。ゲイだという噂《うわさ》があるが、たぶんちがう。

私はトイレに立ち、指を口につっこんで吐いた。四川料理の辛みが再び喉を焼く。だが胃の中が空になると、少しすっきりした。

顔を洗い、涙目をぬぐった。今度はブラックコーヒーを買って会議室に戻った。

「だいぶよくなりました」

「前のときも吐いたな」

稲葉は手にした書類に目を落としながらいった。

「そうでしたっけ」

「グルジア人グループをやったときだ。何とかシビリだったたか、ナイフをふり回した奴だ。検挙のあとクラブのトイレで吐いていた」

「向いてないんですよ。いつ正体がバレるかと思うと、生きた心地がしない」

「生きた心地がしない、か」

稲葉はふん、と笑った。

「笑うことはないでしょう」

「生きた心地がしないなんていい回しを、映画やドラマ以外で初めて聞いた」

私は稲葉をにらみつけた。

「じゃやってみてください」

「君みたいに何ヵ国語も喋《しゃべ》れたら、喜んでやってる。中国語はがんばってみたが、五年やって君の足もとにも及ばない。ロシア語にいたってはいわずもがなだ」

「おばあちゃんに感謝したのは、この顔で女の子にもてた十代まででした」

両親が離婚したあと、私は青森の祖母のもとで六年暮らした。

イリーナ・シェフチェンコ・イシガミが祖母の名だ。家ではロシア語しか話さない祖母のおかげでロシア語を覚え、大学で中国語を学んだ。

「国際犯罪捜査官といやあカッコいいですがね。いつ殺されるかわからない」

ただ語学が得意だというだけでは、通訳にしかなれない。捜査共助課にいた私を潜入捜査に使おうと思いついたのが稲葉だった。

おもしろそうだと思ったのが、まちがいの始まりだ。

「しばらく東京を離れられる仕事がある。マフィアとはかかわらない」

「ロシアも中国も?」

稲葉は頷いた。

「信用できません。そんな仕事が組対にありますか」

「組対じゃない。お前さんだけに、だ」

「意味がわかりません」

「北方領土」

稲葉は短くいった。私は首をふった。

「公安《ハム》にいなかったのは知ってるでしょう」

「ひっぱられたが断わった。今でもたまに欲しいといわれる」

「この顔は向きません」

確かに若い頃は女の子にもてたが、四分の一のスラブ人の血が濃くですぎている。ハーフどころか白人にまちがえられることすらある。公安で働くには目立つ顔だ。

目立つのを逆手にとれ、といったのが稲葉だ。

「外人顔のお巡《まわ》りはいない、とマフィアは思っている」

今は思っていない。少なくとも杜志英とボリス・コズロフは思っていない。

「歯舞《はぼまい》群島の中に、春勇留《はるゆり》島《とう》という島がある。納沙《のさっ》布《ぷ》岬から東北東に四十キロの海上だ。ロシア名はオロボ島」

「人が住んでいるんですか」

「四年前までは無人島だ。大正末期から昭和の初めにかけてはコンブ漁が盛んで、多いときには百人近い人口があったらしい。が、じょじょに減少し、ソ連軍が占領した昭和二十年はほぼ無人だった」

「今も?」

「約三百四十人が住んでいる。ロシア人が百人、中国人が百三十人、日本人が百十人。『オロテック』という合弁会社の関係者ばかりだ」

「何の会社なんです?」

「レアアースだ。資料によると、オロボ島の南海底に、錫《すず》やチタン、モナザイトといった金属や鉱物の漂砂鉱床がある」

「ヒョウサコウショウ？」

「比較的浅い海底にある、特定の鉱物が集まった地域だ。比重の大きい鉱物が、潮や海流などで分離されて濃縮されたものらしい」

「昔、水の入った椀に砂を入れて砂鉄をとったのを思いだしました」

「おそらくそれの大規模なものを何万年もかけて自然が作ったのだろう」

「何ていいましたっけ？　錫とチタン――」

「モナザイトだ。このモナザイトが非常に有用で、ネオジムというレアアースを含んでいる。ネオジムは、小型磁石の材料として、ハイブリッドカーやコンピュータのハードディスクに欠かせない物質らしい」

「レアアースってのは中国でほとんど生産されているのだと思っていました」

「生産されたレアアースの九十パーセント以上が中国産だ。鉱山じたいは、アメリカやオーストラリア、ベトナムなどにもあるらしいが、価格競争で中国産が市場を独占した。それを政治的に利用しようとして、国際的に反発をくらったのが二〇一二年だ」

十年前だ。

「今は？」

「落ちついている。だがまたいつ輸出禁止などの外交カードに使われるかわからない。そこで日本も独自にレアアースを生産する方向を模索してきた。ただ地質上の特性で、日本にはレアアース鉱床はあまりないといわれていた」

「それが北方領土の海底で見つかった」

「現在はロシアが実効支配している島のすぐそばの海底だ。ロシア一国で生産しようとしたらしいが、製錬技術ではロシアは遅れている。最も進んだ技術をもっているのが中国だ。世界のレアアース生産量の大半を占める中国が、ノウハウを蓄積している」

「ロシアは実効支配の強みを主張し、中国には技術がある。日本人は何の権利で加わっているんです？」

「ここから先は、俺の付焼き刃じゃおっつかん。関係者を呼ぶから話を聞いてくれ」

稲葉は内線電話に手をのばした。

「待ってください。そこにいけって話なんですか」

稲葉は私をふりむき、わずかに間《ま》をおいて、

「そうだ」

と答えた。

私は何といってよいかわからず黙った。警視庁の管轄区域ではなく、そもそも日本ですらない。政府は、日本固有の領土と主張しているが、かりにそうだとしても北海道警察の縄張りだ。

「お連れしてくれ」

受話器をおろし、稲葉は私を見た。

「その島にいる間、君は警視庁警察官としての職務権限を失う」

「はあ？」

会議室のドアがノックされた。

「どうぞ」

眼鏡をかけた、四十四、五の男がドアを開いた。首から入館証をさげている。

「お待たせしました。どうぞおかけください」

ノータイでスーツをつけ、運動をやっているような体つきだ。男は私を見つめた。

「こちらが石上です。ロシア語と中国語が堪能です」

「あ、日本の方なんですね。一瞬、どこの国の方だろうと。失礼しました。私、ヨウワ化学工業の安田《やすだ》と申します」

名刺を手渡された。

「申しわけありません。さっき現場から戻ったばかりで、名刺をもっておりません」

うけとった私は頭を下げた。

「ヨウワ化学工業株式会社　電源開発部　開発四課チーフ　安田広喜《ひろき》」

と名刺にはあった。会社は芝公園だ。

「安田さんは半月前まで、オロテックに出向しておられた。北方領土の合弁会社に、どうして日本企業が加わったのか、石上君に話してやってください」

私は安田を見返した。

「ロシアは地の利、中国は技術、日本は何でくいこんだのです？」

「それでしたら、まずレアアースについてお話をさせてください。もし石上さんが詳しいのなら、しませんが……」

安田は迷ったようにいった。私は首をふった。

「まるで詳しくありません。たった今、課長から、車やコンピュータに必要なネオジムというのがある、というのを聞いただけで」

「そうですか。ではなるべく簡単に説明をいたします。レアアースというのは、十七種類の元素の総称です。元素周期表、『水兵リーベ、僕の船』と覚えた表、あれの二一番スカンジウム、三九番イットリウム、そして五七番から七一番までの十五元素をあわせたものです。レアメタル四十七元素のうちの、電子配列が似たものをレアアースと呼び、超伝導性や強磁性、半導体、触媒特性などが産業的に利用されています。このうち、特に現在有用とされているのが、ネオジムやサマリウムなどの永久磁石の材料となるレアアースです。レアアースは、レアアース鉱物に含まれており、その代表的なものが、モナザイト、バストネサイト、イオン吸着鉱などです。もともとは地下深くのマグマに含まれていたレアアースが地表近くに上昇し、他の元素と化合してできたのです。このレアアース鉱物には、トリウムという放射性元素が含まれている確率が高く、モナザイトなどは六から十パーセントも含んでいます」

「つまりレアアースをとると放射性元素もくっついてくる？」

「すべてのレアアース鉱物ではありませんが、モナザイトやゼノタイムなどは含有量が高い。鉱石内で、レアアースとトリウムが共存しているのです。チタンなどとも共存するケースの多い元素です。選鉱の段階で、これらの元素は分離されますが、放射性元素であるトリウムは、ただ保管しておくというわけにはいきません。野積みなどすれば、環境汚染をひき起こしますから」

杜の資料を思いだした。杜と仲間が所有する鉱山からたれ流しになった放射性物質で、近隣の住民に癌《がん》患者が多発した。その責任を逃れるため、杜は重慶に逃げたのだ。

「このトリウムを有効に利用する方法があります。原子力発電です。トリウムを使った原子力発電は、施設を小規模にできるという利点があります。なぜなら、ウランを核分裂させて発熱させるシステムと異なり、プルトニウムがほとんど発生せず、比較的低発熱で運転することが可能だからです。ところがプルトニウムが発生しないため、核兵器への転用が不可能だという理由でこれまで多くは建設されませんでした」

「つまり原子力発電は、核兵器開発のためでもあったということですか」

安田は頷いた。

「日本以外の国では」

「さらにトリウム発電所は、溶融塩炉という構造上、発電量に比べどうしても施設が高層化する傾向があり、インドやドイツ、アメリカにあるものの原子力発電の主流とはなっていませんでした。建物はかさばるのに、発電量が少なく、プルトニウムも作れないでは魅力に欠ける。しかし五年前、ヨウワ化学工業は、高層化しない溶融塩炉で発電するシステムを開発しました。発電量は二十メガワットですが、副産物のトリウムを燃料にしてレアアースの選鉱、分離、精製に必要な電力をまかなうことができます」

「それがオロテックに加わった理由ですか」

安田は再び頷いた。

「ヨウワ化学工業が参加したことで、トリウムの保管と電力供給のふたつの課題をオロテックはクリアしました。ヨウワの発電所がなければ、離島であるオロボ島では、採掘から選鉱、分離、精製にいたる工程のエネルギーを確保できず、海底から掘りだした鉱物を選鉱しないまま、ロシア本土なり北海道に運ぶ他なかったわけです。そうなれば運搬費用が高くつきますし、環境汚染の問題もでてくる」

「加えざるをえなかったわけですね」

「ただ政治的な問題がありました。日本政府の主張は、あくまでもオロボ島、春勇留島は、日本の領土です。実効支配されているとはいえ、ロシア領だとは認められない。合弁に日本企業が加わることに関して、政治的な意味を一切もたせないという条件が経産省からつけられました。つまりオロテックへの参加とレアアースの生産は認めるが、それがロシア領産だとは認めない。あくまでも民間の経済行為にとどめ、対中外交でレアアースをカードに使われない保険のひとつとする」

「でも中国も合弁に参加しているのですよね」

「広東省《カントン》に本社のある電白希土《でんぱくきど》集団という企業が入っています。六大グループと呼ばれる中国のレアアース集団のひとつです。ただ技術提供という条件ですから、生産されたレアアースに関しては、日本、ロシアと同等の権利しかもちません」

黙っていると、稲葉がいった。

「少し理解できたか」

「一種の三すくみですかね。領土を主張するロシア、生産技術の中国、エネルギー供給の日本」

「おっしゃる通りです。島内の住民はほぼオロテックの社員で、このうちロシア人は島南部の海底にある漂砂鉱床からの採掘と運搬、居住施設の運営などの作業にあたり、中国人が選鉱、分離、精製、日本人が発電というすみ分けができています。人数も、百、百三十、百十と、ほぼ同じくらいです」

「公務員はいますか」

「ロシア国境警備隊の人間が数名常駐していて、私がいた当時は、グラチョフという少尉が指揮をとっていました。三十そこその若い将校です。オロボ島がロシア領だと、我々日本人や中国人に思いださせるだけのためにいるようなもので、仕事など何もありませんでした」

「社員はずっと島に缶詰ですか」

「我が社は六ヵ月交代でローテーションを組んでいますが、ロシア人や中国人には一年、あるいはそれ以上の任期できている者もいます。三日以上の休暇がとれれば、だいたいユージノサハリンスクや根室《ねむろ》に向かいます。船だとユージノサハリンスクまで二十四時間、根室まで二時間です。緊急の場合や要人の移動にはヘリを使い、ユージノサハリンスクまで二時間、根室には十五分ほどで到着します。島にはロシア人ドクターのいる診療所がありますが手術などの設備はないので、根室に患者を空輸していました。食料品は北海道とサハリンの両方から運ばれます」

「気候はどうなんです?」

「六月から九月までは、過しやすいといえます。残りの八ヵ月は冬です。特に十一月から四月は雪と氷の世界です。海に囲まれているので最低気温がマイナス何十度にもなるのはまれですが、一月二月は、平均気温でマイナス四度五度といった気候です。夏は霧がよくでます。あとは風が強い。ひどくなるとヘリも飛べません。夏場は釣りなどをする人間もいますが、冬は外にほとんどでなくなる。娯楽というと、ビリヤードや麻雀《マージャン》、ダーツ。あとは映画を部屋で観るか、酒を飲むくらいです」

「酒場はあるのですか」

「港の近くにロシア人の経営する酒場が何軒かあります」

稲葉がテーブルに書類を広げた。地図だった。

「ご覧の通り、オロボ島は英語のHを歪《いび》つにしたような形をしています。東西、南北はそれぞれ約五キロで、Hの上側のくぼみが天然の良港になっていて、小型の船舶は接岸できます。大型船の場合は沖に停泊して艀《はしけ》でいきさすることになる。このくぼみの部分を囲むように西側が中国人区、中央にロシア人区、東側に日本人区という具合で集合住宅が設置されており、酒場や食堂などはロシア人区に集中しています。分離や精製をおこなうプラントはHの左のたて棒に、発電所は右のたて棒の下半分に建設されています。また下のくぼみ部分に選鉱場とつながったパイプラインが海に向かってつきでており、南部の海上プラットホームから運んでくる鉱物を流しこんでいます。これらの輸送作業はほぼロシア人社員の仕事で、ヘリや船を動かしているのもロシア人です」

地図を指さして安田は説明した。

「プラントは二十四時間稼動しており、従業員は三交代で勤務しています。海上プラットホームは全部で三基あり、お盆が浮いたような形で、その中心からストローのような管を海底におろし、鉱石を吸いあげています。鉱石といっても実際は泥状で、それを選鉱し、分離、精製するのがプラントの作業になります」

「先ほど大型船は接岸できないといわれましたが、パイプラインにはどうやって船をつけるのです？」

興味を惹《ひ》かれ、私は訊ねた。

「島の南部のほうが水深があるので運搬船を近づけることが可能なのです。ただ地形的には切りたった崖で、パイプラインを垂直におろして、運搬船のタンクにつっこむことはできても、人や物が上陸するのは北部の港からでないと不可能なんです」

「ひとつうかがってよろしいですか」

稲葉がいった。

「どうぞ」

「その北部の港ですが、大型船の接岸ができないのなら、生産されたレアアースはどう運びだすのですか」

「精製されたレアアースは砂状で、ことにネオジムなどは年間の生産量で千トンくらいです。艀でピストン輸送しても充分間に合う量です」

「それで採算がとれるのですか」

「ネオジムのトンあたりの輸入価格は、過去十年で安値のときで五万USドル前後、最も高かった二〇一二年は十六万USドルです。千トンなら五千万ドルから一億六千万ドルということになります。さらに精製されるレアアース鉱石にはネオジムより価格の高いジスプロシウムなども含まれますし、他にもランタンやセリウムといったレアアースも採取されますから、原子力発電所の建設費用を含めても、採算がとれないということはないと思います」

「なるほど。納得しました」

「こっそりもちだすような輩《やから》はいないのですか?」

訊いた私を、稲葉は咎《とが》めるような目で見た。

「すみません。ふだんつきあっているのが密輸とか密売を商売にしている連中なんで、つい下品なことを考えてしまうんです」

「世界中で生産されているレアアースをすべてあわせても十万トン強です。価値はあっても市場は決して大きくありません。盗んでも売る場所がない。盗品だとすぐバレてしまうでしょう」

「金《きん》やダイヤとはそこがちがいますね。誰にでも価値があるわけではないし、麻薬のように非合法な市場が最初からあるのでもない」

稲葉がいった。

「ええ。もしかすると、中国国内などには、盗んだレアアースを買いとるような商社があるかもしれませんが」

私は頷いた。稲葉を見る。稲葉は一瞬私を見返し、安田に目を向けた。

「まだ石上君には話していません」

安田は大きく息を吸いこんだ。上着から携帯をとりだす。

「実は、二日前に私の後任で発電部門の責任者である中本《なかもと》君から連絡がきて、当社から出向している人間が変死した、と。国境警備隊が処理にあたっているが、社員に動揺と不安が広がっている。何かいい方法はないかと相談をされました」

「変死、ですか」

安田は携帯をいじった。画面に写真が浮かんだ。

水色のジャンパーを着た男の上半身が写っている。両目がなく、かわりに赤い穴があいていた。背景は、岩山のような屋外だ。

「西口《にしぐち》という社員でした。死因の調査も含め、遺体を根室に搬送するようにいったのですが、国境警備隊が許可をださないようなのです。オロボ島に警察署はありませんし、対処する機関となると確かに国境警備隊なのですが、警備隊といっても実際は軍隊です。死因を調べることなんてできません。ご覧の通り、西口が事故や自殺でこうなったとは、とても思えません。正直、誰かに殺されたとしか考えられない」

私は稲葉を見た。無茶だ。捜査一課にいたことはないし、鑑識の経験もない。

「日本から警官をさし向けることはできない。ロシアが実効支配している土地に、日本人の警官が乗りこんで捜査をすれば国際問題になる。そのことは安田さんに申しあげた」

稲葉はいった。

「承知しております。といって、このまま放置してもおけません。万一また誰かが殺されるようなことになったら、オロテックからの引きあげを考えざるをえなくなる。ですから何らかの形で抑止というか、社員を安心させるためにも、調査にあたる人間をさし向けていただきたいと考えているのです」

私は息を吸いこんだ。

「それはかたち上、ヨウワ化学の社員としてこの島にいく、ということですか」

「はい。ですがうちの人間には刑事さんだということを話します。それだけでかなり安心すると思うのです」

「実際に犯人がつかまらなくても？」

私は安田に訊ねた。

「いや……。それは、できれば犯人をつかまえていただければ助かります。しかし三百四十人いる社員全員に訊きこみとかは大変でしょうし……」

「国境警備隊はそうした調査をしていないのですか」

「遺体を監視下におく以外は今のところ何もするようすはないそうです」

「最寄りの警察はどこです？」

私は稲葉を見た。

「距離的には根室警察署だが、政治的にはサハリン州のユージノサハリンスク警察だ。ただ被害者は日本人だし、国境警備隊が管理している島に、二十四時間かけて警官を送るかどうか」

「オロテックの微妙な立場もあります。ロシアが実効支配する地域でプラント、、、を稼動させていますが、日本の主張もわかっているわけで、さらにそこに多くの中国人もいます。警官を送ることには慎重にならざるをえないと思うのです。国境警備隊が調査らしい調査をおこなわないのも、あるいはそれが理由かもしれません」

安田はいった。

「といって放置していて、第二第三の犠牲者がでないとも限らない。石上君は知っていると思うが、殺人事件はほとんどの場合、加害者と被害者のあいだに密接な関係がある。友人や家族、恋人といった人間関係の中で発生するのが大半だ。つまりヨウワ化学工業の社員の中に犯人がいる確率が高い。石上君がいって捜査にあたれば、あるいは簡単に犯人をつきとめられるかもしれないし、そうでなくても次の犯行を犯人がためらう理由にはなる、ということだ」

「その中本さんという方には、犯人の見当はついていないのですか。殺して両目を抉《えぐ》るというのは、かなり恨みのある人間がやることだと思いますが」

私はいった。

安田は首をふった。

「それが西口は、オロテックに出向してまだひと月足らずで、そんなに親しい人間もいなかったようです」

「死体はどこで見つかったのですか。画像によると屋外のようですが」

私は訊ねた。

「日本人区から少し離れた、島の東側の海岸で、三月十日に発見されました。砂浜もあることから、散歩する人間がいます。死体を見つけたのも、散歩をしていた中国人だということです」

「発電所も当然、二十四時間、操業しているのですよね」

稲葉の言葉に安田は頷いた。

「三交代制で、常時三十人が施設内におります」

「犯人をつかまえるといっても、その島で私に逮捕権はありませんよ。国境警備隊にひき渡すのですか」

私は稲葉を見た。

「それに関しては、犯人が判明した段階で、検察や法務省と相談、ということになるだろう。重要なのは、オロテックに出向しているヨウワ化学の社員に安心感を与えられるかどうかだ。君がいるあいだ第二の事件が起きないだけでも効果がある」

稲葉は私を見返した。

「いるあいだって、どれくらいの話です?」

「とりあえず三ヵ月でどうだ」

私は目をむいた。

「失礼」

私の顔を見た稲葉は安田に告げて、会議室の外へと私を誘った。

「無理です。鑑識にいた経験もなければ、殺人事件の捜査だってしたことがない。何の役にも立ちませんよ」

　廊下にでると小声で私はいった。稲葉は私のことは見ず、ブラインドのおりた窓に目を向けている。

「捜一の経験者を送って、通訳をつけたほうが絶対に結果がでます」

「通訳を介して、ロシア人や中国人に訊きこみをおこなうのか。自分が警官だと宣伝するようなものだ。そんなことになれば、ロシア側も警官を送ってくるだろう」

「それでいいじゃないですか。政治的にはユージノサハリンスク警察の管轄なのでしょう?」

「だがもともとは日本固有の領土だ」

　私は天を仰いだ。

「それなら自衛隊といっしょに上陸しますか。第二次日露戦争の勃発ですね」

「真面目な話をしているんだ。この事案については、外務省や内閣官房も重大な関心を寄せている」

「じゃあそっちに任せましょう」

「現役警察官がいくことが重要なんだ。オロテックに出向している日本人に安心感をもたらすことが第一。刑事がいると伝われば、空気がかわる」

「いじめかもしれないというのに?」

　私はいった。

「いじめ?」

「三ヵ国の技術者が小さな島に押しこめられているんです。精神的に不安定になる奴がいて不思議はない。だいたいそういうところでは新人がいじめの対象になります」

「目をくり抜くのがいじめか?」

「自殺したんです。それを動物がつついたか、いじめを隠そうと考えた誰かがやった」

「よく考えているじゃないか。それくらいの勘が発揮できれば、犯人をつかまえられる」

「つかまえてどうするんです? 日本に連れ帰って裁判にかけるのですか」

「日本人なら可能だ。釧路《くしろ》地裁の根室支部がある」

「私の権限は？　何もありません」

「根室警察署にフォローさせる。かたち上、自首でもかまわないし、民間人の君が逮捕したことにしてもいい」

「私人逮捕は現行犯、準現行犯に限られます」

私がいうと、稲葉は私の顔を見直した。

「いくのが嫌らしいな」

「一年の三分の二が雪と氷の世界の島に、警視庁警察官の身分なく三ヵ月間おかれ、やったこともない殺人事件の捜査にひとりであたるんですよ。わくわくして、また吐きそうです」

「そういう減らず口を叩《たた》けるところを買っているんだがな」

「今日のところは見逃してください」

「内閣官房に、適任者がいると部長が太鼓判を押したらしい。ロシア語と中国語に堪能で、潜入捜査のベテランだ、と。組対の部長が官房長官にお目通り願えることなんてめったにない、外務省の鼻も明せるってんで、張りきったみたいだ。君が断われば、部長のメンツはまる潰れだ。それはそれで喜ぶ人間はいるだろうが、君の骨を拾ってまではくれんぞ」

「脅迫ですか」

「もうひとつ香ばしい情報がある。ボリス・コズロフが飛んだ。港栄会の知り合いに、『スーカを殺せ』といいおいて」

スーカとはメス犬、つまりビッチのことだが、警察の犬という意味もある。

「港栄会に刑事をつけ狙う度胸があるとは思えないが、コズロフの手下には無茶をする奴がいるかもしれん」

「この場で吐きます」

「三ヵ月の転地療法だ。気分もよくなる」

私は大きく息を吐いた。

「内閣官房の機密費から特別手当もでる。うまくすれば国家安全保障局にひっぱってもらえるかもしれん。悪くても、内調の目はある」

「よくそう簡単に、嘘《うそ》をつけますね」

私は稲葉を見た。

「今日《こんにち》あるを見越して、君をひっぱったのさ」

すました顔で稲葉は答えた。

「考えさせてください」

「三日やる。水曜には現地に飛んでもらいたい」

「三ヵ月いなくなるのに、三日しか準備をさせてもらえないのですか」

「準備なんてものは、限られた時間の中でおこなうもんだ。そうだろう」

稲葉は、私を会議室の扉へと押しやった。

3

羽田発の便が根室中標津《なかしべつ》空港に着陸したのは午後二時少し前だった。飛行機を降りると、「石上様」というボードを掲げた男が立っていた。「ヨウワ化学」と縫いとりの入ったジャンパーをつけている。眼鏡をかけ、色が黒い。

「石上です」

荷物は機内にもちこんだリュックだけだ。防寒着や生活に必要な雑貨類はすべてヨウワ化学が用意してくれることになっていた。捜査で必要なものが生じたらすぐに送る、と稲葉も約束した。が、何が必要になるかすら、私には想像がつかない。

「ご苦労さまです。坂本《さかもと》です」

ボードをおろした男はいって、名刺をさしだした。三十代の半ばだろう。

「ヨウワ化学工業株式会社　電源開発部　根室サポートセンター　坂本克男《かつお》」とある。

「サポートセンターというのは？」

「オロテックに出向する社員の支援や機材運搬のために、ヨウワが根室市に作った施設です。ヘリポートも併設していまして、島からの便が着きます」

こぢんまりした中標津空港の建物をでるとすぐ前が駐車場だった。ヨウワ化学と小さくドアに入った黒い4WDに坂本は歩みよった。駐車場の隅には雪が積まれているが、それほどの高さではなく、寒さも思ったほどではない。

「もっと寒いと思っていました」

助手席に乗りこんだ私はいった。

「今年はあたたかいんです。雪もそんなに多くありません。島のほうも同じみたいで、センターに入ってくる映像でも雪はそれほど積もってないですね」

4WDのエンジンが始動すると、車外温度はマイナス二度と表示された。

「今日は風がないのも、あたたかく感じる理由でしょう。去年の今頃は、雪が積もってるし風も強くて、地吹雪《じふぶき》でたいへんでした」

ひとつくらいは運がよいと思えることがあるものだ。「共謀罪」で逮捕状のでたボリス・コズロフの足どりはまるでつかめず、日本にはもういないだろうと私は考えていた。半年後か一年後か、ほとぼりがさめた頃、偽のパスポートで戻ってくる。そのときまだ私のことを覚えていたら、命を狙われるかもしれない。

願わくは、それまでに誰かに殺されるかつかまるか、あるいは恨みを忘れるくらい儲《もう》けていてもらいたい。

「センターまでおよそ八十キロほど走ります。二時間近くかかるので、もしおやすみになりたければ楽になさってください」

「大丈夫です」

根室市は北海道の東端につきでた根室半島にある。半島の突端が納沙布岬だ。納沙布岬からは、天気がよければオロボ島も見える、と運転しながら坂本は話した。

「春勇留島とは呼ばないのですね」

私がいうと、坂本は当惑したように首をふった。

「他の島は皆、シコタンとかクナシリと呼ぶのに、オロテックがあるからか、ついオロボと呼んでしまうんです。まずいですかね」

「春勇留とオロボだったら、確かにオロボのほうが呼びやすい」

「オロボってのは、錫という意味らしいです。どうやら昔、ロシア人が錫を採掘していたことがあったらしく、それでついた名のようです」

空港をでて少しすると交差点があり、4WDは直進した。ただまっすぐに道がのびている。車はほとんど走っていない。坂本はスピードをあげた。

「坂本さんも島にいらしたことがあるのですか」

「赴任したことはありませんが、二、三日の短期滞在なら、何度もあります。正直、何もないところです。根室も田舎《いなか》ですが、オロボに比べれば充分都会ですね。まあうちの人間は、帰ろうと思えば、船で二時間、ヘリで十五分ですからね。そんなに遠くにいると感じることはありません。むしろロシア人や中国人のほうが遠くにきたと思っているのじゃないですか」

「ホームシックになる人間はいませんか」

「いや、いますよ。だいたい酒を飲んで騒いでいるのがそういうので。酒は皆飲みますね。人種に関係なく」

「酒場があるそうですね」

「ロシア区画にあります。変な話、女もいますから」

「女？　つまり――」

坂本は小さく頷いた。

「どこから連れてくるんです？」

「さあ、どこからですかね。女は平均二、三ヵ月でかわるそうです。白人やら東洋系やら、いろんなのがいます。たぶん、よそにいるより商売になるんでしょう。三百何十人からの男がいて、特に冬は夜なんてやることがないですからね」

「酒場でトラブルは起きないのですか」

「ありますよ、もちろん。互いに簡単な会話しかできないし、冬なんか吹雪《ふぶ》くとずっと閉じこめられてイラついてますから。殴り合いとかもたまにあるって聞きます」

「どうするんです？　国境警備隊を呼ぶ？」

「まさか。用心棒みたいなのがいて、その場をおさめてます。なんせロシア人は船乗りとか作業員ですから、体もでかくてごついんです。並みの日本人や中国人じゃ太刀《たち》打ちできません。酒も馬鹿みたいに飲みますし」

「作業員というのは、製錬所で働いているのですか」

「いや、分離や精製といった、プラントと呼ばれている区画は中国人だけで、外国人は入れませんね。奴ら産業スパイを警戒しているんです。プラントの入口には、中国人の警備員もいますし。ロシア人は主に海上プラットホームや港、船とかで働いています。レストランや売店もロシア人がやってます」

「通貨は？」

「何でも使えますが、円で払っても釣りはルーブルになります。ルーブルが自然にたまるんで、飲み食いはルーブルで払うようになりますね」

「パスポートとかは必要ないのですか」

「必要ですが、入国審査とかはなく、オロテックの管理事務所でコピーをとられるだけです。管理事務所はロシア区画の中心、港の正面にあります。島の地図は？」

「いただきました」

安田が携帯に送ってくれていた。

「まあ、五キロ四方で、しかも立入禁止区域もありますから、すぐひと回りできますよ。立入禁止区域は、分離、精製をおこなうプラントとうちの発電所くらいですが」

「坂本さんがいらしているときに、何か大きいトラブルが生じたことはありますか」

私が訊ねると、

「いや……」

坂本は首を傾げた。

「基本、オロテックの給料はいいんです。だから日本人はもちろんのこと、ロシア人や中国人もトラブルを起こしてクビになるようなことは避けます。ロシア人で飲食店や売店で働いているのは社員ではありませんが、よそよりは稼げるわけで、オロテックともめて商売ができなくなるのは困るでしょうね」

「日本人や中国人で商売をしている者はいないのですか」

「いません」

坂本は首をふった。

「オロボ島で、レアアース関連以外の仕事をできるのはロシア人だけです。そもそもオロテックの許可を得られない人間は上陸できません」

「日本食や中国料理が食べたくなったら?」

「どちらもロシア区画にレストランがあります。作っているのはロシア人です。味は、正直、これしかないから食うというレベルですが。あとはキオスクでカップラーメンとかですね。週に二回、根室から生鮮食料品を積んだ船がきて、そのときはおにぎりとか寿司がキオスクに並びます。ロシア人や中国人も食ってますよ」

「漁師とか、一般の住人はいないのですか」

「いません。オロテックと無関係で島にいるのは、国境警備隊くらいです」

「島内での最高責任者は誰です?」

「施設長ですね。エクスペールト、『エキスパート』のロシア語らしいのですが、エクスペールトと呼ばれてます。パキージンというロシア人で、オロテックの副社長です。その下に、電白希土集団からきている如《ルウ》さんとうちの中本がいます」

「コミュニケーションは何語でとっているのです?」

「簡単な英語で、つっこんだ話をするときは、それぞれ通訳の社員を同席させます。あとは身ぶり手ぶりですね。長くいる連中は、それぞれ簡単なロシア語、中国語、日本語を喋ります。うちの人間が一番駄目ですね。半年で動くせいもあるのでしょうが。

石上さんはロシア語と中国語の両方いけるとうかがいました。うちにはそういう者は今までいません。ロシア語ならロシア語だけ、中国語なら中国語だけで」

「他にとりえがないんです」

「いや、そんな」

坂本は黙った。

「パキージンというのはどんな人物です」

「たぶん軍人あがりだと思います。坊主《ぼうず》頭で、ロシア人にしちゃ体つきがスマートです。華奢《きゃしゃ》というわけじゃなく鍛えている感じですね。背筋もぴんとしていて。歳は五十二って聞きました」

「社長はいないのですか」

「めったに島にはこないようです。オロテックの本社はウラジオストクにあって、資本金をだしたのはロシアの資源企業です。だから社長もガス会社のオーナーか何かだと聞いたことがあります」

新興財閥《オリガルヒ》なのだろう。資源ビジネスにかかわり、財閥になりあがるのがロシアや中国の裏社会で成功した連中の夢だ。もちろんそこまでたどりつける人間などめったにいない。軍や政府に利用され、必要がなくなれば殺されるか刑務所に送られる。

「社員管理は厳しいのですか」

「一番厳しいのはプラントです。精製技術を盗まれたくないってんで、携帯のもちこみも禁止です。プラントの周辺では、電話もつながりません。たぶん妨害装置を設置しているのだと思います。安全点検用のカメラもおかせないほど中国人は徹底していますから」

「ロシア人はどうです?」

「こっちはアナログですね。何せプラットホームの運営と吸いあげた鉱石の運搬が作業の中心ですから。プラットホームの作業員は海の上で何日も過します。だからなのか、休みのときにはロシア人はやたら遊んでいます」

声にいまいましげな響きがこもった。私は話題をかえた。

「亡くなった西口さんをご存じでしたか」

「ほとんど知りません。ヨウワの千葉工場からひと月前に赴任してきたんです。発電のエンジニアで、きたときはこうやって空港まで迎えにいきましたが、あまり喋らなかったな。おとなしそうな人でした」

「島内では、ヨウワの社員どうしの交流はありますよね」

「そりゃあもちろんです。一度赴任すれば半年は動きません。仕事はすぐに覚えますが、生活に慣れないとキツいですからね。先にきている人間がいろいろと面倒を見ます。いく前にこれがあると便利だというのは、だいたい教わります。石上さんの分も、うちで用意してあります」

「生活というのは……」

「結局、余暇の過しかたですよ。特に冬場はやることがない。酒ばかり飲んでもよくないし、宿舎にはジムがあるからそこで体を動かすとか、わりとはやるのはロシア語や中国語の勉強です。先生がいっぱいいるんで。それでもなかなか身についたというところまではいかない」

「ヨウワの人で一番長いのは誰です?」

「たぶん中本ですね。今回の赴任が四回目なので。安田という人間と毎回交代で入っているんです」

「安田さんにはお会いしました」

「それ以外だと、そうだな……。二回目というのは何人かいます。あそこでの暮らしを気に入って希望するのもいますから。まあ、家族がいたら厳しいですけどね。単身赴任しか許されませんので」

考えようなのだろう。寒く狭い島に押しこめられていると思うと息苦しいが、職住近接で、働きやすいし、金も貯まる。

「宿舎は、全区画だいたい同じような造りです。ワンルーム五十戸のアパートが各三棟並んでいて、ロシア区画だけ、大きな部屋もあると聞いたことがあります。エクスペールトの部屋とか、視察にきた役人を泊める部屋もあるんで」

「仲がいい悪いというのはありますか」

「特にはないと思いますね。国はちがっても、同じ会社の人間ですし。まあロシア人に関しては、職種によって荒っぽい感じのする奴もいますが、基本的には角をつきあわせるような感じはありません」

「そんな中で、西口さんに何が起こったのでしょう」

私はいった。坂本は黙りこみ、やがていった。

「まるで見当がつきません。きたばかりで、誰かに殺されるほど恨みを買うわけはないです」

西口の年齢は三十二だったと安田から聞いていた。前から西口のことを知る人間がオロテックにいたのかもしれない。

渡された資料によれば、西口は北海道出身で大学の工学部を卒業後、ヨウワ化学に就職し、千葉工場勤務ののち、一ヵ月前にオロテックへの出向を命じられている。独身で、札幌《さっぽろ》にいる弟は両親と同居中だ。

「噂とか、聞いたこともありませんか」

坂本は首をふった。

「現地ではもしかしたらあるかもしれませんが」

「プラント以外には、安全点検用のカメラはおかれているのですよね」

「もちろんです。港やパイプライン、発電所、居住区画にも設置されていて、映像はオロテックの管理事務所に集められます」

「西口さんが見つかった海岸は？」

「そこにはないんです。何の施設もありませんから」

私は携帯をだし、送られた地図を拡大した。確かに日本区画と発電所を除くと、島の東側には何もない。

「移動は徒歩ですか」

「人間は地下通路です。資材は車で運びますが」

「地下通路」

「各施設が地下通路でつながっているんです。冬なんか、地上は凍えますからね。動く歩道が地下通路には設置されてます。ですからこの時期、地上を歩き回っている人間はあまりいません。ジョギングをする奴も地下を走っています」

「動く歩道を？」

「いやいや。地下は動く歩道とふつうの道の両方があります。進行方向右側にそれぞれ動く歩道があり、まん中はただの通路です。そこを走るんですよ」

「すると地上にはあまり人がいない、ということですね」

「各施設周辺にはいますが、それ以外の場所にはあまり……。あと二ヵ月くらいして五月になれば、ぶらつく人間もいると思います」

私は地図を眺めた。地図に点線で示されたのが道路だと思っていたが、地下通路だったようだ。

「基本、島内の施設はどこもエアコンがきいていいます。地下通路も。だから凍えることはないのですが、メンテナンスなどで屋外活動をするときは防寒着が必要になります」

地図によれば、プ、ラ、ン、トと中国区画はほぼくっついている。発電所と日本区画の距離は一キロくらいだろう。地下通路は十字を縦にふたつ描くように島の施設を結んでいる。

サポートセンターは根室市の東側にあった。二階だての建物のかたわらにヘリポートが併設されている。

オロテックにもっていく荷物がダンボール箱に用意されていた。新品の下着や防寒着、水色の制服だ。前もって知らせたのでサイズは合っている。制服はジャンパータイプの上着とパンツの組合せで、働く施設によって色分けされているのだと、坂本は説明した。

発電所が水色で、プ、ラ、ン、トがベージュ、海上プラットホームや港がオレンジだという。

「じゃあひと目で何人《なにじん》かわかりますね」

「着用が義務づけられているのは施設内だけですから、居住区では皆脱いでいます。といっても、長くいればだいたい顔でわかるようになります」

いわれてみれば三百四十人しかいないのだから、中学時代の同学年の生徒数とかわらない。

「寝具や食器などは宿舎に用意してありますし、歯ブラシとかシャンプーの類《たぐい》はキオスクにあります。皆日本製です」

それを聞いて安心した。

「四時半にヘリがきます。パイロットはセルゲイといって、日本語の達者な男です」

サポートセンターにはオロボ島の安全点検用カメラとつながったモニターがおかれていて、プラントを除いた、すべての施設の映像をリアルタイムで見ることができた。

「この映像は録画されていますか」

坂本と同じジャンパーを着た二十代の男が頷いた。

「西口さんが亡くなられた日のものをデータでいただけますか」

「パソコンをおもちですか」

私は頷いた。

「アドレスを教えていただければ、そちらに送ります。今夜中にはお届けできます」

死体の発見場所と殺害現場が別だったら、映像に何らかの手がかりが残されているかもしれない。

「助かります」

「施設内なら全域でＷｉ－Ｆｉがつながります。何かわからないことや必要なものがあったら、サポートセンターあてにメールをください。アドレスはお渡しした名刺にもありますし、ヨウワ化学かオロテックで検索していただいてもつながります」

坂本の言葉に頷いた。ヘリコプターのバタバタというプロペラ音が近づいてきた。

「セルゲイがきました。あなたは、西口の交代要員だということになっています。これを――」

ホールダーに入った写真つきの社員証を渡された。

英語とロシア語でオロテック社員の「ヒトシ・イシガミ」と記されている。

「お借りします」

首にかけた。プロペラ音がどんどん激しくなった。

坂本に送られてサポートセンターをでた。十人以上乗れそうな大型ヘリが着陸したところだった。坂本とモニターについていた若い社員が、私のもちこむダンボールをヘリに積むのを手伝った。

「コンニチワー！　セルゲイです」

ヘルメットをつけた白人のパイロットが乗りこんだ私にいった。

「あなたをオロテックまでお連れします。安全運転ですから、ご心配なく。ヘルメットとシートベルトをよろしくお願いします」

「石上です。よろしくお願いします」

私はいって、ヘルメットをかぶりシートベルトを締めた。座席数は二十近くある。

ヘリはいきなり離陸し、不自然な浮遊感に胃がもちあがるような不快感を覚えた。

セルゲイが交信する声がヘルメット内のイヤフォンに流れこんだ。ロシア語で私を乗せたことを報告している。

眼下に海が広がった。海面を埋めた流氷が、鈍い光を放っていた。

前方に島がいくつも浮かんでいた。携帯で地図を見る。一番手前が水晶島《すいしょうとう》、その先に勇留島《ゆりとう》、左手の大きな島が国後島《くなしりとう》だろう。

機体が斜めにすべるような動きをして、吐きけがこみあげた。

勇留島の先、志発島《しぼつとう》の右手奥に構造物が光る島があった。クリーム色の筒が弱い西日を反射しているのだ。

「着陸する前に、カンコーします」

セルゲイの声が耳に流れこんだ。ヘリは高度を下げながら、根室側からオロボ島に接近した。

「三つ、丸いのありますね。海上プラットホームです」

つづいた言葉で、カンコーが観光を意味するとわかった。

島の手前、遠い位置で千メートルくらいの海上に丸い盆のようなプラットホームが三つ浮かんでいた。盆と盆の間隔は五百メートルくらいある。盆からは海中に向けてまっすぐに櫓《やぐら》がのびている。

その盆の上空でヘリはホバリングした。島がH形をしているのがはっきりと見てとれた。H形の下の凹《へこ》みに銀色のパイプラインがあった。島左にある長方形の建物から横にのび、切りたった崖からとびだし、海面に向けて直角に折れている。

パイプの先は細まり、ノズルのような形をしていた。長方形の建物にはほとんど窓がなく、Hの左のたて棒の半分近くを占めている。

「左側はプラント、、、です。右側の丸いのが発電所」

西日を反射していたのは右のたて棒の下にある円筒形の建物だった。高さは二十メートルくらいだろうか、盛大に水蒸気を吐く煙突がつきでている。

ヘリが前進した。Hの上の凹みを囲むように建物が密集し、その先に何隻かの船が停泊していた。

「港の手前、街です。左がチャイナタウン、右がジャパンタウン、センター、ロシアンね。まん中の一番高い建物、オフィスです」

ロシア区画の港の正面に六階だてのビルがあった。各区画には、五階だてのアパートらしき建物が並んでいる。

ヘリはさらに高度を下げた。「H」と記されたヘリポートが、Hの横棒の南側にあった。着陸すると、地下通路の入口らしき囲いから、防寒着で全身をおおった男たちが走りでてきた。

「お疲れさまでしたあ。ようこそオロボに」

ローターが止まると、ヘルメットを脱いだセルゲイはいった。

「ありがとうございました。スパシーバ」

ヘリの扉が開いた。

「石上さんですか。ご苦労さまです」

男たちの先頭にいた男がいった。四十代の終わりだろう。面長の顔に眼鏡をかけている。私は頷いた。

「中本です。遠くまでよくいらっしゃいました」

さしだされた右手を握った。中本は連れてきた二人の男をふりかえった。

「石上さんの荷物をアパートまで運んでくれ。私は事務所にお連れする」

「了解です」

二人の男は私に目礼し、積みこまれたダンボールに手をのばした。

「恐縮です」

「いや、とんでもない。どうぞこちらへ」

中本にしたがって、地下通路の入口を下った。あたたかな空気に包まれた。地上に比べれば二十度以上ちがうだろう。

「パスポートをおもちですか」

「ええ」

私はリュックを示した。

「来島者はパスポートのコピーをオロテックの管理事務所に提出するのが決まりです」

地下通路に降り、フードを脱いだ中本がいった。額が後退している。

地下通路は天井が低いもののかなり幅が広かった。六、七メートルはあるだろう。中央が通路で、左右に動く歩道がある。私と中本は並んで動く歩道に乗った。

二百メートルほど進むと十字路があった。空間があって、そこからまた左右と前方に動く歩道がのびている。右手が発電所、左手がプラントだと中本は説明し、我々は前方へと進む歩道に乗った。

「地下通路は幅のわりに天井が低いでしょう。暖房効率のためなんです。天井が高いと、あたたかい空気が上にいってしまうんで」

地下通路の、腰より少し低い位置にある送風口をさして中本がいった。

動く歩道が終点に達した。地下通路そのものは、もう少し前方と左右にのびている。

「石上さんのアパートはここを右にいったところですが、先にオフィスに寄ります」

地下通路のつきあたりには上りのエレベーターがあり、中本はそれに乗った。

「この上がオフィスで、六階に施設長のパキージンがいます。まず彼に会ってください」

「パキージンに私のことは？」

「話してあります。いちおう口止めはしましたが、守ってくれるかどうかはわかりません」

私は頷いた。

六階の扉が開くと、そこがパキージンのオフィスだった。大きなデスクがあり、制服をつけたスキンヘッドの白人がかけている。壁は暗色のガラスばりで、正面に港が見えた。

「ようこそ、オロテテックに《ダブロー・パジャーラヴァチ・オロテテック》」

坂本の言葉通り、軍人のようにひきしまった体つきをしていた。中年のロシア人には珍しい体型だ。

「初めまして、イシガミです」

ロシア語で挨拶し、パキージンの手を握った。パキージンの濃い灰色の目が私の目の奥をのぞきこんだ。

「スラブ人の血があなたには流れているようだ」

「祖母がサンクトペテルブルクの出身でした」

答えるとパキージンは頷いた。

「いい街だ。いったことはありますか？」

私は首をふった。

「日本のキョウトのようなところだ。キョウトには古い寺院がたくさんある。おばあさんはお元気かな？」

「残念ながら昨年亡くなりました」

パキージンは小さく頷いた。

「パスポートを」

中本がいい、私はだした。受けとったパキージンはオフィスの隅にある古いコピー機に歩みよった。

コピー機があたたまるのを待ちながらパキージンがいった。

「ニシグチの身に起こった不幸については、エクスペールトとしての責任を感じている。問題はオロテックの、政治的な位置だ。もし私がユージノサハリンスクから警察官を呼べば、その微妙な均衡が崩れるだろうし、それを日本側も望んではいない筈《はず》だ」

パキージンの目は中本に向けられている。私は通訳した。

「確かにその通りです。日本政府がオロテックからの撤退を我が社に求めることになるのだけは避けたいと思っています。あと、これは通訳する必要はありませんが、撤退すれば、我が社のもつトリウム発電のノウハウをロシアや中国が知る可能性がある」

私は頷いた。前半だけを訳した。

「ニシグチの死に責任のある人物をイシガミが見つけだす作業には全面的に協力する。必要ならペーヴェーのグラチョフに君を紹介する」

「ペーヴェー?」

私は訊き返した。

「国境警備隊のことだ。ニシグチの死体は、現在、ペーヴェーの管理下にある。ペーヴェーの詰所はそこだ」

コピーしたパスポートを返しながらパキージンは窓を示した。前に4WDが止まった、二階だての小さな建物が左下にあった。

「ニシグチはそこに?」

パキージンは頷いた。

「あとで見たいのですが」

「グラチョフには連絡をしておこう」

「感謝します。ですが私の職業はいわないでください。ニシグチとは友人だったので会いたがっていると伝えてほしい」

私の言葉にパキージンは片ほうの眉《まゆ》を吊《つ》りあげた。

「彼らの職域を侵すつもりはないので」

私がつけ加えると、パキージンは頷いた。

「わかった。グラチョフは決して経験豊富とはいえないが、優秀な軍人だ」

ロシア国境警備隊は日本語での呼称で、正式にはロシア国境軍だ。

「了解しました」

「それと、調査で判明したことは、どんなにささいな事実でも私に報告してもらいたい。そうでなければ、君に対する協力の継続を約束できない」

厳しい表情だった。私は頷いた。

「オロテックは、複数の企業と国民の集合体だが、この島における最高責任者は私だということを忘れないように」

「もちろんです」

パキージンが再びさしだした手を私は握った。

「ではグラチョフに連絡をしておく」

デスクの上の電話をパキージンはとりあげた。

「よろしくお願いします」

私はいって、中本に頷いてみせた。

4

管理棟の一階をでた私と中本は徒歩で国境警備隊の詰所に向かった。正面の港から風が吹きつけ、耳がちぎれそうだ。あわててフードをかぶる。

歩きながらパキージンとのやりとりを中本に聞かせた。

「要するに勝手は許さんということのようです」

中本は頷いた。

「しかたがありません。パキージンはオロテックの社長がおいたお目付役です。オロテックの事業にマイナスになることは決して許さないでしょう。ロシア人経営者の中には、会社を自分の所有物とする、前近代的な考え方のもち主もいます」

左手に派手な色が見えた。赤や青のネオンが光っている。「ＢＡＲ」「ＤＡＮＣＥ　ＣＬＵＢ」という文字が点滅した。「フジリスタラーン（フジ食堂）」

と、キリル文字の看板もある。建物じたいは無骨な造りだが、暗くなり始めているのであまり気にならない。

詰所の前に止めてある4WDのドアには、冠をいただいた双頭の鷲《わし》らしき鳥に緑色の十字がデザインされた紋章が入っていた。詰所のかたわらのポールには、緑地に白いふちのついた青字の「×」の旗がロシア国旗とともにひるがえっている。

「ロシア国境軍」とキリル文字と英語で書かれたガラス扉の向こうに、肩から小銃を吊るした兵士が立っていた。

私たちが扉の前に達すると、その兵士が扉を開いた。頰にニキビの跡があり、二十そこそこにしか見えない。

「オロテックのイシガミといいます。亡くなったニシグチに会いにきました」

私はロシア語でいって、兵士に社員証を掲げた。

「待て」

兵士はいって、詰所の奥をふりかえった。中央にストーブのおかれた小部屋があり、そこの椅子にすわっていた男が立ちあがった。

私たちと兵士を隔てるカウンターまで歩みよってきた。将校らしき階級章をつけている。

「名前をもう一度」

制服の胸ポケットから手帳をだし、私にいった。三十歳には届いていないだろう。

「イシガミです。グラチョフ少尉ですね」

男は私を見つめた。ひどく真剣な表情で訊ねた。

「どこで私の名前を知った?」

「エクスペールトのパキージンさんから聞きました」

グラチョフは頷き、中本に目を向けた。

「ナマエヲオシエテクダサイ」

日本語でいった。

「中本です」

中本が答えると、二人の名を手帳に書きつけた。

「日本語がお上手ですね」

私は日本語でいった。グラチョフはにこりともせずにロシア語で答えた。

「あなたのロシア語ほどではない。ニシグチに会いにきた理由は？」

「友人だったのです。彼のために祈りたい」

パキージンから連絡があった筈だが、それをうかがわせる気配はなかった。

「ニシグチの死体は、この詰所の裏にある。一度建物をでて、裏に回れ」

グラチョフはいった。私と中本は頷き、詰所をでた。

詰所の正面は港に面していて、裏側はシャッターが降りた、ガレージのような造りになっていた。足もとには風で吹き寄せられた粉雪がうっすらと積もっている。

シャッターが内側から上げられた。グラチョフだった。無言で首を倒し、私たちはシャッターをくぐった。

船や車の整備に使われると思《おぼ》しい工具類をおさめた棚が壁ぎわに並び、テーブルのような作業台がふたつ並んでいた。

ひとつの作業台に、シートにくるまれた遺体があった。正面に詰所とつながった扉がある。詰所内からも出入りできるが、我々を詰所の奥に通したくなかったのだろう。

「いいですか」

私はグラチョフに訊ねた。グラチョフは無言で頷いた。

遺体をくるんだ白いシートはただ巻きつけられただけなので、すぐにはがすことができた。

本来なら手袋をして遺体に触れるべきだが、グラチョフの前でそれをすれば怪しまれる。私は素手でシートをめくった。

中本が大きなため息を吐《は》いた。

眼球を失った、まっ赤な眼窩《がんか》を私は見おろした。

動物がつつきだしたのではないことは明らかだ。眼窩周辺に傷はなく、まるでスプーンか小さなナイフで抉りとったようにきれいに眼球だけがない。

遺体はオロテックの水色の制服をつけている。

「死因は何なのでしょうか」

私はロシア語でいった。

「それは医者に訊け。検死をしたのは診療所の医者だ」

制服を脱がして傷などを調べたいが、グラチョフの前ではあきらめるしかない。

眼窩をのぞけば、首すじなど見える範囲に傷はなかった。

私は両手を合わせ、南無阿弥陀仏《なむあみだぶつ》を唱えた。中本も同じことをする。

シートを元通り、遺体に巻きつけた。

「家族に遺体を返してやりたいのですが、いつそれができますか」

私はグラチョフに訊ねた。

「問い合わせているが、司令部の許可がまだ下りていない。腐敗する気候になるまでには、許可はでるだろう」

無表情にグラチョフは答えた。

「なるべく早く許可がでるといいのですが」

「そうだが、私にそれを決める権限はない」

私は小さく頷いた。

「ところで訊きたいのだが、ニシグチに家族はいたのか」

シャッターに向かおうとすると、グラチョフが訊ねた。私は向きなおった。

「両親と弟がいます」

「三人はいっしょに住んでいるのか」

私は頷いた。

「トウキョウで?」

「いえ、サッポロです」

ひやひやしながら私は答えた。興味があるというよりは、確認しているかのような質問だ。

若いが油断のできない男だ。私は逆に訊ねた。

「ニシグチをこんな目にあわせた犯人をつかまえていただけますか」

「警戒は怠っていない。島内の巡回を増やしている」

「それで犯人はつかまりますか」

グラチョフは答えない。ただ私を見返しただけだ。しばらくグラチョフと私は無言で見つめあった。先に視線をそらしたのはグラチョフだった。

「与えられた権限内で、できる限りのことはする」

低い声でいった。

詰所をでた私たちはオロテックの管理棟から地下通路に入った。

「宿舎にご案内します。石上さんの部屋は、C棟の1020、C－1020という番号です。西口はC－1018でした」

「その部屋は今は？」

「そのままにしてあります。鍵はかかっていますが」

私は息を吐いた。

「見せていただけますか」

中本は頷いた。

「部屋のほうに鍵をお届けします。これが、石上さんの部屋のキィです」

カードを渡された。

「ドアノブの上のセンサーにかざすと、ロックが外れます。皆、社員証といっしょにホールダーに入れています。そうすると失《な》くさないので」

いわれた通り、首から吊るしたホールダーにカードキィを入れた。

Hの右のたて棒の上部に日本区画はあった。五階だての無機質な建物が三棟並んでいる。

「C棟はごらんの通り三棟あり、各棟五十部屋あります。三棟はC－1000、C－2000、C－3000番台のルームナンバーで、石上さんはC－1000の20号室という意味です。各棟は地下でつながっていて、地下通路から直接一階にあがれます。この季節は使えませんが、屋上にテラスがあって、ベンチやテーブルが設置されています。眺めがいいので」

　中央の棟の正面にある地下出入口の階段をあがり、中本は説明した。地下から直接C－1000棟に入らなかったのは、位置関係を私にわからせるためだと気づいた。

「ロシア区画にたっているのがA棟、中国区画がB棟で、BもCと同じく、1000、2000、3000の三棟ですが、Aだけは1から18まで建物が十八棟あります。A－1がパキージンの宿舎で、A－2が来賓用の特別室、A－3からA－5がアパート式の宿舎で、それぞれ下にまた部屋番号がつきます。A－3－30号室といった具合です。それ以外のA－6から18までは、レストランや売店などの建物の番号です。ただしA－6は診療所です。どの建物もわかりやすい位置に表示があるので、まちがえることはないと思います」

「診療所の受付時間はどうなっていますか」

　訊ねると、中本は心配そうな顔をした。

「どこか具合が悪いのですか」

「いえ、検死をおこなった医師に会いたいのです」

「診療所は、通常は午前十時から午後七時までです。あと歯医者も同じA－6に入っていて、これも同じ時間帯です」

　私たちはC－1000棟に入った。

「各棟、ワンフロア十部屋です。したがって石上さんの部屋は二階の一番端ということになります。エレベーターでいきますか」

「いえ、階段で」

　階段は建物の中央部にあり、エレベーターは右の端だった。

　階段で二階に登り、エレベーターホールから最も遠いのが自分の部屋であると気づいた。

　廊下に並んだクリーム色の扉の中にはシールやマグネットが貼られたものもある。自分の部屋とわかりやすくするためだろうか。

　左端の「1020」と記された扉のセンサーにホールダ

ーをかざした。小さな赤いランプが緑にかわり、ロックが外れた。

「扉はすべてオートロックです。鍵をもたずにでて閉めだされないようにしてください。建物内は暖房が入っていますから、凍え死ぬことはありませんが、もし閉めだされてしまったら、管理棟の一階までいって、マスターキィで開けてもらわなければならなくなります」

「さっきの建物ですね、パキージンのいた」

　中本は頷いた。

「一階に生活関連の部署が入っていて、日本人も二人、ロシア語のできるのがうちから派遣されています。暮らしていく上で困ったことがあれば、相談してください。もちろん、私に直接いってくださってもかまいませんが、ふだんは発電所に詰めていますので」

　名刺をさしだした。発電所所長とあった。

「島内用の携帯番号が入っています。石上さんのものもあります」

　部屋はベッドとデスクが備わったワンルームだった。ヘリに積んできたダンボールが床におかれ、デスクの上には携帯電話があった。細いビニール袋に入っている。

「日本国内の携帯電話は、この島ではつながりにくい場所があります。プラント周辺はほぼつながりませんし、地下通路もまったくつながらない。この携帯は地下通路でもつながります。オロテックは全従業員の番号を把握しています」

　私は携帯を手にとった。通話機能しかないタイプだ。ただメモリには管理事務所や発電所、プラント、ヘリポートといった代表的な施設の番号が入っている。通信の履歴を見ると、三つまで残るようだ。

「西口さんに支給されていたものはどうなりました？」

「さあ、どうしたかな。私物はとりあえず、部屋にありますが」

携帯の腹に六桁の番号シールが貼られている。

中本は、私が手にしているのと同じ携帯をとりだすとボタンを押し、耳にあてた。

「あ、申しわけないが、1018の鍵を1020に届けてもらえるか。そう、石上さんだ」

部屋の壁に、カレンダー機能と温度計のついた時計がはめこまれていた。

二〇二二年三月十六日。午後六時四十八分。十八℃。

「これはどの部屋にもついているのですか」

時計を示した。

「C棟は全室ついています。AやBにはありません。ヨウワがつけたものですから」

「暖房はずっと入っているのですか」

「使っていない部屋も含め、全館入っています。電力はふんだんにありますから。店舗の大半は二十四時間営業です。夜間しか開いてないのは、バーくらいです。レストランでは昼から飲んでいる奴もいますが」

ドアチャイムが鳴った。中本が扉を開いた。水色の制服を着た四十くらいの男が入ってきた。ヘリからダンボールをおろしたひとりだ。

「関《せき》くん、石上さんだ。石上さん、私の下にいる関です」

関は恐縮したように頭を下げた。

「すみません、名刺をもってなくて。この島で使うことはめったにないものですから」

「大丈夫です。ありがとうございます」

「所長」

関がカードキィをさしだした。

「これが1018の鍵です」

中本はそのまま私に渡した。

「お預かりします」

「お疲れでしょうから、今日はこれで――」

「ありがとうございます。明日、発電所のほうにうかがって、西口さんのことをいろいろお訊ねしたいと思います」

「承知しました」

「受付のインターホンで私を呼びだしてください。そうだ、私の番号をメモリに入れておきます」

関はデスクにおいた、私の島内用携帯に手をのばした。

「助かります」

「本当なら夕食をごいっしょしたいのですが、夜間のシフトに我々二人とも入っていまして」

中本がいった。

「とんでもない。むしろそんなお忙しいときにご厄《やっ》介《かい》をおかけして」

私が頭を下げると、中本は不意に居ずまいを正した。

「西口くんを、誰があんな目にあわせたのか、石上さんにはできる限りの協力をしますので、ぜひ犯人を見つけてください。よろしくお願いします」

「よろしくお願いします」

関もいっしょに頭を下げた。

「全力を尽します」

まるで自信はなかったが、そういう他なかった。

二人がでていき、私は大きく息を吐いた。部屋を点検する。備えつけのベッドはセミダブルの大きさがあり、上下二段のクローゼットが浴室の扉のかたわらにあった。玄関のすぐ内側が小さなキッチンで、ＩＨの調理器が一台に小型冷蔵庫と電子レンジがおかれている。冷蔵庫の中は空っぽだ。

バスルームはユニットタイプで、学生時代を思いだした。

ダンボールに入っていた制服や新品のタオルや下着をとりだし、クローゼットにしまう。制服は同じものが三セットあり、中にメモが入っていた。

「ランドリーがＣ－2000棟の地下にあり、クリーニング店はＡ－10です。他に必要な衣類があれば、センスがいいとはいえませんが、同じＡ－10の二階で売っています」

どうやらそこの世話になりそうだ。潜入捜査の基本は、目立たない格好をすることだ。ドヤ街では労働者の格好を、オフィス街ではスーツを着る。この島で売っている、この島のファッションを身につけるのが一番だろう。

でかける前にシャワーを浴びたかったが我慢した。あの北風に吹かれたら風邪をひく。

西口の部屋の調査は明日することにして、自分の携帯から稲葉にメールを送った。島に無事到着し、明日からとりかかることを伝える。

返事はすぐにはこなかった。三ヵ月島流しにした部下のことなど、とっくに忘れているのかもしれない。結果がだせれば、稲葉の功績になるし、だせなければ、責めは私が負う。

どう考えても損な任務だ。

だがボリスから逃れるには、うける他なかった。

オロボ島から戻ったら、転属願いをだそうと決めた。受理される可能性など、ほとんどないのだが。

パソコンをとりだし、立ちあげた。Ｗｉ－Ｆｉのおかげで、ネットにはすぐつながった。

サポートセンターからの映像はまだ届いていない。今夜中というのは、おそらく明日の朝までを意味するのだろう。

空腹を感じた。飲み物やスナックを買う必要がある。グラスや皿、小さな片手鍋などはキッチンに用意されていた。

防寒着をつけ、二台の携帯をもって部屋をでた。階段で地下に降りる。

二人の男とすれちがった。二人とも怪訝《けげん》そうに私を見た。

「こんにちは、石上といいます」

告げると、あっという表情になった。

「今日、こられた？」

ひとりが訊ねた。ヒゲをのばしているが、まだ二十代だろう。

「そうです」

「警察の？」

頷いた。

「ご苦労さまです」

もうひとりがいった。背が高く、眼鏡をかけている。三十四、五といったところだ。

「浦田《うらた》といいます」

「梶《かじ》です」

若いほうが梶だった。名乗ったあとは、どう私に接してよいかわからないように硬い表情を浮かべている。

「よろしくお願いします」

私はいった。二人はぴょこんと頭を下げた。

地下通路を歩き、ロシア区画で地上にでた。売店やレストラン、バーなどが、ざっと七、八軒、目に入った。外を歩いている人間はいない。コンビニエンスストアらしき店舗があり、中に入った。

おかれている商品の大半が日本のものだ。インスタントコーヒーとカップ麺、缶ビールにペットボトルのウーロン茶を買った。レジには小太りのスラブ人女性がいて、

「せんはっぴゃくルーブル」

といった。一万円札をだした私に、

「千円札、ない？」

と訊く。頷くと、肩をすくめ、ルーブル紙幣で釣りをだした。

店をでてから、なぜ私が日本人だとわかったのか訊けばよかったと思いついた。

目の前に「フジリスタラーン」があった。初日から日本食もいかがなものかと思ったが、怪しい味をうけいれる心の余裕が今日ならある。

紫色のガラス扉はとても食堂という雰囲気ではなかったが、押して中に入った。

四人がけのテーブルが五つとカウンターが十席ほどある、ごくふつうの食堂だった。

「イラッシャイマセ」

迎えてくれたウエイトレスに思わず目をみはった。

さっきコンビニエンスストアのレジにいた女性とうりふたつだ。

　思わずロシア語で訊いた。

「コンビニエンスストアで働いていなかった？」

　女性はにっこり笑い、

「サーシャ！」

　と叫んだ。店の奥からもうひとり、まったく同じ外見の女性が現われた。

「ふたごか」

「みつごよ。キオスクにいるのは妹のベロニカ。あたしはエレーナ。ロシア語、上手ね。もしかしたらロシア人？」

「日本人だ」

「ふーん、最近ここにきたの？」

　私は頷いた。

「今日」

「あら、いらっしゃい。それなのに日本の食べものが食べたいのね」

「そうなんだ」

　テーブルには二組の先客がいたが、どちらも中国人だった。やりとりでわかる。

　私はカウンターにかけた。

「お勧めは？」

　エレーナは口をへの字に曲げた。

「ラーメンはそこそこ。スシは駄目。おいしいのは、そうね、テンドン」

「じゃあそれを」

　待っていると、食事を終えた中国人のグループが腰をあげた。ひとりが代表して勘定を払っている。

　彼らが食べていたのはラーメンだった。

　ラーメンにすればよかったと後悔していると、勘定を終えた中国人が私に歩みよった。

「私、ヤンといいます。発電所の新しい人ですか」

　流暢《りゅうちょう》な日本語で話しかけられた。制服ではなく、革のジャンパー姿だ。四十に届いているかどうかだろう。

「はい。石上といいます」

私が答えると、ヤンは右手をさしだした。私は椅子をおり、それを握った。

「亡くなった西口のかわりにきました」

「西口さん、とてもお気の毒でした。西口さんを見つけたのは、ウーという私の部下です。ウー、一日仕事休みました」

「病気ですか」

ヤンは首をふった。

「びっくりしたんです。この島で人が死んでいるのはありませんから」

私は頷いた。

「西口は友だちでした。もしよければ、そのときのことをウーさんに訊きたいのですが」

「石上さんのいいときにプラントにきてください。ヤンに呼ばれたといえばいいです。ウーを紹介します」

ヤンはいった。親切な申し出だ。

「ありがとうございます」

「同じオロテックです。助けあいましょう」

ヤンは笑みを浮かべたが、目は笑っていなかった。

そして確かめるように、

「石上さん」

とつぶやいた。

「はい、石上です」

ヤンは小さく頷き、店の入口でかたまって待っている仲間をふりかえった。

「噂になっていた奴ですね。警官かな」

中国語でひとりがいった。

「わからない」

ヤンは中国語でつぶやき、

「また、会いましょう」

日本語で私に告げ、店をでていった。

私はあらためて腰をおろした。噂になっていたと中国人のひとりはいった。私がくることは、どうやら知られていたようだ。

「どうぞ」

エレーナが奥から丼を運んできた。盆にはのせず、両手で運んでいる。丼の蓋をもちあげると、やけに黄色い衣に包まれた何かをスクランブルエッグでおおったものがご飯にかかっていた。先割れスプーンと竹の割箸がついている。

竹の箸で衣をつまんだ。中からカニカマらしき具がのぞいた。口に含むと、味がほとんどない。丼の端にタクアンが二切れある。

「これ、使う?」

キッコーマンの小壜《こびん》をエレーナが掲げた。頷き、衣の上からかけた。だいぶましな味になった。ご飯は硬くもなく軟かくもなく、まずくはない。

エレーナが興味津々という表情で、かたわらに立った。

「お腹《なか》が空《す》いているのかい。だったら二人で食べようか」

エレーナは首をふった。

「ロシア人みたいな顔をしている日本人がテンドン食べているのがおもしろいの」

「お祖母《ばあ》ちゃん似なんだ」

カニカマの次に、なぜか鮭《さけ》を揚げたらしきものが現われた。微妙な味だが、食べられないというほどでもない。特に皮はパリパリとして、うまい。

「ロシア人なの⁈」

さっとサーシャが顔をだし、訊ねた。

「そう。ロシア語はお祖母ちゃんに教わった」

「お祖母さんは日本に住んでいるんだ」

「住んでいたけれど、もう亡くなった。さっきいた中国人は、このお店によくくるの?」

エレーナは首をふった。

「ときどーき。でも日本語を話すのを、初めて聞いた。日本人の客がいても、話しかけたことがなかった。あなたに興味があったのね」

「皆、噂話が好きらしい」

「当然よ。他に楽しみがないもの」

サーシャが目をくりくりさせた。

「噂はね、このサーシャが流すの。大好きなんだから。人の噂話が」

エレーナがいうと、サーシャは「いーだ」という顔をして奥にひっこんだ。エレーナは肩をすくめた。

「ロシアンティー、飲む？」

嬉《うれ》しい。祖母がよく飲ませてくれた。

「いただきます」

思わずいった。エレーナは奥に入り、ジャムがたっぷり入った熱いロシアンティーを注いだカップをもってきた。

丼を平らげ、ロシアンティーをすすった。

「すごくおいしい」

私はいった。十数年ぶりに飲む味だ。

祖母はこれにさらに蜂蜜を入れて飲むのが好きだった。子供の頃は蜂蜜の匂いが苦手だった。

「ウォッカ、入れる？」

エレーナはいたずらっぽく訊ねた。


「いや、今日は遠慮しておくよ。お酒を飲んだら、すぐに寝てしまいそうだ」

「お祖母ちゃんがロシア人なのに、お酒に弱い筈がない」

サーシャが顔をのぞかせた。

「お祖母ちゃんはお酒を飲まなかった」

「嘘でしょう」

「本当さ」

「日本てお酒がないの？」

「まさか。あるよ。ウォッカだってある。いったことがないの？」

「ないわ。パスポートもってないもの」

エレーナが答えた。彼女たちにとってこの島は母国だ。確かにパスポートは必要ない。

「死んだ日本人の話は知っているね」

サーシャとエレーナは同時に頷いた。

「あなたは彼のかわりにきたのね」

エレーナがいった。

「そう。彼に会ったことはある？」

「会っているかもしれないけれどわからない。顔の皮を剝《は》がされていたというのは本当？」

サーシャが訊ね、私は首をふった。

「いや。誰がそんなことをいったんだい？」

「ただの噂よ」

エレーナがいった。

「ちがうわ。アレクセイがいってたもの」

「アレクセイ？」

「国境警備隊《ペーヴェー》の若い兵隊」

エレーナがいった。

「グラチョフ？」

「彼の部下」

「顔の皮は剝がされてはいなかった」

私はサーシャを見て、きっぱりといった。

「他にはどんな噂がある？」

「別に噂なんて――」

エレーナが口ごもった。

「聞きたいんだ。この島にきたばかりだから、どんなことでも知りたい」

私はエレーナとサーシャを見比べ、いった。二人はしばらく黙っていた。

「皆《み》んな恐《こわ》がってる」

やがてサーシャがいった。

「当然でしょ。この島に人殺しがいるのだから」

エレーナは私を見た。

「確かに。犯人に関する噂はないの？」

二人は首をふった。

「国境警備隊は何もしないし」

「サーシャ」

エレーナが咎めた。

「頼みがある。もし殺された日本人や犯人のことで何か噂を聞いたら、私に教えてほしい」

「いいわ」

サーシャがいった。

「私の名はイシガミ。これからときどき顔をだす」

「イシガミね」

サーシャがいい、

「あまり期待しないで」

釘《くぎ》をさすようにエレーナがつけ加えた。

「ごちそうさま」

私は立ちあがった。

「よんひゃくルーブル」

エレーナがいった。千ルーブルを渡し、

「お釣りはいいよ。ロシアンティーのお礼だ」

と私は告げた。エレーナは複雑な表情を浮かべていたが、

「ありがとう」

と、札をしまった。

「フジリスタラーン」をでて、一瞬迷ったが、他のバーなどには寄らないことにした。初日から噂の日本人があちこちに出没したら、さらに噂を広めることになる。警官だという噂すら、すでに中国人のあいだに流れているのだ。


地下通路を通り、C棟に戻った。自分の部屋に入ると、熱いシャワーを浴びた。ヨウワ化学が用意したダンボールの中には、部屋着に使えるスポーツウエアも入っていた。それを着てベッドに腰をおろすと、立つことすらおっくうになった。

パソコンを開いた。稲葉からのメールが届いていた。メールを私の携帯に送ろうとしたが、うまくつながらなかったとあった。

自分の携帯を見た。電波の受信状態は悪くない。なのにメールが届かないというのはどういうことだろう。そのあとの本文は、

『ご苦労さま。風邪をひかないように』

で終わっている。いたってそっけない。事件への興味はほとんどないようだ。

サポートセンターから映像が届いていた。

ベッドに腹ばいになり、映像を開いた。十六分割された画面が映しだされた。三月十日の午前零時一分から午後十一時五十九分までの映像だ。地下通路

や港、どこだかわからない複数の施設の映像が流れている。再生速度をはやめ、表示される時刻に留意しながら見ていった。

最も多くの人間が映っているのは、A区画の二台のカメラの映像だ。飲食店があるのだから当然といえば当然だ。男たちがバーやレストランにでたり入ったりをくりかえしている。

ふと思いつき、関が届けてくれた1018のカードキィを手にとった。西口の社員証も入っていた。目のある西口は優しげで、三十二という実年齢よりかなり若く見える。新卒でも通りそうなほど若々しい。

その顔を目に焼きつけ、再びパソコンの映像に戻った。

瞼《まぶた》が自然に閉じかけたとき、西口が映った。無意識に手が反応し、映像を止めた。

地下通路を移動する、西口の姿だった。時刻は午前四時二十一分だ。カメラ番号は「9」。

西口はショルダーバッグを肩に動く歩道に乗り、画面奥からカメラに向かって移動していた。

サポートセンターからのメールには映像の他に、施設内のカメラ位置リストがついていた。それによるとカメラ「9」は、地下通路の南側の十字路に設置されている。

地下通路に十字路はふたつある。南側はヘリポートとプラント、発電所、居住区に向かう四本の交差点で、北側はロシア区画のま下にあって、ヘリポートからのびてきた道と、B棟、C棟、そして管理棟につながる通路の交差点だ。

北側の十字路にもカメラはあり「8」だ。

カメラ「9」に映った西口は、通路を東、つまり発電所の方向に進んでいた。出勤のためだったとすると、他に誰も映っていないのが妙だ。三交代のシフトで働いている以上、出勤時間は皆、重なる筈だ。が、カメラ「9」には、東に移動する人間は、西口以外映っていない。

リストによれば、発電所のエントランスにカメラ

「3」がある。カメラ「3」の映像をチェックしたが、西口の姿は映っていなかった。つまり西口は発電所に入っていない。発電所には、地下通路から直接入れるようだ。そうなると、西口はその手前で地上にでたとしか考えられない。

まだ暗く、おそらくは最も冷えこむ時間帯に地上にでた理由は何だったのだろう。よほど急ぐ用があったか、他人に見られたくなかったのか。

限界だった。パソコンを閉じ、私は目を閉じた。明りを消すことなく、眠りに落ちた。

5

一度目覚め、明りを消して寝た。次に目が覚めたのは、午前六時二十分だった。ベッドをでて顔を洗い、IHで湯をわかしてコーヒーをいれた。

カーテンをめくり、窓から外を眺めた。鉛色をした海が広がっている。手前は草も生えていないような岩場だ。

水平線のやや上に明るい雲があって、太陽の所在を控えめに示していた。

窓ガラスに触れた。思ったほど冷たく感じないのは、断熱性に優れているからだろう。

大きくはないが、あちこちから物音が聞こえた。ドアが閉まる音、排水管を流れ落ちる水音、くしゃみやテレビらしき音声。

コーヒーを飲み干すと、手袋をはめ、二枚のカードキィを手に部屋をでた。

廊下は室内より五度くらい温度が低い。大きな足音をたてないよう、用心しながら歩き、ひとつおいた隣の部屋の扉に1018のカードキィをかざした。

ロックが外れると中に入った。扉を閉め、暗い室内にたたずむ。

何の匂いもしなかった。明りのスイッチを入れた。デスクの上にダンボールがおかれている。中は、洋服など、西口の私物だった。ダンボールの中身をだした。一番上に、ビニール袋に入った財布や手帳、ペンケースがあった。おそらく発見されたときに身につけていたものだろう。

それをわきにどけ、パソコンや携帯電話を捜した。西口は二台の携帯をもっていた筈だ。一台はオロテックの支給品で、一台は私物の携帯だ。だがどちらもなかった。ダンボールの底にパソコンがあった。電源を入れると、パスワードの入力画面になった。お手上げだ。

デスクにビニール袋の中身をあけた。ペンケースの中には、ボールペンの他にコンタクトレンズと目薬が入っている。

財布を見た。布製の、学生が使うような財布だ。中には一万円札一枚と約五千ルーブルが入っていた。他にヨウワ化学の名刺、千葉工場に勤務していたときのものが二枚、カード類、成田山《なりたさん》のお守りだ。

手帳を開いた。ダイアリーではなくメモ用のものだ。発電所の仕様らしき、私には難解なメモと、ロシア区画の建物番号と施設の対照表、簡単な名簿が記されている。

発電所員らしき日本人名が十二人、カタカナで書かれた中国人名は四人、ロシア人名がパキージンとアルトゥールという二人だ。

名前に説明はない。私はとりあえず自分の手帳に、人名だけを書き写した。日本人には、中本や関、浦田の名もある。

ビニール袋をダンボールに戻し、カメラ「9」に映っていたショルダーバッグを捜した。室内をくまなく調べたが、なかった。

冷蔵庫の中まで見た。冷蔵庫には炭酸系の清涼飲料水のペットボトルが二本入っているだけだ。アルコール類はない。

ベッドはすでに整頓されていた。毛布と布団が四角く畳まれ、枕とともに足もとの位置に積まれている。

ダンボールといい、ビニール袋といい、西口の死をうけて、室内を整頓した者がいたようだ。

明りを消し、「1018」をでた。「1019」の前で足を止め、内部の気配をうかがった。住人は外出しているのか眠っているのか、あるいは無人なのか、何の物音もしない。

「1020」に戻ると、制服をつけ、さらに防寒着を着た。制服はやや小さめだったが、不自由するほどではない。これがぴったりになるくらいダイエットすればいいだけのことだ。

内階段で地下通路に降りた。A区画をめざす。

地上にでて、寒さに震えあがった。午前八時を過ぎているが、日差しはなく、恐ろしく冷たい風が吹きつけている。だがその寒い地上を、多くの人間が動いていた。

「おはよう《ドーブラエ・ウートラ》」

というロシア語の挨拶が白い息とともにとびかっている。ニット帽や耳あてつきのキャップをまぶかにかぶった男たちが食堂を出入りし、フェンスでへだてられた港の中をフォークリフトが走り回っている。

沖合に停泊している貨物船に向かう小型ボートが逆Vの白い航跡とともに、エンジン音を轟《とどろ》かせていた。

フォークリフトは、透明のビニールで梱包された一メートル四方の箱を運び、港の一角に積みあげている。その中身が精製されたレアアースなのだろうと見当をつけた。

「オハヨウゴザイマス！」

声をかけられ、私はふりむいた。毛皮の帽子をかぶったパキージンが湯気のたつ紙コップを手に立っている。制服の上には何も着ていない。

「おはようございます」

日本語でいい、ロシア語で寒くないのですかと訊ねた。

「コーヒーがあたためてくれる」

パキージンはいって、「朝食《ザーフトラク》」と青い電球が点《とも》った看板を掲げた建物を指さした。消えているがその隣には「夕食《ウージン》」という赤い電球の看板があった。

「あの店のカーシャは悪くない。試してみるといい」

カーシャはロシアの粥《かゆ》だ。ソバの実や小麦、米でも作る。祖母が作るカーシャが、私は苦手だった。牛乳の入った粥は、どうにも馴染めなかったのだ。

「ブリヌイはありますか」

パキージンは頷いた。

「あるとも。イクラもおいてある」

「そっちがいい」

イクラとは、ロシア語で魚卵のことだ。日本語のイクラは鮭の卵だが、ロシア語ではすべての魚卵を意味する。ブリヌイはソバ粉で作ったクレープで、サワークリームとイクラを包んで食べるブリヌイは、特別な日のご馳走だった。

「食堂は混んでいるから、もち帰って部屋で食べるのがお勧めだ。もち帰り料理は、テーブルより早くでてくる」

それはありがたい情報だ。私は礼をいって、パキージンが示した建物に向かった。そこは四人がけのテーブルが十近くある食堂で、二十人はすわれるカウンターの端にテイクアウトのコーナーがあった。テーブルもカウンターもオレンジの制服でほぼ埋まっている。

テイクアウトのコーナーでハムとチーズのブリヌイを頼んだ。イクラのブリヌイを朝食べるのはやや抵抗がある。

食堂の中はあたたかくにぎやかだった。食物の匂い、声高のロシア語と食器のふれあう音で満たされている。私を気にする者はほとんどいない。

アジア系のウエイトレスが、ブリヌイをくるくると紙で巻き、

「二百ルーブル」

とロシア語で告げた。手にしたそれはまだあたたかく、冷めないように防寒着のポケットにつっこん

だ。

　地下通路にとびこみ、部屋にまっすぐ戻った。

　ブリヌイは、久しぶりに食べたせいもあっておいしかった。ただ祖母が作ったものよりはるかに大きく、もて余した。

　プルルという信号音にどきりとした。支給品の島内用携帯が鳴っていた。六桁の番号が表示されている。

「はい」

「おはようございます。中本です」

「おはようございます」

「よくおやすみになれましたか」

「ええ」

「朝食はどうされました?」

「ええとテイクアウトしたものですませました」

「そうですか。今日はどんなご予定ですか」

「一度発電所にうかがって、それから西口さんが発見された場所と診療所を訪ねようと思っています」

「了解しました。ではC棟の地下通路入口にいらしてください。時間は十時でどうでしょう」

「うかがいます」

「あ、制服を着ていらしてください。そのほうが何かと便利なので」

「わかりました。ご厄介をおかけします」

　時間になり降りると、すでに中本は待っていた。

「何を召しあがったんですか」

　挨拶のあと、中本が訊ねた。

「ブリヌイという――」

「ああ、クレープですね。あれは我々もよく食べます。イクラを巻いたやつは酒のつまみにもいいし、安いですしね」

　中本は笑った。地下通路を南に移動した。

「昨夜はどうされたんです」

「『フジリスタラーン』にいきました」

「ああ、あのみつごの女の子のいる。味はどうでした?」

「お勧めといわれて天丼を食べましたがラーメンにすればよかったかもしれません」

「ラーメンは、うーん、まあ、悪くはないけど、寿司よりはましという程度ですね」

「寿司は駄目なのですか」

「ヨウカンみたいな切り身が味のない飯に粉ワサビとのっているだけです。それもあまり新鮮じゃない刺身でしてね。ロシア人は平気で食っていますが、中国人もあまり食べませんね」

「そういえばヤンという中国人にそこで声をかけられました。西口さんを見つけたウーという男の上司だといっていました」

「ああ、はいはい。警備員ですね」

「警備員?」

「プ、ラ、ン、トの警備員なんですが、たぶん役人なのじゃないかと思います。ただの警備員にしちゃあ態度が大きくて、エンジニアにも強気にふるまっています」

「そういえばいっしょにいたひとりが、私を警官かどうか疑っていました。噂になっていたようです」

「まあセルゲイから新しい人間がきたことは伝わっているでしょうし、噂が広まるのはあっという間です」

南側の十字路を東に折れた。カメラ「9」の場所だ。

「西口さんの遺体が見つかったのは三月十日の何時頃ですか」

「発電所に連絡がきたのが、午後五時近くでした」

「連絡はどこから?」

「国境警備隊です。発見した中国人がまず自分の上司に知らせ、そこから警備隊にいって、私のところという順番だったと思います」

「現場にはいかれたのですか」

「いきました」

発電所の百メートルほど手前の左手に地上にでる階段があった。

「この階段の上には何があるんです？」

「ただの出入口です。ここをあがって東に一キロほどいくと砂浜があります。西口くんはそこで見つかりました」

「砂浜に一番近い出入口はここですか」

「一番近いのは発電所の出入口ですが、発電所に用がなければ、ここからあがる者もいます」

西口はおそらくここから地上にでて、その約十二時間後に死体で発見された。殺されてから十二時間放置されていた可能性はある。

西口の映像のことを今は中本に話す気はなかった。

「当日の西口さんの勤務シフトはどうなっていたのですか」

「昨夜の我々と同じく、午後六時からのシフトでした。六時から午前二時までで、シフトは一週間単位でかわります」

出勤のためにここを歩いていたのではないことははっきりした。


発電所に入った。社員証をかざすと開くゲートをくぐり、渡されたフィルムバッジを身につけるよう指示をされた。

入ってすぐのロビーのような空間に、関と浦田が待っていた。挨拶を交し、四人でロビーの椅子に腰かけると、すぐに私は訊ねた。

「そういえばＣの1019にはどなたか入っていらっしゃるのですか」

「いえ、空き部屋です。各階ふた部屋は空きを作ってあって、それで石上さんに1020にすぐ入っていただくことができたんです」

関が答えた。

「実は先ほど1018を見させていただいたのですが、誰かが整理をされたようでした」

「私と浦田くんです。二人が西口くんの世話係でしたので」

関が答えた。中本がいった。

「どうしようか迷ったのですが、ずっとそのままにしておくわけにもいきませんし、犯人が見つかるにせよそうでないにせよ、いずれはご遺体を送り返さなくてはならないわけです。当然そのときは私物も添えなければならないと思いましてて」

「西口さんは携帯をもっていましたか」

　私が訊ねると、全員が頷いた。

「島内用と私物の二台ですか」

「ええ」

　浦田が答えた。

「パソコンはありましたが、携帯が部屋にはありませんでした」

　関の顔がこわばった。

「えっ。私は何も――」

「わかっています。西口さんが殺されたときに奪われたのかもしれません。西口さんのパソコンのパスワードをどなたかご存じありませんか」

　全員が首をふった。

「犯人は何のために西口くんの携帯をとったのでしょうか」

　中本が訊いた。

「わかりません。西口さんは犯人と連絡をとりあっていて、それを調べられたくなかったという可能性はあります」

　気づくと、ロビーに三十人近い水色の制服の人間が集まり、私たちを遠巻きにしていた。中本が立ちあがった。

「皆《み》んな、こちらは警視庁からこられた石上さんです」

　皆、無言で見つめている。私はしかたなく立った。役回りだと自分にいい聞かせる。

「石上です。今から私の携帯の番号をいいます。もし、西口さんの件で何か私に知らせたいことがあったら、いつでもかまわないので電話をかけてくださ い。番号は――」

　島内携帯の六桁を告げた。

「このことを、今日ここにいらっしゃらない方にも伝えていただけると助かります」

反応はなかった。が、それぞれの顔を見る限り、「帰れ、この野郎」とまでは思っていないようだ。好奇心と不安、わずかだが安堵《あんど》の表情がある。

「皆さんのご協力があれば、西口さんを殺害した人物を特定できると思います。どうかよろしくお願いします。あと、私の部屋はCの1020です。もし電話をかけるのが嫌だという方は手紙でもかまいません」

密告の奨励というわけだ。それで解決すれば苦労はないが、犯人が聞いたら怯《おび》えるし、今後の犯行をためらうだろう。もちろんその予定があれば、だが。

私は中本に頷いてみせた。

「ようし、全員、持場に戻ってください。石上さんには、あとでここを見学していただきます」

中本が告げると大半の人間がロビーをでていった。

「あの」

残った中のひとりが私に話しかけた。眼鏡をかけた小柄な若者だった。

「あ、僕、荒木《あらき》といいます。西口くんとは前に千葉でいっしょだったことがあります」

「そうだ。荒木くんは、わりと西口くんと親しかったんだ」

思いだしたように関がいった。

「それは助かります。勤務明けは何時ですか?」

「えーと、六時です」

「では明けたら、私の携帯にご連絡をください」

「今でもかまいません」

中本がいった。

「いや、お話は二人きりでうかがうほうがいいと思いますので」

私が告げると、中本ははっとしたような表情になった。

「そうですね。それは……そのほうがいい」

自分も〝容疑者〟のひとりであると気づいたようだ。私は小さく頷いてみせた。

中本は気まずそうに咳《せき》払いし、

「じゃあ、荒木くん、あとで石上さんに連絡をしてください」

と告げた。荒木は頷き、発電所の奥へ戻っていった。

その後、約一時間をかけて私は発電所内を案内された。所内にはふだんはまったく人の入らない区画があり、そこは出入口が施錠されていること、所内には四十台の安全点検用カメラが設置されていることを教えられた。その四十台のうちオロテックの管理センターに映像が送られているのは四台で、あとの映像は技術の守秘のために、発電所の外にはださない。

「当日、西口さんが所内にいた可能性はありませんか。秘かに、という意味ですが」

「ゲートをくぐらなければ所内には入れませんし、もしくぐっていたら管理データに残っていた筈です。西口くんは三月十日には所内に入っていません」

中本は首をふった。見学を終えると、私は発電所の最上階にある部屋に案内された。南西向きにガラスがはめこまれ、海上プラットホームも見ることができる。

「もう少しすると弁当屋がきます」

時計を見て、中本はいった。

「弁当屋？」

「ロシア人の業者が、三交代にあわせて、午前四時、正午、午後八時の三回、弁当を売りにくるんです。彼らから買わなかったらA区画に食べにいくか買いにいくか、しなければならない」

「その弁当屋はプラントにも売りにいっているのですか」

中本は首をふった。

「ここだけです。プラントの連中は食いにいったり、自分で弁当をもってきたりしています。社員食堂を作る話もあったのですが、オロテックはそういう業務はロシア人にしか許可しません。そうなると今度は守秘の問題がでてきて、希土もうちも、やめておこうということになりました」

　希土というのは中国企業の電白希土集団を意味するようだ。

　中本自らがお茶をいれてくれた。

「ここには女子社員がひとりもいません。希土には女子のエンジニアもけっこういます。女性の社会進出に関しては、中国のほうが進んでいますね。エンジニアのかなり上のレベルにも女性がいる」

　礼をいって湯呑みをうけとり、窓ぎわに立った。大型船が島の南側に浮かんでいる。小型のタンカーのようだが、それより寸詰まりの奇妙な形をしていた。

「あれがプラットホームからくる、鉱石の運搬船です」

　かたわらに立った中本がいった。船の中心部に、崖から真下に向かってつきでた銀色のパイプがつき刺さっているように見える。

「鉱石といっても、実際は泥のようなものです。それをあのパイプで吸いあげ、そのままプラントまで流します。プラントで選鉱にかけ、硫酸と混合させて加熱します。それによってレアアースを分離するんです」

「硫酸を加えて加熱ですか」

「ええ。選鉱の段階でトリウムがでます。そのトリウムが、この発電所を稼動させています」

「トリウムはどうやって運ばれているのですか」

「プラントで放射性物質用の密封容器に詰めこまれ、トラックで運んでいます。これは毎日ではなく、ある一定量に達すると運搬します。前回は二月の三日でした」

「トリウム発電ではプルトニウムが発生しないそうですね」

　中本は少し驚いた顔をした。

「よくご存じですね」

「安田さんからうかがったんです」

「そうですか。プルトニウムが発生しないので、トリウム発電の技術が進歩しなかったという側面はあります。ただ放射性物質にはかわりがないので、我々としても決して事故を起こさないよう、慎重の上にも慎重に、稼動させています。そのかいあって、この島では電気だけは潤沢です。地下通路の暖房やロシア区画の店舗など、費用を気にする必要がない」

「亡くなられた西口さんのお話を聞かせてください。中本さんからごらんになって、どんな方でした？」

「いたって真面目な印象がありました。まだ若くて、配属されたばかりですから、けんめいに仕事を覚えようとしていたのだと思います」

「ここにこられたのはいつです？」

「今年の二月中旬からです」

「するとまだ一ヵ月とちょっとですね」

「独身なので、会社も動かしやすかったのだと思います。オロテックへの出向は単身赴任が決まりなので」

「家族いっしょは難しいでしょうね」

「学校も託児所もありませんし、冬はまるで身動きがとれなくなります。奥さんだけでも、長くいたら、かなりつらいでしょう。この島はレアアース生産に特化された工業プラントです。それ以外の理由や目的で住むのは困難だといわざるをえませんね」

「他の社員の方とあつれきがあったという話を聞いたことは？」

中本は首をふった。

「関と浦田が面倒をみていましたが、あの二人はどちらもまめで気立てもいい。つらい思いをさせることはなかったのではないでしょうか」

「中国やロシアのエンジニアとはどうです？」

「それはわからないですね。ひとりきりで動き回らない限りは、トラブルを起こすということもあまりなかったと思います」

私は人名を書き写した手帳を開いた。名前を読みあげる。日本人はすべて発電所の所員だった。

中国人の名前については、トリウムの貯蔵・運搬にかかわっているプラントの人間だと、説明された。発電業務につながる技術者なので覚えておこうとしたのだろう、と中本はいった。

「ロシア人は、パキージンとアルトゥールですが」

私は中本を見た。

「パキージンは、きのうひき合わせた、この島の最高責任者です。アルトゥールというのは……」

中本は首をひねった。

「知らない名ですね。本部にそんな名前のロシア人がいたかな。待ってください」

デスクの上のパソコンに歩みよった。

「オロテックの社員名簿を見ます」

やがて私をふりかえり、

「やはりいませんね。社員ではないようです」

「社員ではない……」

「この島の人間だとすれば、業者の可能性はあります。飲食店とか納入業、あるいは商店の人間です。オロテックと契約して、ここで商売をしているんです」

私は頷いた。

「もしその業者のことを知ろうとしたら、どこに訊けばいいのでしょう」

「本部ですね。我々は本部とかセンターと呼んでいますが、オロテック全体の管理部門で、パキージンがいたあの建物に入っています。あそこで訊けば、業者の名もすべてわかると思います」

「わかりました」

中本は時計を見た。

「弁当を見ますか」

十二時になっていた。二人で一階に降りた。

ゲートの外側、地下通路からの階段をあがりきった踊り場にワゴンがおかれ、サンドイッチやブリヌイが並べられている。発電所の所員が順番に並び、それらを買っていた。

「あら」

売り子の女性が私に気づいた。みつごのひとりだ。他に男がひとりいる。

「君は、えーと……」

「サーシャよ」

髪をおさげにし、分厚い防寒着をまとっていた。白い肌に点々と散ったソバカスがかわいらしい。目はまっ青だ。

「いつも君が売りにくるの?」

「交代。夜中もあるから、三人で交代してやってるの。ヤコフ、彼がきのう話した日本人。ロシア人みたいでしょう」

ヤコフというのがもうひとりの売り子だった。チェックの厚手のシャツにエプロンをつけている大男だ。サーシャと私が話すのを、おもしろくなさそうに見ていた。

「よろしく」

私はいった。ヤコフはそっけなく頷いた。

嫌われている可能性もあるが、ロシアの男には人見知りが激しく、容易にはうちとけない者も多い。

「あんたのロシア語、ロシア人みたいだ」

「ありがとう。ところでアルトゥールというロシア人を知ってるかい」

サーシャは首をふり、ヤコフは即座に、

「知らないね」

と答えた。

返事が早すぎる。私はサーシャを見た。サーシャは無言で私を見返した。

私はサワークリームがたっぷりと塗られたサーモンのサンドイッチを手にとった。すでにブリヌイを選んでいた中本が、私のぶんも勘定を払った。

「ありがとう。店にもまたきてね」

いったサーシャに、私は頷いた。ヤコフが私をにらんだ。人見知りではなく、どうやら嫉妬のようだ。

発電所の最上階に戻るとコーヒーでサンドイッチを食べた。大味ではあるが、まずくはない。

「中本さんはここには都合どれくらいになるのです

か」

「じき二年です。ヨウワでは一番長い。プラントや発電所が建設中の頃を足せば三年近くなります」

「これまで何か大きなトラブルはありましたか」

「建設中に事故が一度ありました。ロシア人の作業員がひとり、死んだか大怪我をしました。完成してからは――」

考えこんだ。

「少なくとも日本人はありませんでしたね。ロシア人どうしの喧嘩《けんか》や、ロシア人と中国人がどうしたみたいな話はありましたが、日本人は喧嘩も怪我もありません。西口くんまでは」

「中本さん自身は、西口さんのことをどうお考えになります?」

中本は首をふった。長い顔に途方に暮れたような表情が浮かんでいた。

「まるで見当がつきません。自殺でも大問題ですが、殺されたのだとしたら本当にどうしたものか」

「こちらにくる前に安田さんとお会いしました。安田さんに相談をされたのは、中本さんですね」

中本は頷いた。

「どうにも身動きがとれなかったもので。日本の警察を呼ぶわけにもいきませんし、遺体は国境警備隊のところにある。だからご遺族にも何と知らせてよいかわからない」

「遺族に連絡はまだ?」

「安田が、きのうあたりする、といっていました。その、日本の警察がどう対応するかを見てから判断しようということで。石上さんがこちらにこられたのを確認して、ご遺族に連絡をとった筈です」

つまり「警察の見解」というやつを、ちかぢか求められることになる。

見解などだしようがない。西口の死因すら、私はまだ知らないのだ。

改めて稲葉を恨んだ。不適材不適所だ。が、それを中本に愚痴れば、警視庁の人材不足が露呈する。

「西口さんが見つかった場所に案内していただけますか」

昼食が終わると私はいった。中本は頷き、立ちあがった。

発電所の出入口から地上にでた。冷たい風に吹きつけられ、私はあわてて防寒着のフードをかぶった。

「そうそう、これを渡すよう浦田にいわれていました」

フードをかぶった中本が新品の手袋をさしだした。内張りのついた革製だ。ありがたく指を通した。

中本は発電所を背に右に進んだ。舗装された道ではなく、地面が踏み固められた上に雪が積もっている。

発電所の建物を回りこむと正面に海が見えた。風はまさにその方角から吹きつけていて、暗色の海面を白く削っている。

岩と土、そして枯れた下生《したば》えしかない地形は風をさえぎらず、容赦なく雪を叩きつけてきた。が、少し歩いて気づいた。叩きつけているのは雪ではなく、凍った波飛沫《しぶき》だ。打ちつけられる波が飛沫をあげ、それが瞬時に凍りついて風に運ばれてくる。

それが証拠に、空は曇ってはいるが雪を降らせてはいない。岩場に当たる波が大きく飛沫をあげているのだ。

H形をした島は、南から北に向かって傾斜している。その結果、北の港には大型船が接岸できない。Hのたて棒ではさまれている湾の部分は、波が起こりにくいのだろう。

中本は顔をうつむけて私の前を北へ進んでいた。海から吹きつけてくる氷の粒を避けているのだ。

岩に叩きつけられる波の音が響いてくる。あたりに人の姿はなく、はるか前方にC区画の建物が見えるだけだ。

足もとの道がゆるやかな下りになった。すると左側からのびているもう一本の道とつながった。

私は中本の肩を叩いた。

「こっちの道はどこにいくのです?」

ふりかえった中本に訊ねた。

「さっきの出入口です。石上さんが『この階段の上には何がある』と訊かれた」

私は頷いた。下り坂を降りていくと、やがて砂浜が見えた。

岩場にはさまれた、三百メートルほどの砂浜だ。砂の色が白い。まるでそこだけ南の島のビーチのように輝いている。

「きれいな砂ですね」

思わずいった。

「ええ。夏になるとここで日光浴をしているロシア人をよく見ます。ビールをもちこんで半裸で寝そべっていますが、我々の感覚だと、暑いにはほど遠い」

中本は砂浜につながる道の終わりを指さした。

「西口くんは、このあたりに倒れていました。うつぶせに」

私はあたりを見つめた。特に足跡らしきものはない。あったとしても雪におおわれている。

「うつぶせ?」

安田から見せられた写真には目のない顔が写っていた。

「ええ」

「安田さんに送られた写真では、顔は上を向いていましたが」

中本は地面に手をついた。頭を海の方に向け、うずくまる。

「こんな感じです。写真は、体をひっくり返して撮りました」

私は頷いた。背景にあった岩山は、砂浜の北側の端だ。砂浜が写りこまなかったのは、高低差と撮影の角度のせいだ。

「すみません。もう少しそのままでいてください」

私はいって自分の携帯をだした。カメラモードで中本と周辺の景色を撮影した。

「ありがとうございます」

あたりにそれとわかる血痕はない。中本が立つと、

「国境警備隊はこのあたりを調べなかったんでしょうか」

と私は訊ねた。

「若い兵士が砂浜や岩場をちょっと見ていたくらいです」

殺害現場はここではないような気がした。だが死体を遺棄するには中途半端な場所だ。もう少し運んで海に流すという方法もあった。

私は砂浜へと降りた。砂浜に降りつもった雪は、波打ち際に近づくにつれ溶けている。

砂の上に足跡らしいものはなく、打ちよせた波が白い泡を作りながらひいていくのを私は見つめた。

「砂浜があるのは、島でここだけです。不思議ですよね。もっとあってもよさそうなものなのに」

近づいてきた中本がいった。私は頷き、砂浜を南北からはさんだ岩場を見た。南側ほど岩の高さがあり、海からそそり立っている。

北側は打ちよせる波しぶきが岩を越え、氷粒となって降りかかっていた。

「なぜこんなところに西口さんはいたのでしょう。夏ならいざ知らず」

私はいった。

「さあ。人はこないでしょうから、考えごとをするにはよかったでしょうが、時期としてはちょっと厳しいですよね」

カメラ「9」は午前四時二十一分に地下通路を歩く西口を映していた。もしあの出入口から地表にでてまっすぐここにきたのなら、あたりはまだ暗い。とても考えごとをするためとは思えない。

私は携帯で周囲の景色を撮った。海側からこの砂浜を見たいと思ったが、どうすればよいのかわからなかった。

体が芯まで冷えきり、発電所に戻ったときにはほっとした。トイレにとびこみ、これまでにとった水

分を放出する。

「冷えましたか。でも真冬に低気圧がくると、こんなものじゃありません。吹雪でまるで外を歩けなくなります」

中本が笑った。

「真冬じゃなくてよかった」

「安心はできません。五月の頭くらいまで、強烈な寒波がくるときがある」

「西口さんが見つかった日の天気はどうでした?」

「今日と同じような感じですか。風はもう少し弱かったかもしれません」

死体を発見したウーが、砂浜にいた理由が気になった。連絡のタイムラグを考えると、おそらく午後三時か四時台というあたりだろう。昼間ではあるが、よほどひとりになりたい理由があったのか。

時刻は午後二時を回っていた。遺体を調べた医師に会いにいくことにした。

中本にその旨を告げ、案内してくれるというのを断わって発電所をでた。

暖房が入った地下通路のありがたみをつくづく感じた。百メートルほど西に地下通路を進んだところに、西口が地上にでるのに使ったと思しい階段がある。

また震えあがることはわかっていたが、階段を登った。

地上は荒涼とした世界だった。右の背後には発電所があるが、前方のC区画は見えない。木は一本も生えておらず、元からなのか、開発で切り倒されたのか、私にはわからなかった。

地面には雪が積もっていて、かろうじて道らしきものの存在を前方に見つけた。雪の深さはそれほどでもなく、せいぜい二十センチというところだ。雪が少ないのは島だからだろう。北海道でも、海辺より内陸のほうが気温が下がり雪が積もる。

爪先で雪を削ると、枯れた下生えが現われた。その下は薄い土で、さらに下には岩盤があるようだ。

道は階段の出入口から北にのび、やがて東へとカーブしていた。

雪が降ったのは昨夜から朝がたにかけてのようだ。新雪は表面だけで、下には固く締まった氷のような雪がある。

足跡らしきものはなく、あったとしてもとうに雪におおわれていた。五百メートルほど道を進むと、先ほどの〝合流点〟にでた。そこまで手がかりとなるものは何もない。雪におおわれた道はおおむね平らで、〝合流点〟まではゆるやかに上り、〝合流点〟からは海に向かい下っている。

〝合流点〟でUターンした。そこが一番風当たりが強く、立っているのもつらいほどだ。

何を見つけたかったのか、自分でもわからない。とにかく西口の足どりをたどるのが重要だと感じたのだ。

実際はただ震えあがっただけだ。

こんな捜査をひとりでやろうというのが無茶なのだ。警察犬を含めた鑑識の部隊を投入して初めて、手がかりを見つけられるかどうかといった場所だ。

階段を小走りで降りた。途中からあたたかな空気に包まれ、息を吐いた。

十字路を北に進んだ。ふたつめの十字路が近づくと、通行する人間が多くなった。オレンジやベージュの制服が目につくが、水色も何人かいる。施設間の移動だけなのか、防寒着をつけていない者も多かった。確かに通勤だけなら必要ない。

通路をさらに北に進み、管理棟の地下に入った。壁に三ヵ国語で書かれたA区画の案内板がある。それによるとA－6は管理棟に隣接する建物で、一階でつながっているようだ。

階段をあがると、矢印と「A－6」の文字が床にあり、それにしたがって進んだ。つきあたりのスティールドアを押し開き、A－6棟に入った。医薬品の匂いがする。一階が診療所で二階が歯医者だ。

廊下にベンチがおかれ、そこが待合室のようだが誰もいない。

迷っていると、廊下に面した部屋の小窓が内側から開かれた。白い上着をつけたロシア人が顔をのぞかせ、ロシア語で訊ねた。

「診察をうけにきたのか」

「ここの先生ですか」

私は訊ねた。ワシ鼻で、いかめしい顔つきをしている。男は私を見つめた。

「日本人か」

私は頷いた。小窓が閉まった。

小窓があるのとは別の部屋の扉が開かれた。金髪をひっつめた、目の覚めるような美人が立っていた。シルクらしいブラウスの上に白衣をつけ、首から細い鎖で吊るした眼鏡が大きなふくらみの上で揺れている。

三十代のどこかだろう。澄んだ水のように青い瞳をしている。

「風邪デスカ」

日本語で訊ねた。私は首をふった。

「ドコガ悪イノ?」

声はわずかにハスキーで、とてつもなくセクシーだった。私はロシア語でいった。

「どこも悪くありません。先生のお話を聞きたくてきました。私は、亡くなったニシグチさんの友だちです」

目がみひらかれた。ドアから体をのりだし、廊下に人がいないことを確かめると、私に向け首を傾けた。

「ドウゾ」

こんな看護師がいるなら、患者が引きも切らなくて当然なのに、オロテックの社員はよほど頑健なのか。

喜んでドアをくぐった。カーテンがあり、内側にパソコンののったデスクと椅子、丸椅子と診察用ベッドがおかれていた。

白衣の上下をつけた男が直立不動で立っている。

「先生」

私がいうと、女がパソコンののったデスクに尻をのせ、いった。

「タチアナ・ブラノーヴァ」

ようやく気づいた。この美女が医者で、白衣の男が看護師だ。

「失礼しました！」

私は思わずいった。

「私の名はイシガミです」

「ロシア語を話せるのか」

看護師が訊ねた。

「はい」

「スラブ人の血が流れている顔ね」

ロシア語でタチアナがいった。

「祖母がロシア人で、彼女にロシア語を教わりました」

「わたしの日本語よりうまい」

「とんでもない」

「謙遜はいい。ロシア語で話しましょう。イワン、向こうにいっていいわ」

タチアナがいうと、看護師は不満げな表情を浮かべた。私に警戒心を抱いているようだ。

が、しぶしぶ頷き、診察室をでていった。ドアを閉める直前、私をにらんだ。失礼な真似をしたら承知しない、という意思表示だ。

「すわって」

タチアナは丸椅子を示した。私が腰をおろすと、タチアナは脚を組んだ。目の前に黒いストッキングで包まれた形のいい膝があり、私は苦労してそこから視線をはがした。

オロボ島にきて初めて、よかったと感じた。

「ニシグチの何を訊きたいの？」

私は何といおうか悩み、結局、

「死因です」

と答えた。タチアナは無表情にいった。

「胸を刺されていた。細いナイフか、それに近い形をした鋭い刃物。心臓にまで達する傷だったから、苦しむ暇もなかったでしょうね」

「刃物は見つかったのですか」

タチアナは首をふった。

「わたしは知らない。グラチョフからは何も聞いていない。あなた、本当にニシグチの友だちなの？」

「ええ。変ですか？」

「友だちの死にかたを聞いても平然としている。ふつうなら心臓を刺されたと聞けばショックをうける」

「正直にいいます。それほど親しかったわけではありません」

「そうね。年齢もちがう。ニシグチはあなたよりもっと若かった」

私は頷いた。

「それでも誰がニシグチをそんな目にあわせたのかを知りたいと思っています」

タチアナは私の目を見た。

「『誰が』？」

「ええ。犯人について、何か手がかりはありませんか」

タチアナはデスクから椅子へと体を移し、私を見つめた。

「オロボ島にくる前、わたしはウラジオストクの病院にいた。軍港で、気の荒い連中も多い。刺されたり撃たれたりした人間を治療したことが何度もある」

私は無言でタチアナを見返した。

「喧嘩で刺された人間の手には必ず傷がある。たとえ自分が素手でも、刺されそうになると防ごうとするから」

防御創という奴だ。ときには刃をつかみ、骨まで達するような傷が被害者には残る。

「ニシグチにはそれがなかった」

タチアナはいった。

「つまり喧嘩で刺されたのではない？」

「犯人は、ニシグチが防ぐ暇もなく刺した。しかも傷はひとつしかない」

その意味を考えた。心臓をひと突き、というのは、言葉ではたやすいが、現実にはかなり難しい。

「わかる?」

「人を刺すのに慣れている」

「そう。あなたは警官でしょう」

私は息を吐いた。

「その通りです」

タチアナは小さく首をふった。

「誰もわたしには教えてくれない。日本人の警官がきたことを」

「知っているのはパキージンだけです。グラチョフ少尉にもいっていません」

「でもきっと噂は流れている」

「そうかもしれませんが、私がこの島にきたのはきのうです」

「犯人をつかまえるために?」

「それには法律的な問題があります。日本の警察官は、この島では何の権力ももたない」

「あら」

タチアナの薄青い目におもしろがっているような表情が浮かんだ。

「ここはロシア領です」

「日本の公務員がそれを認めていいの?」

「上司には秘密にしてください。年金がもらえなくなる」

タチアナは首をふり、笑った。

「じゃあ何をしに、この島にきたの」

「自分でもそれがわからなくて困っています。犯人は日本人の中にいると、さっきまで思っていたのですが自信がなくなった」

「もうひとつあなたは忘れている。犯人はニシグチの両目を抉った」

「そうだった」

私はつぶやいた。

「それについて教えてください」

「眼球は死後くり抜かれた。だから出血は少ない。凶器と同じように、眼球も見つかっていない」

「つまり犯人がもっていった？」

「そう考えていいと思う。眼球はきれいに抉りとられていて、鳥や動物が食べたわけではない。あなたに訊きたいのだけれど、死人の眼球を奪うことに対して、日本人は何かの意味を感じている？」

　私は首をふった。

「ハラキリと何か関係があるとか」

「ありません。サムライのハラキリでは首を切断しますが、目には何もしない。ハラキリにしたって、百年以上も前の習慣です」

「犯人の見当はついているの？」

「まだわかりません。通常、殺人は深い人間関係を背景に発生します。家族、友人、恋人。だからあなたに会うまでは、私は犯人を日本人だと考えていた」

「水色の制服を着たうちのひとりだと思ったのね」

　私は頷いた。

「たとえ犯人をつきとめられなくても、私がきたことで日本人は安心します。緊張するのは犯人だけで」

「つまり第二の殺人を防げると考えた」

「おっしゃる通りです。ところがそれがわからなくなった。ニシグチを殺した犯人の手口は、プロフェッショナルのものです」

　タチアナは私を見つめ、私はつづけた。

「犯人は過去にも同じ方法で人を殺したことがある。だからためらわず、ひと刺しでニシグチの息の根を止めた」

「つまりこの島にはプロの殺し屋がいる？」

「もしそうであるなら、水色の制服を着ているとは考えにくい。彼らは全員、ヨウワ化学という企業の社員で、身許《みもと》もしっかりしている」

　タチアナはからかうように訊ねた。

「ロシア人を疑うわけ?」

「客観的に考えれば、そうなります」

「中国人かもしれない」

「もちろん。しかし中国人も大半が技術者です。殺人の経験があるとは思えない」

タチアナは頷いた。

「確かにそうね」

「先生は、ニシグチの死体が見つかった場所にいかれたのですか」

「いいえ。わたしが呼ばれたのは国境警備隊の詰所よ。ニシグチの死体はそこに運ばれ、グラチョフ少尉に検死を求められた」

「それは何時頃です?」

「午後六時」

「ニシグチが死後どれくらい経過していたかわかりますか」

「わからない。直腸温度を計っていないし、おそらく計ったとしても摂氏零度近かったでしょう。屋外に放置されたら、ほんの二、三時間で凍りつく」

「つまり死後三時間は経過していた」

「もっとたっていたと思う」

「過去に、ニシグチと同じような死体を見たことがありますか。心臓を刺され、目を抉られた」

タチアナは首をふった。

「初めてよ。だから日本人にとって意味のある行為かどうか訊いた」

私は息を吐いた。

不意に診察室のドアが開いた。イワンだった。私には目もくれずいった。

「患者がきています」

タチアナは頷き、私を見た。

「いろいろとありがとうございました。もしまた訊きたいことがあったら、うかがいます」

タチアナはデスクの上のメモパッドをひき寄せ、ペンで殴り書きした。

「わたしの電話番号」

うけとり、礼をいった。イワンが険しい表情で見つめている。

ヤコフといいイワンといい、ロシア人の男性には好かれない運命にあるようだ。とはいえタチアナとは、何かしら理由をつけてまた話をしようと心に決めていた。

6

C棟の自室に戻り、パソコンに向かいこれまでに判明した事実を整理した。自室に戻ったのにはもうひとつ理由があった。朝の、「密告の奨励」だ。犯人の名を記した手紙が投げこまれているのを期待したのだが、それはかなわなかった。

ラインとメールをチェックした。稲葉からは何の連絡もない。

西口の死はプロの殺し屋による可能性が高い、とだけ伝えようかと考え、結局やめにした。

プロの殺し屋がロシア人だとしても、雇ったのは日本人かもしれない。当然、それはつきとめなくてはならない。

問題は犯人がプロであると仮定した場合、日本人のアリバイ調査が意味をもたなくなる点だ。

私は西口が殺されたのは三月十日の早朝だと考えていた。ならばその時間働いていた人間を容疑者から除外できる。ところが、犯人が雇われたプロだと、そうはいかない。

一方で、この殺人の動機が怨恨や金品の貸し借りをめぐるトラブルではない可能性がぐっと高くなった。

ふつう、人は殺したいほど誰かを憎んでも、それを他者には頼まない。なぜなら、人を殺すような人間は簡単には見つからないからだ。

殺人を第三者に依頼するのは、プロの犯罪者の発想である。

たとえば生命保険金詐欺をおこなう者は自分に嫌

疑が及ばないよう、アリバイをかためた上で、捜査の対象になりにくそうな者に殺人を依頼する。

あるいは組織犯罪に加担している者は、ある人間を殺すことで得られる利益や避けられる損害と、殺人にかかる手数料を天秤にかけ、手数料のほうが安ければ、殺し屋に発注する。

したがって実行犯の特定は難しくとも、殺人の動機は明快である。そこには物理的な利害関係があるからだ。

この島にきてわずかひと月の人間が組織犯罪にかかわるとは考えにくい。可能性があるとすれば生命保険金詐欺だが、西口に配偶者はおらず、両親か弟が殺人の依頼者だということになる。

もちろん親兄弟が保険金欲しさに肉親を殺すという可能性はゼロではない。だがこの島で、というのがひっかかる。

この島にプロの殺人者がいることを、どうやって知ったのか。

プロの殺人者が他の土地から送りこまれた可能性はある。が、そうであっても、おそらくはロシア人のプロの殺人者と、どう連絡をとり〝契約〟をしたのか。一般の日本人にはかなり困難な作業だ。その上、この島では、居住者や出入りする人間が限られている。

これが日本なら、暴力団などに依頼し、事故や自殺を装う手段もある。ここである必要はないのだ。

さらに眼球をくり抜く、という犯人の行為も意味が不明だ。依頼を果たした「証拠」に殺人者が眼球を奪ったとも考えられるが、それが殺したかった相手の眼球だと、依頼人に判断できるとも思えない。

そう考えると、殺害の動機がわからなくなった。

犯人がプロの殺人者ではないとしたら、いったいどんな人物なのか。

快楽殺人という言葉が頭に浮かんだ。目をくり抜くという行為がその理由だ。心臓をひと突きで殺す手際は、過去にも同様の手口を重ねた者の犯行であることを示している。が、タチアナは同様の被害者を見たことはないといった。

犯人が他の土地で犯行を重ね、オロボ島では初めての殺人だったという可能性はある。

だが人口わずか数百人の、しかも出入りが限定された島で快楽殺人に及ぶのは、犯人にとってあまりに危険な行為だ。

ただし同様の殺人が過去ロシアで発生しているかどうか、調べる価値はある。

私はパソコンを立ちあげ、ロシアの連続殺人について検索した。ソビエト連邦時代は、「社会主義国家に殺人は存在しない」という馬鹿げた理由により、殺人事件は隠蔽《いんぺい》される傾向にあったらしい。

ソビエト連邦崩壊後だけでも、連続殺人は数多く発生していた。その理由をロシア人の学者は、「長く厳しい冬による抑圧」「過度の飲酒」「広大な国土での発覚の遅れ」だと分析している。

しかし過去二十年の、それもロシア極東地域に限って調べると、眼球を抉ってもちさるという殺人は発生していない。連続殺人で検索してひっかかるのは、マフィアの抗争がらみのものばかりだ。

その中に、私は懐かしい名前を見つけた。

ボリス・コズロフだ。七年前、ハバロフスクのナイトクラブでチェチェン人マフィアのメンバー三人が撃たれ、二人が死亡、ひとりが重傷を負った事件で、検察当局の事情聴取をうけている。犯行への関与を疑われたものの、アリバイがあったことで、起訴されていない。

銀座の中国料理店で別れてからまだ一週間もたっていないというのに、かなり時間がたったような気がする。

とにかくこの二十年、眼球を抉りとる殺人がロシア極東地域で発生していないことだけははっきりした。

これが快楽殺人なら、犯人は最初の犯行に及んだばかりということだ。願わくは、第二の犯行はよその土地でおこなってもらいたい。

島内携帯が鳴り、私は現実にひき戻された。

表示されている六桁は、知らない番号だが、荒木が連絡してくるには少し早い。

「はい」

「パキージンだ。イシガミか」

ロシア語が訊ねた。

「イシガミです」

「君が島にきて二十四時間が経過した。何か判明したことはあるかね」

「えっ、いや」

私は言葉に詰まった。わずか二十四時間で報告を要求されるとは思ってもいなかった。

「発電所にいき、診療所のブラノーヴァ医師と話したこともわかっている。ここに派遣されるほど優秀な警察官である君なら、すでに犯人につながる手がかりを得たかもしれないと思ってね」

冗談をいっている口調ではなかった。私は息を吸い、大急ぎで考えを整理した。

「まだ手がかりらしい手がかりは得られていません。ただ犯人は、殺人に慣れた者である可能性が高い」

「兵士、という意味かね」

「それとはやや異なります。趣味で殺人をおこなうような者です」

パキージンは黙った。やがて、

「『羊たちの沈黙』というハリウッド映画を見たことがある。君がいっているのは、そういう類の犯罪か」

と訊ねた。

「そうです」

「連続殺人者がこの島にいるというのか」

「連続という言葉はあたりません。ニシグチは、おそらく最初の被害者ですから」

「オロテックの社員、及びその関係者が、これから連続殺人の被害にあうと君は予告するのか」

「可能性の問題です。ニシグチの殺されかたは、喧嘩や何かのトラブルの結果そうなったものとはちがう、ということです」

「だが眼球を抉るというのは、憎しみの表われだと思うが」

「殺害の手際がよすぎます。過去に同じ犯行を重ねていない者には難しい」

「ニシグチは最初の被害者だと君はいわなかったか」

「ええ。つまり発覚していない殺人が起こっていて、この島で初めてニシグチが犠牲者として認知された、という意味です」

パキージンの指摘は鋭く、おかげで私は自分の考えを整理できた。

「それとも以前もこの島で同様の犯罪が起こったことがあるのでしょうか」

私は訊いた。

「いや、殺人など一度も起きてはいない。私は、オロテック建設前、初めてこの島に上陸したメンバーのひとりだ。したがってこれが最初の殺人であると断言できる」

重々しい口調でパキージンは告げた。

「『発覚していない』といったのは、ロシアで同様の手口の殺人がこの二十年起こったという報告がないからです。犯人の手際はこれが最初の殺人であるとは思えず、にもかかわらず記録がない」

「日本、あるいは中国ではどうかね」

「日本で未解決のそうした殺人があれば、私は知っています。起きていません。中国では――。まだ調べていません。ただ中国の犯罪について正確な情報を得るのは難しいかもしれません」

「プラントの警備員の中に、ヤンという人物がいる。ヤンなら、そうした情報にアクセスする権利をもっている筈だ。協力を要請したまえ」

「フジリスタラーン」で話しかけてきた男だ。

中本と同様、パキージンもその正体には気づいているようだ。

「ヤンですね。わかりました」

よけいなことはいわず、私は答えた。

「ところでニシグチの死体を日本に運ぶ許可はいつ下りるのでしょうか」

「国境警備隊の決定待ちだ。こちらから働きかけることもできるが、もし今後同様の殺人が起こるとしたら、しばらく島内にとどめたほうが賢明ではないのかな」

パキージンのいう通りだ。日本に運べば、北海道警察の検死のあと荼毘《だび》に付される。証拠が失われてしまうかもしれない。

「おっしゃる通りです」

「君の努力には敬意を表するが、懸念が当たらないことを願うとしよう。また、明日同じくらいの時間に電話を入れる」

パキージンは告げて通話を終えた。私は息を吐いた。

稲葉に勝るとも劣らない人使いだ。


だが稲葉と異なるのは、判明した事実をそっくりすべて知らせるわけにはいかないという点だ。

パキージンにとり重要なのはオロテックの操業であって、殺人者の処罰ではない。このふたつがどこまでも一致するとは限らない。

再び電話が鳴った。今度こそ荒木だった。

発電所をでるところで、C区画に向かっているという。空腹を感じていた私は、

「どこかで飯でも食いながら話しませんか」

といった。荒木は同意し、しかしどこにいくかで私は迷った。

私が知っている食事のできる場所は、「フジリスタラーン」か朝のブリヌイを買った食堂だ。

結局、三十分後に「フジリスタラーン」で待ちあわせることになった。

制服から私服に着替え、防寒着を羽織ってC棟をでた。地下通路を歩き、A区画で地上にでると、すっかり日が暮れ、さらに温度が下がっていた。

「フジリスタラーン」に日本人の客はいなかった。中国人もいない。ロシア人のグループがにぎやかに飲んでいる。

「いらっしゃい！」

みつごのひとりが私を見て微笑《ほほえ》んだ。

「ええと君は――」

「エレーナよ。サーシャと昼間、会ったでしょう？ サーシャは今日、遅番なの」

私は頷いた。

「明日はわたしが発電所にいく番。サーモンのサンドイッチはどうだった？」

荒木が紫のガラス扉を押して入ってくると、エレーナと話す私を見た。

「おいしかった。ちょっと量が多いけど」

「大丈夫、日本人は皆最初はそういうけれど、すぐに食べられるようになる」

「つまり太るってことだな」

エレーナはウインクした。

「たくましい男のほうが好かれる」

私は首をふった。タチアナ・ブラノーヴァも、たくましい日本人を好むだろうかと馬鹿なことを考えた。

「ロシア語が話せるんですね」

荒木がいい、現実に戻った。

「祖母がロシア人だったんです」

答えて、ロシア人たちからは離れたテーブルにすわった。

「やっぱり。初めて見たときは、ロシア人かなと思いました」

エレーナがメニューをもってきた。荒木の口をほぐすためにまずビールを頼んだ。サッポロの缶ビールが二本、テーブルに届けられた。考えてみれば、ロシアより北海道から運ぶほうが早い。小袋に入った柿ピーがついてくる。グラスはない。

缶を合わせて乾杯した。

「ここにこられたことはありますか」

「一、二回です。部屋で食事をすることが多いので」

荒木は答えた。

「自炊ですか」

「カップ麺とかおにぎりやサンドイッチを食べています」

どうやら食にあまり興味がないようだ。

「わざわざ協力を申しでてくださってありがとうございます」

私は話題をかえた。荒木は小さく頷き、ビールをひと口飲んだ。酒が駄目というわけではないようだ。

「西口さんとは千葉でいっしょだったとお聞きしましたが、どんな方でした?」

「いい奴です。歴史が好きで、話が合いました」

荒木は瞬《まばた》きして答えた。うっすらと目が赤い。

「歴史」

「あの、城とか武将の話とかです」

「ああ」

「西口くんは戦国時代が好きで、特に長尾景虎《ながおかげとら》とかの話で盛りあがりました」

「ええと、それはどんな人物です?」

荒木が説明した。聞いた記憶のある名がいくつかでてきたが、基本的にはまるで理解できなかった。

「ではこちらでもよく会われていましたか」

「シフトが重なるときはよくどっちかの部屋でご飯を食べていました」

私は荒木を見つめた。

「つきあっていたのですか」

偏見をもっていないとわかってもらうよう、さらりと訊いた。

「え? あっ、ちがいます。そういうのじゃありません」

荒木は甲高《かんだか》い声をだした。私は頷き、ビールを飲んだ。

「社内での西口さんはどうでした? 仕事で悩んでいたりはしませんでしたか」

荒木は首をふった。

「はりきっていました。オロボには昔からきたかったんだといって」

「どうしてです？」

「何か、先祖がもともとこのあたりの出身だとかいっていました。先祖といっても、ひいお祖父《じい》さんとか、その辺だったらしいのですが」

「なるほど。ご家族は確か北海道にいらっしゃいますよね」

荒木は頷いた。

「昭和の初め頃に稚内《わっかない》に移住して、そのあとお祖父さんの頃から札幌に移ったっていっていました。ルーツは歯舞群島だけど、ふつうではなかなかいけない。オロテックに出向したらいけるから、僕の出向が決まったときはすごくうらやましがられました」

「では楽しんでおられた」

「まだ楽しむより慣れるほうにいっしょうけんめいだったと思います。発電所以外にもプラント、、プラットホームのことなんかも勉強しなくちゃならなかったですから」

いいかけ、声を詰まらせた。私は頷き、気持が落ちつくまで少し待った。

「すいません。けっこう、僕、ショックで。今は日本に帰りたいくらいなんです」

いってビールをあおった。

「わかります。まさかこんなところで殺人事件に巻きこまれるとはご本人も思っていなかったでしょう」

荒木は小さく何度も頷いた。

「誰かとトラブルを抱えていた、という話を聞かれたことはありますか」

「ありません。あの、おとなしい奴でしたから」

「ご家族との関係はどうでした？」

「ずっと実家には帰ってなくて、こっちに赴任するときに寄ってきたっていってました。ご両親は千葉よりは近くなったと喜んでいたみたいです」

「仲はよかったんですね」

「ええ」

「恋人とか、結婚の予定とかはありましたか?」

「大学四年のときに失恋して、それからは彼女はいないといってました」

「経済的にはどうでした?」

「どう、とは?」

「借金があって困っているとか」

荒木は首をふった。

「ぜんぜん。こっちにいるとお金を使わないから親に送ろうかなっていってたくらいです」

私はビールを飲み、

「何か食べませんか。ここはラーメンがうまいらしいですよ」

といった。

「じゃあ、それを」

エレーナにラーメンふたつ、といってから、中本はうまいとまではいってなかったと思いだした。が、たとえまずくとも荒木が文句をいうことはなさそうだ。

「西口さんはご自分のルーツについて、何か調べておられましたか」

荒木がはっと顔を上げた。

「それは、たぶん調べたかったとは思うんですけど、今はまだ慣れていないから、いろいろわかってきたらと考えてはいたみたいです」

「わかってきたら、どのようなことを調べるんです?」

「そこまでは……。でも暖かくなったら、いろいろ見て回りたいとはいっていました」

「見て回るとは、島を?」

「ええ。きたのが先月ですから、まだちょっと難しいかな、と」

「西口さんが発見された場所をご存じですか?」

「『ビーチ』ですよね」

「『ビーチ』、そう呼ばれているのですか」

「砂浜があるところでしょう」

私は頷いた。

「じゃあ『ビーチ』です。一度いっしょにいきました。寒くて、あまり長居しませんでしたけど」

「何をしにいったんです?」

「砂浜があるって教えたら、見たいというので連れていきました。でも夜でしたし、風もすごかったんで、すぐひき返しました」

「誰かいましたか、そのとき」

荒木は首をふった。

「いいえ。夏以外は、あんまり人はいません。まして夜でしたし」

「西口さんは『ビーチ』で何をしていたのでしょう」

「わかりません」

「何かご先祖につながるものを探していたとか」

荒木は瞬きした。思いだしたことがあるようだ。

「そういえば、昔、この島に日本人が住んでいたときは、『ビーチ』のあたりに集落があった筈だと、西口くんはいっていました」

「それはどうして知ったのでしょう」

「お祖父さんに聞いたっていったかな。あと、赴任する前に、根室で歴史資料なんかを調べたっていってました」

「この島に日本人がいたのは大正末期から昭和の初めにかけてだそうです」

私はいった。

「ええ、コンブ漁師でしょう。西口くんのひいお祖父さんもそうだったみたいです」

だとすると本当に西口のルーツはこの島だったのだ。

私は少し考え、いった。

「歩き回っていたのでしょうかね、島の中を」

「それはあったかもしれません。僕もいっしょにいけばよかったかもしれないけど、シフトが合わなければ難しいですし、寒いから誘うのを遠慮したのかな」

私は頷いた。

「ところで西口さんのパソコンを見たことはありますか」

「ノートパソコンですね。何度も」

「いつももち歩いていましたか」

「ええと、発電所内には基本もちこみ禁止なんで、部屋においていました。僕の部屋で話すときとかは、もってきていました」

「パスワードを知りませんか」

「まさか」

荒木は首をふった。

エレーナが丼を運んできた。まっ黒いスープに脂が浮かび、ハムともチャーシューともつかない肉片とネギも浮いている。

見た目は確かにラーメンだ。

「ラーメン！」

「食べましょう」

ひと口すすり、

「コショウはあるかい」

とエレーナに訊ねた。

業務用の巨大な缶が届けられた。それをふると、少しはそれらしい味になった。

「やっぱりロシア語を勉強しようかな」

荒木はつぶやいた。

「ここにいると覚えられるって、みんないってるんです」

「いいんじゃないですか。アルトゥールという名を西口さんから聞いたことはありませんか」

「アルトゥール……」

荒木は首を傾げた。

「もしかしたらバーの人かな」

「バー？」

「このあたりのバーに、ちょこちょこいってるみたいな話を聞いたことがあります」

「西口さんひとりで？」

「ええ。日本語の話せるロシア人に島のことをいろいろ教わろうとしていたみたいで。僕らヨウワの人間は半年で一度帰りますけど、ロシア人はもっと長くいるわけじゃないですか。だから島のことに詳しい人もいるだろうからって」

「確かにそうですね。では西口さんはそういうロシア人を捜していたのですね」

「本気で捜していたかどうかまではわからないのですけど、気にはしていたと思います」

「酒は飲めたのですか、西口さんは」

「嫌いじゃなかったです。そんなに強いほうではありませんでしたが」

二人でラーメンをすすった。麺は意外なほど腰がしっかりしている。スープの黒さは醬油かと思ったがそうではなく、何かを焦がした色のようだ。焦げくささが溶けこんだ味は、香ばしいといえなくもない。

「おいしいですね」

同じ思いを感じたのか、荒木はいった。眼鏡にスープが飛んでいたが、気にかけるようすもなく食べつづける。

「ああ、おいしかった」

スープを一滴残らず飲み干して、荒木は満足げにいった。私のほうは、スープまでは完食できなかった。

「いっていたバーの名を聞いたことはありますか？」

荒木は首をふった。

「もしかしたら聞いたかもしれないけれど、忘れてしまいました。でも、そんなに何軒もない筈なので、訊けばわかると思います」

「荒木さんはバーにいかれたことはありますか」

「こっちにきて最初の頃、先輩でそういうところが好きな人がいて、何回か連れていかれました。その人が本社に戻ってからはいっていません。ああいうところでお金をつかうのって、何かもったいなくって」

荒木は口を尖《とが》らせた。

「西口さんはちがう考えだったのでしょう？」

「癖になってたのかもしれません」

「癖？」

「ここって、職住がすごく近いじゃないですか。だから仕事が終わって帰ってくると、使える時間が長いんです。でも冬とかは部屋にいてパソコンをいじるくらいしかなくて、つまんないなと思うこともあります。そうするとこのあたりに飲みにでるって人もいる。きっと発電所の人間だけじゃなくて、中国人やロシア人にも同じような人がいると思うんです。で、そうやって飲みだすと癖になってしまって、毎日飲まないと一日が終わった気がしなくなる」

「なるほど」

「僕を飲みに連れていってくれた先輩がそういってたんです」

「まあ毎日飲みにいっていたら友だちも増えるでしょうしね」

荒木は頷いた。

「ロシア人や中国人の友だちが何人もいました。あと、ロシア人の女も」

「経験はありますか？」

荒木は首をふった。

「病気が恐くて。先輩は、気をつけていたら大丈夫だといってましたが、ここでそういうことをするなら我慢して、札幌とかでしたほうがいいと思うんで」

「西口さんはどうだったでしょう？」

「わかんないです。たぶん、してなかったと思いますけど。あまりそういう話はしなかったので」

わずかだが侮蔑のこもった目を私に向けた。

別にいい女のいる店を紹介してもらいたくて訊いたわけではなかったが、そう説明したら、よけい蔑《さげす》まれそうだ。

飲み屋に関しては一軒一軒あたってみる他なさそうだ。

「先輩に連れていかれたのは、何というお店ですか」

「『キョウト』です」

日本人を意識した名なのか、ロシア人や中国人を意識した名なのか、微妙なセンスだ。

「ありがとうございます」

私は礼をいい、エレーナがおいていった伝票をとりあげた。

「ここは私に払わせてください」

荒木は小さく頷いた。

「ごちそうになります」

「フジリスタラーン」をでると、荒木がいった。

「あの、犯人がわかったら教えてください」

「そうなるよう、がんばります」

私は答えた。自信がないのだから、そうとしかいえない。

地下通路に降りる荒木に手をふり、私は光を放つ建物のほうに歩きだした。

「キョウト」はすぐに見つかった。「ＢＡＲ」というネオンを点している。「ＤＡＮＣＥ　ＣＬＵＢ」とある店は外まで激しいロックが洩れだしていた。「上海」というネオンを点した店もあった。このあたりにある店舗は、すべて独立した造りで、日本の飲み屋街にあるような雑居ビルではない。補強されたプレハブ住宅のような構造だ。暖房を相当強めなければ、中はかなり冷えるだろう。

寒いから、体の中からあたたまれと酒を売るのだろうか。居酒屋でビールの売り上げを増すために冷房をあまりきかせないのと同じ理屈だ。

そう思って「キョウト」に入ったが、意外な暖かさに驚いた。

「こんばんは《ドーブルイ・ヴェーチェル》」

カウンターの内側にいた、ひょろりと背の高い、赤毛の男がいった。白いワイシャツの袖をまくりあげている。十人ほどが腰かけられるカウンターだけの店だ。奥に二人の東洋人がいたが、日本人か中国人かはわからなかった。

「こんばんは」

日本人とわからせるためにいった。赤毛の男は肩をすくめ、

「日本人デスカ、アナタ」

と訊ねた。

「そうです」

「イラッシャイ。何飲ミマスカ」

年齢は三十代半ばといったところだろう。頬にソバカスが散っていて、人の好《よ》さとこずるさの混じった、イタチのような顔つきをしている。

「えーと」

私は彼の背後にある酒棚を見た。ウォッカだけでなく、ジンもあり、ウイスキーもバーボンやスコッチがあるが、日本のウイスキーはないようだ。

シーバスリーガルを指さした。

「ストレート？　ミズワリ？」

「水割りで」

「オーケー」

赤毛のバーテンダーは頷いて、大きめのグラスにウイスキーを注ぎ入れ、ミネラルウォーターの壜といっしょにさしだした。氷は入っていない。

グラスに水を入れ、ひと口飲んだ。密造酒の詰め替えかもしれないと疑ったが、どうやら本物のスコッチのようだ。

「何か一杯どうぞ」

いうと、バーテンダーはにやりと笑った。棚からウォッカのボトルをとり、ショットグラスに注ぐ。

ロシア語で、

「健康に」

といって、グラスを掲げた。

「アルトゥールというのは、あなた？」

私は訊ねた。バーテンダーは首をふった。自分をさし、

「ヴァレリー」

といった。

「ヴァレリー。イシガミ」

私は自分を示した。ヴァレリーは頷いた。

「西口さんを知ってる？　同じ日本人でニシグチ」

「ニシグチ？」

ヴァレリーは首を傾げた。私は西口の社員証をポケットからとりだしてカウンターにおいた。

ヴァレリーは小さく頷いた。考え、いった。

「キタ。ニカイ、イヤ、サンカイ」

「この島の歴史の話をした？」

「レキシ、ナニ？」

ロシア語で同じことを訊ねた。ヴァレリーは眉を吊りあげ、手を叩いた。

「ロシア語うまいね！」

「ニシグチと島の歴史の話をした？」

「いや。俺はしてない。ニコライかな」

「ニコライ？」

「俺の相方。今日は休み」

「君はこの島は長いの？」

「俺はまだ二年。ニコライが四年」

「アルトゥールという人を知らないか」

「アルトゥール……」

ヴァレリーは首をふった。

「知らない。島の人か？」

「おそらく。このあたりで働いている人だと思うのだが」

「けっこう入れかわりがあるんだ。新しい奴は知らない」

「そうなんだ」

ヴァレリーは声をひそめた。

「サハリンや本土でマズいことになった奴が逃げてくる。オロテックにコネがあれば、しばらく隠れていられるからな」

「オロテックはそんな危ない奴とつながっているのか」

「ロシアだぜ」

ヴァレリーはいって片目をつぶった。

「マフィアと実業家はこうさ」

左手の人さし指と中指をぴったりとくっつけてみせた。

「なるほどね。この島の歴史について詳しいロシア人を誰か知らないか」

ヴァレリーは首を傾げた。

「こんな小さい島の歴史なんて、誰が知りたがる？」

「それが問題だ。俺の友だちは知りたがっていた」

私は西口の社員証を示した。

「誰かに島のことを訊いていたと思うんだが、それがわからない」

「友だちに訊けよ」

「事情があって訊けないんだ」

ヴァレリーは肩をすくめた。

「じゃあ俺にもわからない」

私は頷いた。

「わかった。勘定を」

「千ルーブル」

思ったよりも安い。私は払った。領収証が欲しかったが、我慢する。

礼をいって、金をしまったヴァレリーが気づいたように訊ねた。

「ニシグチって、顔の皮を剝がされた奴か」

「顔の皮は剝がされていない」

「だよな。チョールトじゃあるまいし」

なつかしい言葉だった。祖母がよく使っていた。夜、遅くまで寝ないでいると、「チョールトがくるよ！」と威《おど》された。悪魔という意味だ。

目を抉られていたとはいわず、私は「キョウト」の扉を押した。奥の二人はこちらの会話にはまったく興味を示さなかった。どうやら中国人のようだ。

外にでると、冷たい風にわずかな酔いが瞬時で抜けるのを感じた。

「DANCE　CLUB」というネオンの点った建物をめざした。幅も奥ゆきも「キョウト」の倍以上はある。

扉を押した瞬間、大音量のローリング・ストーンズと熱気に包まれた。汗をかいてはまずいと、大急ぎで防寒着を脱いだ。

円形のステージでポールダンスを踊るダンサーが目に入ってきた。それを囲むように椅子がおかれている。ステージは全部で四つあったが、ダンサーが今いるのはひとつだけで、奥に長いバーカウンターがある。

「二千ルーブル」

不意にロシア語が聞こえた。入口をくぐってすぐの場所に机がおかれ、背の低いロシア人がすわっている。小さいが鋭い目をしていた。

入場料が必要だということらしい。私は二千ルーブルを払った。小男は赤いチケットをよこした。バーを指さし、

「ワンドリンク」

という。飲みものが一杯つくらしい。チケットには英語とキリル文字で「ダンスクラブ」と印刷されている。「ダンスクラブ」が店名のようだ。

「アルトゥールを捜している」

私はロシア語で小男に告げた。小男はただ首をふった。いないのか知らないのか、どちらなのかわからない。

が、しつこくは訊けない雰囲気を漂わせている。私は机の前を離れ、使われていないステージを囲んだ椅子のひとつにすわった。

踊っているのは黒髪で豊満な体つきをした女だった。年齢は三十くらいだろう。ビキニにブーツをはいている。顔だちを見ると純粋なスラブ人ではないようだ。

ステージを囲む席には八人ほどの男たちがいた。大半がロシア人で、中にはオレンジの制服を着た者もいる。多くが缶ビールを手にしていた。流れてい

るのは「サティスファクション」だが、ロシア語のカバーだ。まだ宵の口のせいか、見るからに酔っている者はいない。ただ静かに眺めている。

カウンターに客はおらず、中に女二人と男ひとりが立っていた。私は立ちあがり、カウンターに近づいた。並んでいる酒の種類は「キョウト」とかわらない。

女のひとりが私の前に立った。たぶんダンサーだろう。金髪で若い頃はかなり美人だったろうが、今は贅肉《ぜいにく》がたっぷりとついている。チューブトップの裾からはみでた肉がショートパンツのベルトの上にのっていた。

「ビール」

私は告げた。サッポロの缶がカウンターにおかれた。

「名前は？　何か飲む？」

「エラ」

女は答えた。近くで見ると金髪は染めたもので、根元は黒ずんでいる。

「コーラをもらう。五百ルーブル」

私がカウンターに金をおくと、エラは缶コーラを冷蔵庫からだして掲げた。ひどくかすれた声だ。

「あんたに乾杯。名前、何ての？」

「イシガミ」

顔をしかめた。

「日本人？」

「そう」

「珍しい。日本人は『エカテリーナ』にいくのに」

「きたばかりでよく知らないんだ。『エカテリーナ』というのは？」

「港の入口にある店よ。スチューアルデッサがたくさんいる」

スチューアルデッサというのは、日本でいうなら「ホステス」だ。

「ここはロシア人ばかり？」

訊ねると、エラはあいまいに首をふった。

「日本人も中国人もくるけど、ロシア人が多い」

「アルトゥールって知ってる?」

「知らない」

本当に知らないようだ。私はカウンター内にいる男を目で示して頼んだ。

「彼に訊いてみてくれないか」

こっちは入口とはちがい大男だったが、むしろ優しげな顔つきをしている。

「ダルコ! アルトゥールって奴、知ってる?」

エラが叫び、大男はゆっくり首をふった。店中に聞こえるような声だ。

「知らないって。あんたロシア人とのハーフ?」

「クォーターだ。お祖母ちゃんがロシア人だった」

「へえ」

「何だってんだ」

不意に背中から声をかけられ、ふりかえった。一五〇センチに満たない男が私を見上げていた。入口にいた奴だ。

「人を捜してんのよ。アルトゥールって奴」

エラがいった。

「そんな奴はいねえ」

私は小男を見やり、なるべく友好的に、

「あんたの名前は?」

と訊ねた。

「ギルシュ」

まるで歯ぎしりをするように小男が答えた。

「よろしく。俺はイシガミ」

いって右手をさしだした。ギルシュは首をふった。

「知らない奴とは握手しねえ。指を落とされちゃ困るからな」

白いポロシャツを筋肉が盛りあげている。首回りにタトゥが入っていた。

「それは失礼」

私は手をひっこめた。

「アルトゥールなんて野郎は、この島にはいない」

ギルシュは私をにらみつけ、いった。

「それは驚いたな。俺の友だちが仲よくなったといってたのに」

「そいつが阿呆だ。いないもんはいねえ」

エラがそっと私の前を離れていった。

「ニシグチというんだが、あんたは会ったことはないかい？」

「日本人に知り合いはいねえ。それを飲んで、さっさと帰れ」

ギルシュは私が手にした缶ビールを目で示した。すぐにでもでていきたかったが、私は横を向き、考えているふりをした。

「日本人を嫌いになる理由でもあるのか」

「ここにくるのは、酒を飲むか女を眺めたい奴だけだ。あれこれ嗅《か》ぎ回る野郎は、何人《なにじん》でも叩きだす」

私の顎《あご》までの背丈もないが、試そうとは思わなかった。自信がなければそんな威しは口にしない。

「きのう、この島にきたばかりなんだ。もっと親切にしてくれてもいいだろう」


同情を買う作戦にでてみたが、逆効果だった。

「ニカ！　ロラン！」

ギルシュが叫んだ。ダンサーを眺めていた男たちの二人がのっそりと立ちあがった。ひとりはキャップをかぶったヒゲ面《づら》で、もうひとりはすりきれた革ジャケットを着ている。どちらも一九〇センチ近くある。

「わかった。もめごとは起こさない」

私は両手を広げた。ギルシュは出入口に向け、顎をしゃくった。

缶ビールをカウンターにおき、私は後退《あとじさ》りした。

「ダンスクラブ」の扉を押し、外にでた。雪が降りだしていた。ちらほらではあるが、今の気分には応えた。

宿舎に帰ろうかと思ったが、「エカテリーナ」をのぞいてみることにした。エラの話では港の入口にあるという。

港は常夜灯で明るかった。人影はなく、光の下を雪片が舞っている。埠頭《ふとう》に積みあげられたドラム缶やコンテナが反射する鈍い光が私の影を作った。

「ヘイ」

　声にふりかえった。ニカかロランか、どちらかはわからないが、キャップにヒゲ面の大男がいた。煙草《たばこ》を手にしている。

　私は緊張した。まさかあとをつけられるとは思っていなかった。あたりを見回した。「エカテリーナ」という看板が目に映った。フェンスの角をはさんだ反対側だ。走って逃げこむには遠すぎる。

「ブツが欲しいのか。欲しいんだろう」

　キャップの男はいった。

「あんたは……ニカだっけ」

あてずっぽうで訊くと男は頷いた。

「次の船でサハリンにいく。欲しけりゃ買ってきてやるぜ」

　私は頭を巡らせた。この男のいうブツが何をさすかはわからないが、島では手に入らないものだ。さらに私にそれを申しでた理由は「アルトゥール」以外、考えられない。

「アルトゥールはどうしたんだ？」

「奴はつかまった。しばらくこられない」

　ニカは答え、短くなった煙草を吹かした。白く濃い煙が吐きだされた。

「どうするんだよ」

　いらだったようにいった。

「ものは何なんだ」

「何だって用意できる。何がいい？　草か、メタンか」

　他にも商品名らしい言葉を口にしたが、私には意味がわからなかった。違法薬物の通称には流行があって、すぐに知らない商品名が登場する。草は大麻、メタンはメタンフェタミン、覚せい剤のことだ。

「そうだな」

　私は顎をかいた。

「あんたを信用しないわけじゃないが、考えさせてくれるか」

　ニカは肩をすくめた。

「俺はあこぎな商売はしない。アルトゥールよりまともだ。本当だ」

　だんだん気のいい奴に見えてきた。

「電話番号を教えてくれ。欲しくなったら電話をする」

　ニカは頷き、六桁の番号を口にした。私はそれを自分の携帯に打ちこんだ。

「あんたの仕事は？」

　ニカは港を顎で示した。

「クレーンを動かしてる。部品の交換があるんで、明後日《あさって》サハリンまでいくんだ。あんたは？」

「発電所だ」

「日本人は皆そうだ」

「ニシグチを知ってるか」

　私は社員証をひっぱりだした。ニカはうけとり見入ったが、首をふった。

「知らない。アルトゥールの客か」

　私は頷いた。

「アルトゥールはいない。俺から買え」

「わかった。連絡する」

　ニカは頷き、あたりを見回すと煙草を地面に捨て、踏んだ。

「じゃあな」

　ポケットに両手を入れ、「ダンスクラブ」に戻っていった。そのうしろ姿を見送り、私は吸い殻を拾いあげた。ＤＮＡが採取できる。必要になるかどうかわからなかったが、吸い殻をポケットにしまった。

　深呼吸すると、鳩尾《みぞおち》が痛かった。緊張したせいだ。やっていられない。こんな任務、潜入捜査以下だ。身を守る武器はないし、助けにくる仲間もいない。ここでバッジを見せびらかしても、誰も恐れいってはくれないだろう。ギルシュだったら、唾を吐いて海に投げこむにちがいない。

「エカテリーナ」にいく気を失くし、管理棟に向かって歩いた。建物を見上げ、六階のパキージンのオフィスに明りがついているのを認めた。その明りの下で、人が動いた。

動くのが見えたのは、窓ぎわに立っていたからだ。私は立ち止まり、じっと見つめた。

もう何も動かなかった。不意に部屋が暗くなった。明りが消えたのだ。時計を見た。午後九時になったばかりだった。

じっとしていると、足もとから冷気が這《は》いあがってくる。急ぎ足で、管理棟にある、地下通路の入口をくぐった。

階段の途中で暖気に包まれ、ほっと息を吐いた。酔っぱらっていたら、この地下通路で眠りこむ者もいるだろう。

まっすぐ東に向かい、C棟の二階に上がった。部屋に入り、内鍵をかける。

ベッドに腰かけ、息を吐いた。しばらく動けなかった。やがてリュックから新品の靴下が入っていたビニール袋をとりだし、ニカが捨てた吸い殻を入れた。油性ペンで「ニカ」と書いて、リュックにしまう。

パソコンと自分の携帯のメールとラインをチェックした。稲葉からメールが届いていた。

『遺体の保存状況を知らせよ。返還後、国内にて解剖は可能か』

『可能。ただし解凍の要あり』

と返した。それだけではふざけていると思われるかもしれない。

『死因は、手慣れた者による刺傷。プロの可能性あり』

と追加する。すぐに返事がきた。

『プロ?』

『防御創なし、心臓をひと突き。マル害は麻薬売人と接触していた可能性あるも、殺害との関係は不明』

いきなり携帯が鳴った。稲葉だった。受信状況が

悪く、雑音に混じって、

「——売人だと」

　という声だけが聞こえた。

「そうです」

「——ういうことだ。——んな話は——ない。前歴が——なら——」

「すみません。メールでお願いします」

　告げて電話を切った。

『麻薬の密売人がその島にいるのか』

　パソコンにメールがきた。

『います。アルトゥールという人物で、名前がマル害の手帳に残っていました。情報によれば、アルトゥールは、サハリンもしくは他の場所で逮捕されたもようです』

『マル害は薬物を使用していたのか』

『その証拠は今のところありません。しかし売人に接触する理由が他に考えられません』

『尚《なお》さら解剖が必要だ』

『外務省にでもいってください。ここでは私には何の力もありません』

『薬物の件はヨウワの人間には伝わっているのか。伝わっていないのなら秘密にしろ』

『了解です』

　稲葉のいいたいことはわかった。着任してひと月足らずの西口が薬物に手をだしていたとすると、それはヨウワの内部に薬物の〝先輩〟がいた可能性を示している。売人と西口の関係を私がつきとめたとわかれば、当然薬物を処分し、なりを潜める。

『クスリがらみでプロに殺されたというスジがあるのだな』

『クスリがらみかどうかはまだわかりません』

『なぜ目をくり抜く。マフィアのやり口か』

『聞いたことはありません』

　もっとひどいのは知っている。性器を切りとり、口に押しこむのだ。

『現地の司法機関には接触したか』

『しましたが援助は期待できません』

『ヨウワ以外に協力者を捜せないか』

タチアナの顔が浮かんだ。彼女がそうなれば最高だ。

『現段階では困難です。ヨウワの社員に情報提供を呼びかけましたが、今のところありません』

『了解。健闘を祈る』

えっと声がでた。それだけか。応援を送るとか、せめて身辺に気をつけろ、とかはないのか。

何も表示しなくなったパソコンの画面をしばらく見つめた。

やがて缶ビールを開け、眠くなるまで飲んでいた。もっと強い酒を、明日買うことに決めた。

7

きのうとほぼ同じような時刻に目覚めた。顔を洗うと再び西口の部屋に入った。

薬物との関連を示すものを捜すためだ。

注射器はなくとも、パイプ、せめてライターがあればと思ったが、それすらない。煙草や灰皿が部屋になかったことから喫煙者ではないだろうという見当はつけていたが、薬物摂取の手段がわからなかった。経口摂取をしていたのなら飲むだけだが、通常はパイプやアルミホイルなどを使い、炙《あぶ》って吸引する。大麻やメタンフェタミンだと、それが一般的だ。

大麻の場合、ゴムを焦がしたような独特の刺激臭がでる。狭い部屋だと匂いがしみつくものだが、西口の部屋にそれはない。冷蔵庫をもう一度調べ、トイレのタンクもチェックしたが、薬物を所持していた痕跡はなかった。

西口の携帯電話とパソコンが見つかっていないことを考えれば、西口が所持していた薬物や摂取用の器具を犯人がもちさった可能性はあった。

そうだとすれば、西口は薬物がらみのトラブルで刺殺されたという線がなりたつ。犯人が犯罪組織の人間なら手慣れているのも説明がつくし、両目を抉ったのはクスリでてんぱっていたからかもしれない。

ヤク中の頭の中は妄想の宝庫で、常人ならおよそ考えもつかないような理由で信じられない行動をとる。

問題は、そこまで重度の中毒者だと周囲の人間にもそれとわかる、という点だ。明らかに目つきがおかしかったり、妄想にとらわれた言動をくり返す。

西口を殺したのが重いヤク中なら、島内にいるそういう人物を捜せば事件は解決するだろう。

医師なら知っているのではないか、というすばらしい考えを思いついた。

自分の部屋に戻り、午前八時になるまで待ってから、タチアナ・ブラノーヴァに教わった番号を島内携帯で呼びだした。

「もしもし《アロー》」

寝起きなのか、わずかにかすれた声が応えた。

「おはようございます。イシガミです。今、話せますか」

「もちろん。今、何時？」

「八時です」

色っぽいため息が聞こえた。

「飲みすぎちゃった。寝坊よ」

「ウォッカですか」

「ズブロッカが好きなの。先祖がポーランド出身だから」

「覚えておきます。ズブロッカが好き」

「それでお巡りさんは何の用？」

「医師としてのブラノーヴァ先生に助言を求めています」

「今からシャワーを浴びる。コーヒーと野菜のカーシャをもってきてくれる？」

「喜んで。どこに届ければいいのです？」

「わたしの宿舎はA－3の12号室。三十分後に」

「了解しました」

浮き浮きとした気分で服装を整えていると、携帯が鳴った。中本だった。

「おはようございます、石上さん。もうお目覚めでしたか」

「ええ、起きてました」

「よろしければ朝食をごいっしょしようと思って、お電話をさしあげました」

「ありがたいのですが、これから調べものがありまして」

「もう、ですか」

驚いたように中本はいった。

「ええ。先方が、朝しか時間がとれないというので」

「誰なんです?」

「申しわけないのですが、それはちょっと」

「あっ、そうですよね。失礼しました」

中本は早口になった。

「それで、石上さん、今日は発電所のほうにおみえになりますか」

「今のところその予定はありません。もしうかがうようなら、電話をさしあげます」

「実は私、根室のサポートセンターのほうに急な出張が入りまして、明日まで戻らないものですから、何かありましたら関のほうに連絡をしてください」

中本は告げて、つづけた。

「あと、何か必要なものがあれば買ってきますが……」

「いえ、大丈夫です。お気づかいありがとうございます」

礼をいい、電話を切った。探りを入れるのが目的だと見当がついた。根室のサポートセンターで、捜査に関する情報を求められるのを想定したのだろう。

宿舎をでて地下通路を使い、A区画に向かった。青い「朝食」の文字が点った建物で、コーヒーとカーシャ、ブリヌイを買った。

A－3棟は、海に向かってベランダがつきでた、垢抜《あか》けた造りの建物だった。12号室は三階の端だ。

階段を登り、インターホンを押した。

ロックが解かれ、グレイのスウェットを着たタチアナがドアを開いた。濡れた金髪にタオルを巻いていて、とてもいい香りがする。

「おはようございます。朝食をおもちしました」

タチアナはにっこりと笑った。きのうは上半身まででじっくり観察する余裕がなかったが、胸のふくらみもじつにみごとであることが判明した。

「どうぞ」

港に面した窓から沖に浮かぶ船が見える。今日は快晴で、右から光がさしこんでいた。

窓と平行におかれた大きなガラステーブルをタチアナが示し、私は紙箱に入れてもらったカーシャとコーヒーをおいた。

「あなたはコーヒーだけ?」

防寒着のポケットにつっこんでいたブリヌイをとりだした。

「私はこれを。カーシャがどうも苦手で」

「体にはこちらのほうがいいわよ」

カーシャの入った発泡スチロールの容器とプラスチックスプーンを手に、ひとりがけのソファに腰かけたタチアナはいった。向かいの長椅子を私に勧める。

「昔、祖母が作ってくれたのですが、ミルクに入った米というのが駄目で」

「やはり日本人なのね。米は米だけで食べるのでしょう?」

「ええ」

ブリヌイの包装をはがし、頬ばった。今日はサーモンを揚げたものにした。タチアナはカーシャをすくい、ひと口食べて立ちあがった。キッチンから塩をとってきて、かける。

「塩分のとりすぎも体に悪いのでは?」

告げると、にらむ真似をした。

「お洒落《しゃれ》と美食は健康に悪いのに、女は皆、それが好きなの」

私は頷いた。

「男はそれで痛い目にあう」

タチアナは笑い声をたてた。

「冗談をいう日本人に初めて会った」

「診療所ではないからです。あなたが白衣を着て、私に注射をしていたら冗談はいわない」

「では他の日本人も冗談をいうの?」

「もちろんです。ロシア語でいえる人は少ないでしょうが」

「そうね」

頷き、コーヒーをひと口飲んでタチアナは私を見た。

「で、どんな助言が欲しいの?」

「この島で、違法薬物を摂取している者は多いのですか。さらにどんな薬物が好まれているのかが知りたい」

タチアナの笑みが消えた。じっと私を見つめる。

「なぜ、そう思ったの?」

正直に話した。タチアナは無言で聞いていたが、小さく頷いた。

「『ダンスクラブ』のギルシュね」

「知り合いですか」

タチアナは微笑んだ。

「女にならないかって誘われた。背は小さいけど、それ以外のすべては大きな男だと自慢していた」

「島では知られた人物なのですか」

「『ダンスクラブ』以外にも店を経営している。『エカテリーナ』もそうだし、このカーシャを作っている食堂も彼のものよ」

私は思わず食べかけのブリヌイを口から離した。

タチアナは笑い声をたてた。

「ギルシュが作っているわけじゃないし、食堂にはほとんど現われない」

「安心した」

「ニカという男は知らない。サハリンとここをいききしているロシア人は多いし、顔ぶれもよくかわるから」

「アルトゥールはどうです?」

　タチアナは首をふった。

「診療所にくるのは中国人や日本人のほうが多い。ロシア人はサハリンやハバロフスクの大きな病院にいきたがる」

「なるほど」

「あなたの質問だけど、一度だけ重度のメタン中毒者の船員がきたことがある。港で発作を起こして倒れたのよ。引きつけを起こしていて、譫妄《せんもう》状態だった。鎮静剤を与えて寝かせるしかできなかった。腕が注射痕だらけだった」

「他の薬物はどうです?」

「五十歳以上だとアフガニスタンでオピウムを覚えたという人も多い。ソビエト連邦時代に派兵されて、向こうで阿片《アヘン》を知り、一度はやめたけどまた手をだす。そういう人間は、たいていまともじゃない。この島では見たことないけれど、ウラジオストクにはいた。あとは大麻ね。大麻はいくらでも入ってくる」

「日本人でも吸っている者はいますか」

「吸引している人間を直接見たことはないけれど、いてもおかしくはない。バーとかで大麻を吸っていたとわかる匂いがすることもあるし」

「もちこむのはやはりロシア人ですか」

「他にいる?　日本や中国からもってくるのは難しいでしょう。バーに通ってなじみになれば、大麻ならおそらく手に入る。吸う場所さえ気をつければ、島に警官がいるわけじゃないし」

「国境警備隊は取締らないのですか」

「彼らの仕事ではない」

「まさかこの島で栽培されたり、密造されているということはないでしょうね」

　タチアナは笑いだした。

「この狭さでは無理ね」

「日本ではアパートの部屋を改造して栽培する者も

います」

タチアナは首をふった。

「日本は価格が高いでしょう。ロシアでは東シベリアでいくらでも安い品が手に入る。そんな手間をかけても割に合わない」

「他の薬物はどうです？　メタンの密造とかは？」

「パキージンに見つかる。彼は島のあらゆるところに目を光らせている。クスリをもちこむくらいならともかく、密造したらすぐに気づかれて、島を叩きだされる」

「そんなに鋭いのですか」

「元KGBなの。その腕を買われて、オロテックはこの島の責任者に彼をすえた」

「道理で。只者《ただもの》ではないと思いました」

「ここで彼に逆らう人間はいない」

タチアナはいって空になった器をおいた。

「そんなに目を光らせているのなら、ニシグチを殺した人間の見当もついているのではありませんか」

「どうかしら。殺人が起こったことはなかったから」

タチアナは首をふった。そして訊ねた。

「イシガミは、ニシグチが殺された理由がクスリだと考えているのね」

「あくまでも可能性です。マフィアに属するような者なら、ああいう殺し方もできる」

「両目を抉るのは？」

「殺した人間もクスリをやっていた」

「ニシグチがマフィアからクスリを買っていて、トラブルになったと？」

私は頷いた。

「少なくともニシグチの体に注射痕はなかった。重度のメタン中毒者なら、注射を使う」

「そこまでではなく、大麻ていどを買うつもりだったのが、中毒の進んだ売人ともめて殺されたのかもしれません」

タチアナは感心したように頷いた。

「それで、薬物中毒者について訊いたのね」

「殺して両目を抉るほど、中毒の進んだ人間がいたら、きっと医師の耳にも入っていると思ったんです」

「残念だけど、わたしは知らない。そのアルトゥールという男が密売人だとしても、ここでは別の仕事もしていた筈。オロテックの仕事をうけおっていない者は、この島に上陸できない」

「あなたもオロテックの社員なのですか」

タチアナは首をふった。

「わたしは契約をしているの。契約は一年で、二ヵ月後に期限がくる」

「契約延長はしないのですか」

「それは難しい質問ね。オロテックは、ウラジオストクの病院よりいい給料を払ってくれる。でもここは退屈だし、狭くて息が詰まる」

「精神を病む者もいるでしょうね」

「潜在的な鬱病《うつびょう》患者は多い。不眠や食欲の不振を訴えるのはたいていそうよ。でもわたしの専門ではない。だから睡眠薬や消化剤を処方するだけ」

私は頷いた。

「薬物に関しては、パキージンも神経を尖らせている。プラットホームは海上だし、天候が荒れるとヘリも近づけない。そうなると楽しみは酒かクスリになってしまう」

「それに起因する事故が起きたことはありますか」

「海に転落したというケースはある。死亡にまでは至らなかったけど。本人はただ足を踏み外しただけだといっていた。すぐクビにされた。給料がいいから働き手はすぐ見つかる」

タチアナは肩をすくめた。

「パキージンに訊けば、アルトゥールがこの島でどんな仕事をしていたのかがわかりますか」

「もちろん。本部は、この島で働く人間の資料をすべてそろえている」

私は頷き、手をさしだした。

「朝からいろいろ教えていただいてありがとうございました。助かりました」

もっと話したかったが、我慢することにした。

「次はお酒でも飲む？」

タチアナは私の手を握り、訊ねた。

「本当に？」

私があまりに嬉しそうだったからか、タチアナは笑いだした。

「あなたは部外者だから」

「どういう意味です？」

「オロテックの関係者と個人的な関係をもつのは避けようと決めているの。狭い島だし、噂もすぐ流れる。そういう点で、あなたは安心できる」

「なるほど。でも、どこで飲むのですか。バーにいけば、すぐ噂になります」

「ここでいいわ」

平然とタチアナは答えた。

「お酒はいろいろそろっている」

「そのお誘いを心待ちにしています」

私はいい、タチアナの部屋をでた。鼻歌がでそうだった。稲葉に感謝したいくらいだ。

島内携帯をとりだし、パキージンにかけた。

「パキージンだ」

「イシガミです。お訊ねしたいことがあるのですが、今からうかがってよろしいでしょうか」

「かまわない。私のオフィスにこられるかね？」

「すぐにうかがいます」

電話を切り、管理棟に入ると、エレベーターで六階に上がった。

パキージンは窓に背を向け、立って私を迎えた。

「先ほどA－3に入っていく君が見えた」

ひやりとしたが、表情をかえないようにつとめながら答えた。

「ブラノーヴァ医師に助言をお願いしたのです」

「診療所ではなく、宿舎を訪ねてかね？」

灰色の目を細め、パキージンはいった。

「私の健康上の問題ではありません。島内の薬物中毒者について訊きたかったのです。診療所には看護師もいます。彼がそうでないという保証はありませんから」

パキージンは瞬きした。

「なぜ薬物中毒について訊ねた？」

「ニシグチを殺害した犯人が、薬物中毒者かもしれないと疑ったからです。人を殺すほど中毒が進んでいるなら、医師が存在を把握していて不思議はありません」

「なるほど。で、ブラノーヴァ医師の答は？」

「心当たりはないそうです」

パキージンは頷いた。

「君は、島内にそうした中毒者がいると考えているのか？」

「少なくともクスリを売っている人間はいます」

パキージンの表情はかわらなかった。

「名前もつきとめたのか」

「アルトゥール」

パキージンは小さく息を吐いた。

「小型ボートの操縦員だな。二日前にサハリンの警察から逮捕したという連絡があった」

「逮捕の理由は？」

「喧嘩だ。ナイフで相手を傷つけた」

「そのナイフの情報を、ブラノーヴァ医師あてに送ってもらうことはできますか」

「ニシグチを殺した犯人だと疑っているのか？」

「彼の手帳に、アルトゥールの名前がありました」

「ニシグチがアルトゥールから薬物を買っていたと君は考えるのか」

「それ以外の接点を思いつきません」

「そうだとして、なぜ客を殺す？」

「アルトゥール自身が、薬物で錯乱していた」

「両目を抉ったのもそれが理由だと考えるのかね？」

「薬物中毒者ならありえます」

パキージンは黙って考えていた。

「サハリン警察は、ニシグチ殺害を知っているのですか」

「署長には伝えたが、捜査に関しては私が責任をもつことになっている」

「あなたが?」

「この島の責任者は私だ」

何か問題でもあるのか、という口調だ。私は黙った。

「アルトゥールについては、署長と相談をした上で、君に連絡をする」

「それで結構です」

私はそういう他なかった。オフィスをでようとすると、パキージンがいった。

「イシガミ、君は私が想像した以上に優秀な捜査官だ」

「とんでもない」

「これほど早く、島内に存在する薬物汚染をつきとめるとは思わなかった」

「偶然です。ただ、ひとつ奇妙な点はあるのですが」

「何かね」

「ニシグチが薬物に手をだすような人間には思えないことです。もちろんどんな人間にでも、薬物とかかわる可能性はあります。実際に彼がそうであったかどうかは、解剖し検査をしない限りは定かではありませんが」

パキージンは無言だ。

「アルトゥールがニシグチに薬物を売っていたと認めれば、話は早いのですが」

「あの男は、多くの者に薬物を売りさばいていた。中国人にも客がいた」

「知っていたのですか」

「知っていた。が、中国人の問題だ」

「あなたの島なのに?」

「警備責任者には伝えた」

「薬物中毒者だと？」

「大麻を買っていた」

「拘束しなかったのですか」

「私が中国人を拘束すれば、警備責任者の名誉を傷つけることになる」

「それだけですか」

「それだけ、とは？」

「警備責任者は、あなたに感謝したでしょう。メンツを潰されずにすんだ」

パキージンは頷いた。

「そうした友好関係を保つのは重要だ。特にこの小さな島では」

「私もあなたに報告しました」

パキージンは苦笑した。

「その通りだ。イシガミの厚意に報いる方法がないかを考えるとしよう」

「それを期待したわけではありませんから。失礼します」


私は告げて、オフィスをあとにした。

一度部屋に戻り、考えを整理した。アルトゥールがこの島で薬物の密売にかかわっていたのは、どうやら確かなようだ。西口とアルトゥールの接点が薬物で、それが殺害の理由だとすれば、これほど平和な結論はない。アルトゥールはすでにサハリン警察に拘束されているから、私が逮捕、連行することはできないし、次の犠牲者がでる心配もない。

アルトゥールの所持していたナイフの形状が西口の傷と合致すれば万々歳だ。

一方で、そうはならないだろうという予感も漠然とだが、あった。ものごとなんてそういうものだろうが、いい予感は外れ、悪い予感は当たる。サハリン警察からタチアナに〝朗報〟が届くのを期待するより、調査を続行すべきだと私は感じていた。

何をするかは決まっていた。私は水色の制服に着がえ、宿舎をでた。地下通路を進み、最初の十字路を南に折れ、次の十字路を西に向かった。

プラントの入口にぶつかった。地下通路と建物をつなぐ通路に椅子がおかれ、ひとりがすわりひとりが立って、プラントの入口を警備している。二人ともベージュの制服をつけ、無線機を襟もとに留めていた。

　立っているほうの警備員が私に近づいた。私のうしろを歩いてきたベージュの制服を着た男が社員証をかざし、私を追いこした。

「どこへいきますか」

　警備員は日本語で訊ねた。

「ヤンさんに会いにきました。石上といいます」

　私は答えた。警備員は襟もとのピンマイクをつまんだ。

「イシガミという日本人がヤン主任を訪ねて、地下通路入口にきています」

　中国語でいった。イヤフォンに返事があったらしく、警備員は私を見た。

「ヤンさん迎えにきます。待ってください」

　私は頷いた。

　ヤンが現われるまで十分近く、そこに立っていた。地下通路とその先の通路には、見えるだけで四台のカメラがすえられている。そのうちの三台は機種から、プラントが独自に設置したものだとわかった。

　通路の先には発電所と同じようなゲートがあった。そちらからかすかに酸のような刺激臭が漂ってくる。

　中本が、プラントでは鉱石を硫酸と混合させて加熱するといっていたのを私は思いだした。トリウムを除去したあとだといっていただろうか。たぶんそうだろう。放射性物質を含んだ鉱石に酸を加えたり加熱するのは、素人の頭には何となく危険な気がする。

　実際はどうなのかわからない。が、この小さな島の一画を占めるプラントで放射性物質が杜撰《ずさん》に管理されていたら、あっというまに人が住めなくなる。もっともそれは発電所でも同じだ。つまり恐がっていてもしかたがない、ということだ。たった五キロ四方しかない島では、どこかで放射能洩れが起こったら逃げ場などない。

　ゲートをくぐるヤンの姿が見えた。首から吊るしたのと似たようなカードケースを手にしている。

「ようこそプラントに。携帯電話をお預かりします」

　私に笑いかけ、カードケースをさしだした。

「これを首からさげてください」

　言葉にしたがった。ヤンが、すわっていた警備員に合図をした。警備員が立ちあがり、小型の探知器で私の全身をスキャンした。

「それは？」

「カメラをおもちじゃないかチェックしたんです。プラント内は撮影禁止ですから」

「お宅の社員も、ですか」

　ヤンは頷いた。

「でも他の人はスキャンされなかったようですが」

「社員は皆、撮影禁止だと知っています。プラント内にカメラをもちこめば、解雇されます」

「それは厳しい」

「このプラントには、レアアースに関して最高水準の技術が集められています。産業スパイにも警戒しなくてはなりません」

　ゲートに向かって歩きながら、ヤンはいった。酸の臭いが強くなる。

「ヤンさんはここでどんなお仕事をなさっているのですか」

「私は技術者ではなく雑用係です。プラントで皆が安心して働けるような環境作りが仕事です」

「なるほど」

「このプラントは、大きく四つのパートに分かれています。まず最初が選鉱、ドレッシングです。この島の南側の海底には漂砂鉱床があります。漂砂鉱床というのは、岩石が海水の流れで攪拌《かくはん》され、堆積あるいは圧縮される過程で特定の鉱物が濃く集まった状態を意味します。風化していく岩石内に、風化に強い鉱物が多く含まれ、尚かつ比重が大きければ、そこに溜まることになる。錫、金、チタン、モナザイトなどです。モナザイトはレアアース鉱物ですが、放射性物質であるトリウムを含んでいます。トリウムを除くための選鉱が第一パートというわけです」

ゲートをくぐると、歩きながらヤンは説明した。階段を登って一段高い通路にあがる。通路の両側には、巨大な棺桶のようなコンクリート製の箱が並んでいた。

「ここでの選鉱は、すべて遮蔽されたプール内でおこなわれます。トリウムを分離し、残った鉱物に硫酸を混合して加熱します。これが第二パートです。硫酸焙焼という技術です」

巨大な棺桶群の先に、ひどく暑い部屋があった。ぶあついガラス壁の向こうで、ミキサー車のタンクに似たドラムが横倒しで四台、回転していた。臭いがきつくなり、ガラスごしに熱気が伝わってくる。炎は見えないものの、部屋の中にいる人間は消防士のような防護服とマスクをつけていた。

「西口さんを見つけたウーの職場はここです」

プラント内の天井や壁には、何台ものテレビカメラがとりつけられていた。従業員は一挙手一投足を監視されている。

通路をヤンが進むと、四、五階ぶん天井が吹き抜けになった一角にでた。巨大な洗濯機のようなタンクが空間を占め、ゴンゴンという機械音が床から響いてくる。

「焙焼したレアアース化合物を水に溶かすための浸出過程です」

「第三パートですね」

私がいうとヤンはにこやかに頷いた。本気で私にプラントの工程を説明するつもりのようだ。

「モナザイトはリン酸塩化合物の結晶体で、そのままでは水に溶けません。そこで硫酸と混合し、三百度に加熱します。その結果、リン酸塩化合物から硫酸塩化合物に変化したモナザイトを、ここで水に溶かします。焙焼と浸出というふたつの工程を経て、レアアース元素が溶けたレアアース酸性溶液ができあがります。この先が最後の工程である精製ですが、それを石上さんにお見せすることはできません」

　通路のつきあたりは黒い扉でブロックされていた。扉の手前には二人の警備員がいる上に、指紋だか網膜だかの認証システムらしき機械も設置されている。

「この黒い扉の奥で、溶液からレアアースが抽出され製品化されています。では、こちらへ」

　扉の手前を右に折れ、短い階段をヤンは降りた。階段の先は別室につながっていた。扉はないがエアカーテンがあり、くぐったとたん、熱や臭い、モーター音が弱まる。テーブルと椅子の並んだ部屋が広がっていた。

「ここはロビーと呼ばれています」

「食堂ですか」

　壁ぎわに並んだ自動販売機を見つけ、私は訊ねた。飲みものだけでなく、カップラーメンや冷凍食品らしきご飯ものの、加熱調理機能を備えた自販機がある。

「食堂はありません。申請したのですが、オロテックの許可がおりませんでした。オロテックはロシア人の雇用を守る契約をサハリン州政府と交していて、それがこの島の独占使用を許される条件なのです。ただしプラント内には、何といわれようとロシア人は入れません。我々のレアアース精製技術は世界一で、それをスパイさせるわけにはいきませんから」

　誇らしげにいった。

「ヤンさんは警備も担当していらっしゃると聞きました」

「あなたにそう教えたのは誰ですか？」

「発電所の中本です」

「中本さん、知っています。でも誤解です。私はただの雑用係です。そうだ、ウーにお会いになりますか」

「ぜひお願いします」

私が告げると、襟もとのピンマイクをつまんだ。

「ロビーにウーを連れてこい」

中国語でいう。そして私に向きなおった。

「石上さんのお仕事は捜査ですか」

よほど雑用係だといってやろうかと思ったが、

「調査です。この島で捜査する権限は私にはありませんから」

と答えた。わかっている、というようにヤンは頷いた。

「石上さんは中国語を話せますか」

「少しだけです。ウーさんは日本語がわかりますか」

ヤンは首をふった。

「彼は話せません。私が通訳をします。いいですか?」

「もちろんです。助かります」

私が作り笑いを浮かべると、ヤンも作り笑いを返した。


ロビーに制服の下だけをつけた男が入ってきた。上半身には汗で濡れたTシャツがへばりついている。近づいてくると、酸の臭いがした。一八〇センチ近い身長があって胸板も厚い。だがひどく緊張しているようで、不安げな表情を浮かべている。

「ウーです」

ヤンが告げ、私は右手をさしだした。

「お忙しいところをすみません。西口さんのことを調べている、ヨウワ化学の石上といいます」

「ヨウワのイシガミ。本当は警官だ」

小声でヤンがウーに告げた。ウーは大きな手で私の手を握った。べとべとだった。

「すみません。職場がとても暑いので」

掌《てのひら》をTシャツにこすりつけ、ウーはあやまった。ヤンが訳し、私は首をふった。

「先ほどヤンさんに案内していただきました。たいへんなお仕事ですね」

ウーは首をすくめた。

「西口さんを見つけたときのことを教えていただけますか」

「えーと、あー」

ウーは宙を見つめた。

「すわりましょう」

ヤンが空いているテーブルを示し、我々は移動した。

「待って」

ウーが答えようとするのを制し、ヤンは自販機でミネラルウォーターを三本買った。それぞれの前におく。ウーがうろたえたようにヤンを見た。

「飲め。喉が渇いているだろう」

ヤンがいった。ウーは礼をいい、ペットボトルを口に運んだ。そして話し始めた。

「あの日、私は発電所に用がありました。トリウムのデータに関して、ここと発電所の数字にくいちがいがあって、確認しにいったんです」

ウーの話をいったん手でさえぎり、ヤンが訳した。つづけろとうながす。

「データの問題はすぐに片づいたので、息抜きに外の空気にあたることにしました。あそこは『ビーチ』と呼ばれていて、夏になるとよくいくんです。ビールを飲んだり、日光浴をしたりします」

ヤンが手で止め、通訳した。

「でもまだ寒かったのではありませんか?」

私は訊ねた。ウーが怯えたようにヤンの顔をうかがった。

「ええ。その、どのくらい寒いか、感じてみようと思って。もしかしたら三月だし、そろそろあたたかくなっているかもしれないと……」

ヤンがウーを見やり、語尾がとぎれた。

「寒いかもしれないけれど、いってみたかったようです。要するに、少し時間を潰したかったのでしょう。プラントにまっすぐに帰れば、また仕事ですから」

ヤンがいった。

「なるほど。では先を聞かせてください」

「話せ」

ヤンがウーに命じた。

「階段をあがって海のほうに降りていくと、横になっている人が見えました。防寒着をつけていましたが、発電所の人間だとすぐにわかりました。最初、転んで動けないのかと思い、助けようとしました」

ヤンが止めた。訳し、つづけろと合図をした。

「その人はうつぶせで、声をかけても返事をしませんでした。変だと思い、背中を押しました。硬くなっていて、死んでいるのだとわかりました」

「顔は見ましたか」

「そのときは見ませんでした。連絡をしてから、もしかすると知っている人かもしれないと思い、顔をのぞいて、恐ろしくなりました」

「なぜです？」

「目がなかった。吐きそうになりました」

「それは何時頃ですか」

「三月十日の十五時二十分頃です。なぜわかるかというと、十五時に発電所にいき、十分くらいで用事がすんだからです」

すらすらとウーは答えた。

「発電所をでたのが十五時十分くらい、ということですか」

ウーは頷いた。

「そこから西口さんの死体を発見するまで、誰かと会いましたか」

「地下通路では、何人かの日本人を見ました」

「地上では？」

ウーは首をふった。

「誰もいませんでした。風がとても強くて、雪は降っていませんでしたが、寒い日でしたから」

「あたたかくなっているかもしれないと思ったのではありませんか？」

「すみません」

ウーはあやまった。

「地下通路は暖房が入っているので、外もあたたかいと思いこんだのでしょう」

ヤンがつけ加えた。

「改めて訊きますが、そのときはウーさんおひとりだったのですか」

「はい」

「連絡をしたと先ほどおっしゃいましたが、どこにしたのです？　国境警備隊ですか？」

「会社にです」

ウーに訊ねることなく、ヤンが答えた。

「ウーは会社に電話をしてきて、会社から国境警備隊に連絡をしました」

「その作業はどなたがしたのですか」

ちょっと間をおき、

「私です」

ヤンが答えた。

「ヤンさんご自身ですか」

「ええ」

「ヤンさんは現場にいかれたのですか」

ヤンは頷いた。

「ウーの見まちがいかもしれないと思いました。国境警備隊に連絡をする前に、実際にこの目で確認しにいきました」

「ここから現場にいかれたのですか」

「はい。大急ぎで向かいました」

「それが何時頃だったかわかりますか」

「十五時四十二分です」

「さすがですね」

お世辞抜きでいったが、ヤンはにこりともしなかった。

「ヤンさんおひとりでいかれたのですか」

「いえ。もうひとり部下を連れていきました。先日、私と『フジリスタラーン』にいたジンという男です」

「それで？」

「ウーが階段の途中にいました。死体のそばにいるのが恐くなったのだといって。三人でもう一度死体を見にいき、私が西口さんの社員証を確認しました」

「防寒着を脱がせたのですか」

「ファスナーを少しおろしただけです。首から下げているのをひっぱりだして見ました」

「そのとき周囲に三人以外の人はいましたか」

「いません。とても風の強い場所ですから。人はあまりこないんです」

私はウーに目を向けた。ウーは落ちつかなげに下を向いている。

「本当の理由は何だと思いますか」

ヤンに訊ねた。

「本当の理由？」

ヤンが訊き返した。

「ウーさんが『ビーチ』にいった理由です。サボるだけなら、もっとあたたかい場所があります。ウーさんはひとりになりたくて『ビーチ』にいったのじゃありませんか」

ヤンが私を見つめた。

「石上さんは何だと思うんです？」

「一服したかった」

「お前は喫煙者か？」

ヤンが訊ね、ウーは驚いたように目をみひらいた。

「煙草は吸いません」

「ウーは煙草を吸わないそうです」

「そうですか」

ウーは不安げにヤンを見つめ、

「大丈夫ですか」

小声でヤンに訊ねた。

「大丈夫だ」

ヤンが短く答え、私を見た。

「他に質問はありますか」

「西口さんを見つけたあと、ヤンさんはどうしました？」

「その場からプラントの上司に電話をしました」

「上司？」

「ルウという人です。ここの責任者です」

「それから？」

「国境警備隊に連絡をして、グラチョフ少尉がくるのを待っていました。グラチョフは部下を連れてきて、あたりを調べさせました。誰もいませんでしたが」

私は頷いた。

「ずっとそこにいたのですか」

「いました」

「日本人の誰かに連絡はとらなかったのですか」

ヤンは首をふった。

「それは私の仕事ではありません」

「わかります」

「西口さんには同情しますが、私の仕事は電白希土集団の利益を守ることです」

ついに本音を吐いた。わざと口にしたのだろう。互いの立場のちがいをはっきりさせようというわけだ。

「グラチョフ少尉をどう思います？」

「どう、とは？」

「彼の判断や能力について、ヤンさんのお考えを聞かせてください。西口さんを殺害した犯人をつかまえられるでしょうか」

「グラチョフ少尉の仕事は捜査ではありません。しかし彼の下した判断は冷静で、理にかなったものだと私は思います。付近にまだ犯人が潜んでいないかを確認し、遺体の保存につとめた。ただそれが犯人の逮捕につながるかどうかは、私にはわかりません。むしろ石上さんのほうが詳しいのではありませんか」

「殺人事件を解決するためには、科学的な検証や組織だった捜査が不可欠です。私ひとりではそれは不可能だ」

「では何のために石上さんはオロボ島にいらしたのですか」

「ヨウワ化学の社員に安心を感じてもらうためです。事件に対し、誰も何もしないよりは、手を打ったと思われるような人員配置が望ましいと考えた幹部社員がいたのです」

一瞬、意味をはかりかねたのか、ヤンは答えなかった。が、すぐに嘲《あざけ》りの表情を浮かべた。

「日本人らしい判断だ。形にこだわる」

「それで安心するのも、また日本人ですから」

ヤンはあきれたように首をふった。

「すると石上さんは犯人を逮捕する気がないのですか」

「逮捕する権限はありませんが、特定したいとは思っています。もし特定できたらグラチョフ少尉に知らせ、拘束してもらうつもりです」

ヤンは私をつかのま見つめ、

「それで何かわかりましたか」

と、訊ねた。

「アルトゥールというボートの操縦員がいて、違法薬物を島内で密売していたようです。西口さんの手帳に、その名前がありました。本来、西口さんとは接点がなかった筈の人物です。アルトゥールの名を聞いたことはありますか」

ヤンが通訳をしなくともウーの顔がたちまち暗くなった。しきりにヤンの表情をうかがい、ペットボトルで口を湿らせている。

「いや、聞いたことはありません。希土集団の社員は、そうした違法行為とは無関係です」

ヤンは答えた。私があえてつっこまずにいると、

「そのアルトゥールと西口さんはどんな関係だったのでしょうか」

ヤンが訊ね、私は首をふった。

「まだわかりません。あるいはアルトゥールから薬物を買っていて、トラブルになり、殺された可能性もあります」

「もしそうなら、アルトゥールを訊問すべきでしょうね」

「ええ。ですがアルトゥールは二日前にサハリン警察に拘束されています。どうやら喧嘩でつかまったようです」

ヤンがウーに通訳した。ウーの顔に一瞬だが安堵がよぎった。

「なるほど。するとサハリン警察に取調べを任せるしかないですね」

私は頷いた。

「パキージン氏にその件については伝えてもらうよう頼みました」

「サハリン警察に、ですか」

「そうです。パキージン氏はアルトゥールが薬物の密売をおこなっている事実を把握していました」

ヤンの表情がわずかだが険しくなった。

「アルトゥールが犯人だと、石上さんは思いますか」

「わかりません。アルトゥールに会ったわけではないので。ただ西口さんが客だったなら、アルトゥールには殺す理由がありません」

「どうしてです?」

「顧客を殺すのは愚かな行為です」

「薬で錯乱していたらわかりませんよ」

「そういう傾向があれば、周囲の人間にも知られていた筈です。昨夜、A区画でいろいろ訊ねましたが、アルトゥールについてそういう話はでませんでした」

「A区画? ああロシア人の街ですね」

「『ダンスクラブ』という店にいきました。アルトゥール以外にも密売人がいました」

「ほう」

ヤンは頷いた。

「私がアルトゥールを捜しているというと、自分も薬物を用意できると接触してきました」

ヤンの表情はかわらなかった。私はウーを目で示した。

「訳さないのですか」

「彼には関係のない話です。その密売人の名は何といいますか」

「そこまでは聞きませんでした。薬物に興味はありません」

ヤンはウーをふりかえった。

「アルトゥール以外にも密売人がいたといっている。お前は知っているか」

ウーは首をすくめた。

「知りません」

ヤンは頷き、私に目を向けた。

「なぜ犯人は西口さんの両目をとったのでしょうか」

私は首をふった。

「わかりません。理由がなければそんなことはしないと思いますが」

「西口さんが日本の犯罪組織にかかわっていた可能性はありますか」

「それを示す証拠はまだ見つかっていません。また犯罪組織とかかわりがあったとしても、目を抉るという行為は聞いたことがありません。中国にはありますか」

ヤンは首をふった。

「黒社会の制裁法についてはさまざまな噂話があり、おおげさな伝説も多いですが、目をとりだすというやりかたは聞いたことがありません。犯人は中国人ではないと思います」

私は頷いた。ウーを見ていった。

「ご協力ありがとうございました」

ヤンの訳を聞き、ウーは答えた。

「あんなひどいことをした奴を早くつかまえてください」

「この男にはつかまえられない」

ヤンがいった。そして私には、

「早く犯人がつかまるのを願っているそうです」

と告げた。

「できるだけのことはします」

私はいって右手をさしだした。ウーの手はだいぶ乾いていた。

プラントのゲートまでヤンは私を送ってきた。

「いろいろとありがとうございました。感謝します。また何かあったら、ご協力をお願いするかもしれません」

ヤンはにこやかに頷いた。

「いつでもいってください。あんな犯罪をおこした人間が、同じオロボ島内にいるのは放置できません」

私はゲートをくぐるとカードケースを返し、預けていた携帯を受けとって、ヤンと携帯番号を交換した。

「ところでヤンさんはどちらのご出身です？」

「吉林《チーリン》です。大学は上海でしたが」

「この島にこられるまではどこに？」

「大連《ターリエン》にいました。世界中から企業が集まっています。中国にこられたことはありますか？」

「何回か。北京と上海しか知りませんが」

「猛虎深山ニアレバ百獣震恐ス」

中国語でヤンはいった。私は首を傾げた。

「虎が何ですか」

「いえ。諺《ことわざ》のようなものです。実力のある人間はどこにいても、周囲を恐れさせる」

「私のことではないですね」

私は笑って告げた。

8

地下通路を歩きながらパキージンに電話をかけた。すぐに応答があった。

「パキージンだ」

「イシガミです。お願いがあります」

「何だ」

「プラントで働いているウーという中国人の電話番号を知りたいのです。ニシグチの死体を発見した人物です」

「理由は？」

「警備責任者のいないところで話をしたい」

「威すのか」

「とんでもない。訊きたいことがあるだけです」

「何を訊く」

「ウーはおそらくアルトゥールから薬物を買っていた。アルトゥールがどんな人物なのかを知りたいのです」

「密売人は密売人だ」

「確かに。しかし私は会ったことがないので。あなたは彼をご存じでしたか」

「顔は知っていたが、話したことはない」

「彼と話したいのですが、可能でしょうか」

「警察が彼を釈放し、君がサハリンまでいけば可能だろう」

「釈放後、この島に戻ってくれれば話せます」

「それはない。先ほど解雇の手続きをした。彼が犯人であろうとなかろうと、解雇する予定でいた。サハリンでトラブルを起こしたのはきっかけに過ぎない」

私は息を吐いた。協力的な人間ばかりで泣けてくる。

「ではやはりウーの番号が必要です」

「十分後にこちらから連絡する」

「よろしくお願いします。このことは中国側の警備責任者には内緒にしてください」

「了解した」

電話は切れた。

腹が減っていた。自分でも芸がないと思いながらも、私の足は「フジリスタラーン」に向いていた。こうなれば全メニュー制覇を目標にするか。

客は誰もいなかった。午後二時という時間のせいなのだろうか。

カウンターにかけ、近づいてきたみつごのひとりにロシア語でいった。

「あててみせよう。エレーナだ」

「ベロニカ。エレーナは今日はキオスクよ」

にこりともせずに答えた。私はため息を吐いた。

「そんなにがっかりすることないわ。それともエレーナが好きなの？」

「好きなら、全員を好きになる」

「あら、顔はいっしょでも性格はばらばらよ。エレーナは一番お姉さんだから面倒見がいいし、サーシャは人なつこくてお喋りが大好き」

「君は？」

「当ててみて」

ベロニカは肩をすくめた。

「勘が鋭い」

「なぜそう思うの？」

「初めてキオスクで会ったとき、私を日本人だと見抜いた」

ベロニカは微笑んだ。

「そういうあなたはとても記憶力がいいのね」

「日本人だとわかった理由は？」

「簡単よ。ペットボトルのウーロン茶を買ったでしょう。ロシア人や中国人は冷えたウーロン茶を買わない。水か紅茶を買っていく。あれを買うのは日本人だけ」

「それだけ？」

「それだけよ。何を食べるの？」

「お勧めは？」

性格のちがいを知るために訊ねた。

「カレーライスがわたしは好き。レトルトをあたためただけだけど、おいしいと思う」

「じゃあカレーを」

「辛口と甘口がある」

「辛口で」

にっこりと笑い、奥に入っていった。携帯が鳴った。口もとをおおって応えた。

「イシガミです」

「パキージンだ。メモできるか」

「大丈夫です」

パキージンは六桁の番号を告げた。

「ありがとうございます」

「どこで知ったかは秘密にするように」

「もちろんです。サハリン警察から何か情報はきましたか」

「まだだ」

電話が切れた。

でてきたカレーはレトルト食品そのものの味がしたが、確かにおいしかった。つけあわせにタクアンがついている。次は甘口を試してみよう。

「フジリスタラーン」を出た私は「エカテリーナ」をのぞくことにした。「ダンスクラブ」はまだ開いていないだろうから、ギルシュに会う心配もない。

港の入口に向かった。快晴は朝からつづいていていて風も弱い。

フェンスのかたわらに立って、港でおこなわれている作業を眺めた。岸壁の上を何台ものフォークリフトがコマネズミのように走り回っている。青や黄に塗られたドラム缶がのったパレットをもちあげ、運んでいるのだ。

海のすぐ近くまで運ばれたドラム缶を小型のクレーン車がもちあげ、船に積む。船は小型の漁船くらいの大きさで、船尾がドラム缶でいっぱいになると岸壁を離れた。

港の沖合に、コンテナ船のような大型の船が停泊していて、そこに運ぶようだ。

見ていると、沖から同じような小型の船が近づいてきた。接岸するとロシア人の作業員が集まった。船内からダンボールを次々と運びだす。印刷されているのはどれも日本語だった。飲料水、カップラーメン、トイレットペーパー、洗剤などだ。

私はフェンスを離れた。「エカテリーナ」の看板は、キリル文字で書かれていた。ロシア人はエカチエリーナと発音する。ネオンは点っていないが、ちょうどでてきたロシア人が近づく私を見ると、扉を支えて待ってくれた。

ちょっと顎をひき、私の制服を確認すると、

「日本人デスカ?」

と訊ねた。細く、顔色が悪い。身長は私とさほどかわらない。

「はい。営業していますか」

私は答えた。男は手を広げた。

「ドウゾ、ドウゾ、入ッテクダサイ」

扉を大きく開いた。くぐった私は一瞬立ちすくんだ。それほど中は暗かった。

むっとするほど暖房がきいていて、ぶあつい力ーペットに靴底が沈んだ。小さなオレンジ色のランプがいくつか点っている。

目が慣れてくると、ホテルのロビーのようなソファセットが何組もおかれているのが見えた。そこに女たちがひっそりとすわっている。いずれも薄いブラウスやキャミソールをつけ、ひどく短いスカートにブーツやハイヒールをはいていた。


「いらっしゃいませ」

私の前に銀髪を結いあげた女が立った。白人とアジア人のハーフのようで、ひどく痩《や》せていて化粧が濃い。年齢は五十代のどこかだろう。

「あら、いい男」

どぎつい色が塗られた長い爪の指で私の頰に触れた。少し訛《なまり》はあるが、完璧な日本語だ。

つけまつげを二枚つけている。

「お客様、うちは初めて?」

「そうです。最近きたばかりで」

女は私の周囲をひと回りし、観察した。和服を意識したようなデザインのドレスを着ている。強く香水が匂った。

「いつ、いらしたの?」

「水曜日です」

「ヨウワ化学さんの人事異動は二月。ということは、あなた、例の事件を調べにきた人ね」

女は私の目をまぢかからのぞきこんだ。まっ青な

瞳はコンタクトレンズのようだ。

「あなたは?」

「ごめんなさい」

女は一礼した。キモノドレスのどこからか名刺をとりだすと、私の鼻先につきつけた。

「クラブ・エカテリーナ　ママ　京子《きょうこ》・エリザベート」

と印刷されている。

「ママさんの京子です。よろしく」

「石上です」

「お名刺は?」

求めるように、右手をひらひらさせた。

「申しわけありません。もってきていません」

「次はちょうだいね」

私の肩に手をかけ、耳もとでささやいた。

「で、今日は何しにいらしたの?　調査、それとも息抜き?」

ソファにすわる女たちの半数が私を見つめ、半数が無視していた。ざっと十人はいる。

「ええと、とりあえず調査かな」

私がいうと、ママは頷いた。

「でも気がかわるかもしれない。そうでしょう?」

私の返事を待たず、手を引いてソファへと誘った。

二人の女がすわっている。

「アンジェラとミナミよ」

どちらも白人だが、小柄で、ミナミは黒髪をおかっぱにしていた。にっこりと私に笑いかける。私は二人にはさまれた。

「ヨウワの方に、とても人気があるの」

左手を宙に伸ばし、パチンと指を鳴らした。白いシャツに黒い蝶タイをつけた男が暗がりから進みでた。東洋人の顔をしている。

「石上さま、何をお飲みになりますか?」

ママは訊ねた。東洋人らしきボーイがいった。

「ウイスキー、ブランデー、焼酎《しょうちゅう》、ビールがあります」

「ソフトドリンクは?」

「コーヒー、紅茶、コーラ、ミネラルウォーターです」

ボーイは答えた。

「彼はイム。日本語がうまいでしょう。サッポロで働いていたことがあるのよ」

私は頷いた。極東ロシアに多い、朝鮮族系ロシア人のようだ。

「よろしく」

「よろしくお願いします。何を飲まれますか?」

「ええと、じゃあコーヒーを」

「承知しました」

イムが消えた。ママは膝と膝がぶつかるほど身をのりだし、

「何でも訊いてください」

と告げた。これまでに会ったロシア人たちとはまるで異なる愛想のよさだ。タチアナを除いて、だが。

「亡くなられた西口さんをご存じでしたか」

ママはおおげさに頷いた。

「一度、いや二度、おみえになりました。ミナミが気に入ってたみたい。ねえ」

いわれたミナミは、日本語がよく理解できないらしく、きょとんとしている。ママがロシア語で告げた。

「殺された日本人。ニシグチ。あなたのことを好きだったでしょう」

「わたしよりニナを気に入ってた。今週も会いにくるってニナと約束してたみたい」

ミナミが答えた。

「そうなの」

「どんな印象があるか訊いて下さい」

私はママにいった。

「どんな客だったのか知りたいって」

「おとなしい人。あまり女に慣れてなかった。やさしかったけど、日本人はだいたいやさしいよね。スケベは、歳のいった奴だけ」

思わず笑いそうになった。

「とても紳士で、ミナミも大好きだったそうよ。ここにはいろんなお客さまがいらっしゃるけど、日本の方が一番女の子たちに好かれているの」

私の手を握り、ママはいった。

「西口さんはひとりできたのですか」

私の問いにママは首をふった。

「最初はちがうわ。誰かに連れられていらした」

「誰にです?」

ママはウインクした。

「ここではそういうお話はしないの」

意味をつかみかね、秘密にしたいのだと気づいた。

「ヨウワの社員だったのでしょう、連れてきたのは」

ママは首をふった。

「だからお話しできないの」

「調査のためでも、ですか」

「あなたの調査に協力して、あたしが何か得をするかしら」

私は黙り、財布をとりだした。

「あら、チップ? だったらルーブルじゃなく円のほうが喜ばれる。USドルならもっといいけど」

千円札は二枚しかない。あとは一万円札だ。

一万円をママにさしだした。ママはにっこり笑うと指先でつまみとった。

「彼女たちはきっとすごくあなたを大切にする。気前のいい男性は一番もてるもの」

やりとりを見ているミナミとアンジェラを目で示し、いった。

「誰に連れられてきたんです?」

「ヨウワの方じゃなかった」

「誰です」

ママは左手の人さし指を唇にあてた。

「ロシア人よ。ここにはめったにこない」

「名前をお願いします」

「アル……アルトゥール」

「アルトゥール?」

「そう」

「なぜ二人できたのです?」

ママは肩をすくめた。

「さあ。どこかで知りあって、より仲よくなろうと思ったのかしら」

「どこで知りあったのでしょう」

ママは首をふった。

「ここでないことは確か」

西口がクスリと女の世話をアルトゥールに頼んだのだろうか。ありえない。それでは極道の遊びかただ。

「支払いは?」

「西口さまが二人ぶん払われました」

「なぜ二人ぶん払ったのです?」

「約束されていたみたい。アルトゥールを接待するって」

「なぜ接待するのです?」

ママは肩をすくめた。

「さあ。お二人のことまではわかりません」

「彼女に訊いてもらえますか。何か知っているかもしれない」

私はミナミを示した。ママは一瞬考え、ロシア語でいった。

「ニシグチが初めてきたときのこと覚えている?」

ミナミは小さく頷いた。

「アルトゥールが連れてきた。あいつ調子がよくて、うまくいいくるめたのだと思う」

我慢できなくなり、ロシア語で訊ねた。

「何といっていいくるめたんだ?」

ミナミは目を丸くした。ママもあんぐりと口を開いている。

「教えてくれないか。アルトゥールは何といってニシグチをいいくるめたんだ?」

「あなた、ロシア語が話せるの?!」

ママが日本語でいい、すぐロシア語になった。

「本当はロシア人?」

「日本人だ。祖母がロシア人だった」

ミナミに顔を向けた。

「教えてくれ」

「ええと、何かの話をしてもらう約束をしていたのだと思う。アルトゥールが知っていることがあって、教えてもらいたいなら、女をサービスしろって」

「金じゃなくて?」

「お金ももらっていたみたいだけど、いろいろたかってた」

「アルトゥールが気に入っていた女性はいるのか?」

私はママに訊ねた。ママは首をふった。

「ロシア人はあまりこない。あいつらにここは高いから。どの子だって、アルトゥールみたいな船員には高級すぎる。サハリンやウラジオストクなら、ちょうどいい相手がいくらでもいる」

「ニナという子と話したい。ニシグチが気に入っていたのだろう」

ママは私をにらみつけた。

「ニナはとても人気があるの。話をするだけでもお金を払ってもらわないと」

「もう払った」

「それはあたしへのチップでしょう」

「もしニナと話せないなら、ニシグチが死んだのは『エカテリーナ』にきていたからだとヨウワ化学に噂を流す」

ママは目をみひらいた。

「困るのはあんただ」

ママは深々と息を吸い、天井を見上げると、

「ニナ!」

と叫んだ。

隅のソファにいた女が立った。痩せていて、ミニスカートから棒きれのような脚がのぞいている。金色に髪を染めているが、東洋人の血が混じっているとわかった。

「こっちにきなさい」

おずおずと近づいてきたニナに、ミナミが席をゆずった。ほっとしたようにその場を離れていく。

「君がニナか」

私の問いにこっくりと頷いた。まだ十九か二十くらいで、この商売に入って日が浅いように見えた。

「私はイシガミ。ニシグチの同僚だ」

西口の名をだすと、ニナは大きく息を呑んだ。

「ニシグチと仲よくしていたそうだね」

ニナはママを見た。

「あの、あの、わたし……」

「イシガミさんにはなんでも話していいのよ」

作り笑いを浮かべてママはいった。

「ニシグチはとてもやさしかったです。わたしのひいおじいちゃんの話をする約束をしていました」

「ひいおじいちゃん？」

「エトロフ島の人でアシカやトドの猟師をしていたんです。去年死にましたけど、小さい頃、いろんな話をしてくれて」

「いろんな話とは？」

「この島や他の島にもトドを撃ちにきたことがあるって」

「ニシグチはそれを聞きたがっていたの？」

ニナは頷いた。

「アルトゥールにわたしを紹介されて、指名してくれた」

「アルトゥールと君の関係は？」

「遠い親戚」

「そうだったの？」

ママが驚いたようにいった。ニナは頷いた。

「お互い、この島にいるって知らなくて、キオスクで会ってびっくりした。最後に会ったとき、わたしはまだ八歳くらいだったから」

「ニシグチはアルトゥールに何かの話を聞きたがっていて、その見返りにここにアルトゥールを連れてきたようなのだけど」

「それがわたしなの」

　ニナはいった。

「どういう意味だい」

「アルトゥールはわたしを紹介するといって、ニシグチをここに連れてきた。初めてのときわたしは風邪で寝こんでて、ニシグチと会えなかった。だからニシグチはミナミを指名したの」

「待った。君とニシグチは何語で話したんだい」

「ロシア語。ニシグチは大学でロシア語を勉強して、あなたほどではないけれど、日本人の中では上手に話すほうだった。それで次にきたとき、わたしを指名してひいおじいちゃんの話を聞いた。ニシグチはすごくおもしろがって、パソコンにいっぱい打ちこんだ」

「つまりニシグチはアルトゥールから君のひいおじいちゃんのことを聞き、その話を君にしてほしくて『エカテリーナ』にきた」

　ニナは頷いた。

「そう。ニシグチは、ひいおじいちゃんからわたしが聞いた、この島や他の島の昔の話を知りたがった。だからわたしが今度、おじいちゃんやおばあちゃんに聞いておくって約束をした」

「それは主にどんな話？」

「昔のこの島のこと。日本人が住んでいたときに、ひいおじいちゃんは何度かきたの」

　この島に日本人が住んでいたのは昭和の初めまでだと聞いていた。

　ソ連軍が占領した昭和二十年はほぼ無人だったという。荒木から、西口の先祖がこのあたりの出身だという話を聞いたのを私は思いだした。

「ひいおじいちゃんは少しだけど日本語が話せて、友だちになった日本人がいた」

　私が考えていると、ニナはいった。

「そのひいおじいさんという人は、アルトゥールとも――」

　ニナはこっくりと首を動かした。

「そう。アルトゥールも同じひいおじいちゃん。でもわたしとちがって、いっしょに住んだことはない」

「ニシグチとアルトゥールはどうして友人になったのだろう?」

「『ダンスクラブ』で知りあったって、いっていた。ニシグチのセンパイが『ダンスクラブ』にニシグチを連れてきて、隣にすわっていたのがアルトゥールだった。ニシグチは、昔のこの島のことを知っているロシア人を紹介してほしいってアルトゥールに頼んだ」

〝センパイ〟は日本語だった。

「アルトゥールがクスリを売っているのは知っている?」

ニナはママを気にした。

「うちにはクスリをやっているような子はいません」

ママはわざとらしく私をにらんだ。

「アルトゥールが売人だというのは、みんな知ってる」

ニナはいった。

「ニシグチはアルトゥールからクスリを買っていたのか?」

私の問いにニナは首をふった。

「まさか。ニシグチは買わない。あの人はセックスだって、そんなに興味がなかった」

「あなたとしてなかったの?!」

驚いたようにママが訊くと、ニナはイタズラを見つかった子供のような表情になった。

「しなかったわけではないけれど、手でいいといった」

「手でいい、とは?」

ママが訊ねた。ニナは右手で筒を作り、それを動かす仕草をした。

「セックスには慣れてなくて、恐いといっていた」

「信じられない」

ママはぐるりと目玉を動かした。私はニナに訊ねた。

「ニシグチはなぜ昔の島のことを知りたがったんだ?」

「自分の先祖がいたから。ニシグチはこの島の古い写真とかもパソコンに入れていて、見せてくれた」

「それだけかい」

「それだけ、とは?」

ニナが訊き返した。

「先祖がいたからという理由だけで、この島のことを知りたがっていたのかな」

ニナはとまどったような表情になった。

「知らないの?」

「何を?」

「九十年前、この島で起こったこと。エトロフやサハリンのロシア人は皆、知っている」

「何が起こったんだ?」

「日本人がおおぜい死んだ」

「死んだ……。災害か何かで?」

ニナは首をふった。

「誰かに殺された。大人は皆、殺されて、小さな子供と年寄りだけしか残らなかった」

「犯人は?」

「わからない」

「わからないというのは、君が知らないという意味? それともつかまっていないという意味かい」

「わたしが子供の頃聞いた話だから、大人の作り話だと思っていた。子供を恐がらせたくてする話」

怪談ということか。私はママを見た。

「ママは知っていました?」

日本語で訊いた。ママはあいまいに首をふった。

「小さいときに聞いたことはあるけど、この島だとは思わなかった」

「どんな内容?」

「同じような話です。島の人間がひと晩のうちに死んだ。なぜ死んだのかはわからない。ただ……」

いいかけ口ごもった。

「ただ何です?」

ママは首をふった。何かを思いだしたのか、不安げな顔になっていた。ただでさえ厚塗りの化粧で白い顔が、さらに白くなっている。私はママの腕に手をかけた。

「教えてください」

「子供を恐がらせる作り話だから」

ママはつぶやいた。

「いって」

私はママの腕をゆすった。ママは目を伏せ、答えた。

「死んだ人は目がなかった」

「目がなかった、とは?」

「目玉がとられてなくなっていた」

西口と同じだ。

「ニシグチの先祖も、そのとき殺されたのかな」

ニナを見て、訊ねた。

「わからない」

「君は、聞いていた? 死体がどんなようすだったのかを」

私の問いにニナは首をふった。

「わたしは知らない。日本人がたくさん死んだ話だけ」

「西口さまも目をとられていたのでしょう」

ママが恐ろしげに日本語でつぶやいた。

「誰から聞きました?」

私は訊ねた。

「噂です。顔の皮を剝がされていた、という話も聞きました」

私は首をふった。

「顔の皮を剝がされてはいない」

「目は? 目玉はとられていたの?」

私は小さく頷いた。ママの青い目が今にも飛びだしそうだった。

「同じじゃない」

「確かに同じだが、九十年の間隔がある。同じ犯人の筈がない」

私はロシア語でいった。ママはニナと顔を見合わせた。

「恐い」

ニナがつぶやいた。

「君のひいおじいさんは、そのときのことを知っていた？」

ニナは頷いた。

「日本人がたくさん死んでいるのを見つけたのは、この島に漁にきていたロシア人で、ひいおじいちゃんの友だちだった」

その人は、と訊きかけ、生きている筈がないと気づいた。

「ニシグチはそのことを知りたがったんだね」

私がいうと、ニナは頷いた。

「日本人がいっぱい死んだのに、日本では知っている人は少ないといっていた」


稲葉は、「じょじょに減少し、ソ連軍が占領した昭和二十年はほぼ無人だった」といった。およそ八十年前無人だったのは、その十年前に島民の大半が殺されていたからだという可能性がでてきた。「じょじょに減少」が真実なら、大量殺人など起こっていないことになる。

「私も知らなかった。おそらくこの島にいる、ほとんどの日本人は知らないと思う」

多いときには百人近い人口があった、と稲葉はいわなかったか。百人近くが一度に殺される事件が起こって、それが記録に残されていないというのは、いくら何でもありえない。

だが一方で、ここが北方領土の一部であることを考えると、ありえないともいえないような気もした。

ソビエト軍の侵攻によって、人命以外にも多くのものが失われた。侵攻の十年前に起こった事件の記録も含まれていたかもしれない。

早急に記録にあたってもらうよう、稲葉に頼む他なかった。もし、記録が残されているとして、だが。

「どうして日本人は知らないの？」

ニナは私に訊ねた。

「理由は、いくつか考えられる。ひとつ目は、実際はそんな事件などなかった、というものだ。ニシグチの先祖がこの島で殺されたのは事実かもしれないが、それは喧嘩か何か、別の原因で、大量殺人など起こっていない」

ママが力を得たように大きく頷いた。

「そうね。ありそうな話だわ。ロシア人は怪談が好きなんです。冬は、夜が長いから」

私も祖母からさんざん聞かされた。

「ふたつ目は、実際にそういう事件が起こったのだが、関係者の大半が死んでしまったため、伝わらなかった。島の住人がすべて殺されてしまうと、当時のことだから、血縁者全員が死んでしまった可能性がある。親戚がひとり残らず死んだら、それを伝える者もいなくなる。昔の日本では、同じ集落に一族がすべて住んでいることが多かった」

「ロシアでも同じ。シベリアにはそういう村がたくさんある」

ニナはいった。

みっつ目の可能性、ソビエト軍の侵攻についてはいわないことにした。彼女らに責任を問えないいし、いったところで、より私に協力的になってくれるとも思えない。

「ひとつ、訊いていいかな。その大量殺人の伝説について、ロシアではどれくらいの人が知っているのだろう」

「極東の生まれで、家に年寄りがいた人間なら、たいていは知っています」

ママが答えた。

「極東というのは、つまり――」

「カムチャツカ半島やサハリン、ウラジオストクなどで育った人です。もちろん全部ではないと思うけど」

「この島で働いているロシア人は、そのあたりの出身者が多いのでは?」

ママは頷いた。

「でも社会主義の時代とちがって、移動が自由だから、今極東に住んでいても知らない人も多い」

ママは、社会主義時代を知る年代のようだ。ソビエト連邦の崩壊は一九九一年だから、三十年以上たっているが、そのときには成人していたのだろう。

「そういう話をロシア人どうしですることはある?」

私の問いにニナもママも首をふった。

「このお店にいる子は、極東じゃない土地の出身が多い。モルドバやウクライナからきている子もいる」

ユーラシア大陸をはさんで反対側に位置する国々だ。稼げるとなれば、どこにでもいくのか、あるいは売られてきたのか、いずれにしても切ない話だ。

といって売春窟がけしからんと一方的に取締ったところで、彼女たちの境遇は改善されない。

職住といった〝受け皿〟を用意しない限り、彼女たちが他の仕事につくことはない。むしろより劣悪な環境へ劣悪な環境へと、落ちていく可能性のほうが高い。

国際犯罪捜査官として、最も多くあたるのが、売春と薬物の捜査だ。

外国人売春婦と薬物は、犯罪組織という接着剤で分かちがたくつながっている。日本では、売春と薬物では捜査員の熱意が大きく異なる。売春はかつて国が管理者に免許を与えていたこともあって、暴力団や海外の人身売買組織を対象とした捜査に偏りがちだ。薬物については、マスコミの反応も大きいことから一グラム、一錠でも多い摘発を求められる。

人が国境を越えるときは、必ずモノもいっしょだ。人が売春婦だったら、モノが違法薬物になる可能性は常にある。

が、ここは日本ではない。日本政府の見解は異なるだろうが。もし私が「エカテリーナ」を摘発しようと考えても、何もできない。ギルシュや彼の手下にオホーツク海に投げこまれて終わりだ。

「では話題にのぼることもない?」

ママは肩をすくめた。

「今日、話がでるまで忘れていました」

私はニナに目を移した。

「ニシグチは先祖を殺した犯人を知ろうとしていたのだろうか」

「わからない。でもどうして、そんなにたくさんの日本人が殺されたのかがわからないといっていた」

事実なら、確かに奇妙であり陰惨な事件だ。ただ、島という特殊な環境、共同体の中で憎しみが醸成されれば、それが増幅し、ついには酸鼻をきわめる結果を招くこともあるだろう。日本でも似たような大量殺人が過去、地方で起きたことはある。

「それを知りたくて、君のひいおじいさんの話を聞きたがったのだね」

殺人事件の大半は、濃い人間関係の中で発生する。家族、友人、恋人。見ず知らずの人間を殺す者は少ない。西口が知りたかったのは、自分の先祖が殺された動機であり、それが解明されれば、西口を殺した犯人も判明する可能性はある。

「あなた、調べますか?」

ママが日本語で訊ねた。

「日本の記録に残っているかどうか、問い合わせてみます」

私が答えると、じっと見つめた。

「西口さまが殺されたのは、昔の人殺しのことを調べたからでしょうか」

「まさか」

私は笑ったが、ママは笑わなかった。

「犯人が、まだこの島に住んでいたら恐いです」

ママは両腕で自分の体を抱いた。

「犯人が生きている筈がない。九十年前です。そんな年寄りがこの島にいますか」

ママは首をふった。

「わかりません」

「いないでしょう。この島に、そんな老人がいるとは聞いていていない」

この島の住人はオロテックの関係者に限られる筈だ。九十年前の殺人事件の犯人は、どんなに若くても百歳をはるかに超えている。たとえいるとしても西口を殺す体力があったとは思えない。

ママは小さく頷いた。私はニナに訊ねた。

「いつ、おじいさんやおばあさんにその話を聞こうと考えていた?」

「次の休み、ユージノサハリンスクに帰るので、そのときに」

ママをふりかえった。

「今度の休みは一週間。でしょう?」

ママは渋々という表情で頷いた。

「だったらそうしてほしい。そして私にその話を聞かせてくれないか」

ママが何かをいう前に告げた。

「お礼はする」

ママとニナを見比べた。最初にニナが頷き、ママがつづいた。

「ありがとう。とても役に立つ話だった」

私は手をさしだした。ニナはおずおずと握った。ママの手も私は握った。

「ママさんがとても私を助けてくれたと、ヨウワの人たちに話します」

ママは初めてほっとした顔になった。

9

部屋に戻ると稲葉にメールを打った。すぐに私用の携帯電話が鳴った。受信状況が悪いのにかけてきたのは、それだけ驚きが大きかったからだろう。

「大量——人だと。いつの話だ」

「だからソ連軍が上陸する十数年前のことのようで

す。百年はたっていない」

「聞いたことがない」

「私も初めて知りました。事実かどうか、もし事実なら、どういうことが起こったのか、調べていただけませんか」

「――があるとしたら道警か」

「あるいは根室の役所か」

「厄介だな。何も残っていない可能性もある。我々が知らないということが、その証拠だ」

「いずれにしても、手口が似ているからといって犯人が同じということはありえません。生きていたとしても犯人は百歳以上だ。この島にそんな年寄りがいるとは思えないし、いたとしても人を刺殺して眼球を奪うのは無理でしょう」

「子孫かもしれん。――がつきとめた犯人が、自分の先祖だったんで、それを隠すために――した」

「そうなら、目玉をくり抜いたりしませんよ。先祖に注目してくれといっているようなものだ」


稲葉の返事は雑音で聞こえなかった。

「とにかく集められる限りの記録を集めてください。手口と動機の二点から、西口を殺したのは九十年前の事件と何らかのかかわりをもつ者です」

「つまり日本人ということか」

「ロシア人の可能性もあります。九十年前、この島にはロシア人がきていましたから。中国人、という可能性は、ほぼないでしょうが」

急に雑音が消え、稲葉の声が明瞭になった。

「えらく面倒くさいことを見つけたな。ヤク中の売人に殺されたというスジでよかったのに」

「確かに。しかしこの話を私にしてくれたロシア人の娼婦によれば、西口は薬物をやってはいなかったようです」

「君がこちらにいたら、歴史的な調査もすべて任せた」

「私も残念ですよ。そういう調査こそ、好みの作業なのに」

もちろん皮肉だ。だがうらやましがっているフリは、上司との円滑な人間関係を持続する。

「よくいう。書類仕事が大嫌いなのは知ってるぞ」

「ペーパーワークと資料をあたることは別です」

「――――」

稲葉の返事はまた大きくなった雑音にかき消された。

「とにかく――が――たら、連絡する」

稲葉は告げて、電話を切った。私は島内携帯で関を呼びだした。時刻は午後四時を回っている。

「関です」

「石上です。お忙しいところを申しわけありません。今、よろしいでしょうか」

「大丈夫です」

「関さんは『ダンスクラブ』という店をご存じですか」

「港のところにあるゴーゴーバーですね」

ゴーゴーバーとは古めかしい表現だ。

「そうです。いかれたことは？」

「ありません」

「西口さんはいったことがあるようで、会社の先輩に連れられていったそうです。誰に連れられていったのかを知りたいのですが」

「もしわかったら、その者から話をお聞きになりますか」

「ええ。別に責めるようなことではないのですが、そこであるロシア人船員と西口さんは知り合っています。そのあたりの事情をお訊きしたいのです。きのうお話しさせていただいた荒木さんではないようなので」

西口は荒木に九十年前の事件のことを話さなかったのだろうか。

話していないとは思えない。が、そうなら、なぜ荒木が私にそれを告げなかったのか、気になる。

が、それを質《ただ》すのは、もう少し情報を集めてからのほうがよいような気がした。荒木が犯人である可能性は低いが、荒木を含むヨウワの社員に、手のうちをさらすのは避けたい。

「了解しました。すぐに判明するかどうかはわかりませんが、とりあえずあたって、わかったらご連絡します」

「よろしくお願いします」

つづいて、迷ったあげくパキージンにかけた。

「パキージンだ」

「イシガミです。ひとつうかがいたいのですが、この島に九十歳を超す住人はいますか」

「いない。なぜ訊く？」

即答し、質問された。

「九十年前、この島で大量殺人が起こったという話を知っていますか」

今度は即答しなかった。間をおき、パキージンはいった。

「オフィスにきたまえ」

一日に二度もパキージンのオフィスを訪ねることになるとは思わなかった。タチアナの部屋なら、毎日でも訪ねたい。

パキージンはデスクについており、私にも椅子を勧めた。

デスクをはさんで向かいあった。灰色の瞳が容赦なく私の目を射貫《いぬ》いた。私は先に口を開いた。

「あなたは前から知っていたのですか」

「この島にオロテックが進出すると決まったときから知っていた。サハリンの土地仲介業者に聞かされた。迷信にとらわれる者は、この島では働きたがらないだろう、と。そんな人間は、こちらも願い下げだ」

「具体的にどんな事件だったのかをご存じですか」

パキージンは首をふった。

「いや、私が聞かされたのは尾鰭《おひれ》のついた怪談のようなものだ。ロシア人の漁師が上陸すると、幼い子供と老人を除く住人が皆殺しにされていた。実際に何人が死に、生き残った者が何人いたのかも、私は知らない。正直、知りたいとも思わなかった」

「話を信じなかったのですか」

「そうではないが、当時の日本人の問題だ。百年近くが過ぎ、我々ロシア人とは何の関係もない」

「日本人が犯人とは限りません。ロシア人であった可能性もある」

パキージンは目を細めた。

「だとしても、もう生きてはいない。君もそれを確かめたくて、住人のことを私に訊ねた」

私は頷いた。

「その通りです。問題は、住人の殺されかたです。目を抉られていたと聞きました」

「君にそれを話したのは誰だ?」

「ヨウワの人間です。ニシグチが事件に興味をもち、調べていたと教わりました」

用心のために、ニナや京子ママの名を告げるのは避けた。

パキージンは私から目をそらした。


「人は目を抉られただけでは死なない」

「ではニシグチのように刺されていたのですか?」

「私が聞いた話では、いろいろな手段で殺されていた。撃たれたり、斧《おの》で殴り殺された者もいたそうだ。目を抉られていたのは、全員同じだったようだが」

「ニシグチの死体を見て、それを思いださなかったのですか」

パキージンは私に目を戻した。

「私を非難しているのか」

「そんな事件が過去この島で起こっていたというのは、重要な情報です」

「私は重要だとは思わない。共通の犯人である筈がない」

「真似たのかもしれません。九十年前の犯人を」

「何のために真似る?」

「その理由がわかれば、犯人もつきとめられるでしょう」

パキージンは答えなかった。

「サハリン警察は、アルトゥールのナイフに関する情報を送ってきましたか?」

「まだだが、アルトゥールの先祖は、このあたりの出身だった」

「調べたのですか」

パキージンは頷いた。

「先ほど奴に関する資料を当たったところ、サハリンで生まれていた。当然、その事件のことも知っていたろうな」

「知っていて、どうだというのです?」

「薬物でおかしくなった人間が、過去の殺人鬼の真似をしたのかもしれない。『羊たちの沈黙』の話を、君としたな」

「アルトゥールが九十年前の事件の模倣犯だといわれるのですか」

「薬物中毒者なら何をしても不思議はない」

「それは朝、ここで私が述べた意見です」

「今の君はちがう考えなのか?」

「考えがかわったのは、あなたも同じだと感じますが」

いってからひやりとした。パキージンの態度は明らかに変化している。朝は、アルトゥールを被疑者と考えるのに消極的だった。今はむしろ積極的だ。

それを指摘したら虎の尾を踏むことになるだろうか。

「犯人が日本人とは限らない、と君はいった。アルトゥールが、九十年前、先祖が犯したのと同じ殺人を、ここで犯したのかもしれない。先祖の犯罪をアルトゥールは知っていて、薬物の影響で同じ行動をとったのだ」

「魅力的な仮説です。九十年前と現在と、ふたつの事件の犯人が明らかにできる」

私が本気でいっているのか、確かめるように、パキージンは目をすえた。瞬きもせず、視線もそらさず、それに耐えた。

「サハリンの警察に伝えよう」

「できれば、直接アルトゥールから話を聞きたいのですが」

「訊問をおこないたいというのかね。だったらサハリンにいき、警察に協力を求めてはどうだ？」

「状況を考えると、うけいれられるとは思えません。あなたなら、アルトゥールをここに連れてくる力をおもちなのでは？」

パキージンは答えない。私は無言で待った。

「もし、君がアルトゥールを訊問し、奴が殺人犯であることを否定したら？」

「犯人であろうとなかろうと、否定するでしょう。認めるくらいなら、ニシグチをこの島で殺害した時点で自首しています」

「ならばなぜ、奴の訊問をしたいと考えるのかね」

「犯人ではなくても、犯人につながる情報をもっている可能性があります」

「なぜそう思う？」

「アルトゥールの先祖がこのあたりの人間なら、九十年前の事件について、地元の者しか得られないような情報をもっていて、それがアルトゥールに伝わっているかもしれない」

「地元の者しか得られないような情報？」

パキージンは眉をひそめた。

「簡単にいえば、犯人の正体です。九十年前、この島は日本でした。しかし事件のことを知る日本人は少ない。つまり日本の警察による捜査がされていないのです。だとしても犯人が不明であったとは限らない。捜査がされなかっただけで、犯人のことを知っていたロシア人、日本人はいた」

「何をいいたいのだ？」

「犯人は逮捕されなかった。逃げたのか死んだのかはわかりませんが、当時、犯人について知る者はいた。ただそれに関しては皆が口をつぐんだ」

「なぜそう思うのかね？」

「いつの時代、どこの国であっても、大量殺人鬼を、人はほうってはおきません。たとえ犯行の立証が難しくても、身柄を拘束したり、共同体から放逐する。最悪の場合、裁判を経ずに私刑《リンチ》にした。そうしなければ、安心して暮らせない。殺人事件だけが伝承され、犯人に関する情報がないのには理由がある」

「逃げのびた。そうは思わないのか？」

「それだけ多くの人を殺すような者が、他の土地で過去を隠して暮らす？　不可能でしょう。人殺しは、人殺しです。隠しておける筈がない」

「君は犯罪学者なのか？」

「ちがいます」

「重要なのは、動機だ。九十年前も今も、なぜ殺し、なぜ目を抉ったのか。私もそこには興味がある」

「アルトゥールなら、それに答を与えてくれるかもしれない」

　パキージンはあきれたように首をふった。

「しつこい男だな。署長にかけあってみよう。ただし、すぐというわけにはいかない。彼らは、自分たちが取調べても得られなかった情報を、日本人の君がアルトゥールからあっさりひきだす、などという事態を決して望まないだろうからな。洗いざらい奴のことを調べた上でなければ、ここに連れてはこない」

　私は頷いた。

「わかります」

「では待つことだ」

「うかがいたいのですが、この島の歴史に詳しい人を誰かご存じありませんか。できればここにいる人間で」

　パキージンはつかのま考え、答えた。

「日本人に関し、そこまで詳しい情報を私はもっていない」

「ロシア人ならどうです？」

「この島で働くロシア人は、もともと極東地域の出身者が多いが、歴史に詳しいかどうかまではわからない。中国人には、おそらくいないだろう」

「ロシア人について調べていただくわけにはいきま

せんか」

断わられるのを覚悟で頼んでみた。

「やってみよう」

意外な答がかえってきた。

「ありがとうございます」

私の疑念に気づいたのか、パキージンは訊ねた。

「なぜ君に協力するかわかるか」

「いえ」

「私はニシグチの死を、日本人どうしのトラブルが原因だと考えていた。確かに九十年前にこの島で起こったという事件と似た点もあるが、関係があるとまでは思わなかった。だが君と話し、考えがかわった。九十年前の事件とニシグチの死に関係があるなら、犯人はまた誰かを殺すかもしれず、次に犠牲となるのは日本人とは限らない。オロテックがそんな事態に巻きこまれるのは防がなければならない」

「当然ですね。九十年前の事件と同じなら、オロテックの人すべてが殺される」

「そんな馬鹿げたことは起こりえない。漁師とその家族しか住んでいなかった時代とは大きく異なるのだ」

パキージンの目に冷ややかな怒りが浮かんだ。私は急いでいった。

「もちろんその通りです。しかしおわかりでしょうが、九十年前の話を人々に聞かせて注意を喚起するというわけにはいかない」

パキージンは怒りを消さず、頷いた。

「当然だ。そんな噂話がもし流れたら、作業の障害になりかねない。迷信に惑わされて仕事を放棄する者が現われるかもしれん」

「そんなに臆病な人間がいますか」

「海上プラットホームでの仕事を、君は知らない。わずか数人の仲間と、海の上の施設で何日も暮らす。天候が悪化すれば逃げだすこともできない。迷信がはびこるのは、そういう環境だ」

「なるほど」

パキージンは私を指さした。

「もしオロテック内に怪談めいた噂が流れるようなことがあったら、責任は君にあると考える」

「それはどうでしょう。ロシア人の中には、ニシグチは顔の皮を剝がされていたと口にする者もいます。すでに噂が流れているのです」

「狭い土地で暮らす者は噂話を好む。娯楽のひとつだ」

思いついた。

「であるなら、いっそ流してみてはどうです？　九十年前の事件とこのニシグチの事件をつなぐ噂を」

「何のために」

「誰かが何かを知らせてくれるかもしれません」

「却下する。君の仕事には利益をもたらすかもしれないが、それ以外のオロテックの業務すべてにマイナスとなる」

私は頷いた。

「そうでしょうね。今のはただの思いつきです」

パキージンの表情がゆるんだ。

「優秀な捜査官なのは認めるが、君はかわり者だ」

私は首をふった。

「ごくありきたりな人間です。ただロシア語が話せるだけの。警察に入ったのも、ヒーローに憧れたからではなかった」

「では権力か。権力を求めたのか」

「まさか。警察官に権力があるなんて思ったこともありません。少なくとも日本の警察はそうです」

パキージンは考えるそぶりを見せ、やがていった。

「私の知る警察官は、幼稚な人間が多い。権力と正義にとらわれすぎている。権力がふりかざす正義は、もはや正義ではないことに気づいていない」

私はパキージンを見直した。

「意外そうだな」

「ええ。あなたがそんなことをいうとは思いませんでした」

「元ＫＧＢのいやみな官僚主義者だと、ブラノーヴア医師にいわれたか?」

「とんでもない」

私は急いで首をふった。

「医師には、純粋に助言を求めただけです」

パキージンは笑みを浮かべた。信じていないようだ。

「彼女は魅力的な女性だ。助言以外のものを君が求めたとしても驚くにはあたらない」

「確かにこの島ではとても目立つ存在だと感じました」

パキージンは手を広げた。

「ものごとには必ず理由がある。彼女の存在もそうだ」

「何です?」

含みのあるいいかたが気になった。

「君の任務には関係がない。さっ、帰りたまえ。私には、君からの依頼も含め、しなければならない仕事がある」

「わかりました。また何かあればご連絡します」

パキージンは頷いた。

「進展があれば私もそうする」

管理棟をでると外はまっ暗になっていた。ウーの就業時間がそろそろ終わる頃だろうか。

パキージンから教わった、ウーの島内携帯を呼びだした。

かなり長く呼びだし、でないつもりなのかと疑い始めた頃、応答があった。

「もしもし《ウェィ》」

「ウーさんですか。今日、プ、プラントでお会いしたイシガミです」

中国語で告げると、ウーは黙りこんだ。

「お仕事はもう終わりましたか」

「さっき終わった。あんた、中国語を話せるのか」

「ほんの少しです。あなたに確認したいことがあって、お電話しました。それさえわかれば、あなたのことは忘れる」

「何だ?」

「お会いして話しませんか。できれば二人だけで」

「わかった。どこで会う?」

「ビーチ」で、と思ったが、寒くて話どころではないかもしれない。

「港の近くはどうです。今は管理棟のそばなんですが」

「港は駄目だ。人が多い」

「じゃあどこで?」

「発電所の近く。そうだな、『ビーチ』のほうへあがる階段の下でどうだ?」

「わかりました。何分後に?」

「一時間待ってくれ。宿舎に戻って着替えたい」

「では一時間後に」

私も部屋に戻ることにした。制服を脱ぎ、私服の上に防寒着をつけ、懐中電灯をもった。

夜間の「ビーチ」のようすを見ておこうと思ったのだ。西口の姿が最後に映像に残されていた午前四時二十一分の「ビーチ」は暗かった筈だ。

地下通路を歩き、発電所の手前の階段から地上にでた。

方角のせいだろう。港周辺よりはるかに強い風に吹きつけられ、思わず私はよろめいた。

風に負けないよう、体を丸めながらあたりを見渡した。前方から、規則正しい轟音《ごうおん》が聞こえ、それが海鳴りだと気づくのに少し時間を要した。

右後方に発電所の建物があり、そこと地下通路の出入口だけが、あたりで光を放つ存在だった。

懐中電灯は東京から持参した小型のマグライトだ。それを点し、私は海へと向かう小道をたどった。カーブのせいでやがて地下通路の出入口が見えなくなり、あたりを包む闇が濃くなった。

〝合流点〟を吹き抜ける風は、前回きたときとは比べものにならないほど強く、私は体をかがめ、フードを飛ばされないよう強くあごひもを絞った。

潮の匂いが鼻にさしこんだ。下り坂の先で、白く光るのは波頭だろうか。発電所棟の光も、ここまでは及んでいない。

試しに懐中電灯を消した。

闇に沈んだ。風の音にも負けない海鳴りには、恐怖すら覚えた。

懐中電灯を点し、その光の眩《まぶ》しさに目をそらした。強い光線がまっすぐに海にのびた。

渦巻くような白い波が盛りあがり、砂浜に叩きつけてはひいていく。

朝の四時、もし西口がめざしたのがここならば何のためだったのか。

――そういえば、昔、この島に日本人が住んでいたときは、「ビーチ」のあたりに集落があった筈だと、西口くんはいっていました
荒木の言葉を思いだし、その瞬間、背すじが総毛立った。九十年前の大量殺人の現場に自分はいる。

下り坂を数歩降りかけたとき、何かが背中に激しくぶつかり、私はバランスを崩した。海への傾斜を前のめりに転げ落ちた。懐中電灯が手から飛び、あさっての方角を照らす。

大きな黒い影が立ちはだかるのを気配で感じた。

両手を地面に突き、これ以上の落下を防ごうとしたとき、硬く重いものが右肩に当たった。勢いで顔を下に打ちつけ、涙で視界がにじんだ。

風の音とも海鳴りともちがう、荒々しい呼吸が耳もとでして、とっさに体を反転させた。地面に何かがふりおろされる、ドスンという響きを感じながら、傾斜を転げ落ちた。

砂浜のすぐ近くまでごろごろと転がった。何が起こったのか、ようやく理解できた。何者かに襲われた。つきとばされ、倒れたところを殴りかかられた。相手は何か得物をもっている。重く、頭にあたったら一撃で致命傷になるような武器だ。

波しぶきが顔にかかり、その冷たさに我にかえった。体を起こし、右腕を額の上にかざした。恐怖でそれ以上動けなかった。銃もない。警棒もない。懐

中電灯すら斜面の上で、手の届く位置にはなかった。

「誰だっ」

叫んだ。恐ろしさに思ったより大きな声がでた。大声は悪くない。弱っていると思われたら、とどめを刺そうと襲ってくるかもしれない。

転がった懐中電灯の光が薄く積もった雪で反射している。その光の中を影がよぎった。影は斜面の向こう側に消えた。

私はうずくまったまま、しばらく動けなかった。気づくと息を止めていた。深呼吸し、喉の奥が震えるのを感じた。寒さからだけではなく手足がこわばり、動かそうとすると、まるでロボットのようにぎくしゃくした。

膝が笑っていた。それでも立ちあがり、背すじをのばした。

逃げた筈だ。逃げた筈だ。逃げた筈だ。

同じ言葉を心でくり返し、口にもしていた。

斜面を這うようにして登り、懐中電灯をつかんだ。

光で闇をなぎ払い、そこに誰もいないことを願った。

誰もいなかった。安堵にしゃがみこみ、そして芯から体が冷えていることに気づいた。

それでもしばらく動けず、ようやく立ちあがると地下通路をめざした。一歩進むごとに、前後左右を照らした。

地下通路に入り、暖かさに包まれた瞬間、膝が砕けそうになった。手すりにすがって体を支えた。

老人のように手すりをたどって階段を降りた。

そこに人がいて、どきりとした。ウーだった。

「あんた」

私に気づくなり、ウーは眉をひそめた。

「顔から血がでてるぞ」

「転んだんだ」

私は答えて、訊ねた。

「いつからここにいる?」

「二、三分前だ。一時間後って約束だったろう」

「誰かここを降りてきたか。私がくる前に」

ウーは怪訝そうに私を見つめて答えた。

「いや。あんただけだ」

私は首をふった。尻もちをつくように、階段に腰かけた。

「くるとき誰かとすれちがわなかったか」

「日本人が何人かいた」

「何人だ」

「四人かな。かたまって、話しながら歩いていった」

ではは犯人ではない。犯人は地上を逃げたのだ。当然だ。地下通路を歩いたら、映像が残る。

「なあ、本当に大丈夫か。あちこちから血がでてるぞ」

ウーは私をのぞきこんだ。思わず笑った。

「ありがとう。君はいい人だ」

ウーが犯人だという可能性はあるだろうか。殴り倒しておいて、ここで待ったりはしないだろう。とどめを刺すか、逃げる。それに私を見たとき、眉はひそめたが、驚いたり恐怖を感じるそぶりは見せなかった。

人を襲う者は、襲った相手を恐れる。たとえ相手が女性や年寄りであっても、めった打ちやめった刺しにするのは、逆襲が恐いからだ。それをしないで立ち去れるのはプロだけだ。

「あんたが呼びだした理由、わかってる」

私の笑みをどう解釈したのか、ウーは顔をそむけ、いった。

「俺がなぜ『ビーチ』にいたか。ヤンさんに喋るなといわれていた」

「なぜいたんだ?」

私はすわりこんだまま訊ねた。

「大麻を吸おうと思った。匂いがでるから、建物の中じゃ吸えない」

「大麻はどこで手に入れた?」

「港近くのバーだ。ロシア人の船員が売ってくれる」

「その船員の名は?」

「名前までは知らない。ひょろりとした男だ」

「いつから大麻を買ってる?」

「半年くらい前だ」

「死体を見つけたのは吸う前か、吸ったあとか」

「吸いながら歩いていた。そうしたら見えたんだ」

「殺された男を知っていたか?」

ウーは首をふった。

「知らない」

「九十年前の話を知ってるか。昔のこの島の話だ」

「何だ、それ。知らない」

私は頷いた。目を開けているのもつらい。

「わかった。協力ありがとう。帰っていい」

ウーは信じられないような顔をした。

「いいのか、本当に」

「思いつかないんだ。他に何を訊いていいのか。そうだ。ニシグチを殺したか?」

「まさか! 俺じゃない!」

「じゃあいけよ」

壁に頭をもたせかけ、ウーの背中を見ていたが、途中で意識を失った。

夢を見ていた。

長い地下通路を誰かに追われ、走る夢だ。追ってくる者には目がなく、血でまっ赤な眼窩をこちらに向けているのだ。

身震いし、目覚めた。

手で顔をこすると、ざらりとした感触がある。乾いた血だった。

時計を見た。意識を失っていたのは、ほんの五分ていどのようだ。

手すりにすがり立ちあがった。これが日本なら、まず通報することを考える。が、この島ではその相手がいない。一一〇番は意味がなく、国境警備隊に犯人逮捕は期待できない。

ならば最初にすべきは安全の確保だ。

犯人は地下通路を使わず、私に近づいた。どこから地上を歩いてきたのかは不明だが、不審を招くような映像を残さないルートをたどったのだろう。

宿舎に向かい地下通路を歩きながら考えた。顔を伏せ、なるべく傷を見られないようにする。

犯人の正体はわからない。顔はもちろんのこと、その姿すら見ていない。気配では大男だったが、恐怖がそう感じさせただけかもしれなかった。傾斜地にいた私は、犯人より低い位置にあり、それだけでも相手を大きく感じる理由になる。

犯人は言葉を発さず、私が聞いたのは息づかいだけだ。匂いもかいでいない。

手がかりはないのと同じだ。せめて何人《なにじん》なのかくらいはつきとめたかった。

宿舎までの道ですれちがった人間は、A区画のほうから歩いてきた中国人三人組だけだった。

部屋に入り鍵をかけ、バスルームの鏡で自分を見た。

額と鼻、それに右の頬骨の上に傷ができていた。血は、額と鼻から流れたもので、もう乾いている。顔の怪我は出血が激しく見た目より重傷に見えることが多い。

水で顔を洗おうとかがみ、背中の痛みに気づいた。服を脱ぎ、鏡に映した。肩甲骨の上にアザができ、血がにじんでいる。おそらく顔も背中も、ひと晩たつと腫れるだろう。

湿布などないし、自分で貼れる位置ではない。タチアナに治療を頼もうかと考え、診療所がすでに閉まっていることに気づいた。

この怪我なら救急だと主張もできる。が、ウラジオストクでさんざん荒っぽい連中の治療をしてきた目には、蚊に刺されたていどの傷で騒いでいるように映るかもしれない。

ここは明日まで我慢すべきだ、と思った。ひと晩耐え、ついでに寄ったという雰囲気で治療を頼んだほうが、私のプライドと印象の両方を保てそうだ。

シャワーを浴びる元気はなく、バスルームをでるとベッドに腰かけた。仰向《あおむ》けに寝そべろうとして後悔した。背中が痛くて、シーツにつけられない。

冷蔵庫からミネラルウォーターをだし、冷えたボトルを壁と背中のあいだにはさんだ。湿布のかわりだった。

食欲はなかった。むしろ吐きけすらする。頭を激しく打っただろうか。一瞬怯え、ちがうと気づいた。襲われたショックのせいだ。時間がたてばおさまる筈だ。

犯人は何のために私を襲ったのだ。

殺すためか？　それなら刃物なり銃を使ったほうが確実だ。西口を殺害したのと同じ犯人なら、ナイフを使ったろう。それに目玉を抉ろうともしていない。

殺す前に目玉を抉るのは無理だ。殺してからでなければ、激しい抵抗にあう。

殺す気がなかったのなら、警告か。私の調査が気にいらず、「かわいがってやろう」と考えたのか。

ギルシュかその仲間なら、可能性はある。

だが、あることに気づき、ぞっとした。

犯人は、どうやって私があの場にいることを知ったのだ。尾行をすれば映像が残る。それをしないで、あの暗闇に私がいると、どうして知り、襲ってきたのだ。

ウーが私との待ち合わせを誰かに話していたとしても、私が「ビーチ」にでることまでは予測できない。

となると、これは偶然なのか。犯人は標的を私と決めていたわけではなく、暗闇の中で「ビーチ」に現われる者を誰でもよいから襲ったのだろうか。もしそうなら、今夜私を襲ったのと西口を殺したのは、同一犯人かもしれない。

無差別に襲い、殺して眼球を奪う。「ビーチ」を〝縄張り〟にする殺人鬼が、西口につづいて私を襲ったのだ。

身じろぎし、背中の痛みに思わず息を止めた。

今夜の犯人の動機を考えた。誰でもよかったのか、それとも私だからなのか。

無差別の殺人鬼だと考えたかった。そのほうが安心できる。たまたま私がそこに足を踏み入れたから襲撃されたのであれば、近づきさえしなければ次はない。

私を狙ったのであれば、今後どこにいても襲われる可能性がある。

私は歯をくいしばりながら立ちあがった。根室サポートセンターの坂本にパソコンでメールを打つためだ。もし私を尾行する者がいたら、カメラ「9」に映された筈だ。

監視カメラの映像は、パキージンに頼んでも見ることができる。しかし島内にいる者すべてが容疑者リストに含まれる今は、坂本に頼むほうが安全だ。

私がウーに会うためにカメラ「9」の設置された十字路を通ったのが午後七時少し前だとして、午後六時から八時までのカメラ「9」の映像をメールで送ってくれるよう依頼する。

理由は告げなかった。

メールを打ち終わると、再び苦労しながら体を横たえた。

犯人はカメラに映っているだろうか。

おそらく期待できない。西口を殺した犯人が映像に残っていなかったことを考えると、映されない地上のルートを使った可能性が大きい。

そもそも人を刺したり殴ったりを計画する人間が、これから襲う相手のうしろをのこのこ歩く姿を撮影させる筈がない。

それは、私を殴った者が西口を殺した犯人でないとしても、同様のことだった。

私はあたたかくなってしまったミネラルウォーターのペットボトルを壁と背中のあいだから外した。冷えたペットボトルはまだ冷蔵庫の中にあるが、動くのが億劫《おっくう》だ。

吐きけがおさまり、ショック症状から回復すると反動で眠けが襲ってきた。

まだ寝てしまうわけにはいかない。上半身を起こし、パソコンに手をのばした。

記憶が鮮明なうちに、犯人に関する推理を巡らせておくべきだった。

パソコンでメモを作った。

まずは、
①「犯人が私を襲った動機」だ。
A、犯人は「ビーチ」に近づく者なら誰でもよかった。
B、犯人は私の調査に危機感を抱き、排除しようとした。
①のBだとすると、
②「犯人が私の調査に危機感を抱いた理由」だ。
A、犯人は西口殺害犯で、私に正体を暴かれると考えた。
B、西口殺害以外の島内犯罪、たとえば薬物密売に関する調査を不快に感じ、警告あるいは排除を考えた。
つづいて、
③「犯人はどうやって私があそこにいることを知ったのか」。
A、私を尾行した。
B、監視カメラの映像から私の所在を確認した。
③のBなら、犯人は監視カメラの映像にアクセスできる立場にある。
①のAであっても、西口が殺された日の映像記録に犯人らしき者の姿がなかったことへの疑問は残る。
そこにいる者なら誰でも襲おうとするほど凶暴な殺人鬼が、自らの正体がバレないような工夫をするだろうか。

無差別に人を殺そうと考える者はたいてい行為の結果にまでは考えを巡らさない。いいかえれば、逮捕され刑罰をうけることを恐れていない。したがって自らの犯罪の証拠に無関心なものだ。

が、この犯人は映像に自分の姿を残していない。

つまり、正体が特定されるのを回避しようとしている。

さらに、過去、無差別に人が襲われる事件はオロテックで発生していない。犯人は理由があって、西口や私を襲ったのだ。よって、①のAの可能性は低い。

④「私を襲った犯人像」。
A、単独犯である。
B、男性、もしくは男性に近い体格をもった女性だった。
C、凶器として重さのある鈍器を使用した。

④のCだけが、西口殺害犯と一致しない。西口殺害犯は刃物を使用した。

パキージンとのやりとりを思いだした。九十年前の大量殺人では、撃たれたり斧で殴り殺されたりと、さまざまな凶器が用いられた。

⑤「私を襲った人物と西口を殺害した人物は同一犯か」。
A、同一犯である。ならばアルトゥールは容疑者から除外される。
B、異なる。その場合、②のBが動機である可能性は高い。

いずれにしても、私に対する襲撃がこれで終わるという結論はない。むしろ時間、場所を問わず、再決行される確率が高かった。

⑥「再襲撃から身を守る方法」。
A、常に誰かと行動を共にする。

だが完全に容疑者から排除できる者を、私はまだ見つけていないし、かりにそういう人物がいたとしても、犯人が二人とも殺すつもりで襲撃してきた場合、防げるかは疑問だ。
B、護身用の武器を身につける。

日本でなら拳銃、特殊警棒などを所持できるが、ここでは難しい。私に支給された拳銃は、桜田門の保管庫だ。その気になればオロボ島にもちこめたかもしれないが、必要になるとは、まるで考えていなかった。
C、応援を要請する。
試す価値はあるが、おそらく却下される。日本人の捜査員が増えることに対し、パキージンも否定的だろうし、また私自身、調査を進める上では効率が悪化すると予測する。理由は、ロシア語、中国語を解さない応援への説明が面倒だからだ。
⑦「襲撃を報告すべき対象」。
A、稲葉。これは当然だ。
B、パキージン。微妙だが、②のBを考えると、再襲撃を防ぐための効果が期待できる。
C、ヨウワの社員。不安を増幅させないためには避けるべきだろう。顔の怪我は、転んだことにする。
D、タチアナ。治療を求める以上、報告する。痛いの痛いの飛んでいけー、を親密におこなってもらうためにも。
ここまで打って、もはや頭がほとんど回っていないと気づいた。瞼が落ちてくる。

戸閉まりをもう一度確認し、明りをつけたまま目を閉じた。

10

寝返りを打つたびに目が覚めたが、それでも外が明るくなる頃、背中の痛みはかなりひいていた。

起きあがり、バスルームで自分の顔を見てぎょっとした。頬骨の上と額の傷が、まっ黒いアザになっている。

眠る前にもっと冷やしておけばよかったと後悔した。

ひとつだけよかったことがあるとすれば、この島にくる前からつづいていた睡眠不足が解消されたことか。おそらくは九時間近く、私はベッドの中にいた。

東京からもちこんだ荷物の中に、現場検証用のマスクが一枚まぎれこんでいた。それをかけ、フードをかぶると、アザが目立たなくなる。歯まで折れなくてよかった。

地下通路でA区画に向かった。

管理棟の前で地上にあがり、六階を見上げた。窓のカーテンは開いている。

パキージンの番号を呼びだした。

「おはよう」

「お見せしたいものがあります。今、下にいるのですが、あがってよろしいですか」

「かまわない」

パキージンのオフィスに入ると、私はフードを脱ぎ、マスクを外した。

「見せたいのはこの顔です」

パキージンは何もいわず、わずかに眉をひそめた。

「昨夜、ニシグチの死体が見つかった海岸の近くで襲われました」

「誰がやった？」

「まっ暗で、それも背後からだったのでわかりません。つき倒され、重たい何かで背中を殴られました。さらに殴られそうになったので叫び声をあげました。そのせいかどうか、犯人は逃げました」

顎をひき、パキージンは私を見つめている。

「ニシグチを殺したのと同じ犯人か」

「わかりません。可能性はありますが、それ以外にも、私の調査を快く思っていない人物が島内にいるようです」

「誰だ？」

「ギルシュという男は、私を好いてはいません」

パキージンは無言だった。やがて、

「ギルシュには手下がいるし借りを作っている者も多い。調べよう」

私は首をふった。

「それはやめてください」

「なぜだ」

「あなたが私の調査に協力的であることを知る人間は少ないほうがいい」

パキージンは問いかけるように目を細めた。

「正体のよくわからない日本人が、島内の事情も知らずに嗅ぎ回っていると思わせておきたい」

「また襲われてもいいのか」

「それは困ります。しかし昨夜の襲撃が、ギルシュかその手下の警告なら、すぐまた襲われるとは思えない」

「ニシグチを殺した犯人だったら？」

「なぜ私を襲ったのかが問題です。正体を暴かれる危険を感じたのか。実際には、私はまだ何ひとつ、犯人を特定できるような手がかりを得ていない。あるいは得ていて、それに気がついていないのかもしれませんが」

「君は自分の身を守れるか。武装しているのか」

私は首をふった。

「この島にくるにあたり、武器はおいてきました」

パキージンは考えていたが、いった。

「では次がないことを祈るのだな」

私は頷いた。

「とりあえず、あなたにだけは知らせておこうと思いました」

「ブラノーヴァ医師にも報告をするのだろう？」

「治療を頼みます」

パキージンの口もとがゆるんだ。

「男は、傷ついた肉体は女の気持をひきよせる材料になると考えがちだ。が、私の経験では、それを誇る男に対し、女は嫌悪の感情しか抱かない」

私は思わずパキージンを見つめた。

「何だ」

「あなたが女性に対する考察を口にする人だとは思いませんでした」

「男は皆、スケベエだ」

日本語を交え、パキージンは答えた。

管理棟をでると、タチアナの番号を呼びだした。

「イシガミ？」

「おはようございます。今日は何時から診療所にいますか」

「カーシャを届けてくれるのじゃないの？」

「届けてもいいのですが、私の体を調べてくれますか？」

声が冷たくなった。

「診療所でプレイはしない」

「誤解です。医師としてのタチアナ・ブラノーヴァにみてほしい」

「どこか悪いという意味？」

「打撲傷です」

「場所は？」

「顔と背中に」

「十分したら、カーシャとコーヒーを診療所にもってきて」

タチアナはいって電話を切った。食堂にいき、自分用にもカーシャを買った。ブリヌイとちがい、大きく口を開けずに食べられそうだからだ。口を開くと頬骨の傷が痛む。


A－6棟まで地上を歩いた。風が冷たい。もし昨夜、殴られた場所で長時間失神していたら凍死の可能性もあった。

一階の廊下におかれたベンチに腰をおろした。タチアナはまだきていない。

やがてスウェットの上に防寒着を羽織ったタチアナが現われた。きのうは洗い髪だった金髪をひっつめている。

私は立ちあがった。

「マスクをとって」

タチアナにいわれ、マスクを外した。

「誰にやられたの？」

「『ビーチ』の岩です」

「転んだだけ？」

私は頷いた。

「酔ってたの？」

「いえ」

タチアナは疑うように私を見つめ、防寒着から鍵をだすと、診療所の扉にさしこんだ。

「イワンはまだきていない」

イワンというのは、以前会ったロシア人看護師だ。

「すわって」

てきぱきとした口調でタチアナは診察用ベッドの横にある丸椅子を指さした。

「初めてここにきたときも同じことをいわれた」

「患者にはそう指示する。上半身を見せて」

タチアナはそっけなくいった。私は言葉にしたがった。

「向こうをむいて」

背中の傷にタチアナの指が触れた。

「痛い?」

「少し」

押されて、呻《うめ》き声がでた。

「骨は折れていないようね。これも『ビーチ』の岩にやられたの?」

「いいえ。顔を見ていない誰かがもっていた重い、棒のようなもの」

「つまり殴られた」

「ええ。うしろから」

タチアナが私の肩をつかみ、体を回した。薄青い目が私の目を見た。

「いつ?」

「きのうの夜の早い時間です。場所はニシグチの死体が見つかった——」

「『ビーチ』ね。夏でもないのに、夜『ビーチ』にいく人間はいない」

タチアナはいった。私の顔の傷をのぞきこむ。

「もう冷やしてもあまり効果はないだろうけど」

「どれくらいでアザはひきますか?」

「三日もすれば色は薄くなる」

「よかった」

「背中には湿布をする」

タチアナはいって立ちあがった。消毒液で手を洗浄し、私の背中に湿布をはりつけた。

「顔に湿布をすると、目にしみる。だから氷か何かで冷やしたほうがいい」

「そうします」

「犯人はどうしたの？」

「逃げました。私が叫び声をあげたので」

「撃たなかったの？」

「銃をもっていない」

タチアナはあきれたように私を見つめた。

「殺人事件の捜査なのに、武器をもたずにきたの？」

「前にいった通り、ここでは私には何の権限もない」

「自分の身を守る権利もない？」

「襲撃をうけるとは思っていなかった」

「湿布は明日また替える。服を着ていい」

「ありがとうございます」

「カーシャを食べましょう」

タチアナと向かいあい、カーシャを食べた。やはりおいしいとは思えない。

「今日はカーシャにしたの？　好きじゃないといっていたのに」

「口を大きく開けられないので」

タチアナは微笑んだ。

「塩をもってくるのを忘れたわ」

私は無言で首をふった。

「なぜ襲われたの？」

「それがわからない。私が嗅ぎ回るのを気に入らない人物がいるようです」

「ギルシュ？」

「か、その手下かもしれない。あるいはまったく別の人物か」

「ニシグチを殺した犯人？」

「かもしれない」

タチアナはカーシャをすくうスプーンを止め、私をじっと見つめた。

「だとしたら、あなたはとても危険ね。犯人はまたあなたを狙う」

「かもしれないが、理由がわからない。私はまだ何の手がかりも得ていません」

「そうなの？」

「私がつきとめたことといえば――」

いいかけ、タチアナを見つめた。

「あなたの生まれは？　極東ですか」

タチアナは首をふった。

「ノヴォシビルスク。シベリアの首都。なぜ？」

「極東生まれのロシア人なら知っているかもしれないと思ったんです。九十年前、この島で大量殺人が起こったという伝説がある」

「本当なの？」

「パキージンは知っていました。日本人住民の大半が殺され、目が抉られていた」

タチアナはスプーンをおいた。

「死んだ人の数は？」

「わかりません。百人近かったかもしれない」

手で口もとをおおった。

「嘘でしょう」

「記録が残されていない可能性があるのです。一九四五年の占領で」

「ソビエト軍の？」

私は頷いた。

「犯人はつかまった？」

「それに関してもわかりません。ただニシグチの殺害犯と同一犯とは思えない」

「当然ね。時間がたちすぎている」

私は頷いた。

「あなたは誰からそれを聞いたの？」

「ニシグチが親しくしていたロシア人です」

タチアナは首をかしげた。

「ニシグチは、その事件について情報を集めていました。被害者の中に先祖がいたようです」

「クスリが殺された理由じゃなかったのね」

「ええ。密売人のアルトゥールは先祖が極東の人間でこの島の歴史について知っている、とニシグチは思っていた」

「つまり九十年前の大量殺人が、ニシグチの殺された理由だというの？」

「まだわかりません。ただ犯人は別人の筈なのに、目を抉るという行為が共通するのには理由がある筈です」

　タチアナは紙コップのコーヒーを口に運んだ。

「気味の悪い話」

「同感です」

「パキージンは何といっているの？」

「ニシグチの死は日本人どうしのトラブルが原因だと考えていたようです。しかし九十年前の事件が関係しているなら、オロテックの他の従業員にも被害が及ぶかもしれない」

「彼の頭の中にあるのは、オロテックのことだけよ」

　私は苦笑した。

「なあに？」

「いえ」

「医者に隠しごとをするの？」

　タチアナは腕を組み、私をにらんだ。

「パキージンにいわれたのです。自分のことを元KGBのいやみな官僚主義者だと、あなたがいうだろう、と」

　タチアナは噴きだした。額に手をあて、目を閉じた。

「嫌な男ね」

「パキージンが？」

「あなたよ、イシガミ。そういわれているくせに、わたしには黙っていた」

「告げ口は好きじゃない。それにパキージンには、意外に人間的な面もある」

「そうなの？　だとしたら、あなたにしか見せていない。オロテックの関係者には、冷酷にふるまっている」

考えられることだ。

「彼にとってオロテックの作業効率が何よりも優先されるのはまちがいありません」

「ねえ、誰かがオロテックの作業を妨害しようとしているとは考えられない？」

タチアナは訊ねた。

「何のためにです？」

「理由はいくつもある。たとえば、レアアースの市場を奪われたくない競合企業とか。オロテックに出資している会社を目障りだと思っている投資家とか」

「そうであるならお手上げです。経済は私の得意分野じゃない」

タチアナは無言で私を見つめた。

「何です？」

「わたしを信用するなら、あなたの捜査に協力する」

「あなたを――」


私は黙った。女性として魅力を感じているのは事実だ。その一方で、パキージンのいった言葉も気になっていた。

――ものごとには必ず理由がある。彼女の存在もそうだ
こんな美女が、レアアース以外何のとりえもない、極東の小島にいることそのものが、確かに不自然だった。しかも、私に好意的すぎる。

「教えてください」

私はいった。

「なぜあなたはこの島にいるのです？」

「オロテックと契約したから。いったでしょう、二ヵ月後にその期限がくる」

「それだけ？」

タチアナの目をのぞきこんで訊ねた。

「お金《ジェニギ》」

タチアナはいった。そして私の口に唇を押しつけた。

私は頬の痛みに耐えた。それだけの価値はあった。

「わたしを信用する？」

唇を離すとタチアナは訊ねた。

「少なくともあなたは、昨夜私を襲った犯人ではない」

「それだけ？」

「この島で、誰か信じられる人間が、私には必要です。あなたがただの医師ではないとしても、殺人犯ではないと思いたい」

タチアナは頷いた。

「わたしは人殺しじゃない」

「わかりました」

私はタチアナをひきよせ、もう一度唇を合わせた。

それからコーヒーを飲んだ。

「この島の歴史について、誰か詳しい人間を知りませんか？」

「そういう人間がいるとしても、オロテックで働いてはいない。ウラジオストクの知り合いに捜してもらう」

私は頷いた。

「なぜ私に協力しようと思うのです？」

「あなたがかわいそうだから。知り合いのいない土地にひとりきりでやってきて、威されたり殴られたりしても捜査をあきらめていない」

「こんなに評価してくれる人は上司にもいない」

「わたしがイシガミの上司だったら、すぐに警部《インスペクトル》にする」

私は微笑んだ。

「すごくありがたい話だが、上司とキスはまずいですね」

タチアナは金髪をほどいた。

「上司じゃなくてよかったでしょう」

私を引きよせた。

「イワンがくるのでは？」

「彼は九時半にならないとこない」

私は時計を見た。八時を回ったところだ。

「診療所でプレイはしないのでは?」

「これは治療よ。あなたは体だけでなく、心も傷つけられた」

タチアナはいってスウェットと下に着たTシャツを脱いだ。下着はつけておらず、つんと上を向いた乳房が私の前に現われた。

「きっと夢を見てるんだ」

「じゃ、さめないうちにあなたも洋服を脱いだら」

診察用のベッドは硬く、膝が少し痛かった。タチアナは上になりたがり、だが私の背中の傷を考慮して、あきらめた。

「次はわたしのベッドで。そうしたらあなたの背中も痛まない」

タチアナはささやいた。

「そのかわりに私は何をすれば? 毎日、カーシャを届ける?」

タチアナは私の腰に両脚を巻きつけたまま、私の鼻をつまんだ。

「殺人犯を見つけるの」

「もし二ヵ月で見つけられなかったら、契約を延長してくれますか」

「それはできない。次の契約がもう決まっている。サンクトペテルブルクの病院よ」

私は息を吐いた。

「ではあなたのかわりにくる医師に協力を頼みます」

「七十歳のお爺《じい》ちゃんよ」

「これ以上心に傷を負わないよう、気をつけます。お爺ちゃんの治療はつらそうだ」

「あなた、本当に日本人?」

あきれたようにタチアナがいった。

診療所をでた私は宿舎に戻り、稲葉にメールを打った。何者かの襲撃をうけ負傷したが、調査は続行すると伝える。

坂本からメールが届いていて、カメラ「9」の映像は、業務の都合で今日の昼にならないと送れない、とあった。礼を述べ、待っていると返した。

　私用の携帯電話が鳴った。稲葉だ。

「襲撃とはどういうことだ。怪我の具合は？」

「昨夜、西口の死体発見現場にいたところ、誰かに殴りかかられたんです。屋外でまっ暗だったため、犯人の手がかりはありません。顔と背中に打撲傷を負いました」

「よく聞こえない。調査が続行できるていどの怪我なのか」

　本当に聞こえないのだろうか。聞こえていないフリではないのか。

　携帯電話を思わず見た。

「続行します。九十年前の事件について、何か判明しましたか」

「道警本部に照会と詳細調査を依頼したが、何せ昔すぎて、当時の話のできる人間が誰もいない」

「そんなことはわかっています」

「そちらには詳しい人間はいないのか」

「いるとしたらロシア人です」

「何人《なにじん》でもいい。今回の事案との関連性を調べろ」

　私はあきれていった。

「ここにいるのは私ひとりですよ」

「わかっている。だが応援は送れない。外務省が急にうるさく、調査状況を報告しろといってきた」

「引きあげさせろとはいってきてないのですか」

「何だって。聞こえない」

　絶対に聞こえている。

「タチアナ・ブラノーヴァという医師がこの島にいます。身許を調べられないか、外務省にかけあってください」

「医者なのだろう」

「それ以上の何かだと思うんです」

「被疑者なのか」

「ちがいます。協力を依頼しました。何せ、私ひとりなので」

「ヨウワの人間じゃ駄目だったのか」

「完全にリストから排除できる者がいませんから」

「中国人は排除できるといっていたな」

「中国人に捜査協力を依頼しますか？」

「馬鹿なことをいうな。できる限りひとりでやるんだ」

「転地療法だとおっしゃいませんでしたか」

「優秀すぎるのも困りものだな。九十年前の事件を見つけたのは君だ」

「そこですか」

「人間以外で何か必要なものはあるか」

「身を守る武器を」

「却下する。法的に、君に武装させることはできん。再度襲撃をうけたときは、ただちにそこを離脱し、帰国しろ。調査は国境警備隊にひきついでもらえ」

「九十年前殺された人間の中に、西口の先祖が含まれていた可能性もあります。西口の遺族にあたってもらえませんか」

「君の着任を待って、ヨウワ化学の人間は西口の両親に死亡を伝えたはずだ。だから、道警の人間をいかせて確認できる」

この事案で動いていたのは、どうやら私ひとりらしい。

「よろしくお願いします。詳細はメールで送ってください」

「了解した。気をつけて」

私用の携帯を切ると同時に、島内携帯が鳴った。

「石上です」

「関です。おはようございます」

「おはようございます」

「お問い合わせの件なのですが、あの、西口くんをゴーゴーバーに連れていった社員の話です」

「あ、はい」

「どうやら元井《もとい》という者のようです。原子炉のメンテナンスを担当していて、三ヵ月に一度くらいの割合で、本社から出張でくるんです。何というか、割とフランクな性格で、こちらにくると飲み歩いたりとかしているようで、常駐している社員より、飲み屋とかに詳しいそうです」

「その元井さんは、いついらっしゃいますか」

「それが先月、東京で交通事故にあって入院しているんです。なので急きょ、きのうの夜、本社の人間に病院までいってもらって確認してもらったところ、『ダンスクラブ』に連れていったのは自分だと認めたそうです」

　問題はそこではない。西口が誰から何を訊こうとしていたかが知りたかったのだ。人づてでは難しい質問だ。

「そのときの西口さんのようすについて、元井さんは何かおっしゃっていましたか」

「いいえ。おとなしい奴なので、張り合いがなかったと。ただロシア語が話せるので、女の子の通訳をさせたそうです」

「ダンスクラブ」にもう一度いくのはなるべくなら避けたかった。が、西口は何かをつきとめたから殺されたのだ。その何かを知るには、西口の足どりをたどる他なかった。

「ありがとうございます」

　私は告げて、電話を切った。

　次にすべきなのは現場検証だった。私が襲撃された現場の検証だ。だが丸腰ではいきたくない。

　A区画にあるキオスクに向かった。

「イラッシャイマセ」

　今日はみつごではなく、大学生のようなロシア人の若者がレジにいた。店内を物色し、小さな果物ナイフとウォッカを買うことにした。ウォッカの壜はガラス製だが重さがあり、一度だけなら武器に使える。使わなければ、中身が飲める。

　果物ナイフはプラスチックの鞘《さや》に入っていて、刃渡りは十センチ足らずしかない。分厚い防寒着の上から刺したのでは、せいぜいチクリとするていどだろう。

　ナイフを右のポケットに、ウォッカをレジ袋に入れて店を出た。ナイフと酒という組合せが、刑事の装備として適当だとはとうてい思えないが、これしかないのだからしかたがない。

地下通路を歩き、ふたつめの十字路を左に折れた。昨夜、ウーが待っていた階段の下までくる。時間帯のせいか、水色の制服を着た人間が数多く発電所のほうに歩いていく。

フードをかぶり、階段をあがった。弱々しい日差しが注ぐ地上にでた。雲と太陽がせめぎあいをしていて、風は昨夜ほど強くない。

下り坂をゆっくりと進んだ。

襲われた地点はすぐにわかった。そこだけ下生えや薄く積もった雪が乱れている。海に向かって傾斜が強くなる場所だ。

そこに立ち、犯人がどこに潜んでいたかを知ろうと見回した。

階段の出入口の右後方に発電所の建物があり、そちらに向かって、低い茂みが広がっている。発電所からのびる小道と階段の出入口からのびる小道の中州になっていて、うずくまりさえすれば、昼間でも身を隠せそうだった。

茂みに歩みよった。枯れ草の高さは二十センチ足らずだが、高低差もあって、小道からは見通せない。

犯人がここに潜んでいたという痕跡を探した。ところどころ草が倒れてはいるが、足跡や遺留品らしきものはなかった。

地下通路を通らずにここにくるルートはいくつかある。初めから地上を移動する方法もあるし、離れた階段からあがってもいい。基本的にオロボ島は起伏が小さいため、寒さや暗闇を厭《いと》わなければ、地上の移動はさほど難しくない。

地上にでる階段はあちこちにある。A区画、発電所、プラントと、階段をあがる姿が映像に残されていても、違和感をもつ者はいない。

地上に監視カメラがあれば、犯人が映った可能性はあるが、何の施設もない土地を撮影するカメラはない。

私は茂みをでて小道に戻り、さらに下り坂を降りた。

はっきりと地面にくぼみができている。ふりおろされた凶器が当たった場所だ。携帯のカメラで撮影した。くぼみの深さは数センチで、へりは丸い。棍《こん》棒《ぼう》のような形だったのだろう。バットかもしれない。

私は島内携帯で、その場から関を呼びだした。

「お忙しいところをすみません。つかぬことをうかがいますが、この島で野球をする人はいますか」

「野球、ですか」

「ええ。キャッチボールとか簡単なバッティングとかでも」

「いやあ……。サッカーは、ロシア人がやっているのを見たことがありますが、野球となると、ないですね。うちの人間でも、キャッチボールとかするのはいないないなあ」

当惑したように関は答えた。

「そうですか。それならけっこうです。申しわけありませんでした」

告げて、電話を切った。バットではない。となると鉄パイプのようなものか。それならいくらでもありそうだ。

いずれにしてもふりおろされた凶器が後頭部などに命中していたら、命にかかわったろう。即死はしないまでも、この場で動けなくなった可能性はある。

それを考えるとレジ袋の中のウォッカを飲みたくなった。

「ビーチ」を眺めた。あたりに人影はまったくない。

小道を下り、ビーチにでた。砂浜が始まったところにひっかいたような跡があった。立ちあがったときに私が残したものだ。足跡は私のものしかない。

波打ちぎわからは四、五メートルほど離れている。「ビーチ」の長さは三百メートルほどで両端は岩場だ。眺めていて、海に向かって右手の岩場に道があることに気づいた。岩と岩のあいだに切り通しがあり、道がのびている。私は足を踏み入れた。幅一メートルほどの道は登り坂になった上に右にカーブし、先が見通せない。左側の岩の向こうは海だが、じょじょに勾配《こうばい》はきつくなっている。

一瞬ためらい、切り通しの先に向かうことにした。右側の岩場の向こうには発電所の建物が見える。

レジ袋ごとウォッカの壜の首を握りしめ、坂道を登った。島の形でいうならHの右のたて棒の下に、私は向かっていることになる。

切り通しを抜けると、不意にひらけた場所にでた。下生えも低く、整地されたように何もない。広さは五十メートル四方くらいだろうか。

明らかに不自然な空間だった。何かの施設が撤去された跡地のようにも見える。

空き地の先は島の南東の端で、二十メートル近い高さの断崖だ。

私は空き地の中央に立った。深くはないが雪が積もっていて、人が入れば足跡が残るが、それらしいものはない。

ブーツの爪先で雪をかいた。雪の深さはせいぜい十センチかそこらだ。土があらわれた。

その土の中に石柱のようなものが埋まっていた。さらに雪をどけ、手袋をした手で土を掘った。

石柱の正体に気づいた。墓石だ。

同時に、この空間が何であったかがわかった。墓地だ。海を見おろす、島の南東部の陽《ひ》あたりのよい場所に、かつてここで暮らす人たちの墓地があったのだ。

だが、今のこの状態は、明らかにその墓地が潰されたのだとわかる。

何の施設もないのに、なぜそんなことをする必要があったのだろうか。墓地を残しておきたくないと考えた者がいたのか。

ロシア人たちからすれば、「先住民」の墓地が島内にあるのが不気味だったのかもしれない。

だが、それにしても、墓を根こそぎ潰して整地するというやりかたには違和感を覚えた。

西口がここを見つけ、先祖の墓の状態を知ったら、おそらく憤りを覚えたろう。

夏になり雪がとければ、このあたりが墓地であったことはもっとわかりやすかったかもしれない。そう考え、西口がこの島の夏を知らなかったのを思いだした。ここにきてまだひと月足らずだったのだ。

が、西口がここのことを知らずにいたとは思えない。先祖が住んでいた土地を訪れたら、墓があると考えるのはふつうだ。島内の墓地の所在を、西口はアルトゥールに訊ねたろう。アルトゥールが答えられたかどうかはわからないが。

が、次の瞬間、私はあることに気づき、どきりとした。

墓地がここにあったのはわかった。では集落はどこに消えたのだ。

西口は「ビーチ」のあたりといっていたという。最盛期の人口が百人近かったのなら、数十戸の家がこの島には建っていた。それらの家はどうなったのだ。

墓と同じく潰されたのだとして、痕跡はどこにも残されていないのだろうか。

九十年前に、もし大量殺人が起こったのなら、集落にはその証拠が残されていた筈だ。潰されたのだとすれば、きれいさっぱりその証拠は失われたことになる。

そう考えると、オロテックの存在が、急にまがまがしいものに思えてきた。大量殺人の現場に、その証拠を潰して作られた施設なのだ。

オロテックを建てた者たちは、そのことを知っていた筈だ。パキージンもサハリンの土地仲介業者に聞かされたことを認めた。

私は暴走しそうになる自分にブレーキをかけた。オロテックが大量殺人の証拠湮滅《いんめつ》のために作られた筈はない。第一、大量殺人の捜査がおこなわれたという記録すらないのだ。

じっと立っていて、足もとから体が冷えていた。地下通路が恋しい。

私は空き地をよこぎって歩きだした。切り通しに入ると、あたりが薄暗くなる。坂道を下ってカーブにさしかかったとき、前方に人影が現われた。

思わず立ち止まった。向こうも同じ思いだったのか、立ち止まり、こちらを見ている。

「誰だ《クトー》？」

人影が喋った。ロシア語だった。

「イシガミ」

私は答え、坂を下った。立ち止まっている人物の顔が見え、息を呑んだ。防寒着をつけ、ニットキャップをかぶったギルシュだった。

よりにもよって、こんな人のいないところで、最も会いたくない人物と会ってしまった。

ギルシュは顎をあげ、険しい目つきで私を見上げた。

「何してやがる、こんなところで」

ギルシュの両手は防寒着のポケットの中にあった。中で何かを握っている可能性はある。

「『ダンスクラブ』で会ったときにいったろう。きたばかりなんで、島の中をいろいろ知りたくて歩き回ってた」

私は答えた。私を思いだしたとしても、ギルシュの表情はかわらなかった。

「あんたも散歩か」

訊ねてから、ギルシュが小さなリュックを背負っていることに気づいた。

ギルシュは答えなかった。

「この上に何があったか、あんたは知ってるかい？」

ギルシュは黙っている。

「墓だ。昔、この島に住んでいた人たちの墓があったんだ。それが潰されてしまっている」

「それがお前と何の関係がある」

ギルシュは唸るようにいった。

「同じ日本人なんだ。あんただって自分の先祖の墓が壊されたら、腹が立つだろう」

「関係ねえな」

ギルシュはいって唾を吐いた。

「ここはもう、お前らの土地じゃねえ」

「じゃあ、あんた個人の土地なのか」

「何だと？」

ギルシュは顔をしかめた。

「あんたの店を訪ねた私を気に入らないからでていけ、というのはわかる。だがここは、あんたの土地じゃないよな。どこを歩こうと私の勝手の筈だ」

ギルシュは私をにらみつけた。

「お前、このギルシュにケンカを売ろうってのか」

「売っているのはあんただ。私はトラブルなんて望んでいない」

ギルシュは深々と息を吸いこんだ。

「殺すぞ」

低い声でいった。

「日本人がたてつづけに二人もこの島で殺されたら、厄介なことになるぞ」

「二人だと」

「そうだ。ニシグチという日本人が殺された。アルトゥールの知り合いで、この島の昔のことを知りたがっていた」

ギルシュは瞬きした。

「まさかとは思うが知らなかったのか」

私は訊ねた。

「日本人が死んだという話は聞いた。それだけだ」

「その死んだ男の名が、ニシグチだ。この先の『ビーチ』からあがったところで、胸を刺されて死んでいたんだ」

「お前は何だ」

表情をかえず、ギルシュはいった。

「ニシグチのかわりにきたんだ。前任者に何があったのかを知りたいと思うのは当然だろう。ニシグチが『ダンスクラブ』にいったことがあると聞いたんで、訪ねていったんだ」

「その野郎が殺されたこととうちの店には何のかかわりもない」

「この島にいる誰かがニシグチを殺したんだ」

私はギルシュの目を見据え、告げた。ギルシュは瞬きもしなかった。

「お巡りだろう、お前」

私は息を吐き、頷いた。

「また誰かが殺されるのを防ぐために、ここに送られた」

ギルシュは再び唾を吐いた。

「お前なんかに何ができる」

「ニシグチを殺した犯人を知っているのか」

「知らねえ。知るわけがないだろう。その野郎のことだって覚えていないのに」

「ニシグチは、この島の歴史について知りたがっていた。アルトゥールと親しくしていたのもそのせいだ。アルトゥールの先祖はこのあたりの人間だった」

「アルトゥールなんて野郎は知らねえ」

「嘘はよくない。あのあと、あんたの手下が私にクスリを買わないかともちかけてきた。アルトゥールが売人だったことは皆が知っている」

ギルシュは横を向いた。私の首をへし折ろうかどうしようか、考えているようだ。私はウォッカの壜を握りしめた。

岩のかたまりを見つめていたギルシュがいった。

「いいだろう。アルトゥールの野郎とその日本人は、確かに店で話しこんでいた。それから奴は、『エカテリーナ』に日本人を連れていった。そのあとのことは知らねえ」

私は頷いた。

「『エカテリーナ』には私もいった。ニシグチは何度かきていたようだ。他にニシグチが話をしていた人間を知らないか」

ギルシュは首を回し、私を見た。

「お前、本気で俺に訊いているのか。俺がお巡りの味方をすると思ってるのか」

「私はあんたの嫌いなロシアのお巡りじゃない。それに犯人がつかまらなかったら、ヨウワは日本人社員に『ダンスクラブ』や『エカテリーナ』に出入りするのを禁止するかもしれない。そうなったらあんたも困る筈だ」

ギルシュは私をにらんでいたが、不意に首を傾けた。

「いいだろう、教えてやる。こい」

切り通しの上、たった今まで私がいた墓地の跡地のほうを示した。

私のかたわらを抜け、坂を登っていく。私は不安になった。そこには誰もいない。名前を告げるだけならここでもできた。

頂上の空き地で私を畳み、断崖から海に投げこむつもりなのかもしれない。そうなったら、何が起こったのかを知るのはギルシュひとりになる。

ギルシュはふり向きもせず、切り通しを登っていく。その背中を見つめ、私はウォッカのキャップをひねった。ひと口、あおる。熱いかたまりが喉を流れ落ち、胃でぱっと広がった。

大きく息を吐き、あとを追った。警官だと身分を明した以上、逃げるわけにはいかなかった。

切り通しを私が登りきると、ギルシュが空き地の中央に立っていた。リュックを背中からおろし、私を見ている。

私は少し離れた位置から彼を見返した。

ギルシュはリュックの中に右手をさしこんだ。緊張で下腹がこわばった。ナイフかピストルか。

リュックから現われたのは花だった。が、ひと目で生花ではないとわかるプラスチック製の造花だ。

ピンクと白の花が束になっている。ギルシュはそれを地面におき、膝をついた。

私は半ば呆然《ぼうぜん》と、それを見つめていた。ギルシュは両手を組み、祈りの言葉をつぶやいている。

やがて立ちあがると、膝についた雪をはらい、造花をリュックにしまった。かわりにとりだしたのは、私が今レジ袋に入れているのと同じ、ウォッカの小壜だった。キャップをひねり、中身をあたりの地面にふりまいた。

空になった壜はリュックにしまわれた。

私は訊ねた。

「あんたの先祖は日本人なのか」

ギルシュはリュックを再び背負うと答えた。

「百二十年前、俺のひいじいさんが乗っていた漁船が時化《しけ》にあってひっくりかえった。冷たい海にほうりだされた仲間は皆死んじまったが、ひいじいさんだけがこの島に泳ぎついて、助けられた。助けたのは日本人の漁師で、家に連れて帰って火にあたらせてくれたらしい。そうじゃなけりゃ、まちがいなく死んでいた。ひいじいさんが死んでいたら、俺は今ここにいない。ひいじいさんはじいさんに、じいさんは親父に、親父《おやじ》は俺に、ハルユリの日本人を敬え、と教えた。だがハルユリの日本人はひとりもいなくなっちまった」

オロボ島とはいわず、ギルシュはハルユリと呼んだ。

「だから墓参りをしているのか」

「死んだ人間に敬意を示すやりかたが他にあるのか」

ギルシュはあべこべに訊き返した。私は息を吐いた。殺される恐怖が驚きにとってかわっていた。先祖のいいつけを守るギルシュ、いい奴じゃないか。

だがすべての日本人を敬っているわけではなさそうだ。目つきがそれを物語っている。

「ニシグチの先祖はこの島に住んでいたんだ」

私はいった。ギルシュは瞬きした。

「本当か」

「わかっていたら親切にしてやったか?」

「関係ないね。ひいじいさんの話は、誰にもしていない」

「なぜ私にしたんだ？」

ギルシュは私を見つめた。

「そのツラは誰にやられた？」

「わからない。昨夜、『ビーチ』にいて、うしろから襲われた」

「ニシグチが殺されたところか」

殺害現場だと確定はしていないが、私は頷いた。

「同じ奴か」

「あんたが誰かにやらせたのかもしれないと思っていた。私がいろいろ調べて回るのがおもしろくなくて」

「俺はそんな半端な真似はしねえ」

私は息を吸いこんだ。

「ニシグチが、島の歴史のことを訊ねていた人間を、他に知らないか」

「『本屋《クニージヌイ》』だ」

「本屋がこの島にあるのか」

ギルシュは首をふった。

「雑誌や本を十日に一度くらい、サハリンから売りにくるんだ。名前は誰も知らない。ただ『本屋』と呼んでる。くると、食堂で店を開く」

食堂というのは、私がカーシャやブリヌイを買っている店のようだ。

「アルトゥールの野郎が紹介したんだ。よけいなことはするなといったのに」

「あんたは日本人を敬えと教えられたのだろう。なのになぜ、ニシグチに親切にしてやらなかったんだ？」

ギルシュは答えなかった。唾を吐き、いった。

「もうお前とは話さない。店で会っても話しかけるな」

「ニシグチを殺したのが誰だか、あんたは知っているのか」

ギルシュは答えなかった。そのまま空き地をでて、切り通しを下っていった。

殴られなかっただけでも幸運と考えるべきだろう

か。ギルシュの背中が、カーブで見えなくなると、私はウォッカをとりだし、もうひと口飲んだ。

日本人の墓参りをしていることを、ギルシュは知られたくなかったようだ。その理由を考えたが、思いつかなかった。日本人の死者を敬ったからといって、「ダンスクラブ」にやってくるロシア人に馬鹿にされるとは思えない。

だがかつてこの島に住んでいた日本人について知ろうとするのを好まない空気があることは確かなようだ。ギルシュですら、その空気を気にしている。

私は切り通しを下った。「ビーチ」にでると、ギルシュの姿はなく、冷たいものが顔にあたった。小さなみぞれだった。

いいたいことだけを告げて消えたギルシュに腹が立ったが、それでも「本屋」という手がかりを得ることはできた。西口を殺した犯人をつきとめるには、この島に住んでいた日本人について知る必要がある。問題は、この島の歴史に詳しい人間を見つけるのが難しいという点だ。

日本には、この島にいた日本人について知る者がいるのだろうか。西口の遺族に対する、北海道警察の訊きこみをあてにする他ないが、息子の死をいきなり知らされた両親が、役立つ話をできるとも思えない。

「ビーチ」から傾斜をあがり、地下通路に入るまで、誰とも会わなかった。私はA区画のキオスクに戻った。ウォッカが思いの外うまく、もう一本部屋飲み用に買っておこうと思ったのだ。

棚からウォッカをとり、レジにおくと、若者に訊ねた。

「『本屋』を知っているかい?」

若者は驚いたように私を見つめた。

「食堂にときどきいるらしいけど」

私がつづけると、若者は肩をすくめた。

「わからないよ。僕はエレーナに頼まれてきたんだ。ベロニカがしばらくいないんで」

私は頷いて金を払い、店をでた。「フジリスタラーン」に歩いていった。店はひどく混んでいた。昼食時間なのだった。中国人とロシア人が多い。

「こんにちは」

皿ののったトレイを手に動き回っているみつごのひとりがいった。

「エレーナ？」

「あたり。少し待ってもらわないと」

「あとでくるよ」

私は告げて、店をでた。二、三歩進んだところで肩を叩かれた。ヤンだった。

「石上さん、また会いましたね」

いってから顔を曇らせた。

「どうしたんですか、その顔は」

「転んで打ったんです」

「どこで？」

「職場の近くです」

「職場？」

「発電所ですよ」

答えると、

「ああ」

わざとらしく頷いた。

「てっきり誰かに叩かれたのかと思いました」

「誰に？」

「中国人ではありませんね。ロシア人？」

「なぜロシア人が私を殴るんです？」

「そう、叩くではなく、殴る、です。なぜかは私にはわかりません」

ヤンはにこやかに答えた。

「密売人のことを調べたのではありませんか？」

「いいえ、調べていません。九十年前のことは調べていますが」

「九十年前？」

ヤンは怪訝そうに訊き返した。

「九十年前、この島の住人に何があったかご存じですか」

ヤンは首をふった。

「何があったのです？」

「住人の大半が殺されたのです。しかも死体は目を抉られていた」

ヤンは笑った。

「まさか」

「もちろんその場を見た人間から聞いたわけではありませんが、極東に昔からいるロシア人には有名な話だそうです」

ヤンの笑みが消えた。

「本当ですか。犯人は誰です？」

「わかりません。ヤンさんはこの島の歴史に詳しい人を誰か知りませんか」

「知りません。少なくとも、中国人にそういう者はいない。全員技術者ですから」

私は頷いた。

「警察に記録はないのですか」

ヤンは訊ねた。

「おそらくないと思います。当時この島を管轄していた警察署がどこにあったかはわかりませんが、ソ連軍の占領によって記録などは失われてしまったでしょう」

私が答えると、ヤンは首をふった。

「それは日本とソビエト連邦の問題です。中国人が口をだすことではない」

「記録の話です。それにソビエト連邦はもうありません」

「ロシアが、あなたたちのいう北方領土を実効支配している現実は、かつてとかわりません」

私はヤンを見つめた。

「あれこれ意見を述べる立場に私はありませんが、オロテックが政治的には非常に微妙な状態であることは知っています。北方領土についてこの島で意見を主張するのを、日本人もロシア人も、もちろん中国人も避けるようにしています」

「なるほど」

「もし石上さんのいう事件が実際にあったのなら、それに関する調査は、政治的な緊張を発生させます」

ヤンは深刻な表情を浮かべていて、むしろ私はおかしくなった。

「誰と誰のあいだに緊張を生むのです？」

「それはわかりませんが、ロシア政府につながる人間は、調査を望まないのではないでしょうか」

「なぜです？　九十年前といえばソ連軍の侵攻前です。ソビエト兵を犯人とは決められません。それにこの島に、はっきりロシア政府とつながっている人間はいますか？」

ヤンはあきれたように首をふった。

「石上さん、もっと用心深くなるべきです。この島には、自国の利益を守るために派遣された人間がたくさんいます」

「ヤンさんもそのひとりでしょうか」

「否定はしません。電白希土集団と中国の利益は重なりますから」

「では中国の利益のために、私の調査に協力していただくことは可能ですか。いっておきますが、私は北方領土について、この島で何かを主張する気はありません。西口さんを殺した犯人について知りたいと思っているだけです」

ヤンは私をまじまじと見つめた。

「あなたは殺人犯をつかまえるためにきたのだと思っていました」

「上司は、私がここにくれば第二の殺人を防げると考えたのです」

「だが石上さんの話では、西口さんは最初の犠牲者ではない」

「九十年前と同じ犯人の筈がありません。犯人が生きているわけはないし、生きていたとしても、三十代の西口さんを殺す体力があるとは思えない」

私がいうとヤンは考えこんだ。

「そうですね。その通りです。でもそうだとしたらなぜ、九十年前と同じことを犯人はしたのです？」

「それを調べたいのです。犯人の子孫が、同じ犯行に及んだのか。そうだとすれば、それはなぜか」

「何かの主張でしょうか」

「主張？」

「復讐《ふくしゅう》とか」

「誰に対する復讐です？」

ヤンの思いつきに私は興味を惹かれた。

「仮定になりますが、同じ犯罪をくり返すというのは、犯人が被害者に対し、過去と同じような憎しみを抱いていたからかもしれません」

私は思わずヤンを見つめた。

「西口さんの先祖はこの島に住んでいたようです。彼がアルトゥールという密売人と親しくしていたのは、アルトゥールの先祖もこの地域の人間で、先祖についていろいろと知るのが目的だったらしい」

ヤンは目をみひらいた。

「すると西口さんの先祖も殺されたのですか？」

「それはまだわかりませんが、可能性はあります」

「よほど深い憎しみを犯人は抱いているのですね。先祖の恨みを子孫にぶつけている」

いってから私の腕をつかんだ。

「もしかすると、西口さんの先祖が九十年前の事件の犯人で、そのときに殺された人の子孫が、同じやり方で復讐したのかもしれません」

そんな伝奇的な殺人が、この島で起こるものだろうか。が、ヤンの思いつきに感心したフリをした。

「なるほど。西口さんの遺族を調査すれば、それについて何かわかるかもしれませんね」

「調査はしたのですか」

「私ではなく、別の人間がする予定です」

ヤンは私の腕を離した。

「もし何かわかったら、私に知らせてくれますか。ウーについて配慮してくださったことも感謝しています」

「配慮？」

「あなたはウーが本当は『ビーチ』で大麻を吸ったことに気づいていた」

私はヤンを見返した。

「あのあと、ウーが告白しました。あなたの中国語が上手であることも。さっきあなたを見て、ウーが殴ったのでは、と心配しました」

「彼ではないと思います」

ヤンは頷いた。

「私もそう思います。愚かな男ですが、そこまで愚かではない」

「石上さんの捜査に協力します。ですから、私への情報提供を、お願いします」

私は頷き返した。

ヤンは頭を下げた。

「もし役に立つ情報を入手したら、そのときは必ずお知らせします」

私はいった。ヤンは私の目を見つめた。

「約束してください」

「約束します」

私は告げた。ヤンは信じられないようにしばらく私を見つめていたが、やがて小さく頷き、

「それでは」

とつぶやいて、後退りした。彼が背中を向けるのを見て、私はほっと息を吐いた。外での立ち話で、すっかり体が冷えていた。「フジリスタラーン」のラーメンが恋しい。

「フジリスタラーン」に戻ると、カウンター席に余裕があった。そこに腰をおろし、ラーメンを注文した。

ちょうど大半の客が食事を終える時間帯だったようで、ラーメンが届くときには、店内の半分以上の席が空いていた。

「ケンカしたの？」

ラーメンの丼をおきながら、エレーナは訊ねた。

「発電所の階段とね。足がすべったんだ」

エレーナは首をふった。

「気をつけないと。手袋は大事よ」

「手袋？」

「手袋をしない人はポケットに手を入れる。転んだとき、頭や顔をぶつけるの」

とっさのときに手で受身がとれない、ということなのだろう。

「気をつけるよ。ところで『本屋』を知っているかい？」

「ええ、知ってる。くるときはたいていここで食事をするから」

「食堂ではなくて？」

食堂で店を開いている、とギルシュはいっていた。なのに「フジリスタラーン」で食事をするというのは奇妙だった。だがエレーナは当然のように、

「そう、ここで」

と答えた。

「次はいつくるだろう？」

「前にきたときに、次は二週間後っていってたから……」

つぶやき、口の中で数えた。

「たぶん、明日か明後日《あさって》にはくる」

「きて泊まっていくのかい」

「うちで食事をするとき以外はずっと食堂で店を広げていて、いるあいだはそこで寝ている。サハリンから次の船がきたときに帰るのよ。だからたいていふた晩は食堂にいる。会いたかったら、毎日、食堂をのぞいてみたら。必ず会えるから」

私は頷いた。

「『本屋』は年寄りなのか？」

「歳はよくわからない。でもあたしやあなたよりは上」

見るからに老人というわけではないようだ。それなのに西口が接触していたというのは、『本屋』という職業柄、地域の歴史などに詳しかったのかもしれない。

「わかった。まめに食堂をのぞいてみるよ」

11

宿舎に戻ると、稲葉からメールが届いていた。根室警察署や根室市役所には、戦前の春勇留島についての記録は一切ない、という内容だ。

つまり、この島で殺人が起こったかどうかの記録すら、日本の警察にはないということだ。犯人についての情報など、知りようがない。

また西口の遺族への通知と訊きこみは昨日と今日の二度おこなわれている筈で、内容についてはわかりしだい知らせる、とあった。

私は、できれば北海道警察の担当者と直接やりとりしたい旨を稲葉に送った。

坂本からカメラ「9」の映像が届いていた。昨日の午後六時から午後八時までの映像だ。

午後六時四十六分に私が映っていた。まったく無防備に、のんびりと発電所の方向に歩いていく。それから十分ほどは誰も映らず、五十六分に水色の制服をつけた四人組が発電所の方角から十字路を北に曲がっていった。五十七分、ウーがその方角からひとりで現われ、あたりを気にしながら、発電所の方角に消えた。

私は映像の再生を止めた。私を襲った犯人が地下通路を尾行したのではないことは、これで明らかだ。

すると私が「ビーチ」にいることを、どうやって知ったのか。設問③の解答B、監視カメラの映像から私の所在を確認した、があてはまる。

ただし、この解答は完全ではない。なぜなら「9」の下を発電所方向に向かう私の映像だけでは、私が「ビーチ」にいったとはわからない。

私は息を吐いた。犯人は、西口の映像を見たときの私と同じ推理をしたのだ。

カメラ「9」の設置された十字路を東に進むと、「ビーチ」の近くにでる階段があり、その先の通路は発電所内に通じていて、そこにはカメラ「3」がある。

西口が「9」に映って「3」に映っていなかったことから、私は西口が階段を登ったと知った。同様に犯人は、私が「3」に映らないことで、階段を登って「ビーチ」方向に進んだと気づいたのだ。

そのあと地上を移動して私を襲撃したという事実は、犯人に迷いがなかったのを証明している。地上を短時間で移動しなければ襲撃はおこなえない。初めから私を襲うと決めていたのだ。

気分が悪くなる仮定だった。誰かが、決意をもって自分に暴力をふるったと知るのは、決して楽しいことではない。買ってきたウォッカは、やはり飲まずにもち歩いたほうがよいような気がした。

島内携帯が鳴り、どきりとした。

「中本です。昨日は出張していてお役に立てず、申しわけありませんでした。先ほど関から聞いたのですが、西口くんを『ダンスクラブ』に連れていった社員についてお知りになりたかったとか」

「元井さんだとうかがいました」

「そうです。入院中でして、お役に立てず、申しわけありません」

「いえ」

私に探りを入れているようにも感じた。

「それで何か、おわかりになりましたか」

「西口さんの先祖がこの島の出身だったようです。ご存じでしたか」

「えっ。彼が北海道だというのは知っていましたが、先祖はこの島の出身だったのですか」

驚いたように中本はいった。電話なので確実ではないが、本当に知らなかったようだ。

「なんでいってくれなかったんでしょう。歓迎会でも、ひと言もそんな話はしていませんでした」

九十年前の事件について話すのをためらったのだろうか。新人なのに縁起の悪いことをいう奴だと思われたくなかったのか。

「西口さんのご遺族に、道警の人間が会いにいっています。そのあたりのことが何か聞ければいいのですが」

私は告げた。

「実は昨日の私の出張もその件でした。本来なら私がご遺族にお伝えしなければならない立場なのですが、そうはいかず、サポートセンターでその件に関する打ち合わせをしていたのです」

「では、ご遺族にはどなたが?」

「サポートセンターのセンター長です。昨日の夕方、札幌で西口くんのご遺族に会った筈です」

「そうですか」

「そのときにたぶん刑事さんも同行するというお話でした」

稲葉から聞いた話と矛盾はない。

「私も上司から、そう聞いています」

「センター長が何かご遺族からうかがうようなことがあれば、すぐ石上さんにお知らせします」

「よろしくお願いします」

「では、ひきつづきよろしくお願いします」

中本はいって、電話を切った。西口の同僚だった荒木に会うのは、遺族の話を聞いてからのほうがよいような気がした。

あとは「本屋」以外に、この島の歴史について詳しい人間を、パキージンなりタチアナが見つけてくれるのを願うばかりだ。

ベッドに腰かけ、考えていると、ギルシュの出現で忘れていた疑問が、突然頭に浮かんだ。

それはこの島にあった筈の日本人集落の所在地だった。

私は島内携帯で中本を呼びだした。

「何度も申しわけありません。つかぬことをうかがいますが、この島に日本人が住んでいた頃のことを、何かご存じですか」

「いや、私はほとんど……」

「記録によれば、大正末期には百人近い人口があったということですが」

「赴任する前に、それは私も聞きました。ですが実際この島にきたら、そんな名残りはどこにもなくて。今、石上さんにいわれるまで、すっかり忘れていました」

「そうなんですよ。百人もいれば、三十戸は住宅があっていい筈なのに、廃屋をまったく見ません」

「そうですね……。発電所やプラントを建設した際に、すべてとり壊してしまったのかもしれません」

「中本さんは、オロテックの竣《しゅんこう》工前にこの島にこられたことがあるのですよね」

「ええ。ですが島を整地したのは、ヨウワではなく、ロシアの建設会社なので、そのときはもう更地になっていました」

私は息を吐いた。整地の際に、集落はあとかたもなく撤去されてしまったのだろうか。

「では、集落がどのあたりにあったのかを、ご存じありませんか」

「はい。知りません」

私が黙ると、申しわけありませんと中本はあやまった。

「いえ、ふと思いついただけのことですから。お気になさらずに」

「西口くんが殺されたのは、彼の先祖がこの島の住人だったことと、何か関係があるのでしょうか」

中本は訊ねた。

「その可能性は、今のところ除外できないと考えています」

私はわざとくどいいい回しをした。

「それで石上さんは、集落についてお知りになりたいのですね」

「ええ。ヨウワ化学に、この島の歴史について詳しい方はいらっしゃいますか」

「残念ながら、いないと思います。もともとオロテックの建設計画はロシア側からでてきたもので、ロシアからの申し出に応じる形で、ヨウワも電白希土も加わったようなものですから」

「そうですか」

「エクスペールトなら、何か知っているかもしれません。パキージンです」

「訊いてみます」

「石上さん、これまででわかったことでいいのですが……」

いって、中本は黙った。

「何でしょう」

「犯人は、また同じことをするとお考えですか?」

「そうですね。可能性はあると思います。西口さんが殺された理由すらわからない状況ですが、突発的な殺人とは考えにくいので、犯行がくり返される可能性は否定できません」

「それはヨウワの人間に対してでしょうか」

「とは限りません」

中本はつかのま黙り、訊ねた。

「うちとしては、何をすればよろしいでしょうか」

「しいてあげるなら、社員の方はなるべくひとりでは行動しないようにする、ということくらいですか」

「犯人は、何人《なにじん》か、わかりますか」

「まったくわかりません。今のところ」

正直に告げると、中本はため息を吐いた。

「わかりました。今、石上さんがおっしゃったことはアナウンスします。でも、あれですよね……。もし犯人がうちの人間だったら、その者と誰かをくっつけてしまう可能性もあるわけです」

「ええ。ただ、これは私の推測ですが、犯人は無差別殺人をおこなったわけではない。ところも相手もかまわず、人を殺すようなことはしないと思います」

「西口くんをあんな風にしたのに、ですか?」

信じられないという口調だった。

「何か、理由はあるのだと思っています」

答えてから、ふと思いついた。

「ところでこの島に網膜認証システムはあります

か」

　映画で、抉った眼球を使う場面を見たことがあった。

「ないと思います。島にいるのは、ほぼ全員オロテックの関係者ですから、社員証がすべてのＩＤ証明に使われている筈です。少なくとも、発電所にはありません。西口くんの、その、なくなった目のことですね」

「はい。わかりました。ありがとうございました」

　礼を告げ、電話を切った。パキージンを呼びだそうとしていると、私物の携帯が鳴った。

「はい」

「突然、お電話して、申しわけありません。私、北海道警察、札幌方面豊平《とよひら》警察署の、横山《よこやま》、と申します」

　雑音に混じって、やけにゆっくりと男が喋った。

「こちら、警視庁の石上さんの携帯でよろしいでしょうか」

「石上です」

「先ほど、警視庁の稲葉課長からご連絡をいただきまして、石上さんに連絡せよとのことだったので、お電話しました。今、大丈夫でしょうか」

　私はほっと息を吐いた。

「ご連絡を待っていました。西口さんのご遺族に会われたのですね」

「ええ。昨日、会社の方とともにマル害の死亡を伝えて参りました。それで今日もまた、事情を訊くことになっておるのですが、その前に、石上さんと話をせよ、とのことだったので……」

「それはごていねいに、ありがとうございます」

　途中から雑音は消えた。東京とこの島で話すのと、札幌とこの島で話すのでは、電波状況に何か差があるのだろうか。

「まず、西口さんのご遺族のようすについてうかがいたいのですが、家族構成は？」

「両親と、マル害の弟です。昨年まで祖父も同居しておったそうですが、亡くなりました」

「どちらかたの祖父です？」

「父かたです」

「両親の反応はどうでした」

「それはもう、憔悴《しょうすい》されておりました。気の毒でした。弟は、この春に東京に進学が決まったとかで、両親だけで美園《みその》の家で暮らしておるんです」

「人から恨まれる心あたりは？」

「まったくない、というとりました。おとなしくて、夢見がちなタイプで、理科系の学校にいったのは、祖父の影響らしいです」

「ほう」

「亡くなった祖父にかわいがられておって、その祖父に、小さい頃からいろんな話を聞かされていたそうです」

「祖父というのは、どんな人です？」

「鉱山技師だったという話です。あ、そうそう、祖父は稚内の出身なのだそうですが、祖父の両親は、北方領土のどこかから戦前に北海道に移ってきたようです」

「今日、お会いになったら、そのあたりのことを訊いていただけますか。マル害は、祖父から聞いた話をもとに、この島についてあれこれ調べていた節があり、それが殺害の動機につながっているかもしれません」

「そうなのですか」

驚くようすもなく、横山はまったりと訊き返した。

「マル害は、今の会社で、この島への赴任を希望しており、その背景には祖父の影響があったと考えられます」

私がいうと、

「ほう、それはなぜですかね」

横山はいった。私は苦笑した。

「それを横山さんに調べていただきたいのです」

「それはそうでしたな。すみません」

「それからもうひとつ、これは裏がまだとれていないのですが、九十年前、この島の住人の大半が殺されるという事件があったとの情報があります」

「何ですと」

横山は黙りこんだ。

「事件の記録は残っていないようで、犯人が誰で、処罰されたかどうかすらわからないのですが、極東地域に当時から住むロシア人のあいだでは、伝説化しているようです」

「そんなことが……。まあ、ソ連軍のせいで、北方領土では何もかもなくなってしまったという話は聞いております」

「その事件について、マル害の両親が知っていることはないかをあたってください」

「了解です。判明した事実については、直接お知らせしてよろしいですか。それとも稲葉課長を通して？」

「お手数ですが、私と稲葉の両方に伝えていただけませんか」

「承知しました。うかがっていると、何かとたいへんそうですな」

「いえいえ、業務はどこでも同じです」

謙遜しておいた。愚痴をいっても始まらない。

「そういえば……」

横山はいって、黙った。

「何でしょう？」

「いや、これは確認してから、またご連絡します」

気になるいい方だったが、期待できるようなものではなさそうだ。

礼を述べ、私は電話を切った。声の感じでは、横山は私より十歳くらい上のようだ。豊平署の刑事課か地域課かはわからないが、西口の両親から、役に立つ情報をひいてくれることを願った。

私はパキージンを呼びだした。

「イシガミです」

「私も今、連絡をしようと思っていた」

「何でしょう？」

「サハリン警察から、アルトゥールが逮捕されたときにもっていたナイフの写真が届いた」

「ではそれをブラノーヴァ医師に――」

「もう渡した。ニシグチの傷とは一致しないそうだ。だからといって、アルトゥールが犯人ではないとは限らないが」

「アルトゥールはまだ勾留されているのですか」

「されている。もし君が本当に話したければ、サハリン警察に私からかけあっておく。サハリンまでは、二日に一度定期船がでている」

「残念ながら、私はロシア入国に必要なビザをもっていません」

「オロテックの関係者であれば、ビザなしでも入国は認められる」

「そうなのですか?」

「七十二時間以内に退去するのであれば。君の身分は私が保障しよう」

魅力的な申し出だった。西口が島の歴史を知るために誰と接触していたのかを知るには、アルトゥールに訊くのが一番早い。

だがビザなしで私がロシアに渡航したと知れば、稲葉は機嫌を損ねるだろう。

「検討します。で、私の用件を申しあげてよろしいですか」

「聞こう」

「オロテックの建設前、この島には日本人集落の跡地があった筈です。それがどこなのかを知りたいのです」

一瞬、間があった。

「今回の調査に重要なことか」

「お話ししたように、九十年前の事件が、西口の殺害に関係しています」

「ではオフィスの地図で説明する。今からこられるかね」

「うかがいます」

私は電話を切り、宿舎をでた。地下通路に降りたところで島内携帯が鳴った。タチアナだった。

「サハリン警察からナイフの情報が届いた」

「パキージンから聞きました。これから彼のオフィスにいくので、帰りに診療所に寄っていいですか」

「かまわない。患者がいたら待ってもらうけれど」

タチアナの声は冷ややかだった。

「協力を感謝します」

私はいって電話を切った。地下通路から管理棟に入ると、エレベーターで六階に登った。

パキージンは、壁に貼られた島の地図の前に立っていた。

「ここだ」

私の顔を見るなり地図を示した。

「C区画から港にかけて、日本人の集落はあった」

C区画というのは、私が宿舎にしている建物を含めた日本区画のことだ。

「建物は残っていたのですか」

「大半は原形がわからないほど朽ちていた。木と土で作られた家だから、雪に押し潰されたり、風で倒されたのだ。中には家具や食器などが残された家もあったが、ブルドーザーで破壊し、整地した。その上に、今君がいる宿舎が作られた。日本人が住んでいた村のあとに、日本人用の建物がたてられたわけだ」

「容赦がないですね」

「センチメンタリズムの入りこむ余地はない。何十年と住人のいなかった家々だ。壊しても困る者はいない」

荒木は、「ビーチ」のあたりに集落があったと西口から聞いている。

「ニシグチは、『ビーチ』のあたりに集落があった筈だと、同僚に話していたそうです」

「『ビーチ』？　ニシグチが発見された砂浜のことか」

眉を吊り上げたパキージンに、私は頷いてみせた。

「『ビーチ』には、小さな小屋がいくつかあったが、朽ち果てていた」

「『ビーチ』に小屋？」

「彼らは、『ビーチ』から舟を漕《こ》ぎだしていたのだ」

　いわれて気がついた。百年も昔で、しかもこんな場所には、漁船にエンジンはなく、手漕ぎか、せいぜい帆船だろう。漁村の規模を考えれば、手漕ぎであった可能性が高い。とすれば、舟は砂浜から漕ぎだしていた。小屋は漁具や舟をおさめておくためのものだったのかもしれない。

　舟を浜から漕ぎだしていた、と祖父が話したのを、西口は浜に集落があったと誤解したのだ。

　海が荒れれば、浜辺には大波が打ち寄せる。集落は作らないだろう。

「それからもうひとつ」

　私はパキージンを見つめた。

「発電所の南東に墓地があった筈です。そこも整地したのはなぜです？」

　わずかに驚いたように、パキージンは目を細めた。

「つきとめたのか」

　私は頷いた。

「当初、プラントと発電所を隣りあわせて作る計画があった。発電所は今の位置が最適だったため、プラントを墓地のあった場所に作ろうとしたが、パイプラインを引く都合で、島の西側、今の位置に変更されたのだ」

「ではプラントを建てる予定で整地した？」

「そうだ。他に理由はない」

　私の目を見つめ、パキージンは答えた。

「無人の家を壊すのは理解できます。しかし墓地は、ここに人が住んでいたと示す証《あかし》でもある――」

　私がいいかけると、

「抗議かね？　君の仕事は捜査だと思っていたが」

　パキージンが言葉をさえぎった。

「両方です。撤去された集落や墓地には、九十年前にこの島で何が起こったのかをつきとめる材料が残されていたかもしれない」

「オロテックは九十年前には存在していないし、事件のことは一切関知しない」

冷ややかにパキージンはいった。

「わかっています。重要なのは、オロテックの業績だ」

「皮肉のつもりか」

「事実を指摘しただけです」

私とパキージンはつかのまにらみあった。やがてパキージンが小さく首をふった。

「イシガミ、君は不思議な男だ」

「過去にとらわれすぎていると？」

「そうではない。初めて会ったとき、君はいかにも日本人らしく控え目で、自己主張をしなかった。私は、日本人が好む、表面をとりつくろう作業のために警察が君を送ったのだと思った」

ヤンも同じことをいっていた。

「が、短時間のうちに、君は違法薬物がこの島で売られていることをつきとめ、ニシグチがその密売人と接触していたことを調べあげた。さらに九十年前に起こったとされる大量殺人とニシグチの死に関係があるという仮説まで立てた」

「理由はおわかりですね。目を抉られていたからです」

「私がいいたいのは、捜査官としての君の能力を、私は過小評価していたということだ」

「ほめていただいて光栄です」

パキージンはにこりともしなかった。

「私は不安を感じている。これ以上君の捜査が進むと、オロテックの利益を阻害するのではないかとね」

「オロテックから次の犠牲者がでるのは、利益の阻害ではないのですか」

パキージンは黙った。

「私はオロテックそのものを非難しているわけではありませんし、かりに非難したとしても、何の影響力もない。私がいいたいのは、この島に百人近い日本人が暮らしていたのに、その痕跡があとかたもなく消されているのが不自然だということです。そこに何らかの意図があったとすれば、その理由を知りたい」

「君の発言には政治的な意図が含まれている」

私は首をふった。

「確かに私は日本政府に仕える身ではありますが、政治的な意図はまったくありません。私の興味は、ニシグチを殺した犯人をつきとめることだけです」

パキージンは私をにらんだ。

「気をつけることだ。この島においてロシア人と日本人の対立は、ただちに政治的な意味合いを帯びる」

「そんなものに興味はありません。私はロシア政府に対しても、オロテックに対しても、敵意をもっていない。もし私が、あなたを含むロシア人に対して、何か批判的な態度をとることがあるとすれば、それは殺人事件の犯人をつきとめる障害になっていると感じたときです」

パキージンは目をみひらき、私を見つめていた。

やがて小さく首をふった。

「君はわかっているのか。私が君に対する許可をとり消せば、この島にいられなくなる」

「なぜとり消すのです？　あなたはニシグチを殺した犯人を発見したくないのですか」

パキージンが不意に笑いだした。この男が声をたてて笑うことがあるのを、私は初めて知った。

「まったく、驚いた男だ。日本の警察には、君のような捜査官がたくさんいるのか」

「どういうことです？」

「優秀なだけではなく、勇気もある」

私は首をふった。

「私がどれほど臆病者か、あなたは知らないのです。昨夜『ビーチ』で襲われてから、ずっとびくびくしている」

私はキオスクで買った、果物ナイフをとりだした。

「こんなものにしか頼れず、それでも不安でもち歩いている」

パキージンは右手をさしだした。私が渡すと、鞘《さや》からひきだし、息を吐いた。

「サムライがもつには小さすぎる」

「私はサムライではありません」

パキージンはちらりと私を見やり、デスクの向こうに回りこんだ。

「前にもいったが、この島における最高責任者は私だ」

デスクのひきだしを開け、ナイフをほうりこんだ。没収というわけだ。またキオスクで買えばすむが。

「政治的な問題が起こることを、私は決して望まない。私は経営者であって、役人ではないからだ」

「そのナイフが政治的な問題を起こすというのですか」

パキージンは私を見たが答えなかった。

「私が誰かに襲われ、その犯人を刺したらロシア人だった。それで日本とロシアの関係が悪化する?」

パキージンは黙れというように、人さし指を立てた。私は黙った。

「君に捜査の続行を許可すべきかどうか、私は決断しなければならない。もし続行させれば、オロテック建設以前にさかのぼる、大きな犯罪を君が告発する可能性がある」

「だからといって、オロテックの操業が停止に追いこまれることはないと思います」

「確かに。が、君が殺された場合はどうなる?」

「わかりません。私の上司は面倒を嫌います。事故でかたづけてしまうかもしれません。冗談です。いささか問題にはなるでしょう。日本の警察官が、日本人が被害者である殺人事件の捜査中に殺されたということになれば」

パキージンは頷いた。

「それを予防するには、君をこの島から追いだすのが一番だ」

「ですが次の犠牲者がでたとき、後悔しますよ」

「君をまた呼び戻す」

「断わります」

私はいった。パキージンは目を細め、息を吐いた。ナイフをしまったのとは別のひきだしを開け、とりだしたものをデスクにおいた。

「使い方はもちろん知っているな」

ホルスターに入った自動拳銃だった。私は頷くのも忘れ、パキージンを見つめた。

これは何かの罠《わな》なのか。私の捜査を妨害し、島から追いだそうとしているのではないのか。

「どうなんだ？」

「知っています」

組対刑事の支給拳銃は、九ミリ口径の自動拳銃だ。パキージンは顎をしゃくった。

「これを君に渡しておく」

私は手をのばした。硬い革のヒップホルスターに入ったロシア軍制式拳銃のマカロフだった。口径九ミリだが、私の使っていたＳＩＧの9ミリ×18に比べるとわずかにこぶりの弾丸がマガジンにおさまっている。

組対にきてから、何度かこの銃を目にしたし、潜入捜査中に「道具」としてもたされたこともあった。

「先ほどのカタナより、君の身を守る役に立つ筈だ。もちろん君があちこちでそれを撃つようなことがないと信じているが」

私は迷い、息を吐いた。つき返せば、パキージンは私を追いだすかもしれない。

「お借りします」

防寒着のポケットに押しこんだ。パキージンは頷いた。

「返却は、オロテックを離れるときでかまわない。ちなみにそれは私の私物で、オロテックの備品ではない」

「この島で、国境警備隊以外で、銃を所持している者はいるのですか」

「島への銃器のもちこみは禁止だが、所持品検査をおこなうわけではない。したがって、もちたい人間はもっているだろうな」

パキージンは答えた。

ポケットにいれた拳銃が重みを増したような気がした。

「私はニシグチを殺した人物を君がつきとめるのを期待していなかった。君にそこまでの捜査能力があるとは思えなかったからだ。が、君はつきとめるかもしれない」

パキージンはいった。

「あなたの期待に応えられるといいのですが」

パキージンは片手をあげ、私の言葉を制した。

「つきとめた結果、その者が君に危害を及ぼすことのほうが重大な問題となるかもしれない」

「政治的な意味合いで？」

パキージンは小さく頷いた。

「それを避けるためにこれを私に渡したのですか？」

「それ以上だ」

「それ以上？」

「オロテックの操業に障害となる存在を、君はとり除くことができる」

私はパキージンを見つめた。冗談をいっている顔ではなかった。

「その期待にはお応えできないと思います」

パキージンは手をふった。

「捜査の現場では予想もしなかったことが起こるものだ。結果、オロテックの障害が消えても不思議はない」

私は首をふった。パキージンは暗に「犯人を射殺しろ」と命じている。そんなことができるわけがなかった。

だが武装した犯人の抵抗にあえば、このマカロフを私が使用する可能性はゼロではない。その結果として、「障害となる存在」が「とり除」かれるかもしれない、とパキージンは考えているのだ。

私は話題をかえることにした。

「この島の歴史に詳しい人間を、誰か思いつきましたか?」

パキージンは首をふった。

「それについて考える時間がなくてね」

「『本屋』を知っていますか」

パキージンは怪訝そうに私を見た。

「十日に一度、食堂で店を開いているそうです」

パキージンは頷いた。

「行商人だな。確かにあの男なら、この島の歴史について何か知っているかもしれない」

「なぜそう思うのです?」

「会えばわかる」

確信のこもった口調なので、それ以上の理由は訊きにくかった。このロシア人には、確かにある種の威厳がある。尊大で冷酷ですらあるが、人をしたがわせる力が備わっていた。


「わかりました。突然お邪魔して、失礼しました」

私は告げ、パキージンのオフィスをあとにした。

管理棟の地下から診療所に向かった。

「そこで待て」

私の姿を認めたイワンが廊下に面した小窓から告げ、私はいわれた通りにした。やがてベージュの制服をつけた中国人が診察室からでてくると、私を見もせずに歩きさった。

「入れ」

イワンがいい、私は扉をくぐった。白衣をつけたタチアナが丸椅子を示した。

「湿布をとり替える。すわって、服を脱いで」

かたわらのイワンが戸棚から新たな湿布をとりだした。

「貼りなさい」

タチアナが古い湿布を私の背中から剝がし、イワンに命じた。新たな湿布が必要以上の力で背中に押しつけられ、私は呻いた。さらにイワンは湿布の上からテープを貼り、指でぐいぐいと押した。

「いいわよ」

タチアナがいい、ふりかえった。ざまをみろ、という笑みをイワンが浮かべている。

私は小さく頷いてみせた。白衣の大男は、ボスと私が今朝友好を深めたことに気づいているのだろうか。

「ナイフについて教えてください」

私はいった。タチアナが、デスクの上のタブレットをとりあげた。

「これを見て」

ロシア人の男がナイフを掲げた写真が画面に表示されている。タチアナは指先でナイフの写真を拡大した。

「サハリン警察の情報によれば、このナイフの刃の長さは十センチ、幅は広いところで三センチ」

タブレットの画面をタチアナはスワイプした。白い壁に紫色の裂け目が開いた写真が現われた。それを指先で縮小すると、西口の遺体の写真になった。白い壁は血の気のない肌で、紫の裂け目が傷口だ。

タチアナは画面上にメジャーを表示させた。

「傷の幅を見て」

「四・八センチありますね」

「アルトゥールのナイフより幅がある」

「しかし刺してから左右に動かせば幅は広がります」

「その場合は皮膚や筋肉に波状の跡が残る。この傷にはそれがないし、深さは十五センチに達している。十センチの刃先を十五センチの深さまで押しこんだら皮膚に圧迫痕が残る筈なのに、それがない。使用された刃物は、幅が五センチ近く、長さも十五センチ以上ある。したがってサハリン警察の情報にあったナイフとは異なる」

「つまりアルトゥールは犯人ではない?」

「わたしにいえるのは、このナイフがニシグチを殺したものではない、ということだけ」

冷ややかな口調でタチアナは答えた。

「わかりました。ありがとうございます」

「他に何か訊きたいことはある？」

「この島の歴史について詳しい人間は見つかりましたか」

「まだよ。そんなに短時間では見つけられない」

「『本屋』を知っていますか」

タチアナは首を傾げ、私の背後に立つイワンを見た。

「食堂にくる行商人だ」

イワンが説明した。タチアナは首をふった。

「知らない」

「私の得た情報では、島の歴史に詳しいそうです」

「誰があなたにその情報を与えたの？」

一瞬迷ったが、

「ギルシュです」

私は答えた。タチアナは片ほうの眉を吊り上げた。

「ギルシュに会ったの？」

「偶然ですが」

「どこで？　彼の店？」

私は首をふった。

「発電所の先、島の南東の端です」

タチアナの表情が曇った。

「そんなところで何をしていたの」

「昨夜私を襲った犯人の手がかりを捜していました」

「何もない場所よ」

私は頷き、いった。

「今は」

タチアナは目を細め、椅子に背中を押しつけた。

「昔は何かあったの？」

「日本人の墓地が」

タチアナの表情は変化しなかった。知っていたようだ。

「墓を暴いたの？」

「まさか」

「あなたじゃない。ギルシュよ」

「そんな真似はしていなかった」

「じゃあ何をしていたの、ギルシュは」

本当のことはいわないほうがよいような気がした。

「わかりません。偶然、会ったので」

タチアナは疑うように私の目をのぞきこんだ。

「この島のロシア人は皆、あそこに日本人の墓があったのを知っているのですか」

「さあ」

タチアナは首をふった。私はイワンをふりかえった。

「知らないな」

イワンも首をふった。

「ちなみにかつて日本人の集落があった場所を知っていますか」

「何を捜しているの？」

タチアナの顔が険しくなった。私はタチアナと見つめあった。

「ニシグチを殺した犯人です。他に何を捜していると思うんです？」

私は訊き返した。

タチアナは目を閉じた。長いまつげが薄青い瞳をおおい隠し、なぜか私はほっとした。

「そうね。もう帰って。治療は終わりよ」

タチアナは告げた。

12

宿舎に戻り、北海道警察の横山からの連絡を待つあいだ、タチアナの変化について考えていた。

私とギルシュが日本人墓地の跡で会ったことを告げたときから、タチアナは態度を硬化させた。

特に日本人集落があった場所について訊ねたときの変化は、不自然なほどだった。この島にいる楽しみがようやく見つかった喜びは、わずか数時間で消えてしまったようだ。

ひどくみじめな気分で、私は島内携帯を見つめていた。タチアナに電話をかけ、私の何がいけなかったのかを訊きたい。

私は「地雷」を踏んだ。だがその「地雷」が、日本人の集落や墓に関する話題だとしたら、私にはどうすることもできない。

この島にいる理由を訊ねたとき、彼女は「お金《ジェニギ》」と答えた。私はそれを露ほども信じてはいなかった。

彼女がこの島にいる本当の理由は、私が踏んだ「地雷」と関係している。であるからこそ、彼女は私の調査に協力する、といった。

このみじめさの原因は、タチアナに冷たくされたからではない。今朝の情熱の正体が、私から情報をひきだすためだったとあっけなく判明してしまったからだ。

島内携帯が鳴り、どきりとした。タチアナがかけてきたのかと思ったのだ。

『さっきは冷たくしてごめんなさい、イワンの目があったから』

そういってくれるのを期待して耳にあてた。

「はい」

「パキージンだ。島の歴史に詳しい人間をひとり思いついた」

事務的な声が聞こえ、私の胸はしぼんだ。

「誰です？」

「パイロットのセルゲイだ」

私を根室のサポートセンターから運んだロシア人だ。

「一度会いました」

「セルゲイは日本に関心が深い。言葉を学んだように、日本とロシアの古い関係についても学んだ筈だ」

この島の地理を彼から教わったことを私は思いだした。

「どこで会えますか」

「ヘリを飛ばしていないときは、管理棟にいる。君に連絡させよう」

「お願いします」

電話を切った。

デスクの上にはパキージンから渡されたマカロフがあった。稲葉に告げたら、すぐに返せといわれるのは見えている。

が、もう丸腰ではいたくない。応援も期待できない状況で捜査をつづけることを考えると、一度手にした武器を手放すわけにはいかなかった。

島内携帯が鳴った。

「コンニチワー！　セルゲイです」

初めて会ったときに聞いたのとまったく同じ言葉が耳に流れこんだ。

「こんにちは。石上です」

「石上サン、元気ですか」

「いろいろと苦労しています」

「それはよくないです。ビール、飲みますか。飲んで、ぱっと騒いでぐっすり寝る。元気だすの、それが一番です」

明るい声でセルゲイはいった。

「エクスペールトから聞きました。私とお話、したいのですか」

「そうです。セルゲイさんがこの島の歴史についてご存じだといいのですが」

セルゲイは一瞬、黙った。拒絶されるかと思ったが、

「では、イッパイ、やりましょう。『キョウト』わかりますか」

答えたので、ほっとした。

「『フジリスタラーン』の近くにあるバーですね」

「ハイ。今から大丈夫ですか」

時計を見た。午後七時を過ぎている。

「大丈夫です。向かいます」

昼過ぎにラーメンを食べたせいか、空腹をあまり感じていなかった。

一瞬迷い、マカロフを携帯していくことにした。

ヒップホルスターをベルトに留めた。ジャケットを着て、防寒着をつけると、ふくらみはまるで目立たなくなる。

横山からの連絡に備え、私物の携帯もポケットに押しこんで部屋をでた。

セルゲイは先に「キョウト」にきていた。カウンターにすわっているのは彼だけで、赤毛のバーテンダー、ヴァレリーが向かいに立っている。

セルゲイの前には、日本製の缶ビールとグラスがあった。セルゲイは私をふりかえると、グラスを掲げた。

「すみません、つきあってもらって」

私はいって、セルゲイの隣にすわった。

「彼だ。前はマスクをしていなかった」

ロシア語でヴァレリーがいった。西口について訊きこみにきたときのことを覚えていたようだ。

「石上サン、ロシア語とてもうまいそうですね」

セルゲイはいった。

「祖母がロシア人でした」

私は答えた。

「サッポロ？」

ヴァレリーが訊き、私は頷いた。缶ビールがカウンターに現われた。

「でもセルゲイさんの日本語のほうがお上手です。日本語で話しましょう」

私がいうとセルゲイは頷いた。

「それがいいと思います」

目はヴァレリーに向けられていた。

マスクを外し、転んだという作り話をしたあと、私は訊ねた。

「オロテックができる前の、この島のことをご存じですか」

セルゲイはすぐには答えなかった。ヘリで会ったときはヘルメットをつけていたので気づかなかったが、額が深く後退し、五十代にさしかかっているようだ。

「昔、日本人が住んでいたときのことです」

私はつけ加えた。セルゲイは私を見た。

「びっくりしました。そんな昔のことですか。私はてっきり、ちがうことを訊かれたと思いました」

「ちがうこと？」

セルゲイは頷いた。あたりを見回し、小声でいった。

「ソビエトだったとき、この島に軍隊の研究所、あったそうです」

「軍隊の研究所ですか」

「秘密の実験してたという噂、あります。昔、空軍にいたパイロットの友だちから聞きました」

「そんな話は初めて聞きました」

「知ってる人は少ないです。今、何もない。オロテック作るときに研究所壊したから。でもその話はダメです。叱られます」

「誰にです？」

セルゲイは肩をすくめた。

「国境警備隊や、他の人に」

「わかりました。ではもっと古い話を教えてください」

「もちろんです。どうぞ」

「もう一杯飲みます」

私はヴァレリーに、

「サッポロ」

と告げた。

「ありがとうございます。この島には日本人の漁師がたくさん住んでいました」

私は頷いた。

「それがいなくなった。なぜでしょうか？」

「ソビエト軍が占領したからです」

「その前のことです。九十年ほど前に、この島で事件が起こりました。知っていますか」

セルゲイは瞬きした。

「少しだけ」

「教えてください。知っていることを」

セルゲイは首をふった。

「住んでいる人どうしがケンカして、死んでしまった」

「喧嘩ですか。誰かに殺されたのではなくて?」

「私はケンカと聞きました。とった魚の分けかたでケンカになった」

「魚」

この島の漁師はコンブ漁をしていたと聞いている。

「はい。ケンカで大勢の人が死んで、漁をする人がいなくなり、皆でていった」

大量殺人よりは現実味のある話だ。が、共同生活が避けられない集落で、獲物の分け前をめぐって殺し合いが起きるというのは考えづらい。

「セルゲイさんはそれを誰から聞いたのです?」

「子供の頃、コルサコフにいる叔父《おじ》から聞きました。この島に殺人鬼がいるという恐い話を小学校で聞いて彼に話したら、叔父が、『そうじゃない』と教えてくれました」

「エカテリーナ」のママがいっていた、大量殺人の伝説を、その叔父さんは否定したわけだ。

「目玉が抉られていたという話は?」

セルゲイは首を傾げた。

「何ですか」

「この島で九十年前に起こった大量殺人の被害者は、皆目玉を抉られていたと聞いたんです」

セルゲイは首をふった。

「作り話です。恐い話はどんどんおおげさになる」

私は頷いた。安堵し、わずかだが失望した。

「ちなみにその叔父さんは、今も元気ですか?」

「とっくに死にました。生きていたら百歳です。中学の先生をしていたんです」

「なるほど。ところでセルゲイさんは、この島にいた日本人の家がどこにあったのか、知っていますか」

「それは知りません。オロテックの社員になるまで、この島にきたことはなかった」

「そうですか。叔父さんはなぜ、この島について知っていたのでしょう」

「先生になる前、叔父は軍隊にいました。そのとき、この島にいたそうです」

「さっきの研究所ですね」

セルゲイは頷いた。

「何の研究をしていたかは教えてくれませんでした」

「ちなみにパキージンさんは、そのことを知っているのでしょうか」

「わかりません。研究所があったのを知っている人は、少しです」

施設長であるパキージンがそれについて知らないとは思えない。まして彼は元ＫＧＢだ。

「あなたがこの話を私にしたことで、彼に叱られないといいのですが」

私はいった。

「大丈夫です。エクスペールトは、昔のことはどうでもいい。オロテックが一番大切です」

「それは私も感じました」

「ナイショですが」

セルゲイは声をひそめた。

「エクスペールトは、オロテックの株に財産を全部使いました。だからオロテックがうまくいかなかったら――」

人さし指をこめかみにあてがい、撃ち抜くポーズをとった。

私は無言で首をふった。そのためのマカロフを、私に貸したのか。

「今は、オロテックがこの島の全部です。サハリン州の経済は、オロテックが儲かればよくなる」

「そうでしょうね」

「昔の話する人はいないです」

その言葉を聞いて、私はこの島に住んでいた日本人について知ろうとするのを好まない空気がある理由がわかったような気がした。

それは極めて現実的なものだ。

最先端の資源開発事業が三ヵ国の微妙な政治的バランスの上で進められている。〝先住民〟であった日本人の身に起こった事件について知ろうとするのはそのバランスを崩しかねない。オロテックは操業を開始してからわずか四年だ。

「オロテックはサハリン州全体をうるおすほど儲かっているのですか」

私の問いに、ビールをあおったセルゲイは首をふった。

「まだ儲かっていません。発電所やプラントなど、作るのにとてもお金がかかったからです。昔だったら、オロテックは国が経営するような会社です。でも今は、ちがう」

国営企業なら、いくらでも金をつぎこめたという意味だろう。

「政府は、オロテックがうまくいっているあいだは何もいわないです。でも儲からなくなったら、エクスペールトをクビにしますよ。不思議でしょう。政府の会社じゃないのに、文句をいう。でもそれがロシアです」

似たような話はどこの国にもある。民間企業なのに、大きな利益を期待できる会社の経営が不調になると、政府が人事に介入するのだ。経営者がクビならまだしも、場合によっては逮捕すらされる。

「国全体の経済にかかわってくるからでしょうね」

答えながら、タチアナのことを私は考えていた。タチアナはロシア政府の監視員としてこの島にいるにちがいなかった。

オロテックの状況を監視すると同時に、この島にかつてあった軍事研究所の秘密を守るために派遣されたのだ。

パキージンが「ものごとには必ず理由がある」といった意味がわかった。驚くほどの理由ではないが、私にとっては残酷な結論だ。

「西口さんと話したことはありますか」

私は話題をかえた。

「サポートセンターから乗せたときに少しだけ話しました」

セルゲイは答えた。

「西口さんはこの島の昔のことを知りたがっていて、詳しい人を捜していました。アルトゥールという男が、彼に情報を提供していた」

「アルトゥールはよくない」

セルゲイは首をふった。

「サハリンの悪い人たちと友だちです」

「彼は悪いクスリをこの島で売っていたそうですね」

セルゲイは否定も肯定もしなかった。

「ただアルトゥールの先祖は、この近くの出身で、いろいろとこの島のことを知っていたようです」

セルゲイは小さく頷いた。

「サハリン州に昔からいる人は、この島の恐い話を、必ず子供の頃聞かされます。でもそれは作り話です。アルトゥールは作り話を西口サンにした」

断定が気になった。

「アルトゥールから聞いたのですか」

セルゲイは首をふった。

「アルトゥールと西口サンが、ここや他の場所でいっしょにいるのを見ました」

「ダンスクラブ」や「エカテリーナ」のことをいっているようだ。

「西口さんは、ギルシュにもいろいろ訊ねていたようです」

セルゲイはさらに強く首をふった。

「よくない。とてもよくない。でも、彼の話はここではダメです」

ギルシュがこの島の飲食店のボスであると知っているのだ。

「わかります」

私は頷いた。

「他に、私に訊きたいこと、ありますか」

「西口さんを殺した犯人について、何か聞いたことはありますか」

セルゲイは目をみはり、私を見つめた。

「なぜ、私に訊くのですか」

「ロシア人のあいだで噂が流れていると聞きました。それも大げさな噂です」

セルゲイは手をふった。

「噂話は、皆します。夜の楽しみです」

私は頷いた。

「ありがとうございました」

セルゲイを残し、先に「キョウト」をでた。わずかに空腹を感じていたが、「フジリスタラーン」にいくほどではない。

キオスクに寄り、日本製のポテトチップスを買って宿舎に戻った。

パソコンに稲葉からのメールが届いていた。

『道警豊平署の横山巡査部長から連絡があり、何度か携帯を呼びだしたがつながらないので、報告を君あてに伝えてほしいと頼まれた』

恩きせがましい文章で始まっている。

『本日午後三時より、西口友洋《ともひろ》遺族、西口洋二《ようじ》（父）、西口純子《じゅんこ》（母）と面談をいたしましたので、その概要をご報告いたします。

ご依頼の件、西口友洋の曽祖父西口松吉《まつきち》が春勇留島出身でありました。松吉は同島でコンブ漁をしていたのですが十代の終わりに足を負傷、漁業への従事が困難となったため、稚内に移住したものと判明いたしました。

西口洋二の記憶が曖昧なため、小職が年代を確認したところ、松吉の生年が一九一〇年（明治四十三年）前後、稚内への移住が一九二八年（昭和三年）前後と推定されます。先日うかがった春勇留島の住人の大半が殺される事件が九十年前、一九三二年（昭和七年）に発生したのだとすれば、この移住により松吉は被害をまぬがれたものと推定されます。

松吉はこの後稚内で苦学し、地元薬局につとめながら結婚し二男二女をもうけるも、長男の松広《まつひろ》を除く三子を戦禍で失ったとのことであります。この松広が、鉱山技師となって西口友洋に影響を与えた人物であります。尚、先日の電話では松吉の妻も北方領土出身と申しあげましたが、それは洋二の事実誤認で、妻ハツは稚内出身であることが判明いたしております。ちなみにハツの実家は、松吉が働いていた薬局で、二人はハツの両親の反対を押し切って結婚したため、当初は働き口を失い、苦労したものの、やがてハツの両親が折れたという話も聞いております。

松広は松吉から春勇留島の話を聞き、生前渡ることを強く願っていたそうでありますが、ソビエト連邦の占領をうけ、これをあきらめたようです。マルを害である友洋は幼少の頃から、春勇留島に強く興味をもち、ヨウワ化学就職後のオロテック出向は、本人の意志によるものとの、父洋二の証言を得ております。ただし、その興味の内容がいかなるものであったのか、父洋二はまるで関知しておらず、晩年、松広が酒びたりであったため、酔っぱらいの戯言《ざれごと》と聞き流していたそうであります。したがいまして、誠に残念ながら、西口友洋の春勇留島における興味の対象を、小職はつきとめることがかないませんでした』

のんびりとした話しかたとは裏腹に、簡潔にまとめられた報告だった。

『さて君島光枝《きみしまみつえ》なる八十八歳の婦人が小職の知人におります。この父親が、かつて樺太《からふと》庁警察部の所属であったと聞いたことがあります。許可をいただけるなら、この君島光枝に、父親から春勇留島における殺人事件の話を聞いたことがなかったか、訊いてみたいと考えております。先日、石上捜査官に伝えかけたのですが、うやむやにしてしまい、後悔しております』

このあとに稲葉の「訊きこみを依頼した」というコメントがはさまれている。

電話をしてきたときに「そういえば……」と横山がいいかけたことを私は思いだした。

大量殺人が実際に起きたのか起きなかったのか、セルゲイの話を聞いて、私はわからなくなっていた。漁獲の分け前をめぐる争いというのは、いかにもありそうだが、小さな共同体である漁村で、実際には考えにくい。当時は船主や網元などの差配が細部にまで及んでいたと考えられるからだ。

殺し合いと大量殺人、どちらが本当に起こったのか。あるいは実際には何も起きていなかったのか。

もし何も起こっていなかったのなら、最盛期には百人近かったこの島の人口が、十数年後にゼロになってしまった理由は何なのか。

考えられるのは、乱獲による漁業資源の涸渇《こかつ》だ。かつてニシン漁が盛んだった北海道では、網元がニシン御殿などの豪奢《ごうしゃ》を競ったが、乱獲でニシンが姿を消し、落ちぶれたといわれている。

殺し合いにせよ大量殺人にせよ、実際に起きたことなのかを確かめなければならない。その上で、本当に被害者の眼球が抉りとられていたのかどうかを知りたい。

西口の眼球は奪われていた。それには理由がある。過去この島で起きたできごとと関係しているのかどうかは容疑者を絞りこむ上でも重要な条件だ。

その夜は誰からも連絡はなく、私はパソコンのメモを眺めながら、ポテトチップスをつまみにウォッカをちびちびと飲んで寝た。

13

五日めの朝、私を起こしたのは島内携帯の呼びだし音だった。きのうまでは六時過ぎには起きていたのに、反射的に見た腕時計は午前七時を示していて、寝坊したことに気づいた。

「はい」

携帯を耳にあてた。

「あの……」

日本語が聞こえた。

「石上です」

私はいった。舌がうまく回っていない。

「木村《きむら》といいます。すみません、おやすみでしたか」

「大丈夫です。木村さん、ですか。お電話いただくのは初めてですね」

「はい。ヨウワの設計部におります」

「どんなご用件でしょう」

訊ねながら、三日前に発電所で自分の島内携帯の番号を告知したことを思いだした。

「ええと、西口さんのことです」

声の印象は落ちついている。四十代から五十代のどこかだ。

「西口さんについて何か心当たりがあるのですね」

「あのう、たいしたことではないのですけど、彼が亡くなる何日か前に話をしました」

「何を話したのでしょう?」

ベッドから起きあがり、背中を壁にもたせかけて後悔した。傷の痛みが走ったからだ。が、そのせいで目がさめた。

「ええと、それは実際にお会いして話したほうがいいと思います。石上さんは今、C棟ですか」

「ええ」

「私もC棟にいるのですが、一階の出入口にきていただけますか」

頭の中で警報が鳴った。木村という名が本名かどうかはわからない。私を呼びだし、〝排除〟するための罠ではないのか。

「一階ですね、地下ではなく」

念を押した。地下通路にはカメラがあるが、地上にはない。

「はい」

「十分後にいきます」

告げて、電話を切った。中本を呼びだし、木村について訊ねることを考えた。が、そうすれば、木村が捜査協力を申しでただけだとしても、その事実が中本に伝わってしまう。

中本を容疑者から除外できない状況では避けるべきだった。

大急ぎで顔を洗い、衣服をつけた。マカロフの遊《ゆう》底《てい》を引き、薬室に初弾を装塡《そうてん》した上で安全装置をかけた。万一罠だった場合、すぐに発砲できる。

部屋をでて、階段で一階に降りた。三棟並んでいる中の一番奥が私のいるC−1000棟だ。木村がどの棟からくるのかわからないので、私は中央のC−2000棟の地上出入口の前に立った。

地上にも道はあるが歩く者はいない。離れた正面に港のフェンスが見えた。今にも雪が降りだしそうなほど空は暗い。風はあまりなかった。

中央のC−2000棟から水色の制服の上に防寒着をつけた人物が現われた。フードをすっぽりとかぶっていて、顔がよく見えない。

私は防寒着の内側に右手をさしこみ、マカロフの銃把をつかんだ。

「石上さんですか」

男がいって、フードを脱いだ。

「木村さんですね」

度の強そうな眼鏡がフードの下から現われた。坊主頭にしていて、四十四、五に見えた。

「そうです。朝からすみません。でも電話じゃ説明が難しくて」

木村はいった。長身で私より上背がある。

「何の説明です?」

マカロフから手を離さず、私は訊ねた。木村からは特に敵意のようなものは感じなかったが、用心に越したことはない。

「私が設計部だというのは申しあげたと思います」

「はい」

「設計部というのは、発電所の設計や施工を管理してまして、建物が本職なんです。実はこのC棟の設計も、私どもが担当しました」

話の要旨が見えなかった。

「そうなのですか。てっきりオロテックの管理部門かと思ったのですが」

「建設用地の選定はオロテックの管理部ですが、設計については日本人職員が生活することを想定したものです。ちなみに建物の外見は似ていますが、B棟の内部は中国人向けの設計で、少し異なっています」

興味深い話だが、寒空の下で聞くべきこととも思えなかった。

「実は西口さんが、C棟が建つ、このあたりのことを私に訊きにこられたのです」

「どんなことをですか」

「こちらへ」

木村は港の方向へとのびる地上の道を歩きだした。やがて港湾部を囲んだフェンスにつきあたる。フェンスに沿って進むと、道は管理棟方向にのびていた。

木村は管理棟とは反対の方向に足を踏みだした。最も手前にあるC－3000棟を回りこむように東側に向かう。

「ビーチ」が右前方に見えたが、道はつながっていない。C棟の東側は、海からそそりたつ岩場だった。

先を歩いていた木村が足を止めた。C棟を回りこんだとたんに激しい風が海から吹きつけてきて、木村も私もフードをかぶった。

「見えますか？」

木村が腕をのばし、岩場を指さした。冷たい飛沫が顔にあたった。岩場にあたる波の飛沫が風で運ばれてくるのだ。

「何が、です？」

木村は岩場の上をずれ、私を手招きした。足もとは海から四、五メートルほど高さのある崖だった。つき落とされても即死はしないだろうが、溺死する可能性はある。

「もっとこっちにきてください」

「何があるか、先に説明してください」

私はいった。木村は私の険しい口調に驚いたのか、目をみひらいた。眼鏡のレンズに点々と滴がついている。海鳴りと風に負けないよう、手でメガホンを作り、木村はいった。

「洞穴《ほらあな》です」

「洞穴？」

「西口さんはこの島の地理に詳しい者を捜していました。浦田くんからそれを聞いた私が、何を知りたいのかを訊ねたら、島の東側に日本人の集落があった筈だというんです。驚きました」

「なぜ驚いたんです？」

「どうしてそんなことを知っているのだろうと思ったからです。ヨウワが発電所の設計、施工に加わったときにはもう、この島に日本人の集落があった痕跡はありませんでした。西口さんは初め、この南側にある砂浜に集落があったと思いこんでいました。私がそれを訂正しました。波の打ちあげる砂浜に住宅を作ることはない、と。彼はどうやらおじいさんから、この島のことを聞いていたようです」

「そのおじいさんのお父さん、ひいおじいさんが、かつてこの島で漁師をしていたようです」

私も大声で告げた。フードをかぶっているせいもあり、怒鳴りあうような会話になった。

「道理で。ごらんください」

木村は再び岩場を指さし、今度はそれにしたがった。

C棟の土台となる岩場が海面と接するところに、ふたつ、もしかするとみっつの穴が口をあけている。

「洞窟《どうくつ》ですか」

「ええ。今は潮が満ちているのでわかりにくいのですが、潮が引くと、はっきり見えます。C棟が建つ前なら岩場伝いにあそこまで降りていく道があったのですが、今はそれがなくなってしまいました」

岩場の上に建ったC棟が、洞窟への進入路を潰してしまったようだ。

「あそこにはどうやっていくんです？」

私は木村に訊ねた。木村は首をふった。

「いけません。少なくとも地上からは難しい」

「海からならいけますか？」

「小型のボートで、波が静かなときなら近づけるでしょう」

「西口さんにもあれを教えたのですか」

木村は頷いた。

「集落は残っていないけれど、日本人が生活していた痕跡があの洞窟にあるかもしれないと教えました」

「なぜそう思ったのです？」

私たちは岩場からC－3000棟を回りこんだ。海からの風が建物にさえぎられただけでほっとした。フードを脱ぐ。

「建設工事が始まる前の、この島を撮った航空写真を見たことがあるんです。C棟の建つあたりに、日本家屋らしき建物が何軒か写っていました。ほとんど朽ち果てていましたが」

ようやくふつうの声で木村は答えた。

「その写真を私も見られますか？」

木村は首をふった。

「建設前のこの島の写真はロシア側がすべてもっていて、見せられたのはその一度きりでした。それも島の他の部分は消されていて、わからなくしてあり、それ以降島の古い写真を見たことはありません。ひょっとすると軍事機密だったのかもしれません」

「軍事機密？」

訊きかえすと木村は頷いた。

「勝手な想像ですが。昔の写真や地図が一切ロシア側からでてこないからです。ロシア側は無人島だったからもともと存在しないのだといい張っていましたが、私たちはそれを信じませんでした」

軍の研究所があったというセルゲイの言葉を裏付けている。

「西口さんにもそれを話しましたか」

「ええ。写真には岩場に降りる道が写っていました。潮が引いているときなら簡単に降りられたのだと思います。もしかすると――」

木村は言葉を切り、瞬きした。

「もしかすると？」

「獲った魚などを保管するイケスなどが作られていたかもしれません。天然の地形を利用してイケスを作るのは、古くからおこなわれていることです」

「そうなのですか」

「ええ。千葉などでは岩場を四角くくり抜いたイケス跡が、よく海岸にあります。大漁だったときに魚をイケスに放しておき、不漁に備えたようです。おそらく浸食でできた洞窟でしょうが、中でつながって広くなっている可能性もあります。そうであれば、舟を保管したりもできます。潮が満ちても、奥のほうまでは上げてこないでしょうから」

「木村さんは入られたことがあるのですか」

木村は首をふった。

「いいえ。入りたくとも手段がありません。ロシア人と交渉しなければボートはだせませんから」

「地上からいく方法はどうです？」

「危険すぎます。岩場にピトンなどを打ってロープで体を支えない限り下降できません。しかも洞窟の真上にはC棟がありますから、横から回りこんで岩場を降りなければなりませんしね。これが南の島なら、飛びこんで泳ぐというやりかたもあるでしょうが」

「ロシア側から、あの洞窟について何か聞いたことはありますか」

「いいえ。そもそも洞窟があることじたい、知っている人間は少ないと思います。今みたいに岩場から身をのりださないと見えないわけですから」

「でもC棟の建設用地をこの場所に指定したのはロシア側ですよね」

「ええ。島のどこにどんな施設を作るかは、あらかじめロシア側に決められていました」

「すると、あの洞窟に近づきにくくするためにC棟の建設用地を選んだとも考えられませんか」

木村は首を傾げ、

「そこまでする理由は何です？」

と訊ねた。

「私にもわかりません。ですがC棟が建てられた結果、洞窟の存在がわかりにくくなり、アプローチもできなくなった。何らかの意図があったと考えられませんか」

木村は考えていた。

「エクスペールトなら何か知っているかもしれませんね。ただし訊いても教えてくれるかどうか」

私は頷いた。パキージンにそれを訊ねる場合はタイミングを選ぶべきだろう。

「西口さんはあの洞窟に興味をもっていましたか？」

「ええ。どうやったらいけるかを考えていました。あまりに表情が真剣なので、岩場を降りるのは無理だといいました。万一落ちて、怪我ならまだしも亡くなりでもしたら、私の責任ですから。でも、あんなことになってしまって、どうしたものか迷っていたんです」

木村はうなだれた。

「木村さんがあの洞窟の存在を西口さんに教えたことを、他に知っている人はいますか」

「いえ。ここに西口さんを連れてきたときは二人きりでしたし、他には話していません」

「地上からは近づけないと考えた西口さんが船を手配しようとした可能性はあると思いますか」

「さあ。でも西口さんはロシア語を少し話せたようなので、試しはしたかもしれません」

私は考え、いった。

「亡くなる前に、あの洞窟に西口さんが入っていたとは思いませんか」

「わかりません。でも入っていたなら、私に教えてくれたと思います」

木村は答えた。

「日本人の集落になぜそこまでこだわっているのか、西口さんは木村さんに話しましたか」

木村は首をふった。

「だいたい、この島に日本人が住んでいたと知っている人間も少ないんです。うちの若い者など、昔からロシア領だったと思いこんでいるのもいますから。そういう意味では、ひいおじいさんですか、そういう先祖がいたからこそだったのでしょうな」

木村は九十年前の事件については知らないようだ。私たちはC棟の出入口まで歩いていった。

「貴重な情報をありがとうございました」

「いいえ。お役に立つでしょうか。自分の胸だけにしまいこんでおくのが嫌で、電話をしてしまったのですが」

私は頷いた。

「とても役に立ちます」

「それならよかった。じゃあ私はこれから出勤しますので」

木村は頭を下げ、地下通路に降りていった。私は食堂まで地上を歩いていくことにした。

西口がなぜ早朝の暗い時間に「ビーチ」につながる道にいこうとしたのか、ひとつの〝答〟が、私の頭には浮かんでいた。

ボートだ。西口は誰かと話をつけ、ボートであの洞窟に渡してもらおうと考えた。「ビーチ」からボートに乗りこもうとしたにちがいない。

問題は、なぜ港から乗ろうとしなかったのか。

人に知られないようにするためだ。朝のまだ暗い時間帯を選んだこととといい、他に理由は考えられない。

西口はこっそりと洞窟に渡ろうとしていた。つまり、洞窟に渡ることを、誰にも知られたくなかったのだ。

西口を殺したのは、ボートの手配を頼まれた人間か、それを知っていた人間という可能性が高くなった。

同時に西口が殺された理由とあの洞窟には関係があると推定できる。

今朝は食堂にサンドイッチも並んでいた。卵とハムのはさまったサンドイッチとコーヒーを買い、私は宿舎に戻った。心のどこかでタチアナが電話をかけてくることを期待していたが、それはかなわなかった。もしかすると彼女にとり私は、ベッドの相手から暗殺の対象にかわったかもしれない。

考えすぎだ。タチアナはスパイかもしれないが、ソビエト連邦の頃とはちがうし、私もジェームズ・ボンドではない。

部屋に戻り、サンドイッチを食べコーヒーを飲んだ。

西口がボートの手配を頼んだ可能性がある人物としてまっ先に思い浮かんだのはアルトゥールだ。ボートの操縦員であったアルトゥールに頼まない筈はない。ましてアルトゥールは、西口が島の過去について調べるのを手伝っていた。

やはりアルトゥールが西口を殺したのだろうか。殺したとして、その動機は何なのか。

洞窟にある何かをめぐって、西口と争いになったのか。

それはない。もしアルトゥールが洞窟にある秘密を守りたかったら、西口をボートには乗せない。洞窟に渡してほしいと頼まれても、理由をつけて断わったろう。

アルトゥールに協力を拒否されたら、西口には洞窟に渡る手段がなくなる。殺さなくても、それで充分だ。

三月十日の早朝、西口は洞窟に渡れると信じて「ビーチ」に向かったのだ。「ビーチ」には西口を渡すボートがつく筈だった。

私は目をみひらいた。西口は実際、洞窟に渡った可能性がある。そこで命を奪われ、目をくり抜かれたのかもしれない。ボートの上だったとも考えられるが、砂浜につけられるような小型のボートの上で人を刺そうとすれば、転覆の危険が生じる。

西口の殺害地点が、血痕やその他の状況から「ビーチ」ではないことは明らかだ。島内で人目につかず、悲鳴も聞かれない場所はそう多くない。

あの洞窟なら、それが可能だ。ボートに同乗していた人物、あるいはボートを操った人物、もしくは洞窟で待ちうけていた人物が、西口を殺した。

ではなぜ死体をそのままにしなかったのか。目をくり抜き、わざわざ「ビーチ」まで運んだ理由は何か。

洞窟に放置すれば死体が発見される可能性は限りなく低い。行方不明の西口は、あやまって海に落ちたか身投げしたと思われただろう。

刺殺し眼球をくり抜いた姿で人目につく場所においたのは、意図があってのことだ。

警告か。だとすれば誰に対して。

島の過去を探ろうとする者？　西口以外にもそういう人物がいるのだろうか。

眼球をくり抜くという猟奇性は、九十年前の〝伝説〟を思い起こさせる。警告というより、それが目的だったのではないか。

かつてこの島で起きたとされる大量殺人を思いださせようとする理由は何なのか。

まず考えられるのは模倣犯だ。過去の犯罪に強く影響され、自分も同様の犯罪者になりたいと願っての犯行。

模倣犯の動機には、もうひとつ便乗型がある。連続する事件のひとつに見せかけ、容疑を他の犯人に押しつけようとする。

西口の殺害に便乗型はあてはまらない。九十年前の大量殺人が実際に起こった事件だとしても、その犯人に罪をなすりつけるのは困難だ。

となれば、模倣犯の動機は、九十年前の事件の影響と推理できる。

いや、もうひとつある。過去の事件の関係者による合図だ。西口の死が九十年前の事件に関係しているという暗示。

誰に対して？　九十年前の事件の関係者に、だ。

たとえばこの島に九十年前の事件の被害者の子孫がいたとする。西口の死体のありようは、先祖の死にざまを思いださせるにちがいない。

その逆もある。九十年前の加害者の子孫に対し、復讐するという予告だ。もしそうなら、九十年前の事件の加害者と被害者の子孫がこの島にいることになる。

西口の先祖、松吉が犯人で、子孫に復讐が及んだという可能性はないだろうか。

横山巡査部長の調査によれば、西口松吉は十八歳前後に負った怪我が理由で、この島から稚内に移住している。その怪我の恨みを島民にもち、四年後に犯行に及んだのかもしれない。そうであるなら、九十年前の被害者の子孫が、加害者の子孫に復讐した、とも考えられる。

だとすれば、強烈な執念だ。自分が生まれる前の先祖の罪を償わせようというのは、常軌を逸している。

だが、人を殺してその眼球をくり抜くという行為を正気の人間がおこなうだろうか。

西口の死体を洞窟に放置しなかった理由が、その死にざまを見せつけるためだというのは、まちがいないように思える。

九十年前の事件に関する情報が欲しかった。希望は「本屋」だ。だがついさっきは、食堂にそれらしい人間はいなかった。

気づいた。「本屋」は島の住人ではなく、サハリンからくる行商人だ。サハリンからの船が入港しなければ、上陸できない。

私は島内携帯で管理事務所を呼びだした。あらかじめメモリに番号が入っている。応答したロシア人の男に、サハリンからの船が次に入港する時間を訊ねた。

「待て」

と、ロシア人の男はいい、ややあって答えた。

「今日の午前九時に入港する」

私が誰であるかは訊かない。礼をいって、電話を切った。

ふと、ある考えが浮かんだ。それは、西口が洞窟に放置されなかった、あるいは海に投げこまれなかった、まったく別の理由だ。

西口の行方がわからなければ、全島の捜索がおこなわれる。特にヨウワ化学は、社員の身を案じて、徹底した捜索をおこなったろう。

その場合、当然、あの洞窟に西口が興味を示していたことが明らかになり、捜索が及ぶ。

犯人はそれを避けたかった。西口の死体を海に投げこんでも、陸地に流れついて発見されない限り、捜索は洞窟にも及んだろう。

洞窟に人が入るのを避けるため、犯人は死体をわざわざ「ビーチ」においたのだ。

そうなると、洞窟を何としても調べたかった。犯人が知られたくないと願う秘密がそこにあるかもしれない。

問題はその手段だ。パキージンに協力を依頼するのが最も現実的だが、もしパキージンが洞窟の秘密を知っていて、私に知られるのを望まなければ、調査は不可能になる。

パキージンに知られず、洞窟の調査をおこなうことはできないだろうか。

ひとつの方法は、C棟の建つ崖側からのアプローチだ。ロッククライミングの要領でロープを伝って降下する。

だが私にはロッククライミングの経験はないし、ひとりでそれをするのは不可能だ。ヨウワ化学に経験者がいて、その協力を得られるなら可能だろうが、装備の調達も含め、そう都合よくいくとは思えない。

もうひとつは、パキージンに知られずに船をチャーターするという方法だ。つまり西口と同じやりかたをするわけで、私自身が第二の被害者となる可能性があるが。

しかも西口にはアルトゥールという知り合いがいたが、私にはいない。

唯一思い浮かぶのはギルシュだ。が、彼は「もうお前とは話さない。店で会っても話しかけるな」といった。ただ、日本人の墓参りをしていることを考えれば、協力を必ずしも拒まないような気もする。

ギルシュなら、パキージンに知られず船を手配できるだろう。アルトゥールのようにスネに傷をもつロシア人船乗りを知っているのではないか。

一方、アルトゥールのナイフが犯行の凶器ではなかったことは確定したが、洞窟の存在が明らかになって、再び犯人かその共犯である可能性が浮上していた。

ただひとつだけ確かなのは、アルトゥールは「ビーチ」で私を襲った犯人ではない。

島内携帯が鳴った。

「はい」

「ずっと待っていたのに。今日は届けてくれないの」

タチアナの声が耳に流れこんだ。喜んでいいのか、警戒すべきなのかわからず、一瞬、言葉に詰まった。

「聞こえてる？　イシガミ」

私はそっと息を吐いた。

「聞こえています。あなたが怒っているように感じていた」

「わたしが何に怒るの？」

「わかりません。でもきのう診療所でそう感じた」

「イワンのせいよ。彼は嫉妬深いの。でも誤解しないで。イワンとは仕事上の関係しかない」

「そうであってほしい」

「少し遅いけれど、わたしの部屋にこない？」

「カーシャとコーヒーは必要ですか」

「コーヒーだけでいいわ」

タチアナは答えて電話を切った。

わかっている。彼女は私との関係を修復したいわけではない。捜査の情報を得たいだけなのだ。ジェームズ・ボンドになる覚悟が必要かもしれない。互いに親しげにふるまいながら、少しでも相手から情報をひきだす。

そう考えながらも、心が浮き立っていた。

ボンドにはなれない。せいぜい、ハニートラップにひっかかって殺される、その他おおぜいの出演者だ。

防寒着をつけ、部屋をでた。

14

タチアナは出勤前らしく、スウェットではなく、黒のタイトスカートに紺のブラウスをつけていた。それがセクシーで、私をたらしこむためだとわかっていても、見つめずにはいられなかった。ソファを示し、私にいう。

「すわって脱いで」

私は言葉にしたがった。きのうイワンが押しつけた湿布をやさしく剝がし、新たな湿布を貼ってくれる。

「きのうは泣きそうになった」

背中を向けたまま、私はいった。

「どうして？」

「あなたを怒らせたから」

「怒ってないといったでしょう。なぜそんなことを思ったの？」

「日本人集落があった場所を訊いたら、あなたは何を捜しているの、と恐い顔をした」

「わたしが知らないことを訊いたからよ」

タチアナはいって、私の背後から正面に回った。私の目をのぞきこむ。

「それだけですか」

「他に何があるの」

「それがわからないから、途方に暮れた」

タチアナの顔が近づき、唇に唇が押しつけられた。

「今日はこれ以上する時間がないわ。それで何かわかったことはある？」

キスひとつか。たったそれだけで、私は喋らされるのか。

「ニシグチの先祖は、かつてこの島で漁師をしていました。ですが九十年前の事件の前に、ホッカイドウに移住しています」

タチアナの香水の匂いを吸いこみながら、私はいった。

タチアナは首を傾げた。

「それが彼が殺されたことと関係あるの？」

「その先祖の息子で、彼には祖父にあたる人物から、ニシグチはこの島の話を聞かされていた。それでこの島に強く興味をもったようです」

「この島の何に？」

私は首をふった。

「わかりません。何か思いあたりませんか」

「わたしの先祖はこの島の人間じゃない。わかる筈がない」

「そうですね。そういえば、噂話を聞きました。ソビエト連邦の時代、この島に何かあったようです」

「何かって？」

タチアナは私に横顔を向けた。その美しさに見とれた。

「さあ。軍の施設か何かだというのですが」

「そんな話、聞いたこともないわ。もしあったとしても、とっくに壊されて、あとかたもなくなっているでしょうけど」

「日本人の集落のように？」

「そうね。大昔の日本人の事件が関係していると、あなたは本当に考えているの？」

「少なくとも死にかたが同じです」

「オロテックとはどうつながる？」

「今のところ、それを裏づける情報はありません」

タチアナは私に目を戻した。

「そう。また何かわかったら教えて」

「同じことを私もお願いしていいですか」

「わたしが何を調べるの？」

声が冷たくなった。

「かつてこの島にあった施設について、あなたならわかるかもしれない」

タチアナは息を吸い、吐いた。何かをいいかけ、やめたように見えた。おそらく「いいえ《ニエット》」だろう。

「試してみる」

「お願いします。明朝、カーシャを届けますか」

立ちあがり、私は訊ねた。

「明日、また電話する」

首をふり、タチアナは答えた。

A棟をでて時計を見た。午前九時を二十分ほど回っている。サハリンからの船が入港した筈だ。

食堂に向かった。

扉をくぐると、並んでいるテーブルのひとつに本と雑誌を積んでいる男の姿があった。キャリーカートにくくりつけたダンボールからとりだし、テーブルの上においている。すでに何人かの〝客〟が、そのテーブルに群らがっていた。

「まだ駄目だ。さわるんじゃない」

ロシア語で男がいうのが聞こえた。白髪の混じった黒髪を肩のあたりまでのばし、顔はよく見えないが、厚い生地のシャツに作業ズボンをはいて、煙草をくわえていた。

少し離れたところに立ち、私は観察した。「本屋」にまちがいないようだ。

男が髪をかきあげ、顔が見えた。アジア系だった。日本人でも通るような顔立ちをしている。

男の目が私の顔をとらえた。が何もいわず、作業をつづけた。

テーブルの上に並んでいる雑誌の表紙は、かなりきわどい写真が多い。日本のものもある。アダルトビデオの情報誌のようだ。

本はロシア語のものばかりだ。

作業が一段落すると、何人かの客が、雑誌を買った。客が去り、近くに立つのは私だけになった。

「本屋」が顔をあげ、

「日本人ですか」

と、訛のほとんどない日本語で訊ねた。私は驚き、

「あなたも日本人なのですか」

日本語で訊き返した。「本屋」は六十代のどこかに見える。

「本屋」は首をふった。

「ロシア人です。母が日本人でした」

「お父さんは?」

「朝鮮人です」

私は歩みよった。

「石上といいます」

「パクです」

「本屋」は客が崩していった雑誌の山を並べなおしながらいった。

「あなたにずっと会いたいと思っていました」

パクは顔を上げ、私を見つめた。

「なぜ」

「あなたがこの島の歴史に詳しいと聞きました」

「誰から聞いたんですか」

あたりを見回し、聞き耳をたてている者がいないことを確かめて、私は答えた。

「ギルシュさんです」

パクは小さく頷いた。

「ギルシュさんは私に親切です。ここで商売をしていいといってくれました」

「パクさんのお母さんは、この島の人ですか?」

「そうです。大正十四年生まれでした。十年前に亡くなりました」

「パクさんは何年生まれですか」

「昭和二十五年です」

七十を過ぎている。とてもそうは見えなかった。

「十歳は若く見えます」

パクはちらりと笑みを見せた。

「母は昭和八年に春勇留島から樺太に引っこしました。樺太で父と知り合って結婚し、日本への引き揚げに加わらなかった」

「引き揚げ?」

「戦争が終わったとき、樺太には何十万人もの日本人がいました。ほとんどの人は日本とソ連の国交が回復すると日本に帰りましたが、朝鮮人やロシア人と結婚して子供がいた人は残りました」

「そういう人は多かったのですか」

パクは首をふった。

「何百人しかいなかったそうです。母もそのひとりで、他に同じような知り合いが三人いました。父が死んでから、私は母とその知り合いの人たちに育てられました」

「だから日本語がお上手なんですね」

「外で日本語を使ってはいけない、といわれました。けれど母は家では日本語しか喋りませんでした」

私は頷いた。残った日本人は帰国した人々とちがうさまざまな苦労をしたのだろう。

昭和八年は一九三三年だ。つまりパクの母親は、九十年前の事件のとき、この島にいたことになる。

「パクさんは、お母さんからいろいろこの島の話を聞きましたか」

「はい」

「一九三二年に、この島でたくさんの人が亡くなったのをご存じですか」

パクは何度も頷いた。どうやら同じことを数多くの人間から訊かれているようだ。

「知っています。母はそのとき七歳でした。母の両親が死んだので、母は樺太に引きとられたのです」

「何が起こったのかを、お母さんは話してくれましたか?」

パクは指を二本立てた。

「二人の人が、島の人を殺した」

「二人?」

「そうです。鉄砲や刀、斧で、島にいた人たちを殺しました」

　私はそっと息を吸いこんだ。大量殺人は本当に起こっていたようだ。

「なぜです?」

　パクは首をふった。

「わかりません。ひとりは昔から島にいた人で、もうひとりはよそからきた人だったそうです」

「その二人の名前を、お母さんは知っていましたか?」

「知っていたかもしれませんが、私には話しませんでした」

「なぜです?」

「話してもしかたがないと思ったんでしょう。二人は島の人を殺したあと、船ででていったそうです」

「でていった?」

「はい」

「誰もつかまえなかったのですか」

「島の大人は、大半がその二人に殺された。だからつかまえられなかったのです」

　私が黙っていると、パクはつづけた。

「二人がどこにいったのかは誰も知りません。母は、何人かの子供と、あまり動けないお年寄りと島に残されました。やがて、アザラシ猟のために上陸したロシア人に助けられたのだそうです」

「それが正確にいつのことだったのかはわかりますか」

　パクは首をふった。

「石上さんは、どうしてそんな昔の話を知りたいのですか」

　私はためらい、いった。

「私は日本の警察官なんです」

「昔の事件を調べるのですか」

　パクはわずかに目を広げた。

「いいえ。十日前に、この島で働いていた西口さんという技術者が殺されました。胸を刺されていて、見つかったとき両目がありませんでした」

パクは下を向いた。

「お母さんからなにか聞いていませんか」

「母たち残った子供は、生き残った年寄りにいわれ、穴を掘った。そして力をあわせて、殺された人たちを埋めた。刺されたり、撃たれたりして、皆血まみれで、地獄のようにつらかった、といっていました」

「それはたいへんだったでしょうね。お母さんもご両親を殺されたのですね」

パクは頷いた。

「二人の犯人を恨んでおられたのではありませんか」

「恨んでいたかもしれませんが、そのあともいろいろあって、それどころではなかったと思います。樺太がソ連に占領され、たくさんの人が死んだり、傷つきましたから」

私は黙った。

「なぜ、西口さんは殺されたのですか」

パクが訊ね、私は首をふった。

「それがわからないのです。ただ西口さんのひいおじいさんは、この島の人で、その事件が起きる少し前に北海道に移住して、殺されずにすんだ。西口さんはこの島の歴史に興味をもって、いろいろ調べていたようです」

パクは瞬きした。

「樺太では、年寄りは皆、この島で起きたことを知っています。昔は、この島は呪われている、といって、近づきたがらなかった」

パクの日本語は完璧で、ロシア人のものとは思えなかった。

「私も、オロテックがくるまで無人だったと聞きました」

「それは嘘です。ソビエト時代、この島には軍隊がいました」

「何をしていたのです?」

パクはわずかにためらった。その目が動き、食堂の入口を見た。新たな客のようだ。ふりかえった瞬間、私は全身の血がひいた。一瞬で、手足の先が冷たくなった。

「ユーリ！　驚いたな。こんなところで天才に会えるとは！」

耳まで裂けているかと思うほど大きく口を開けて笑う、ボリス・コズロフが立っていた。かたわらに、ギルシュの手下の大男ロランがいる。

銀座の中国料理店でのできごとから何年もすぎたような気がしていたが、ほんの十日もたっていないのを思いだした。

ボリスは呆然としている私の手をとり、強く握った。朝だというのにウォッカが匂った。

私をひき寄せ、耳もとでいった。

「メス犬《スーカ》はぶっ殺す」

「何の話だ」

声が震えているような気がした。

「とぼけるな。お前が警察の犬だというのは、イケブクロの連中が知らせてくれた」

「何かのまちがいだ」

ボリスは笑みを消し、手をひらひらとふった。オレンジの制服をつけている。

「そいつをゆっくり説明してもらいたいね。おっと、今じゃない。俺は今、この島に渡ってきたばかりでくたびれている。飯を食って、ゆっくり休んで、そのあとだ」

人さし指で私の胸をさした。

「逃がさねえ」

ロランをふりかえり、頷いた。ロランはまったくの無表情で私を見ている。

二人は私のかたわらを離れ、カウンターに近づいていった。

私は息を吐いた。膝が震え、今にもすわりこみそうだ。

「知り合いですか」

パクが訊ねた。

「東京で、ちょっとあった相手です」

「危険な人に見えます」

私は頷いた。どこに知らせ、誰に泣きつけばいいのだ。稲葉は頼りにならない。パキージンか。だがパキージンにいってボリスを排除すれば、それができたとしてだが、パキージンに知られず船の手配をギルシュに頼むことが難しくなる。

国境警備隊か。ボリスはこの島で、まだ罪を犯していない。

ボリスはまるで私のことなど忘れたかのように、カウンターでコーヒーとサンドイッチを楽しんでいた。

「軍隊ですが――」

パクがいい、私はふりかえった。

「ああ、ええと、この島にいたソ連軍ですね」

「そうです。秘密の実験をしていたと聞きました」

「何の実験でしょうか」

パクは首をふった。

「そこまでは知りません。しかし中国の軍隊が、漁船にまぎれてスパイしにきたことがあったそうです」

「中国軍が？」

「ええ。ソビエトと中国は国境を接していますし、かつては仲が悪かった」

それを聞き、ヤンを思いだした。中国の公務員であるヤンなら、何か情報をもっているかもしれない。

「パクさんは、いつまでここにいますか？」

私は訊ねた。ボリスの出現で、私の頭は回らなくなっていた。少し落ちついてから、改めて話を聞きたい。

それまで生きていれば、だが。

「明後日の夕方の船で樺太に戻ります。それまでここか『フジリスタラーン』にいます」

パクが「フジリスタラーン」をひいきにする理由がわかった。お袋の味に近いからだ。

「わかりました。また、お話を聞きにきます」

私は告げて、食堂をでた。ボリスは背中を向け、ふりかえりもしない。

それでも背後を警戒しながらC棟に戻った。

パキージンから拳銃を借りておいてよかったと、心の底から思った。

「ビーチ」で私を襲った犯人はどこまで私を殺すことに本気だったか不明だが、ボリスは百パーセント本気だ。ギルシュやその手下の協力が得られなくても、必ず私を殺そうとする。

この島を離れなければならない。せっかくいろいろなことがわかってきて、手がかりとなる洞窟の存在までたどりつけたのに、残念だ。

いや、残念ではない。殺される、それも決して楽にではなく殺されることを思ったら、まったく残念ではない。

窓ガラスに強く風が打ちつける音がして、私は我にかえった。木村と洞窟を見にいったときよりもさらに風が強まっている。

私は中本を島内携帯で呼びだした。セルゲイのヘリで、今日中に根室に戻るのだ。

「おはようございます、石上です」

「おはようございます」

「実は緊急に戻らなければならなくなりまして、ヘリを飛ばしていただきたいのですが」

「ヘリですか。ええと困りましたな」

嫌な予感がした。

「予定があるのでしょうか」

「エンジンの調子が悪くて、一昨日《おととい》から北海道で修理に入っているんですよ。かわりの機体を手配しているのですが、実はきのうから北海道に爆弾低気圧がきていまして、おそらくここも今日の午後くらいから大荒れになる予報なのです」

目の前が暗くなった。

「そうなると船でも戻れませんか」

「ええ。大シケが予想されます。オロテックも島全体に警報をだしていて、海上プラットホームも操業を中止しています」

つまりこの島からでられない。

「わかりました……」

「申しわけありません。機体の手配がついて飛べるようになったら、すぐにお知らせします」

「よろしくお願いします」

戸閉まりを確認し、マカロフをテーブルの上にだした。水を飲む。

まずは稲葉だ。私が忽然《こつぜん》と姿を消したり、切り刻まれて見つかったら、その原因は九十年前ではなく、八日前の事件だと知らせておく必要がある。

これまでに判明した情報と、ボリス・コズロフがこの島にきたという知らせをメールで送った。

だが今日に限って反応が遅い。

何をすべきかを考えた。ただ恐れおののいているだけではどうにもならない。

密告者をメス犬と呼ぶようになったのは、うんと昔からだと聞いている。喉を裂き、いや、先に舌を切りとり、それから喉を裂く。場合によっては、生きているうちに睾丸《こうがん》を切りとって、舌のかわりに口に押しこむ、ともいう。

それが私に待ちうけている運命だ。

だが、ここにボリスの手下はいない。いれば、食堂にきた筈だ。となると、ギルシュやその手下の協力も必要になる。

彼らがそこまでするとは思いたくなかった。発覚した場合、この島でのビジネスに支障をきたすからだ。

日本を離れたボリスはウラジオストクやハバロフスクに飛び、そこも安全ではないと感じてこの島にきたのだろう。過去の犯歴から、ロシア警察もボリスには目をつけている。

着ていたオレンジの制服は、オロテックにボリスの〝協力者〟がいる証だ。

犯罪者が逃げこむのに、うってつけの島なのだと、あらためて私は思った。警察官はいないし、酒や女にもありつける。オロテックにさえ排除されなければよい。

確かに極東は、ボリスの縄張りだが、まさかこの島に逃げこんでくるとは思ってもみなかった。奴にとっては幸運で、私にとってはこれほどの不運はない。ボリスの笑い顔を思いだすと、吐きけがした。

稲葉からの返信はまだこない。稲葉に伝わったからといって、助かるわけでもないのに私はいらだった。

気持をむりやり捜査に向けた。日本に戻れるようになるまでの数日間、身の安全を確保しながらできることがある筈だ。

「本屋」に会いにいくのは避けたほうがいい。港周辺を含め、ロシア区画に近づくのは危険だった。いつボリスに襲われないとも限らない。

かろうじて安全と思えるのは、このC棟内部と発電所、そして部外者の立ち入りが制限されているプラントだ。

もう一杯、水を飲んだ。ようやく頭が働き始めた。荒木にそろそろ話を聞くべきだった。西口から、先祖や九十年前の事件について何かを聞いていないながら、私に告げていない可能性がある。

私は荒木の島内携帯を呼びだした。応答に時間がかかった。でないのかと思い始めた頃、眠そうな声で、

「はい」

と返事があった。

「荒木さん、先日お会いした石上です。おやすみでしたか？」

荒木は唸り声をたてた。

「今、何時ですか？」

「十一時を回ったところです」

「夜勤明けで、十時過ぎに寝たんです」

「すみません！」

「何でしょうか」

「西口さんの件で、また少しお話をうかがいたいのですが」

「えーと、シフトが午前二時からなんで、その前でしたら」

「わかりました。C棟か発電所で、夜お会いできませんか」

「じゃあ午前零時に発電所のロビーにきてください」

「ゲートの先ですね」

「そうです」

「わかりました。起こしてしまって申しわけありませんでした」

「いいえ」

電話は切れた。

午前零時まで、まだ十二時間以上ある。次にすべきことを考え、ヤンへの訊きこみを思いついた。

ヤンの島内《ウェイ》携帯を鳴らした。

「もしもし」

中国語が応えた。

「ヤンさん、石上です」

私は日本語でいった。

「石上さん。怪我の具合はどうですか」

「だいぶよくなりました」

「それはよかった。その後、何かわかりましたか」

「そのことで、ヤンさんと話をしたいのですが、今どちらですか?」

「プラントにいます」

「うかがってよろしいでしょうか」

「何時にきますか」

「ヤンさんの都合のいい時間で」

「じゃあ、お昼ご飯を食べましょう。ロビーに午後一時にこられますか」

「大丈夫です」

答えてからはっとした。プラント内に入るには探知器でのチェックがある。拳銃を身につけていたら、発見されるだろう。

「あの」

「何ですか」

「いえ、何でもありません」

　拳銃を部屋においていくしかない。日本の警察官が、プラントに拳銃をもちこめば、ヤンのいう〝政治的な緊張〟を発生させることはまちがいない。

　ここからプラントまでいき、すぐに帰ってくるだけだ。昼間だし、ボリスも、今日の今日に私を襲ってはこない、と信じるしかない。

　拳銃をクローゼットに隠した。手にしてまだひと晩しかたっていないのに、丸腰になったとたん、ひどく心細くなった。

　十二時三十分に部屋をでた。地下通路を早足で歩いた。

　プラントの入口にすわるベージュの制服の警備員が見えたときはほっとした。

「ヤンさんに会いにきました。石上です」

　日本語で告げた。前回、警備員は日本語で行先を私に問いかけた。同じ人物かどうかはわからない。中国人の警備員は首を傾げた。私は同じことを中国語でいった。

「地下通路入口です。イシガミという日本人がヤン主任に会いにきています」

　襟もとにつけたピンマイクに告げた。返事を聞き、警備員は私に手をふった。

「奥に進んでください。ゲートのところにヤン主任がいます」

　礼をいい、私は先に進んだ。以前も嗅いだ酸の臭いがした。

　ヤンがゲートのこちら側に立っていた。カードケースを私にさしだす。

「こんにちは」

　日本語でいった。

「こんにちは。お手間をかけて申しわけありません」

「平気です」

警備員によるスキャンをうけ、携帯を渡し、ゲートをくぐった。

「お忙しいときにすみません」

「私はそんなに忙しくありません。私が忙しいのは、とてもよくないことですから」

ヤンは歩きながらいった。巨大な棺桶にはさまれた通路を抜け、暑い部屋を通って黒い扉の手前の階段を降りると、エアカーテンで仕切られたロビーにでた。

「何を食べますか」

ヤンは加熱調理機能つきの自販機の前に立って訊ねた。表示はすべて簡体字だ。

「五目炒飯《チャーハン》を」

「じゃあスープヌードルもつけましょう」

自販機にカードケースをかざし、ボタンを押した。現金ではなくカード精算になっているようだ。

「ええと……」

「大丈夫。私の奢《おご》りです」

ヤンは微笑んだ。同じものを二組買って、テーブルにおいた。どちらもシールで表面をおおわれた紙パックに入っている。さらにプラスチック製のフォークとミネラルウォーターをヤンは用意した。

「ありがとうございます」

「食べましょう」

昼どきだが、意外に人は少なかった。いる者も、我々から遠いテーブルばかりだ。

ヤンがシールのはがしかたを実演した。スープヌードルは円筒形、炒飯は四角いパックに入っている。円筒形のパックの上部にはられたシールは慎重にはがさないと、スープがこぼれそうだ。

「熱いですから、こぼさないように気をつけて」

炒飯には刻んだザーサイがついていた。ややぱさついているが、味つけはしっかりしている。そう告げると、

「これはもともと日本の冷凍食品でした。それを中国企業が大量生産しているのです。だからおいし

い」

ヤンはいった。おいしいの理由が、日本、中国、どちらなのかはわからず、両方だとうけとめることにした。

スープヌードルは、どこかなつかしい味だった。同じような日本製品に比べると、ハッカクの香りが強い。

「ごちそうさまでした」

両方平らげ、私はいった。プ、ラ、ン、ト、内にいる限りは、ボリスに襲われる心配がない。

「いいえ」

ヤンは食べ終えたパックを備えつけのゴミ箱に入れ、紙コップを私に手渡した。

「プーアル茶、ジャスミン茶、どちらがいいですか」

無料のサーバーがあるのだった。私はジャスミン茶を選んだ。

「何かわかりましたか」

茶をすすり、ヤンは訊ねた。

「九十年前に起こった事件の犯人は二人いました。ひとりは島の住人で、もうひとりは外部からきた者です。二人は島に住む大人の大半を殺し、船ででていった。凶器には鉄砲や刀、斧が使われた」

「記録が見つかったのですね」

「いえ。生き残った子供の子孫から聞いたのです」

ヤンは眉を吊り上げた。

「この島に子孫がいるのですか」

「サハリンから行商にきている人物の母親が、生き残った子供のひとりでした。両親を殺され、その後サハリンに渡って子供を産んだのです」

ヤンは真剣な表情になった。

「その人物が西口さんを殺したとは考えられませんか」

パクが十日前にこの島にきていたなら、「フジリスタラーン」のみつごが私にそう教えた筈だ。

「おそらくちがうと思います。ふだんはこの島にいない人物ですから、いれば、誰かが覚えている。西口さんが殺されたとき、彼はこの島にいなかったようです」

ヤンは頷き、いった。

「しかし西口さんの先祖が九十年前の事件の犯人で、その復讐をされたという可能性はまだあります」

初めてヤンがその可能性に言及したとき、ありえないと私は思った。だが西口の曽祖父松吉が事件の前に内地に移住していたと判明した今はちがう。ヤンはつづけた。

「犯人はこの島にいる人物で、西口さんの先祖が自分の先祖を殺したと知っている」

「ええ。西口さんの先祖が犯人なら、ヤンさんのいう通りです」

「石上さんはどう思いますか?」

「西口さんがこの島の過去に興味をもち、調べていたことを考えると、彼の先祖が事件と関係していたのはまちがいないように思えます。ヤンさんは、この島の洞窟のことをご存じですか」

「洞窟?」

「C棟が建っている崖の下の海岸に洞窟があるのです。そこはかつて日本人の集落があった場所の近くで、何かに使われていた可能性もあります。西口さんはその洞窟に強い興味を示していました」

「どうしてわかったのですか」

「洞窟の存在を彼に教えた、ヨウワの設計部の人から聞きました」

「私は知りませんでした。C棟には入ったこともありません」

「C棟ができたため、今は陸上から近づくのが難しくなっています。ロッククライミングの装備でもない限り、崖を降りられない」

私はテーブルに指で地形を描いて説明した。

「なるほど。ではどうすればその洞窟にいけるのですか」

「ボートなら海から近づけます。彼が親しくしていたアルトゥールはボートの操縦員でした」

ヤンは深々と頷いた。

「するとアルトゥールに頼んでいたかもしれませんね」

「実際に渡っていたかもしれない」

ヤンは首を傾げた。私は「ビーチ」が西口の殺害現場とは考えられないことを話した。

「血痕もなく、地面にも争った跡がない。もちろん波がすべてを洗い流してしまったのかもしれませんが」

「いや、私は西口さんの死体を見ました。あの場所まで波はきません。確かに西口さんが殺されたのは別の場所です。しかしもしそうなら、なぜあそこに死体を運んだのでしょうか」

「まさにその点を考えていました。私が思いついた理由はふたつです。ひとつは、目を抉った西口さんの死体を、島にいる誰かに見せたかった」

「復讐のためなら、考えられます。先ほど石上さんは九十年前の事件の犯人は二人いたといった。ひとりの子孫が西口さんで、もうひとりの子孫もこの島にいるのかもしれません。目を抉ったのは、お前にも同じことをしてやる、というメッセージです」

ヤンの言葉に私は頷いた。

「執念深い話です」

「いずれにしても犯人は日本人ですね。中国人は関係がない」

ヤンは安心したようにいった。

「もうひとつの理由を聞いてください。西口さんを殺したのが復讐かどうかはともかく、犯人は洞窟で西口さんを殺したが、そこにおいたり海に流すことは避けたかった、というものです」

「それはなぜですか」

「西口さんが姿を消し、見つからないままだと、ヨウワ化学は島中を捜索したでしょう。その過程で、彼が洞窟に興味をもっていたという事実も明らかになります」

「犯人は洞窟のことを隠しておきたかった」

ヤンがいい、私は頷いた。

「その場合、犯人は九十年前の事件とは何の関係もなくて、恐ろしい伝説を思い起こさせるためだけに目を抉ったのかもしれない。極東で育ったロシア人の多くは、九十年前の事件のことを怪談として知っているそうですから」

「捜査を混乱させようとしたのですね。それなら犯人はロシア人だ。やはり中国人とは関係ありません」

私はあきれてヤンを見つめた。ヤンは咳ばらいした。

「もちろん、犯人が何人《なにじん》であろうと、殺人は殺人で、許されません」

「問題は、なぜ犯人は洞窟のことを隠したかったのかという点です」

ヤンは私を見返した。

「なぜでしょう?」

「実は、オロテックが作られる前、この島にソ連軍の研究所があったという話を聞きました」

「そうなのですか」

ヤンの表情はかわらなかった。かわらなさすぎだ。驚いたフリすらない。

「ヤンさんは知っていたのではありませんか?」

私がいうと、ヤンは横を向いた。

「なぜそう思うのです?」

「あなたは中国政府の人です。プラントにくるにあたって、それについて調べたにちがいない」

ヤンは黙っている。私はいった。

「洞窟にはその研究所に関係する何かがあり、それが理由で西口さんが殺されたのかもしれません。もちろん、そうであれば、犯人はロシア人ということになりますが、オロテックにとってはかなり不都合な事態です」

「そう、特にエクスペールトのパキージンさんにとっては、とてもまずい」

「ええ。パキージンさんにこの話をしたら、私の調査は強制的に終了させられるかもしれない。だからこそ、ヤンさんに情報をいただきたいのです。かつて中国軍が漁船に乗って、この島を調べにきたことがあったそうですね」

ヤンはひとり言のようにいった。

「ソ連はかつて、クナシリ、エトロフ、シコタンの三島だけで陸軍一個師団八千人を配備し、エトロフには四十機からなるミグ23の部隊をおいていた。連邦崩壊後も、対艦ミサイル『バスチオン』がエトロフに、『バル』がクナシリに、それぞれ配備されている」

「で、この島には？」

ヤンは首をふった。

「新兵器の研究や実験をおこなうには、日本が近すぎます。もちろん中国からも近い。そんな場所に研究所を作ることはありえない」

確かにその通りだ。

「すると何があったのですか」

「収容所だといわれています」

「収容所？　誰を収容するのです？」

「兵士でありながら、政府に批判的な者。特にアフガニスタンに侵攻してからはそうした兵士が増え、中には軍の中枢に所属する者もいた。そうした兵士は、機密情報にも触れている。彼らの知る情報が価値を失うまで、この島の収容所に監禁した、と私は聞きました」

「ソ連の崩壊後は？」

「ソ連軍にとって重要な情報は、ロシア軍にとっても重要です」

私は頷いた。

「しかしオロテックの建設時には、そうした者はひとりもいなくなっていた。ロシア本土に移送されたか、処刑されたかは、不明だ。万一、収容所の生き残りがこの島にいるようなら、会って話を聞きたいと考えて、私はここにきました」

生き残りが洞窟内に閉じこめられているという可能性はあるだろうか。

いくらなんでもそれはない。生活に必要な物資を届けるだけでたいへんだし、看守も必要になる。

「この島の収容所なら、シベリア以上に外部との接触が断たれます。脱走しても周囲は海だし」

「収容所の秘密が洞窟に隠されているとは考えられませんか」

私の問いにヤンは首を傾げた。

「収容された兵士が、機密情報を何らかの形にして隠した、という可能性はありますが、とっくに回収されているでしょうし、今となっては価値がない。ただ……」

「ただ、何です?」

「いや、これは不確実な噂話です」

ヤンは首をふった。

「聞かせてください」

私はヤンを見つめた。

「やめましょう。収容所の話ならともかく、こんな話をしたと、エクスペールトが知ったら、電白希土集団は敵視されかねない」

「パキージンさんには決していいません」

「駄目です」

にべもなくヤンはいった。私は息を吐いた。その〝噂話〟とやらの中身が何であるかはわからないが、洞窟に入れさえすれば、知る機会はあるだろう。

やはりギルシュと交渉するしかないのか。

が、その手前に、ボリスがいる。ギルシュは、私が警察官であると知っている。ボリスにも話すにちがいない。

ボリスが拘束されない限り、私の安全はなく、彼を逮捕する権限をこの島でもつのは、国境警備隊だけだった。

国境警備隊を動かすことはできるだろうか。

難しい。国境警備隊は警察ではなく、その性格は軍そのものだ。動くとすれば、ボリスが誰かを、つまりは私を、殺してからになるだろう。たとえボリスがロシア司法当局の手配をうけていたとしても、その前に動くとは思えなかった。

だとしてもグラチョフに話してみるべきかもしれない。若い少尉だったが、抜け目のなさを感じた。

「何を考えていますか」

黙っている私に不安を感じたのか、ヤンが訊ねた。

「どうすればいいかを」

私はつい本音を口にしていた。

「何をするのです?」

ヤンは私を見つめた。我にかえり、私は首をふった。

「洞窟に何とか入る方法はないか、考えていたのです」

ボリスの話をしても始まらない。ヤンは無言でいたが、不意にいった。

「私もいっしょにいきます」

意味がわからず、ヤンを見返した。

「洞窟に、私もいっしょにいきます」

「どうやっていくのです?」

「パイプラインの点検用の船があります。モーターのついたゴムボートで、『ビーチ』からでられます」

鉱石を運ぶパイプラインが島の南側から海に向かってつきでていたのを思いだした。つきでたパイプの先は運搬船から鉱石を吸いあげるノズルになっている。その点検を海上からおこなうためのボートがある、とヤンはいっているのだ。

「プ、ラ、ン、トがゴムボートを所有しているのですか?」

私は訊き返した。ヤンは頷いた。

「海軍用のゴムボートで、丈夫で馬力もあります」

「操縦は?」

「できる者を連れていきます。もちろんエクスペールトには秘密です」

それならなぜ、と訊きかけ、気づいた。洞窟の調査は、ヤンにとっても本来の任務なのだ。ヤンの正体は、単なる警備責任者ではない。公安部か安全部か、いずれにしても、この島での情報収集が目的だ。

思わぬ申し出だった。が、この島で調査をつづけるなら、のらない手はない。

調査をつづけられるとして、だが。

「いつ、いきますか?」

私は訊ねた。ヤンは答えた。

「気象警報がでています。それが解除にならなければ難しいです」

中本のいっていた爆弾低気圧のことだろう。低気圧が去れば、私はこの島から逃げだせる。だが、だからといってこの場で申し出を断わるわけにはいかない。

「では明日以降ですね」

「波が残ります。明後日以降にならないと、船はだせない。ゴムボートは軽いので、波に弱い」

ヤンはいった。

「わかりました。船をだせるかどうかの判断はヤンさんに任せます。だせるようなら、私に連絡をください」

私が告げると、ヤンは頷いた。

「電話をかけます」

お願いします、といって私は立ちあがった。ヤンにゲートまで見送られ、預けた携帯を受けとると、私はプ、ラ、ン、トをあとにした。

15

無事、宿舎に戻ると拳銃をとりだした。すぐ手にとれる場所におく。

稲葉からメールの返事が届いていた。

『島内に洞窟があり、殺害現場となった可能性があるという、君の仮説は興味深い。洞窟の捜索をおこなえば、新たな証拠を入手できるのではないか。ヨウワ化学に協力を求めてみてはどうだろうか。

ボリス・コズロフがオロボ島を潜伏先に選んだの

は、考えてみれば意外ではない。もともと極東は奴の縄張りだ。サハリンにとどまるより安全だと考えたのだろう。残念ながら、そちらでの逮捕権は君にはない。国境警備隊に協力を要請し、難しいようなら、ボリスとの接触を避けるのが賢明だ。潜伏先で事件を起こせば、困るのはボリスのほうだから、さほど恐れる必要はないと思うが、安全に留意し、調査を続行してもらいたい。

尚、北海道警察から新しい情報はまだ入っていない』

実に励みになるメールだ。事件を起こせば困るのは確かにボリスだろう。が、私を殺して海に投げこめば、すぐには発覚しない。その間にオロボ島を離れてしまえばよいのだ。

稲葉はボリスがどれだけ冷酷な悪党なのかを知らない。身の安全を優先して、私を狙わないと考えるのはまちがっている。〝警察の犬〟を殺すのに損得感情が入る余地はない。

ボリスが何としても私を殺そうとすることはまちがいなかった。

とはいえ、わかっていないと稲葉に抗議したところで、事態の改善にはつながらない。この島を離れるのに、稲葉の許可を求めるつもりはなかった。潜入捜査では、現場を離脱する判断は捜査員にゆだねられている。上司の許しを得ている暇などないからだ。

が、少なくとも一両日はこの島を離れられない。その間にできることをするしかない。

駄目元でグラチョフに会いにいこうと思った。国境警備隊の詰所は、ロシア区画にあるが、まだ夕方だし、さすがに国境警備隊の近くで何かをしかけてくるとは考えにくい。

それでもすぐに抜けるよう、拳銃を防寒着のポケットに入れ、私は宿舎をでた。

地下通路を歩いてA区画に近づくにつれ、緊張で背中がこわばった。「ビーチ」でうけた傷が痛んだ。

地上にでたとたん強烈な風にあおられ、私はよろめいた。鉛色の空と海面には境界がなく、吹雪が視界を閉ざしている。港の内側にも白波が立ち、外海の荒れようをうかがわせた。耳がちぎれそうになり、あわててフードをかぶった。凍《い》てついた風に、頬を削られるような痛みを感じた。

詰所の正面は港に面しているため、より風が強く吹きつけていた。出入口のガラス扉はまっ白に曇って、内部がうかがえない。

それでも私が扉の前に立つと、若い兵士が中から扉を開けてくれた。私はロシア語で礼をいい、つづけた。

「ヨウワ化学のイシガミといいます。グラチョフ少尉にお話があってきました」

前にグラチョフのいた、ストーブが中央におかれた小部屋は無人だ。

「少尉は巡回にでている。ここで待て」

兵士がいったので、私は頷きカウンターによりかかった。詰所の中は、地下通路とかわらないくらいの温度だが、強烈な風から逃れられただけで、ほっとした。

十分もしないうちに車のエンジン音が聞こえ、ヘッドライトを点した４ＷＤがガラス扉の向こうに止まるのが見えた。

助手席のドアを開け、毛皮の帽子をまぶかにかぶったグラチョフが降りた。兵士がガラス扉を開け、敬礼した。

入ってきたグラチョフは私に気づくといった。

「確かイシガミといったな。またニシグチの死体を見にきたのか」

私は首をふった。

「今日は個人的なご相談があってきました」

グラチョフはつかのま私を見つめ、小部屋に顎をしゃくった。

「向こうで聞こう」

小部屋に入ると帽子とコートを脱ぎ、壁のフックに吊るした。ストーブを囲むようにおかれた木製の椅子をグラチョフは示した。

若い兵士が紅茶の入ったカップを運んできて、グラチョフに渡した。グラチョフの頰は、まるで子供のように紅潮している。

グラチョフは紅茶をすすると、ほっと息を吐いた。

「捜査は進んでいるのか」

ロシア語で私に訊ねた。

「私の仕事をご存じだったのですか」

「エクスペールトから聞いた。外交上、重要な事実は、私に報告する義務がエクスペールトにはある」

「進んでいますが、まだニシグチを殺した人物を特定するまでには至っていません」

グラチョフは頷いた。

「我々も巡回の回数を増やしている。ところでその顔の傷はどうした？」

「階段で足を滑らせました」

「ビーチ」で何者かに襲われたと告げれば、重点的な巡回先になり、ゴムボートをだしにくくなるかもしれなかった。

「なるほど。相談とは何だ？」

手帳を制服の胸ポケットからとりだした。

「ボリス・コズロフという犯罪者をご存じですか」

グラチョフは首をふった。

「ウラジオストクで小さな組織を率いていたのですが、ユージノサハリンスクに進出し、朝鮮族系《カレイスキー》の組織の縄張りを奪い、今は日本や中国の組織を相手に、女や海産物を密輸しています」

グラチョフは私を見た。

「それで？」

「この島にくる前、私は彼の組織を摘発するための捜査をトウキョウでおこなっていて、逮捕する直前に逃げられました。そのボリス・コズロフと、今朝、食堂で会いました」

グラチョフの表情はかわらなかった。

「ボリス・コズロフは私を〝メス犬〟と呼び、殺すと威しました」

〝メス犬〟という言葉に、グラチョフは瞬きした。

「ボリス・コズロフを拘束するか、この島から排除していただくことをお願いできませんか」

グラチョフはすぐには答えなかった。やがて訊ねた。

「その人物はひとりだったか?」

「いえ。『ダンスクラブ』の従業員のロランという大男といっしょにいました」

「『ダンスクラブ』」

グラチョフはつぶやいた。

「服装は?」

「コズロフのですか?」

グラチョフは頷いた。私は思い返した。

「オレンジ色の制服を着ていました」

「つまり、オロテックに協力者がいるということだな。その協力者の手引きで、この島に上陸した」

「そうだと思います」

「コズロフは、ロシア司法当局の追跡をうけているか?」

「わかりません。日本の警察からは手配をうけています」

「それはこの島では意味をもたない」

「もしロシア司法当局の手配をうけていたら、コズロフを拘束していただけますか」

「正式な協力要請があれば対処する。もちろんコズロフがこの島で犯罪を起こせば、その場合も対処する」

「今は何もできませんか?」

「たとえば何をする?」

グラチョフは冷ややかに訊き返した。

「警告を与えてほしいのです。見張っている、馬鹿な真似はするな、とか」

「それは警察の仕事だ」

グラチョフはにべもなくいった。

「もし私がコズロフに殺されたら、外交上の重要な問題になります」

グラチョフの目に蔑みの色が浮かんだ。臆病者と思ったようだ。

何と思われてもかまわない。ボリス・コズロフの恐ろしさをこの少尉は知らない。

「本当に殺されると思っているのか」

「コズロフが過去、ロシアで殺人を犯したと信じるに足る話を私は聞いていますし、日本でもトラブルの解決法として殺人を選択肢にしていました。中国人組織との取引を私に邪魔され、強い怒りをもっています。必ず私を殺そうとするでしょう。この島で、そうした行為に対処できるのは国境警備隊だけです」

グラチョフは手帳を閉じ、制服の胸ポケットにしまった。

「我々は決して人員に恵まれているわけではないし、法的な根拠なしにロシア人をここで拘束することはできない。協力者がオロテックに存在する以上、その人物とトラブルになる可能性もある」

「おっしゃるとおりです」

がっかりし、私は頷いた。職務に忠実であろうとしている若い将校に、無理な相談だったのだ。

「万一、コズロフが危険を及ぼすようであれば、すぐに知らせてもらいたい。そのときは何らかの形で対処する」

私は深々と息を吸いこんだ。危険は〝小出し〟ではやってこない。及ぶときは死ぬときだ。

「わかりました」

「エクスペールトへの相談を勧める。オロテック内の協力者がわかれば、その方向からの対処が可能な筈だ。エクスペールト本人が協力者であった場合は別だが」

もしそうなら、この島は私の棺桶になるだろう。

「まさかとは思いますが、そんなことがあるでしょうか」

「エクスペールトの前の仕事を知っているか?」

「噂は聞いたことがあります」

「どんな噂だ？」

私はためらった。

「ＫＧＢ」

グラチョフがいい、私は頷いた。

「ではＫＧＢで何をしていたのかは知っているか」

私は首をふった。

「暗殺の専門家だったという噂がある。ＫＧＢを退職後、その技術をいかした仕事で得た金をオロテックに投資し、今の地位についた。問題は、ＫＧＢ時代の技術に金を払うのは、いったいどんな種類の組織なり人物だと思う？」

吐きけを感じた。私が無言でいると、グラチョフは小さく頷いた。

「エクスペールトに相談するのが一番だというのがこれでわかったろう。もしコズロフと無関係なら、最も適した対処をエクスペールトはできる」

「そうでなかったら？」

「なるべく早くこの島を離れるべきだな」

グラチョフの目は真剣だった。

「オロテックは、ロシアの極東経済に影響力をもっている。そのエクスペールトとの対立は誰も望まない。政治家だけでなく、軍人や警察官も、だ」

ようやく気づいた。ただ職務に忠実であるだけでなく、私に忠告もしたのだ。

「いろいろとありがとうございました」

「いや、直接、協力ができないのは残念だ」

グラチョフはいかめしい口調でいい、私たちは握手を交した。

国境警備隊の詰所をでると再び、吹雪と強風にさらされた。全身の血が凍りつくような絶望に打ちひしがれ、寒さをあまり感じない。

もしボリスの協力者がパキージンなら、この島を離れる以外、私に助かる道はない。

日が落ち、ふだんよりも濃い闇に港は閉ざされていた。だがこの闇の中で待ち伏せるほど、ボリスが我慢強いとは私には思えなかった。

待ち伏せるなら地下通路かC棟周辺だ。カメラに映らないような場所から弾丸を撃ちこむ。さらって拷問するには、手下も場所もない。

唯一の明るいニュースだ。殺されるとしても、苦痛と恐怖に満ちた死ではなく一瞬でカタがつく。

私は島内携帯をとりだし、パキージンにかけた。彼のいる管理棟は目と鼻の先だ。

「ダンスクラブ」や「キョウト」のネオンが寒さに浮かんだ涙でぼやけていた。

「はい」

「イシガミです。今、国境警備隊の詰所の近くにいます。これからオフィスにうかがってよろしいでしょうか」

「来客中だ。十五分後にきてくれ」

パキージンは告げて、電話を切った。ボリスと旧交をあたためあっているのかもしれない。知ってるか、あの日本のお巡りを。何だ、あいつがお前を追いかけていたのか。じゃあ話は早い。今夜のうちに一発くらわせて、海にほうりこもう。お安い御用さ。

「フジリスタラーン」に足を運んだ。扉を開けた瞬間、カウンターの端にすわる「本屋」の姿が目に入った。

ここか食堂にいる、といっていたのを思いだした。

「あら、こんばんは」

みつごのひとりが笑いかけた。

「サーシャ？」

「エレーナよ」

いって「本屋」を目で示した。

「彼が『本屋』」

「知っている。朝、食堂で話したよ」

「二週間ぶりね。いつもは十日おきくらいだから、今回は少しあいだがあいたわね」

パクの隣に腰をおろした。

「こんばんは」

驚いたようすもなく、日本語でパクはいった。カレーライスを食べている。

「こんばんは。カレーが好きなのですか」

「ユージノサハリンスクにも日本食堂はあります。でもここのほうがおいしい」

私は頷き、メニューを見やり月見ソバを注文した。食欲はあまりない。

「あれから思いだしたことがあります。母は犯人のひとりを樺太で見ました」

私はパクの顔を見直した。

「いつ?」

「はっきりとはわかりません。たぶん戦争が始まる前だと思います。『お父さんとお母さんを殺した人がいた。恐かった』といっていました」

「犯人もお母さんのことがわかったのでしょうか」

パクは首をふった。

「わからなかったのじゃないかと思います。もしわかっていたら、母に対して何かしたでしょうし、母もまわりの人に助けを求めたでしょうから」

「その犯人が樺太で何をしていたのか、お母さんは話しましたか」

パクは思いだそうとするかのように目を閉じた。

「何かを売っていた、と聞いたような気がします」

「その話をパクさんにしたのはいつですか」

「亡くなる少し前です。歳をとって、きのうのことは覚えていないのに、何十年も前のことを急に話しだしたりしました」

私は頷いた。

「ではそれまでは聞いたことがなかったのですね」

「はい。たぶん犯人を見たことを母も長いあいだ忘れていたのだと思います。それなのに、頭がぼけてから思いだした」

「お母さんは昭和八年に樺太に引っ越されたとうかがいました」

「はい。八歳です。それから死ぬまで樺太でした。島の外に一度もでませんでした」

「犯人をその後も見る機会があったと思いますか」

パクは首を傾げた。

「あれば、もっと早くに話していたと思います」

「犯人は日本人だったのですね」

パクははっとしたような顔になった。

「考えたこともありませんでした。日本人だとばかり思っていましたから。でもわからないです。母が移った頃の樺太はロシア人もいました」

「そうなのですか」

パクは頷いた。

「日本がロシアとの戦争に勝って、樺太の南半分が日本のものになりました。明治三十八年のことです」

パクは西暦よりも日本の年号を使い慣れているようだ。それだけ母親の影響を強くうけたのかもしれない。

「ロシア人は北樺太に移るか本土に移るかを選ばなければならなかったのですが、南樺太に残ることを選んだ人もいました。母は『残留露人』と呼んでいました」

「『残留露人』はどうやって生活していたのです？」

「日本の政府はその人たちの財産を奪いませんでしたから、今まで通り商売をして日本人と仲よくする人もいたようです。母は、あの頃が日本人とロシア人の仲が一番よかったといっていました。特に母が住んでいたユージノサハリンスクは豊原《とよはら》といい、とてもにぎやかだったそうです」

私は息を吸いこんだ。ソ連軍がサハリンに侵攻したのは一九四五年だ。明治三十八年は一九〇五年だから、サハリンで日本人とロシア人は四十年間にわたって共存していたことになる。

「犯人のひとりがロシア人だった可能性もある、ということですか？」

私の問いにパクは考えこんだ。

「前にうかがったとき、犯人は二人組で、ひとりは島の外からきた人、とおっしゃっていました。きたというのは、春勇留島に移り住んだ日本人だとうけとめていたのですが、ちがったのでしょうか」

「『よそからきた』と、母はいいました。でもそれが、きて何日もたっていた人なのか、船で上陸したばかりなのかは、私にはわかりません。何日もたっていたのなら日本人だったと思いますが、上陸したばかりという意味なら、ロシア人だったのかもしれない」

パク自身も考えたことがなかったようだ。

「犯人たちはなぜ大量殺人に及んだのでしょうか」

パクは首をふった。

「わかりません。母も知らなかったと思います。『なんであんなむごいことをしたのだろうね』といっていましたから。理由はあったのでしょうが、まだ七歳だった母にはわからなかったのでしょう」

私は頷いた。月見ソバが届いた。乾麺をゆで、黒っぽいツユの中に生卵がひとつ浮いている。ネギはなく、かわりにチューブと思しいワサビが丼の内側にこすりつけられていた。

生卵を崩さずツユをひと口飲んだ。醤油を薄めただけのような塩辛さに、あわてて卵を崩した。ツユが冷たくなり、おいしいとはとてもいえない。ワサビを溶かすと、少しましな味になった。

私がソバをすする音に、パクの表情がほころんだ。

「なつかしいです、その音。母たちがそうやって食べていました」

途中でやめると食べられなくなりそうで、私は一気にソバをすすった。体が少しあたたまり、鼻水がたれてきた。

ツユはさすがに飲み干せなかった。丼をカウンターに戻し、私はパクに訊ねた。

「この島の東側の海岸に洞穴があるのを知っていますか」

パクはカレーを食べる手を止め、私を見た。

「そんな話を昔、母から聞いたことがあります。村の近くに洞穴があったけれど、子供は絶対にいってはいけないといわれていた、と」

「なぜです？」

「フジリスタラーン」の扉が背後で開いた。

「やっぱりいたか、ユーリ」

ロシア語の声が聞こえ、私は食べたばかりのソバを戻しそうになった。

ボリス・コズロフがひとりで立っていた。

「俺は日本の食いものが大好きでな。ここならうまい飯が食えると聞いてきた。ユーリもいるのじゃないかと思ったんだ」

私は深呼吸し、

「偶然だな」

といった。ボリスは制服ではなく、品のない革のコートを着ていた。エレーナが眉をひそめ、見ている。

「偶然じゃねえ。ひと眠りして元気がでたんで、メス犬の始末をしようと思ってな」

「ちょっと――」

エレーナがいった。ボリスはエレーナをふりむいた。

「何だ、文句あるのか。この場でつゝこんゝでほしいのか」

エレーナは目をみひらいた。

「よせ、ボリス」

私はいった。ボリスはにやりと笑った。

「つっこんでほしいのはやっぱりメス犬か」

「この島でもめごとを起こしたら困るのはあんただ。おとなしくしていたほうがいいのじゃないか」

ボリスはフンと笑って、顔をつきだした。

「困るわけねえだろう。お前の舌をちょん切って頭をぶち抜き、でていけばそれで終わりだ」

「お前のことは国境警備隊にも知らせてある」

「だから何だってんだ！」

ボリスは叫び、コートの内側に右手をさしこんだ。

私もとっさに防寒着の中に手をさしこみ、マカロフのグリップを握った。全身に汗が噴きだした。指先でマカロフの安全装置を外した。いざとなればポケットの中からでも発砲できる。

カチリという小さな音がした。

「お前……」

ボリスは目を細めた。私は勇気をふりしぼり、その目を見つめた。

はあっと息を吐き、ボリスはコートから何も握っていない右手をだした。

「そうか、そういうことか。おもしろい」

にやりと笑い、指鉄砲を私に向けた。

「バン」

口でいうと、くるりと背を向け「フジリスタラーン」をでていった。

私は思わず目を閉じ、息を吐いた。ポケットの中でマカロフの安全装置をかけた。

「何なの、あいつ。チェチェン人？」

エレーナが訊ねた。

「ボリス・コズロフ。ウラジオストク出身のマフィアだ。今朝の船でこの島にきた」

私は答えた。ポケットからだした手は震えている。

「知り合い？」

エレーナは眉をひそめた。

「嫌われちゃいるが」

私は汗で濡れた指先を上着にこすりつけた。もしボリスが銃を抜いたら、この店の中で撃ち合いになっていた。

「あの人は悪いです」

パクの言葉に私は頷いた。

「日本の警察は彼をつかまえようとしました。けれども逃げられてしまった。この島にくるとは思っていませんでした」

「私と同じ船に乗っていました」

「ひとりでしたか」

パクは頷いた。

「コルサコフの港には、悪い人たちが見送りにきていましたが」

黙っているとパクはつづけた。

「コルサコフとホルムスクと、港はふたつあります。コルサコフは昔、大泊《おおどまり》といい、ホルムスクは真岡《まおか》といいました。コルサコフのほうがこの島には近いです」

エレーナがティーカップをふたつ運んできた。ジャムを紅茶に溶かしたロシアンティーが入っている。

「店のおごり」

私はありがたくちょうだいすることにした。喉がかわいていた。

「この島についたとき、彼を迎えにきた者はいましたか」

「ロランが迎えにきていました。ギルシュさんの手下です」

じゃの道は蛇、ということか。ボリスにオレンジの制服を用意したのもギルシュだろう。

「洞穴の話のつづきを聞かせてください。なぜ子供は近づくなといわれていたのでしょう?」

「洞穴の入口は海に面していて、潮がひいている間はくぐり抜けられるけど、満ちると出入りができなくなるからだと母はいっていました」

「すると潮が満ちると水没してしまう?」

「そうかもしれません」

水没するなら、そこに何かを隠しておくことはできない。水びたしになるし、軽いものなら洞窟の外まで流れでる危険がある。

西口の死体が放置されなかったのも、あるいはそれが理由だったかもしれない。

いや、死体が見つかるのを恐れないのなら、わざわざ「ビーチ」まで死体を運ぶ必要はなかった。

「待ってください」

何かを思いだしたようにパクがいった。

「洞穴の奥には神さまがまつられている。だからいっちゃいけない、バチがあたるといわれた、と母は話していました」

神さまがまつられているというからには水没しない可能性が高い。

「ではお母さんは一度もその洞穴には入ったことがなかったのですね」

「ええ。母はよくこの島の話をしてくれましたが、洞穴に入ったことがあるとはいいませんでした」

島内携帯が鳴った。パクに断わり、私は耳にあてた。

「パキージンだ。来客は帰った。私に会いたいなら、いつでもかまわない」

「わかりました。今からうかがいます」

エレーナに合図し、パクの分の食事代も払った。パクは当惑したように私を見た。

「いろいろお話を聞かせていただいたお礼です。またここか食堂にうかがいます」

「ありがとうございます。いつでもお待ちしています」

パクは答えた。

16

「フジリスタラーン」をでるときは緊張した。どこからか狙撃されるかもしれない。が、外に立った瞬間、それはないと悟った。目も開けていられないほど強い吹雪だ。突風にあおられた雪が視界を閉ざし、まっすぐ歩くことすら難しい。身を丸め、少しでも風の抵抗をうけないように進んだ。

狙撃するには、二、三メートルの距離まで近づかなければならない。離れた物陰から狙い撃つのは不可能だ。

管理棟に入ると、パキージンのオフィスにあがった。パキージンは窓ぎわに立ち、下を見ていた。

「この時期、多い年は毎週、このような低気圧がやってくる。海は大シケで、プラットホームの操業はもちろん、運搬船も動かせない」

いまいましそうにいった。

「そうでしょうね。外はたいへんな天気だ」

風の唸りが建物の中まで聞こえる。

「国境警備隊の詰所にいたようだが、何か進展があったのかね」

デスクにつき、マグカップを手にしたパキージンは訊ねた。

「捜査とは別件で、話しておきたいことがあったのです。ボリス・コズロフというマフィアが今朝の船で上陸しています。トウキョウで犯した罪により日本の警察に追われ、サハリンに逃亡していたようですが、この島にまで逃げてきたのです」

パキージンの顔を見つめながら私は告げた。表情の変化はまるでない。

「トウキョウで犯した罪というのは何だ」

「人身売買です。中国人の組織に女性を売りつけようとしていた」

パキージンはそんなことかという顔になった。私はつづけた。

「私は通訳としてボリス・コズロフの組織に潜入していました。私が警察官であると知って、殺すと脅迫しています」

「この島で、か」

「今朝とついさっきと、二度、コズロフと会いました」

「君を追ってこの島にきたのではないのか」

私は首をふった。

「私がこの島にいるのを知っているのは、トウキョウの上司だけです。コズロフがここにきたのは、まったくの偶然です」

パキージンは椅子に背中を預けた。

「逃亡先としてここまで手引きをした人物がいるのだな」

「はい」

わずかに間をおき、

「ギルシュか」

とパキージンはつぶやいた。

「その可能性は高いと思います。コルサコフから今朝入港した船に乗ってきたコズロフを、ギルシュの手下が迎えにきていたようです」

「何という手下だ」

「ロラン」

「あの大男か」

「コズロフは武装しています」

「原則として武器のもちこみは禁じているが、船員やプラットホームの作業員の中には銃やナイフを身につけている者が多い。迷信を信じる愚か者たちだ。武器で悪霊を防げると考えているのだ」

「悪霊？」

「漁師や船員といった、海で働く者の多くは迷信深い。日本人もそうではないかね？」

私は頷き、パキージンを見つめた。

「うかがいたいことがあります」

「何だ」

「かつてこの島にソ連軍の施設があったと聞きました」

「誰がそれを君に話した？　セルゲイか」

私は首をふり、とっさに答えた。

「ロシア人ではありません」

パキージンは小さく頷いた。

「中国人だな。プラントにスパイがいるのは知っている。だがそれとニシグチの事件に関係があるのか」

「前にも申しあげた通り、ニシグチの事件はこの島の歴史にかかわっています」

「それは君の考えだ」

「あなたはちがうと？」

パキージンはマグカップを口に運んだ。

「ニシグチが殺された理由に興味はない。誰がそれをおこなったのかを知りたいだけだ」

「アルトゥールの可能性もゼロではありません」

「ナイフの形状はちがうと、ブラノーヴァ医師から報告をうけているが？」

お前も知っている筈だというように私をにらんだ。

「ナイフとは別の理由です。ニシグチはアルトゥールに船をだしてくれと頼んだ可能性がある」

「何のために？」

「それを知りたくて、ソ連軍の施設のことをうかがったのです」

「ニシグチはスパイだったのか？」

私は再び首をふった。

「ニシグチが知りたかったのは、おそらく九十年前のこの島についての事実です。しかしその事実とソ連軍の施設とが関係しているかもしれない」

パキージンは首を傾げた。

私は話をわざとわかりにくくしていた。もし洞窟に関してパキージンが秘密を守りたいと考えているなら、このあたりで反応がある筈だ。

「九十年前にソ連軍の施設などなかった」

パキージンはいった。

「ではいつ、できたのですか」

「私もくわしくは知らないが一九八〇年代の初めだろう。軍の収容所があったと聞いている」

「それはどのあたりにあったのですか」

「現在のプラントがある場所だ。建設にあたって、すべてとり壊した」

「当初、日本人墓地のあった場所にプラントは作られる予定だったとうかがいました」

パキージンは頷いた。

「収容所の建物を残し、宿舎として再利用しようと考えたのだが、前も話した通り、パイプラインを引く都合で、収容所を撤去することになった」

「収容所について教えてください」

パキージンは私をにらみつけた。

「必要なのか」

「はい」

パキージンは横を向いた。どこまで話そうか考えているようだ。やがて口を開いた。

「一九七九年、ソビエト政府はアフガニスタンへの派兵を開始した。多くの犠牲者をだし、軍内部にもアフガニスタン派兵に対して批判的な意見をもつ者が増えた。さらにアフガニスタンで阿片や大麻などの味を覚え、本国に戻ってからもそれを断てない兵士が大きな問題となった。そのため軍は、彼らを収容するための刑務所を作ったのだ」

「それがこの島にあったのですか」

　パキージンは頷いた。

「しかしここにそんな多くの人間を収容できたとは思えません」

　刑務所ならば数百人単位の人間を収容しなければならない。看守も含めればもっと多くなる。

「この島だけではない。クナシリやエトロフにもあった」

「この島の刑務所に収容されていたのは、どんな人たちですか」

「君のいう通り、ここにあったのはそれほど大きな施設ではない。収容されていたのは百人ていどで、重度の麻薬中毒者だったと聞いている。社会に放せば、麻薬代欲しさに何をするかわからない連中だ。この島にいれば麻薬は手に入らない」

　私は頷いた。

「ニシグチはアルトゥールに船をだすよう頼んだ可能性があるといったな。船でどこにいこうとしていたんだ？」

　パキージンは訊ねた。

「洞窟です」

「洞窟？」

　パキージンは首を傾げた。とぼけているのか本当に知らないのか、判断がつかない。

「C棟が建つ岩場の下に洞窟があります。C棟が建てられるまでは、岩場を伝って海岸まで降り、洞窟に入ることができた。しかしC棟が建った結果、海側からしか近づけなくなってしまった」

「その洞窟に何があるのだ？」

「わかりません。しかしその洞窟でニシグチが殺された可能性があります」

パキージンはわずかに目を広げた。

「殺されたのは死体が見つかった場所ではないのか」

「血痕が残っていませんし、争った跡もない。ニシグチは別の場所で殺され『ビーチ』におかれたのです」

「何のために死体を動かしたのだ」

「理由はいくつか考えられます。ひとつはニシグチの捜索によって洞窟に注目が集まるのを避けたかった。もうひとつはニシグチの死体でメッセージを発したかった。海に投げこめば死体が見つからなくなる可能性もあったからです」

パキージンは深々と息を吐いた。

「洞窟があるのは知っている」

「入ったことはありますか」

「ない。入った者の話では、何もないただの穴だと聞いた」

「何もない？」

「そうだ」

「『本屋』の話では、洞窟には島民の信仰の対象があったそうです」

「どういう意味だ？」

「キリスト教と異なり、日本人はあらゆるものに神が宿っていると考えます。洞窟は神秘的な存在ですから、そこに神がいると考えても不思議はない」

パキージンは首をふった。

「私はキリストも信じてはいない」

「信仰の対象だったのなら、そこに祭壇なり、何か象徴的な品がおかれていた筈です」

「そういうものがあったとは聞いていない。ニシグチはなぜ洞窟にいったのだ？」

「それを私も知りたいのです。洞窟にいけば、彼が殺された理由がわかるのではないかと考えています。ひょっとしたら犯人も」

「犯人がまだ洞窟にいると思うのか」

私は首をふった。

「その可能性は低いと思います。ただこの島に刑務所があったとき、洞窟は使われていたかもしれません」

「誰によって、だ？　脱走者か」

「あるいは」

パキージンは鋭い目で私を見つめた。

「ソビエト連邦時代の脱走者が今も、あの洞窟に潜んでいるかもしれん、と？」

「それはありえません」

「だがニシグチが殺される理由にはなる。洞窟にいき、脱走者を見つけた結果、殺された」

「誰が『ビーチ』まで死体を運んだのです？」

「アルトゥールだ。君がいったように洞窟に注目が集まるのを防ぐためにそうした。アルトゥールは脱走者に食料などを届けていたのかもしれん」

「もしそうならば、アルトゥールはニシグチを洞窟には連れていかなかった筈です。あそこには船では近づけないとか、いくらでも断わりようがあった」

パキージンは頷いた。

「確かにそうだ」

「いずれにしても洞窟にいけば、何らかの手がかりが得られる筈です」

「それよりもアルトゥールに直接訊ねるほうが早い」

私にまたサハリンいきを勧めるつもりか。ボリスがこの島にいるとわかった今、サハリンにいくのは、悪い考えではないような気もする。

「サハリンの警察署長とは親しくしている。訊問したいので、アルトゥールをこの島まで連行してほしいと頼んでみよう」

つまりパキージンはそれだけ、私が洞窟に向かうのを防ぎたいと考えているともとれる。

「お願いします」

洞窟に渡るのは、ヤンの協力を仰げばすむ。ここは、洞窟よりもアルトゥールに興味を惹かれたことにしておこう。

パキージンは時計を見た。

「明日の朝、署長に話してみる。それと、コズロフといったか、そのマフィアに関する情報も求めてみよう」

私は頷いた。今、パキージンの不興をかって、預けた拳銃を返せといわれるのが、何よりも困る。

「結果がわかりしだい、君に連絡をする。それまでは襲撃されないように注意することだ」

パキージンはいった。そうしますと答え、私はパキージンのオフィスをでた。

結局、刑務所についても、洞窟に関しても、役に立つ情報をひきだすことはできなかった。そこに捜査が及ぶのを望んでいないとまでは断言できないが、何らかの事情があるのはまちがいないようだ。

管理棟から地下通路に降りた私は、ポケットの中でマカロフを握りしめた。この地下通路で襲撃される確率が最も高い。むろん襲撃者の姿はカメラに映るだろうが、ボリスが気にするとは思えなかった。

午後七時過ぎという時間のせいか、地上の天候が大荒れだからか、地下通路を移動する人間の数は多く、さほどの危険を感じることもなく、私は宿舎に帰りついた。

荒木との待ちあわせまで、まだ五時間近くある。

パソコンを立ちあげると、北海道警察の横山からメールが届いていた。

『先日お伝えした君島光枝との面談が今日かない、これについてご報告いたします。

君島光枝さんは一九三四年（昭和九年）に南樺太豊原市、現ユージノサハリンスクで、樺太庁警察部員金吾《きんご》氏の次女として生まれております。君島金吾氏は一九〇四年（明治三十七年）生まれで、一九二八年（昭和三年）より一九四〇年（昭和十五年）まで樺太警察部に勤務していたそうであります。最終的な階級は光枝さんの記憶によれば警部で、金吾氏は数名の部下とともに、歯舞群島の巡回を任務としていたそうです。

さて春勇留島の事件ですが、光枝さんが生まれる前のことですが、折りにふれ金吾氏が口にしていたので、光枝さんも記憶しておられました。

詳細については不明ですが、発生は一九三二年（昭和七年）、春勇留島の島民三十八名が何者かにより殺害され、生存者は老人と子供、あわせて十数名だったとのことです。事件の通報者はロシア人漁師で、春勇留島に上陸して事件の発生を知り、数日後、樺太警察部に知らせた模様です。警察官が春勇留島に駆けつけたときには、被害者はすでに埋葬されており、犯人については、島外からきた複数名のロシア人、という証言が一部老人からあったものの、人《にん》着《ちゃく》その他については要領を得ず、手配も困難な状況であったとのことです。

これにより春勇留島の漁業は従事者を失い、壊滅状態となり、残った島民も内地あるいは国後、択捉《えとろふ》、そして樺太といった地域の縁者を頼って移住、春勇留島は〝殺人鬼に襲われた島〟として地域住民に忌まわしがられるようになり、無人島となったと聞き及んでおります。

事件発生が九十年前ですので、生存者がいないとはいいきれませんが、その記憶を頼るのは難しい高齢でありますし、光枝さんの周辺の北方領土引き揚げ者の中にも、春勇留島出身者はおらず、もしくはいても、九十年前の事件を鑑《かんが》み、移住後の島の出身を標榜しているものと思われます。

尚、君島金吾氏は、一九六九年（昭和四十四年）に札幌市で亡くなられたそうでありますが、ときおりこの事件を回顧されることがあったそうで、〝犯人は複数のロシア人〟という、生き残り島民の証言を疑っていたようです。〝犯人は本当は日本人で、島民だったのではないか。理由は不明だが、生き残った島民がそれをかばった疑いがある〟と、生前、申されていたそうです。何にせよ死者が多数で、すでに埋葬されてしまっていたことから、犯人が島民であるとしても、戸籍と死者の照合が不可能で、特定は困難だったようです。

かばった理由については、殺害の動機と同じく、金吾氏には皆目、見当がつかなかったようだと、光枝さんは申されておりました。

以上、ほとんどお役に立てない情報のみではありますが、ご報告申しあげます。今後の捜査の進展をお祈りいたします』

「犯人は本当は日本人で、島民だったのではないか。理由は不明だが、生き残った島民がそれをかばった疑いがある」

と、樺太警察部員の君島金吾が語ったというくだりに、私はひきつけられた。

老人と子供を除く島民三十八名を殺害した犯人をかばったというのは、どういうことなのか。

親族なので、犯人として名指しするのをためらったのだろうか。生存者は十数名とあるが、その十数名がすべて犯人の親族だったのでない限り、それはありえない。

閉ざされた集落の中で、ある一族だけが孤立し、敵視されたあげく、自分たち以外を皆殺しにしたのか。もしそうならば、一族以外の老人や子供は殺されていなければならない。

ちがう。生き残った老人や子供がすべて同じ一族に属していたら、巡回警察官であった君島金吾が気づかない筈はない。それに全島民五十数名の島で、十数名という人数は、島民に占めるすべての老人と子供の数だったと考えるべきだ。

となると、かばった理由は、一族の名誉を守るためではない。実際、パクの母親は両親を殺されているにもかかわらず、生き残っている。

かばう理由が、他にあるだろうか。少なくともパクは、母親からそれを聞いてはいない。

島民全員が犯罪に手を染めていて、それが大量殺人の動機になったとしたらどうだろう。

犯罪の露見を恐れ、動機を警察官に告げられなかった。それゆえ、犯人を島外からきたロシア人ということにした。パクが母親から聞かされた犯人像こそが真実で、生き残った子供たちも老人と同じ証言を強要されたのではないか。

そこまで考え、私は気づいた。君島金吾の話には、「被害者が目を抉られていた」という説明がない。

警察官が駆けつけたときには埋葬されていたから、確かめられなかったということはない筈だ。犯罪捜査の観点に立てば、たとえ一度埋葬されても、遺体を掘りだし、検死は必ずおこなう。

私は横山にメールを打った。

貴重な情報提供の礼を述べ、殺された島民の遺体状況について君島光枝が父親から何か聞いていないかったかを問い合わせるとともに、事件の発生が一九三二年の何月何日であったかを教えてもらいたいと頼んだ。

ロシア人漁師が樺太警察部に通報したのが数日後とあるからには、警察官がこの島に駆けつけたのは、事件発生から最短でも一週間近くが経過してからだろう。

私のおぼろげな記憶では、人間の死体は死後二十四時間が経過すると腐敗が始まり、その進行は地上が最も早く、次いで水中、土中という順になる。ただし水中に死体をエサとする生物がいれば、腐敗とは別に白骨化は進む。

たとえ真夏であっても、この島の気候を考えれば、一週間で死体が白骨化するとは考えられない。となると、検死のために掘りだした死体の目が抉られているのを君島金吾が気づかなかった筈はない。

海が荒れていたなどの理由で警察官の上陸がひと月近くあとだったとしても、眼球だけが腐敗して消えるということはありえない。

君島光枝がそれについて話さなかったのは、忘れていたか、父親である金吾が告げていなかったか、そもそも死体の目が抉られていた事実がなかったかのどれかだ。

メールを打ち終えた私は水を飲み、パソコンで再びメモを作った。

①「事件の詳細と犯人像」。

一九三二年（昭和七年）、春勇留島で島民三十八名が殺害される。生存者は老人、子供をあわせ十数名。

A、生き残った島民（詳細不明）の、樺太警察部員への証言によれば「犯人は複数のロシア人」。

B、犯人を「複数のロシア人」とする生き残った島民の証言に対し、樺太警察部員君島金吾は疑いをもっていた。「犯人は本当は日本人で、島民だったのではないか。理由は不明だが、生き残った島民がそれをかばった疑いがある」。

C、生き残った当時七歳の少女の証言によれば「犯人は二人、ひとりは昔から島にいた人で、もうひとりはよそからきた人」。「よそからきた人」の国籍は不明。ロシア人であった可能性もある。

D、このうちのひとりを後年、少女は樺太で見ている。時期は一九三三年（昭和八年）から一九四一年（昭和十六年）までのどこか。パクは「たぶん戦争が始まる前」といっており、日米開戦が一九四一年の十二月八日であることからの推定。当時、南樺太には日本人とロシア人が混在しており、少女が見た犯人がどちらであったかは不明。記憶によれば犯人は「何かを売っていた」。

②「殺人の動機」。

A、犯人が「複数のロシア人」であった場合は金銭目的の可能性が高い。従来ロシア人と島民の間に確執が存在し、それが動機だったなら、通報は矛盾する可能性もある。また、三十八名もの島民を殺害してまで奪う価値があるものとは何だったのか。

B、犯人が島民と外からきた日本人、あるいは島民とロシア人の混成であった場合は、怨恨が考えられる。ただし生存者がかばったのだとすれば、怨恨以外。

③「動機における別の可能性」。

②のA、B、どちらにもあてはまるが、島内に大量殺人を犯してまで入手するに足る価値の財産があった。そして生存者がかばったのが、犯人ではなく島民全体であるとすると、それは警察官に知られては困る種類の財産だった。

ここまで打って、私は考えこんだ。警察官に知られては困る種類の財産とは何だ。

昭和七年当時、この島でそれほどの収入を得る事業が、犯罪かそうでないかを問わず可能だったとは思えない。

もちろんレアメタルの価値など当時の人は知る由もなく、学者ですらその存在を知らなかったのではないか。

密輸、という二文字が浮かんだ。だが何を密輸したのだ。日本からロシア、ロシアから日本というルートの中継基地だったかもしれないが、麻薬や武器といった、現在の人気商品は、中国大陸が当時の巨大市場だ。わざわざ北の小島を経由させる理由がない。

他にどんな犯罪があっただろう。

海賊。たとえば難破した商船の乗組員を殺し、積み荷を奪うといった行為だ。離れてはいるが、この島の北西には宗谷《そうや》海峡があり、多くの艦船が通航していることを考えると、海賊行為の対象となる船舶がこの島の周辺を航行していた可能性は高い。

かつて偽の灯台でわざと船を座礁させ、積み荷を奪っていた漁村があったという話を本で読んだことがあった。もちろん現代ではなく、江戸時代か、さらに前の話だ。

そこまで確信犯的な海賊行為ではなくても、難破した外国船の積み荷を奪い、秘匿していたのかもしれない。

一方でギルシュの話を私は思いだした。

曽祖父を救った「ハルユリの日本人」を敬え、と教わったという。百二十年前、難破したロシア漁船の乗組員をこの島の人間が助けたことを考えると、そのわずか三十年後に海賊行為に及んだとは考えにくい。

　私は息を吐き、パソコンを閉じた。

　他に思いつく犯罪はなかった。昭和の初め、コンブ漁で生計をたてている漁師の村に、いったい何がそれほどの収入をもたらしたというのだろう。

　この島でおこなえる犯罪なら、歯舞群島のどこででもおこなえた筈だ。資料によれば群島最大の志発《しぼっ》島《とう》は終戦時二千人を超す人口があり、次いで多楽島《たらくとう》が千五百人近く、最少は春苅島《はるかるとう》の六人だ。

　殺された西口は、それが何だったのかを知っていた。だからこそ、この島にきたいと願い、さらに洞窟に向かおうとした。

　満潮時は入口が海面下に没する洞窟に、海賊の宝が隠されていると考えたのか。

　パクの話では、そこには「神さま」がまつられているのでいってはいけない、バチがあたる、と母親は聞かされていた。

　子供を近づけさせなかったのは、島民共有の財産がそこに隠されていたからではないのか。

　犯人はそれを奪うために、大量殺人に及んだ。

　そう考えると、犯人に島民が含まれていたのはまちがいないように思える。子供にすら隠していた財産の存在を、島民以外の人間が知っていた筈がない。

　西口は、若い頃島を離れた曽祖父松吉から、祖父松広を通してその財産の話を聞いていた。

　私ははっとした。松吉は、洞窟に隠されていた財産が奪われたことを知らなかったのではないだろうか。

　いや、それはない。島民の大部分が殺されるという大事件が、北海道にまで伝わらなかった筈はない。もちろん「強盗殺人」だという報道ではなかったかもしれないが、財産の存在を知っていたなら、殺人の動機がそこにあると、まちがいなく気づく。

　となると松吉が犯人のひとりであった可能性を改

めて検討せざるをえなくなった。

怪我が理由で島を離れた松吉は、財産の恩恵には浴せない。そこで島外の人間と組んで、財産を奪おうと考えた。

だが一方で、横山巡査部長の話では、松吉は勤め先の薬局の娘ハツと、その両親の反対を押し切って結婚したため、働き口を失って苦労したという。もし「強盗殺人」に成功していたのなら、そのような苦労はなかった筈だ。

とすると、やはり犯人ではないのか。

横山によれば松吉は明治四十三年前後の生まれで、昭和三年前後に稚内に移住している。松吉が十八歳前後だ。事件はその四年後に発生した。

松吉から春勇留島の話を聞いていた松広は、生前渡ることを強く願っていたが、かなわなかった。願った理由は不明。

稚内移住後、松吉は苦労したという。足の怪我は完治する種類のものではなく、漁業への従事が困難になったのだとすれば、他の生活手段を考えざるをえなかったのだろう。

その生活が苦しい期間に事件が起こったのであれば、松吉の耳に伝わらなかった可能性もあるのではないか。

松吉は島の財産が奪われたことを、生涯知らなかった。だからこそ、父親からその財産の話を聞いた松広は、島に渡ることを切望していた。

もし松吉が「強盗殺人」にかかわっていたなら、息子に財産の話をしただろうか。

松吉が事件後も経済的に苦労していたという点、息子が島に渡ることを願い、その情熱がひ孫にまで伝わった点を考えると、松吉は犯人ではなかったと考えるのが妥当だ。

ではひ孫の西口友洋は、どこまで九十年前の事件について知っていたのだろう。

曽祖父、祖父が、事件について知らなかったとすると、この島にくるまで知っていたとは思えない。

が、アルトゥールやニナから、極東のロシア人のあいだでは伝説となっている事件の話を聞き、洞窟に隠されていると信じていた財産の存在が疑わしくなってくる。

存在を確認するには洞窟に渡る以外ない。そこでアルトゥールに渡船を頼み、おそらくは洞窟に渡った。

ここからが問題だった。洞窟に財産がなかったのなら、西口はただ失望し、帰るしかなかった筈だ。

にもかかわらず、西口は殺害され、九十年前の伝説と同じく、両目を抉られた姿で、「ビーチ」に放置された。死体をそうした形で放置した犯人の目的は何だったのか。

考えられる理由のひとつは、九十年前の事件のことを関係者に思い起こさせようというメッセージだ。西口の死と九十年前の事件が無関係ではない、と知らせる。

西口の曽祖父、松吉が九十年前の事件の犯人のひとりなら、これは「復讐」だ。犯人は殺された島民の身寄りの子孫ということになる。

だが松吉が犯人ではなかった可能性は高い。そうなると目を抉った目的は「警告」となる。

洞窟に興味をもってはならない。探ろうとすればこんな目にあうぞ。さらには九十年前のような大量殺人が起こりかねない、という「警告」。

私は天井を見つめ、水を飲んだ。頭の芯が熱い。使い慣れない脳を酷使しすぎたせいだ。

西口は洞窟で財産を発見したのだろうか。

そんな筈はない。かつてそこに隠されていたとしても、九十年前の犯人が奪いさっている。

ではなぜ殺されたのか。

現代の秘密、あるいは現代の財産がそこにあり、その存在を隠すために殺されたのだ。

この場合、西口を殺した犯人は、九十年前の事件とはまるで無関係かもしれない。

そこに考えが至ったとき、不意に頭がすっきりするのを感じた。

そうなのだ。西口が洞窟に向かった理由は九十年前の事件と関係しているが、西口を殺した犯人の動機は、九十年前の事件とは何の関連もなかった可能性がある。

では動機は何だ。

ソビエト連邦時代の秘密か。パキージンの話では、ここには麻薬中毒者の収容施設があったという。が、それをうのみにはできない。

本当に麻薬中毒者の収容施設だけしかなかったのなら、中国の情報機関に属するヤンがゴムボートをだしてまで調べようとはいわない。ヤンは、もっと重要な軍事上の秘密がこの島にあったと考え、それをつきとめたいのだ。

タチアナに、この島にかつておかれていた施設について調べてくれるよう今朝頼んだことを、私は思いだした。ありえないとは思うが、もし彼女がそれに応じてくれたら、まったく異なる答が返ってくるかもしれない。

もちろんそれを信じることはまったくできない。が、三人三様の答の中に、真実をうかがわせる材料が含まれている。

さらには、ギルシュから話を聞くことができれば、より真実が明らかになる。

何を考えているのだ。

ギルシュに会うのは即ち、ボリスに近づくことを意味している。

「フジリスタラーン」でのにらみあいを思いだすと、体が汗ばんだ。

ボリスは私が銃で武装していることを知った。次は私に反撃されない状況を選んで現われるだろう。

時計を見た。まだ九時にもなっていない。

行動は早いほうがいい、と頭の中で声がした。行動って何だ？　ギルシュに会って話を聞くのだろう。「ダンスクラブ」にいくなら、ボリスが襲撃の準備を整える前のほうがいいのではないか。

馬鹿げたことをいうな。準備が整っていようがいまいが、また私と会ったら、今度こそボリスは弾《はじ》けるかもしれない。まして「ダンスクラブ」にはロランやニカといったギルシュの手下もいる。袋叩きにされたあげく、海に投げこまれるのがオチだ。

いや、待て。「ダンスクラブ」や「キョウト」といった、ギルシュの息がかかった店で私が被害にあったら、パキージンやグラチョフも知らぬ顔はできない。

私が国境警備隊の詰所やパキージンのオフィスを訪ねたことを、この小さな島でギルシュが知らない筈がない。全員がグルだというなら、どんな事態になっても平気だろうが、どちらか片方、あるいは両方ともグルでなかったら、自分の店でのトラブルは避けたいにちがいない。

それにギルシュ、パキージン、グラチョフの三者がグルだったら、部屋に閉じこもっていたところで安全とはいえない。管理棟にはマスターキィがある。私が寝ているあいだに部屋に入りこむのも可能だ。

つまり疑えば、安全な場所など島内のどこにもなく、腹をすえるしかないということだ。

あとは真実に近づこうという努力をせずに殺されるか逃げだすかだ。

逃げる気はもちろんある。一方で、部屋を一歩もでなくても殺されるかもしれないなら、何もせずにいるのは嫌だった。

バスルームに入った。アザを作り、目の下に隈《くま》を作った顔が鏡に映っている。顔を洗い、タオルで強くこすった。

死ぬのは一度きりだ。撃たれ刺されて北の海に投げこまれようと、何十年か後に病院のベッドで点滴のチューブや酸素マスクにつながれて息絶えようと、一度きりだ。

ウォッカの小壜からひと口あおると、さらに猛々《たけだけ》しい気持になった。

ギルシュのもとを訪ね、この島について知っていることを教えろと詰めよってやる。それがお前の先祖の恩返しにもなるのだ、と。

　マカロフを腰にさし、防寒着をつけた私は宿舎をでた。

17

　死ぬのは一度きり、だからやってやる、と奮いたった勇気は、外の冷気に包まれたとたんしぼんだ。

　さっきまでとちがい地下通路にほとんど人影はなく、私はあわててマカロフを防寒着のポケットに移した。本当は手にもっていたいところだが、拳銃を握りしめて歩く人物はいくら何でも不審すぎる。すれちがう通行人に対してだけでなく、映像にも残るのだ。

　A区画に向け、地下通路を進んだ。まっすぐな通路は、正面からくる人間も見えるので、さほど恐ろしくない。通路の十字路、誰かが潜んでいそうな場所は緊張する。

　地上への出入口に近づくと、激しい風の音と吹雪が地下通路にまで流れこんでいるのがわかった。吹きこんだ雪が階段を濡らしている。地上では風も雪も夕方より強まっており、いつもは輝いている「キョウト」や「ダンスクラブ」のネオンすら見えない。ネオンへの着雪と視界を塞《ふさ》ぐ吹雪のせいだ。

　人影はまったくなく、狙撃は恐れないですみそうだった。

　さすがにいきなり「ダンスクラブ」に乗りこむことはできなかった。ギルシュがいれば、まちがいなくそこにはボリスもいるだろうし、手下たちもいる。私は決闘したいのではなく、話を聞きたいのだ。できればギルシュと二人きりで話したかった。

「キョウト」の扉を押し、暖かな空気に包まれて、ほっとした。前にきたときにいた赤毛のバーテンダー、ヴァレリーではなく、黒髪で陰気な顔つきの男がひとり、カウンターの中に立っている。客はいない。

　ヴァレリーは私の顔を見るとロシア語で挨拶したが、この男は無言だった。おそらくヴァレリーがいっていた相方のニコライだろう。

「ニコライ？」

　と訊くと、驚いたように眉を吊りあげた。

「ヴァレリーから聞いた。私はイシガミだ」

　ロシア語で告げると、無表情でいった。

「ロシア語のうまい日本人がきたっていっていた。あんたか」

　私は頷き、ストゥールに腰をおろした。防寒着を脱ぎたかったが、銃をポケットに入れたままなので脱げない。

「ヴァレリーは休みかい」

　ニコライは頷いた。

「ニシグチという日本人を知っているか」

　また無言で頷く。

「この島のことをいろいろ訊かれなかった？」

「注文は？　しないのか」

　いわれて気づいた。

「ビール。それとあんたも好きなものを飲んでくれ。ひとりで飲むのは寂しい」

「ビール？　他の酒？」

　上目づかいでニコライは訊き、

「何でも」

　私は答えた。ニコライはウォッカではなくシーバスリーガルの壜を手にした。私の前にはサッポロの缶から注いだビールのグラスをおく。

　グラスを掲げ、唇にあてて、喉がからからだったことに気づいた。飲みすぎてはまずいと思いながらも、グラスの半分を一気に干してしまった。

「ニシグチとは二、三回会った。いい奴だった。なぜ殺されたのかな」

　ウイスキーをすすり、ニコライはうつむいたままいった。

「それを知りたい」

「警官なんだろ、あんた」

私は頷いた。

「ニシグチが親しくしていたロシア人を知らないか」

「アルトゥール。ここでよくニシグチにタカっていた」

ニコライの表情が険しくなった。

「アルトゥールはサハリンで警察につかまったそうだ」

私がいうと、初めて顔をあげた。

「そうなのか」

「ケンカで人を刺したらしい」

ふん、とニコライは笑った。

「そんなところだろうさ」

「なぜアルトゥールとニシグチが親しくしていたのか、知っているか」

「ニシグチは先祖がこの島の人間だったといってた。アルトゥールの先祖もこのあたりの漁師で、よく昔の話をしていたが、奴がいってたのは、ほとんど嘘っぱちだった」

「嘘つきだったのか」

訊き返すとニコライは頷き、グラスにウイスキーを足した。

「あいつの話はほとんどが嘘さ。クスリのやりすぎで、頭のネジがゆるんでる。殺人鬼の話が大好きなんだ」

「殺人鬼の話？」

ニコライは肩をすくめた。

「大昔の話だよ。この島に住んでた日本人がたくさん殺された。このあたりじゃ皆、知ってる。子供を恐がらせるおとぎ話みたいなものさ」

「その話は私も聞いた。本当にあったことなのか」

「さあね。俺はこのあたりの出身じゃないからな。でも、あれだけ知られてるってことは、根も葉もない話じゃないのだろう」

「目玉を抉られていたそうじゃないか」

「顔の皮を剝がされていたってのもあるぜ」

「本当はどっちなのだろう」

「さあな。どっちでもなかったりして。ニシグチはどっちだった？　あんた知ってるんだろう」

ニコライは私を見つめた。

「目がなかった」

「じゃあ昔もそっちだったのじゃないか」

「同じ犯人だと思うのか」

「同じだったら、それこそ化けものだ。大昔から生きていて、人を襲ってるんだぜ。冗談じゃない」

ニコライはいって酒をあおった。

「化けものだとしたら、どこにいると思う？」

私はあえて話にのった。ニコライはきょろきょろと目を動かした。

「さあ……。隠れられる場所なんて、この島にはないからな」

「ニシグチはアルトゥールに頼みごとをしていなかったか」

「そういえばボートを出してくれといってたような気がする」

「ボートでどこにいこうとしていたんだろう」

ニコライは首をふった。

「知らない。プラットホームかな。でもプラットホームに怪物が隠れられるようなところなんてない。それとも怪物は好きなときに好きな場所にでてこられるのか」

「それじゃあ幽霊だ」

「そうだ。幽霊かもしれない。殺された日本人が仲間を増やそうとしているんだ」

「日本の幽霊は仲間を欲しがらない」

「ここは日本じゃない。だから幽霊の考えることだってちがうのかも」

ニコライの妄想はとめどがなく、私は現実にひき戻すことにした。

「この店はギルシュのものなんだろう」

ニコライは目をみひらいた。

「ギルシュさんを知ってるのか、あんた」

「何度か会った。彼の先祖もこのあたりの人間だと聞いた」

「そうらしいが、俺はよく知らない。なあ、幽霊って海に住めるのか」

「水の中は難しいのじゃないか。海にある洞窟のようなところとかなら住めるかもしれないが」

わざと話をふってみた。

「洞窟なんてどこにあるんだ」

ニコライは首を傾げた。

「ギルシュなら知っているかもしれないな。訊いてみよう」

「誰が訊くんだ。俺は嫌だね」

「私が訊こう。呼びだせるか」

ニコライは顔をしかめた。

「本気でいってるのか、あんた」

「『ダンスクラブ』に電話をしてくれないか。いるのだろ、そこに」

ニコライの目がカウンターの内側におかれた島内携帯に注がれた。

「ギルシュさんの番号なら知ってる」

「じゃあ直接かけてみたらどうだ」

「かけて何というんだ」

「イシガミという日本人が話をしたがってる。ここにきてくれたらすごく喜ぶだろう、と」

いって、私は財布をとりだした。首をふりかけたニコライの目が釘づけになった。

一万円札をだし、カウンターにおいた。

「かけてくれたら、あんたのものだ」

「かけるだけでいいのか」

「ああ。ただしギルシュひとりと話をしたい。手下はいらない」

「手下って……」

「ロランやニカ、それ以外の奴も」

ニコライの手が一万円札をつかんだ。

「やってみる」

島内携帯をとりあげた。番号を押し、耳にあてると、私に背を向けた。そのすきに私はマカロフを防寒着のポケットから抜き、腰に移した。

「ギルシュさんですか。ニコライです。いやあ、暇ですよ。この天気ですから。でもひとりだけ日本人の客がいて、ギルシュさんと話をしたがっているんです――」

いって、私をふりかえった。

「イシガミだ」

「イシガミって男です。お巡りですよ」

私はすっかりぬるくなったビールを口に運んだ。不安が急速にふくらんでくる。ひどく愚かな真似をしてしまったのではないか。

ギルシュは「もうお前とは話さない。店で会っても話しかけるな」といっていた。なのに呼びだされたら、どれほど怒るだろう。ボリスの手間を省いてやろうと考えるかもしれない。

「ひとりです」

ニコライがいった。やがて、

「わかりました」

といって、電話を切った。

「くるそうだ。あんたすごいな。ギルシュさんのほうからくるんだぜ」

「いろいろ事情があるんだ。私にもウイスキーをくれ」

ニコライは頷き、シーバスリーガルのショットを私の前においた。私は一気に飲んだ。喉から腹にかけ、熱いものが広がるのを感じる。唇をかみしめ、ストゥールから降りると、防寒着を脱いだ。いざというときに動きにくい。

「ギルシュはひとりでくるって?」

わざと明るく訊いた。ニコライは首をふった。

「何もいってなかった」

そうだろう。わざわざそんなことを教える男ではない。

吹雪のせいか、ギルシュはなかなか現われず、私は「キョウト」の出入口を見つめていた。ボリスがいきなり入ってきて撃ちまくる可能性もゼロではない。

やがて曇ったガラス扉の向こうに人影が立った。背が低く、ギルシュだとすぐにわかった。うしろに人がいるかはわからない。

扉が開かれた。革のコートを着たギルシュがいて、その背後に私は目をこらした。

吹雪の舞う暗闇しか見えない。私は息を吐き、ウイスキーのおかわりを頼んだ。

扉を閉めたギルシュはその場から私を見つめている。

「きてくれてありがとう」

私は頭を下げた。

「馬鹿なのか」

ギルシュは独特の、軋《きし》むような喋り方でいった。

私が黙っていると、

「それともよほど腕に自信があるのか」

いって、ギルシュは私に近づいてきた。

「ウォッカをだせ」

ニコライに命じた。ニコライがショットグラスに注ごうとすると、

「よこせ」

カウンターにのびあがるとボトルをひったくった。グラスに注ぎ、かたわらにボトルをおく。よじ登るようにしてストゥールにかけた。立っているときより頭の位置が高くなる。

一杯めをひと息で飲み干し、恐ろしい目で私をにらんだ。

「あっちへいってろ」

見ているニコライに顎をしゃくった。ニコライはカウンターの端に移動し、もたれかかって煙草に火をつけた。

「『本屋』に会った。いろいろ話してくれた」

私は小さな声で告げた。

「じゃあ俺に用はない筈だ」

「教えてもらいたいことがある」

「俺はガイドじゃねえ」

「他に訊ける人間がいない」

いらだったようにギルシュは首をふった。

「耳が聞こえないのか」

「洞窟には何があるんだ。または、何があったんだ？」

かまわず私は訊ねた。どうせ拒まれるのなら、先に質問だけでもぶつけてやる。

ギルシュの首が止まった。

「洞窟？」

訊き返す。

「C棟の下、海岸の岩場に洞窟がある。昔は上から降りていけたらしいが、今はC棟があるので海からしか近づけない。ニシグチはそこにいこうとしていた」

「知らないね」

「あるいはいったかもしれない。アルトゥールがボートに乗せて連れていって、洞窟で殺した」

「洞窟で？　死体があったのは『ビーチ』だろうが」

「『ビーチ』は殺害現場じゃない。殺してからわざわざ『ビーチ』まで運んだんだ」

ギルシュの表情が変化した。興味を惹かれたようだ。

「なんでそんな面倒な真似をする？」

「洞窟に注目が集まるのを避けたかったからだ。死体が見つからなかったら、ヨウワは島中を捜索する。そうなったら、皆が知らなかった洞窟の存在が明らかになる」

ギルシュは無言だった。「それがどうした」とはいわない。

「昔、日本人はその洞窟に神さまがいると思っていた。日本人がいなくなってからは、ソ連軍が何かに使っていたようだ」

ギルシュはウォッカを注ぐと、喉に投げこむようにあおった。やがていった。

「大昔、この島で大量殺人があった」

「三十八人が殺された」

私がいうと、こちらに顔をむけた。

「『本屋』は、生き残った島民の息子だ」

私がつづけると、

「そうだったのか」

とつぶやいた。

「犯人のひとりは島の人間で、もうひとりはよそからきた人間だったそうだ。そいつらはたぶん洞窟に隠されていた財産を狙ったのだと思う」

「『本屋』がそう話したのか」

私は首をふった。

「私の想像だ。憎しみだけで、三十八人も殺す奴はいない」

「ただ人を殺したかったとしたら？」

「そういう奴はまず子供や老人を狙う。それに仲間もいない。生き残ったのは子供と老人だ」

ギルシュは黙った。

「洞窟に何があったか、聞いてないか」

「何があろうと大昔の話だ。そんなことより自分の身がかわいくないのか。ボリスはお前を本気で殺すつもりだ」

私は息を吐いた。泣きたくなる。答のかわりに威しが入った。

「この天気で島からは逃げられないし、私の身に何かあったら、エクスペールトも国境警備隊も、まっ先にあんたを疑う」

「俺が奴を呼んだのじゃない」

「わかってる。勝手にきたのだろう」

ギルシュは息を吐き、ウォッカを飲んだ。

「奴とロランはガキの頃からの仲間だ」

「今朝、ボリスはオレンジの制服を着ていた。あんたが渡したのじゃないのか」

ギルシュは首をふった。

「もうひとりガキの頃からの仲間がいて、プラットホームで働いている。海が荒れたんで、今は戻ってきて、ボリスと『エカテリーナ』にいった」

「『ダンスクラブ』にいるとばかり思ってた」

「それなのに俺を呼びだしたのか」

「あんたがどこまでボリスの味方か、知りたかった」

「お前の味方じゃねえ」

「わかってる。あんたが助けてくれるとは思ってないし、エクスペールトや国境警備隊も助けてはくれない。彼らが動くのは、私に何かあってからだ」

ギルシュは身じろぎし、私の肩ごしに宙を見た。

「仲間はいないのか」

「いる、といいたいが、いない。上司は、日本の警察の立場を守るために私をここに送った。事件の解決など初めから期待されてなかった」

「だったらなぜ、あれこれ嗅ぎ回る？」

奇妙だが、笑えてきた。

「なぜかな。性分なのだろう。知りたがりなんだ」

にやにやと笑う私をギルシュはあきれたように見つめた。

「知りたがりは長生きできねえ」

「わかってる。プラットホームで働いている奴の名は何というんだ？」

「おい、俺をメス犬にする気か」

ギルシュの表情が険しくなった。

「そうじゃない。だが私が殺されたら、あんたはつらいことになる」

「殺されるつもりか」

「冗談じゃない」

私は上着の前を開いて見せた。ギルシュはマカロフの銃把を見つめた。

「お巡りだから、もってるってわけか」

「借りものさ。エクスペールトからの」

パキージンが私のうしろ盾だと思いこむのを期待して、告げた。ギルシュは今にも唾を吐きそうな顔になった。

「奴の考えはわかってる。邪魔な奴を、お前に殺させる気だ」

ギルシュは見抜いていた。パキージンは私にマカロフを渡したとき「オロテックの操業に障害となる存在を、君はとり除くことができる」といった。

「あいつは独裁者になりたいんだ」

「ずっと対立してきたのか」

「そうじゃない。お互いビジネスマンとして、俺たちはつきあってきた。だが自分以上に力をもつ奴がでてくるのは許せないのさ」

「あんたがそうなのか」

ギルシュは私をにらんだ。

「俺は権力なんかに興味はない。金儲けをしたいだけだ」

「そういえばいい」

フンとギルシュは鼻を鳴らした。

「この島で、俺は必要悪なんだ。『エカテリーナ』や『ダンスクラブ』がなかったら、こんなせまっ苦しいところで誰が働くかよ。パキージンだってそれはわかっている。だからって俺が好き放題やったら、奴は許さない」

「いっておくが、私は殺し屋じゃない。銃を借りても人殺しはしない」

「ボリスのでかたによっちゃ、そうはならない。ちがうか」

「自分の命は守る」

ギルシュは笑った。

「お巡りは便利だな。誰かに鉛玉をぶちこんでも、自分を守るためだったといいわけできる」

私は黙っていた。ギルシュもそれ以上何もいわず、四杯めのウォッカをあおった。

やがていった。

「金《きん》だ」

一瞬何をいっているのかわからなかった。

「金が、洞窟にはあった。ひいじいさんが見たんだ。この島がオロボ島とロシア語で呼ばれているのは、錫がとれたからだ。だが錫だけじゃなくて金もとれた。海が荒れると、波で金が海岸に打ち寄せられたそうだ」

漂砂鉱床という言葉を稲葉が口にしていたのを思いだした。

——比較的浅い海底にある、特定の鉱物が集まった地域だ。比重の大きい鉱物が、潮や海流などで分離されて濃縮されたものらしい
オロボとはロシア語で錫という意味だ。だが私はそれをたまたま同じ発音なのだと思っていた。「錫島」ではなく「鈴島」というように。

私は息を吸いこんだ。金がとれることは、もちろん島民の秘密であったにちがいない。島外に伝われば人が押し寄せてくる。共有の財産として洞窟に隠し、みだりに換金することもなかったろう。

「プラットホームじゃモナザイトを掘っている。モナザイトのとれるところでは高い確率で金もとれる。ただ金は比重が大きくて集まりやすいんで、あっというまにとり尽されるらしい」

ギルシュはいった。

「そうだったのか」

私はつぶやいた。

「金のことは、誰も知らねえ。ひいじいさんは身内にだけ話した。さもないと命の恩人に迷惑がかかる」

「だがそれを奪おうと考えた者が九十年前にいた」

「島民に裏切り者がいたんだ」

「もうひとり仲間がいた。ロシア人だったかもしれない。犯人は二人いて、そのうちのひとりを『本屋』の母親は一九三〇年代から四〇年代にユージノサハリンスクで見た。何か商売をしていたようだ」

ギルシュは目を細めた。

「ユージノサハリンスクにいたなら日本人だろう」

「当時は日本人とロシア人が共存していた。やがてソ連軍が占領し、日本人は追いだされた」

ギルシュは無言だった。

「ソ連軍がこの島に施設を作っていたのは知っているか」

私は訊ねた。ギルシュは答えない。拒否しているというより、考えこんでいるように見えた。

「ヤク中を閉じこめてたと聞いたことがある」

やがていった。

「それだけか」

「軍隊がやることなんてわかるか。パキージンに訊けよ」

「訊いた。軍の収容所があったと答えた。重度の麻薬中毒者が百人くらい収容されていたそうだ」

「それだけか。洞窟については奴は何といった?」

「存在は知っているが、何もないただの穴だと」

「それを信じたのか」

「いや」

私は首をふった。

「エクスペールトは、サハリンの警察署長と交渉して、私が訊問できるようアルトゥールをこの島まで連行させてやるといった。そうすれば、私が洞窟に立ち入ろうとしないと考えたようだ」

「つまり洞窟には、奴の隠したいものがあるってことだ」

私はギルシュを見つめた。

「何だと思う?」

「さあな。隠したい理由にもよるだろうよ。オロテックにとってマズいのか。日本人のお前だから見せたくないのか」

「日本人の私に」

虚を衝《つ》かれた。オロテックにとって不利益になる何か、という想像はしていた。だが日本人の私に見せたくない何か、という考えはなかった。

「奴らはこの島にあった日本人の家や墓や何もかもをぶっ壊した。洞窟に入れなくなったのだって、入れないように建物を作ったからだ。わかるか。他の島じゃ、日本の領土だった時代の建物は、壊れたのじゃない限り、そのまま使っている。オロテックは、この島をまっさらにしたんだ」

ギルシュの口調には怒りがこもっていた。

「あんたはオロテックができる前の、この島を知っているのか」

ギルシュは深々と息を吸いこんだ。

「一度だけ船できたことがある。だが上陸はできなかった。国境警備隊に追い払われた」

「国境警備隊に？」

「オロテックができる前から、この島には国境警備隊の詰所があった。国境警備隊は小型のボートに乗って、近づく船をかたっぱしから追い払っていた」

厄介な話だった。国境警備隊が何かを守ろうとしていたのなら、それが洞窟と関係している可能性は高い。

私はグラチョフには洞窟に関する話はしていない。もししていたらグラチョフの対応はおそらくちがったものになっただろう。

「金《きん》をとりにきたのか、そのときは」

私の問いをギルシュは否定しなかった。

「もしいくらかでも残っていたら、とは思った。が、考えてみりゃ、島民を殺した奴らがもっていったろうし、多少残っていたとしても、生きのびた連中が根こそぎもちださなかったわけがない」

「その後も金がとれたかもしれない」

「日本人がいなくなってからは、軍の連中がとっちまったにちがいない。今は、プラットホームで吸い上げる鉱石の中に多少混じっているていどだって聞いた」

もし採算がとれるほどの埋蔵量なら、安田や中本も知っているだろう。

「オロテックではなくて、ソ連軍がまっさらにしたのかもしれない。パクの話では、ソ連軍はこの島で秘密の実験をしていたという」

「その話は俺も聞いたことがある。だがここは日本に近すぎる。こんな場所で秘密兵器の実験なんてする筈がない」

ギルシュはヤンと同じことをいった。

「もし秘密兵器の実験ではなかったら？」

私はいった。

「秘密兵器じゃなきゃ何なんだ」

「ここには麻薬中毒者の収容施設があった。重度の中毒者や政府に対して批判的な思想のもち主が収容されていたとエクスペールトはいっていた。つまり軍にとっては不必要な人間だ」

「だったら処刑すればすむ」

「かわりに実験の対象にしたのだとしたら？」

「つまり人体実験、てことか」

私は頷いた。

「生物兵器や化学兵器の開発に使われたのかもしれない」

自分で思いついたものの、ひどく不気味な考えだった。

「この島なら何か事故が起こっても、わざわざ封鎖する必要はない。エクスペールトはクナシリやエトロフにも収容所はあったといったが、そこには一般の住民もいた。が、この島には一般人はいなかった」

「この島でゾンビの実験でもしていたってのか」

ギルシュの薄気味悪そうな顔は見ものだった。

「ゾンビとはいってない。だが、実験施設をそのまま残しておいたら、民間人、それも外国の民間人の目に触れる。それでまっさらにしたのかもしれない」

「だったら洞窟には何がいるんだ。人体実験の生き残りか」

ギルシュはつぶやいた。

「まさか」

パキージンの言葉を思いだした。

――収容所の建物を残し、宿舎として再利用しようと考えたのだが、前も話した通り、パイプラインを引く都合で、収容所を撤去することになった
つまり、ソ連軍は建物を放置していったのだ。

「そうか、わかった」

　私は思わずつぶやいた。

「何がわかったんだ」

「オロテックの建設条件だ。ロシア政府との契約で、この島に残されていた構造物をすべて撤去することを強《し》いられたのだと思う。きれいさっぱり過去を清算した状態でなければ、外国企業との合弁は認められなかったんだ」

　ギルシュはじっと私の顔を見つめている。

「結果として日本人墓地もすべて更地にされてしまった。日本人のものもソ連軍のものも、この島に作ったものはすべて壊し、消しさることを条件に、ロシア政府はオロテックの建設許可をだした。パキージンがエクスペールトになったのは、彼自身が政府機関の出身だからだ」

「ＫＧＢだろ。お前は誰から聞いた？」

「グラチョフ少尉だ」

「あの若造か」

「グラチョフ少尉の話では、オロテックはロシアの極東経済に影響力をもっているそうだ。だから政治家や軍人、警察官であってもエクスペールトとの対立は望まないという」

　パキージンの〝前身〟について聞いた話はしなかった。

　ギルシュは無言だ。

「日本語の表現で『臭いものに蓋をする』という言葉がある。ソ連軍がこの島でしたことが臭いもので、オロテックがその蓋だ」

　私はいった。その蓋がちゃんと機能しているかどうかを監視するために送りこまれたのがタチアナで、ヤンは蓋のすきまをのぞきたくてしかたがない。

「国境警備隊の若造は、どこまで知っている。オロテックの秘密を守れと上から命令をうけているのか」

　ギルシュの言葉に私は首をふった。

「わからないが、せいぜいオロテックともめるな、というていどだろう」

「オロテック」

吐きだすようにギルシュはいった。

「特別扱いの陰で、何をしてるかわかったものじゃない。お前だってそうだ」

ギルシュは私をにらんだ。

「日本の警察には何か他の目的があるのだろう。ニシグチを殺した奴を捜すフリをして、本当は何がしたいんだ？」

私は首をふった。

「他の目的なんかない。私は本気でニシグチを殺した犯人を見つけたいんだ。ただそれをしようとすると、この島の過去にかかわってくる。九十年前の大量殺人、ソ連軍の施設、オロテックの建設条件」

その上、ボリスだ。心の中でつけ加えた。

ギルシュはウォッカをあおった。

「パキージンやグラチョフを問い詰めたいが、そんな真似をすれば島をほうりだされる」

私はいった。

「おかしな男だ。日本の警察は、立場を守るためだけにお前をここに送りこんだのだろう。ニシグチを殺した犯人を見つけて、何の得がある」

「得なんかない。いったろう。知りたがりなんだ」

視界の隅でニコライが動いた。我々が背を向けた入口を見ている。

扉が開き、冷たい空気が流れこんだ。私はふりかえった。

「ギルシュ！　まさかあんたがメス犬とはな⁈」

ボリスがロシア人の大男二人とともに立っていた。ひとりは「ダンスクラブ」にいたロランだ。もうひとりは防寒着の下からのぞくオレンジの制服で、オロテックの社員だとわかった。

ギルシュはゆっくりとボリスをふりかえった。ロランがあわてた顔でいった。

「よせ、ボリス」

「誰がメス犬だと？」

ウォッカの壜をつかみ、ギルシュはストゥールをすべり降りた。

「そうじゃないか。この野郎は日本のお巡りだ。メス犬じゃなけりゃお巡りと酒を飲まないだろうが」

ボリスは「フジリスタラーン」に現われたときと同じ革のコート姿だった。

「やめろって」

ロランがボリスの肩に手をかけた。それをふりはらい、ボリスはコートから拳銃を抜きだした。ボリスに詰め寄りかけたギルシュの足が止まった。

「ロラン、こんなチビのどこが恐いんだ。何だったら、俺が今ここで片づけてやる」

「やめろ！　ボス、勘弁してやってください。こいつは酔ってるんです」

ロランはボリスの腕をつかんだ。もうひとりのロシア人は無言でようすをうかがっている。ニコライがしゃがんだ。

「離せ！　この野郎」

ボリスが銃口をロランの顎の下にあてがった。ロランが体をこわばらせた。

「撃てよ」

ギルシュがいった。

「そのかわりお前も終わりだ。この島から生きてでられると思うなよ」

ボリスは片方の眉を吊り上げた。

「この島の王様のつもりか。だったらお前を殺《や》れば、俺が王様になれるな」

「死人は王様になれない」

マカロフを抜き、ボリスに狙いをつけて私はいった。

「お前が撃てば私も撃つ」

安全装置を外した。

「メス犬どうしの友情か」

ボリスはせせら笑った。ギルシュが私をふりかえり、眉をひそめた。

「お前のせいでメス犬だと思われてる。そいつをしまえ」

「断わる。ボリスが誰よりも撃ちたいのは、この私だ」

ギルシュは首をふり、ボリスに目を戻した。たいした度胸だ。

「お前、本当は俺を消しにきたのか」

ボリスは無表情になった。

「そうなのかよ、ボリス」

銃口をつきつけられたままロランが目を動かした。

「頭の回るチビだな」

「誰と話をつけた。ピョートルか」

ギルシュがいった。

「誰だ、ピョートルって。まさか墓の下のロシア皇帝じゃないのだろう」

私は訊ねた。誰も答えない。

「誰だってお前には関係ねえ。ただこの島のボスはもうじきかわるってことよ。俺に何かあったら、お前ら終わりだ」

いって、ボリスはロランの顎から銃口を外した。

「いくぞ、オレク」

ずっと無言でいたロシア人にいって、店の扉に歩み寄った。途方に暮れたような表情で、ロランがボリスとギルシュを見比べた。

「ボス……」

ギルシュは険しい目でボリスを見ていた。

ボリスは開いた扉の前で、ギルシュを指さした。

「王様は交代だ。殺されたくなけりゃ、お前が島から消えろ、ギルシュ」

「ふざけるな」

ボリスはにやりと笑った。

「じきにわかる」

そして店をでていった。オレクと呼ばれたロシア人があとを追う。ロランは迷い、ギルシュをうかがった。

「どっちがボスか、お前が決めろ」

ギルシュがいった。ロランは唇をかみ、首をふった。

「許してください。あいつは、ほんのガキの頃からの友だちなんです」

「そんな友だちに銃をつきつけたのか」

ロランは今にも泣きだしそうだった。無言で「キョウト」をでていく。

風の唸りとともに雪が舞いこみ、やがて静けさが戻った。

私は息を吐き、マカロフの安全装置をかけた。カウンターにおく。

ギルシュが歩みよってきた。空になっていた私のグラスにウォッカを注いだ。私は無言でそれをなめた。

「こいつで奴を殴るつもりだったが、そうしたら撃たれていたな」

ストゥールによじ登り、ギルシュはいった。妙に楽しそうな顔をしている。

「気のせいかもしれないが、嬉しそうだ」

私はいった。

「あんなのはひさしぶりだ」

ギルシュはウォッカをあおり、にやりと笑った。

「ピョートルって誰だ?」

「ハバロフスクのボスだ。ボリスがウラジオストクで幅をきかせられるようになったのは、ピョートルのあと押しがあったからだ。もういい加減くたばってもおかしくない歳だが、跡継ぎを決めないんで手下は困っている。ピョートルににらまれたら、極東じゃ商売ができない」

笑みを消したギルシュが答えた。

「あんたもピョートルには逆らえないのか」

「極東でもここはふつうの島じゃない。だからピョートルの縄張りじゃないと俺は思っていた。ピョートルはちがう考えのようだ」

「ボリスがこの島のボスになったら、ピョートルにアガリが入るわけだな」

「ハバロフスクもウラジオストクも、昔より景気が悪い。ピョートルは一番多くアガリを納めた奴を跡継ぎにするつもりかもしれない」

むっつりとギルシュはいった。

「日本のやくざも同じだ。金を稼いだ奴が出世する。ボリスを今のうちに追いだしたほうがいい」

「俺を殺すまで奴はここをでていかない。ピョートルのあと押しをうけているなら尚さらだ」

「あんたを敵に回して、この島にいられるのか」

ギルシュはすぐには答えず、考えていった。

「おそらく、さっきの野郎以外にも、奴には手下がいる。いざとなればそいつらを使って喧嘩を売ってくるだろうな」

「それはオロテックの社員ということか」

「そうだ。オロテックの社員でもないのにこの島にいるのは、ここや『エカテリーナ』や『ダンスクラブ』、食堂で働いている人間だけだ。皆、俺の部下だ。ここで商売を始めるときにエクスペールトと俺がとり決めた」

私はギルシュに顔を寄せ、小声で訊ねた。

「パキージンにアガリを納めているのか」

「儲けの十パーセントだ」

ギルシュは低い声で答えた。私は頷いた。そういう取り決めがあるから、ギルシュはパキージンに逆らえないのだ。

「もしピョートルが二十パーセントを申しでたらどうなる?」

私は訊ねた。ギルシュは私をにらんだ。

「俺を追いだすのはそう簡単じゃねえ。俺が島をでるならついてくるって奴もいる。女たちとだって、俺はきれいなつきあいをしている。味見を禁止しているからな」

味見とは、新人の売春婦にただ乗りすることだ。非合法の売春を商売にしている者で、味見をしない人間はいない。経営者も用心棒も、役得とばかりにただ乗りする。拒否はできない。すれば私刑《リンチ》にあうか、客につけなくなる。

「立派だな」

私はいった。からかわれていると思ったのか、ギルシュは私をにらんだ。

「本当だ。味見をしないマフィアなんて会ったことがない」

「俺はマフィアじゃない。ビジネスマンだ」

「だからピョートルはボリスを送りこんだんだな。あんたが死んだら、皆いうことを聞くしかなくなる。あいつの本業は女だ」

ギルシュは頷いた。

「奴の噂は聞いていた。ウラジオストクよりでかい商売ができるというんで、トウキョウにいったのだろう」

私は息を吐いた。ウォッカを飲む。

「そのトウキョウにいられなくしたのが私だ」

ギルシュは首をふった。

「なるほど。俺が奴に狙われる原因を作ったのはお前か」

どきりとした。確かにそうなる。思わずギルシュを見つめた。

ギルシュがにやりと笑った。

「お前を責める気はない。ボリスがいなけりゃ、ピョートルは別の野郎をこの島に送りこんだろうさ」

私はほっと息を吐いた。二人で黙ってウォッカを飲んだ。

「嵐がおさまってからが勝負だ」

ギルシュがつぶやいた。

「船がいききできるようになったら、ピョートルは助《すけ》っ人《と》に殺し屋を送ってくるかもしれん。お前も用心しろ。ボリスは、お前を必ず狙う」

私は頷いた。定期船には、アルトゥールも乗せられてくるかもしれない。そうなれば、西口が洞窟にいったのかどうかを確かめられる。

そして海が穏やかになれば、ゴムボートで洞窟に渡ることも可能だ。

「忙しくなるな」

私はつぶやいた。時計を見た。じき午後十一時になる。発電所に向かう前に一度宿舎に戻ったほうがいいような気がした。

「まだニシグチを殺した犯人を捜すのか」

ギルシュが訊ねた。

「天候が回復しなけりゃこの島からでていくこともできない。他にすることがあるか」

私は答えた。ギルシュはあきれたように首をふった。

18

地下通路を走るようにして宿舎に戻った。ギルシュの言葉を信じるなら、ウラジオストクかサハリンから助っ人がくるまで、ボリスは私を襲わないかもしれない。が、実際に拳銃を向け合った今、いつボリスがその気にならないとも限らなかった。

といって、ボリスに銃を向けた自分の判断がまちがっていたとは思わない。

銃を扱い慣れた犯罪者であっても、ひとたび人に向ければ興奮状態になる。人を殺す力を得たと実感できるからだ。

ボリスはロランの顎の下に銃口をあてがった。胸を狙うより確実に命を奪う位置だ。心臓は肋骨《ろっこつ》に守られている上に意外に小さな臓器だが、口蓋《こうがい》をつき抜けた弾丸はまちがいなく脳幹に達する。銃で自殺するのに最も確かな方法は、銃口をくわえ、上に向けて引き金をひくことだ。

銃弾の種類によっては、死体の顔は近親者が見てもそうとわからないほど破壊されたり変形するが、当人には瞬時に死が訪れる。

以前、自殺を装って殺されたチェチェン人の死体を見たことがある。顔が風船のようにふくらんでいた。発砲と同時に銃口から噴出したガスのせいだ。弾丸が頭蓋骨の中で止まったので、抜け道のないガスが顔面を膨張させたのだった。

もしボリスがロランを撃ったら、まちがいなく次には私かギルシュを撃ったろう。

そんな一触即発の状態でありながら引き金をひかなかったボリスは落ちついていたともいえる。

銃を向け合えば、殺される恐怖から、先に撃とうと考えるのがふつうだ。それをしなかったのは、警察官の私が先に撃つことはないと確信していたか、より確実な方法で私たちを殺す決心をしていたかのどちらかだ。

おそらくは後者で、ギルシュはそのことで、ボリスの狙いを察したのだ。

私は稲葉あてにメールを打った。ボリスがこの島に現われたのは潜伏が目的ではなく、ピョートルと呼ばれるハバロフスクのマフィアのあと押しをうけ、ギルシュの座を奪うためであったと告げる。

ギルシュはパキージンに島でのビジネスの利益の十パーセントを払っている。場合によっては、それより高い歩合を条件にパキージンがビジネスをボリスに任せる可能性はある。その結果、私とギルシュのあいだには、ボリスに命を狙われるという共通点が生まれた。

さらに九十年前の大量殺人の動機が判明したことも記した。漂砂鉱床から流れついた金《きん》を島民が隠匿していて、犯人の目的がそれを奪うためであったという、私の推測だ。金は島の東部、かつての日本人集落の近くにある洞窟に隠されていて、西口はその洞窟に渡ろうとしていた。実際に渡ったのかどうかは、ユージノサハリンスクで勾留されているアルトゥールの訊問がかなえば判明する筈だ。ただし、九十年前に奪われた金が、西口殺害の動機であるとは考えられない。動機の解明には、洞窟へ渡らなければならないが、現在それは不可能なように思われる。

中国情報機関の人間の協力で渡れるかもしれない、とは打たない。反対されるのはわかりきっていた。

酔いをさまそうとシャワーを浴びているあいだに稲葉から返信が届いた。

『ピョートルは、ハバロフスクからウラジオストク一帯を支配下におくウラジーミル・ヒョードルフの通称であると思われる。ヒョードルフは、ヴォル（大親分）の称号をもつ、数少ないマフィアのひとりである。手下にはロシア人以外にグルジア人や朝鮮族系のマフィアもいて、縄張りが誰にうけ継がれるかは、モスクワのジャーナリズムも関心を寄せているらしい』

メールは、私が生きのびるためにはおよそ役立ちそうもない情報から始まった。

『オロテックが島内の犯罪組織と上納金の契約を交していたことじたいは、驚くにはあたらない。問題は、ヒョードルフとギルシュの抗争に君が巻きこまれてしまった点だ。現場を離脱する判断は君に委ねるが、小職としては一刻も早い離脱を勧告する。

一方で金が隠匿されていたという情報を君がどこから得たのかを明らかにしていないのが、私は気になっている。深入りしすぎているのではないか。捜査権限がなく、あくまでも協力者として滞在しているのだということを忘れないでもらいたい。万が一、受傷しても評価の対象にはならない。以上だ』

私が心細くなるよう、あえてそっけなくしたような印象だ。この島で私に万一のことがあれば、自分にも責任が及ぶ、そこで今は一刻も早く逃げだせといいたいのだ。

稲葉が小さな胸を痛められるように、天候のせいで一両日はこの島をでられそうにないと私はメールを返した。ヘリは修理中で、海も船がだせないほどの大荒れだ。ボリスの助っ人としてピョートルが殺し屋を送ってくる可能性はあるが、天候が回復するまで、その助っ人も上陸できないだろう。したがって島に留めおかれているあいだは調査を続行する。

送信してすぐに私物の携帯が鳴った。

「何を考えている?!」

雑音の向こうから稲葉が叫んだ。

「生きのびる方法です。この島がもっと南にあって泳ぎが得意なら、今すぐにでも海に飛びこみたいのですがね」

「天候が回復するまで、部屋に閉じこもって鍵をかけておけばいいだろう」

「お忘れですか。今私がいる部屋も、オロテックの施設です。パキージンがボリスと手を組めば、合鍵が即座に渡る」

「だったら発電所とか、人目の多いところにいたらどうだ」

「オロテックに出向している日本人に安心感をもたらすのが、目的の第一だったのではありませんか。私が命を狙われ逃げ回っていると、ヨウワ化学の人たちに伝わったら、まるで逆の結果になります」

「まだそんな減らず口を叩くのか」

稲葉の声に怒りがにじんだ。

「真面目な話です。調査を進めるにつれ、ここでは利害関係が非常に複雑であることがわかってきました。ソ連軍の秘密施設がかつて存在したこともあり、オロテック内部に中国情報機関やロシア政府の監視員が派遣されています」

「産業スパイだろう」

「初めはそう思いましたが、どうやらちがうようです。中国の人間は、例の洞窟に何らかの軍事機密が隠されていると疑っているようです」

「君にそれを話したのか」

「ええ。私が日本の警察官であることは知られています」

雑音がひどくなり、稲葉の返事が聞こえなくなった。

おさまるのを待って、私は告げた。

「逃げ隠れしていても、この島にいる限り安全は確保されません」

「だったらどうするんだ?」

「利害関係によっては、私の味方になってくれる人間がいます。その協力を得て生きのびる他ありません」

「ギルシュと結託するつもりなのか」

「選択肢のひとつではあります」

「パキージンがボリスと手を組めば、一蓮托生《いちれんたくしよう》だぞ」

「今のところその気配はありません。パキージンは私を別の目的に利用する気です」

「別の目的？」

「オロテックの操業に障害となる人物の排除です。彼は護身用の拳銃を私に貸与しました」

「うけとったのか?!」

「この状況で、うけとらない選択肢があると思いますか」

雑音のおかげで、稲葉の文句を聞かずにすんだ。

「そろそろ面談の時間なので切ります」

「誰と面談だ？」

「ヨウワ化学の社員で、西口と仲のよかった荒木という人物です。洞窟について何か聞いていたのではないか、疑っています」

「慎重な行動を頼むぞ。特に、預かった武器を使うときにはな」

「今のところボリス以外の誰かを撃つつもりはありません」

「ふざけてる場合か」

「ふざけていません。課長も私の立場になればおわかりになります。交代しませんか」

返事はなかった。ひどく子供じみたことをいったと思ったが、私の気分はよくなった。

「では失礼します」

携帯を切り、服装を整えた。十一時四十分に宿舎をでた。

地下通路に降りたところで島内携帯が鳴った。右手に拳銃を握りしめたまま、左手でひっぱりだし、耳にあてた。

「はい」

「今どこにいるの？」

タチアナの声が耳に流れこんだ。

「これから発電所に向かうところです。どうしたんです？　明日、電話をもらう筈でしょう」

「ひとりでお酒を飲んでいたら、あなたの声が聞きたくなった」

古典的すぎるセリフだが、頬の筋肉がゆるむのを感じた。

「頼んだことはわかりましたか？」

私は訊ねた。

「少し調べてみた。でも電話じゃ話せない。仕事は何時に終わる？」

「たぶん、一時までには」

「じゃあ、そのあと待ってる」

長い一日になりそうだ。だがしめくくりがタチアナの部屋というのは、悪くない。たとえ女スパイだとわかっていても。

用心しながら地下通路を進み、発電所に到着した。社員証をかざしてゲートをくぐるとほっとした。フィルムバッジをつけ、発電所内に入る。


午前零時まであと五分ほどあったが、ロビーにはすでに荒木がいた。畳んだ防寒着をかたわらにおき、ソファに腰かけている。眼鏡のレンズのせいで、表情までは見てとれない。

歩みより、

「今朝は、おやすみのところを失礼しました。あのあと眠れましたか」

と訊ねた。荒木はゆっくりと首を回し、頷いた。

「寝ましたよ。寝ないともたないんで。ここじゃ、睡眠不足だと、すぐ風邪をひくんです」

私は隣に腰をおろした。

「わかります。特に今日はひどい天気だ」

「この時期は多いんです。強風で、一日おきにプラットホームの作業が中止になったりします。地球温暖化のせいらしいですよ、爆弾低気圧が増えたのも」

淡々と荒木はいった。

「そうなんですか。ところで荒木さんは洞窟の話を、何か西口さんから聞いていませんでしたか？」

「洞窟？」

荒木は訊き返した。眼鏡の奥の瞬きが止まった。

「何ですか、洞窟って」

「C棟の下の岩場に、潮が引くと入口の現われる洞窟があるのをご存じですか」

「いいえ」

私は荒木を見つめた。

「それがどうかしたのですか」

「西口さんはその洞窟をとても見たがって、渡る方法を探していました。話を聞いたことがあるでしょう？」

「ないです」

そっけなく荒木は答えた。嘘をついていると直感した。だがこのタイプの人間は、嘘をついたと決めつけると、かえってかたくなになり、最後は貝のように口を閉ざしてしまう。

「そうですか。ところで、昔この島で大量殺人が起きたという話を聞いたことはありませんか」

荒木は首をふった。

「まるで知りません」

「一九三二年、昭和七年に、複数の犯人によって、老人と子供を除く島民の大半が殺害されたのです。一説によれば、殺された人たちは目を抉られていたともいわれています」

荒木の表情は変化しなかった。

「誰が殺したんです？」

「犯人はつかまっていません」

「本当にあったことなんですか」

私は頷いた。

「かつて樺太の警察に勤務していた人物の関係者からも証言を得ています。それによれば、三十八人が殺害されたそうです」

「そんなにたくさん……」

「この島のことを西口さんはいろいろと調べていました。極東地域で育ったロシア人には、この島で起こった大量殺人の話は有名だそうです。西口さんもロシア人からその話は聞いていたと思うのですが、荒木さんには話さなかったのでしょうか」

荒木は黙っていた。

「実は今朝、設計部の方から呼びだしをうけました。亡くなる数日前、西口さんと話をしたというのです」

荒木の表情が動いた。

「設計部の誰です？」

「それはちょっと。その方はオロテックが建設される前のこの島の地形に詳しく、西口さんからいろいろ訊かれていたそうです。西口さんはこの島のどこに日本人の集落があったのかを確かめようとしていました」

「『ビーチ』じゃないんですか」

「『ビーチ』は波が打ちあげるので、住宅を作るには適さなかったそうです。その方の話では、今のC棟が建つあたりに集落があったのではないかということでした。今はいけませんが、岩場を伝って降りれば、さっきお話しした洞窟にも、その当時ならいくことができた」

荒木は無言だ。洞窟に何をしにいくのか、とは訊かない。

「洞窟には何があったのでしょうね」

私はいった。

「知りません」

「荒木さんならどう思います？　今から百年近く前の話です。集落は海を見おろす崖の上にあり、そこから降りた岩場に洞窟がある。波によって作られた自然の洞窟で、潮が満ちると、入っていくことはできない」

荒木の顔を見つめていった。

「しかしすべてが水に沈んでしまうことはなかったようです。水につかるのは入口だけで、内部にはものをおいたり、人がいることもできた。そんな場所を、荒木さんなら何に使いますか？」

荒木は不意に眼鏡を外した。制服のポケットからだした布でレンズをみがきだす。

「僕にわかるわけがない」

「想像をうかがっているんです。歴史がお好きなのでしょう」

荒木は下唇を何度もかんだ。

「ふつうに考えるなら、神さまをまつりますね。当時の人は今より信心深かったでしょうし、海に生きている漁師は縁起をかつぐともいいます」

私は頷いた。

「神さまをまつった。なるほど」

「石上さんはいったのですか」

荒木が訊ねた。

「今は陸《おか》伝いにいくのが困難です。いくとすれば、ボートで渡る他ない。それを西口さんはアルトゥールに頼んでいた」

「アルトゥールというのは、前にいっていた人ですか？」

「ええ。アルトゥールの先祖はこのあたりの出身で、本人は小型ボートの操縦員をしていました。三月十六日にユージノサハリンスクで逮捕され、今はサハリン警察に勾留されています。もしかすると殺された三月十日、西口さんを洞窟まで運んだかもしれない」

「そのアルトゥールが西口くんを殺したのですか」

「わかりません。実際に西口さんを洞窟に連れていったかどうかも判明していない」

「洞窟にいったことのある人はいないのですか？」

荒木の問いに、私は首をふった。

「まだそういう人とは会っていません。オロテックでも、洞窟の存在を知る人は少ないようだ」

「昔ここに日本人が住んでいたことを知ってる人だって少ないんです。当然かもしれません」

「そうですね。オロテックは、かつてここが日本人の島であった痕跡をすべて消そうとしているように思いませんか」

「どうしてです?」

「C棟を建てた場所にあった集落だけでなく、この発電所の南東部にあった日本人墓地も壊し、地ならしをしている。ご存じなかったのですか」

「知りませんでした」

「さらにもうひとつ」

私は声をひそめた。

「実はこの島に旧ソ連軍の秘密施設がおかれていた、という情報もある」

「いつのことですか?」

「はっきりとはわかりませんが、一九八〇年代だと思います。オロテックは、そうした軍の施設もすべてとり壊した上に建設されたようです」

「本当ですか」

私はさも重大な秘密であるかのように頷いた。

「本当です。その施設が洞窟を利用していた可能性もある」

「誰から聞いたんです?」

「エクスペールトも施設の話は認めました。他にも知っていた人がいる」

荒木は深呼吸した。

「西口くんは……」

いいかけ、黙った。私は待った。

「洞窟には宝があるかもしれない、といっていました」

「どんな宝です?」

荒木は無言だ。

「洞窟のことは荒木さんも知っていたんですね」

嘘をついたとは責めず、私はいった。

「島にきて最初に、西口くんが教えてくれました。どこかに洞窟があって、そこに宝が隠されているかもしれない。まるで宝島じゃないですか。でも――」

いって荒木は唾を吞んだ。

「説明はつくんです。この島の南側の海底にある漂砂鉱床。比重が大きい鉱物がむきだしになる。錫石や金、鉄鉱石などです。海が荒れると、そういう鉱物が波で打ちあげられる。一番わかりやすいのが『ビーチ』です。『ビーチ』には、今でもわずかですが砂金が打ちあげられています。かつてこの島に住んでいた人たちは、その金を集めていたにちがいないんです。おじいさんからのいい伝えだけでなく、鉱物学的にも根拠がある話だと西口くんはいっていました」

「大量殺人の動機もそこにある、と西口さんはいっていませんでしたか？」

荒木は深々と息を吸いこんだ。

「その話を、西口くんは知らなくて、初めてロシア人から聞いたときはすごくびっくりしていました。たぶん『エカテリーナ』の女の子からだったと思います」

「ニナですか」

「名前までは知りません。僕はああいうところは好きじゃないんで。西口くんも本当はいきたくないのだけれど、話を聞きたいからしかたなくいく、といってました。でも大量殺人があったことと金の話を結びつけてはいなかったな」

「西口さんのひいおじいさんは、その大量殺人が起こる四年前にこの島を離れています。ですから事件のことを知らなかったかもしれない」

荒木は頷いた。

「なぜ、嘘をついたのです？」

「え？」

私は訊ねた。

「洞窟のことも大量殺人のことも、初め荒木さんは知らないといった。なぜです？」

荒木は再び下唇をかみはじめた。

「疑われたくなかった、から」

「疑われるとは、西口さんを殺した犯人として、という意味ですか」

荒木は小さく頷いた。

「なぜ疑われると思ったんです？」

「本当は、僕もいっしょにいく筈だった」

「どこへ？」

「洞窟です。でも、風邪をひいていけなかった。熱がでたんです」

「それはいつです？」

「三月十日の朝です」

「西口さんと荒木さんと他には？」

「西口くんが交渉した、ロシア人の船員です。その船員が午前五時に『ビーチ』に船外機つきのボートをもってくることになっていました」

「船員の名はわからないのですか」

荒木は頷いた。

「西口くんは洞窟にいくのをすごく楽しみにしていて、戻ってきたら、どうだったかを聞かせてくれることになっていました。僕は三十九度近く熱がでて、とても動けなかったんです。部屋でずっと連絡を待っていたのですが、なくて。夕方になってようやく少し動けるようになったんで、携帯に電話をしたのですがつながらなかった。そうしたら夜になって、『ビーチ』で死体が見つかったって知らされた」

「そのときに申しでようと思わなかったのですか？」

「誰に申しでるんです？　ここは日本じゃないんです。死体は国境警備隊がもっていったというし、そうなったら調べるのも彼らでしょう。ここじゃなくてユージノサハリンスクに連れていかれるかもしれない。僕はロシア語が喋れないし、西口くんが金を捜していたなんていったら、もっと疑われる。それに何より、洞窟にいくなんて計画をたてていたと会社に知られたら、クビになるかもしれない」

「なぜです？」

「北方領土にいる以上、問題となるような行動や発言はつつしむように、という指示がでています」

私は荒木を見つめた。怯えている。

「西口さんはその指示にしたがう気はなかった？」

「まさか船員と交渉してまで洞窟に渡るつもりでい

たとは思わなかった。だから、いっしょにいこうといわれたときはあせりました」

「では熱がでたというのは——」

「それは本当です。嫌だな、困ったなと思っていたら、前の晩からさむけがしてきて、風邪をひいたのだとわかりました」

「西口さんはひとりでもいく気だったのですか？」

荒木は頷いた。

「潮回りがあるから、日をかえるのは難しいといっていました。あの日は大潮で、午前五時半が干潮だったんです。潮が引いているうちに洞窟に上陸し、上げてくる前に撤収しなければ、帰れなくなると船員にいわれたようです」

「なるほど」

「最初、西口くんが殺されたと聞いて、その船員がやったのだと思いました。洞窟には、西口くんがいった通り金が隠されていて、船員はそれをひとり占めしようと思ったんだって。もしそうなら、いっしょにいく筈だった僕も危ない。でも変だと思ったんです」

「何がです？」

「洞窟に金があって、それをひとり占めしたいのだったら、洞窟で殺して、死体をおいてくればすむ。わざわざ『ビーチ』まで運んできた理由がわからない」

「確かにその通りですね」

「もしかすると洞窟に渡る前に、西口くんは殺されたのかもしれない。そうであるなら、洞窟には渡ってはいけない理由がある。それを、いっしょにいく筈だった僕にわからせるため、わざと目を抉った死体を『ビーチ』に放置した」

「荒木さんに警告した、ということですか」

荒木は頷いた。

「僕の名まで知っているかどうかはわかりませんが、あとひとり日本人がくる予定だったのを船員は知っている筈です」

「いけないというのを、西口さんに伝えたのはいつです？」

「あの日の四時です。宿舎の地下で待ちあわせていました。なので電話でそういいました」

「西口さんの反応は？」

「そんなに具合が悪いのか、と訊かれました。実際咳もでていて、それを聞いて、それじゃあしょうがないね、と。でも日にちを今からかえるのは大変だから、ひとりでいってくると」

「不安がってはいなかった？」

荒木は首をふった。

「子供の頃からの夢がやっとかなうって、すごく興奮していました」

私は頷いた。これまでの話からしても、矛盾のない反応だ。荒木が同行しようがしまいが、西口は洞窟いきを決行したにちがいない。

「西口さんは、そのロシア人の船員に金の話はしていたのでしょうか」

「していません。話せば先回りされるかもしれない。相手はいつでも船をだせるのですから」

「それなら洞窟にいきたい理由を、何と船員に説明したのですか」

「先祖の墓参りです。洞窟に先祖の墓があるかもしれないと西口くんは説明したといっていました」

「ロシア人にとって、もし洞窟が人を立ち入らせてはいけない場所なら、その時点で話を断わることもできたとは思いませんか。船で上陸するのは技術的に難しいなどといって」

私がいうと、荒木は虚を衝かれたような表情になった。

「殺す必要はなかったと思うのですが」

「でも、でも、実際は殺された」

荒木は下唇を盛んにかんで、つづけた。

「その船員が知らないだけで、他のロシア人が洞窟にいくのを許さなかったのだとしたら？　待ちあわせた『ビーチ』に、別のロシア人がきて、西口くんを殺したのかもしれません。きっとそうです。船員から洞窟にいくのを聞いた、別のロシア人が止めようとして、『ビーチ』で待ち伏せたんだ」

「船員はどうしたんです？」

「わかりません。でも、別のロシア人が『俺がかわりにいってやる』とかいって、交代したのかもしれない」

「確かに可能性はあります。ただし一点、西口さんが殺されたのは『ビーチ』ではない」

私が告げると、荒木は大きく目をみひらいた。

「そうなんですか」

「血痕も争った跡もない。波打ち際などであれば流されてしまった可能性はありますが、死体が発見された場所で殺害されたのでないことだけは確かです」

「……」

「じゃあ、じゃあいったい、西口くんはどこで」

「わかりません。洞窟で殺された可能性もあるが、なぜ、わざわざ死体を『ビーチ』まで運んだのか。唯一、それに答をこじつけるとすれば、洞窟に注目を集めたくなかったということです。西口さんの行方がわからなければ、島内の捜索がおこなわれるだろうし、荒木さんが洞窟の話をする可能性もある。そこで、死体を洞窟に放置せずに『ビーチ』まで運んだ」

荒木はうつむき、頷いた。

「そうですね。もし西口くんがずっと行方不明だったら、僕だって、洞窟のことをいわないわけにはいきませんでした」

荒木が西口を殺したのなら、逆に「ビーチ」まで運んではこなかったろう。洞窟に放置し、知らぬフリをすればすむ。ただしその場合は、船員の口から伝わる危険はある。

もちろん荒木と船員が共犯なら話は別だ。しかしロシア語を話せない荒木が船員と共謀するとは考えにくかった。

「ずっと黙っていてすみませんでした。恐かったんです。僕を国境警備隊に引き渡さないでください」

顔を上げ、荒木がいった。

「もちろん、そんなことはしません。あなたが犯人だとは思っていませんから」

「本当ですか⁈」

荒木は声を大きくした。私は頷いた。

「よかった！　ありがとうございます」

「ただし、荒木さんもご存じのように、この島で私に警察官の権限はありません。ですからこれから先も、あなたが拘束されないとはいいきれない」

「僕のことを国境警備隊に話すのですか？」

荒木は顔を歪めた。

「今のところ、そのつもりはありません。しかしユージノサハリンスクで逮捕されたアルトゥールを訊問できるように、エクスペールトがとりはからってくれました。もしそれが可能になったら、アルトゥールの口から、洞窟にはもうひとり日本人が渡る予定であったと伝わる可能性があります」

荒木は表情をこわばらせた。

「荒木さんも気づいているように、西口さん殺害犯として最も疑わしいのは、アルトゥールです。たとえ犯人ではないとしても、犯人に関する情報をもっている可能性が高い。アルトゥールから話を聞ければ、西口さんを殺した犯人が判明するのではないかと私は考えています」

荒木の顔を注視しながら告げた。

この時点で、洞窟に渡らなかったという荒木の主張を裏づける証拠はない。西口とともに洞窟に渡り、殺害して「ビーチ」に放置した可能性はある。アルトゥールが、荒木も洞窟に運んだと証言したら、容疑は一気に濃くなる。

荒木は瞬きをしていった。

「そうですね。西口くんが『ビーチ』で殺されたのじゃないという石上さんの話を聞いたら、よけいロシア人が犯人じゃないかと思えてきました。洞窟に先回りして、西口くんを殺し、船員と運んだのかもしれません。洞窟にはきっと何かあるんです。アルトゥールはきっとそのことを知っています」

私は頷いた。嘘がバレるという不安を感じているようすはない。

いずれにせよ、アルトゥールから話を聞けば、さまざまな事実が判明する。問題は、そうなったとき、私がこの島にとどまるべきかどうか、という点だった。

ピョートルがボリスに助っ人を送ったらアルトゥールと同じ船で上陸する可能性がある。そうなれば、ボリスとギルシュのあいだで抗争が始まり、いやおうなく私も巻きこまれる。

パキージンや国境警備隊がどちらの側につくか、あるいはどちらにもつかないかすら、今の段階では不明だ。

荒木が時計を見たので、そろそろ仕事にいかなければならない時刻だと、私は気づいた。

「ご協力ありがとうございました」

口止めをしなくとも、荒木がこのことを会社に報告するとは思えなかったが、

「西口さんとの件については、誰にも話さないでください。まだ容疑者が完全にかたまったわけではないので」

と告げた。荒木は深々と頷いた。

「もちろんです。会社に知られたら、大変なことになるかもしれない」

そこまでの騒ぎになるとは思えなかったが、人ひとりが亡くなっている以上、企業の対応がどのようなものになるか、予測はつかない。

私は立ちあがり、荒木が発電所の奥に入っていくのを見送った。

フィルムバッジを返し、ゲートをでて地下通路に入った。人通りが少なく、温度が下がっているように感じる。

温度については気のせいだろう。拳銃をポケット

の中で握りしめながら地下通路を進んだ。

タチアナの部屋はA－3棟の三階の12号室だ。

管理棟の出入口から地上にでると、激しい吹雪にさらされた。人けはまったくなく、波の打ちつける音が、風の音に負けないほど大きい。フェンスごしに、岸壁にあたった波が、高く飛沫をあげるのが見えた。

防寒着のフードをかぶりたいのを我慢してA－3棟に進んだ。フードをかぶると雪からは顔を守れても、視界が極端に閉ざされる。

いつどこから襲撃されるかわからない状況では、とても恐ろしい。体を丸め、伏せた顔をときおり左右に向けながら歩いた。

A－3の前にきたときはほっとした。曇ったガラス窓のはまった扉を押し、ロビーに入った。階段はロビーの中央にある。

建物の中は静かだった。ロビーを抜け、階段を登った。A－3棟はそれほど大きな建物ではないので、階段の幅も狭い。

一階から二階へ向かう階段の途中の踊り場に達したときだった。

照明が消えた。

19

一瞬、視界がまっ暗になり、次に緑色の非常灯がうっすらとあたりを照らしだした。

何が起こったのかわからず、私は踊り場で立ち止まった。

停電だろうか。

階段の天井には蛍光灯がとりつけられているが、それらがすべて消えている。階下をうかがったが、ロビーの照明も消えたようだ。

緑色の非常灯は、各階階段にひとつだけで、かろうじて足もとが見えるていどの明るさしかない。

バタン、という扉の閉まる音が頭上でして、私はふりあおいだ。

上の階に、誰かがいる。

「こんばんは《ドーブルイ・ヴェーチェル》」

私はいった。タチアナかもしれない、と何の根拠もなく思ったのだ。

不意に眼前で火花が散った。カーンという金属性の音がして、キュンという唸りとともに何かが耳もとをかすめた。

一瞬後、それが銃弾だと気づいた。どこからか飛んできた弾丸が階段の手すりに当たり、火花を散らして跳弾となって耳もとをかすめたのだ。

私はあわてて反対側の壁にへばりついた。

銃声はしなかった。ただ銃弾だけが飛んできた。

身を低くし、拳銃をひっぱりだした。

銃声がないせいか、撃たれたという実感に乏しい。しかも上と下、どちらから狙われたのか、まるでわからない。

ただドアの閉まる音は上から聞こえた。

息を殺し、全身を耳にして狙撃者の気配を感じとろうとした。

そのときになって気づいた。マカロフの安全装置をかけたままだ。

安全装置を外し、両手でマカロフを上に向けた。

狙撃者が上にいるなら、この階段を降りてくる。上の階からは、今の私の位置を狙えない。

掌が汗ばみ、マカロフのグリップがぬらついた。

タンタンという足音が上から響いた。

くる。階段の上方にマカロフの狙いをつけた。

足音がやんだ。だが見える範囲に人の姿はない。

斜め上の階段の手すりのすきまに目をこらす。そこから狙われているかもしれない。

走ってもいないのに息が荒くなっている。

バタンという音がした。またどこかで扉が閉まった。

狙撃者が引きあげたのだろうか。それとも引きあげたフリをして、私が動くのを待っているのか。

　この状況を逃れるには下にいくしかない。が、動けば気配を察知され、撃たれる危険がある。

　私に見えない位置から発射された弾丸が直接命中することは、角度的にはありえない。といってここにずっといるわけにもいかない。

　両脚の膝から下が痺《しび》れてきた。ゆっくりと体の位置をずらす。

　突然、懐ろで島内携帯が鳴りだし、とびあがった。危うくマカロフの引き金をひきそうになる。

　鳴っている携帯はそのままに、私は動いた。階段を駆け降りた。逃げるなら今しかない。

　一階に達すると、ロビーにでた。照明が消されているせいで、ロビーは階段より暗かった。目についた、備品のソファの陰に私はとびこんだ。銃弾などまるで防げない、合板に布を貼っただけの安物だが、体を押しつけると、少し落ちついた。

　携帯をひっぱりだし、ボタンを押した。

「もしもし《アロー》」

　耳にあてなくとも、タチアナの声とわかった。私はあたりを見回しながら、携帯をもちあげた。

「まだなの？　どこにいるの」

　携帯の画面に「1:40」と時刻が表示されている。私は二十分近く、踊り場にうずくまっていたのだ。

「そっちはどこだ」

「部屋に決まってる。あなたを待っているのよ」

「ピストルをもってか」

　思わず荒々しい口調になった。

「何をいっているの」

「A－3棟にきたら、いきなり階段の明りが消え、弾丸が飛んできた」

　タチアナははっと息を呑んだ。

「本当なの」

「私がここにくることを知っているのは君だけだ。もちろん撃った奴が、誰でもいいから殺してやろうと考えていたのなら話は別だ」

「怪我をした？」

「外したのが残念か」

「イシガミ、わたしは医者よ。それを気にするのは当然でしょ」

タチアナの声が氷のように冷たくなった。

「なぜわたしがあなたを撃つの」

急に不安になった。

「君じゃないのか」

「もしあなたを殺すなら、部屋で殺す。そのほうが確実」

説得力はある。

「確かに。じゃあ頼みがある。管理棟に連絡して、この建物の明りをつけてもらってくれ」

「待って」

タチアナが動く気配が伝わり、

「部屋の外にでちゃ駄目だ！」

私は急いでいった。

「確かに廊下と階段の明りが消えてる」

「すぐに部屋に戻って、鍵をかけるんだ」

「大丈夫。誰もいない。一度切るわ」

いって、タチアナは電話を切った。つながりを断たれたとたん、私は恐怖がこみあげるのを感じた。

タチアナが犯人でないのなら、誰が狙撃したのだ。

ボリスか。

だがボリスのもっていた銃に消音装置《サプレッサー》はついていなかった。

私は階段でまったく銃声を聞いていないし、そこまで効果のある消音装置は軍用品以外ありえない。

突然あたりに光が満ち、まぶしさに目を細めた。ちかちかと蛍光灯がまたたき、階段にも明りが戻る。

といって狙撃者が消えたわけではなかった。この建物をでていく人間を、私は見ていない。狙撃者は、まだ中にいる。

「イシガミ！」

タチアナが階段を駆け降りてきた。スウェットの上下を着て、携帯を手にしている。

「タチアナ！」

私はソファの陰から立ちあがった。タチアナの目が私の手のマカロフに向けられた。が、すぐに目をそらし、いった。

「よかった。無事なのね」

「安心はできない。犯人はまだこの建物の中にいる。明りは君がつけさせたのか」

タチアナは頷いた。

「もう大丈夫。犯人は逃げた」

「どうしてわかるんだ」

「降りてくるあいだ、誰にも会わなかった」

「じゃあどこかの部屋にいる。弾丸が飛んでくる少し前、ドアの閉まる音を聞いた」

「本当に撃たれたの?」

「こっちへ」

私は階段へ向かった。一階と二階のあいだの踊り場で立ち止まり、痕跡を探した。

「これを」

錆《さ》びて鉛色をした手すりの一部分がくぼみ、磨いたように光っている。そのくぼみから周囲を探すと、天井近くの壁に黒い小さな穴があるのを見つけた。

「上から飛んできた弾丸がここで跳ねて、壁にめりこんだんだ」

タチアナは指先で手すりに触れ、壁の穴を見上げた。

「イシガミ、わたしを肩にのせて」

「今か」

「今よ」

有無をいわせない口調だった。私はしゃがみ、タチアナを肩車した。スウェットに包まれた太股《ふともも》が私の顔をはさみ、よい香りがした。

「壁に寄って」

私は指示にしたがい、タチアナは壁にできた穴をのぞきこんだ。

「そのまま」

スウェットのポケットに携帯を押しこむと、小さなナイフをとりだした。折り畳んでいた刃をひきだし、穴にさしこむ。

「いつもそんなものをもっているのか」

見上げているとこぼれた漆喰《しっくい》が目に入りそうになり、私は顔をそむけた。

「護身用にね。おもちゃみたいなナイフだけど、相手のどこを切るべきか、わたしには知識がある」

タチアナは答えた。穴から掘りだされた金属片が踊り場の床に落ち、乾いた音をたてた。

私はタチアナを肩からおろした。タチアナは金属片を拾いあげた。

「銃弾ね。潰れている」

タチアナは掌を私につきだした。手すりと壁に当たったせいで、弾頭は変形していた。

「撃った人を見た?」

タチアナの問いに首をふった。

「銃声すら聞いていない。階段を登っていたら照明が消え、いきなり手すりに銃弾が当たる音がしたんだ」

「撃ってきたのは一発だけ?」

「おそらく」

「なぜ一発だけだったのかしら」

「わからない。威しのつもりだったのか、途中で気がかわったのか。撃った奴もその場にしばらくとどまっていた」

「なぜわかるの?」

「ドアの閉まる音を二度聞いた。撃たれる直前と、少ししてからと」

「犯人はこの建物の住人ということ?」

「私はずっと下にいた。誰かがでていくのを見ていない」

タチアナは私を見つめた。

「きて」

階段を登る。三階を過ぎ、さらに上に登った。屋上へと階段はつづいているようだ。階段のつきあたりに金属製の扉がある。

「たぶんあなたが聞いたのはこのドアの音」

いってタチアナがノブに手をのばした。

「待った！　だったら犯人は屋上にいる」

私はいってマカロフをひっぱりだした。タチアナは首をふった。

「いない。見ればわかる」

ドアを開いた。

とっさに私はマカロフをかまえた。吹雪が吹きこんでくる。港の明りが屋上にも及んでいて、意外に明るい。

屋上をぐるりと囲んだフェンスが見え、一部が空中に浮かんでいた。渡り廊下だ。

「A－3、A－4、A－5のみっつの建物は屋上でつながっているの。火災になったときの避難路として」

私のうしろに立ったタチアナが説明した。両腕で胸を抱いている。

私は屋上にでた。降り積もった雪の上に、うっすらと足跡が残っていた。屋上をよこぎり、渡り廊下に向かっている。

「部屋に戻って」

私はタチアナに告げ、屋上に足を踏みだした。

「国境警備隊に連絡する」

タチアナはいって、扉の向こうに消えた。

金属製の扉が閉まる音は、確かに私が聞いた音に似ていた。

私はマカロフを両手でかまえ、屋上を進んだ。足跡は早くも輪郭がぼやけ始めていた。そのひとつに私は自分の靴をあてがった。私とほぼ同じか、少し大きい。これが犯人の足跡なら、ギルシュの可能性だけは否定できそうだ。

足跡は渡り廊下につづいていた。立ち止まったり、うろついたような痕跡はない。

渡り廊下は、補強した鉄板を固定しただけの構造で、フェンスに囲まれていなかったら、踏みだすのを躊躇《ちゅうちょ》するような代物だ。幅は一メートルほどで、長さは約十メートルある。

渡り廊下の先はA‐4棟の屋上だった。足跡は屋上をよこぎり、階段の出入口の扉までつづいている。

扉のノブをつかんで回した。鍵はかかっておらず、扉はわずかに軋みながら開いた。

扉の内側の床を私は注視した。濡れた足跡が階段の最初の段までつづいていた。

犯人がここから下に降りたのはまちがいないようだ。そしてこのA‐4棟のどこかの部屋に入ったか、でていったのかはわからない。

私はマカロフを握ったまま階段を降りた。犯人が待ちかまえている可能性は低い。もし私を本気で殺すつもりだったら、A‐3棟で階段を降りてきた筈だ。

ボリスではない、と思った。わざわざ明りを消し、サプレッサーをつけた銃で狙撃するのはマフィアのやり口ではない。

その一方で、私が武装しているのを知っているボリスなら、初弾で仕留め損なったので撤退した可能性はある、と考えた。

ボリスでないのなら、誰だ。

私を襲う人間は、他にもこの島にいる。「ビーチ」で私を殴った犯人だ。あのときボリスはまだこの島にいなかった。

自分の人気のなさに泣きたくなった。どれほど嫌われているのか。

犯人の遺留品を捜し、私はゆっくりと階段を降りた。誰とも出会わず、照明が消えることもなかった。

だが一階まで降りると、制服の兵士が二人待ちかまえていた。

「動くな！」

AK‐74をつきつけられ、私は立ち止まった。ひとりに見覚えがあった。詰所にいた若い兵士だ。

「銃を渡せ」

私は即座にしたがった。二人ともひどく緊張している。もし私がロシア語を理解できず、銃を渡さなければ撃たれたかもしれない。

Ａ－４棟の前に国境警備隊の４ＷＤが止まっていた。エンジンをかけたままで、ヘッドライトも点《つ》いている。

「乗れ」

私は言葉にしたがい、詰所に連行された。

20

ストーブのおかれた小部屋は人でいっぱいだった。グラチョフ少尉にもうひとりの兵士、タチアナと私の四名だ。

「部下が捜索した結果、Ａ－４、Ａ－５棟の屋上、階段に、怪しい人物はいなかった」

「おそらくＡ－４棟のどこかの部屋に潜んでいるのでしょう。あるいはそこが犯人の住居かもしれません」

グラチョフの言葉に、私は答えた。

「今日の昼、君はボリス・コズロフに危害を加えられるかもしれないと訴えてきた。現実になった、ということかね」

ストーブのかたわらにはテーブルがあり、四人分の紅茶とマカロフ、そしてタチアナが掘りだした銃弾がのっている。

「もしコズロフなら、Ａ－４棟に住む人物がかくまったことになります」

「オロテックにはコズロフの協力者がいたな」

グラチョフは手帳を広げている。

「オレクという人物です」

グラチョフは部下の兵士を見た。兵士は頷き、小部屋をでていった。

「どうして名前がわかった？」

「四時間ほど前に、バー『キョウト』でコズロフと会ったのです。コズロフは、二人のロシア人といっしょで、ひとりはロランといい、『ダンスクラブ』の従業員、もうひとりはオロテックの制服を着ていて、コズロフにオレクと呼ばれていました」

「『キョウト』では何も起きなかったのか」

「コズロフは銃をもっていました。しかし私ももっていたし、その場にギルシュもいました。その結果、緊張した空気にはなりましたが、争いにはならなかった」

「撃ち合いを回避した、という意味かね」

私は頷いた。兵士が戻ってきて、グラチョフにメモを手渡した。

「オレク・ベーレンスキーという人物が、オロテックのプラットホームに勤務している」

それを見たグラチョフはいった。

「その人物かもしれません」

「ベーレンスキーの住居はA－4棟の二階にある」

グラチョフがいうと、タチアナが立ちあがった。紅茶のカップをとり、

「コズロフはイシガミを狙い、失敗したのでベーレンスキーの部屋に逃げこんだのね」

といった。

「だとしてもわからないことがある。なぜコズロフは、私がA－3棟にくるのを知っていたのだろう。しかも管理センターに協力者がいなかったら、照明を消せない」

私はタチアナを見つめた。

「あなたが尾行されたのよ。その上でベーレンスキーなり他の仲間が、照明を消した」

尾行には注意を払ったが、百パーセントなかったと断言することはできない。

「共犯者が管理センターにいれば、監視カメラの映像から、イシガミがA－3棟に入ったことはわかる」

グラチョフはいった。

「そうなら、犯人の映像は残っていない。共犯者は消去するでしょう」

タチアナが紅茶をすすり、つぶやいた。

映像は根室のサポートセンターにも送られている。私は思ったが、ここでは何もいわないことにした。

グラチョフが咳ばらいをした。

「プライバシーに立ち入るつもりはないが、イシガミがこんな深夜にブラノーヴァ医師の部屋を訪ねた理由を教えてもらいたい」

「わたしが彼を呼んだ。背中の怪我の経過を見たかったのと、彼の調査の状況に興味があった」

タチアナは平然と答えた。

「私は午前一時まで発電所の従業員と会っていました。殺されたニシグチの友人です。彼の勤務シフトの都合で、その時間になってしまい、それからブラノーヴァ医師の部屋を訪ねるしかありませんでした」

グラチョフの顔が赤らんだ。

「イシガミの調査への興味は、医師としてのものですか?」

「もちろん。他に何があるの」

タチアナが見つめたので、グラチョフはさらに顔を赤くした。

「オロテックの勤務医として、わたしはコズロフの身柄の拘束を、国境警備隊に求めます。コズロフは、イシガミだけでなく、島内に居住する者すべてに対し、危害を及ぼす可能性がある」

タチアナは目をそらさず、いった。グラチョフは、だが頷かなかった。

「エクスペールトと明朝、協議し、対応を決める」

「エクスペールトにはわたしから伝える。国境警備隊は迅速な対応をすべきよ」

「島内の治安維持は我々の職務でもあるが、オロテックの社員が関係している以上、エクスペールトの許可が必要だ」

グラチョフはいった。

「つまりエクスペールトの許可がなくては国境警備隊は動かないということ?」

タチアナの顔が氷像のように冷たくなった。

「そうはいっていない」

グラチョフは首をふり、私に目を向けた。

「イシガミは警察官だから、銃に関する知識もあるだろう。『キョウト』で、コズロフのもっている銃を見たか?」

私はテーブルを目で示し、

「それと同じだ」

と答えた。

「PMでまちがいないか」

ロシア人はマカロフ拳銃のことをPMと呼ぶ。

私は頷いた。

「それが何なの?」

タチアナが訊ねた。グラチョフは立ちあがり、テーブルの上の弾丸を手にとった。

「仕事柄、私には銃器の知識がある。PMの弾丸は九ミリマカロフ弾だが、この弾丸はそれよりも小さい」

「階段の手すりに当たってから壁に刺さっていた。砕けたのよ」

タチアナはいった。

「イシガミは狙撃されたとき、手すりに弾丸が当たるまで、まったく気づかなかった、といったな?」

「その通り。銃声はまるで聞いていない。サプレッサーをつけた銃を使ったのだと思う」

「コズロフのPMにはサプレッサーがついていたのか?」

私は首をふった。

「ついていなかった。ついていたとしても、あれほど音をたてないサプレッサーは、簡単には手に入らないだろう」

「何がいいたいの、グラチョフ少尉」

タチアナが険しい声をだした。

「これはPSSに使用される特殊な銃弾だと思われる」

グラチョフがいった。

「PSS?」

私は訊き返した。タチアナの顔がこわばった。PSSが何であるか、タチアナは知っているようだ。

「ＰＳＳとは何ですか」

　私はグラチョフに訊ねた。

「特殊自動拳銃の略称で、別名はレフチェンコピストル。ＫＧＢが開発した暗殺用の消音拳銃だ。ＰＳＳの弾丸は、通常の銃弾とはちがい、カートリッジの中に火薬と弾頭をへだててピストンが入っている。カートリッジを撃発させると、燃焼ガスに押されたピストンが弾頭を射出するが、同時にカートリッジの先端を塞ぎ、ガスの噴出を防ぐ。そのため銃声が発生しない。ＰＳＳに使われるＳＰ－４弾薬の弾頭直径は七・六二ミリで、この弾丸とほぼ一致する」

「コズロフは二種類のピストルをもっているということ？」

　タチアナが訊ねると、グラチョフは首を傾げた。

「ＰＳＳをもつのは、限られた種類の人間だ。スパイや特殊部隊、あるいはテロリスト。マフィアに渡っている可能性は、ごくわずかだ」

「つまりＡ－３棟で私を狙撃したのは、コズロフではないかもしれないと？」

　私は驚いたようにいった。その可能性には気づいていた。が、容疑者としてボリスが拘束されたなら、それはそれで歓迎できる。

「照明を消し、消音拳銃で狙撃するのは、マフィアの手口とはいえない。暗殺に慣れたプロフェッショナルのやり方だ」

　グラチョフは答えた。

「でも失敗している」

　タチアナがいい返した。グラチョフは私を見た。

「イシガミはコズロフと日本で会っている。コズロフの犯行だと思うか」

「断言はできません。もしコズロフだったら、一発目を外しても逃げたりせず、止《とど》めを刺そうとしたでしょう。犯人はコズロフではなかったかもしれませんが、彼が私を殺したがっている事実はかわらない」

「つまりイシガミを狙っている人間が、この島には複数いる、ということね」

タチアナはいった。私は頷いた。

「『ビーチ』で私が殴られたとき、コズロフはまだこの島にはいませんでしたから」

「その話は初耳だ」

グラチョフがいった。

「彼の背中には打撲傷がある。一昨日の夜、誰かが彼を殴りつけたの。わたしがさっき経過を見たいといった、背中の怪我はそのときに負った」

グラチョフは私を見た。

「その話をなぜ昼間、しなかった?」

「問題を複雑化させると思ったのです。私を襲撃した人物の目的がわからない」

「ニシグチを殺した犯人が、つきとめられるのを恐れたのではないか?」

グラチョフの問いに私は首をふった。

「犯人につながるような証拠を、私はまだ見つけていません」

グラチョフは私を見つめた。

「そうと気づかずに手にしているのではないか? 君は見過していて、犯人はいつ気づかれるかと怯えている。それならば、今夜君を狙撃したのは、ニシグチを殺した犯人かもしれない」

「手段がちがう」

タチアナがいった。

「ニシグチはナイフで刺し殺され、イシガミは銃で撃たれた。犯人はなぜニシグチを銃で撃たなかったの?」

誰も答えなかった。私は咳ばらいをした。全員の目が集まる。

「私は、警告かもしれないと考えています。『ビーチ』で私を殴った人物も、今夜狙撃してきた人物も、本気で私を殺す意志はなく、私に調査をやめさせるかこの島をでていかせることを目的としていた」

「だから止めを刺さなかったというの?」

タチアナの言葉に私は頷いた。

「管理センターに問い合わせて、私を狙撃した人物が監視カメラの映像に残っていないか、調べてください。それとA－3棟の照明を落とすことのできる職員についても」

「それはエクスペールトに求めるべきだな」

答えて、グラチョフは時計を見やった。午前三時になろうとしていた。

「あと数時間もすれば、エクスペールトは起きる。今は就寝中だ。私なら朝まで待つ」

タチアナが皮肉のこもった視線をグラチョフに向けた。

「国境警備隊もエクスペールトには気をつかっているのね」

グラチョフはまた顔を赤くした。

「オロテックとの摩擦を望んでいないだけだ」

「わかりました。そうします」

私がいうと、安心したように頷いた。

「宿舎に戻るなら、部下に送らせよう。ないとは思うが、同じ晩に二度も狙撃されたくはないだろう」

タチアナといいたかったが、今夜のところはあきらめることにした。

「ありがとうございます。ぜひお願いします」

私がいうと、グラチョフはタチアナを見た。

「ブラノーヴァ医師も、別の部下に送らせる」

「わたしは結構。ひとりで帰れる」

答えて、タチアナは私を見た。

「イシガミ、明日、また連絡する」

「待っています」

私は頷き、国境警備隊の詰所をでた。

21

島内携帯の鳴る音が、私を眠りの底からひきずりだした。

「はい」

とっさに日本語で返事をしたが、返ってきたのはロシア語だった。

「今すぐに私のオフィスにきてもらいたい。いったい何が起こっているのか、説明を求める」

パキージンだ。私は体を起こし、時計を見た。午前七時を少し過ぎている。ウォッカを飲み、ベッドにもぐりこんだのは四時近くだった。

「今からうかがいます」

私はいって、ベッドを降りた。バスルームに入り、用を足して顔を洗った。

詰所からの帰りがけ、グラチョフは拳銃を返してくれた。私が日本からもちこんだのではなく、パキージンからの借りものであるとわかったからだ。もし日本からもちこんでいたら、離島するまで預かるところだ、といった。

きのうの昼と夜の二度、グラチョフと話してはっきりしたのは、この島では国境警備隊の隊長より、オロテックのエクスペールトが上位に立つということだ。就寝中のパキージンを起こすのすら、グラチョフは避けた。

防寒着をつけ、マカロフをポケットにさしこんで宿舎をでた。食堂でコーヒーをふたつ買い、管理棟のパキージンのオフィスをめざした。

パキージンは私の顔を見るなり、いった。

「今日未明、ＰＳＳを用いて君を狙撃した人物がいる、との報告を先ほどうけた」

私は頷いた。

「グラチョフ少尉が知らせたのですか？」

パキージンは答えなかった。

「島内で発砲事件が起こったことは見過せない問題だ。容疑者を特定できるかね？」

私は首をふった。

「ボリス・コズロフではないのか？」

「私を殺したいと思っているのは確かでしょうが、やり方が彼らしくありません」

私はコーヒーの入った紙コップをさしだして答えた。コーヒーをすすると、少しだが頭がすっきりした。ねむけは、宿舎をでた瞬間に吹きとんでいた。今日も風と雪が荒れ狂っている。

パキージンはコーヒーをうけとったが、口をつけずデスクにおいた。

「コズロフがどこにいるのか、わかるかね？」

「ロランという『ダンスクラブ』の従業員かオレク・ベーレンスキーというオロテックの社員といっしょだと思います」

「ギルシュの庇護《ひご》の下か？」

「いいえ。コズロフとギルシュは対立しています」

「なぜわかる？」

「昨夜あれから、私がギルシュといるところにコズロフが現われ、ギルシュを殺すと威したのです」

パキージンの表情はかわらなかった。

「なぜギルシュを殺す？」

「コズロフは、この島におけるギルシュの地位を狙っているようです。それについてはあなたの同意が必要だと思いますが」

私は挑発するようにいってみた。睡眠不足のわりには頭が冴《さ》えている。

「ボリス・コズロフと会ったことはない。ギルシュの、この島における地位という君の言葉も理解できない。私はギルシュにいかなる地位も与えていない」

「するとコズロフは、ありもしない地位を求めていることになります」

「ピョートル」の話をもちだすべきか迷っていた。

パキージンはつかのま黙り、いった。

「コズロフは、島内にある慰安施設の経営権を求めている、と理解しよう」

「それについて、コズロフがより高い施設使用料をあなたに払うと提案する可能性がある、とギルシュはいいました。ギルシュの死後になりますが」

「誰かを殺して経営権を入手するような人物と契約はしない」

パキージンの目に怒りが浮かんだ。

「それを聞いて安心しました」

「なぜだ」

「あなたがコズロフのような男と組むとは思いたくない」

「マフィアなどと親しくするつもりはない。なぜそんな疑いをもったのだ？」

「調査の過程で、あなたの以前の職業に関する噂話を聞きました。かつての職場で、あなたは、その、排除の専門家であったと」

怒りを爆発させるかと思ったが、パキージンは平然としていた。

「はっきりいったらどうだ？　暗殺の専門家だったと聞かされたのだろう」

私は頷いた。パキージンの口元が歪《ゆが》んだ。笑ったのだと少しして気づいた。

「君はそれを信じたのか」

「あなたには、その噂を信じるに足ると思わせる空気がありますす」

パキージンは私から目をそらし、窓に向けた。踊り、叩きつける白い壁が視界を潰している。きのうより天候はさらに悪化していた。

「君は部外者だから明すが、その噂は私が流した。KGBにいたのは事実だが、暗殺は職務ではなかった。だがそう思わせることで、従業員は私に対し敬意を払う」

「ではKGBを退職後、あなたが経歴をいかした仕事で蓄財した、という噂もあなたが流したのですか。その金をオロテックに投資した」

「馬鹿げている。私はオロテックに入る前はモスクワで警備会社を経営していた。君は私が殺し屋をして稼いだ金をオロテックに注ぎこんだと聞かされたのか」

「一生殺し屋でいたい人間などいない。どこかでまっとうな仕事につこうと考えるでしょう。それも、できれば地位と収入の両方が保証される仕事に」

私はいった。冴えていると思ったが、寝呆けて単に無謀になっていただけかもしれない。

「殺し屋だったからには私がマフィアとつながっていると考えたのだな。誰がそんな話を君にした？　まさかギルシュではないだろうな」

「ちがいます」

「では誰だ？」

パキージンは私をにらみつけた。

「お答えできません。今後の調査に協力を得られなくなる」

やはり無謀だっただけのようだ。

「調査を禁じることもできる」

「マフィアとつながっているという不名誉な噂の原因を作ったのはあなたです」

私はパキージンを見返した。

パキージンは深々と息を吸った。

「この島で、私にそんな口をきく人間はいない」

「その結果、あなたは最も望まない立場に身をおく羽目になっています」

「最も望まない立場？」

「真実から遠ざけられた立場です」

「殺人者をつきとめることがそれほど重要なのかね」

「あなたにはちがうかもしれませんが」

「自分の身を守りたくないのか」

「窓も扉もないまっ暗な部屋に、毒蛇と閉じこめられているのが私です。隅に隠れじっと動かなくても、毒蛇に咬《か》まれるかもしれない」

「毒蛇を殺すほうがいい、と？」

「何もしないで咬まれるよりは」

パキージンと私は見つめあった。

「君には、私が与えたPMがある」

「それが唯一の拠《よ》り所です」

パキージンの頬がゆるんだ。やがていった。

「もしA‐3棟で君を狙撃したのがコズロフでないのなら、誰だ？」

「この島の人間についてはあなたのほうが詳しい。

PSSをもちこんだのは誰だと?」

「PSSは、暗殺に使われる。つまりこの島で暗殺を遂行しなければならない立場の者がもちこんだと考えるべきだ。オロテックにそのような者はいない」

「むろん表向きは別の仕事をしているでしょう」

「そういう人物をひとり、君はよく知っている」

「その存在には理由がある、とあなたがいった女性ですか」

パキージンは頷いた。

「確かに疑わしいとは思っています。狙撃されたとき、私は彼女の部屋に向かう途中でした。私がくることを彼女は知っていた。私がそれをいうと、殺すなら自分の部屋のほうが確実だと彼女は答えました。死体の処分方法を考えなければその通りです」

「殺す気がなかったとしたらどうだ」

「そうであるなら、可能性を否定はできない。それでも彼女には共犯者が必要です。狙撃される直前、A-3棟の共用部の照明が消されました」

「それは事実か」

私は頷いた。

「階段を登っている途中で明りが消え、私は立ち止まりました。その直後、音もなく飛んできた弾丸が手すりにあたったのです。ちなみに壁にくいこんでいたその弾丸を、彼女が掘りだし、結果PSSから発射されたとわかったのです」

「彼女がそう断定したのか」

「断定したのはグラチョフ少尉です」

グラチョフはそこまで告げなかったのだろうか。それともパキージンに報告したのは、グラチョフではなく国境警備隊の別の兵士なのか。

パキージンはデスクの上の電話をとりあげ、私に訊ねた。

「狙撃された時刻は?」

「午前一時二十分前後です」

電話機のボタンを押したパキージンは、応えた相手に告げた。

「今日の午前一時二十分前後、A－3棟の共用部の照明を落とした者がいる。調べろ。今すぐだ」

パキージンは受話器を握りしめたまま待った。やがて答があり、訊ねた。

「管理センター内ではなく、建物から落としたのか」

長い返事を聞き、

「わかった」

と受話器をおろした。私が届けた紙コップの蓋を外し、ひと口飲んだ。

「A－3棟の照明は、A－3棟屋上にある配電盤で落とされていた。ブラノーヴァ医師の通報をうけ、センターでは別回線で電源を復旧させたそうだ。その後調査した結果、配電盤で落とされていたことが判明した」

「監視カメラに電源を落とした人物の映像は映っていませんか」

「屋上に監視カメラはない」

「階段や踊り場はどうなのです？」

「A－3棟の各階階段前にカメラはある。が、照明が落ちていたので、映像では何かが動いているとしかわからなかったそうだ。照明が復旧してからは、ブラノーヴァ医師と君が映っていた」

「A－4棟の監視カメラはどうなのですか？」

「A－4棟には一階の出入口以外カメラはない。A－3棟は女子職員専用だから設置した」

つまり狙撃者はA－4棟から渡り廊下でA－3棟の屋上に入り、配電盤を操作して照明を落としてから、私への狙撃をおこなったのだ。タチアナではない。タチアナなら、屋上にあがる前に、カメラに映ってしまう。

「地下通路の監視カメラに、私を尾行している人間が映っていないかを調べられますか。今いった時刻の少し前です」

「ここで調べられる」

パキージンはいって、デスクの上のコンピュータを操作した。やがて地下通路の映像がモニターに映しだされた。

尾行者はいない。映っているのは私ひとりだ。びくびくと背後を警戒しながら、管理棟へとつながる階段を登っていた。

「この映像は、誰でも見られるのですか」

パキージンは頷いた。

「管理センターのメインシステムにアクセスできる権限をもつ者なら、誰でも自分のコンピュータに映像をとりこめる」

「権限というのはどのレベルです?」

「港湾、プラント、発電所、プラットホームのそれぞれの責任者、及びその補佐。パスワードを知る者」

つまり無制限に近い。誰でも私の居場所をつきとめられるというわけだ。

私は息を吐いた。


「カメラのおかげで安全だと考えるのは大きなまちがいだったということですね。狙撃者はいつでも標的がどこにいるのかを、映像で知ることができる」

「犯罪の抑止を目的として設置したのではない。事故の防止のためだ」

私は頷く他なかった。ひとつだけ明るい情報があるとすれば、タチアナが私を撃った犯人ではなかったとわかったことだ。

「彼女以外にPSSをもちこむ人間はいると思いますか」

「中国の軍用拳銃はPMのコピーを採用している。PSSのコピーが、中国の情報機関で使用されていても驚くにはあたらない」

「しかし中国人には、私を狙う理由がありません」

「ニシグチ殺害の犯人逮捕を防ぎたいと考える中国人がいたらどうだ?」

「それは、ニシグチの殺害犯が中国人だという仮定ですか」

「殺人犯が中国人ではないと断定できる理由が君にはあるのか?」

パキージンにそう訊かれ、私は返事に詰まった。

「ニシグチは中国人との接点がほぼありませんでした。殺意を抱くほどの関係があった中国人がいるとは思えない」

しかたなく、私はそう答えた。

「その前提がまちがっていたら? ニシグチの死体を発見したのは中国人だ」

私は息を吸いこんだ。ウーが犯人ではない、と私は考えていた。が、ウーと会う直前に「ビーチ」で襲撃をうけたのは事実だ。

「私は当初、ニシグチの殺害犯は日本人だろうと思っていた。君の調査は、ロシア人にもその可能性があることをつきとめた。中国人を排除する理由はないと思うが?」

「私が中国人を容疑者から排除したのは、ニシグチが殺された理由が、この島の歴史にかかわっていると考えたからです。オロテックが作られる前、中国人はこの島に足を踏み入れてはいません」

パキージンはコーヒーをすすった。

「君の知らない、中国人とこの島の関係があるかもしれない」

私ははっとした。

「あるのですか」

「ただの仮定だ。そういう事実を知っているわけではない。だが君も、中国の工作員がこの島にいないと考えてはいないだろう」

「もちろんです。プラントの保安体制を考えれば、情報機関の人間がいることはわかります。ただ、PSSを使えば、犯人が工作員であると認めるようなものです」

「それは狙撃に失敗したからだ。もし成功していたら、わからなかった」

「私の死体から銃弾をとりだせば判明します」

「その解剖はいつおこなえる? ニシグチの死体で

すら、解剖に付されていない。君の死体が、サハリンなりネムロに運ばれて解剖される頃、犯人はとうにこの島を離れている。そうなれば逮捕どころか、容疑者として特定することすら難しい」

「昨夜の犯人と『ビーチ』で私を襲撃した犯人が同一人物なら、殺すことまでは望んでいないと感じています」

「なぜかね」

「『ビーチ』でも、昨夜のA－3棟でも、確かに殺されかねない状況ではありましたが、犯人に確固たる意志があれば、私に止めを刺すことができたのに、それをしなかった」

パキージンは息を吐いた。

「ふつう、殴られたり撃たれたりした人間は、犯人の殺意を感じるものだ。君はそれを感じなかったというのか」

私は首をふった。

「その瞬間は殺されるという恐怖を感じました。今の考えは、あとになって感じたものです」

「コズロフは君に確固たる殺意をもっている。それゆえ君は、昨夜の犯人をコズロフではないと考えている」

「おっしゃる通りです」

「だがコズロフは武装している」

私は頷いた。

パキージンは息を吐いた。

「私と同じPMを所持しているのを見ました」

「コズロフを拘束するように、国境警備隊に要請する。オロテックにとって、マイナスにしかならない存在だ」

私はほっとした。やっと少し安心できそうだ。

パキージンがその場から国境警備隊に連絡するものと思っていた。が、パキージンはいった。

「ご苦労だった。仕事に戻りたまえ」

国境警備隊への連絡はしないのですか、という質問を私は呑みこんだ。灰色の目には、それを許さない厳しさがある。

グラチョフ少尉との会話を、私に聞かせたくないのだ。

「わかりました。コズロフの身柄を拘束したら知らせていただけますか。彼は日本の司法当局からも追われている」

「むろんだ。ただし、取調べる許可を君に与える約束まではできない。コズロフが何を目的にこの島にきたのか、確かめるのが先だ」

やむをえない。

「『ピョートル』です」

私は告げた。パキージンは首を傾げた。

「何者だと?」

「本名はウラジーミル・ヒョードルフ。ハバロフスクからウラジオストク一帯を支配下におくマフィアのボスです」

「ヒョードルフの名は聞いたことがある。『ピョートル』という渾名《あだな》なのか」

私は頷いた。

「ヒョードルフは、この島の慰安施設からも利益を得る権利が自分にはあると考え、ギルシュを排除するよう、コズロフに命じたようです」

パキージンは沈黙した。

「コズロフはそのために拳銃をもってこの島にきました。島の状況を知らせる友人や手下もいる。ギルシュさえ殺せば、慰安施設の経営権が簡単に手に入ると考えたのでしょう。しかし私の存在も含め、予想外の展開となり、助っ人を呼ぶ可能性があります」

「助っ人?」

「『ピョートル』に兵隊の派遣を依頼する。ギルシュと私を、コズロフひとりで排除するのは難しいと思えば、そうします。今、コズロフといっしょにいるロランは、もともとはギルシュの手下ですから、ボスに銃を向けられるか微妙ですし、オレク・ベーレンスキーはマフィアではない。オロテックの社員です」

「殺し屋を呼ぶと？」

「ええ。国境警備隊もそれほど数がいるわけではありません。有能な殺し屋のチームが五人もいれば、目的は達成できる」

　ロシアは、世界でも有数の、優れた殺し屋の買い手市場だ。軍の特殊部隊やＫＧＢの暗殺部隊崩れが溢《あふ》れ、簡単に買い叩ける。

　彼らが日本に入りこまないのは、装備の現地調達が難しいことと、彼らにそこまでの金を払う組織がないからだ。そこまで魅力的な麻薬市場や売春利権が日本には存在しない。

　パキージンは深々と息を吸いこんだ。

「君が奴らの専門家だったことを忘れていた」

　私は首をふった。

「やめてください。私は言葉が喋れるという理由だけで、この仕事をさせられているのです」

「だが殺し屋を送りこまれたら、戦う他ない。ちがうかね」

「そうなる前にこの島からでていきたいと思っています。ニシグチ殺害犯を特定して」

「できなかったら？　それでも逃げだすのか」

「上司は私に離脱を命じました。問題は、その手段が今はないことです。天候のせいで船もだせず、ヘリも今、機体が修理に入っている」

「あったとしても、この風では飛べない」

　パキージンはいった。そして訊ねた。

「コズロフの背後にヒョードルフがいるという情報はどこから得た」

「ギルシュとコズロフの会話です。ギルシュが『ピョートル』の名を口にし、コズロフは否定しなかった。この島のボスはもうじきかわる、自分に何かあったら、お前ら終わりだ、といいました」

　パキージンを最も刺激するであろう、ボリスのセリフを思いだし、いった。

「ボスだと」

案の定、パキージンはつぶやいた。小さく首をふる。

「そのチンピラに、誰がここの責任者であるのかを教えてやろう」

そして出口を指さした。

「今日中にコズロフの身柄を拘束して連絡する。それまで君は、コズロフ以外の誰かに殺されないようにすることだ」

私は立ちあがった。

「用心するようにグラチョフ少尉にいってください。コズロフは、相手が誰であろうと銃口をためらいなく向けます」

パキージンは答えず、私を見つめた。私は彼のオフィスをあとにした。

宿舎に戻った私は、もう一度眠ろうと試みた。ベッドに体を横たえ、目を閉じる。

——今日中にコズロフの身柄を拘束して連絡する。それまで君は、コズロフ以外の誰かに殺されないようにすることだ
パキージンの言葉がずっと頭の奥でリフレインしている。

コズロフ以外の誰かに殺されないようにすることだ。

コズロフ以外の誰かとは誰だ。

「ビーチ」で私を襲った人物。そして昨夜、A－3棟の階段でPSSを発射した人物。

二人が同一人物であるという証拠はない。だがもし同一人物なら、ボリス・コズロフでないことは確実だ。

ベッドから起きあがり、パソコンをとりだした。「ビーチ」で襲われた直後、メモを作ったのを思いだしたのだ。まず冒頭の、
①「犯人が私を襲った動機」に目を走らせる。
A、犯人は「ビーチ」に近づく者なら誰でもよかった。
B、犯人は私の調査に危機感を抱き、排除しようと

した。

これを作ったとき、私は犯人に殺意があったと信じていた。重さのある鈍器で殴りかかられたからだが、銃や刃物ほど確実に命を奪える凶器ではなかった。

そして皮肉なことに昨夜PSSを使って狙撃された私は、三番目の答を思いついた。

C、犯人は私に恐怖を与え、調査を中止させようとした。

BとCは似ているが、少し異なる。Bの犯人の目的は私の排除で、Cは調査の中止だ。

つづいて作ったメモには、

②「犯人が私の調査に危機感を抱いた理由」

とあり、

A、犯人は西口殺害犯で、私に正体を暴かれると考えた。

B、西口殺害以外の島内犯罪、たとえば薬物密売に関する調査を不快に感じ、警告あるいは排除を考えた。

と書いている。このとき私の頭には、ギルシュの存在が大きくあった。彼の店や部下について調べ回る私に対し、不快感を抱いた彼がやらせたのではないかと疑っていたのだ。

今はそうした疑いをギルシュにはもっていない。が、そうであっても②のBの可能性がなくなったわけではなかった。

私の調査を不快と感じる人間が、私の想像の及ぶ範囲外にも存在する。私はそれに気づいていなかったのだ。

西口殺害の捜査に携わり、期せずして私はこの島の過去について知った。九十年前に起きた大量殺人、ソビエト連邦時代に存在した秘密施設。西口が島の歴史に興味をもっていたからこそ、私も知ったのであり、それこそが殺害の動機にかかわっている筈だ。

そしてその過去を暴かれたくないと考える人間が、存在しているのだ。それが何人《なにじん》であるかは、まるでわからないが。
⑤「私を襲った人物と西口を殺害した人物は同一犯か」に目を向けた。
A、同一犯である。ならばアルトゥールは容疑者から除外される。
B、異なる。その場合、②のBが動機である可能性は高い。
「ビーチ」で私に殴りかかったのと、A－3棟で消音拳銃を発射したのがそれぞれ別人であり、しかも西口殺害犯とも異なるという仮定すらできることに、私は吐きけを覚えた。

だがここは三組もの犯人像を考える前に、「ビーチ」とA－3棟は同一犯であると仮定しよう。

同一犯と考える理由は、「本気で私を殺そうとしなかった」からである。「ビーチ」でもA－3棟でも、犯人は確実に私を仕留めようとはしていない。

消音拳銃すらもちだしていながら、〝警告〟で終わらせているのだ。これは奇妙だといわざるをえない。
⑥「再襲撃から身を守る方法」
⑦「襲撃を報告すべき対象」
の二つを私は削除し、新たな項目をたてた。
⑥「犯人が確実に私を仕留めようとしなかった理由」。
A、明確な殺意をもたずに襲撃した。
B、私からの反撃を恐れた。
Aなら、犯人は私に対し反感や嫌悪を抱きつつも本気で殺すつもりはなかった。「もしかすると死ぬかもしれないが、そうならなくとも恐い思いはさせてやろう」という動機だ。

Bなら、犯人は自分が傷つくのを恐れ、さらに正体を決して知られたくないと考えている。特にA－3棟の屋上の配電盤を操作して照明を落としてから狙撃に及ぶという行動が、それを証明していた。

一連の犯行がボリス・コズロフらしくないと感じる理由が、ここにあった。ボリスなら、私を襲撃したと知られるのを恐れないだろうし、中途でやめたりもしない。たとえ誰かに見られようと、私を確実に仕留めようとする。

逆にいえば、この犯人は、「私の知る人物」だ。それゆえに正体を悟られまいとしている。

タチアナ。まず浮かんだのは彼女だった。が、タチアナがA－3棟の狙撃犯でないことは、監視カメラに映像が残されていないことからもわかる。それにタチアナが狙撃犯なら、壁にめりこんだPSSの弾丸を採取しなかったろう。

狙撃の凶器がPSSだと断定されることは、彼女にとり決して有益ではない。実際、グラチョフが銃弾をPSSに使用されるものだといったとき、彼女は顔をこわばらせた。

彼女がただの医師ではないと私が知っていると彼女が確信しているかどうかは不明だが、パキージンやもしかするとグラチョフにも自分の正体を知られていると考えているからこそ、顔をこわばらせたのだ。

タチアナは「島の過去を暴かれたくない」という立場の人間かもしれないが、私を襲った犯人ではない。

ではタチアナ以外にPSSを所持している可能性のある人物は誰だ。

――PSSは、暗殺に使われる。つまりこの島で暗殺を遂行しなければならない立場の者がもちこんだと考えるべきだ
パキージンの言葉を思いだした。この島で暗殺を遂行しなければならない立場の人間が他にいるのか。ヤン。彼が中国の情報機関に属する人間であることはまちがいない。

――ソ連はかつて、クナシリ、エトロフ、シコタンの三島だけで陸軍一個師団八千人を配備し、エトロフには四十機からなるミグ23の部隊をおいていた。連邦崩壊後も、対艦ミサイル「バスチオン」がエトロフに、「バル」がクナシリに、それぞれ配備され

ている

彼が私に告げた言葉だ。ロシア製の武器のコピーが中国で使われている事実を踏まえれば、ヤンがＰＳＳを所持していても不思議はない。

ただ、ヤンには私を狙撃する動機がない。ヤンはこの島に存在したソ連軍の秘密施設に関する情報を集めていて、共同で調査をおこなう提案を私にした。その彼に、私を襲う理由はない。私が負傷したり、万一死亡したら、彼の調査にはむしろマイナスになる。

パキージン。襲撃という姑息な手段を使わなくても、私の調査を妨害、禁止できる地位にある。パキージンに、私を襲う動機はない。

ヨウワ化学の社員はどうだ。ＰＳＳを入手できるとは思えないが、もし私の調査を不快と感じる者がいるとすれば、それは西口殺害犯以外にはありえない。つまり⑤のＡだ。

オロテックにつとめるロシア人の中に同様の人間がいるかどうか、私にはわからなかった。だが西口殺害に関与した者なら、日本人による調査を警戒している筈で、新参者である私の動向に神経を尖らせて不思議はない。しかも管理センターのメインシステムにアクセスできる者なら、誰でもカメラの映像を使って私を監視できる。

私の想像の及ぶ外に、私の調査を不快と感じる人間がいるとは、そういうことだった。

私を襲った犯人をつきとめれば、西口殺害犯が特定できるというなら、〝襲われがい〟もある。が、ＰＳＳを使用した狙撃は、むしろそれを遠ざけているような気がしてならなかった。なぜかははっきりとはいえないが、西口を殺した者が私を狙撃したとは思えないのだ。

眠けはすっかり覚めていた。パキージンとグラチョフが、ボリスをいつ拘束するのかはわからないが、このまま閉じこもっているのが賢明とも思えない。それに空腹だった。

私は防寒着と拳銃を身につけ、食堂に向かった。空腹を満たすのとパクに会うためだった。パクからは、まだ聞ける話があるような気がする。

パクはきのうの朝と同じく、本を並べたテーブルのかたわらにすわっていた。〝客〟と金のやりとりをしている。テーブルには本や雑誌の他にＤＶＤもあった。ケースには入っておらず、どうやら海賊版のようだ。それが映画なのかポルノなのかはわからない。

「おはようございます」

パクは私に気づくといった。いつもより遅い時間だからか、食堂は空いていた。私はイクラのブリヌイを試してみることにした。

「洞窟に何があったのか、わかりました」

私は彼のかたわらにすわり、告げた。パクは私を見た。

「ギルシュさんから聞いたんです。この島の浜には金《きん》が打ちあげられることがあり、住民はそれを集めて、洞窟に隠していたんです」

パクの表情は変化しなかった。

「知っていましたか」

「そうかもしれない、とは聞きました」

「お母さんからですか」

パクは首をふった。

「母は何も知らなかったと思います。でも樺太には春勇留島から引っこした人が他にもいて、そういう噂はありました」

「九十年前の事件は、洞窟に隠されていた金を奪おうとしたものかもしれません」

パクは私を見つめたまま、答えた。

「だったとしても、今さらどうすることもできません。奪われた金は、とっくになくなっています」

「確かにその通りでしょうね」

「犯人は生かしておいた子供や年寄りも恐がらせました。自分たちを捜させたくなかったからです」

「犯人が誰だか通報させないために威した、という意味ですか」

「母はそう思っていました。犯人のことを忘れようと思い、そのうち本当に忘れてしまった。人は、思いだしたくないことを忘れられるといっていました」

「樺太にきてから犯人を見たことも忘れていた？」

パクは頷いた。

「あれから考えていました。母が見たのはロシア人だったのか日本人だったのか、どちらだろう、と」

私はパクを見つめた。

「日本人だったと思います。もしロシア人だったなら、ロシア人だといったでしょう」

「すると春勇留島に住んでいた人だったのですか」

「それが不思議なんです。母は、島の人全員の名前を知っていました。だから会ったら、その人の名をいった筈です」

「つまり山田さんなら、山田さんを見た、といったということですね」

「はい。会ったことはないけれど、春勇留島の日本人の名前を何度も母から聞いたことがあります。隣の家のシバタさん、船をもっていたカワグチさん、仲のよかったワタベさんのところのタツエちゃん、といった具合に。小さい島だから、住んでいる人全員と友だちだったんです」

「にもかかわらず、樺太で見かけた人の名を口にしなかった？」

パクは再び頷いた。

「そうです。名前を忘れてしまったのかもしれません」

「あるいは島の外からきた日本人で、名前を知らなかったとか」

「島の外からくる日本人はたいていショーニンです。薬屋や本屋、洋服屋」

ショーニンが商人であると、あとの言葉を聞いて気づいた。行商人が島を訪れていたのだ。

「名前を知らなくても、薬屋や本屋と呼んでいました」

いってからパクは目をみひらいた。

「そうか。そうかもしれません。商人だから名前を知らないし、樺太でも何かを売っていた」

「何を売っていたのでしょう」

パクは首を傾げた。

「それは忘れてしまいました。でも薬や洋服ではなかったような気がします」

「本。あるいは別の何か、ですかね」

「わかりません。私が島にいたわけではないので」

その通りだ。私は質問をかえることにした。

「戦争が終わってしばらくしてから、ソ連軍がこの島に何かの施設を作ったという話を知っていますか」

パクは瞬きした。

「聞いたことはあります」

「何があったのでしょうか」

「私は知りません」

私はパクを見つめた。

「本当です。私は軍隊とは関係ない」

「オロテックがこの島に建設されたとき、それまであった軍の施設をすべて撤去してしまったようです。そしてその結果、あの洞窟には、陸からは近づけなくなった」

「神さまの洞窟ですか」

私は頷いた。パクはわずかに沈黙し、

「今も昔も、入ってはいけないところはいけない」

といった。私は声を低くした。

「実は、殺された西口さんは洞窟に入ったかもしれません」

パクは首を傾げた。

「ロシア人の船員に、洞窟まで運んでくれるように頼んでいて、その日に殺されたのです」

「洞窟に入ったからではありませんか」

「洞窟に入ったら、なぜ殺されるのです?」

「神さまのバチがあたったのです」

「お母さんがそう島の人にいわれていたのは、金を隠しているのを秘密にするためだったと私は考えています」

「でも金がないのに西口さんは殺された。それも目を潰されて」

「犯人は九十年前の事件の真似をしたんです」

「なぜ真似をしたんです？」

「それはわかりません。警告なのか、それともむしろ注目させようとしたのか。いずれにしても九十年前にこの島で起こった事件について知っている者がやった」

パクは考えこんだ。ひどくいかめしい表情になる。

「九十年前の事件のことを、樺太やウラジオストクで育ったロシア人なら、皆知っています。日本人はどうですか」

私は首をふった。

「ロシア人より知っている人は少ないと思います。生き残った人はごくわずかだったし、そのあとソ連軍に占領されたこともあって記録は失われてしまいました」

「西口さんは知らなかったのですか。先祖がこの島の人だったのでしょう？」

「そうです。おじいさんから、ひいおじいさんが住んでいた頃の島の話を聞き、西口さんは強い興味をもっていたようです。おそらく金の話も聞いていたのだと思います。それで洞窟にいこうと考えたのです」

「洞窟にまだ金があると思っていたのですか」

「ひいおじいさんは事件のことを知らなかった可能性があります。事件のことを知らなければ、金が奪われたとは考えなかったかもしれない。もちろん手つかずで金がそっくり残されているとまでは思わなかったでしょうが、少しは残されているかもしれない、と」

パクは息を吐いた。

「人間は欲が深いです」

「ええ。昔も今もそれはかわらない」

私の島内携帯が鳴った。

「起きていた？」

タチアナの声に、現代にひき戻された。

「ええ。診療所ですか」

「午前中は休む。今どこ？」

「食堂です」

「あとであなたの部屋にいっていい？　私のところにくるのは不安でしょう。また襲われるかもしれない」

何と答えたものか、わからなかった。確かにA－3棟を訪ねるのは気がすすまない。といって、宿舎の私の部屋にタチアナを迎えいれるのが危険ではないとどうして判断できるのか。狙撃犯がタチアナではないとしても、彼女が私の味方だとは、断言できない。

「あなたに頼まれたことを調べた」

タチアナの声が低くなった。

「頼まれたこと」

「前にこの島にあった施設について調べるよう、わたしに頼んだ。忘れたの？」

「覚えています、もちろん」

「ウラジオストクの知り合いに電話をして訊いた。その話をしたい。いつ頃、部屋に戻るの？」

「一時間以内には戻ります」

「わかった。十一時までにはいく」

告げて、タチアナは電話を切った。私は時計を見た。じきに午前十時になる。

「明日の船で帰るのですよね」

私はパクにいった。

「船がでるようになるまでは帰れません。天気予報では、この風は午後になったらおさまるといっているので、明日の夕方の船はでるかもしれません」

食堂の壁には二台のテレビがかかっていて、ロシアのテレビ番組とＮＨＫの両方が映されていた。

私はいった。

「電話番号を教えていただけますか」

パクは携帯電話をとりだした。その番号をメモした。島内携帯からではつながらない。

「あなたはきっと立派な警察官です」

パクがいった。それを聞いて、私は不意に涙がでそうになった。そんな言葉をかけられるとは思ってもいなかった。

「とんでもない。何をしていいかもわからないし、逃げだしたいとしか考えていません」

「いえ」

パクは首をふり、私の目を見つめた。

「あなたはきっと犯人をつかまえる」

「私はこの島では何の権限もありません。国境警備隊もいます」

パクはもう一度首をふった。

「この島は、もともと日本人の島でした。日本人が犯人をつかまえなければいけない」

「プレッシャーですね」

私はいった。パクは首を傾げた。

「プレッシャーの意味がわかりません」

「いいんです。できる限りの努力はします」

私は笑った。

22

部屋に戻った私は北海道警察の横山にメールを打った。

九十年前、歯舞群島を行商していた商人について君島光枝が父親から何か聞いていないか確かめてもらいたいという依頼だ。今とちがい、島の住人は簡単には北海道に渡れなかった。食料はともかく、衣服や薬などを売りにくる行商人がいて不思議はない。当然、その行商人にも縄張りがあっただろうし、たとえば三ヵ月や半年に一度訪れていれば、それぞれの島の事情に詳しくなったろう。島民の側からも、他の島や内地の情報を与えてくれる数少ない存在として重宝されたにちがいない。

行商人が九十年前の事件の犯人のひとりであった可能性は高い、と私は感じていた。行商人なら、金《きん》の存在に気づけたかもしれないし、島民ではないので冷酷な犯行にも及べる。

稲葉からメールが届いていた。安否の確認と荒木との面談での収穫を問いあわせている。

とりあえず生きている、調査は続行中だという返信を送り、パソコンを閉じたとき、ドアチャイムが鳴った。扉にはのぞき穴がついている。

キャップをまぶかにかぶった人物が扉の外に立っていた。キャップの下に押しこんだ金髪がひと房、頬にかかっている。

マカロフを右手に握ったまま、ドアロックを解いた。あたりを見回し、素早い身のこなしでタチアナは扉をくぐった。

タチアナが私の部屋にいる、という状況が現実とは思えず、笑ってしまう。

「何をにやにやしているの」

キャップを脱ぎ、髪をかきあげたタチアナはいった。スウェットの上下と運動靴に、ダウンのロングコートといういでたちだ。コートは「プラダ」だった。

脱いだコートをうけとり、私は壁のコートかけに吊るした。タチアナは部屋を見回した。

「ロシア人の宿舎とかわらないのね」

「好きな場所にどうぞ」

タチアナは空いている椅子に腰をおろした。

「何か飲みますか」

「ビール、ある?」

私は頷き、冷蔵庫から缶ビールをだした。

「走ってきたから喉が渇いた」

タチアナはいってビールを開け、あおった。

「何がわかりましたか」

缶をおろし、タチアナは私をにらんだ。

「ビジネスライクなのね」

私は肩をすくめた。

「正直、あなたとどう接したらいいのか、わからなくなりました。とても魅力的だけど怒っているときもあるし、昨夜はあんなことがあった」

タチアナは頷いた。

「あなたを撃った犯人とニシグチを殺した犯人はちがう」

「ニシグチを殺した犯人がPSSをもっていたなら、それを使った筈です」

タチアナは私の目をのぞきこんだ。

「あなたはわたしを疑った」

私は頷いた。

「あなたがPSSをこの島にもちこむ可能性がある、と教えてくれた人がいたので」

「誰かはわかっている」

タチアナは目をそらした。

「否定はしないのですか」

「何を？　PSSをもちこんだことを？　わたしはもちこんでいないない。そんな任務は求められていない」

「どんな任務なのですか」

「医師として、島民の健康管理にあたる」

「それだけですか」

「オロテックの健康管理」

「オロテックの？」

「操業を妨害したり、企業情報を盗みだそうとする者について情報を集める」

「それも医師の仕事ですか」

「そうよ」

私はタチアナを見つめた。

「あなたはどこに所属しているのです？」

「どこだと思う？」

「FSB」

FSBはロシア連邦保安庁の略称だ。防諜《ぼうちょう》と犯罪捜査の専門機関であり、かつてKGBと呼ばれていた組織をそっくりうけついでいる。

タチアナは横を向いた。

「ＦＳＢではない。ないけれど、依託をうけている」

「権限も与えられているのですか」

タチアナは頷いた。

「オロテックには多くの外国人が勤務していて、それを隠れミノにロシアの国防情報を収集しようとする可能性がある。そういう人物を特定し、活動に干渉する。最悪の場合は島外に退去させる」

「干渉に暗殺は含まれない？」

「通常は」

「通常は？」

「オロテックに潜入した外国工作員の中には、強硬な手段でわたしたちの干渉を排除しようとする者がいるかもしれない。そういう工作員に対抗する必要が生じれば、武器を使う場合もある」

「それはあなたではない？」

「わたしじゃない」

「つまりあなた以外にもＦＳＢの依託をうけた人物がこの島にはいるのですね」

「答えられない」

タチアナはいった。ビールをあおり、空になった缶を握り潰す。意外に握力が強い。

「それが誰だか答えなくてもかまわない。問題はその人物がＰＳＳをもっているかどうかです」

私はタチアナの目を見つめた。タチアナは無言で見返した。

「答えてください」

「そんな話をしにきたのじゃない」

タチアナは立ちあがろうとした。私は腕をつかんだ。ふりほどかず、タチアナはそれを見た。

「この島にいられなくなってもいいの」

「誰がこの島にいたいといいました。私を殺すと公言しているマフィアがいるような島に。本当はさっさとここをでていきたかった。なのに海が荒れ、ヘリコプターも使えない。この島にきたのは上司の命令で、きてよかったと思ったのは、あなたと仲よくなれたときだけだ。そのあなたに会おうとしたら、PSSで狙撃された。今の私に、この島にいたい理由なんてありません」

「ニシグチを殺した犯人はどうでもいいの?」

「ニシグチを殺した犯人と私を襲撃した犯人は別で、今重要なのは、私を襲撃した犯人です。あなたはその人物を知っていて、かばっている」

当てずっぽうでいった。が、タチアナは否定しなかった。

「手を離して」

冷ややかにいった。私は手を離した。

タチアナは私を見た。

「あなたがその人間に襲われることはもうない」

「なぜわかるのです」

「彼はあなたを誤解していて、その誤解をわたしがといた」

「誤解?」

「あなたが警官であるとわかったとき、この島のことを調べにきた日本の工作員だと考えたの。殺人の捜査にあたるフリをして、オロテックを嗅ぎ回るつもりだと。あなたが中国国家安全部の人間と接触したので、まちがいないと確信した」

「中国国家安全部の人間とは誰のことです」

「この島ではヤンと名乗っている。彼には部下がいて、その部下がニシグチの死体を発見した」

「ウーのことをいっているのですか」

タチアナは頷いた。

「私はウーを『ビーチ』に呼びだした。ヤンの前では訊けない話をしようとして。それを中国国家安全部との接触だと考えたのですね」

タチアナは無言だ。

「私が『ビーチ』にいったとき、あなたのいう、誤解をした人間も『ビーチ』にいた。偶然ですか」

「あなたはこの島にきたときから監視されていた。すべての動きをチェックされていたのよ」

「つまり私を襲うために『ビーチ』にきた」

「あなたのとった行動はひどく不審で、ニシグチが殺されたことへの報復を考えていると思われたの」

「報復？」

訊き返し、気づいた。

「ニシグチのことも日本の工作員だと思っていたのですね」

「彼は島にきて日が浅かったにもかかわらず、多くのロシア人と接触し、この島について調べ回っていた。当然、注目を集める」

「その結果、あなたの仲間がニシグチを殺したのではありませんか」

「ちがう。それについては厳しく問い詰めた」

「問い詰めた人物の名を教えてください。その人間が私に向けてPSSを発射したのでしょう？」

「わたしを犯罪者にするの？　答えたら、わたしは裏切り者になる」

「どうやって誤解をといたのです？」

タチアナは首をふった。

「いわない」

私とタチアナは見つめあった。タチアナの目の奥に悲しみのような色があった。私は驚き、思わず言葉に詰まった。

「この島での任務は、わたしのキャリアの中ではとても重要だった。ニシグチが殺されたことで、それがとても危うくなっている。あなたも政府に身をおく人間ならわかるでしょう？」

「ロシア政府は何を守りたいのですか」

タチアナは泣き笑いのような顔になった。

「それを答えたらわたしは終わりよ」

「ではこう訊きましょう。ロシア政府が守りたいのはオロテックなのか、それ以外の何かなのか」

タチアナは冷たい表情に戻った。

「オロテックじゃない」

「ニシグチを殺したのは、本当にあなたの仲間ではないのですか」

「ちがう」

「その人物と話をさせてください」

「できるわけがない」

「つまり彼はまだ私に対する誤解をといていない。あなたはただ干渉をやめさせようとしただけで」

タチアナは肩をそびやかした。

「それはまちがっていた？　寝た男が殺されても平然としていればよかったの？」

私は深呼吸した。

「そのいいかたは卑怯《ひきょう》です。あなたが私と寝たのは、恋愛感情からではない」

タチアナの目がくるくると動いた。

「興味からよ。職業としての興味、女としての興味。嫌悪を感じるような男には決して興味をもたない」

「それが、いいわけですか。私が工作員ではないと、どうして相手を説得できないのです？」

タチアナはみひらいた目で私を見つめた。

「答えましょうか。その相手ともあなたは寝たからだ。その結果、向こうは任務と感情を分けて考えられなくなっている」

タチアナは顔をこわばらせた。

「彼は私を工作員だと疑っただけでなく、嫉妬の感情から襲撃した」

「だとしてもあなたを殺すつもりはなかった。国境警備隊の詰所で、犯人が本気であなたを殺すつもりではなかったというのを聞いて、わたしは気づいた。彼はあなたをこの島から追いだしたい」

「ニシグチのときは殺したのに？」

タチアナは激しく首をふった。

「ちがう！　彼は殺していない」

ドアチャイムが鳴った。タチアナははっと息を呑み、小声でいった。

「彼よ。わたしと連絡がつかないからここにきた」

「なるほど。監視カメラの映像をたどれば、あなたがこの建物に入ったとわかるわけだ」

再びチャイムが鳴った。タチアナは首を強く振った。切迫した声でいった。

「でては駄目。二人でいるところを見られたら、わたしがスパイにされる」

私がテーブルにおいたマカロフを見た。

「それをもっているところを見られたら、あなたも確実に工作員だと見なされる」

私は扉を見た。ロックされている。だが外にいる人物は合鍵をもっているかもしれない。

マカロフをつかんだ。ドアノブが回った。だがロックのせいで扉は開かなかった。

マカロフをかまえたまま、私は忍び足で扉に近づいた。のぞき穴から外にいる人間を見届けるつもりだった。

のぞき穴に目をあてた。人影はなかった。

私は息を吐いた。冷たい汗がわきの下を流れ落ちた。

ふりかえり、タチアナを見つめた。

「なるほど、彼か」

とっさにいった。誰も見ていないが、タチアナはそれを知らない。

「まだいるの？」

私はのぞき穴に再び目をあてた。

「今、離れていくところだ」

吊るしたタチアナのコートのポケットの中で電話の振動音がした。

「でないのですか」

タチアナは目を閉じ、首をふった。

「あなたがこの島にくる前、わたしは上司に、彼の現在の任務に対する適性には問題がある、というリポートを送った。そのことが上司から彼に伝わって、激しく怒った。わたしが彼と寝たにもかかわらず、そういうリポートを送ったことを裏切りだと思ったのね。実際は、寝たのも彼の適性を知るためだったのに」

「つまりその時点から、彼とあなたの関係は悪化していた。ちなみにそれはニシグチが殺される前ですか、あとですか」

「前よ」

「ニシグチとは寝ていませんよね」

タチアナは苦笑し、首をふった。

「まさか。彼とは話したこともなかった」

「あなたとの関係の悪化が理由で、外国工作員の疑いをかけた人間に対し、彼が強硬な手段をとったとは考えられませんか」

「それはない。あなたに対する感情とニシグチにかけていた疑いは別よ」

「初めて会ったときから、私に好意的ではなかった」

わざといった。

「診療所にくる患者すべてに対し、彼はそういう態度をとる。診療所では、わたしの立場が上になる。それが気にいらない。工作員としては、彼のキャリアのほうが長いから」

「イワンとあなたの年齢の差は？」

「彼のほうが二つ下だけど、工作員としてのキャリアは彼が四年長い」

「彼はこれまで誰かを殺したことがありますか？」

私は感情を顔にださないよう努めながら訊ねた。

タチアナは首をふった。

「わたしの知る限り、人を殺したことはない。もともと暴力的な人間ではない」

「あなたに対する感情が理由で暴力的になったのかもしれない」

襲撃者がイワンだと判明したことで、少し心に余裕が生まれた。会ったこともないロシア人から命を狙われていたわけではなかった。

「しかもPSSをもっている」

タチアナは目をそらし、頷いた。

「PSSは、この島の前の任務で支給されたものだといっていた。それをもちこんだのは護身用だと」

「あなたも銃をもっていますか」

タチアナは頷いた。

「任務につくときは所持が義務づけられている」

「今も？」

「まさか」

タチアナは笑った。作り笑いとすぐにわかった。

私はタチアナを見つめた。

「改めていいます。私は日本の工作員ではありません。この島にきたのはニシグチの殺害で動揺している、オロテックの日本人社員を安心させるためでした。同様にニシグチも工作員ではなかった。彼が興味をもっていたのは金《きん》です」

「金？」

「ええ。今もこの島の資源となっている漂砂鉱床には金が含まれています。九十年前までこの島に住んでいた日本人は、浜に打ちあげられる金を集め、村の共有財産として隠していたのです」

「それでニシグチは島の歴史をいろいろ探っていたのね」

「そうです」

「その金はどこに隠されていたの」

「今私たちがいる建物の下、海岸の岩場にある洞窟です」

タチアナの表情が暗くなった。洞窟について何か知っているようだ。

「九十年前に起こったという殺人事件は、その金が理由なの？」

「おそらく。九十年前、この島の住民三十八名が殺され、生き残ったのは老人と子供の十数名だけでした。当時洞窟には、島民にとっての信仰の対象があるとされ、子供は立ち入ることを禁じられていた」

「よくそんなことがわかったものね」

「生き残った少女の息子がこの島にきています。彼は金のことなど知りませんでした」

「息子？」

「『本屋』です」

「イワンがいっていた行商人ね」

「そうです。彼の母親は日本人で、九十年前までこの島にいました」

再びタチアナのコートの中で振動音が鳴り始めた。

「でたほうがいい」

「何というの？　ここであなたといる、と？」

私は首をふった。思いつき、訊ねた。

「イワンの出身はどこです」

「カスピ海沿岸のどこか。父親は海軍の将校で、あちこち転々として育ったと聞いた」

「ウラジオストクにいたことは？」

「あったと思う。それが何か？」

「子供の頃いたなら、九十年前の事件の話を聞かされている」

「そんな歳じゃない」

「クラブ『エカテリーナ』で働く二十歳くらいの娘も知っていた」

「だとしてもそれが何なの？」

「ニシグチを殺した犯人は、明らかに九十年前の事件を意識していた。だからこそ目を抉った。イワンがニシグチを殺し、九十年前の事件と関係があるように見せかけたのかもしれない」

「イワンじゃない」

「なぜ、そう断言できるのです？」

タチアナは深々と息を吸いこんだ。

「ニシグチが殺されたとき、イワンはわたしといた」

「何月何日のことをいっているのですか」

「三月十日よ。前の晩から朝まで、わたしはイワンの部屋にいた」

「イワンの部屋というのはどこです」

「A－4棟の三階にある」

私は胸に痛みを感じた。タチアナがイワンの部屋に泊まったと聞いて、嫉妬の感情がこみあげたのだ。

「それが初めてですか」

タチアナの目が冷たくなり、胸の痛みがさらに増した。

「答える義務はないけれど答えてあげる。初めてじゃない。彼がわたしのリポートに激しく怒ったので、それをなだめるために彼の部屋にいた」

「私と寝たこともイワンは知っているのですか」

「疑っている。否定はしたけど」

　私は息を吐いた。タチアナは自分の体を調査の道具として使うことをためらわない。その結果、彼女に恋愛感情を抱いた男によってトラブルが生じている。

「私が工作員であるかを知るために、あなたは私と寝た」

「はっきりいうのね」

「その結果、工作員ではないと確信した。しかしそれをイワンにはいえない」

　タチアナは顔をそむけた。振動音が鳴りやんだ。

「嫌な男ね」

「トラブルの原因を作ったのはあなただ」

　いいすぎかもしれないと思ったが、タチアナは無言だった。

「この島にあった施設について教えてください。さっきあなたは、ウラジオストクの知り合いに電話で問い合わせたといった」

「ごめんなさい。あれは嘘。そういわなければあなたに会えないでしょう」

「何のために私に会うんです」

「あなたのことが心配だったから」

「イワンがまた私を襲うと思ったのですね」

　いってから気づいた。

「昨夜遅く私を呼びだしたのは、イワンにいわれたからですか?」

　タチアナは首をふった。

「ちがう!　彼はずっとあなたを監視していたの。あなたが発電所からA－3棟にくる映像を見て、わたしと会うつもりだと気づいたのよ」

「嘘だ」

「嘘じゃない!」

「では彼をここに呼んでください。直接、彼から聞く」

　タチアナは目をみひらいた。私が目をそらさずにいると、目を伏せた。

「あなたの電話を監視したの」

「電話を監視した？」

「オロテックから支給される携帯は、番号を登録すれば会話をすべて録音できる。あなたやヤンに支給された携帯は録音されていて、管理センターのコンピュータでそれを聞くことができる。イワンにその権限はないけど、管理センターに協力者を作ったの。それであなたがわたしの部屋にくると知っていた」

　ヤンはそれを知っていたのだ。私はサポートセンターの坂本の言葉を思いだした。プラントの周辺では電話もつながらない、といっていた。

「権限があるのは誰です？」

「エクスペールトだけよ」

　タチアナはパキージンとも寝たのだ。だからこそ知っている。

「何なの」

「島内携帯での会話が録音されているとイワンに教えたのはあなたですね」

　タチアナは大きく息を吸い、頷いた。

　私は思わず首をふった。タチアナを哀れに感じた。体で得た情報は、体を通して流れでて、結果、彼女のマイナスに働いている。

「わたしが本気であなたを心配しているのが信じられないの」

「信じます。あなたは正直すぎる。それがトラブルの原因でもある」

「でもある？」

「もちろん美しいことが一番の原因です。こんな島にあなたのような美人がいれば、皆夢中になる。あなたの気を惹くためなら、何でもするでしょう。問題は、そういう男たちに対してあなたがごほうびを与えすぎたことだ」

　タチアナは殴られたような表情になった。

「ひどいことをいうのね」

「襲われたのは、あなたではなく私だ」

タチアナは唇をかみ、私を見つめた。

「わたしはどうすればいいの」

「本当にイワンを説得することです。このままでは、いずれ彼は、あなたとの関係が疑わしい人間すべてに危害を及ぼしかねない」

タチアナは首をふった。

「そこまで馬鹿じゃない。彼は、任務とわたしとの関係を混同しているだけよ」

「だから危険なんです！　恋敵《こいがたき》はすべて敵の工作員だと思いこみかねない」

タチアナと私はにらみあった。やがてタチアナは息を吐き、

「わかった。彼ともう一度話す。上司にもいって任務から外す」

といった。

「彼がそれをうけいれるといいのですが」

「キャリアは短くても、地位はわたしのほうが上。最終的にわたしの指示を、彼はうけいれざるをえない」

「あくまでもそれを拒否したら？」

タチアナは首を傾げた。

「どういう意味？」

「最後はあなたに怒りが向かう」

タチアナの目に強い光が宿った。

「そのときは、わたしが対処する」

恐怖は感じていないようだ。

「わかりました。では、もう一度あなたにお願いします。この島にあった施設について情報が欲しい。ニシグチの殺害犯をつきとめるためには、その情報が必要です」

タチアナがそれについて知っているのはまちがいない。ロシア政府が守りたいのはオロテックではない、と彼女はいった。

「それをあなたが手に入れることは許されない。も

しそうしようとするなら、結果として工作員と同じ扱いをうける」

「そこまで守るべきものなのですか」

タチアナは答えなかった。不意に私の首に両手を回し、引き寄せた。

また色仕掛けかと思ったがちがった。

「イシガミ。あなたとわたしの関係は、今日で終わり。これからは医師と患者でしかない。一度だけだけど、いい思い出になった」

耳もとでいって、体を離した。とっさのことで、私は何といっていいかわからず、タチアナを見つめた。

「さよなら」

タチアナはいって、壁からコートをとり着こんだ。扉を開け、外にでていく。冷たい空気が流れこみ、一瞬で寒けを覚えた。

扉が閉まった。軽い靴音が遠ざかり、私は何か夢でも見ていたような気持になった。

もちろん夢ではなかった。テーブルに残された、潰れたビール缶に残るルージュの色がそれを物語っていた。

23

扉に鍵をかけ、たちあげたパソコンの画面を見つめていた。見つめてはいたが、思い浮かぶことはなかった。

何かを得たわけでもなかったから失ったわけでもない。そう自分にいい聞かせていただけだ。

失ったような気がして、しかたがなかった。

時刻は午後二時を過ぎていた。ボリスの身柄の確保は終わっただろうか。

皮肉な話だ。ボリスがいなくなっても、イワンというかわりが現われた。

島内携帯が鳴った。

「イシガミです」

「パキージンだ。コズロフといっしょにいる可能性がある社員だが、オレク・ベーレンスキー以外に誰か知っているか」

「いいえ。あとはギルシュの手下のロランしか思いあたりません」

「ベーレンスキーの部屋に、ボリス・コズロフはいなかった。ロランは所在が不明だ」

「今はどちらです」

「オフィスにギルシュといる。コズロフをグラチョフと部下が朝から捜しているが、見つかっていない」

「今からうかがってよろしいですか」

パキージンとギルシュが二人でいるという光景が想像つかない。

「待て」

ギルシュと会話をする気配があって、

「いいだろう、待っている」

と告げてパキージンは電話を切った。


ボリスが島の中を逃げ回っているのだとすれば、私とでくわす可能性もある。そのときはためらわず、私を撃つだろう。

マカロフの薬室に初弾を装塡し、安全装置をかけてポケットにつっこむと、部屋をでた。

犯罪者が警察官に敵意を抱く理由は単純だ。仕事——金儲けを邪魔し、刑務所にぶちこもうとするからだ。警察官さえいなければ、仕事はやりやすい。

ボリスの場合はもう少し複雑だ。だまされたことへの恨みが加わっている。

潜入捜査の第一歩は、犯罪者の信頼を得ることから始まる。できる奴だと思われ、頼れる仲間になれるよう、努力をする。

プロの犯罪者には、自分を大きく見せたがる傾向がある。人を殺したことがないのに、何人も殺してきたといったり、過去の犯罪で得た稼ぎを何倍にもふくらませて自慢する。

潜入捜査官はそんな見栄を張らない。過去の犯歴を吹聴すればボロがでる可能性がある。控えめな態度で、しかし求められた仕事はきちんとこなす。

結果、「おとなしいが仕事はできる」という評価をされ、仲間から信頼されるようになる。犯罪組織のボスにまで登りつめることはないが、二番手、右腕的な立場におかれることは多い。

そういう人間が実は潜入捜査官であったとわかったとき、大きな恨みを買う。

信頼の深さと恨みの大きさは比例するのだ。

ボリスは私を「天才」と呼び、取引には必ず同行させた。警察官とはおそらく疑っていなかった。正体がバレたのは、池袋署の暴力団担当刑事が〝恩を売るため〟に流した内偵情報が暴力団から伝わったからだ。

もともと「お巡りではないか」と疑っていた人間が潜入捜査官だったと判明するのと、仲間と信じていたのを他者からの密告で潜入捜査官であると知るのとでは、怒りに大きなちがいがある。

潜入捜査中に正体が発覚すれば、決して無事ではすまない。よくて袋叩き、ほとんどの場合は殺される。殺されるのも、警察官と知った上で殺すのだから、遺体を発見されないように、埋められるか沈められるのが基本だ。

その上で、殺されかたに差が生まれる。

疑われていたのが発覚したのであれば、頭に一発、で終わらせてもらえる可能性もある。信頼を得ていたら、そうはいかない。時間をかけ、苦痛と恐怖をたっぷり味わうことになる。一寸刻み五分試しという奴だ。

私にとって唯一の救いは、この島でそれをする余裕がボリスにない点だ。ギルシュが仲間だったら、私をさらって痛めつけることもできたろうが、現状では出合いがしらに弾丸を撃ちこむくらいのものだ。

もちろんそれでも死は死だ。痛いだろうし、苦しむだろう。が、痛めつけられ殺されることを考えれば、かなりましといえる。

正体が露見した潜入捜査官の死体を、過去二度、見たことがある。犯罪組織に拉致され、救援に向かったものの間にあわなかった。

ホラー映画のような現場だった。死体の顔には安堵の表情があった。理由は、苦痛から解放されたからだ。死を願い、かなえられ、感謝していたと、逮捕されたマフィアのメンバーがいうのを聞いたとき、私は吐いた。

イワンへの対処はさらに厄介だ。おそらく昨夜以上に憔悴し、私への憎しみをたぎらせている。タチアナが私の宿舎に入り、電話に応えなかったことで、嫉妬の感情をふくれあがらせたにちがいない。

工作員の訓練を受けたイワンは、私を日本の工作員であると思いこんでいて、タチアナがそれを否定しても、裏切りととるだけだ。イワンにとって、タチアナの行為は、国家と自分の両方に対する反逆にしか思えない。

イワンは、私を排除する正当な理由を得たと考えるだろう。次は威しではなく、PSSを発射する。

地下通路を、私は防寒着のフードをかぶって駆け抜けた。監視カメラで位置を確認されないためだ。もし通路で待ち伏せされていたら、そのときは撃ち合うしかない。

ボリスとイワンと。どうしてこんな危険な島に閉じこめられる羽目になったのか。稲葉を恨んだ。ここに派遣したのは稲葉だ。

なにが「しばらく東京を離れられる仕事がある。マフィアとはかかわらない」だ。

ポケットの中で握りしめたマカロフのグリップが汗でぬらついた。ボリスかイワンか、どちらかが今、目の前に現われたら、問答無用で私は撃つだろう。

だからなのか、管理棟のエレベーターにひとりで乗りこんだときは安堵で膝が砕けそうになった。

パキージンのオフィスに足を踏み入れた私を見て、すわっていたギルシュがいった。

「なんてツラしてやがる」

パキージンは無言で眉をひそめると立ちあがり、デスクのひきだしからウォッカの壜をとりだした。紙コップに注ぎ、私にさしだす。

　私はうけとり、口にあてがった。大量ではないが、ひと息では飲み干せない。

むせないですみそうな量を飲んだ。喉が焼け、そこから下が熱くなった。

　思わずため息がでた。

「すわれ」

　ギルシュが自分のかたわらの椅子を示し、私は紙コップを握ったまま腰をおろした。

　思わず笑いがこみあげた。この島で、最初に私にやさしくしてくれたと思ったのはタチアナだったが、彼女のせいで襲撃される羽目になった。今、私にやさしくしてくれるのは、初めて会ったとき「叩きだす」とすごんだ強面《こわもて》のボスだ。

　笑う私に、ギルシュは眉をひそめた。残りのウォッカをあおった。

「大丈夫か」

「ああ」

　私は頷き、空になった紙コップを握り潰した。

「ボリスが見つからないと聞いた」

「ロランもいない。エクスペールトの話では、オレクは今朝、プラットホームに戻るといってボートをだしたそうだ」

　ギルシュがむっつりといった。私はパキージンを見た。

「ボートを？　海が荒れているのに誰も止めなかったのですか」

「波はだいぶおさまってきている。プラットホームでの作業は難しくても、航行の許可はでていた。船酔いをする人間にはつらいだろうが、定期船も明日には運航を再開する筈だ」

　パクも同じようなことをいっていた。

「プラットホームに問いあわせましたか」

　私の問いにパキージンは頷いた。

「オレク・ベーレンスキーは、持場に戻っている。しかしプラットホームにオレクの乗ったボートが到着したのは、午後二時だった。港をでたのは午前八時だ。波があり、スピードをだせないとしても、港からプラットホームまでは一時間もあれば到着する」

「つまり、寄り道をしていた」

「五時間あれば、ゼリョーヌイやユーリ、ハルカルに寄ることも可能だ」

パキージンは歯舞群島の名を口にした。ゼリョーヌイは志発島、ユーリが勇留島、ハルカルは春苅島のことだ。

「人は住んでいるのですか」

「ハルカルにはいないが、ゼリョーヌイには海産物の加工場があるし、ユーリには季節労働者の宿舎がある。どちらも住民がいるし、定期船の寄航もある」

「オレクがボリスをどちらかの島に逃がしたと?」

「ロランもいっしょだ」

ギルシュが答えた。私はギルシュを見た。

「あんたを裏切ったのか」

「奴は国境警備隊に知り合いがいた。グラチョフがボリスをつかまえようとしているという知らせがいったのだろう」

「それで逃げだしたのか」

「ロランは俺のところには戻れねえ。ボリスがつかまったら、ピョートルに泣きつこうにも、あいだをとりもってくれる奴がいなくなる」

「マフィアどもが勝手にこの島を縄張り争いの材料にしている。そんな真似は決して許さない」

パキージンがいった。

「ボリスは戻ってくる。執念深い上に、自分の利益を人に奪われるのが我慢できない性分です」

私はいった。

「ボリス・コズロフに上陸する許可をオロテックはだしていない。許可を得ていない人間が上陸して、その身に何が起こったとしてもオロテックは関知しない。君ならその意味がわかるだろう」

パキージンは私を見つめた。私は息を吐いた。

「あなたの期待に沿えるとは思えません。ボリスはこの島をでていったし、戻ってくるとしても、そのとき私はいない」

「君の仕事は終わっていない。ニシグチ殺害犯をつきとめていないのだろう」

「確かにつきとめてはいませんが、ボリス・コズロフは犯人ではありません」

「犯人は誰なんだ」

ギルシュが訊ねた。私はギルシュに目を移し、首をふった。

「それを知るには洞窟に渡る必要がある」

「なぜだ」

今度はパキージンが訊ねた。

「殺された当日、ニシグチは洞窟に渡ろうとしていました。アルトゥールにその手配を頼んだ」

「アルトゥールはサハリンにいるのに、どうしてそんなことがわかった？」

「本来ならニシグチはもうひとりの友人と洞窟に渡る筈でした。しかしその友人は当日病気になり、いけなくなった。本人から聞きました」

「信用できるかね？　その友人がニシグチを殺し、いかなかったといっているのではないのか」

「もしそうなら、決して私に話さなかったでしょう。ニシグチが洞窟に渡ろうとしていたことは彼とアルトゥールしか知らず、アルトゥールはつかまっています。それに彼にはニシグチを殺す理由がない」

「ニシグチが殺された理由を、君は知っているのか」

「答は洞窟にあります」

パキージンの目を見つめ、私はいった。

「九十年前にこの島で起こった大量殺人の動機も、洞窟に隠されていたものでした」

「おいおい、まだあるというのじゃないだろうな」

ギルシュがいったので、パキージンはギルシュを見やった。

「何があるというんだ?」

「金《きん》です」

私が答えると、パキージンは首をふった。

「ありえない。洞窟には何もない」

「あなたは入ったことがない、と以前私にいった。入ったことがないなら、何もないと断言できないのではありませんか」

パキージンは私をにらみ、息を吸いこんだ。

「何もないといった部下の話を、私は信じている」

「何もないなら、私が調査に向かってもかまいませんね」

ギルシュが私を見やった。あきれたような表情だった。もしかすると感心しているのかもしれない。

「どうやって調査する? 崖を降りるのか」

「ボートが使えるといいのですが。アルトゥールのように、乗せてくれる船員を捜します」

まさかヤンに協力を頼むとはいえない。

パキージンは私をにらんだ。

「それとも、私といっしょに洞窟にいっていただけますか?」

「俺はいく」

ギルシュがいったので、パキージンは驚いたように訊ねた。

「なぜだ」

「ひいじいさんの話をしたろう。子供の頃から、ずっといってみたいと思っていたんだ」

答えてギルシュはにやりと笑った。

「ニシグチと同じだな」

私はいった。

「別に金があると思っているわけじゃない。ただの好奇心だ」

「好奇心はときに命にかかわる災難をもたらす」

パキージンがいった。私はパキージンを見つめた。

「あなたは反対なのですか」

パキージンは答えなかった。ぎりぎりの駆け引きだ。あまりに追いつめれば、パキージンは地位を笠にきて、洞窟への渡航を禁じる可能性があった。

「エクスペールトは、洞窟にあるものを俺たちに見せたくないのさ」

ギルシュが私の側についた。パキージンは息を吐いた。

「君の目的はニシグチ殺害犯の捜査ではないのか。ロシア政府の機密を探るスパイだと疑われてもいいのか」

「おっと」

ギルシュがつぶやき、私を横目で見た。

「そうなのか」

「まさか。しかしそう疑っている人間は他にもいる」

「PSSで君を狙撃した人物だな」

パキージンがいい、私は頷いた。

「『ビーチ』で私を襲ったのも同じ人物です。彼はニシグチにもスパイの疑いをかけていた」

「そいつが殺したのか」

ギルシュが訊いた。

「いや。そうなら簡単だが、彼にはアリバイがあった」

「誰なんだ」

ギルシュがじれったそうにいった。私はパキージンから目をそらさず告げた。

「あなたはご存じの筈だ」

パキージンの表情はかわらなかった。ギルシュはわけがわからないというように、私とパキージンを見比べている。

「君と私の考えている人物が同じなら、動機はひどく個人的なことだ」

「ええ。嫉妬です。ちなみにニシグチには嫉妬される理由はありませんでした」

パキージンは横を向いた。

「君が気づいたのは、彼に殺意がなかったからか」

「いえ、彼女から聞きました。しかも今は殺意をもっている。今朝、彼女は私の部屋にきて、その話をした。彼は彼女を追いかけ回していて、おそらく逆上している」

「いったい誰の話をしてるんだ⁈」

ギルシュが声を荒らげた。

「タチアナ・ブラノーヴァ医師と看護師のイワン・アンドロノフだ」

パキージンが答えた。

「あの女医が何だってんだ」

「二人はFSBだ」

パキージンがいったので、ギルシュは目をむいた。

「FSBだと。なんだってFSBがこの島にいる。産業スパイの取締りか」

「それもある。が、オロテックよりもっと重要なものを守ろうとしているようだ」

答え、私はあと戻りができない言葉を口にしてしまったと気づいた。

「それが何であるか、ブラノーヴァ医師は君に話したのか」

パキージンの表情が険しくなった。この男にブラフは通じない。聞いていると答えたら、身柄を拘束されるかもしれない。

「残念ながら聞いていません」

「君が洞窟にこだわる理由は、それを知りたいからではないのか」

「私が知りたいのは、ニシグチを殺した犯人です。FSBが守りたいのが何であろうと、それが洞窟にないものであれば、私にとってはどうでもいい」

パキージンは首をふった。

「信用できない」

デスクにおかれた電話が鳴った。パキージンは私から目をそらさず、受話器をとった。

「はい《ダー》」

相手の声に耳を傾け、

「わかった」

と答えて、受話器をおろした。

「グラチョフ少尉からだ」

「奴が見つかったのか?!」

ギルシュが声をあげた。パキージンは首をふり、私をにらんだまま答えた。

「イワン・アンドロノフがブラノーヴァ医師を人質にして診療所にたてこもっている。アンドロノフはPSSを所持していて、君を呼べ、といっているそうだ」

喉が一瞬で渇いた。私は手の中の紙コップの残骸に目を落とした。恐怖がこみあげる。

パキージンがデスクのひきだしからマカロフをとりだした。弾倉をあらため、遊底を引いて初弾を装塡した。腰のベルトにはさみ、私に訊ねた。

「もっているか」

私は無言で頷いた。

「よろしい。ではいこう」

「待ってください。私が交渉にいくのはかまわないとして、彼と撃ち合いになるのは避けたい」

「怖気《おじけ》づいてやがる」

ギルシュが吐きだした。

「もちろんだ。私は日本人で、イワンはロシア政府機関の人間だ。何かあったとき、ロシアの法律はどちらの味方をする?」

「なるほど」

「私が証言してやる。いった筈だ。この島の最高責任者は私だと」

パキージンがいった。その言葉を信じるしかない。逃げだすのはどう考えても不可能だ。

私は頷き、立ちあがった。泣きたい気持だった。タチアナの誘惑に負けなければ、こんなことにならなかった。

「俺もいくぞ」

ギルシュがいい、パキージンは止めなかった。

エレベーターに乗りこみ、自分の考えちがいに気づいた。タチアナと寝なくても、同じ事態は起こった。イワンは私にスパイの疑いをかけた。その上でタチアナと親しくしていると思いこめば、事実がどうであれ、私を憎んだにちがいない。

それを避けるためには、タチアナと会ってはならなかった。が、調査のためには会う他なく、つまりこの島にきたことそのものが、まちがっていたのだ。

24

Ａ－６棟に向かうため地上にでると、風がおさまっていることに気づいた。寒さも少しやわらいだようだ。

Ａ－６棟の入口にはＡＫ－74を手にした若い兵士が立っていた。パキージンに敬礼し、

「少尉が中で待っておられます」

といった。私とギルシュに目を向けたが、入るなとはいわない。

パキージンは頷き、Ａ－６棟の入口をくぐった。

診療所の待合室となっている廊下にグラチョフと二人の兵士がいた。兵士二人は床に膝をつき、ＡＫ－74を肩にあてがっている。銃口は診療所を向いていた。

「状況を説明しろ」

パキージンがいった。

「ボリス・コズロフ発見のために、Ａ区画の建物を順番に捜索していたところ、診療所内にいるブラノーヴァ医師とアンドロノフが争っていました。仲裁に入った部下にアンドロノフは銃をつきつけ、でていけと威しました。私が駆けつけると、そこからアンドロノフが顔をだして、イシガミを呼べ、さもないとブラノーヴァ医師を殺すといったのです」

グラチョフは小窓を示していた。

「診察室には入りましたか」

私は訊ねた。グラチョフは首をふった。

「扉には鍵がかかっている」

パキージンが私を見た。お前の出番だ、というわ

けだ。

「イワン！」

私は小窓から直線にあたらない壁ぎわに立ち、呼びかけた。いきなり撃たれたくない。

「イシガミだ」

診療所の内部からは何の音も聞こえなかった。

「イワン！」

私はもう一度呼びかけた。汗が噴きでてきた。防寒着を脱ぎ、マカロフを手に握った。

いきなり小窓が開き、イワンが顔をのぞかせた。首を巡らせ、壁ぎわに立つ私を見た。

「中に入れ」

「ブラノーヴァ医師は無事か」

私は訊ねた。

「わたしは大丈夫」

イワンの背後からタチアナの声が聞こえた。

「何が望みだ。いってみろ」

パキージンが訊ねた。イシガミの命だとイワンが答えたら、ちょうどいい、くれてやるというかもしれない。

イワンはパキージンに目を向けた。

「タチアナは祖国を裏切った。俺は任務を果たす」

「誤解をしている。私はただの警察官で、スパイじゃない」

「嘘だ」

「本当だ」

「本当よ」

私の声とタチアナの声が重なり、それがイワンをいらだたせた。

「お前たちは二人で、国家の機密を暴こうとしている」

「機密とは何だ」

私はいった。

「知っているくせにとぼけるな」

イワンは私をにらんだ。

「ニシグチが死んだので、お前はかわりとして送りこまれた。中国のスパイとも協力している」

「私はニシグチを殺した犯人をつきとめたいだけだ。君が殺したのか」

「俺は誰も殺していない。まだ、な」

「君の行動は、任務だと理解されない危険がある。武器をおいて投降しろ」

パキージンがいった。イワンはパキージンに目を移した。

「あんたの指図はうけない。俺はロシア政府の人間だ」

「私が以前何をしていたのか、知らないわけではないだろう。私の忠告を聞くべきだ」

思ったよりイワンは冷静だった。彼が守ろうとしている「国家の機密」を知りたかった。そのためには診察室に入る他ない。

好奇心はときに命にかかわる災難をもたらす――パキージンがついさっき口にした言葉だ。

「あんたは金儲けに目がくらんで、愛国心を失っている」

パキージンは深々と息を吸いこんだ。

「私が愛国心を失っただと。何のためにオロテックが建設されたのか、君は知らされて、ここに送りこまれた筈だ」

「エクスペールト！」

タチアナの声が響いた。

「イシガミがスパイではないとしても、それ以上の話をここでするべきではありません」

止めるな、と叫びたいのを私は我慢した。

「もう遅い。スパイではないとしても、イシガミは日本政府の人間だ。ここにいること自体が不適切だ」

パキージンがマカロフを抜いた。

「原因を作ったのは、ブラノーヴァ医師、君だ。その責任を、しかし君はとれない」

銃口が私を向いた。背筋が瞬時に冷えた。

「エクスペールト……」

私はパキージンを見つめた。

「まだ機密は保たれています。イワンは誤解しているんです」

タチアナがいった。

「そうかもしれないが、明らかになるのは時間の問題だ」

パキージンの手にしたマカロフが小窓からのぞくイワンの顔に向けられた。

バン、という銃声がして、窓枠に血がとび散った。イワンはうしろ向きに倒れこんだ。

「エクスペールト！」

グラチョフが叫んだ。パキージンはジャケットから鍵束をとりだし、兵士に投げた。

「扉を開けろ、六番の鍵だ」

兵士が鍵をさしこみ、診察室の扉を開けた。マカロフを握ったグラチョフともうひとりの兵士が入った。やがてグラチョフが姿を現わした。私が見たことのない小型のオートマチック拳銃を手にしている。

「アンドロノフがもっていました。PSSです」

パキージンは頷き、診察室に入った。私はあとにつづいた。

タチアナがデスクの椅子に電気コードで縛りつけられていて、兵士がほどいていた。イワンは床に仰向けに横たわっている。銃弾は顔の中心に命中し、頭の下に血だまりがあった。

パキージンはそれを無表情に見おろし、私に告げた。

「アンドロノフは事故か自殺で処理できるが、君の場合、外交問題となる危険がある。短期間にこの島で日本人二人が死ぬ、というのは好ましくない」

「だから私ではなく、彼を撃ったのですか」

「そうだ」

それだけではない。交渉の過程で「国家の機密」が洩れるのを防ぎたかったのだ。

「イシガミ」

タチアナがかたわらに立ち、私の腕をつかんだ。

「こんなことになるなんて」

タチアナがつぶやくと、パキージンはふりむいた。

「上司に状況を報告し、この島を退去する準備をしたまえ。交代の医師は、こちらで手配する」

タチアナは息を呑んだ。私から手を離し、パキージンに向き直る。

「上司の指示がなければ、退去できません」

「上司の誰だ」

タチアナとパキージンはにらみあった。

パキージンがさらにいった。

「名前をいえ」

「部外者にはお答えできません」

パキージンは息を吸いこみ、体がひと回り大きくなったように見えた。

「部外者だと。誰にものをいってる。私はオロテックのエクスペールトだ。君は自分の軽率な行動がこの事態をひき起こしたという認識がないようだな」

「その軽率な行動を、エクスペールトも楽しまれたのではありませんか」

タチアナが低い声でいった。パキージンは表情をかえずに答えた。

「あれは君の趣味だ。情報収集の手段だと、君は思いこんでいるようだが、いろいろな男と寝るのを楽しんでいるだけだ。その結果がこれだ」

イワンの死体を示した。タチアナの顔がこわばった。

「寝た女にすべての男がやさしくすると思っているならまちがいだ。それとも君を訓練した教官が愚かだったのか」

タチアナの顔がまっ赤になり、私はそれ以上見ていられず、目をそらした。タチアナは無言で診療所をでていった。

私は息を吐いた。言葉が何も思い浮かばない。

「PSSには弾丸が四発残っていました」

グラチョフがこれまでのやりとりをまるで聞いていなかったような顔でパキージンに告げた。

「それは証拠品として預かる。死体を運びだせ」

グラチョフは頷き、銃をさしだした。

「ではニシグチの死体といっしょに保管します」

ギルシュがデスクのかたわらに立ち、床からコードを拾いあげた。

「コズロフの捜索を再開しろ」

PSSを受けとったパキージンはグラチョフに命じた。

「了解しました」

パキージンは私に目を向けた。

「私のオフィスに戻ろう」

「俺は遠慮しておく」

ギルシュがいった。パキージンは気にとめるようすもなく、頷いた。

「勝手にしろ」

廊下にでると、外にいた兵士にパキージンは命じた。

「管理センターにいって、ここを清掃させろ」

私とパキージンはオフィスに戻った。パキージンはウォッカの壜をとりだし、紙コップに注いで私を見た。

「結構です」

パキージンは無言で、ウォッカをあおった。

「私の対応が不満か」

無言でいた私に訊ねた。

「何もいってません」

パキージンは私を見た。

「人を撃ったのは久しぶりですか」

私は訊ねた。パキージンは表情をかえなかった。

「この島では初めてだ」

「あなたに関する噂は、まちがっていなかったのではありませんか」

パキージンは首をふった。

「人を撃ったことがないとはいわない。が、暗殺は職務ではなかった」

ポケットからだしたPSSをデスクの上におき、

自分のマカロフと並べた。さらにもう一杯、ウォッカを注いだ。

「こうしたことからは離れられると思っていた」

「オロテックの業績だけを気にする、静かな生活を望んでいた？」

「そうだ。それはまちがっているのか。私はマフィアなどとつきあう気もないし、日本人が殺された理由も知らない。なぜだ！　なぜ、私の平和を壊そうとする⁈」

ウォッカをあおり、叫んだ。紙コップを床に投げつけた。

「君の上陸を許したのは、これ以上、この島で犯罪が起こるのを防止できると信じたからだ。だが、どうだ？　マフィアがここを縄張り扱いし、誰とでも寝る同僚にのぼせた愚か者が銃をふり回す。すべて君が原因だ。マフィアは君の知り合いだし、あの女と寝たことが、今日のこの事態をひき起こした。君が日本人でなければ、まっ先に撃ち殺しているところだ」

私は息を吐いた。

「おっしゃる通りです。でもひとつだけ反論したい」

「いってみろ」

パキージンはデスクの上の二挺《にちょう》の銃に目を向け、答えた。

「オロテックにはもともと秘密が隠されていました。島にあった日本人の集落や墓地を潰し、施設を作った。この島の過去をすべて消すためです。タチアナやイワンは、その秘密を守るために、この島に送りこまれ、あなたも承知していた。つまりオロテックは大きな秘密の上に建てられている。それを、まるで存在しないかのようにふるまっているだけだ。ここがそんな場所であると、私はまったく知らずにきました」

「オロテックで働く、多くのロシア人、日本人、中国人がそうだ。彼らはこの島の過去に何の興味ももたない」

「だから、ニシグチは殺されたのです」

パキージンは目を上げた。

「ニシグチは、この島の過去を知ろうとしていた。しかしそれはロシアの国家機密を暴きたいからではなく、ささやかな欲と冒険心にかられたものだった。彼のひいじいさんが、じいさんに伝えた話を、ただ確かめたかっただけなのです。にもかかわらず、彼は殺されてしまった。その理由が、この島の秘密にあるのなら、それは彼の責任ではないし、私の責任でもありません」

パキージンは深々と息を吸いこんだ。

「ニシグチの行動を止める者はいなかったのか」

「いませんでした。私に警告する者はいた。しかしニシグチには誰も目を向けていなかった。だからこそ彼は洞窟に渡ることができた。そして命を落とす羽目になった」

「ここは日本ではない。好き勝手に動き回る許可など与えていなかった」

「だとしても、殺されて目を抉られるほどの罪を犯したのでしょうか」

「あれは警告だ」

「誰が誰に警告したのです?」

パキージンは答えなかった。私はパキージンを見つめた。

「君は、私がニシグチを殺したと思っているのか」

私は首をふった。

「動機はあっても、あなたはこの島でそんな真似をする必要のない、唯一の人間です。ニシグチが洞窟で何を見たにせよ殺さずにその口を封じることができる。捕《とら》えて、死ぬほど威すこともできるし、こっそりどこかに閉じこめておくのも可能だ。殺した上に目を抉る必要など、あなたにはまったくない」

いった瞬間、私はあることに気づいた。パキージンの表情が変化したからだ。

「私を告発する気なのかと思ったぞ」

「私の告発など、何の力もない。この島ではもちろんのこと、日本に帰ったあと、したとしても上司に握り潰されて終わりです。それこそ外交問題になる」

　気づいたことは口にせず、私はいった。パキージンは無言でいたが、やがて口を開いた。

「日本の警察官がくると知らされたとき、君のような人物だと、私はまるで思わなかった。ロシア語もろくに喋れないくせに型通りの質問ばかりするような、つまらない男だろうと想像していた。だがそれは裏切られた。君は優秀な上に、ブラノーヴァ医師とも親しくなった。感心したよ。君は信じないだろうが、私は君を気に入った」

「信じます。そうでなかったら、ＰＭを私に貸さなかった」

　パキージンは頷いた。

「その通りだ」

「それで私をどうするのです？　タチアナのように叩きだす？　それともスパイ容疑で逮捕しますか」

「ニシグチを殺した犯人を、君はまだつきとめていない。君がこの島にいる限り、君の処遇に関する権限を、私はもっている。犯人をつきとめるまで、君の立場はかわらない、といっておこう」

　安堵していい筈なのに、まったくそんな気分にはならなかった。私は黙っていた。

「コズロフが島を去り、アンドロノフが死亡したことにより、当面、君に対する危険はなくなった。捜査に専念できるのではないかね」

「その通りですが、私が捜査をつづければ、この島の秘密にかかわらないわけにはいきません。今は知りませんが、いずれは知るかもしれない」

　今は知りませんを、強調して告げた。

「君が知った、そのときに考える」

「私が知るのは問題ないとお考えなのですか」

「いった筈だ。君の処遇に関する権限を私はもつ、と」

つまり生かすも殺すも胸三寸、ということだ。

「ニシグチを殺した犯人はつきとめろ。だが秘密を知った以上、この島からはだしてやらない？」

パキージンは微笑んだ。

「優秀な男だ」

25

宿舎に戻ると、横山からメールの返事が届いていた。が、それは今朝送った行商人に関するものではなく、殺された島民の遺体状況についてのものだった。

それによれば、死因は撲殺、刺殺、射殺などさまざまではあるが、強い殺意を抱いた者による犯行と推定され、どの被害者も一撃で致命傷となるような傷を負っていることを除けば、共通点はなかった。

目は抉られていなかったのだ。

九十年前の大量殺人で、犯人は三十八名の命は奪ったが、眼球には手を触れていない。目を抉った、潰したというのは、あとから怪談についた尾鰭だった可能性が高い。

ならばなぜ西口は目を抉られたのか。

九十年前の事件と西口殺害を関連づけるのが犯人の狙いだ。

つまり犯人は怪談を信じている。

私はパソコンに手をのばしかけ、止めた。

パキージンと話していて、私が気づいたのは、西口を殺した犯人と目を抉った犯人は別人の可能性がある、ということだった。

殺人と死体損壊が、別々の人物によっておこなわれたとすれば、事件の見えかたが大きくかわってくる。

パキージンは西口を殺してはいない。しかし目を抉った可能性はある。

理由はこの島の秘密だ。西口の死体は、殺害現場とは異なる「ビーチ」にあった。

殺害現場が洞窟だったとしよう。洞窟に西口を連れていった、あるいは洞窟にすでにいた人物に西口は刺殺された。

それを何らかの方法で知ったパキージンは、西口の死体を洞窟から運びだし、目を抉って、「ビーチ」に放置した。

洞窟から運びだした理由は、捜査が洞窟に及ばないようにするため。目を抉ったのは、西口を殺したのは九十年前の大量殺人事件と関係がある、と思わせるためだ。

殺した上に目を抉る必要など、あなたにはまったくない、と告げたとき、パキージンは明らかに安堵の表情を浮かべた。

その表情の意味を私は知っていた。容疑を否認する被疑者が、「私もあんたが犯人だとは思わない」と取調べ中の警察官にいわれて浮かべるものと同じだ。

そして、その表情を浮かべる被疑者は、十中八九、本ぼしである。

パキージンが西口を殺害した犯人だとは、私は疑っていない。彼がそれをする必要があったとは思えないからだ。

だが死体が発見されることで洞窟の存在に人々の興味が向かうのと、殺害された動機が洞窟にあると疑われることを避ける必要はあった。

死体損壊、及び「ビーチ」への死体遺棄の容疑を、私はパキージンにかけていた。

西口を殺した犯人をパキージンが知りたいと思っているのは確かだ。それは殺していないからだともいえる。

私を拘束も退去もさせずにいるのは、まさにそのためだ。

島内携帯が鳴った。

「まだエクスペールトのところか」

ギルシュだった。

「いや、自分の部屋にいる」

「『エカテリーナ』にこい」

「『エカテリーナ』に?」

「一番安心して話せる」

告げて、ギルシュは電話を切った。

何を話そうというのだ。ボリスはこの島にはもういない。まさかマフィアとの抗争の手助けをしろ、というつもりか。

地下通路を歩き、地上にでた。驚いたことに、青空が広がっていた。低気圧はすっかり遠ざかったようだ。

「エカテリーナ」の扉をくぐると、そこは夜だった。目が慣れるまで何も見えないほど暗く、ぶあついカーペットに足をとられる。

ソファセットにうずくまる女たちが見えた。

「イシガミさま」

ママの京子がどこからか現われ、私のかたわらに立った。今日はキモノドレスではなく、ミニスカートだ。おそろしくヒールの高いパンプスをはき、よろけることもなくカーペットの上を歩いてくる。

「ギルシュさんに呼ばれてきました」

ママは頷き、

「ニナ」

指を鳴らした。ソファから女の子が立ちあがった。前にきたときに話を聞いた、東洋人の血が混じった娘だ。ひいおじいさんが択捉の猟師で、西口が親しくしていた。

「やあ。覚えている?」

私の問いに、ニナは頷いた。

「ギルシュさんのところに案内して」

ママはニナに指図した。私は合点した。ギルシュは、彼女たちが仕事をする〝個室〟にいるのだ。

ニナは店の奥とロビーをへだてるカーテンをあけた。細長い廊下と、左右に並ぶ扉が見えた。扉の数は六つある。

ニナは廊下を進み、一番奥の右手に位置する扉の前で止まった。ノックする。

「入れ」

ギルシュの声が聞こえた。ニナは扉の前から退いた。私はドアノブを握った。

扉をひくと、部屋の大半を占領するダブルベッドが目に入った。壁には鏡がかけられている。赤いシェードのスタンドがおかれ、強い香水が匂った。窓はなく、狭い部屋には大きすぎるほどのエアコンディショナーが稼動して、空気がひどく乾いていた。

ギルシュがベッドにすわり、壁に頭をもたせかけている。ひどく小柄な彼がそうしていると、まるで、人形のように見えた。

ギルシュの膝の上にはタブレットがあった。Wi－Fi用の機器がサイドボードにおかれている。

私が部屋に入ると、ギルシュがいった。

「ニナ、悪いがコーラを二本もってきてくれ。ここは喉が渇いてしかたがない」

「わかりました」

扉が閉まり、すわる場所のない私は立ったまま室内を見回した。

「ベッドにすわればいいだろう。俺が邪魔なら別だが」

ギルシュがいい、私はベッドの端に腰をおろした。

「次の船に乗って殺し屋が二人くる」

タブレットをのぞいていたギルシュがいった。

「ピョートルの手下か」

ギルシュはむっつりと頷いた。

「ボリスはどこだ。何か情報はないのか」

「ない。少なくともウラジオストクには戻っていない」

私は天井を見上げ、そこにも鏡があることに気づいた。

「殺し屋のひとりは『日本人《ヤポンスキー》』だ」

ギルシュがいったので、思わずむきなおった。

「日本人？」

「渾名だ。顔が日本人みたいだから、そう呼ばれている。ひいじいさんがそうだったって話もある」

「『本屋』と同じか。名前は?」

「知らん。『日本人』で通っている。背中にサムライのタトゥを入れた、頭のおかしな野郎だ」

「もうひとりは?」

ギルシュは首をふった。

「わからん。『日本人』といっしょにくるだろうから、すぐにわかる」

「エクスペールトに知らせないと」

「急ぐ必要はない。船が着くのは明日の午後だ」

ドアがノックされた。ギルシュが応えると、ニナが顔をのぞかせた。コーラの缶をふたつ手にしている。

「どうぞ」

「ありがとう」

「ニナ、確かお前、ユージノサハリンスクの出身だったな」

ギルシュがいい、ニナは頷いた。

「『日本人』を知ってるか。背中にサムライのタトゥを入れた野郎だ」

「あいつ」

ニナは大きく目をみひらいた。

「知っているんだな」

「ユージノサハリンスクでは有名だった。誰にでも見境いなくケンカをしかけるの。カタナをもってて、すごく危ない奴」

「本当の日本人なのか」

私は訊ねた。ニナは頷いた。

「わたしの兄さんが小学校の同級生だったから知ってる。ひいおじいさんが日本人だったって」

「そのひいおじいさんは、なぜ日本に帰らなかったんだ? 戦争のあと、日本人は帰れた筈だ」

ギルシュが訊ねた。

「わからない。『日本人』の家は、昔はお金持だったっておじいさんがいってたから、それで帰らなかったのじゃない」

ニナは答えた。

「それはねえな。いくら金持でも、戦争に負けたあと、日本人は身ぐるみ剝がされた」

ギルシュがいった。

「じゃあわからない」

ニナは首をふり、私を見た。

「帰ったら、おじいさんかおばあさんに訊くね」

「よろしく頼む」

私がいうと、ニナはにっこり笑って頷いた。

「なんで『日本人』のことを知りたがる？」

ニナが出ていくとコーラの缶を開け、ギルシュは訊ねた。私もコーラを飲んだ。ロシア人はあまり飲みものを冷やす習慣がないが、このコーラは冷えていておいしかった。

「もしかしたら九十年前の事件の犯人の子孫かもしれない」

「はあ？」

「犯人は二人いて、ひとりは島の住人、ひとりは住人ではないが、島のことをよく知っていた。当時、島には、日本人、ロシア人両方の商人が訪れていた。私は、日本人の行商人が怪しいと思っている」

ギルシュは考えていたが、いった。

「行商人は日本からきていたのだろう」

「ホッカイドウのネムロだろうな、おそらく」

「だったらユージノサハリンスクにいるわけがない」

「『本屋』の母親はこの島の出身で九十年前の事件のとき七歳だった。それで殺されずにすんだ。彼女はユージノサハリンスクで、犯人のひとりをその後見ている」

「そいつのひ孫が『日本人』だというのか」

「もし犯人だったなら、日本に帰るより残るほうを選んだのじゃないかと思ったんだ」

ギルシュは険しい表情を浮かべていた。

「生き残ったのは『本屋』の母親だけか？」

「いや、年寄りと子供ばかり十数人が生きのびた。その後全員がでていき、ここは無人島になった」

「島をでて、皆ユージノサハリンスクに渡ったのか」

「クナシリやエトロフにいった者もいたようだ」

ギルシュは考えていたがいった。

「俺が犯人だったら、近くの島には逃げねえ」

なぜだと訊きかけ、気づいた。生き残りの島民と会うかもしれない。当時はまだ日本の統治下だから、殺人犯だと告発される可能性がある。

「犯人は洞窟に隠してあった金《きん》を盗んだのだろう、もっと遠くへ逃げられた筈だ。それとも戦争前は、ソ連みたいに、日本も移住を制限されていたのか?」

「くわしくは知らないが、移住が制限されていたとは聞いたことがない」

私は首をふった。

「殺されたのは何人だ?」

「三十八人」

「三十八人も殺した奴らが、生き残りとばったり会いかねないような近くの島へ逃げるか? しかも金を手に入れているんだ。トウキョウにだって逃げられたろう」

「確かにその通りだ。だが奪った金を使い果たしてしまったとしたらどうだ。土地勘のある場所に舞い戻っても不思議はない。島の住人だったら、戻るのをためらったろうが、そうでない、たとえば行商人だった者なら、見つからないと考えても不思議はない」

「『本屋』は何といってるんだ」

「島の人間全員の名を知っていたのに、母親は見かけた犯人の名をいわず、それが不思議だと。だから私は、犯人のひとりが行商人だったのじゃないかと疑ったんだ」

「全員の名を知っていた?」

ギルシュは目を細めた。私は頷いた。

「だったら住人だった犯人の名を知っている筈じゃないか」

「その通りだが、さんざん威され、恐くて口にできなかったのだろう。『本屋』の母親がその話を『本屋』にしたのは、亡くなる少し前だった。それ以前は、忘れようと思って忘れていたらしい。恐怖のせいだ」

「あまりに恐い思いをすると、そのときのことを忘れちまうもんだからな」

ギルシュは淡々と頷いた。

「あんたにも覚えがあるのか」

私がいうと、にらんだ。

「もう助からねえ、と思ったことは何度もある。毎晩、寝ようと目をつぶると、そのときのことを思いだす。だから忘れちまうと決めた」

私は息を吐いた。

「とにかく『本屋』の母親は、この島で起きた事件の犯人をユージノサハリンスクで見かけたことを、何十年もたってから息子に話した。『お父さんとお母さんを殺した人がいた。恐かった』と。その人物は何かを売っていたらしいが、具体的なことは『本屋』も覚えていない。ちなみに『本屋』は、犯人の目的が洞窟に隠された金だったことも知らなかった。母親が知らなかったからだ。ただし、金の噂を聞いたことはあるそうだ」

ギルシュは何もいわなかった。

「いずれにしろ犯人を罰することはできない。とっくに死んでいるだろう」

私がいうと、

「だから子孫をつかまえるのか」

といって体を起こした。

「先祖が犯罪者だという理由で罰せる法など存在しない。誤解のないようにいっておくが、ひいじいさんが殺人者だったから『日本人』が殺し屋になったとも思っていないからな」

フンとギルシュは笑った。

「先祖が何だろうが、あの野郎の母親ができそこないを産んだことはまちがいねえ。ピョートルの手下でも、最低のクソだ。人をいたぶるのが大好きな奴だ」

「だからやってくるんだな。ボリスは私を痛めつけたいんだ」

「なんで奴は、お前のことをあんなに憎んでいるんだ？」

今さら隠してもしかたがない。私はボリスの一味に潜入していたことを話した。

「本当は取引の現場で逮捕し、私の顔を忘れるくらい長く刑務所にぶちこむ筈だった。それが別の警官の点数稼ぎのせいでバレてしまった」

「お前のことを買ってたんだな」

「そうならなけりゃ、マフィアに入りこめない」

「なるほどな」

ギルシュの目がわずかだが冷たくなった。

「理由を知ったら、殺されてもしかたがないと思ったか？」

皮肉をこめて訊いた。

「メス犬《スーカ》は俺も大嫌いだ」

ギルシュはあっさり答えた。私は天井を仰いだ。

情けない顔の自分がいた。

「冗談だよ。お巡りも商売だ。そうでもしなきゃ、あんなクソ共を取締れないだろう」

ギルシュを見た。

「本気で嫌われたと思ったよ」

ギルシュは首をふった。

「だが、あの野郎が『日本人』にお前を殺させようとしているのは確かだ。用心しろ。もし『日本人』につかまったら、先に自分の頭をぶち抜いたほうがいい」

気分が悪くなった。

「ボリスはいったいどこにいると思う？」

私が訊ねると、ギルシュはむっつりと答えた。

「ゼリョーヌイかユーリだろう。定期船は、この島の前にそこに寄る。殺し屋二人とその船で舞い戻ってくる気かもしれん。それか殺し屋二人がそっちで定期船を下り、チャーターした別の船でこっそり上陸するか。国境警備隊に追われているなら、それもありうる」

「追われているのにわざわざ舞い戻るのか？」

「お前に仕返しをするだけなら、『日本人』に任せればすむ。奴は俺の始末をピョートルに約束している。それをしなけりゃ、ここを縄張りにできないからな」

「狙われているのが私だけじゃないとわかって、心強いよ」

「まあ、俺の場合は、簡単に死なせてもらえるだろうがな」

　思わずギルシュを見た。

「それでいいのか」

「馬鹿いえ。奴を生かしちゃ帰さねえ。エクスペールトがこっちについているあいだは、殺されるつもりも、この島を逃げだすつもりも、ねえ」

「あんたが殺されたら、エクスペールトは敵を討ってくれるのか」

「そりゃあねえな。いうことさえ聞くなら、ボリスにだって縄張りを預けるだろう。奴の頭の中にあるのはオロテックのことだけだ」

　私はつぶやいた。

「オロテックか。いったい何を隠しているんだ」

「そんなことを知ろうとするから、イワンに命を狙われるんだ。お前は何でも知りたがりすぎなんだよ！」

　ギルシュは語気を強めた。

「そうかもしれないが、私がこの島で生きのびるには、何でも知りたがる他ないんだ！」

　私はいい返した。そのとたん、島内携帯が鳴った。とっさに耳にあてた。

「はい」

「どこにいるの、今」

　タチアナだった。

「今？　今は外だ」

「エクスペールトといっしょ?」

「いや、ちがう」

「あなたに話したいことがある。会える?」

早口でタチアナはいった。

「どこで?」

「あなたの部屋が一番安全だと思う」

「いや、それはやめたほうがいい。誤解を招く」

ギルシュが怪訝そうに私を見た。

「じゃあ、どこで?」

「ちょっと待て」

私は携帯の送話口をおおい、

「ここの部屋をひとつ貸してくれるか?」

と、ギルシュに訊ねた。

「誰なんだ」

「タチアナ」

答えると、ギルシュはぐるりと目玉を回した。

「好きにしろ」

「『エカテリーナ』にこられるか?」


私がいうと、タチアナは息を呑んだ。

「売春宿よ」

「今は一番安全だ」

「わかった。十分したら、自分の部屋をでる」

「待ってる」

「イシガミ」

「何だい」

「わたしを裏切らないで」

電話は切れた。

「助かった」

私はギルシュに告げた。ギルシュはむっつりと天井に映る自分を見ている。

やがていった。

「あの女はくわせものだ」

「わかっている。FSBだからな」

「それだけじゃねえ」

「あんたも彼女と寝たのか」

ギルシュは首をふった。

「そんな下らねえことじゃねえ。あの女の足を縛っていたコードを見たか?」

「診療所で?」

ギルシュは頷いた。

「そういえば、あんたは手にとっていたな」

「引っ張ったら、ゴムみたいに伸びた。逃げようと思えば、いくらでもあの女は逃げられた」

一瞬、何をいっているのかわからなかった。

「どういうことだ」

「芝居だって」

「あの女は、イワンにひと芝居、打たせたんだ」

「自分を人質にして、お前とエクスペールトを呼びださせた。証人のいる前で、お前かエクスペールトのどちらかをイワンに始末させようと思ったんだろう。だが先にエクスペールトがイワンを片づけちまった」

「ちょっと待てよ」

「おそらくお前だろうな。エクスペールトを撃てば、その場で国境警備隊に撃ち殺される。お前を診察室に呼びこんで殺すつもりだったんだ」

「なぜ私を殺す? 理由がない」

「何いってるんだ。あの二人はFSBだぞ。FSBといや、昔のKGBと同じだ。イワンはお前のことをスパイだと思いこんでいた」

「だがタチアナはちがう」

「イワンが上に報告したら、あの女の立場は危うくなる。エクスペールトが上司の名をいえといったのに、答えなかったのを見たろう。お前かイワンか、どっちかが死ねば、あの女の立場は守られる。お前がスパイかどうかを確かめるために、イワンに自分を人質にしろとそそのかしたんだ。いざとなったら、逃げだせるコードで縛らせて」

「だがコードをほどいたのは兵士だ」

「腕を縛っていたのはふつうの電気コードだ。兵士がそれをほどいたんで、足は自分でほどいた。つまり、立ちあがって逃げだすことはいつでもできたのさ」

私は言葉を失った。タチアナを全面的に信じていたわけではない。だがイワンの〝暴走〟まで彼女の計画だとは、さすがに考えもしなかった。

真実だとすれば、恐ろしい女だ。

「イワンが死に、エクスペールトは自分に厳しい。だからお前をもう一度味方につけようと考えているんだろうよ」

ギルシュはいった。人さし指を私につきつける。

「もちろん、エサは用意している。寝るだけじゃ、今度は足りないだろうからな」

はっとした。

「島の秘密か」

ギルシュは頷いた。

「お前にエクスペールトを説得させる気なのか、それとも他の考えがあるのか。いずれにしてもお前は利用されるんだ」

私は息を吐いた。おそらくギルシュは正しい。だがタチアナが、私の知らない何かを教えるつもりなら、その機会を逃すわけにはいかない。

「イワンの次はお前だ。案外、お前にエクスペールトを殺させる気かもしれねえ」

ギルシュは意地の悪い笑みを浮かべた。

「冗談じゃない。私はイワンとはちがう」

「イワンもそうだったが、女に甘い奴は、ツラを見ればわかる」

「私もそうだというのか」

ギルシュはにやついて返事をしなかった。

「腹の立つ男だ」

思わずいうと、ギルシュの顔から笑みが消えた。

「お前が腹を立てる奴より、お前に腹を立てている奴のほうが多い。そいつを忘れるな」

26

ギルシュがでていき、私は部屋にひとり残った。

明日の午後には定期船が運航し、殺し屋がこの島にやってくる。おそらくボリスもいっしょだ。

猶予《ゆうよ》はない。ボリスが上陸する前に逃げださなかったら、対決する他なくなる。

無理だ。たとえパキージンやギルシュが味方になってくれるとしても、ボリスや殺し屋共と戦うことなど思いもよらない。

どうすればいい。定期船はウラジオストクとユージノサハリンスク、それにこの島を含む歯舞群島を結んでいる。あとは根室から生鮮食料品を積んだ船が、週に二度やってくる。

ヘリが飛ばない今、日本に戻るには、その船が、唯一の手段だ。

私は中本の島内携帯を呼びだした。

「石上さん、ついさっき聞いたのですが、撃ち合いがあったとか。犯人がつかまったのですか?!」

電話にでるなり、中本は訊ねた。

「いや、それとは別の件ですし、撃ち合いでもありません」

「でも誰かが死んだという噂が流れています」

私は息を吐いた。

「死亡したのは、イワン・アンドロノフという診療所の看護師です」

「というと、あの大男ですか」

「ええ。西口さんの事件とは無関係でした。ところで、ヘリはもう飛べますか?」

「ああ……。それがかわりの機体の手配がつかなくて、今、修理にだしているのが戻るまで難しいようなんです」

誰かが私に意地悪をしている。鏡張りの天井の、さらに上にいる誰かだ。だが私には、意地悪をされる覚えはない。

「ええと、緊急に日本に戻りたいのですが、手はありますか」

「そうですね。根室からの補給船が、おそらく明日か明後日にはくると思うので、それに乗られるのがいいと思います」

「明日のいつです？」

「いや、明日とまだ決まったわけじゃないんです。明後日になるかもしれません。海況しだいなので」

「他の方法はありませんか」

「あとは、ロシア人の船のチャーターです。ただ、このところずっと船をだせなかったので、小型の船はプラットホームとのいききで忙しいかな……。根室からチャーター船を呼ぶのも時間がかかるでしょうしね」

「根室から呼べるのですか？」

「サポートセンターにいえば、チャーターできる船を捜してくれるかもしれませんが、クルーザーのようなパワーボートはないでしょうから、漁船に毛が生えたみたいなのがとことこやってくるとなると、早くても明後日くらいになると思います」

私は黙った。同情を感じたのか、中本がいった。

「とりあえず補給船がいつやってくるのか、あと、ヘリの代替機が何とかならないか、確認してご連絡します」

「ありがとうございます。よろしくお願いします」

電話を切り、腰をおろしていたベッドに横たわった。部屋の中はかなり暖かかったが、私の体は芯から冷えていた。死の予感が氷の塊となって、体の中心にある。

扉がノックされ、返事をする間もなく開かれた。防寒着を身にまとったタチアナだった。

「イシガミ」

うしろ手で扉に鍵をかけ、タチアナは防寒着を脱いだ。スウェットではなく、タイトスカートにブラウス姿だ。その服装で私に会いにきた理由を考えると、氷の塊はむしろふくれあがった。私を、殺すか利用するかしか考えない人間ばかりだ。

「さっきはごめんなさい。もっと話したかったけど、エクスペールトがいたから」

体を起こした私のかたわらにすわり、タチアナはいった。香水の甘い匂いが鼻にさしこんだ。ブラウスの胸もとからは、胸のふくらみが大きくのぞいている。

「でも信じて。イワンがあんなことをするなんて、夢にも思わなかったの」

タチアナは私の目をのぞきこんだ。私は目をそらした。精いっぱいの抵抗だ。

「残念だけど、それは無理だ。君はイワンと関係があり、ヤキモチを焼かれるのをわかっていた筈だ。さらにいうなら、エクスペールトともね」

「ひどいことをいわないで。任務のためよ」

「じゃあ私とも任務だ」

「あなたとはちがう！」

「タチアナ」

私は彼女の顔に目を戻した。

「私はこの島では部外者の上に外国人だ。君の役には立てない」

タチアナは首をふった。

「逆よ。あなただけが頼り」

「何をいってる」

「日本に亡命させて。あなたなら関係する役所と話をつけられる筈。わたしは――」

いって、タチアナはぐっと声を低めた。

「日本の軍隊や情報機関に役立つ情報を提供できる」

「タチアナ――」

いいかけた私の唇を人さし指で塞いだ。

「依託といったけれど、本当はＦＳＢに所属しているの。依託はイワンだけ」

タチアナの目は真剣だった。人さし指が外れ、私はいった。

「そんな権限は私にはない」

「あなたの上司にはあるし、なくてもそれをできる人間にはつなげられるでしょう？」

「亡命するのに日本はふさわしい国じゃない」

「だったらアメリカでもいい。とりあえずわたしを日本に連れていって」

私は言葉を失った。まさか亡命を希望してくるとは考えてもいなかった。

携帯が鳴り、見つめるタチアナの視線をふりきって耳にあてた。

「はい」

「中本です。やはりヘリは無理でした。補給船のほうですが、明日の朝、根室をでるようです。そうなれば、まだ多少うねりがあってふだんよりは時間がかかるとしても、昼頃には到着すると思います」

「出港は？　ここをでるのは何時です」

「荷物をおろすだけなんで、ついて一時間もすれば根室に向かうと思います」

「ウラジオストクからの定期船も、明日入港しますよね。それは何時でしょう」

「あれはだいたい、午後二時前後です」

私は息を吐いた。それなら間に合う。もし殺し屋がボリスのいる途中の島で下り、船を乗り換えるようなら、もっと遅くなる可能性もある。

「わかりました。ありがとうございます。その補給船に乗ります」

告げて、電話を切った。タチアナは私を見つめ、訊ねた。

「この島をでていくの？」

「日本語がわかるのかい」

「少し。明日の船に乗るのでしょう。だったらわたしも乗せて」

私は首をふった。なぜかはわからないが、タチアナにひどく残酷なことをしているような気分だ。

「どうして急にでていくの？　イワンは死に、コズロフは島を逃げだした。あなたに危害を加える人間はいない」

「ボリス・コズロフは戻ってくる。しかも殺し屋を二人連れて」

タチアナは息を呑んだ。澄んだ青い瞳に思わず見とれた。

「あなたを殺すために？」

「それだけじゃない。ボリスは、極東の大物マフィア、ピョートルと、この島を縄張りにする話をつけている。ギルシュの死とひきかえに」

「そんな……」

「ボリスは日本の警察に手配されていて、それを私のせいだと思っている」

「ちがうの？」

「ちがわない」

さすがにタチアナにまでメス犬と呼ばれたくなくて、細かい説明はしなかった。

「あなたの目的はニシグチを殺した犯人を捜すことではなかったの？　コズロフをつかまえるのも含まれていたわけ？」

「含まれてはいない。まさか奴がここにくるとは夢にも思わなかった。考えてみれば奴は極東の出身で、日本を逃げだしたら、他にいくところがなかった」

「恨まれているあなたが自ら、コズロフの縄張りにとびこんだのね」

「ここはギルシュの縄張りだ。だが日本で拠点を失い、新たな縄張りを手に入れる他なくなって、ボリスはここに目をつけた」

「ニシグチを殺した犯人は？　つきとめたの」

私は首をふった。

「手がかりがある場所はわかっている。だがそこにいけない」

タチアナは沈黙し、私の目をのぞきこんだ。

「洞窟ね」

私は頷いた。

「殺された日、ニシグチはアルトゥールに頼んで洞窟へと渡してもらうことになっていた。同行する予定だった友人がそう証言した」

タチアナは目を大きくみひらいた。

「同行する予定だった友人？　誰なの」

「日本人の技術者だ。名前を聞いても君にはわからない」

「でもニシグチは洞窟にはいかなかったのでしょう」

「それはわからない。いったかもしれない」

「いったのならなぜ、死体が『ビーチ』にあったの？　戻ってきてから殺されたということ？」

「そうかもしれないし、洞窟で殺したあと犯人が『ビーチ』まで運んできた可能性もある」

「なぜ、そんなことをするの？」

「洞窟に注目を集めないためだ」

「待って、その友人の名前を教えて」

私は首をふった。

「イシガミ！」

「教えるわけにはいかない。それに彼は当日、風邪をひいて寝こみ、洞窟にはいっていない」

「本当なの、それは」

タチアナは険しい声でいった。

「もしその人物が日本のスパイではないかと疑っているなら、答はいいえ《ニェット》だ。ちなみに私も、もちろんちがう」

タチアナは答えなかった。

「ニシグチを殺した人物の目的は、洞窟の秘密を守ることだったのかもしれない」

いった瞬間、気づいた。イワンやタチアナが西口を殺した可能性は、排除できない。

「なぜ目を抉ったの？」

「九十年前の事件との関連を思わせ、捜査を混乱させるためだ。ただし、今は、ニシグチを殺したのと目を抉ったのは別人だったかもしれない、と私は疑っている」

タチアナは息を吐いた。小さく首をふり、

「あなたって……」

いいかけ、黙った。

「私が何だというのです」

タチアナは私を見た。

「何でもない。亡命の話は忘れて」

意表を突かれ、私は黙った。亡命への協力とひきかえに洞窟の秘密を明すと、彼女がいうものとばかり思っていた。

タチアナは微笑んだ。

「あれは冗談。あなたの愛情を試した。わたしが亡命する理由なんて、どこにもない」

私は無言でタチアナを見返した。何かがひっかかっていた。だがそれが何なのか、わからない。

「洞窟に関して、私に情報を提供するつもりはないのですね」

「なぜあなたに提供しなければならないの？　あなたはこの島をでていく。殺人犯をつかまえず、自分の命が惜しいから逃げだす人に、国を裏切ってまで情報を提供する理由なんて、あるわけがない」

平手打ちをくらったような気分になった。

タチアナは顎をあげ、まっすぐ私の目を見た。

「あなたを工作員だと疑ったイワンはまちがっていた。あなたは臆病者の警官よ」

私は深々と息を吸いこんだ。今度は、氷のナイフが胸に刺さった。

「確かに臆病者です」

タチアナは頷いた。そして吐き捨てるようにいった。

「臆病者は嫌い！」

防寒着を手にとり、部屋をでていった。音をたてて扉が閉まる。

私は息を吐き、ベッドに横たわった。鏡の中には、柄にもなく目を赤くした男がいた。

扉がノックされた。タチアナのわけがない。

「はい」

缶ビールを二本手にしたギルシュが顔をのぞかせた。

「喉が渇いたろうと思ってな」

起きあがり受けとると、流しこんだ。味がしない。

「手厳しかったな」

ギルシュがいい、私は彼にむきなおった。

「聞いていたのか」

「ここを何だと思ってる。全部の部屋にカメラとマイクがしかけてある」

私はあきれた。

「エクスペールトの指示だ」

すました顔でギルシュはいった。

「じゃあ彼女も知っていて不思議はないな」

「だからお前と一戦、交えなかったのさ」

「そうじゃない」

私は首をふった。

「エクスペールトに伝わるとわかっていて、亡命の手助けをしてくれなんて、なぜ頼んだんだろう」

「冗談だといってたじゃねえか」

「冗談でもいうことか？　ＦＳＢの人間が」

私がいうと、ギルシュは真剣な表情になった。

「確かにな。じゃあ本気だったってのか」

私は頷いた。彼女は本気で亡命するつもりだったのだ。

それが突然かわった。かわったきっかけは、西口の話だ。正確には、西口ではなく、荒木の存在について触れたときだ。

私は島内携帯をとりだした。荒木の番号を呼びだす。もうさすがに起きているだろう。

「はい」

荒木の声が応えた。

「石上です」

「あ、どうも」

「突然で申しわけないのですが、西口さんから、診療所のドクターや看護師について聞いたことはありませんか」

「診療所？　ああ、あのきれいな女医さんですね。ここにきてすぐ、西口くん、ひどい風邪をひいて、診療所に通っていました。女医さんがきれいだといって興奮していたのを覚えています」

「それ以外に何か？　たとえばイワンという看護師についてはどうです？」

「ええと、そういえば看護師さんとどこかでばったり会ったといってたな。どこだっけ。そうだ、『エカテリーナ』という店です。アルトゥールに連れていかれたときに、看護師さんもいて、三人で盛りあがったようなことを聞きました」

「アルトゥールとイワンと西口さんの三人、ということですか」

「はい。たぶんそのときも西口くんは先祖の話をしたと思います。僕はあとから聞いただけなんで、詳しいことはわかりませんが」

イワンは西口をスパイと疑い、近づいたのにちがいない。先祖の話を聞いても疑いを捨てなかったのだろうか。

礼をいい、電話を切った私はギルシュを見た。

「イワンはよくここにきていたのか」

「十日か、二週間に一度くらいだ」

「相手は決まっていたのか」

ギルシュは黙っていたが、やがてベッドサイドにある固定電話をとりあげた。

「キョウコを呼べ」

でた相手に告げた。やがて、

「診療所の看護師は誰を指名していた?」

と訊ねた。返事を聞き、

「どういうことだ?!」

声を荒らげた。そして、

「今すぐこい!」

といって受話器をおろした。

「どうした」

「キョウコは、日本人か中国人の客がくると、イワンに知らせていた。イワンは翌日、その客の相手をした女を指名した」

「スパイさせていたのか」

ギルシュの顔はまっ赤だった。

「俺の店を断わりもなく、うすぎたねえ仕事に使いやがって」

扉がノックされた。ギルシュは私に人さし指をつきつけ、

「お前は口をだすなよ」

といって、入れと叫んだ。ミニスカートのママがドアを開けた。

「中に入ってドアを閉めろ」

ギルシュはいった。ママの顔色はひどく悪かった。怯えている。

いきなり床に膝をつき、ギルシュを仰いだ。ギルシュは体が倍にふくれあがったように見える。

「怒らないで、ボス」

「お前が本当のことをいえば怒らない。イワンの手助けをいつからしていたんだ」

ママはうつむいた。

「答えろ!」

「彼が、きて、すぐ。二年くらい前から」

「何といわれたんだ」

「日本人や中国人の客がきたら、誰をつけたか知らせろ、と」

「ビデオも見せていたのか」

ママは小さく頷いた。

「イワンがあとから同じ女を指名した理由は?」

「ビデオを見て、客が女の子を気に入っているようなら、また指名するかもしれない。そういうときは、こういうことを訊いてみろ、と指示していました」

「よくそんな真似を許したな。しかも俺には内緒で」

「許して、ボス」

ひざまずいたまま、ママはギルシュの足に手をかけた。長く、濃い色の爪がまるで別の生きもののようだ。

「わけをいえ」

ギルシュはそれをふり払った。ママはごくりと喉を鳴らした。

「昔のことを、あいつは知っていたんです」

「昔のこと?」

ママは黙った。ギルシュはベッドの上に立ち、ママの肩を蹴った。ママは仰向けに倒れ、下着が丸見えになった。私は目をそらした。

ママが小さな泣き声をたてた。

「あたしはキシニョフの生まれです。二十代のとき、サンクトペテルブルクに売られ、ひどいヒモに殺されそうになって……」

ママは泣きながらいった。

「殺されそうになってどうしたんだ」

「階段からつき落として逃げたんです。そのせいで車椅子になったって、あとから聞きました。イワンはそのことをどこかで調べてきて、協力しないなら、そいつにあたしが今ここにいることを知らせるって……」

ギルシュは私を見た。

「信じるか?」

「殺されそうになったかはともかく、誰かに怪我をさせたのは本当だろうな」

私は答えた。ひどいヒモから逃げようと罪を犯したというのは、東欧系娼婦の定番の身の上話だ。キシニョフはモルドバの首都で、人身売買が横行している。

「ヒモはアルバニア人でした。わかるでしょう、ボス」

アルバニアマフィアは、ヨーロッパにおける、ヘロイン取引と人身売買に深くかかわっている。本来はアルバニア一国内の犯罪集団だったのが、ソビエト連邦の崩壊とコソボ紛争によって、ヨーロッパ全体にその勢力範囲を広げた。

アルバニアマフィアには報復の掟があり、対立する一族は互いに最後のひとりになるまで殺し合うといわれている。アルバニアマフィアの恨みを買うのを、ロシアマフィアも嫌がる。

もしママがアルバニア人のヒモを車椅子の体にしたのなら、それがたとえ何十年も前のできごとであろうと、復讐をうけるだろう。当人が死んでいたら、その兄弟か子供がやってくる。

ギルシュは無言でママをにらみつけている。

「きたのはイワンだけですか。ブラノーヴァ医師は？」

私は訊ねた。ママはギルシュの顔をうかがった。

ギルシュが頷くと答えた。

「医師がくるのはひと月に一度です。女の子たちの検診をしに」

「検診？」

私が訊くと、

「性病検診だ」

ギルシュがむっつりといった。

「ブラノーヴァ医師も何かをあなたに要求しましたか？」

ママはうつむいた。

「ニシグチさまとニナのことを」

「二人の何を要求したのです？」

「ニシグチさまがニナに昔のこの島のことを訊いていたといったら、次からはニナをつけてはいけない、と」


初めて私がここに調査にきたとき、ママは私がロシア語を理解できるとは知らず、ミナミという娘を西口のお気に入りだと、私に紹介した。ミナミが「わたしよりニナを気に入ってた」といったので、私はニナと話したいと求めた。最初からニナを私にひき合わせなかったのは、タチアナの指示があったからにちがいない。

「ブラノーヴァ医師は、ニナがニシグチに島の話をするのを警戒していたのですか」

私の問いにママは頷いた。

「だがアルトゥールがいたろう。ニシグチにタカろうと、奴はいろんな話をした筈だ」

ギルシュがいった。

「アルトゥールはここでイワンといい合いをしました。イワンが『日本人にべらべら喋るな』といったので、アルトゥールがよけいなお世話だといい返したのです。するとイワンはアルトゥールの腕をつかんで店の隅に連れていき、何かをいいました。それからはアルトゥールはおとなしくなり、イワンのいうことを聞くようになったんです」

「おそらく自分の正体がＦＳＢだとバラしたんだ。逆らったら、ぶち込むとでも威したのだろう」

ギルシュがいい、ママは頷いた。

「イワンは、あたしにもＦＳＢだといいました。もちろんわかってました。そうじゃなきゃ、あたしのそんな昔のことを知ってる筈がないんです。くる前に、この島のいろいろな人間について下調べしてきたといっていました」

私はギルシュを見た。

「あんたには何もいってこなかったのか」

ギルシュは首をふった。

「威して、いうことを聞かせられる人間と、そうでない奴とを、分けていたんだろう」

「イワンが死んだって聞いたけど、ボスが殺したんですか？」

ママが訊ねた。


「馬鹿いうな。奴は自殺したんだ。なあ、イシガミ」

ギルシュが私を見やったので、しかたなく頷いた。

「そういう噂だな」

ママはほっと息を吐いた。

「イワンは、日本人や中国人の何を警戒していたんです？」

私は訊ねた。

「たぶん、産業スパイだったと思うけど、難しいことはあたしにはわかりません。とにかく日本人と中国人が、スケベ以外の話をしたら、何でも覚えておけ、といわれたんです」

スケベは日本語だ。

「アルトゥールも、威されてからは、ニシグチとの話をすべてイワンに知らせていたのですか」

「あたしにはよくわかりません。でもアルトゥールは偶然ここで会ったフリをして、ニシグチさまにイワンを紹介していました」

荒木の話と符合する。だがそうなると、アルトゥールがボートで洞窟に西口を連れていこうとしていたことを、当然、イワンは知っていた筈だ。

――ニシグチが殺されたとき、イワンはわたしといた

タチアナの言葉を思いだした。

三月十日の前の晩から朝まで、イワンの部屋にいた、と彼女はいった。

それはイワンのアリバイを証明する言葉だが、同時にタチアナのアリバイでもある。

私は息を吐いた。イワンに確かめることは、もうできない。

この島は嘘つきばかりだ。

「他に訊きたいことはあるか」

ギルシュが訊ね、私は首をふった。

「でていけ」

ギルシュがいうと、ママは無言で扉をくぐった。

「どいつもこいつも嘘ばかりつきやがって」

ギルシュが吐き捨てたので、私は思わず笑いだした。

一度笑うと止まらなくなった。ギルシュは眉をひそめ、私を見つめた。

「大丈夫か、お前」

「ああ」

私は笑いながら頷いた。

「まったく同じことを私も考えていた。だからおかしくなって……」

ギルシュはあきれたように首をふった。

「嘘をつかれたら、お巡りってのは怒るもんだ。なのにお前は笑ってやがる」

「怒れるのは、警察官が強い立場だと思っているからだ。この島の私は、まるで強い立場じゃない。あちこちから殺すと威され、近づいてくる人間は嘘つきばかりだ。おっと、あんたは別だ。初めて会ったとき、あんたは握手すらしてくれなかった。それどころか叩きだすと威した」

ギルシュはフンと鼻を鳴らした。

「お前があれこれ嗅ぎ回っていたからだ」

「今は私を助けてくれている」

「敵が同じだからな」

答えて、扉のほうに顎をしゃくった。

「用がすんだらでていけ。いつまでも同じ部屋にいたら、俺がメス犬《スーカ》好きだと思われるだろう」

私は頷いた。

「コーラとビールごちそうさま。それと、いろいろありがとう」

ギルシュは天井を見つめ、いった。

「明日でていくと、あの医者にいってたな」

「そのつもりだ」

「洞窟にはいかないのか」

私は黙った。海は落ちついてきている。今夜なら、ヤンにいってボートで近づけるのではないか。だが夜に上陸しようとするのは、危険だろう。

「いく方法がない」

「本当か」

ギルシュは疑うように私を見つめた。

「お前なら、何か考えている筈だ」

「考えているとしても、私ひとりではどうにもならない」

「もし、島をでていく前に洞窟にいこうと思っているなら、俺にも声をかけろ。いったろう、俺もいきたいって」

「金《きん》はないと思うぞ」

「わかってる。だが見たい」

「あんたはいつでも見られる」

「何いってやがる。ボリスの野郎が消したがっているのはお前だけじゃないのを忘れたのか。お前は逃げだせても、俺には逃げる場所がねえ。奴との勝負に負けたら、俺は終わりだ」

はっとした。その通りだ。私は逃げだせてもギルシュは逃げだせない。そしてボリスは殺し屋を連れ、確実にこの島にやってくる。

「エクスペールトと国境警備隊があんたにはついている」

「どちらも勝ち馬に乗るだけだ」

ギルシュは低い声でいった。私は思わず見つめた。悲壮な表情ではなかった。

潜入先でもこういう顔を見たことがある。殺し合いが待ちうけているのをわかっていて、恐れず、黙々とうけいれていた。

勇気ではない。といってあきらめでもない。

他の生き方ができないのだ。その生きかたでのしあがり、そして死ぬ。

仲よくなった男に他の生きかたを考えたことはないのか、と訊ねたことがある。

――考えるのはできるぜ、いくらでも。だが生きるのはできねえ
「そのときは、声をかける」

私はいった。ギルシュは私に指をつきつけた。

「電話じゃ、いうなよ。エクスペールトに聞かれる」

私は頷き、部屋をでていった。

27

「エカテリーナ」をでて、猛烈に腹が減っていることに気づいた。イクラのブリヌイを食堂で食べたきりだ。

「フジリスタラーン」の扉を押した。「本屋」のパクがいた。少し離れたテーブルにヤンがひとりですわっている。

パクがいる可能性は想像していたが、ヤンがいるとは思っておらず、私はとまどった。だが考えてみれば、これはチャンスだ。

パクに軽く頷き、私はヤンのかたわらに腰をおろした。パクは日本語がわかる。

中国語で告げた。

「会いたいと思っていました」

ヤンは驚いたようすもなく、ラーメンの丼を押しやった。

「私も同じことを考えていました」

にこやかに中国語で答えた。

「何にする？」

近づいてきたみつごのひとりが訊ねた。

「ええと――」

店内を見回し、思いついた。

「ソバにカレーをかけられるかい？」

カレー南蛮はメニューになかった。

「ソバにカレー？」

みつごのひとりは首を傾げた。

「そう。あたたかいソバにカレーをかけるんだ」

「ソバスープは？」

「それも入れる。ただしライスはなしだ」

「今日は当てないの？」

「エレーナ」

「当たり」

満足げに頷き、確認した。

「スープソバにカレーをかけるのね？」

「そうだ」

「訊いてみる」

キッチンに入り、少しして顔をのぞかせた。

「できるけど、少し高くなる」

「大丈夫だ」

この島での最後の夕食だ。それくらい張りこもう。

「スープソバにカレーですか。いい考えだ」

ヤンがいった。

「中国にも同じような料理があります」

「でしょうね。ところで、今夜か明日の朝早く、ゴムボートをだせませんか？」

「ゴムボートを？」

ヤンは私を見つめた。

「そうです。明日の昼過ぎに私はこの島をでていきます。その前に洞窟を見たい」

「ニシグチさんを殺した犯人をつかまえたのです

か?」

「そうではありませんが、命令でこの島を離れなくてはならなくなったのです」

「捜査は?」

「中断します」

「すると、また戻ってくるのですか」

「おそらく、戻ってきません」

「中断の理由は何です?」

「政治的なものではありません。安全を優先したのです」

「誰の安全ですか」

「私の安全です。以前かかわり、私に恨みをもつロシアマフィアが明日、この島にやってくることがわかったのです」

ヤンは目をみはった。

「あなたに危害を加えにくるのですか」

「それも目的のひとつです」

「他の目的は?」

ためらったが、話すことにした。

「この島の飲食店のすべての権利を奪う」

ヤンは黙った。やがて、

「なるほど。いかにもマフィアが考えそうなことだ」

とつぶやいた。

「殺し屋を二人連れているという情報もあります。おそらく、この島に上陸したら、最初に私を殺そうとするでしょう」

ヤンは頷いた。

「国境警備隊はアテにできない。彼らの任務は人を守ることではありません。つまり、あなたはひとりで戦わなければならない」

私は頷き返した。

「生鮮食料品を補給する船が、明日の昼、根室から到着します。それに乗って、ここを離れようと思っています」

「だから、今夜か明日の朝、といったのですね」

「そうです。可能でしょうか」

「ゴムボートを操船する者に訊いてみないと。それに潮回りも重要です。満潮だったら近づけません」

忘れていた。

ヤンは携帯をとりだした。

「電話は危険なので、メールで確認します」

「メールが使えるのですか」

「プ、ラ、ン、トに我々専用のアンテナを立ててあります」

ヤンは携帯を操作し、返事を待つようにテーブルにおいた。私はヤンに頷いて席を立ち、パクのかたわらにいった。

「明日、この島を離れることになりました。これまでのご協力を感謝します」

私が告げると、無言で目をみひらいた。彼の前には今日も食べかけのカレーライスがある。スプーンをおき、パクは訊ねた。

「人殺しが誰だかわかったのですか？」

「まだわかっていませんが、この島を離れなくてはならなくなったのです」

私は答えた。

「明日のいつ、離れるのです？」

「おそらく昼過ぎだと思います。根室からくる補給船に乗せてもらおうと考えています」

「明日の昼過ぎ」

パクはつぶやき、私は頷いた。パクは「フジリスタラーン」の壁を見た。古い壁かけ時計があり、六時四十分を針はさしている。

「まだ半日以上ある。そのあいだにあなたなら、犯人を見つけられるでしょう」

「それは難しいと思います」

「なぜです？」

答えかけ、私はためらった。話せば愚痴になってしまいそうだ。

「この島では――」

パクは私を見つめている。

「人はなかなか、真実を話してくれません。この島にいる本当の理由、何を守ろうとしているのか」

「皆、上べのことしかいわない？」

パクの言葉に私は頷いた。

「それは当然です。なぜなら、ここはふつうの場所ではない」

パクはいった。私はかたわらに腰かけた。

「では、どんな場所だというのです？」

「昔、大勢の人が殺された。その後は軍隊が秘密の施設を作った。少なくともロシア人なら、この島に住みたいとは考えない。オロテックが作られなければ、今でも無人島だった筈だ。ここは嫌われた土地なのです。そんな土地にやってくる人間には、必ず理由がある」

私はパクの顔を見つめた。

「どんな理由ですか」

「手に入れたいものがあって、そのためにはつらくてもここにいる他ない。そんな人間は、自分について本当のことを決していわない。別の人間になりすましたり、嘘をついてでも人を利用することを考える」

私は息を吸いこんだ。パクはつづけた。

「皆、この島にいるあいだは我慢をします。ほしいものを手に入れたら、一日も早くでていこうと考える。そしてこの島にいたことは誰にも話さない」

「そうなのですか？」

パクは頷いた。

「ロシア人にとってはそうです。ここは監獄のような場所だ。本土とのいききが自由ではないし、常にオロテックの監視をうけています。上の人に嫌われたり失敗をしたら、でていかなくてはならない。この島での稼ぎは悪くありません。短い期間に大金を稼げます。それだけに我慢をしなくてはならないことも多い」

「日本人や中国人にとってはちがうのですか？」

「日本人や中国人は、ロシア人より我慢強いと私は思います。グループで暮らすことに慣れている。それに東京や北京は、ここよりはるかに暖かい。仕事が終わればそこに帰れる。長い冬は、人の心を暗くします。ロシアの冬は、日本や中国の冬より長い」

「パクさんも同じなのですか」

「ここで本を売る商売しか私にはない。ここでは本土より高く、本やＤＶＤが売れる。同じものを本土で売ったら、誰も目もくれないでしょう」

「意外です。パクさんは別の仕事もしていると思っていました」

パクは首をふった。

「私のような人間は、なかなかいい仕事につけないのです」

それがどうしてなのかは訊きづらかった。外見がアジア人にしか見えないからなのか、それ以外の理由があるのか。パクはつづけた。

「ひとつだけ確かなことは、嘘をつくには理由がある。自分の罪を隠したり、誰かを利用したくて人は嘘をつく」

「理由もなく嘘をつく人間もいます。まるで息をするように嘘ばかりついている。詐欺師のような人間です」

私がいうとパクは再び首をふった。

「いつも嘘をつく人間には、やはり嘘をつかなければならない理由があるものです。とても臆病で本当の自分を決して人に見せたくない。その人が嘘をつく理由がわかれば、その人の真実がわかる」

私は息を吐いた。

「そうですね。しかし私にはもう時間がありません」

「あきらめないでください。真実が見えるのは、最後の最後かもしれない」

「イシガミさん」

ヤンが私を呼んだ。私はヤンをふりかえり、パクの腕に触れた。

「覚えておきます」

「あなたが人殺しをつきとめることを私は期待しています。私のお母さんも期待していると思います」

パクが初めて口にした「お母さん」という言葉が、私の胸に沈んでいった。

ヤンのテーブルに戻った。エレーナが丼を運んできた。具の多いカレー南蛮が入っている。

「スープとカレーで溢れそう」

「それを食べたかった」

カレーの香りが胃を刺激した。エレーナが離れると、ヤンが中国語で告げた。

「このあたりの海域の潮回りがわかりました。今夜の十一時十七分が満潮です。干潮は明日の午前四時五十一分。大きく潮が動く新月なので、午前七時を過ぎたら、洞窟に入れなくなる、と操船する者はいっています。どうしますか？」

「いきます。乗せていってもらえますか」

ヤンは頷いた。

「では、そうですね。午前三時三十分に『ビーチ』にきてください」

それでは早いのではと訊きかけ、気づいた。満潮も干潮も瞬時に訪れるわけではない。じょじょに満ち、じょじょに引くのだ。干潮が午前四時五十一分なら、四時にはかなり潮は引いている。

と同時に、思いついた。

「過去の潮回りもわかりますか？」

「調べれば」

「三月十日のこの島の干潮時刻を調べてください」

ヤンは携帯をとりあげ、メールを打った。少しして返信がきたらしく、答えた。

「三月十日の干潮は午前五時二十八分と午後七時五十七分でした」

つまり西口が洞窟に渡ることは可能だった。だがそのことに興味はないのか、ヤンは立ちあがった。

「ではあとで」

「お願いがあります。同行者をひとり連れていきたい」

ヤンは眉をひそめた。

「それは――」

「私が責任をもちます。信用できる人間です」

「日本人ですか」

「ロシア人です。ギルシュという男です」

ヤンは首をふった。

「駄目です。エクスペールトに伝わる」

「彼は伝えない」

「信じられません」

「信じられます。彼だけが私に嘘をつかなかった」

強い口調で私がいうと、驚いたように見返してきた。

「お願いします。万一のときはロシア人がいたほうがいい」

「万一のとき？」

「国境警備隊に見つかっても、ギルシュがいれば、うまくいいわけをしてくれる筈です」

「我々を密告するかもしれない」

「彼はしないと思います」

「売春宿の経営者を信じるのですか」

「職業で人が信用できるかどうかを決められるなら、国家公務員は最も信用できることになる」

ヤンの顔を見つめ、いった。ヤンは苦笑いを浮かべた。

「中国ではどちらかです。決して信用できないか、信用するフリをする他ないか」

意外に正直な男だ。私は訊ねた。

「あなたはどっちです？」

「私は公務員ではない。少なくともこの島にいるあいだは」

ヤンは答えた。

「いいでしょう。ギルシュを連れてきなさい」

低い声でいい、ヤンは「フジリスタラーン」をでていった。私はカレー南蛮にとりかかった。

28

胃が満たされると眠けが襲ってきた。宿舎で眠りたかったが、「エカテリーナ」に向かった。電話では「ビーチ」での待ち合わせをギルシュに伝えられない。

だがギルシュは「エカテリーナ」にいなかった。「キョウト」で彼を見つけたときは、すっかり眠けは覚めていた。

「キョウト」はがらんとしていた。私に近よってきたニコライにビールを頼んだ。眼鏡をかけたギルシュはカウンターの端で帳簿らしきノートに目を落としている。

「今日は暇そうだな」

「風がおさまったんで明日から忙しくなると、みんなおとなしくしてるのさ」

私の前にサッポロのグラスをおき、ニコライは答えた。

「ロシア人らしくないな」

「飲んだくれて仕事をしくじるような奴は、すぐにクビになる。高い稼ぎをなくしたくないんだ」

ギルシュが眼鏡ごしに私を見やり、いった。

「それは老眼鏡か?」

私は訊ねた。ギルシュは答えず、眼鏡を外して酒棚の端においた。私の前に立つ。

「酒が飲みたくてきたのか」

「洞窟に渡してもらえることになった」

私は小声でいった。

「ニコライ!」

ふりむきもせず、ギルシュはバーテンダーを呼んだ。

「ブリヌイを買ってこい。ふたつだ。種類は任せる」

ニコライは頷き、Tシャツの上に防寒着を羽織って店をでていった。

「誰が渡してくれるんだ」

「ヤンという中国人だ。プ、ラ、ン、トの警備責任者をしている」

「あいつか」

「『エカテリーナ』にきたことはあるか?」

ギルシュは首をふった。

「あいつはこない。同じ中国人を監視するのがあいつの仕事だろう」

「ヤンはおそらく中国の情報機関の人間だ。プ、ラ、ン、トの産業スパイ防止とこの島の軍事機密を探りに送りこまれている」

「エクスペールトと仲よくやれそうじゃないか」

「あんたを連れていきたいといったら反対されたが、説得した。今後、ヤンはあんたにいろいろと要求するかもしれない」

「好きにすればいい。生きのびたらどうするか考える」

私は頷き、告げた。

「『ビーチ』で午前三時半だ。遅れるな。軍用のゴムボートを準備して、ヤンと仲間が待っている」

「わかった」

ニコライが戻ってきた。

「ブリヌイです」

ギルシュがひとつを私にさしだした。

「もっていけ。明日は長い一日になる」

受けとり、防寒着のポケットにしまった。

部屋に戻った。北海道警察の横山からメールの返事が届いていた。

当時、歯舞群島を〝縄張り〟とする行商人が四、五名いたと父親が話していたことを君島光枝は覚えていた。

行商人が売っていたのは、鍋や包丁、歯ブラシといった家庭用品から、本、衣服、薬。かわったところでは生命保険もあったようだ。

それぞれ売りものは決まっていて、二年から三年で行商人の顔ぶれはかわっていたらしい。氏名をつきとめるのは、まず不可能だろうと横山は書き添えていた。

稲葉にメールを打った。明日の、根室発着の補給船で島を離れるが、その前に洞窟にいくことを知らせる。万一戻らなかったり、音信が途絶えた場合は、プラントの警備責任者ヤンか、島内でバーを営むギルシュに事情を問い合わせてもらいたい。

送信して五分とたたないうちに私用の携帯電話が鳴った。稲葉だった。

「島からの離脱を勧告したのを忘れたのか。なのに洞窟に渡るというのは、どういうことだ?」

威厳を保とうとしながらも、声にはあわてた響きがあった。

「中国のプラント警備員から軍用のゴムボートで渡すという申し出がありました」

「警備員? 警備員といったのか」

「警備責任者です、正確には。国家安全部のエージェントだと思います」


「何を考えてる。中国のスパイと行動を共にするのか」

「目的が一致したんです。ヤンはこの島にあったロシアの軍事施設に関する情報が欲しい。そのためには洞窟に渡る必要があります」

「そんなことを訊いているのじゃない。万一つかまったら、二人してスパイ罪だ」

「覚悟はしていますが、おそらく大丈夫です。明朝早くに洞窟に渡り、朝のうちに戻れば、根室からの補給船で午後には島を離れられる」

「ボリス・コズロフはどうした?」

「今朝、島から逃げだしたもようです。国境警備隊が島内を捜索しましたが見つかりませんでした。マフィア筋の情報では、ピョートル配下の殺し屋が二人、この島に向かっているそうです。その二人と合流して私を殺しに戻ってくる気かもしれません。殺し屋のひとりは『日本人《ヤポンスキー》』という渾名で、先祖が日本人だったという噂があります」

「待て」

キィボードを操作する気配があり、何かをいったが雑音にかき消された。

「聞こえません」

「データがない、といったんだ。ピョートルには大勢の手下がいる」

「もうひとつ報告することがあります」

タチアナとイワンの話をした。

「イワン・アンドロノフを殺すか私を殺すかの二者択一で、パキージンはアンドロノフを選んだのだと思われます。ロシア人のほうが問題が大きくならないと考えたのでしょう」

「タチアナ・ブラノーヴァについては資料がない。ただカムチャツカのルイバチー潜水艦基地に四年前、タチアナ・シェベルスカヤという軍医が勤務していたという記録があった」

「FSBの人間ですから、正体を隠して基地で働くこともあったかもしれません」

「亡命を希望したという話は、どこまで信用できる？」

「当初は本気だったようです。冗談だといっていましたが」

「なぜ希望をひっこめたんだ」

「わかりません。ただ……」

「ただ？」

再び雑音が襲った。

「詳しい話は戻ったときにします。戻れれば、ですが」

「必ず戻ってこい。私だって責任を感じているんだ」

「何の責任です？」

稲葉の答は雑音に消されて聞こえなかった。訊き返すのもいやみかもしれない。無事に戻れば、また彼の下で働くことになるのだ。もう一度いわせたい気持をおさえ、私は電話を切った。

十時に明りを消し、ベッドに横たわった。まったく眠けはやってこなかった。当然だ。これでぐっすり眠れる神経だったら、とっくに殺されている。

　それでもいくらかうとうとはしたかもしれない。気づくと腕時計が午前二時をさしていた。

　西口の轍《てつ》を踏まないためには「ビーチ」まで、地下通路ではなく陸路をいく必要があった。三十分でいきつけるかどうかわからない。私は起きあがり、制服ではなく私服の上に防寒着をつけ、部屋をでた。


　風はおさまっていたが、地上は恐ろしく冷えこんでいた。氷点下になっているのはまちがいない。フードをかぶり、宿舎をでると左に進んだ。懐中電灯は点さない。バッテリーの節約と光を見られないためだ。月の光はまったくない。ヤンが新月だといっていたのを思いだした。吐く息だけが白く光る。

　凍てついた地面を踏むブーツの音だけしか初めは聞こえなかった。遠目に見える発電所の建物を目印に進んだ。円筒形の建物が照明に浮かびあがり、まるで噴煙のように水蒸気を噴きあげている。

　道はないが下生えが低いので、進むのにさほど困難は感じない。起伏は、進行方向に向かって高くなっている。

　宿舎をでて三十分ほど進んだところで立ち止まった。宿舎から発電所までの距離の三分の二を越えた見当だ。

　発電所の位置からすると、このあたりに地下通路からの階段がある筈だった。発電所の手前にある、地上との出入口で、ウーとの待ち合わせに使った階段だ。

　だが階段の出入口は、暗闇の中をすかしても見つからなかった。

　道をまちがえた筈はない。発電所の建物を正面やや左手に見ながら進んできたのだ。

　階段の出入口さえ見つければ、そこから「ビーチ」へと降りる道がある。

　不安がこみあげ、私は深呼吸した。懐中電灯を点し、あたりを照らした。

正面に小さな丘があった。急激な登り坂になっている。

もしやと思い、その坂をのぼった。息が切れだす頃、頂上に達した。

前方に階段の出入口が見えた。この丘に隠れていたのだ。

ほっと息を吐き、時計を見た。午前二時五十分を示していた。

丘を下った。階段の出入口の手前に、左手の「ビーチ」へと降りる坂があった。この坂を降りかけたときイワンに襲われたのだ。

下り坂にさしかかると、正面から海鳴りが聞こえた。わずかに光っているのは波頭だろうか。

「ビーチ」に達した。人の姿はない。懐中電灯であたりを照らした。白く光る波が砂浜を這いあがり、ひいていく。

ぞくりとして思わず背後をふりかえった。下り坂とその周囲を照らした。誰もいない。

時計を見た。午前三時十分。ギルシュもいない。

遅刻しても待ってはやらない。ここで三時半と伝えたのだ。

懐中電灯を消し、闇の中でうずくまった。しゃがんでいると足もとから冷気が伝わってきて、私は小刻みに体を動かした。

ブーンという虫の羽音がどこからか聞こえた。蜂か、と思ったが、この寒さでしかも夜に蜂が飛ぶわけがない。

立ちあがり、羽音がどこから聞こえるかを探した。海の方角だ。

と同時に、背後からざくっざくっという足音が聞こえた。

私は急いでしゃがみ、暗闇をすかした。まるで子供のように小さな影が下り坂を降りてくる。

「ギルシュ」

小声で呼びかけると影の動きが止まった。

「どこだ」

低い声でギルシュが応えた。

「ここだ」

いって、一瞬だけ懐中電灯を点した。ギルシュはそれを見つけ、まっすぐ進んできた。

「中国人はどうした？」

私のかたわらにきたギルシュがいった。毛皮の帽子とコートをつけ、ロングブーツをはいた姿は、ファンタジーかロールプレイングゲームに登場するドワーフそのものだった。といっても、かわいいとはまるで思わない。

私が答える前に、

「あれか」

とギルシュはいった。私の肩ごしに海を見ている。

ふりかえった。黒い海面の上にまっすぐ光がのび、その光源が近づいてくる。ブーンという羽音が強まった。

光源の位置が低いため、ときおり波に呑まれたようにその光は消える。

やがてその光は、探照灯をつけたゴムボートの形になった。およそ三メートルはあるゴムボートが「ビーチ」に近づいてくる。

不意に羽音が止んだ。それがエンジン音であることは途中から気づいていた。

ボートには二つの人影があり、ひとりが船尾の船外機近くにすわっていた。

カタンという音とともに、その人影が船外機をボートの上にひきあげた。ボートは惰性で砂浜に乗りあげ、底がこすれるざざっという音が聞こえた。

探照灯が消え、人影はボートを下りた。

「こっちだ」

私は小声でいって、懐中電灯を点した。

「手伝ってください。ボートの向きをかえます」

ヤンが日本語でいった。中国語を使わなかったのは、誰かに聞かれたときのための用心か。

ギルシュと二人で砂浜に降りた。

ヤンといたのは、初めて見る中国人だった。細い顔と体はすばしこそうで、黒いドライスーツの上にセーターを着こみ、リュックを背負っている。

「ザイです」

同じような服装をしたヤンが紹介した。ザイはそっけなく頷き、ゴムボートの舳先《へさき》をつかみ、押しやった。私とギルシュも手伝い、砂浜に乗りあげたゴムボートの舳先を海に向ける。

ヤンとザイは救命胴衣をつけている。それに目を向けた私にヤンがいった。

「あなたたちは必要ない。もし海に落ちたら、低体温症で死にます」

ドライスーツを着ていなければ救命胴衣は意味がないというわけだ。

「乗れ」

ザイがボートをおさえ、中国語で告げた。私とギルシュはゴムボートに乗りこんだ。ボートの幅は一メートル以上あり、仕切りで三つに分かれている。

私とギルシュはまん中のスペースに体を落ちつけた。

ヤンが舳先寄りに乗ると、ザイがゴムボートを沖へと押しやり、最後尾にとび乗った。

内側に倒してあった船外機を戻し、エンジンをかける。

ボートはすべるように沖へと進み、すぐに波で大きく上下し始めた。思わずボートのへりにしがみついた。

「しっかりつかまって」

ヤンが探照灯に腕をかけ、いった。

「つかまってろ」

私はギルシュに告げた。ギルシュは無言で頷き、ボートの仕切りを両手でつかんだ。彼の身長だと、そのほうが確実だ。

エンジン音が高くなり、ボートのスピードが上がった。それと同時に舳先が上向きにせりあがる。私の胃もせりあがった。

風切り音と水しぶきが襲いかかった。顔を伏せ、指が痛くなるほど船べりにしがみつく。

「ライトを！」

ザイが叫び、ヤンが探照灯を点した。光が暗黒の海面上を切り裂いた。

「左だ」

ザイがいい、ヤンは探照灯を左に向けた。黒々とした崖がそそりたち、その上にC棟の建物が見えた。いくつかの窓には明りが点っている。船酔いを恐れていたが、緊張と恐怖が上回ってそれどころではなかった。

やがてザイがエンジンを絞り、音が低くなると同時にスピードを落としたボートの舳先が下がった。

ようやく時計を見る余裕が生まれた。四時七分前だ。

「ライト、右に」

ザイがいい、ヤンが探照灯を動かした。

洞窟の入口が数百メートル先に見えた。まっ黒な穴が口を開けている。幅は四、五メートルほどで、高さは二メートル近くあるが、このボートでくぐることを想像すると、決して大きくは見えない。

「あれか」

ギルシュがくいしばった歯のあいだからいった。

「そうだ」

ザイは慎重にボートを進めていった。崖に近づくにしたがい、揺れが大きくなった。寄せ波が島にぶつかって戻る引き波と押しあっているのだ。

ボートは人が歩くほどの速度で進み、岩の裂け目に近づいた。

探照灯が裂け目を照らしだす。洞窟の奥が一瞬見え、何かが光を反射したが、すぐに波で見えなくなった。

裂け目との距離がちぢまった。百メートルから、八十メートル、五十メートル、ボートが上下するたびに洞窟の奥が見えては消える。

洞窟の奥には平らな岩場があるようだ。

二十メートルまで近づいたとき、ボートがスピードを上げ、油断していた私はふり落とされそうになった。

それを救ったのはギルシュだった。腕をつかみ、ぐいとひき戻してくれたのだ。

ボートは一瞬で裂け目を通過した。洞窟に入る直前、ザイはエンジンを切り、船外機をひき上げた。岩にスクリューがあたらないよう惰性で洞窟に進入するため、スピードを一度上げたのだと気づいた。

ボートは直進し、次の瞬間何かに衝突した。さほどスピードはでていなかったので、ふり落とされることはなかったが、衝撃で倒れこんだ。

「大丈夫か?!」

ザイが叫んだ。

「大丈夫だ」

探照灯にしがみついたヤンが答え、私の下じきになったギルシュが悪態をついた。

「すまない」

私はあやまった。

「思ったより急に浅くなってる」

ザイがいった。

「ボートは大丈夫ですか」

私はヤンに訊ねた。

「このていどでは壊れない」

ザイがかわりに答えた。

ボートは裂け目から四、五メートル入ったところにつきでた岩に舳先を押しつけて止まっていた。岩は大きな墓石を斜めにしたような形で、海面から五十センチほど頭をだしている。

その岩を囲むように小さな入り江が洞窟内に広がっていた。幅は二十メートルあるかどうかだろう。奥に向かって、ごつごつとした岩が隆起している。

ヤンが岩をつかみ、ボートを横におしやった。ザイが小さなオールで水をかくと、ボートは入り江の奥へと進んだ。

ヤンが探照灯を頭上へと向けた。光が洞窟内に広がり、私は息を呑んだ。洞窟の天井は五メートル近い高さがあり、水滴がきらきらと光って、プラネタリウムのようだ。

やがてボートが止まった。正面に、水中からのびる階段があった。岩を削って作った人工物だ。

ヤンがボートからその階段にとび移った。ロープを手にしている。ボート本体とつながったロープを階段の先の岩に巻きつけ、固定した。

「上陸してください。ザイはここに残ります」

ヤンはいってリュックをおろすと、中からヘッドギアのようなものをとりだした。ライトと小型のムービーカメラを一体化させた構造で、似たようなヘルメットをSATの隊員がかぶっているのを見たことがある。

ヤンはヘッドギアをつけ、ライトのスイッチを入れた。自分が向いている方角が自動的に撮影される仕組だ。

私が先にボートを下り、階段の途中でギルシュの上陸を手伝った。手助けを嫌がるかと思ったが、無言で私の腕をつかみ、階段にとび移った。

階段は幅が五十センチほどで、最上段まであがると、海面から二メートル近い高さがある。満潮になっても最上段は水没しないだろう。そこから先の地面もゆるやかに隆起している。したがって先にいくほど洞窟の天井が低くなっているように感じる。

「ついにきたぞ！」

ギルシュが叫んだ。声が反響するかと思ったが、洞窟の入口から聞こえる波の音のほうがはるかに大きい。

私も懐中電灯をとりだし、スイッチを入れた。ヤンの背中が洞窟の奥にあった。

洞窟そのものは波の浸食によって作られたのだろうが、そこに細かな人手が加わっている。

入り江に作られた階段もそうだし、足もとを削り、歩きやすくなだらかにしたのも人間だ。しかもそれは、機械による工作ではなく、人の手によったものだと明らかにわかる。コンクリートも使っていない。

おそらくこの島に代々住んでいた人々が、神聖な場として何年、何十年もかけて整備したにちがいない。それを考えると、ある種の感動すら、私は覚えた。

「これは何ですか」

ヤンが背中を向けたまままいい、私は我にかえった。ヘッドギアの光が朽ちた鳥居を照らしだしていた。木製で、幅と高さは人がくぐり抜けられるかどうかだろう。それが何本も洞窟の奥に向かって連なっている。大半は左右どちらかか両方の柱が折れ、横に渡された笠木《かさぎ》が倒れこんでいたが、中には無傷で立っている鳥居もあった。

鳥居の数は全部で二十基あった。色はないか、塗られていても落ちてしまって灰色にしか見えない。

「これだ。ひいじいさんが、洞窟の中には気味の悪い木の門が何十本も立っていたといってたそうだ」

ギルシュがいった。確かに宗教的なものだと知らない者には、立ち並ぶ鳥居は不気味に見えるだろう。

「鳥居だ。神社の入口などにおく門の一種で、神聖な場所であることを表示する」

私はいった。

「鳥居なら知っています。でもこんなに何十もおかれているのは初めて見る」

ヤンが流暢なロシア語で答えた。

「島の人にはそれだけ大切な存在だったのだろう」

「この奥に、神社があるということですか」

「おそらく。だが下は通れないな」

岩を削った穴に柱はさしこまれていた。これも人の手で作ったのだ。たいへんな手間をかけている。

私たちは並んだ鳥居の右側を進んだ。洞窟は奥に向かうにつれ、狭くなっている。

やがて正面に小さな祠《ほこら》が見えた。岩肌をくり抜いた穴に木製の箱がおさめられている。だがその箱は無残に壊され、中の棚が露《あら》わになっていた。

ギルシュが私を追い越し、祠に近づいた。

祠の大きさは高さ一メートル、幅五十センチくらいだろう。地面に観音開きの戸が割れた状態で落ちている。

「ライトを」

ギルシュがいったので、私は懐中電灯を祠に向けた。

「この中に金《きん》があったんだな」

ギルシュは棚に手をさしこみ、つぶやいた。ちょうどギルシュの顔の高さの位置に祠はある。

「ニシグチさんはここにきたかったのですね。確かに見るだけの価値はある」

ヤンはいって、その場でゆっくり一回転した。ヘッドギアのカメラにあたりの映像をおさめようとしたのだろう。

鳥居の列は一直線ではなく、手前から右奥に向かい、ゆるやかにカーブしていた。一本一本の間隔は一メートルあるかどうかだ。

鳥居の始まるところが洞窟内で最も高く、そこから下り坂になっていた。したがって洞窟の入口にある入り江から祠を見通すことはできない。

ヤンのヘッドライトに岩の割れ目が浮かびあがった。鳥居の列の手前、左側だ。細い道があるように見えた。祠に近づくときは反対側を通ったので、気づかなかった。

私は祠の前を離れ、倒れかけた鳥居に触れないよう注意しながら、反対側に回った。

「何だ?」

ギルシュが訊ねた。

「道があるように見える」

答えてから、道はあって当然だと気づいた。

かつてこの洞窟には、陸上からつながった道があった。そうでなければ、洞窟内を整備したり鳥居や祠をすえることはできない。

C棟を建設する前には岩場伝いにここに降りる道があったと木村はいっていた。岩場と洞窟をつなぐ通路がどこかにある筈だ。

ヤンとギルシュが私のあとについてきた。

岩の割れ目と見えたのは、自然の穴をさらに広げた通路だった。幅は二メートルほどはある。気づかなかったのは、鳥居に気をとられていたのと、急な下り坂になっているためだ。

「何なんだ、ここは」

ギルシュがいった。

「通路だ。昔、この島に住んでいた人たちはこの道を通って、ここにきていたんだ。C棟が作られたので、その道が塞がれてしまった」

私は答えた。足を滑らせないように、慎重に下り坂を降りる。途中から、手作りの階段になった。

階段を降りきったところで私は足を止めた。灰色の平坦な床が広がっている。明らかにセメントでコーティングしたものだ。

「おっと」

私のすぐうしろで足を止めたギルシュがいった。そこからはコンクリートで固められた通路がのびている。壁こそ岩をくり抜いたようだが、表面はすべすべとして、明らかに機械で工作されたとわかる。

懐中電灯を上に向けた。吊るされた電球が見えた。通路の天井を這うように電線が走り、そこから五メートル間隔で電球が吊るされている。今も点くかはわからない。

「これも島の連中が作ったのか」

「ロシア軍でしょう。この先に何かの施設があるようです」

ヤンが答え、リュックをおろした。中から小型のサブマシンガンをとりだした。

「ロシア兵と戦うつもりですか」

私は訊ねた。

「まさか。これは用心のためです。軍の収容所があったなら、ここにいたのは犯罪者などの危険な人間だ」

「今もそういう連中がいると?」

「いたら、それこそゾンビだ」

薄気味悪そうにギルシュがいって、毛皮のコートの下からオートマチックを抜いた。グロックだった。

「いるわけがない。オロテックができてから、ここには人が入っていない」

私はいった。

「だったらニシグチを殺《や》ったのは誰だ」

ギルシュはいって、グロックの遊底を引いた。答えるかわりに、私もマカロフを手にした。

通路の正面には灰色に塗られた扉があった。ヤンが最初に近づいてしゃがみ、手であとからくる私たちを制した。耳を扉に近づけ、中の気配をうかがっている。扉は金属製で、何の表示もないが、戦後作られたものだということはわかった。

「何か聞こえますか」

小声で訊ねた私に、ヤンは首をふった。扉はいかにも頑丈そうで、ノブの下に鍵穴がついている。ヤンがノブをつかみ、回した。

「鍵がかかっている」

いって、リュックからペンケースをとりだした。中から抜いた解錠キットを鍵穴にさしこむ。耳をすまし、指先に神経を集中させて、二本の金属棒を動かす。

ギルシュが私の腰をつついた。

「お前はあれができるか？」

私は無言で首をふった。ピッキングは、電子錠が普及した今、日本ではほぼ無用の技術だ。

ヤンも久しぶりらしく、眉間に皺《しわ》をよせ、何度か金属棒を落としては、やり直した。

「ぶち破っちまえよ」

ギルシュがささやいた。

「中にロシア兵がいたら、すぐ撃ち合いだ」

私はいった。

「いるのはゾンビだろう。ニシグチを殺して目玉を食った野郎だ」

私は思わずギルシュを見たが、何もいわなかった。

このままでは潮が満ちてしまう、そういおうとしたとき、錠が外れるカチリという音がした。

ヤンはほっと息を吐き、解錠キットをペンケースにもどしてリュックにしまうとサブマシンガンを手にした。イスラエル製のマイクロウジのコピーを改良したもののようだ。オリジナルにはないサプレッサーが装着されている。

私たちに合図をし、しゃがんだままノブを回して引いた。ギルシュがグロックをかまえた。

扉がゆっくりと開いた。さぞ派手な軋みをたてるかと思ったが、蝶番《ちょうつがい》は静かだ。

私は懐中電灯を握った左手を高く掲げ、扉の奥に向けた。映画では拳銃を握った手の上にライトをのせるが、光源は格好の標的になる。体の中心からはなるべく離したい。

何もないがらんとした空間が広がっていた。コンクリートを床にしきつめた、二十畳ほどの部屋だ。ぐるりと照らしても、人の姿はない。ただし奥に、観音開きの大型の扉があり、キリル文字が書かれていた。

コンクリートの床には重いものをひきずったような跡がいくつもついている。倉庫として使われていたようだ。

私は大型の扉に近づいた。キリル文字は、

「保管容器の破損、内容物の流出を認めた場合、手を触れず、ただちに○○○に連絡をせよ」

とステンシルで印刷され、○○○の部分が削りとられていた。

ギルシュはもちろん、ヤンも書かれている文字が読めるようだ。

「電話番号か？」

ギルシュが削られた部分に指を触れ、いった。ヤンが答える。

「軍用回線の番号でしょう」

扉にはノブではなく、潜水艦の気密扉のようなハンドルがとりつけられていた。ヤンがそのハンドルをつかんだ。ハンドルはあっけなく回った。それにしたがって左右から扉を固定していたプレート錠が外れる音が聞こえた。

「いよいよか」

ギルシュがいって、グロックをかまえた。

すべてのプレートが左右にひっこむと、ヤンは扉を離れた。リュックからガスマスクとゴム手袋をとりだす。

「今度は何だよ」

ギルシュが訊ねた。

「こうした警告文を掲げた扉の奥には、通常、大量破壊兵器が保管されています。核、あるいは生物・化学兵器です」

ヤンは中国語で答えた。それを私が通訳すると、ギルシュは眉をひそめた。

「おいおい、核ミサイルがあるってのか」

「核兵器はありえない。もっと巨大な保管庫が必要になる。生物兵器か化学兵器のどちらかでしょう。私が安全を確認するまで、中には入らないでください」

ヤンは答えて、ガスマスクを装着した。ギルシュもおとなしく扉の前から下がった。

かかえこんだハンドルをヤンは手前に引いた。今度の扉は大きな音をたてた。ゆっくりと扉のすきまが広がり、私はそこに光をあてた。

最初に見えたのは、壁にたてかけられたり、床に散らばったパレットだった。

扉のすきまが、人ひとり通れるほどになると、ヤンはすり抜け奥へと入った。

私はギルシュと顔を見合わせた。

「中国の００７もやるな」

ギルシュはいった。額にびっしりと細かな汗が浮かんでいる。

すぐにヤンは戻ってきて、両手で扉のすきまを広げた。ガスマスクを外している。

「何もありません」

私たちが今いる部屋の倍はある空間がそこには広がっていた。パレットは、保管されていた何かを載せて運ぶためのものだろう。

「ここに何がおかれていたにせよ、ロシア軍はすべて運びだしています。ただし、ここの空気や床の塵《ちり》を分析すれば、何があったかわかる筈です」

ゴム手袋をはめた手で袋をつまんでいた。密閉できるタイプのビニール袋だ。検体になるものを採取したようだ。

その部屋の床はコンクリートではなく、耐水性の樹脂がしきつめられていた。小型のフォークリフトのタイヤ痕らしきものもある。

「何だよ、拍子抜けだ」

ギルシュがいって、グロックを懐ろにしまった。

「ここに大量破壊兵器が保管されていたのは確かなのですか」

私はヤンに訊ねた。

「構造から見てまちがいないでしょう。収容所があったのも裏づけになる」

「裏づけ?」

「生物・化学兵器は保管期間が長くなると、変質し、威力を失うことがあります。使用可能かどうかを最も簡単に確認できるのは人体実験です」

ヤンは答えた。

「人体実験……」

「ガス室による処刑は、アメリカでも行われていた。どのみち処刑すると決めた囚人を殺すのに、何を使ってもかまわないわけです。銃殺では成分検査ができない。オロテックが作られる前には、気密性の高い処刑室がこの島にはいくつもあったのでしょう」

「だから存在した建物を根こそぎ壊し、整地したのか」

私はいった。ヤンは頷いた。

「土壌汚染が最も激しい場所には、放射性物質を扱う発電所を建設した。放射性物質が保管される施設なら、汚染が外に洩れる心配はない」

「知っていたのですか?」

「疑いをもっていました。我が国や日本に近く、民間人が住んでいないので事故の際は施設を簡単に廃棄できるという点で、この島は大量破壊兵器の保管に打ってつけなのです。有事の際はただちにエトロフ島のミサイル基地に、ここにある生物・化学兵器を運びこむことができる」

私がロシア語に訳すと、ギルシュがいった。

「そんなに便利なら、なぜ今も保管場所にしていないんだ」

「ロシア軍の編制がかわったからです。二〇一〇年にこれまであった六つの軍管区が四つの軍管区に統合されました。極東地域では、旧極東軍管区と旧シベリア軍管区東部がひとつになって、東部軍管区となりハバロフスクに本部がおかれることになりました。この軍管区には戦略司令部の資格が与えられ、陸海空、三軍の統合運用が任されます。その結果、旧軍管区にあった施設の統廃合がおこなわれ、この保管庫が廃止されました。生物・化学兵器に対する国際的な風当たりも強くなり、日本の目と鼻の先にその保管庫があったと知られれば、非難は免れられないとロシア政府は考えたのでしょう」

「だからこそ隠したかったわけだ」

私はいって、ギルシュに通訳した。

「外聞を気にするあたり、昔のクレムリンとは大ちがいじゃねえか」

「いずれにしても、ここに生物・化学兵器が保管されていたことを、ロシアは永久に秘密にしておきたいのです。ニシグチさんが殺された理由です」

「待ってください。ニシグチは洞窟にきたかもしれないが、さっきの扉を開けない限り、ここには入れない。しかも入ったとしても、保管庫として使われていたことには気づかなかった筈です。彼はスパイではなかった」

「ではなぜ殺されたと？」

私はあたりを見回した。たとえ何もなくても、生物・化学兵器がおかれていたかもしれないと考えるだけで、鼻の奥がむずむずするような気分だ。

「それは、彼をこの洞窟に運んだ人間に訊けばわかる」

「やっぱりアルトゥールが殺ったのか」

ギルシュが訊ねた。

「もしニシグチを運んだのがアルトゥールだとしたら、殺す理由はない。この洞窟のことを隠しておきたければ、運ぶのを断わればすむ」

「確かにその通りです。では誰が?」

ヤンが訊ねた。

「ニシグチが洞窟にきたとき、偶然、ここにいあわせた人物だと思います」

「待てよ。ここにいあわせたっていうが、先に別の船がきていたら、ニシグチは見てわかった筈だ。のこのこ上陸はしねえ。それとも、犯人はニシグチを追っかけてきたのか」

ギルシュがいった。

「追っかけてきたわけではないと思う。もとから、犯人はここにいたんだ」

私は答えた。

「やっぱりゾンビがいたんじゃねえか」

ギルシュがいい、私は首をふった。

「ゾンビじゃない。刃物を使い慣れた人間だ。肋骨のあいだを滑らせて心臓に届かせていた」

「待ってください。犯人はここにいたとイシガミさんはいいましたが、どこからきたのです?」

ヤンが訊ね、私は頭上を指でさした。

「もちろん地上です」

「船できたのではない?」

私は頷いた。洞窟の奥に扉を見つけたときから、ある確信のようなものが私の中に生まれていた。

かつては洞窟と地上を結ぶ道は崖にしか存在しなかっただろうが、ここが大量破壊兵器の保管場所に改造されたときに別の通路が作られた筈だ。

「わかったぞ。上とつながった通路があるんだ」

ギルシュがいった。ヤンは頷いた。

「当然、大量破壊兵器を運ぶ通路が必要だった。保管庫と地上とのあいだにエレベーターがあっておかしくない」

いって、部屋の中を見回した。出入口は、我々がすり抜けた観音開きの扉しかない。

「どこにある？」

ギルシュがつきあたりの壁に近づいた。手袋をはめた拳《こぶし》で叩く。硬い音がした。

「オロテックが潰しちまったのか」

私は正面の壁を見つめた。エレベーターが存在したのなら、この部屋にはもうひとつの出入口があった筈だ。

ギルシュが壁のあちこちを叩き、ヤンもそれを真似た。

私は懐中電灯で床を照らした。床にしきつめられた樹脂には無数のタイヤ痕がある。いかにも小型のフォークリフトらしい、円形旋回の痕も多いが、何重もかさなった直線の痕もあり、入って左手の壁に向かっていた。

その壁を照らした。

「あった」

思わず声がでた。線のように細い亀裂が天井から床に向け走っている。線は五メートルほどの間隔をおいて、二本あった。

線と線のあいだの壁を懐中電灯で叩いた。虚《うつ》ろな音がした。明らかに壁の他の部分とは密度が異なっている。

「あとから同じ色の塗料で塗り潰したんだ」

ヤンがいって壁を押した。

「動かない。扉だとしても、向こう側からじゃないと開けられない仕組のようです」

ギルシュが近づき、壁をしげしげと観察した。

「これは軍の仕事じゃない。軍だったら、こんなにぴったりとすきまなく作るわけがない。もっと雑だ。元からあった通路にぴったりはまるような扉をあとから別の奴がつけたのさ」

「別の奴？」

私は訊き返したが、ギルシュは答えなかった。

私たち三人は、壁に偽装された扉の前にたたずんだ。

「どうするよ。こいつを開けられなかったら、ニシグチを殺った野郎の正体はわからないのだろう」

ギルシュがいらだったようにいって、ブーツで扉を蹴った。

「この扉の向こうがどうなっているのかを知る必要があります。今もエレベーターがあり、地上とつながっているのか。それともオロテックが潰してしまったのか」

ヤンがつぶやいた。

「エレベーターが残っているかどうかはわからないが、地上とつながった通路、たとえば非常階段などはある筈です。犯人はそれを使ってここに降りてきて、ニシグチと鉢合わせしたのです」

私は答えた。

「てことは、地上に、ここにつながった出入口があるんだな」

ギルシュがいい、再び扉を蹴った。

「問題は、それがどこにあるかだ」

「ふつうに考えれば、この上にあるC棟の地下です」

ヤンがいった。

「C棟にあれば、ヨウワの社員が気づかない筈がない。技術者の集団です。自分たちの宿舎に、用途のわからない出入口があったら、必ず調べます」

私はいった。洞窟の存在を私に教えた、木村のような男が見逃すわけがない。

「だったらどこにあるんだ」

ギルシュが扉を蹴りながらいった。

「この奥がどんな構造になっているかで、まったくかわってくる。長い通路があれば、島内のどことつながっていても不思議はない」

ヤンが答えた。ギルシュが蹴るのをやめた。

「ここに化学兵器だか生物兵器だかがあったとして、

ロシア軍はそれをどう使うつもりだったんだ？」

私を見て訊ねた。私は首をふった。

「わからない」

「通常は、ミサイルに搭載する。クナシリとエトロフには、地対艦ミサイルの基地があるから、そこに運んで、中距離弾道ミサイルに搭載するか、ヘリや爆撃機の対地ミサイルに搭載して、使用する。『バル』や『バスチオン』などの対艦ミサイルでは航続距離が短すぎるので、そのための中距離弾道ミサイルがおかれているのだろう」

ヤンが答えた。

「じゃあ訊くが、クナシリやエトロフに、ここからどう運ぶ？」

「ヘリコプターだろう。そうか。かつてこの島にあったヘリポートとつながっているんだ」

ヤンの顔が明るくなった。

「今のヘリポートではなくて？」

私は訊ねた。ヤンは首をふった。

「あのヘリポートは、オロテック建設のために作られた、三つのヘリポートのうちの最後のひとつだ。資材を運ぶため、島には三ヵ所のヘリポートがあり、そのうちのひとつがもともとあったものだと聞いている」

「それはどこにあったんだ？」

「おそらく港のそば、管理棟の近くだ」

ヤンは答えた。

「そのヘリポートと、この扉の先の通路がつながっていたのじゃねえか。今も使えるかどうかはわからないが」

ギルシュがいった。私たちは顔を見合わせた。

「それを知っていたのは誰だろう」

私はいった。

「パキージンはまちがいねえ。奴が知らねえ筈はない」

ギルシュがいった。

「タチアナは？」

私はギルシュを見つめた。

「知っていて不思議はないな。ＦＳＢだろ」

「誰がＦＳＢだというのです?」

ヤンは深刻な表情になった。

「金髪の医者だよ」

ギルシュが答えた。

「彼女が……」

いってから、ヤンは思いだしたように腕時計をのぞいた。

「そろそろここをでましょう。潮が満ちたら、あの穴を通り抜けられなくなる」

私は唇をかんだ。ようやく洞窟に入れたというのに、犯人の手がかりは、この扉の向こうに隠されたままだ。

「この扉を開けられないのか。ここさえ開けられりゃ、もう、あんなにゆれるゴムボートに乗らないですむ」

ギルシュがくやしげに壁を蹴った。


「戻って捜すんです。必ずどこかにここつながった通路の出入口がある筈だ」

ヤンがいった。ようやくギルシュは蹴るのをやめた。頭は切れるのに、血が昇るとまるで子供のような振舞いをする。

私たちは観音扉をくぐり、もうひとつの部屋を抜けた。ピッキングで錠を開けた扉を閉めるとき、ヤンが悲しげにいった。

「本当は鍵をかけて、我々が中に入った痕跡を消したいのですが、その時間がない」

「しかたがない。いきましょう」

私はいった。電球の吊るされた通路を歩き、階段を登った。坂をあがると、洞窟の奥の鳥居の列につきあたった。鳥居を回りこみ、洞窟の最奥部にでる。

ギルシュが再び壊された祠の前で立ち止まった。

「ライトをくれ」

「いかないと」

ヤンがせきたてた。迷ったが、私はギルシュに懐中電灯を手渡した。ギルシュが棚の隅々を照らした。

「あったぞ」

小さな砂粒のようなかけらを棚の奥からつまみだした。私たちにつきだす。黄色く光っていた。

「砂金だ。畜生、いったいどれだけのお宝があったんだ」

ギルシュが呻くようにつぶやいた。

「三十八人もの人を殺してまで欲しいと思うほどの量だ」

私はいった。金を見た瞬間、体の芯が冷えるのを感じた。むしろその輝きをおぞましく感じた。

ギルシュは無言で指につまんだ光を見つめていたが、不意に投げ捨て、つぶやいた。

「クソ野郎」

なぜだか私はほっとした。

「いきましょう！」

ヤンにせきたてられるまま、私たちは入り江に向かった。入り江では、ゴムボートの向きをかえたザイが待っていた。

それを見たとき、西口の死体はどうやって運ばれたのだろうという疑問が私の中に生まれた。

ここで殺されたのなら、ボートで運ぶのと通路を使うのと、ふたつのルートがあった筈だ。「ビーチ」に遺棄されていたことを考えると、ボートで運ばれた可能性が高い。

西口殺害が洞窟でおこなわれたとすれば、アルトゥール自身が犯人か、犯人を見ている。アルトゥールが犯人なら、その場に死体を放置したろう。ひとりで死体を運ぶのは困難だし、わざわざ「ビーチ」まで運んだことを考えると、犯人は別にいて、アルトゥールに協力させたと考えられる。

イワンがアルトゥールを威していたという京子ママの話を私は思いだした。

任務に忠実だったイワンが、洞窟の秘密を守るために西口を殺した可能性は高い。そして捜索が洞窟に及ぶことを避けるため、死体を「ビーチ」まで運び、遺棄したのだ。

死体の運搬を強要されたアルトゥールは危険を感じ、島を離れた。

そのアルトゥールをこの島に連行させる、とパキージンはいっていた。それが実行されるとすれば、次の定期船に乗ってくるかもしれない。

アルトゥールは洞窟で何が起こったのかを知っている。

アルトゥールを訊問したい。だが、それをするには島に残らなければならない。命と引き換えに、犯人をつきとめるのか。

そんなことはできない。

ゴムボートが「ビーチ」に乗り上げ、私は我にかえった。砂浜に降り、ギルシュと二人でボートの向きをかえるのに協力する。

ザイとヤンが乗ったボートは瞬《また》く間に沖へと遠ざかった。プラントのどこかにボートをあげおろしできる場所があるのだろう。


東の水平線が明るくなっていて、私は時計をのぞいた。じき午前六時になる。

ひどく長い時間、洞窟にいたような気がしていたが、実際は二時間足らずだった。

「ずっと黙ってるな。何を考えてんだ？」

ギルシュが訊いた。

「同じことを考えつづけている。誰がニシグチを殺したのか」

ギルシュがぶっと噴きだした。げらげらと笑い声をたてた。

「まったく妙な野郎だな」

私はむっとした。

「何がおかしい」

「何十人も殺した野郎がこの島から大手をふってでてったってのに、たったひとりを殺した奴がそんなに気になるか」

確かにその通りだ。九十年前、三十八名の島民を殺した犯人はつかまっていない。

私たちは「ビーチ」からつづく坂道を登った。

「アルトゥールはボートで西口を運んだ。犯人を知っている」

「奴が犯人じゃないのか」

「アルトゥールが犯人なら、わざわざ『ビーチ』まで死体を運ぶ必要はなかった」

「じゃあ『ビーチ』で殺ったんだ」

「『ビーチ』は犯行現場じゃない」

「確かか?」

坂を登る足を止め、ギルシュは私を見た。息を切らしている。

「まちがいない。殺害現場はちがう」

ギルシュは顎に触れた。

「犯人はアルトゥールに死体運びを手伝わせたってのか」

「ひとりで運ぶのは難しいし、可能性は高い」

「アルトゥールがそこまでした理由は何だ。金《かね》か?」

「金か、脅迫か」

「イワンの野郎か」

「それを考えていた」

「つまりイワンがあそこにいたのか」

「大量破壊兵器の保管庫が存在した事実を隠すのは、彼の任務だった」

「イワンだけじゃないぞ」

ギルシュがいい、私は頷いた。

「それを本人に確かめようと思っている。彼女なら、洞窟とつながる通路の存在についても知っていておかしくない」

「あの女が認めるか」

「私が洞窟で見たものを話せば、認めざるをえなくなる。通路の存在を確実に知っているのは、私の思いつく限り、彼女とパキージンの二人だ」

「パキージンが殺ったのかもしれねえ」

「その可能性もゼロではない。だがオロテックにとってマイナスになる行動をパキージンがとるとは思えない。ニシグチ殺害は、明らかにマイナスだ」

「なるほどな」

丘の頂きに私たちは達した。洞窟に入るという目的を果たした今、地下通路の監視カメラを恐れる理由はなかった。だが二人いっしょに映されるのは賢明とはいえない。

私は階段の入口で、ギルシュに先にいけと告げた。

「いいのか」

「私の部屋のほうが近い。先にいけ」

ギルシュは私を見つめた。

「ネムロへの船に、本当に乗るのか」

「殺されたくないからな。あんたも乗るか?」

ギルシュは満更でもない顔をした。

「奴らをぶっ殺したあとなら、ホッカイドウも悪くねえ。食いもんがうまい」

私はそっと息を吐いた。ギルシュにとって対決は不可避であることを忘れていた。

「トウキョウはもっといいぞ。案内しよう」

ギルシュは首をふり、笑みを浮かべた。

「俺が、お巡りにガイドを頼むのか。洒落《しやれ》にならねえよ」

階段を降りていった。その小さなうしろ姿を見送り、私は胸がしめつけられるような気持になった。

29

宿舎に戻り、まずしたのはブリヌイを食べることだった。ギルシュが昨夜ニコライに買ってこさせたものだ。冷えて硬くなっていたが、うまかった。それほど空腹だったのだ。「フジリスタラーン」でカレー南蛮を食べたのが、はるか大昔のことに思える。ビールが欲しかったが我慢し、ミネラルウォーターを飲んだ。

食べ終えるとシャワーを浴び、時計を見た。

午前七時を過ぎていた。島内携帯を手にした。何度か深呼吸をし、タチアナの番号を押した。

まだ眠っているかもしれない。

「はい」

だがはっきりした返事があった。明瞭で冷ややかな声だ。

「イシガミです。話がしたい」

「何を話すの？」

「洞窟にいきました」

タチアナは沈黙した。

「そこで見たものについて、あなたと話したい」

「わたしが話したくない、といったら？」

「エクスペールトと話します。この島で、あれについて話せるのは、あなたとエクスペールトの二人しかいない」

私は意味深に告げた。タチアナはそっと息を吐いた。その吐息の響きを切ないと感じ、彼女に惹かれていたと改めて気づいた。

「わかった。わたしの部屋にきて」

告げて、タチアナは電話を切った。


少し前は人けがなかった地下通路を多くの人間がいきかっていた。昨夜ニコライがいっていたとおり、風がおさまったのでオロテック全体に活気が戻っていた。

A－3棟のタチアナの部屋に向かった。マカロフには初弾を装塡し、安全装置をかけて、腰にさしてある。話の流れによっては、彼女が私を殺そうとする可能性があった。

だがもしタチアナがそうしようとしても、銃を彼女に向けられるという自信はない。

タチアナの部屋の前に立つと、ノックをするより早くドアが開いた。ジーンズにジャケットを着たタチアナが立っていた。スウェットを別にすれば、パンツ姿の彼女を見るのは初めてだ。

「ひとり？」

「ひとりです」

タチアナはドアの前から退いた。港を見おろす窓にはカーテンがかかっていた。

私は部屋に入り、うしろ手でドアを閉めた。

「何を飲む？　コーヒー？　ウォッカ？」

「何もいりません」

タチアナは部屋の中央に立ち、私を見つめた。

「本当に洞窟に入ったの？」

「中には何十本ものトリイがあった」

「トリイ？」

「木で作られた門です。神聖な場所の入口であることを示す」

タチアナは小さく頷いた。

「他には何があった？」

「洞窟の奥に、あとから作られた階段と通路が。その先には気密室のような保管庫がありました」

タチアナは無言で私を見つめている。

「今は何もないが、かつては大量破壊兵器が保管されていた可能性が高い」

「ただの刑事のあなたに、どうしてそんなことが判断できるの」

「昔、同じような施設を写真で見たことがある。核兵器を保管するには小さすぎるので、化学兵器か生物兵器がおかれていたのでしょう」

タチアナは深呼吸した。その動きで、ジャケットの右裾がふくらんでいることに気づいた。ジーンズをはいた理由は、腰に拳銃を留めるためだ。

「ですが、そんなことはたいした問題ではない」

私はいった。タチアナは首を傾げた。

「では何が問題なの」

「保管庫の壁には、あとからとりつけられた扉があって、もうひとつの出入口を隠している。その出入口の先にはエレベーターがあった筈です」

「何のためのエレベーター？」

「大量破壊兵器を軍用のヘリポートに運ぶためのものです。ヘリコプターで、クナシリやエトロフにあるミサイル基地に輸送する」

タチアナは私に近づいた。正面から私の目をのぞきこむ。

「イシガミ。あなたはイワンが疑っていたように、スパイなの？」

「ちがう」

私が答えると、息がかかるほど顔を近づけてきた。青く澄んだ瞳に吸いこまれそうだ。

「だったらあなたの目的は何？」

「ニシグチを殺した犯人をつきとめることだ」

「まだ、そんなことをいってる」

唇と唇が触れそうな距離で、タチアナはいった。私はさっとタチアナの右手をつかんだ。

「やめろ」

右手がジャケットの裾に入っていた。その手首を強く握った。

「痛いわ」

甘い声でタチアナがいった。

「銃から手を離せ」

タチアナの目がみひらかれた。唇が触れあい、私が目を閉じた瞬間、銃を抜こうとしていたのだろう。あるいは撃つことすら考えていたかもしれない。

右手をジャケットからひきだした。裾がめくれ、ベルトに留めた革のケースが見えた。

「話をつづけさせてくれ」

タチアナの右手首を握ったまま私はいった。

「だったら手を離して」

「銃を向けないと約束しろ」

タチアナの口もとが歪んだ。笑みを浮かべたのだった。

「あなたはスパイじゃないわね。スパイだったらそんな約束は求めない。どんな約束も信用できないとわかっている」

「約束するのかしないのか」

「お馬鹿さん。約束する」

タチアナはやさしい声でいった。私はタチアナの手を離した。

「話をつづけて」

タチアナは私から離れ、ソファに腰をおろした。

ホルスターから拳銃を抜き、テーブルの上におく。私のもつマカロフに似ているが、ひと回り小さい。初めて見る銃だった。

「どうぞ」

タチアナがうながし、私は我にかえった。

「エレベーターは今も動くのか？」

タチアナは首を傾げた。

「なぜそんなことをわたしに訊くの？」

「君は知っている筈だ。保管庫には地上とつながる通路があり、それを使えば海からでなくとも洞窟に入ることができる」

「わたしが知っていると思う理由は？」

「この島に大量破壊兵器が保管されていた事実を隠すのが、君とイワンの任務だったからだ」

タチアナは息を吐いた。金髪をかきあげ、その仕草に私は思わず見とれた。強気でいる今の立場を崩してはならない。今も彼女に惹かれていると気づかれたら、すぐさまタチアナはそれにつけこんでくる。

「あんな過去の遺物。イワンだけよ、躍起になっていたのは」

「そうなのか」

「イシガミならわかるでしょう。ホッポウリョウドは、ロシアと日本にとって微妙な存在なの。まして日本に近いこの島に、化学兵器が貯蔵されていたと日本政府が知ったら、大きな問題になる」

北方領土を日本語でいった。

「化学兵器だったのか」

「毒ガスらしいわ。旧極東軍管区に毒ガスの貯蔵庫があるという話を、潜水艦の艦長から聞いたことがある。でも今はない。それで充分でしょう」

「クナシリやエトロフに運んだのか」

「クナシリやエトロフには民間人の住民がいる。化学兵器の貯蔵には適さない」

「ロシア軍は、いざとなればそれをミサイルに搭載して、日本に撃ちこむつもりだった」

「日本だけじゃない。むしろ中国かも。国境を接している上に、軍事大国をめざしているから。いずれにしてもあなたやわたしには関係がないことよ」

私は話をそらされていたことに気づいた。

「通路の出入口はどこにあるんだ？」

「通路？」

「保管庫と地上を結んでいる通路だ」

「なぜそんなことを知りたいの」

「ニシグチは、アルトゥールの案内で海から洞窟に入った。そこで通路を下って地上から降りてきた犯人と鉢合わせし、殺されたんだ」

タチアナの目を見つめながらいった。何の変化もなかった。

「それで？」

「犯人は死体を洞窟に放置できないと考えた。放置すれば、行方のわからないニシグチの捜索がおこなわれ、洞窟に注目が向かうかもしれない。そこでわざわざニシグチの死体を『ビーチ』まで運んだ」

「あなたはイワンが犯人だと考えているのね」

「か、君だ」

「なぜわたしがニシグチを殺すの。いったでしょう。あんな過去の遺物の存在を隠してもしかたがないって」

「君が本当にそう思っているなら、確かに殺す理由はない。だが通路の場所はつきとめなければならない。犯人が洞窟にいたと確かめる必要がある」

タチアナは考えるように宙に目を向けた。

「イワンのもちものを昨夜整理した。凶器に使ったと思われるナイフはなかった」

「捨てたか、通路に隠したのかもしれない」

凶器を見つけられたら、犯人を見つける前にこの島を離れたとしても、任務をあるていど果たしたと胸をはれるような気がした。

「通路に案内してほしい」

「今は難しい」

タチアナは考えるそぶりをした。

「なぜだ」

タチアナは立ちあがり、窓のカーテンを開いた。右から光がさしこんだ。太陽が昇り、あたりを照らしだしている。

目を細め、タチアナは港を見おろした。トラックやフォークリフト、作業員があわただしく動き回っている。沖合に停泊した貨物船と港のあいだを艀と思しい小型ボートが何隻もいきかっていた。

「通路の入口はあそこにある」

タチアナはトラックやフォークリフトが動き回る一角を指さした。トラックの荷台から青く塗られたドラム缶がおろされ、それをフォークリフトが岸壁へと運んでいる。ドラム缶はそこで艀に積みかえられる。

この島で作られるレアアースが入っているのだ。

「レアアースの保管場所にあるのか」

「その横、フェンスで囲まれた小屋が見える？」

電話ボックスのような箱がドラム缶に囲まれてたっていた。

「見える」

「あれは地下通路の空調室の入口よ。あそこから降りて、暖房装置の保守点検をする仕組なの。その奥に、貯蔵庫へつながった通路がある。ちなみにエレベーターは今は動かない。だから長い階段を歩くことになる」

多くのフォークリフトやトラックがいきかし、作業員が働く中を私たちが近づけば、注目を集めるのはまちがいない。

「いつになったら入れる？」

「昼の休憩時間になれば、人はいなくなる」

「昼まで待てない」

「作業を中断させるの？　エクスペールトが飛んでくるわよ」

私は息を吐いた。ことここに及んで、パキージンとトラブルになるのは避けたい。だが根室からの補給船は昼頃やってくる。

そのタイミングを見はからったように、私の島内携帯が鳴った。

「どこにいる」

パキージンが訊ねた。

「いろいろと整理をしているところです」

私は返事をはぐらかした。

「先ほどサハリン警察の署長から連絡があった。今日、入港する定期船にアルトゥールを乗せたということだ。アルトゥールは警察官二名といっしょで、君の訊問がすみしだい、サハリンに戻される」

思わず返事に詰まった。すべてが同じタイミングで起きようとしている。

「聞こえているかね?」

「聞こえています」

「アルトゥールを私のオフィスに連れてこさせるから、君は知りたいことを訊くといい」

「ありがとうございます」

「定期船の入港は、今のところ午後二時を予定している。海況しだいで、それより早まるか遅れる可能性もある。入港したら、君に連絡を入れよう」

「お願いします」

定期船には、ピョートルがさし向けた殺し屋も乗りこんでいる筈だ。パキージンが電話を切ろうとしたので、私は急いでいった。

「同じ船にピョートルの殺し屋二人も乗ってきます。コズロフもいっしょかもしれません」

「そんなことはわかっている。グラチョフ少尉にいって、下船する乗客はすべてチェックさせる」

思わずため息がでた。ボリスと殺し屋は、自分たちが国境警備隊に待ちうけられているとは知らない。うまくすれば一網打尽で、私がこの島を離れなければならない理由が消える。

「賢明な判断です」

「いった筈だ。マフィアどもの好きにはさせない」

パキージンは電話を切った。パキージンの能力を、私は過小評価していたかもしれない。彼が暗殺者だったかどうかはともかく、KGBのエージェントだったのだ。マフィアより頭がきれるのは当然だ。

「エクスペールトね」

タチアナがいった。私はタチアナに目を向けた。

パキージンと話しているあいだ、彼女には私を撃つチャンスがあった。だがそれをしなかった。

「アルトゥールがサハリンの警官に連れられて、定期船でこの島にくる」

「それより先に、あなたはこの島をでていくのじゃなかったの？」

臆病者は嫌い、といわれたのを思いだした。

「その予定だったが、アルトゥールがくるとなると、話がかわる。彼は犯人を知っている可能性が高い」

感心してくれることをどこか期待していた。が、タチアナの表情はかわらなかった。

「エクスペールトは、殺し屋に対して何か手を打つの？」

「国境警備隊に下船客を調べさせるといっていた」

タチアナは頷いた。

「そうなったら殺し屋はつかまり、あなたの危険はなくなる」

完全に読まれていた。私はがっかりしたことは見せずにいった。

「ボリス・コズロフもいっしょかもしれない」

「あなたを恨んでいる男ね。彼もやってくるの？」

「国境警備隊の捜索が始まる前に、ロランといっしょにボートでこの島を逃げだした。近くの他の島に隠れていて、そこに寄港するときに定期船に乗ってくるかもしれない」

タチアナは小さく頷いた。ボリスにはあまり関心がないようだ。

私は島に残ることを考え始めた。ボリスたちが拘束されれば、恐れるものはない。

「残ることにしたの？」

タチアナが訊ねた。

「臆病者といわれたのがこたえている」

「あれは勢いでいったの。臆病者に潜入捜査なんてできないでしょう。あなたはたったひとりでこの島にやってきて、戦っている。そこが素敵なの」

私は首をふった。

「かいかぶりだ。私はただ言葉が話せるのとこの顔のせいで、そういう仕事を押しつけられているだけだ」

「だったらなぜ警察官をやめないの？」

「公務員は悪い仕事じゃない」

ヤンの言葉を思いだした。

決して信用できないか、信用するフリをする他ないか。

次の瞬間、はっとしてタチアナを見つめた。

潜入捜査の話は彼女にしていない。いったい誰から聞いたのだ。

パキージンか。ギルシュとは思えない。もしパキージンなら、二人はいまだに親密な関係にある。

「君も公務員ならわかる筈だ」

「まず医者。その上で公務員。あなたの治療をしたときはそうだった」

「感謝している」

「冷たい、いいかたね」

「ヤキモチ焼きなんだ」

タチアナは眉をひそめた。

「何のこと？」

「何でもない」

さすがにパキージンのことをもちだすわけにはいかず、私は窓に近づいた。さっきより、わずかだがフォークリフトやトラックの数が減っているような気がする。

「給料は高いの？　日本の警官は」

タチアナが訊ねた。

「まさか」

「じゃあ同じね」

私はタチアナを見た。

「君は医者としての給料とＦＳＢからの給料と、両方もらっているのじゃないか」

「ＦＳＢは、いろいろなところにわたしをいかせる。短期だけど安く使える医者がいる、といって売りこむのよ。社会主義の時代じゃないから、無理にわたしを押しこむことはできない。ＦＳＢの給料はもらえても、医者としての報酬はわずか」

「なるほど。君ならいくらでもいい職場が見つかるだろう」

タチアナは答えず、ソファから立ちあがり、私と並んで下を見た。

「車と人の数が減ったような気がしないか」

タチアナは壁の時計を見た。

「八時に始業した作業員は、十時に一度休憩をとる。昼休みは十二時から十三時まで」

「だったらそのタイミングで降りられないか？」

あきれたように私を見た。

「どうしてもいきたいの？」

私は頷いた。

「じゃあ準備が必要ね。ライトはある？」

「宿舎にならＩ
「とってきて。わたしはそのあいだに作業着やヘルメットを用意する。この格好で入るわけにはいかないでしょ」

「わかった。ここにまた戻ってくる」

タチアナは頷き、私を見つめた。

「エクスペールトに知られたら、強制退去ではすまないわよ」

「君は大丈夫なのか」

「わたしは公務員だから」

私も同じだ。だがそれはいわずに、タチアナの部屋をあとにした。

30

部屋に戻る途中で島内携帯が鳴った。中本だった。

「根室からの補給船が、今こちらに向かっています。午前十一時過ぎには入港するようです」

「出港はいつです？」

「荷物をおろししだいですが、今日はプラットホームの操業が再開されたこともあって、荷揚げ場がこんでいます。定期船も入りますしね。作業の進行によっては、昼にかかってしまうんで、そうなると一時過ぎということになるでしょう」

「まだし残した仕事があるので、ぎりぎりか、もしくは乗れないかもしれません」

「乗られないのであれば、それはそれでかまいません。いつわかりますか」

「十一時までにはご連絡します」

私は告げて、電話を切った。宿舎に戻ると、洞窟にもっていった懐中電灯を手にした。

ほとんど眠っていないが、頭は冴えている。

通路に入ることさえできれば、新たな証拠を見つけられる。その期待が、眠けを奪っていた。

タチアナを完全に信用したわけではない。が、通路に案内させるところまではこぎつけた。通路で私を殺そうとする可能性については考えないことにした。もし殺すつもりなら、彼女の部屋にいたとき、チャンスはいくらでもあった。

少なくとも、今すぐ私を殺したいとは思っていない。

懐中電灯を手にし、タチアナの部屋に戻った。オレンジ色の作業着をつけ、ヘルメットを手にしてタチアナは待っていた。同じものがもうひと組ある。

「イワンが用意した」

私が訊く前にタチアナがいった。私は作業着をつけ、ヘルメットをかぶった。このいでたちで二人がでていくのをA‐3棟のカメラに映されてもかまわないのだろうかと思った。が、何もいわないことにした。タチアナにはパキージンへの対処法があるのだろう。

金髪をヘルメットに押しこんだタチアナは眼鏡をかけている。私もヘルメットをまぶかにかぶった。

十時を五分ほど回ると、ドラム缶おき場から人けがなくなった。

「休憩は十五分。急いで」

タチアナがいい、私たちはA‐3棟をでた。

風がやみ、太陽が昇ったせいで、空気を暖かく感じた。実際、気温もあがっている。

それでも屋外で休憩している作業員の姿はなかった。近くの食堂やトラックの車内などで休んでいるようだ。

透明なビニールの帯で数本ひと組に梱包された青いドラム缶が積みあげられている。そのすきまを縫い、フェンスで囲まれた小屋に近づいた。フェンスには扉があって、錠がついている。タチアナは作業着からとりだした鍵束でそれを開いた。

フェンスの内側の小屋の扉の錠も、同じ鍵束についた鍵で開いた。開いた扉を手で支え、タチアナは首を倒した。

「先に入って。わたしは中から鍵をかける」

一瞬、閉じこめられる危険を考えたが、タチアナの言葉にしたがった。

中は一畳あるかどうかの大きさで、明りとりの小窓からさしこんだ光が、急な下り階段を照らしている。タチアナの邪魔にならないよう、私は階段を数段下った。

タチアナは扉を閉め、内側から鍵をかけた。

「階段の途中に明りのスイッチがある」

私は階段をさらに降りた。手すりもない急なコンクリートの階段が、ずっと先までつづいている。足を踏み外さないよう、注意しながら降りていくと、途中から大きな機械音と振動が響いてきた。

頭上からの光がどんどん弱くなり、懐中電灯を点した。階段の幅は一メートルあるかないかで、うしろをタチアナが降りてくる気配を感じる。

グオングオンという機械音とともに、足の裏から伝わる振動が強くなった。

「右側を見て」

タチアナの声がして、首を回すと、壁にとりつけられた金属製の箱があった。蓋を開け、中のスイッチを下に倒した。

壁に埋めこまれた明りが点灯した。階段は、およそ三階ぶんくらいの長さがあるようだ。

懐中電灯を消し、階段をさらに下った。

下りきったところに金網でできた扉があったが、錠はついていない。扉を引き、内側に入った。

空調の機械と配電盤の並んだ大きな部屋だった。天井から電球がぶらさがっている。

機械室の中は地上より暖かい。暖房に伴って生じる冷気は外に排出されているようだ。

機械室の大きさは二百平方メートル以上あり、いくつかの区画に分かれていた。そのどれもが稼動し、唸りをたてている。

ようやくタチアナをふりかえる余裕が生まれた。

「通路はこっちよ」

タチアナは私を追いこし、機械室の奥へと進んだ。おそらく空調機そのものが発する熱で、奥に進むにつれ機械室の温度は高くなった。

機械室の最奥部に、一メートルほどの高さの小さな扉があった。

「危険物保管所。立入禁止。施設長《エクスペールト》」

と赤いキリル文字が書かれている。鉄板で作られた頑丈そうな扉で、鍵穴がふたつ、ついていた。

タチアナは再び鍵束をとりだし、さしこんだ。錠を解き、扉を開いた。鉄板の厚さは数センチあり、まるで金庫の扉だ。

「先にいって。また鍵をかけるから」

扉の奥は暗かった。私は懐中電灯を点し、しゃがんで扉をくぐった。ヘルメットが框《かまち》に当たり、ごつっと音をたてた。

扉をくぐると中の天井が高くなっているのがわかった。湿ったコンクリートの匂いがする。懐中電灯の光を前に向けた。高さおよそ三メートル、幅二メートルほどのトンネルがずっとつづいて、途中で下り勾配になっていた。

「まっすぐ進みなさい」

背後からタチアナがいった。

「ここが通路なのか」

「その入口よ。まだまだ先がある」

いわれてみれば、機械室の位置からC棟まではかなり距離がある。しかも通路は、その地下へと通じているのだ。

トンネルをひたすら進んだ。動きつづけているせいか、機械室との境の扉が閉まっても寒さは感じない。
二、三百メートルほど下り勾配を進んだ正面に扉があった。洞窟の奥にあったのと同じ、ハンドル式の気密扉だが、観音開きではなく、片開きだった。
懐中電灯を足もとにおき、私はハンドルを回した。

扉を押し開く。まばゆい光が流れだし、私は目を細めた。明りのついた空間が広がっている。

エレベーターホールだった。工場にすえつけられるような、大きなエレベーターの扉が正面にあり、床には樹脂がしかれている。百平方メートルほどの大きさがあり、旧式のフォークリフトが二台、壁ぎわに並んでいた。カーキ色に塗られ、軍用とわかる。どうやら廃棄されたもののようだ。フォークリフトのかたわらの壁には金属製のロッカーが数台、おかれていた。

そのロッカーの陰からボリス・コズロフが現われ、私に銃を向けた。

「よう、天才」

衝撃のあまり、言葉もでず、立ちつくした。

ボリスは革のコートではなく、私たちと同じ、オレンジの作業着を着こんでいた。

「びっくりしたか？　なんでボリス・コズロフ様がここにいるのか、さすがの天才でも思いつかないか」

嘲るような笑いを浮かべ、ボリスはいった。まったくその通りだ。他の島に逃げたとばかり思っていた。

同時に、ボリスは、私たちがここにくるのを知っていたのだと気づいた。タチアナをふりかえった。

「君は――」

「あなたの知らない事情があるのよ」

タチアナは淡々といった。私はボリスとタチアナを見比べた。

「知り合いなのか」

「先生は、これから俺のビジネスパートナーになる」

ボリスがいった。

「ビジネスパートナー」

ボリスは壁ぎわのロッカーを平手で叩いた。

「ここで取引がおこなわれていた。先生がブツをおく。買い手が金《かね》をおく」

ガンガンと音をさせながら、ボリスがいった。そしてつづけた。

「ブツって何だ？　決まってるだろう、天才。クスリだよ。この島でただひとり、クスリをもちこんでも咎められない人間が先生だよ。草やメタンなんてオモチャじゃねえぞ。ヘロインだ」

私はタチアナを見つめた。

「誰と取引していたんだ？」

タチアナは黙っている。

「答えろ！」

私は思わず怒鳴った。タチアナがびくりと体を震わせた。

「おい、びっくりして撃っちまうところだったぞ。俺が教えてやるよ。ロランだ。先生がモルヒネをおき、ロランが引きかえに金をおいていく。ここにくる奴はいないから、いい取引場所だ」

「ギルシュも承知していたのか」

タチアナは首をふった。

「ギルシュは知らない。ロランがキョウコママにモルヒネを届けていた」

あのガリガリに痩せた体を見たとき、気づくべきだった。

「買ってたのはママだけか」

「女の子も何人か。あまり射《う》ちすぎないよう、検診のとき、教えた」

うつむいたままタチアナはいった。

「なぜ、そんなことを……」

タチアナは顔を上げた。

「いったでしょう。給料は安い、と。キョウコに頼まれたの。オピウムは手に入らないかって。いくつだと思う？　キョウコを」

「五十代だろう」

「三十八よ。アルバニア人にヘロインを教えられ、ずっと体を売ってきた。たとえ今、クスリをやめても、あと十年は生きられない。売春の苦しみや性病の恐怖から逃れるためにクスリに走る子はたくさんいるわ。もしクスリをあげなかったら、自殺する」

「そうやって自分にいいわけをしていたのか」

「偉そうなことをいってるんじゃねえ、メス犬が！」

ボリスがいった。私はボリスをにらんだ。

「ボートで島を逃げだしたと思わせ、お前はここに隠れていたんだな」

「賢いだろう。あんな大波の中、ボートででていくなんて、馬鹿のすることだ。オレクには時間潰しをしてプラットホームにいけ、といったのさ。俺とロランは先生の案内で、夜のうちにここにやってきた。知ってるか、お前。この先には軍の宿舎が残っていて、寝泊まりできるんだ」

エレベーターのかたわらに扉があった。

「宿舎？」

「貯蔵庫だった頃、監視兵のための駐屯所があったの。そこには自家発電機もおかれていて、今も使える。ロランは？」

タチアナはボリスに訊ねた。

「奥にいる。先生がよごしたあと始末をしろといったからな。床が血まみれだった」

タチアナの顔が能面のように無表情になった。

「ニシグチの血か」

私はいった。

「イワンが下の扉に鍵をかけ忘れていたので、ニシグチがここまで上がってきてしまったの。そのときちょうどわたしはここにいた。ようやくイワンの部屋からでられたので、お金をとりにきていた」

いい逃れするのをあきらめたのか、私がここで死ぬことを確信したのか、タチアナはすらすらと答えた。

「君が刺したんだな」

タチアナは私を見つめ、頷いた。

「ロッカーの扉が固いので、こじ開けるために大型のメスをもっていた。ニシグチはわたしを見てびっくりしていた。わたしがどう説明しても、彼のロシア語の理解力では限界があるし、他の日本人にここで見たことを話すのは防げない。やがてそれはオロテックに広がり、エクスペールトにも伝わる。わたしはニシグチを駐屯所まで連れていった。彼はロシア語でしきりに、ここは何だ、と訊いていた。こんな施設があるとは知らなかった、と。そしてわたしに、何をしていたのかをしつこく訊ねた。本当にしつこかった。銃をもっていたら、その口を撃ってやりたいくらい。でも、もっていなかったから扉を開けるために使ったメスで刺した。彼はびっくりしていた。自分が死ぬのを信じられないみたいに」

私は息を吐いた。

「それで同行する予定だった人間がいたといったら、驚いたんだな」

「駐屯所にはアルトゥールもいて、わたしがニシグチを刺すのを見て、逃げだそうとした。だからわたしは身分を明した。国家機密を外国人に流そうとした罪で、どこに逃げても死刑をのがれられない、と威した。アルトゥールは怯えて、何でもいうことを聞くといった。だからニシグチの死体をここから運びだせと命じたの」

「目を抉ったのは君か」

タチアナは首をふった。

「わたしじゃない。アルトゥールと二人でボートに乗せたときは、ニシグチは大きく目を開けていた。だから検死のときには驚いた」

「じゃあ誰が目を抉ったんだ？」

「わからない」

「『ビーチ』にいた誰かが――」

「どうでもいいだろう！」

ボリスが割って入った。

「どうせ死ぬのに、そんなことを訊いてどうするんだ」

私の顔に銃口をつきつけた。

「彼と話をさせて！」

タチアナはボリスにいった。

「大事なことなの。この島にいる誰が、ここでの取引を知っているのか、わたしは知る必要がある」

「誰が知ってるかなんて関係ねえ！　どうせこの島は、俺がこれから仕切る」

ボリスは叫んだ。タチアナは首をふった。

「あなたはわかってない。ここはサハリンやウラジオストクとはちがう。特殊な場所なの。秘密を守るのは簡単ではない。この小さな島では、誰も知らないと思っていたことがいつのまにか皆に知られている」

ボリスはあきれたように宙をにらんだ。

「この野郎が死ねば、それで終わりだ」

「馬鹿をいわないで。イシガミのことはエクスペールトも国境警備隊も知っている。あなたが殺し屋を呼んだことも伝わっていて、定期船がついたら、乗客は調べられる」

「そうかよ」

動揺するかと思ったが、ボリスは平然としていた。

「じゃあ先生はどうしろってんだ」

「今すぐイシガミを殺すのはマズい。エクスペールトに疑いをもたれる」

「エクスペールトがそんなに恐いのか」

嘲るようにボリスはいった。

「ピョートルよりも恐いか？　あんただってピョートルのことは知ってるだろう」

「この島では、ピョートル以上の力が、彼にはある」

「じゃあ、そいつも殺すか」

タチアナの目が氷のように冷たくなった。

「邪魔になる人間をすべて殺せば、ものごとが簡単にいくと思っているのね」

「それが俺たちマフィアだ。先生も考えちがいしないでくれ。あんたが死ねば、別の医者がここにはくる。俺はそいつをビジネスパートナーにするだけだ」

「FSBを殺したら、ただじゃすまないぞ」

私はいった。

「知るかよ！」

ボリスは怒鳴った。私はひやりとした。撃たれるかもしれない。

「おい天才、お前、まだ俺にああしろ、こうしろと命令する気か」

銃口を私の顎の下にあてがい、ボリスはすごんだ。私の懐ろに手をさし入れ、腰にさしていたマカロフをとりあげた。

「じゃあこうしようぜ。このPMでこいつの頭をぶち抜く。自殺したってことで、先生が診断書を書くんだ」

ガタン、という音がした。ボリスが隠れていたロッカーの奥に扉があり、そこからロランが現われた。ロランは驚いたように我々を見つめた。

「掃除は終わったのか」

ボリスが訊ねた。

「終わったけど、こりゃいったい、どういうことだ？」

ロランは口をあんぐり開けて訊ねた。

「先生がご親切にもメス犬を連れてきてくれたのさ」

「ギルシュは残念がっていた。まさかあんたが裏切るとは思わなかったらしい」

　私はいった。そのとたん、ボリスがとりあげたマカロフで私の顔を殴りつけた。目の端が切れ、血がとび散った。

「キャンキャンうるせえ」

「ちょっと！」

　タチアナが叫んだ。

「先生、やけにこいつにやさしいな。え？　もしかしたら仲よしなのか」

「馬鹿なことといわないで。自殺に見せかけたいなら、顔なんか殴らないで」

「おっと。それはマズかったな。ロラン、こっちへきて、こいつをおさえてくれ。顔がマズいのなら、他の場所をちょいと痛めつけてやる」

　恐ろしいことをいった。

「なぜ、そんなことをするの？」

　タチアナがあきれたように訊いた。

「俺はこの野郎のせいで日本から逃げだす羽目になったんだ。組織も、せっかく作ったコネクションも、全部捨てて。百回殺したって飽き足らないんだよ」

　私の腹を殴りつけた。床にひざまずきそうになり、耐えた。倒れたら、容赦のない蹴りが襲ってくる。

「そんな事情なんて知らない。あなたの恨みで、わたしの立場を悪くしないで」

　タチアナは冷たい声でいった。ロランが歩みよってきて、私の両腕を背後から締めあげた。

「これでいいのか」

　ボリスは頷いた。そして銃をしまうと、私の目をのぞきこみ、

「反吐《へど》を俺にかけるんじゃねえぞ」

　というや、鳩尾に拳を打ちこんだ。膝が崩れ、それをロランがひき起こした。

「もう一丁！」

　ロランが耳もとでいい、体重ののったストレートが私の腹に刺さった。ロランが手を離し、私はひざ

まずいた。耐えきれず体を横にして、痙攣《けいれん》する胃を抱えこんだ。

「いい加減にして！」

銃声が響いた。私を蹴ろうと右足をひいたボリスの足もとで弾丸が跳ねた。ボリスは目を丸くして、拳銃を手にしたタチアナを見た。

「何すんだ。危ねえじゃねえか」

「ここはウラジオストクの裏通りじゃない。ロシア軍の重要施設にあなたたちはいるのよ」

「そうかい。だがここで人殺しをしたのはあんたじゃねえのか、先生」

タチアナの顔が赤く染まった。

「ここをでていきなさい。でていけ！」

「いいのかよ」

タチアナがさっと拳銃をかまえ、ボリスの顔を狙った。

「今すぐでていかないと、顔を吹きとばす。あなたを殺しても、責任は問われない。あなたもね」

身じろぎしたロランにさっと銃口を向けた。

ロランはボリスの腕をつかんだ。

「いこうぜ」

ボリスはタチアナをにらみ、首をふった。

「まずいぜ、先生。俺だけじゃなく、あんたはピョートルも怒らせることになるぞ」

「だから何なの」

タチアナの表情はかわらなかった。

ロランがボリスをひっぱった。ボリスは私とタチアナに指をつきつけた。

「二人とも殺す、必ずな」

私は痛みに耐えながら二人がエレベーターホールをでていくのを見送った。ほっとしていた。少なくともこれ以上殴られることはない。

気密扉が閉まると、タチアナは私のかたわらにひざまずいた。

「大丈夫？」

私は無言で首をふった。口を開けば胃の中身がとびだしそうだった。

タチアナは私の頭を抱え起こした。

「目を開けて。目を開けなさい！」

瞳孔をのぞきこんだ。

「内臓は無事かもしれない。痛む？」

「もちろん」

ようやく声がでた。

「ここをでないと。あいつらが戻ってくるかもしれない」

タチアナは私の腕をつかみ、体を引き起こした。まるで力の入らない膝を叱咤《しった》し、私はよろよろと立った。壁に手をつき、背中を丸める。額にあたる壁の冷たさが心地いい。

「なぜ助けた？」

「ああいう粗野な人間は大嫌いなの。いうことを聞いてやると、最後は必ず体を求めてくる」

私は思わずタチアナを見た。嫌悪に顔を歪めている。

「平気だろうと思ってるのね。平気じゃない。確かにわたしは体を使うけど、嫌な奴とのセックスは決してしない」

私は息を吐き、咳《せ》きこんだ。

「唾を吐いて」

タチアナがいい、私は口にたまった唾を吐いた。

「よかった。血は混じってないようね」

「これから、どうするんだ」

「エクスペールトに連絡して、あいつらをつかまえる」

「君も罪に問われるぞ」

「考えがある」

「どんな？」

「エクスペールトさえ説得できれば、何とかなる。あの二人は生かしておかないけれど」

冷たい表情になっていた。私は壁から体を離した。要するに、組む相手を乗りかえたのだ。ボリスらマフィアより、パキージンや私のほうがましだというわけだ。

「お互い、公務員だものな」

思わずつぶやくと、タチアナは首を傾げた。

「何？　どういう意味？」

「何でもない。さっ、いこう」

31

タチアナに助けられながら長い上り勾配を進んだ。ボリスたちの待ち伏せが不安だったが、この狭い通路で撃ち合う愚は避けたようだ。

「あいつらも鍵をもっているのか」

機械室との境の扉が開け放たれているのを見て、私はいった。

「モルヒネの取引のために、ロランに預けてあった」

「何回、取引をした？」

「月に一度、ロッカーに薬をおいた」

「つまり十回か。いくら稼いだんだ」

「たいした金額じゃない」

「たいしたことのない金で、FSBでの未来を捨てたのか」

「FSBに未来なんかない。ここでの任務は重要だけど、金にはならない。だからわたしが送りこまれたの。マフィアからの賄賂《わいろ》が見こめる任務は、キャリアのある人間がもっていく」

汚職が横行しているというわけだ。

「かしこい人間は五十歳になる前にFSBを辞め、自分の会社を作る。それができないような間抜けが、ずっと勤め、やがてマフィアに殺される。わたしは殺されたくない」

機械室にもボリスたちの姿はなかった。地上にでて作業員の中にまぎれこんだようだ。

「ひと休みしましょう」

タチアナがいったので、私は機械室の床に腰をおろした。痛みはだいぶやわらいでいたが、急な動きはできない。

「ニシグチを殺したのはイワンだと、エクスペールトに証言して」

私の目を見つめ、タチアナはいった。断わったら、ここで撃ち殺すつもりだと気づいた。

「断われないな」

私は答えた。

「だが二人がつかまったら、麻薬の取引がバレるぞ」

「生きてつかまらせない」

「ピョートルはどうする？　おそらくピョートルにも、君が麻薬を売っていたことは伝わっている」

「二ヵ月したら、わたしはここを離れる。当分、極東には近づかない。ピョートルが何をいおうと、ＦＳＢは相手にしない」

「なるほどな。だがパキージンをどう説得するんだ？　いや、いい、いわなくて」

私は首をふった。私を見つめ、タチアナも首をふった。

「勘ちがいしないで」

「勘ちがい？」

「イシガミは、わたしが体でエクスペールトを説得すると思っている」

「ちがうのか」

「彼と寝たのは一度きり。でも、うまくいかなかった」

「うまくいかなかった？」

「セックスに悪い思い出があるみたい。それに若くもないし」

ようやく気づいた。色仕掛けが通用しないのには、そういう理由もあったのだ。

「俺はいい思い出しかないな」

思わずいうと、タチアナは笑った。

「イシガミのそういうところが好きよ。どんなときも正直な人」

私は息を吐いた。

「じゃあ、どうやってエクスペールトを説得するんだ?」

「今はいえない。でも地上にあがったら、互いに助け合わなければ、わたしたちは生きのびられない」

私は頷いた。ボリスとロランに加え、二人の殺し屋もやってくる。タチアナといる限り、補給船に乗って逃げだすことはできないし、また逃げようとも思わなかった。

保身のためとはいえ、タチアナは私を助けた。その彼女をおいては逃げられない。

だがそれは殺人者をかばうことでもあった。

少なくともこの島にいるあいだは、私は誰にも真実を告げられない。生きてこの島をでられたら、そのとき話せる。

誰にだ。

稲葉にか。それともヨウワ化学の誰かに話すのか。

目を閉じた。これから起きるであろうことを考えると、それはとてつもなく遠い、もしかすると決してやってこない未来としか思えなかった。

地上ではフォークリフトが忙しく動き回り、フェンスの周囲には多くの作業員がいた。その中にボリスやロランがいないことを確かめ、私たちは管理棟のほうへと向かった。

十一時を回っていた。私はあたりに目を配りながら中本に電話をかけ、補給船に乗れなくなったことを告げた。

「そうですか。じきに入港できると連絡があったので、こちらからも電話をさしあげようと思っていました。石上さんは今どちらに?」

「港のすぐそばです。これからエクスペールトと会います」

「何か調査に進展があったのでしょうか」

犯人がわかりました、と告げたいのをこらえた。

タチアナは横を歩いている。

「またご連絡します」

とだけ答えて、電話を切った。

「見て」

タチアナがいった。正面の管理棟を見上げている。太陽の光が降り注ぐ六階の窓べにパキージンの姿があった。

「この格好のまま、いくのか」

「もちろん着替える」

私たちはA－3棟のタチアナの部屋で私服に着替えた。

「もう一度確認する。わたしはあなたの捜査に協力するため、自分の権限に基づいて、あなたを地下の兵器保管庫に案内した。そこでニシグチがイワンに殺された疑いがある、とあなたがいったから」

私は頷き、いった。

「ところがその地下保管庫には、島からでていった筈のコズロフとロランが隠れていた。彼らは私たちを殺そうとしたが失敗し、地上に逃げだした」

「それでいい。定期船が着く前に、彼らを見つけださなきゃ」

「国境警備隊に捜させるのか」

「それはしない。二人が国境警備隊に何を喋るかわからないから」

「じゃあ、見つけたら殺す？」

「わたしがニシグチを殺したことを喋らなければ、見逃してもいい」

「喋らないとでも？」

「モルヒネの取引をしていたことを話せば、彼らの罪も重くなる。喋って得はしない」

私は信じられず、タチアナを見つめた。

「本当にそう思うのか」

「もし喋るようなら、この島から生きてはださない」

そして携帯電話を手にした。

「わたしが先にエクスペールトと会い、次にあなたを呼ぶ。ここで待っていて」

私には教えられない方法でパキージンを説得するつもりなのだ。

私は息を吐いた。

「綱渡りが好きだな」

「綱渡り?」

タチアナは私を見つめた。イワン、パキージン、ボリス、私。彼女は組む相手をころころとかえて生きのびようとしている。

相手をまちがえれば綱から落ち、それまでだ。

私のいいたいことがわかったのか、タチアナの表情がひきしまった。

「この世界が、イシガミのような人ばかりなら、こんな生き方はしないですんだ」

「それは利用しやすいお人好しばかりなら、という意味かい」

タチアナは人さし指で私の頰に触れた。

「自分を卑下するのはやめなさい。あなたを利用しようなんて思ってない。もしそんな間抜けだったら、地下保管庫の存在をつきとめられた筈がないでしょう」

「間抜けでも、あちこちつついていれば鉱脈につきあたることがある」

「あちこちつつく間抜けは、落とし穴にはまるものよ」

「はまったよ」

私はタチアナを見つめた。タチアナは大きなため息を吐いた。

「わたしが落とし穴だというのね。でもその落とし穴が、あなたを助けたのよ」

「わかっている」

タチアナは小さく首をふった。

「そんなにわたしをつかまえたいの?」

「そんな権限は、もともと私にはない。告発するにしても、誰にそれをしていいのかがわからない。エクスペールトが君の味方だったら、無意味だ」

「あなたは日本人だから、日本人を殺した犯人が許せないのね」

「そうじゃない」

「そうよ」

「ちがう」

「じゃあ何なの？」

警察官だから、という言葉が喉につかえていた。好きではない、辞めたい、といいつづけてきたのに、そこにこだわる自分が、自分でも理解できなかった。

私をじっと見つめ、タチアナはいった。

「あなたは矛盾を抱えている」

私は頷いた。

「でもそれがあなたの魅力」

タチアナはいってくるりと背を向けた。

「電話をするから、待っていて」

そう告げ、部屋をでていった。

ひとり残された私は落ちつかず、部屋の中を見回した。すぐにでもでていけるくらい荷物が整理され、室内はかたづいている。


冷蔵庫をのぞくと、コーラが数本入っている。一本とりだし、キャップをひねったときに、ギルシュのことを思いだした。ボリスが島内にいると知らせなければならない。

ギルシュの携帯を呼びだした。

「まだいたのか。とっくに逃げだしたのじゃないのか」

心なしか嬉しそうに聞こえる声でギルシュはいった。

「事情があって残った。ボリスとロランがこの島にいる」

「もう船が入ったのか。早いな」

「ちがう。でていったと見せかけて、この島の地下施設に隠れていたんだ」

「地下施設？　するとあの扉の先に、お前はいったんだな」

「兵器の保管庫と駐屯所があって、そこに潜んでいたらしい」

「なんだってそんな場所に入れたんだ」

「細かいことはあとで話す。ボリスとロランは地下施設を逃げだして、今は島のどこかにいる。あんたはどこだ？」

「『キョウト』にいる」

「用心しろ」

「心配いらん。奴らがきたら、ぶち殺してやる。おまえはどこだ」

「これからエクスペールトに会う。また連絡する」

私は告げて、電話を切った。すぐに鳴りだす。タチアナだった。

「話し中だった。誰と話していたの」

「ギルシュだ。ボリスたちが島内にいることを知らせなければと思って」

「そう。エクスペールトのオフィスにきて」

それだけいって、タチアナは電話を切った。コーラを飲み、私はタチアナの部屋をでた。

タチアナがパキージンと話せた時間は、せいぜい四、五分だ。そんな短時間で、いったいどんな説得をしたのだろう。

Ａ－３棟をでて、私は丸腰であることを思いだした。マカロフはボリスにとりあげられてしまった。

だが不思議と恐怖を感じなかった。危険なことばかりがつづき麻痺《まひ》してしまっている。

管理棟に入り、エレベーターで六階にあがった。オフィスで、パキージンとタチアナが向かいあい、すわっていた。

パキージンは私を見た。

「目尻から出血している。コズロフにやられたのか？」

私は頷いた。

「お借りしていたＰＭを奪われてしまいました」

パキージンはそっけなく頷いた。

「射殺する理由が増えた」

「彼らを殺すつもりですか」

思わず訊ねた。

「武装した犯罪者がうろつけば、オロテックの操業に支障がでます。二人が作業員に危険を及ぼす可能性は高い」

タチアナがいった。

「その通りだが、作業を中断して捜索をおこなうわけにはいかない。低気圧のせいで、すでに遅れがでている」

パキージンが答えた。

「ではどうやって二人を捜すのです?」

私は訊ねた。

「定期船の入港は十四時の予定だったが、少し早まりそうだ。おそらくあと一時間もすれば、船が見えてくる。それにはアルトゥールとサハリン警察の警察官二名も乗っている。その二名の協力を仰いで、島内を捜索したまえ」

つまり私に捜せ、といっているのだ。タチアナが私を見やった。

「わたしもイシガミに協力します。ニシグチ殺害犯がイワンだったことに、FSBの職員として責任を感じていますから」

タチアナの顔を見られず、私は目をそらした。

「イワン・アンドロノフが犯人だという証拠を見つけたのか?」

パキージンが訊ねた。

「地下保管庫のエレベーターホールに、診療所の備品である大型メスが落ちていました。イワンがもちだし、凶器に使用したのです」

タチアナが答えた。

「イワンは、ニシグチを日本のスパイだと疑っていました。ニシグチは、アルトゥールの船で洞窟に入り、地下保管庫に侵入していた。イワンは侵入を予測し、保管庫で待ち伏せたのだと思います。ニシグチを殺したものの、そのままでは捜索が洞窟に及ぶと考え、『ビーチ』まで死体を運んだ」

パキージンは頷いた。

「なるほど。その上で九十年前の事件を思い起こさせるように、目を抉ったのか」

私は口を開いた。

「日本人が殺され、その目が抉られていれば、九十年前の事件のことを思いだす者もいる。事件そのものに、地下施設とは無関係の色をつけられると考えたのでしょう。ただ目を抉ったのがイワンかどうかはわかりません。イワンは極東の出身ではなく、九十年前の事件に関する知識があったとは思えない」

「じゃあ誰がやったというんだ？」

パキージンは私を見つめた。

「アルトゥールか、別の人間か」

「別の人間？」

パキージンの目が鋭くなった。目をそらしたいのをこらえ、私はいった。

「犯人が地下施設と関連づけられるのを避けたかった人物です。九十年前にこの島で起こった事件を知っていて、その模倣犯に見せかけることを思いついた」

「その人物は、殺人には関与していないのか」

「おそらく。殺人犯は、死体を地下施設から運びだすのに精一杯で、そこまで捜査を攪乱《かくらん》させる知恵はなかった。ですから、見つかった死体から目がくり抜かれていたことを知ったときは驚いたでしょう。誰がそんな真似をしたのかと首をひねったにちがいありません」

パキージンは横を向いた。私はつづけた。

「ですが、アルトゥールは気づいていると思います。彼自身がやったのではないならば、ですが。彼は九十年前の事件のことを知っている。したがって、目を抉った人物の意図に気づいた」

「ではアルトゥールを訊問すれば、すべてが明らかになるな」

私はタチアナを見た。

「本当なら、この島にアルトゥールは戻りたくない筈です。殺人の共犯であることが発覚する上に、目を抉った犯人の見当もついている」

タチアナが私を見返した。私が気づいたことに、タチアナも気づいた。

パキージンが西口の目を抉ったのだ。それを、タチアナは説得の材料に使った。

パキージンがなぜ、アルトゥールをこの島に連行させたのかも、悟った。私に訊問させるというのは口実で、自分が西口の目を抉った犯人だと気づいているかを確かめるためだ。気づいていたら、決して喋らないようにする。死ぬほど威すか、殺す。

「奴がやったことを考えれば、生きているほうが不思議だ。本人も同じ気持だろう」

パキージンは淡々といった。私は無言だった。私がアルトゥールに訊問できる可能性はない。もしあるとすれば、そのほうが恐ろしい。アルトゥールと私の両方の口を塞ぐと、パキージンが決めていることになる。

「地下施設に関する説明を求めるかね？」

不意にパキージンがいい、私は我にかえった。

「今となっては、どうでもいいことです」

本音だった。毒ガスの貯蔵庫が存在したという事実より、私自身が生きのびられるかどうかのほうが重大だ。

パキージンは頷いた。

「過去は過去、ということだな」

「コズロフとロランは、定期船の入港を待っている筈です。イシガミの情報によれば、船には彼らに協力する殺し屋が二人乗っています」

タチアナが話題をかえた。

「入港したらただちにグラチョフ少尉が部下を連れ、船内を捜索する。それが終了するまで、誰も下船させない」

パキージンが答えた。

「おそらく二人は、港の近くにいて殺し屋と合流しようとする筈です」

私はいった。

「そこまでわかっているのなら、見つけだすのもさほど難しくはないな」

壁にかけられた時計を見た。十二時を過ぎている。

「二人の捜索に、ギルシュの協力を仰ぎたいのですが」

私はいった。タチアナが私をふりむいた。

「ギルシュの？」

「殺し屋に関する情報を提供したのも彼だし、ボリスがその座を奪おうと考えていることから、我々と利害が一致する」

タチアナはパキージンを見た。

「国境警備隊には船内捜索の任務がありますし、島内に詳しいギルシュとなら、効率のよい捜索ができます」

私はつづけた。

「いいだろう。ギルシュに連絡をする」

パキージンが電話に手をのばしたので、私はいった。

「いるところはわかっているので、これから会いにいきます」

パキージンはじっと私を見つめた。何か企《たくら》んでいるのか、と問いたそうな表情だ。私は目をそらさず視線をうけとめた。

「ニシグチ殺害犯をつきとめるという、自分の任務を君は果たした。イワン・アンドロノフが生きていれば、より大きな成果となっただろう」

私は首をふった。

「この島では、私には逮捕権がありません。たとえ生きていてもイワンを日本に連行することはできない。ロシアの司法当局に身柄を預けるのが精いっぱいです。彼がFSBの仕事をしていたことを考えると、果たしてどれだけの法的責任を追及されたかは疑問です。イワンによるニシグチ殺害の動機は、国家機密を守るという、任務によるものだったからです」

「確かにその通りだ。その点ではブラノーヴァ医師の決断を、私は称賛する。彼女が任務にこだわっていたら、ニシグチ殺害の証拠の入手が難しかった筈だ」

私は無言で頷いた。茶番だ。もしかするとパキージンは西口を殺したのがタチアナであると、知っているのではないか。

知った上で、タチアナと二人で芝居を演じているのだ。

だが芝居なら芝居で、地下施設の秘密を知った私を無事にこの島からだしてやろうと考えているともうけとれる。

私は深々と息を吸いこみ、訊ねた。言質《げんち》など意味はないが、訊かずにはいられなかった。

「地下施設の存在を知った私を、どうするつもりですか」

パキージンは私の目を見つめた。

「オロテックの経営が私の仕事だ。国家機密に関しては、彼女の領分だ」

私はタチアナを見た。

「エクスペールトがいう通り、過去は過去。ことさらに日本政府が騒ぎたてないような報告をあなたがするとわたしは信じている」

本当に？　と訊き返したいのをこらえた。

茶番につきあって命が助かるのなら、いくらでもつきあう。

「もちろん。私の目的はロシアの国家機密を暴くことではありません」

パキージンの表情がゆるんだ。まるで笑いをこらえているようにも見える。

「君は不思議な男だ、イシガミ。警察官は公務員で、国家に雇われている。この島の秘密を暴くことは、日本の国益につながらないと判断したというのかね」

「私が仕事と考えているのは、犯罪者の特定と告発です。それをつづけていくことが国益につながると信じています。ロシアの国家機密は、私の手に余ります」

「この島の秘密を報告すれば、評価があがるとは考えないのか」

私は首をふった。

「今は、そういうことに興味はありません。むしろ警察官を辞めたいとすら思っています」

「なぜ？」

タチアナが鋭い声で訊ねた。

「痛い思いも恐い思いもしたくない。この島にきて一週間だが、すでにこれまでの一生ぶんを超える痛みと恐怖を味わってる」

タチアナはあきれたように首をふった。

「本当にかわった人ね。すぐ泣きごとをいうくせに、決してあきらめない」

そして、

「いきましょう。ギルシュに会いにいくの」

と、私をうながした。

32

「ギルシュには、君が麻薬の取引をしていたことを話す」

パキージンのオフィスをでてエレベーターに乗りこむと、私は告げた。タチアナは無言だった。

「ロランが地下施設に入る鍵をもっていた理由を、エクスペールトは疑問に思わなかったのか」

「わたしが話したから」

タチアナは険しい表情で答えた。

「ロランと麻薬の取引をおこなっていたことを、か？」

「まさか。イワンがロランを協力者にしていた、といったの。ギルシュを含む、島民の情報を集めるため、ロランには地下施設の存在を教えていた。診療所にあった、地下へ降りる合鍵を、イワンがロランに預けていたということにした」

「それでエクスペールトは納得したのか」

「どう思う？」

タチアナは私の目をのぞきこんだ。

「わからない。だが必要とあれば、エクスペールトは、私も君も殺すぞ」

「そうね。アルトゥールをこの島に連れてこさせることだって、それが目的かもしれない」

タチアナは平然と頷いた。

「ニシグチの目を抉ったのは、エクスペールトなのだろう」

「気づいていた？」

「君の説得材料だ。エクスペールトがニシグチの死体を傷つけたことが日本人社員に伝わったら、たとえ殺人犯ではなかったとしても、オロテックへの信頼はそこなわれる」

「たぶん、それが動機。エクスペールトは、ニシグチの死体が『ビーチ』にあるのを見つけたの」

「どうして見つけたんだ」

「彼の日課。吹雪でもなければ、地下通路を使わず、島内を散歩する。領地を見回る貴族のように」

私はタチアナを見た。

「目を抉った理由は？」

「日本人の死は、ロシア人や中国人に対する日本人の不安や猜疑心《さいぎしん》を生む。そこで九十年前の事件の模倣犯に見せかけることを思いついた」

「そう、本人がいったのか」

タチアナは頷いた。

「今は後悔している、ともいっていた。そんな真似をしたせいで、あなたがやってきて次々と島の秘密を暴いた」

「いったろう。偶然に過ぎない。あちこちつっついていただけだ」

タチアナは微笑んだ。

「エクスペールトは、あなたを高く評価している」

「やめてくれ。彼から高い評価をうければうけるほど、危険人物と見なされる」

二人で「キョウト」の扉をくぐった。客はおらず、ヴァレリーとギルシュの二人がいた。

ヴァレリーの手がさっとカウンターの下にのびた。

「大丈夫だ」

カウンターの端にすわるギルシュがいった。銃かナイフか、カウンターの下に武器を隠しているのだろう。

「お前ひとりだと思ったが、女医さんもいっしょか」

あきれたようにギルシュは私を見つめた。

「わたしじゃ心細いから、あなたに協力してほしいとイシガミがいっている」

タチアナが冷たい声で答えた。

「連中は定期船に乗ってくる殺し屋と合流しようと、港の近くに隠れている筈だ」

私はいった。

「ロランがいっしょなら、ロシア人作業員にかくまってもらえる。地元出身だから顔が広いんだ」

ギルシュがヴァレリーに合図をした。ヴァレリーがウォッカの壜をとりあげた。ショットグラスを三つカウンターに並べ、注いで私たちの前におしやった。

「飲めよ」

ギルシュが手をのばし、いった。

タチアナがグラスを手にとった。私を見やる。私もグラスを手にした。

「ボリスの安らかな眠りを祈って」

ギルシュがいった。

「これから奴は地獄に落ちる」

「ロランもね」

タチアナがいい、ギルシュは頷いた。

「ああ、ロランもだ。裏切り者は許さねえ」

私たちはグラスを掲げ、ウォッカをあおった。むせるかと思ったが、ウォッカはすんなり私の喉を通過した。

ギルシュは携帯をとりだした。操作し、耳にあてた。

「ダルコ、ヤコフといっしょに、ロランを見なかったか、港にいる連中に訊いて回れ。ただし捜していることはロランには内緒だ」

「ダンスクラブ」の従業員に、ダルコという男がいたのを私は思いだした。アルトゥールのことを訊ねたとき、知らないと答えた。

「ヤコフというのは、みつごの手伝いをしている男か」

「サーシャの亭主だ」

ギルシュは答えた。どうりでサーシャと親しげな口をきいた私に険しい顔を向けたわけだ。

「奴らは船員や作業員と仲がいい。任せておけば、何かしらつかんでくるだろう。闇雲に港を歩き回ってもつかまらねえよ」

ギルシュは空になったグラスをふった。ヴァレリーが注ぎ足す。私にも壜を向けたが、掌でグラスに蓋をし、首をふった。タチアナも断わった。

「奴らはどうやって地下に入ったんだ」

ギルシュが訊ね、

「ロランが麻薬の取引場所に使っていた」

私は答えた。

「いったい誰と取引していたんだ?」

「わたしよ」

いったタチアナを、ギルシュはまじまじと見つめた。

「いつからロランと取引をしていたんだ」

ギルシュはタチアナに訊ねた。

「『エカテリーナ』の子たちの検診を彼に頼まれた。覚えている?」

ギルシュは頷いた。

「ああ。女の管理は奴の仕事だった」

「そのときキョウコがロランにオピウムをせがんでいるのを聞いた。ロランは、あなたにばれるのを恐がって、渋っていた。だからわたしのほうから水を向けたの。モルヒネなら回してあげられる」

「キョウコは昔、ヘロイン漬けで商売をさせられたんだ。だがなぜ医者のあんたが売人の真似をする」

「自殺を見過すよりましだから」

タチアナは答えた。

「クスリがなかったら生きていけない子が、キョウコ以外にも『エカテリーナ』にはいる」

その言葉を聞いて、「エカテリーナ」で遊ばなくてよかった、と私は思った。

「男にはわからないでしょう。あの子たちが大喜びでセックスをしていると思うの？」

ギルシュは苦い表情になった。

「俺は女たちにクスリをやらせるのは嫌いだ。アルバニアマフィアは、さらってきた女にクスリを射って、セックスを覚えさせる。やり方がきたねえ」

「確かにあなたが彼女たちを売春婦にしたわけじゃないでしょうけど、仕事をさせているという点ではいっしょ」

「あいつらに他にできることがあるのか。もし俺が雇ってやらなけりゃ、裏通りで客を拾い、病気を移されたあげく、強盗に殺されるのがオチだ」

「ポン引きは皆、そういういいわけをする」

「俺はポン引きじゃねえ！」

ギルシュは声を荒らげた。

「やっていることはいっしょよ」

ギルシュが立ちあがった。

「やめろ、二人とも」

私はいった。ギルシュがにらんだ。

「お前はどっちの味方なんだ」

「どちらの味方でもない。売春をさせるのも、麻薬を売るのも、犯罪だ」

「きれいごとをいいやがって」

ギルシュはそっぽを向いた。タチアナを見た。タチアナはまっすぐに私を見返した。

「君もかわっているな」

思わず私はいった。こと売春に関する限り、彼女には強い怒りがある。

「男にはわからない。もしこの島にもっといたら、あなたも『エカテリーナ』で誰かを抱いたにちがいない」

否定はできなかった。

ギルシュの携帯が鳴った。

「俺だ。何だと」

ギルシュは私を見た。

「わかった。もしでていくようなら知らせろ」

告げて、携帯をおろした。

「奴らはプラットホームに渡った」

「プラットホームに？」

レアアースの採掘施設だ。海底深くからレアアースを含む泥状の鉱石を吸いあげている。

「プラットホームと港を往復しているボートに乗ったらしい」

「そこから、どこかにいけるのか？」

ギルシュは首をふった。

「ボートかヘリを呼ばない限り、それはできねえ。おそらくだが、定期船が入るのをプラットホームで待つつもりなんだろう」

「たとえ定期船が入っても、連中は逃げられない。ピョートルがさし向けた殺し屋は、国境警備隊に拘束される」

「港とプラットホームのあいだは、船でどれくらいかかるの？」

タチアナが訊ねた。ギルシュがヴァレリーを見た。

「今日の海の状態だと三十分くらいだろう」

ヴァレリーが答えた。

「ヴァレリーは昔、プラットホームで働いていた」

ギルシュがいった。私はヴァレリーに訊ねた。

「プラットホームには、従業員に見つからずに隠れられるような場所があるのか？」

ヴァレリーはむっつりと答えた。

「プラットホームは軍隊みてえなところだ。二十四時間、三交代で働き、寝るのも飯を食うのも、皆いっしょだ。隠れる場所なんかない」

「じゃあいったい、どうするつもりなの」

タチアナがつぶやいた。

「ボリスは殺し屋について何かいっていなかったか?」

私はタチアナに訊ねた。タチアナは首をふった。

「電話で話してはいたけど、わたしには何もいわなかった」

「電話で?」

私は思わず訊き返した。ギルシュが答えた。

「何を驚いてる。ロシアの携帯電話は、ここじゃふつうに使える。そうか、日本の携帯は使いにくいのだったな」

「するとボリスは、殺し屋たちと常に連絡がとれるというわけか」

定期船に国境警備隊の捜索が入ることをタチアナが告げたとき、ボリスが平然としていたのは、それが理由だったのだ。

「待つしかねえな」

ギルシュがいった。私は携帯をとりだした。

「エクスペールトに伝えておこう」

パキージンに電話をかけ、ボリスたちがプラットホームに渡ったことを告げた。

「どのプラットホームだ?」

パキージンは訊ねた。三号だ、とギルシュがいった。

「三号だそうです」

「港から最も遠い位置にある。国境警備隊を送ったら、戻る前に、定期船が着いてしまう」

私は息を吐いた。ボリスを拘束できても、殺し屋が野放しになる。

「殺し屋の拘束を優先すべきです。ボリスたちの動きはこちらにも伝わりますが、殺し屋の顔はわからない。殺し屋は、ボリスとは関係なく仕事を始めるかもしれません」

私は告げた。殺し屋に〝地均《じなら》し〟をさせてから、島に戻ろうとボリスは考えているのだ。

「わかった」

パキージンは答えた。

「当初の予定通り、定期船の捜索をおこなわせる。殺し屋共の身柄を確保してから、グラチョフをプラットホームに向かわせよう」

「お願いします」

私は電話を切り、ギルシュを見た。

「連中が動いたら、すぐに知らせがくるのだろう?」

「ああ、必ずくる。この島に戻ってくるにしても、よそに向かうにしても、教えてくれる人間はいる」

「殺し屋のひとりは『日本人』だといったな」

私の問いにギルシュは頷いた。

「会ったことはあるのか」

「俺はない。噂だけだ」

「顔が日本人みたいなのだろう?」

「そういわれているが、朝鮮族系《カレイスキー》だって日本人に見える」

確かにそうだ。サハリンには、朝鮮族系ロシア人も多い。殺し屋の『日本人』が、本当に日系のロシア人なのかどうかもわからない。サムライのタトゥを入れていたとしてもだ。

「ニナはカタナをもっている、といっていた。そんな危ない奴なら、すぐにわかる」

ギルシュがいった。

私はニナと話したときのことを思いだした。

——ユージノサハリンスクでは有名だった。誰にでも見境いなくケンカをしかけるの。カタナをもっていて、すごく危ない奴
本当の日本人なのかと訊いた私に、

——わたしの兄さんが小学校の同級生だったから知ってる。ひいおじいさんが日本人だったって
と、答えた。

「ニナが『日本人』の顔を知っている」

私がいうと、ギルシュは私を見た。

「国境警備隊の捜索に同行させよう」

「そいつは駄目だ」

ギルシュは首をふった。

「ニナはいかせない」

「なぜだ」

「考えてもみろ。『日本人』はここじゃまだ仕事をしていない。グラチョフは『日本人』を拘束できても刑務所にはぶちこめない。それなのにニナが密告したと知ったら、どうなると思う?」

私は息を吐いた。ニナは殺される。今日でなくても、いずれ必ず殺される。

「自分のところの女を、そんな目にはあわせられねえ」

ギルシュが正しい。

「だったら、定期船の乗客から見られないように捜させたら」

タチアナがいった。

「方法はある。ニナを国境警備隊のパトロールカーに乗せて、外から見えないように見張らせる。『日本人』には気づかれない」

私はギルシュを見た。

「どうだ?」

「ニナに訊いてみる。やらないといったら駄目だ」

ヴァレリーに顎をしゃくった。

「ニナを連れてこい」

ヴァレリーは無言で頷き、カウンターをぐると
「キョウト」をでていった。

やがてヴァレリーがニナを連れ、戻ってきた。フェイクファーのロングコートを着て、ブーツをはいている。「エカテリーナ」の外で会うのは初めてだった。ひどく幼く見える。不安げにその場にいる私たちを見回した。

「ウォッカを注いでやれ」

ギルシュがヴァレリーに命じるとニナは首をふった。

「お酒はいらない。コーラがいい」

ヴァレリーは肩をすくめ、ギルシュを見た。ギル

シュが頷き、缶コーラがニナの前におかれた。

「お前の兄貴は確か『日本人』と同級生だったといったな」

ギルシュがいい、ニナは無言で頷いた。

「今でも奴の顔を見たらわかるか」

コーラを口に含み、ニナは考えていた。

「わかる、と思う」

「じき港に着く船に『日本人』が乗っていて、国境警備隊がつかまえたがっている。協力してもらえるかな」

私は訊ねた。ニナは怯えた表情になり、私は急いでつけ加えた。

「奴から君は見えない。車の中にいて、そうだと教えてくれるだけでいい」

「本当にわからない?」

「約束する。教えてくれたら、その場でつかまえる」

ニナは考えていた。ギルシュがいった。

「『日本人』は俺を殺しにくる。もし俺が死んだら、お前たちのボスはかわる」

ニナは大きく目をみひらいた。

「他のボスがいいのなら、協力しないという手もあるわよ」

タチアナがいった。

「ギルシュさんはやさしいよ、先生。今まで働いてきた店のボスの中では一番まとも」

タチアナは無言で首をふった。ニナは私を見た。

「あいつにわたしだってこと、絶対わからないようにできる?」

「国境警備隊のパトロールカーの中に君をすわらせ、外に私が立つ。君は私の背中ごしに下りてくる乗客を見ていて、『日本人』がいたら、そうだとささやいてくれればいい」

「わかった。船はいつくるの?」

私は時計を見た。じき午後一時になる。

「二時前には入港する筈だ」

ニナは頷いた。私はほっとした。あとはボリスたちがいつ戻ってくるかだけだ。

私の島内携帯が鳴った。全員が驚いたように私を見た。

「はい」

「パクです。まだいますか。もし島にいたら、その、あなたと話したいと思って……」

「今、どこですか」

「『フジリスタラーン』にいます」

十分くらいなら余裕はあるだろう。今からいきます、と答えて、私は電話を切った。

パキージンや国境警備隊との連絡、調整は、タチアナとギルシュに任せ、私は「フジリスタラーン」に向かった。ボリスたちがプラットホームに渡ったと判明した以上、恐れる存在はいない。

「フジリスタラーン」にはヤコフとみつごのひとりがいた。おそらくサーシャだろう。

パクは奥のテーブルにひとりですわり、テレビを見ていた。映っているのはＮＨＫだ。

他に客はいなかった。

「今日は食べものはいらない。パクさんと私にビールをくれ」

私はサーシャに告げ、パクの向かいに腰をおろした。ヤコフがテレビのリモコンを手にした。ロシアの放送に変わった。

「犯人がわかりました」

私は日本語でいった。パクは驚いたようすもなく、頷いた。

「つかまえたのですか」

「まだです。今は他にしなければならないことがあって」

「他に何をするのですか」

ヤコフが缶ビールをテーブルにおいた。

「店の奢りだ」

ロシア語でいった。驚いてヤコフを見た。ヤコフはにやりと笑った。

「お前はボスの友だちだ。友だちからは金をとれない」

「ありがとう」

「食いものは別だ。サーシャに叱られる。女には、男のつきあいがわからないからな」

パクが私の腕に触れた。

「何をするのです?」

日本語で訊いた。

「船に乗って殺し屋が二人きます。ピョートルというマフィアの手下です。彼らが仕事をする前につかまえたい」

パクは小さく頷いた。

「ピョートルは有名です」

「殺し屋のひとりは、『日本人』と呼ばれています。ひいおじいさんが日本人でユージノサハリンスクにいたらしい」

「私の母と同じように、日本に帰らなかったのですね」

私は頷いた。

「もしかすると、九十年前の事件の犯人だったかもしれません。今はもう確かめようがありませんが」

「母が樺太で見た商人ですか」

「そうです」

「『日本人』は誰を殺しにくるのです?」

「ギルシュ、そして私です」

「ギルシュさんはいい人です。私が彼の店で商売をするのを許してくれます」

「ピョートルは、この前ここで会った男を、ギルシュのかわりにするつもりのようです」

「それはよくない。皆が困る」

「だから『日本人』をつかまえようと思っています」

「あなたはとても勇気がある」

「つかまえるのは国境警備隊で、私は協力するだけです」

パクは私を見つめた。

「それから西口さんを殺した犯人をつかまえるのですね」

私は答に窮した。

「そうできればいいと思っています。前もいったように、私はこの島では何の権限もありませんから」

「わかっています。でもあなたがすべきことをすれば、誰もそれを止めません」

「すべきこと」

私はつぶやいた。パクは身をのりだした。厳しい目だった。

「あなたがここにきたのは、人殺しをつかまえるためでしょう」

本来はちがう。が、今さら訂正できる空気ではなかった。

「あなた以外の人には、人殺しの正体を暴くことはできなかった」

それはそうかもしれない。私は小さく頷いた。

「あなたは日本の人たちを安心させなければいけません。たとえ犯人を日本に連れて帰れなくても、もう日本人は誰も殺されないことを教えてあげなければいけません」

「わかりました」

パクは私の目を見つめ、頷き返した。

「そうすれば、日本人はすべきことを必ずすると、皆にわかります」

それを聞き、パクがこれほど流暢な日本語を話す理由を悟った。日本人の血が流れていることを誇りに思い、日本人らしさを少しでも失ってはならないと努力してきたのだ。

その誇りを分かちあえる相手は、彼の周辺にはいなかった。この島で初めて、パクは母親以外に語りあえる日本人と出会った。

彼を失望させてはならない、と思った。彼は私が日本人だから、協力したのだ。

私はパクの手をつかんだ。一瞬、驚いたように私を見たパクは、外見からは想像もつかないような力で私の手を握りしめた。

「いろいろとありがとうございました」

パクは首をふった。

「私は悪い息子でした。母にあやまりたいけれど、それはもうできない。でもあなたの役に立ったら、許してくれるかもしれません」

私は無言で頷いた。これ以上何かいおうとすると、泣いてしまいそうだったのだ。

33

港に立つと、正面の海に船が見えた。想像していたよりも大きな貨客船だ。

岸壁がすっきりしていた。小型のボートは端に移動し、フォークリフトやトラックも、船が接岸するであろうあたりからどかされている。

中央に国境警備隊の4WDが二台、止まっていた。グラチョフとパキージンがかたわらに立ち、近づいてくる船を眺めている。そこから少し離れて、AK－74を肩から吊るした兵士が二人いた。

私はパキージンに歩みよった。パキージンは腕時計をのぞきこんだ。

「あと十五分というところだな」

「ギルシュはどこです」

パキージンは止まっている4WDを示した。

のぞきこむと一台の後部席にタチアナとニナがすわり、運転席にギルシュがいた。小柄すぎてハンドルの向こうに顔が隠れていたのだ。私に気づくとギルシュは運転席から降りてきた。

そうしているうちにも船はどんどん近づき、オレンジの制服を着たロシア人たちが接岸の準備のためか港に集まりだした。それを見た私は不安になった。

「ボリスたちはまだプラットホームか」

ギルシュは携帯電話をとりだし、耳にあてた。呼びだした相手に訊ねた。

「連中はどうしてる?」

ギルシュの顔が険しくなった。

「いつだ？」

相手の返事を聞き、

「なぜ知らせない⁈」

と、声を荒らげた。返事を聞くと、無言で電話を切った。

「二十分ほど前にプラットホームをでていったらしい。非常脱出用のモーターボートを使おうとしたので、止めた作業員に銃を向けた」

「怪我人は？」

「でていないが、威しに撃った弾丸がリグのポンプにあたって、復旧作業がたいへんらしい」

「エクスペールト」

私はパキージンを呼んだ。パキージンがふりかえった。

「ボリスらが非常脱出用のモーターボートでプラットホームをでたそうです」

「いつだ」

「二十分ほど前です」

パキージンは沖から近づく船と腕時計を見比べた。

「同じくらいに到着するな」

「まっすぐこの港にくるとは限りません。定期船に注目が集まっているすきに『ビーチ』から上陸する気かもしれない」

私はいった。

「だとしても、先に殺し屋だ。どうせボリスたちに逃げ場はない」

ギルシュがいい、パキージンは頷いた。

「船にはサハリン警察の刑事も乗ってくる。彼らの協力も得てコズロフを確保すればいい」

私はあたりを見回した。我々がここにいる限り、こっそりこの港にボートをつけるのは不可能だ。あるいは、定期船に乗ってきた殺し屋二人に暴れさせ、その混乱に乗じて上陸するつもりか。

どのみち、ここを離れて「ビーチ」にいくわけにはいかない。私はパキージンに頷き、じょじょに大きくなる船を見つめた。

島内携帯が鳴った。ヤンだった。

「今、話せますか」

私は日本語で答えた。

「大丈夫です」

「港に人が集まっているようですが何があるのですか？」

「定期船が入港します。それにアルトゥールを連行した刑事が乗っています」

「アルトゥールというのはニシグチを洞窟まで連れていった船員ですね」

「そうです。それとマフィアの殺し屋が二人」

「なるほど。それで国境警備隊がいるんだ」

どうやら近くから監視しているらしい。

「殺し屋を拘束し、アルトゥールから話を聞きます」

「わかりました。アルトゥールに会えば、誰がニシグチを殺したのかがわかりますね」

もうわかっている。だがここでそれは口にできない。

「ええ」

「結局、この島にあなたは残った。そうすると思っていました」

ヤンはほがらかな口調でいった。

「なりゆきですよ」

「どうかな。また連絡します」

電話を切り、訊かれてもいないのにパキージンに告げた。

「ヨウワ化学のスタッフです。港に人が集まっているが何があるのだと訊かれました」

通話記録を調べられたら嘘だとわかってしまうが、今さらそんな手間をかけるとは思えない。

パキージンはそっけなく頷き、船を見た。

船が港の中に入ってきた。汽笛を鳴らす。

近くから見ると三、四階だてのビルほどの高さがある。接岸できるぎりぎりの大きさだろう。

ゆっくりと方向を転換し、船腹をこちらに向けた。ロシア人が忙しく動き回り、岸壁から船体を守るための緩衝材を投げ入れた。

船は前進と後退をくり返しながら、じょじょに岸壁との距離を縮めた。

やがて舳先からロープが岸壁めがけ投げられた。ロープの先にはさらに太いロープが結びつけられ、拾いあげたロシア人がビットにそれを巻きつける。

大きな音をたてて錨《いかり》がすべり落ちた。水しぶきがあがり、つながった鎖が海中へと沈む。

それでもしばらく船は動きを止めなかった。

さらに何本ものロープが地上に投げられ、いくつもあるビットに固定され、やがて船は完全に停止した。

船腹にあるシャッターがあがった。船員がタラップを押しだす。さがれっという声がかかり、タラップは重力に引かれるまま伸びて、岸壁に到達した。タラップがまっすぐ伸びると、固定され、人間の乗り降りができるようになった。

グラチョフが進みでた。ハンドスピーカを手にしている。

「こちらは国境警備隊だ。通報に基づき、船内を臨検する。臨検が終了するまで、乗員乗客の下船を禁止する」

シャッターの奥やデッキにいる乗員や乗客に動揺はなかった。静かに待っている。

グラチョフが部下に合図を送った。

二人の兵士がタラップを登った。最後がグラチョフだ。

「君のいう『日本人』が必ず乗っているという確証はない。まずグラチョフたちに船内を捜索させる」

パキージンがいった。

「正しい判断です」

私は答え、背後をふりかえった。窓を半分ほどおろした4WDの後部席にいるニナにも今の会話は聞こえた筈だ。

「定期船には何人くらいの乗客が乗ってるんだ?」

私はギルシュに訊ねた。

「そのときでちがう。サハリンをでるときは百人以上いるが、エトロフやクナシリで大半が下りちまう。ここで下ろすのは、人間より荷物のほうが多い。店でだす食いものも、日本製以外はこの船に積んでくる」

グラチョフと二人の兵士はすでに船内に消えていた。想像以上に大きな船だ。たった三人ですみずみまで捜索できるのだろうか。

船の後部には大型のウインチがとりつけられ、貨物の上げ下ろしができる仕組だ。

そのウインチが動き、船倉からネットを吊り上げた。

ヘルメットをかぶった作業員が赤い指示棒を振り、ネットが岸壁に降ろされた。ネットが開かれ、とりだされた木箱を作業員が運びだす。

木箱の大きさは一メートル四方くらいで、隠れようと思えば、人間も隠れられそうだ。

「あの木箱は何です?」

私はパキージンに訊ねた。

「プラントや発電所、プラットホームで使う機材、食料などの補給物資だ」

「どこへ運ぶのですか」

トラックが横づけされ、早くも積みこみが始まった。

「すぐに使うものはそれぞれに運ばれるし、そうでなければ倉庫で保管する。倉庫はプラットホームを除く各施設にある」

「プラットホーム用の機材はどこで保管するのです?」

「管理棟の一階だ」

木箱をもちあげたフォークリフトをパキージンは指さした。港から管理棟は近い。そのまま運び入れるようだ。

かたわらに立つ作業員がそれぞれの運び先をチェ

ックしている。トラックやフォークリフトに積まれた木箱が港から運びだされると、すぐにウインチが新たな木箱をネットで降ろす。

木箱に隠れていたら上陸を防げない。だが今さらトラックやフォークリフトを止めて木箱をチェックさせろとはいえない。すでに積み荷の多くは港から運びだされている。

やがてグラチョフを先頭に、二人の兵士がタラップを降りてきた。誰かを拘束した気配はない。

グラチョフはパキージンの前にくると報告した。

「船内にはそれらしき者はいません」

「確かか?」

グラチョフは頷いた。

「上陸予定の作業員八名、あとはサハリン警察の刑事二人とアルトゥールです」

「作業員に化けている可能性はありませんか」

私が訊くと、グラチョフは厳しい視線を私に向けた。

「全員の身分証を確認した」

「上陸を許可する」

パキージンがいった。タラップの前に立っていた兵士が手を上げた。

荷物を手にした私服のロシア人がタラップを降りてきた。私はニナをふりかえった。

「よく見ていてくれ」

パキージンは下船するロシア人に視線を注いでいる。東洋系と思しい者も二人いる。

私は訊ねた。

「作業員の顔は、全員わかりますか」

「そのつもりだ」

目をそらさず、パキージンは答えた。八人のロシア人がタラップを降りたつと、私に告げた。

「皆、本物の作業員だ」

私は息を吐いた。厚手のロングコートを着た男二人が、手錠をかけられた若い男をはさんでタラップの上に現われた。コートの下はスーツで、二人とも濃いサングラスをかけている。ＦＢＩかシークレットサービスを気取っているように見えた。ひとりは口ヒゲをはやし、黒い髪をオールバックにし、もうひとりは兵士のように短く髪を刈っている。

はさまれた男は、ひょろりとした体つきで、安物のダウンジャケットをつけていた。

「アルトゥールですか」

私が訊くと、パキージンは小さく頷いた。

私はニナをふりかえった。ニナは無言でタラップを降りてくる三人を見ている。

この島で、スーツ姿の人間を見るのは初めてだった。

グラチョフが二人をパキージンに紹介した。

「サハリン警察のニキーシン刑事とブドニツキー刑事です。こちらはエクスペールトのパキージン氏だ」

二人は軍隊式の敬礼をした。

「署長がよろしく、とのことです」

短髪で大柄のニキーシンがいった。口ヒゲをはやし、細身のブドニツキーは無言だ。

「ご苦労だった」

パキージンは頷いた。すぐに戻るつもりなのか、二人とも薄いアタッシェケースしか携えていない。

「着いて早々だが、君らに協力を仰ぎたい仕事がある」

「何でしょう」

「コズロフというマフィアがこの島に入りこんでいる。国境警備隊に協力して、身柄を確保してもらいたい」

二人の刑事は顔を見合わせた。４ＷＤのドアを開け、タチアナが降りたった。

「タチアナ・ブラノーヴァ、ＦＳＢよ」

二人に手をさしだす。

「ＦＳＢ？　これは驚いたな」

ニキーシンがつぶやき、タチアナの手を握った。

ブドニツキーが首をふった。

「FSBがこんなところで何をしているんです?」

喉が潰れたような、かすれ声だ。

「それはいえない。ここでは私の指揮下に入ってほしい」

威厳のこもった声でタチアナはいった。ニキーシンが首を傾げた。

「国境警備隊に協力するのではないのですか?」

「マフィアの扱いはFSBのほうが慣れている。そうでしょ、グラチョフ少尉」

グラチョフの顔が赤くなった。

「警察とFSBは似ているかもしれないが、国境警備隊はちがう。私の部下を、あなたに預けるわけにはいかない」

「上司に報告する」

タチアナは氷のような目をグラチョフに向けた。

「とりあえずアルトゥールの訊問をおこなわせてください」

パキージンを横目で見ながら私はいった。ニキーシンが私を見た。

「あんたは? ロシア人ではないようだが」

「日本の警察官だ。この島で日本人が殺され、その捜査のためにきた」

パキージンが答えた。ブドニツキーが私を見つめた。喉もとにタトゥが見えた。

「日本人の警察官に会うのは初めてだな」

パキージンがいった。

「アルトゥールの訊問は、私のオフィスですするといい。案内する」

「待ってください。ボリスたちの捜索はどうするのです?」

私が訊くと、

「それはわたしと国境警備隊がやる」

タチアナが答えた。ボリスとロランが自分のいないところで確保されたら、麻薬取引の話をするかもしれない。それを警戒しているのだ。

「殺し屋がいねえ。殺し屋はどこにいったんだ」

ギルシュがいった。

「殺し屋?」

ニキーシンが訊き返した。

「俺に入ってきた情報じゃ、ピョートルが殺し屋を二人、この島に送り込んだ」

「そんな人間は船にはいなかった」

ニキーシンが静かに答えた。

「とにかく、ここで立ち話をしていても始まらない。アルトゥールを私のオフィスに連れてくるんだ」

「わかった、じゃあこうしましょう。私がアルトゥールとあなたのオフィスに行く。ブドニツキーが、FSBと国境警備隊に協力する」

ニキーシンがいった。タチアナとグラチョフを見比べる。

「どうです? そのコズロフさえつかまえれば、問題はかたづくのでしょう」

「殺し屋に関する話を、もう一度確認したらどうだ?」

私はギルシュにいった。

「今まで一度も嘘なんてついたことのない奴だ」

ブドニツキーが肩をすくめた。

「じゃあ船に乗りそこねたんだ」

「いくぞ」

パキージンがうながした。私はギルシュを見た。

「どうする?」

「ニナと『エカテリーナ』に戻って、ようすを見るさ。お前はお前の仕事をしろ」

私は頷いた。パキージン抜きでアルトゥールと話したかったが、それは難しいようだ。

港で二手に分かれ、私はニキーシンやアルトゥールとパキージンのオフィスに向かった。

近くで見るとアルトゥールは三十を少し超えたくらいの若さだった。顔中にソバカスが散り、つかまったときに負ったのか、頬にアザがある。

「私の名はイシガミ。日本の警察官だ。ニシグチが殺された事件について調査するためにこの島にきた」

オフィスで向かいあうと、私は告げた。アルトゥールはそっけなく頷いた。ニキーシンはコートを脱ぎ、興味なさげに携帯電話をいじりだした。パキージンはデスクにすわり、無言でこちらを見ている。

私は私物の携帯をとりだし、パキージンに訊ねた。

「彼への訊問を録音してもよいでしょうか」

「許可できない。ここでの会話は、君の記憶にのみ、とどめろ」

予測はしていた。私は頷いた。ニキーシンは何もいわない。私はアルトゥールに目を戻した。

「三月十日の朝、何があったかを話してもらいたい」

アルトゥールはわざとらしく目をパチパチさせた。頭が鈍いフリをするつもりなのか。

「よく覚えてないよ。三月十日、三月十日……」

「君がニシグチを洞窟に連れていった日だ」

アルトゥールの瞬きが止まった。私はつづけた。

「ニシグチは、自分の先祖があがめていた神のいる洞窟にいきたがっていた」

「何の話だかわからない」

アルトゥールは途方に暮れたように首をふった。

「洞窟には日本人が集めた金《きん》が隠されていた。ニシグチは祖父から聞いたその話を確かめるために、君が操縦するボートに『ビーチ』から乗った。潮が引いている時間を狙って洞窟をくぐり抜け、君らは内部に入った。そこには木で作られた門、『トリイ』が二十本立っていて、その奥に神聖な箱がおかれていたが、壊されていた」

アルトゥールは薄気味悪そうな顔をした。

「見たのか、あんた」

「洞窟に入ったことを認めるんだな」

アルトゥールはあきらめたように頷いた。

「ああ。ニシグチを連れていった」

「そこで何があった?」

アルトゥールはニキーシンを気にした。

「大丈夫だ。ここで話したことは何の証拠にもならない」

アルトゥールは唇をなめ、考えこんだ。私は待った。

不意にニキーシンが立ちあがった。

「手を貸してほしいというメールがブドニツキーからきたんで、そっちへいきます」

私はパキージンを見た。

「かまわんが、どこにいけばいいのかわかるのか」

パキージンが訊ねた。

「国境警備隊の詰所にいるそうです」

「わかった」

「じゃあ、あとでこいつを迎えにきます」

アルトゥールを顎でさし、ニキーシンはでていった。

私はアルトゥールに目を戻した。

「『トリイ』の並んだ通路の左側に細い道があり、君らはその奥にいった筈だ」

アルトゥールは私を見返した。

「あんたもいったのか」

私は頷いた。

「細い道は下り坂になっていて、その先はコンクリートで固められた通路がある。そこを通り奥にある広い部屋に君らは入った」

「あ、ああ。びっくりした。最初は、なぜあんなものがあるのかと思った。だが、すぐに気がついた。昔の軍隊のものだと」

「何か残っているものはあったのか」

パキージンが訊ねた。アルトゥールは怯えたようにパキージンを見た。

「答えろ」

私はうながした。アルトゥールは首をふった。

「扉があって、その奥はがらんとした大きな部屋でした。何もありません。ただの空間です」

「その奥は？」

パキージンがいった。アルトゥールは唇をなめた。

「また別の扉がありました。やめようといったんですが、ニシグチがその扉も開けたんです」

「鍵はかかっていなかったのか」

パキージンの問いにアルトゥールは頷いた。

「開いてました。俺はすごく嫌な感じがして、ここから先はいかないっていったんです。でもニシグチは、ひとりでもいくといって、奥に入っていきました」

「それで?」

私はいった。

「二十分くらい、待ってた。なかなか帰ってこないんで、心配になった。遅くなると、洞窟が水につかってでられなくなる。それで、しかたなく扉の奥にいったら――」

「奥には何があった?」

鋭い声でパキージンが訊ねた。

「ベッドや机のある部屋がありました。すぐ兵隊の宿舎だとわかりました。そしたら、そこにニシグチが倒れていて、あの女がいました」

「あの女とは?」

アルトゥールはうつむいた。

「女医です。港にもいた。さっきと同じように、自分のことをFSBだといいました」

「それで?」

「『事故があって、ニシグチが死んだ。死体をこのままにしておけないので、運べ』といわれました。許してくれといったら、スパイ容疑でつかまえると威されました。だからしかたなく……」

「そのときのニシグチのようすは?」

私は訊ねた。

「びっくりしたように目をみはっていた。胸を刺されていて、床にいっぱい血が流れていた。ひと目で死んでいるとわかって……」

アルトゥールは再び唇をなめた。

「それから?」

「女医と二人してボートにニシグチを乗せた。死体を『ビーチ』まで運べというんだ。海に捨てようといったら、絶対に駄目だと……」

「その理由を彼女はいったたか？」

アルトゥールは首をふった。

「でも、あの軍の施設が関係してるってのはわかった。いうことを聞かなけりゃスパイにされちまう」

私の島内携帯が鳴りだした。私はパキージンを見た。パキージンが頷いた。

「はい」

「やられた！『日本人』はあの刑事だ。ニナが思いだした。サングラスでわからなかったが、あいつがそうだ」

ギルシュだった。

「何だと」

「どうやったか知らねえが、警官に化けていやがったんだ」

「待て」

私はいってアルトゥールを見た。

「あの二人の刑事はどこから君といっしょだった？」

「船からだ。サハリン警察のお巡りが船に俺を連れていって、そこにいた二人に預けられた」

「奴らか」

パキージンがつぶやいた。私は電話を耳に戻した。

「気をつけろ！　二人はあんたを狙っている」

「わかってる」

「今からそっちにいく。そこを動くな」

告げて、私は電話を切った。

「偽刑事だったのか」

パキージンがいった。もしかすると本物の刑事で、殺し屋を兼業しているのかもしれない。そうであっても不思議はない気がした。

「ギルシュの応援にいきます」

「丸腰でか」

パキージンがいい、デスクのひきだしを開いた。見たこともない形をしたリボルバーをデスクにおく。

「それは？」

「かつてのロシア軍の制式拳銃、ナガンだ」

ナガンリボルバーの名は聞いたことがあった。十九世紀の終わりの帝政ロシア軍に配備され、トカレフの出現とともに姿を消した軍用拳銃だ。

「今でも使えるのですか」

不安になって訊ねた。リボルバー拳銃は、駆けだしの制服警官だった頃にもたされ、射撃訓練を何度かうけたことがある。それもかなり古いニューナンブだったが、さすがに十九世紀製ではなかった。撃ったとたん、自分の指が吹き飛ぶかもしれない。

「記念品としてもらい、一、二度撃ったことがある。そのときは使えた」

パキージンは答えた。私は立ちあがり、ナガンを手にとった。ハンマーの下、シリンダーの後部に星形の刻印が入っている。弾丸は、西部劇に登場するリボルバーのように、横から一発ずつ装塡する仕組のようだ。

「弾丸は入っている。引き金をひけば撃てる」

パキージンがいった。確かに銃口側からシリンダーをのぞくと、弾丸が詰まっているのが見えた。思ったより軽い。ニューナンブと同じくらいだ。

「それが嫌なら丸腰でいきたまえ」

「お借りします」

と、私はいった。ＰＭに比べれば、命中率も威力も低いだろう。だがウォッカの壜や果物ナイフよりは、はるかにましだ。

「大切な記念品だ。必ず返してくれ」

パキージンがいった。

「撃ってもいいのですか」

「それはかまわない」

私は礼をいって、ナガンを腰にさした。

「彼を頼みます。それとグラチョフに連絡をお願いします」

アルトゥールを目で示していった。ギルシュからの電話で、彼も私も命拾いをしたかもしれない。西口の目が抉られていた件について話さずにすんだ。

管理棟をでた私は港を見渡した。タチアナやグラチョフの姿はなく、国境警備隊の詰所も無人だ。

定期船が入港中だからなのか、港での作業もおこなわれておらず、閑散としている。

タチアナとグラチョフは「ビーチ」に向かったのだろうか。タチアナの携帯にかけることも考えたが、まずは「エカテリーナ」に向かうことにした。

「エカテリーナ」の扉をくぐると、中は暗く、人けがなかった。京子ママの姿もない。

「ギルシュ！　イシガミだ。どこにいる?!」

ナガンを握りしめ、いつでも発砲できるようにして叫んだ。

「こっちだ」

店の奥から返事があった。カーテンの向こうに並んでいる個室の、一番手前の部屋の扉が開いていた。ベッドの端にグロックを手にしたギルシュがかけている。

「ニナは?」

「女どもはヴァレリーと奥の部屋にいる。巻き添えにするわけにはいかないからな」

「立派だな」

本音だった。ギルシュは私が手にしているナガンを見つめ、

「その骨董品《こっとう》は何だ」

と訊ねた。

「エクスペールトから借りたんだ。前に借りたＰＭはボリスにとられた」

ギルシュはあきれたように顔をしかめた。

「使えるのか」

「エクスペールトは撃ったことがあるといってた」

「ないよりマシか。あの女医はどうした?」

「今、確かめる」

私は島内携帯でタチアナを呼びだした。応答はなかった。

「返事がない」

「お前といた偽刑事はどこにいった?」

「仲間からメールがきたといって、途中ででていったんだ」

ギルシュは深々と息を吸いこんだ。

「それでニシグチを殺《や》ったのが誰だかわかったのか」

私はギルシュを見た。もう隠す気はなかった。

「タチアナだ。麻薬取引のための金をとりにいったところを、ニシグチに見られたんだ。我々がいったときには鍵がかかっていた扉が開いていて、ニシグチは奥まで入ってしまった」

「ロランかと思ってたんだが。ちがっていてよかった」

ギルシュはつぶやいた。

私はパキージンを呼びだした。

「グラチョフと連絡はつきましたか」

「呼びだしたが、つながらない」

私は思わず天を仰いだ。グラチョフもタチアナも、殺されてしまったのだろうか。

「サハリン警察に応援を要請してください」

「船でくる応援を待つのかね」

目の前が暗くなった。

「生きのびるには戦うしかないぞ、イシガミ」

結局こうなってしまうのか。私やギルシュが死んでも、オロテックに損害はでない。ボリスもパキージンとは敵対しない筈だ。オロテックの操業があってこそ、この島での利益をマフィアは得られる。

私は深々と息を吸いこんだ。

「あなたは中立ですか」

嫌みととられてもかまわなかった。わずかの間をおき、パキージンは冷ややかに答えた。

「マフィアと組む気はない。もしそうだったら、君に銃を預けない」

私は息を吐いた。

「そうでした。失礼しました」

「私はここでアルトゥールを見張る。何かあったら、連絡をしてきたまえ」

「わかりました」

電話を切り、ギルシュを見た。

「二人がどこにいるか、わかるか」

「二人？　どっちだ。偽刑事かボリスたちか」

「今は四人かもしれないな」

「いずれここにくるだろうよ」

暗い顔でギルシュは答えた。

「調べられないか」

「待て」

ギルシュは携帯をとりだし、耳にあてた。誰かを呼びだしていたが、いった。

「妙だな」

「どうした？」

「ヤコフに捜させようと思ってかけたが、でない」

「『フジリスタラーン』だ。奴らは『フジリスタラーン』にいる」

私は気づいた。島に不案内な殺し屋二人との待ち合わせ場所に、ボリスが指定したのだ。「キョウト」や「エカテリーナ」と異なり、ギルシュと鉢合わせする可能性も低い。

「なるほどな」

ギルシュはベッドを降りた。毛皮のコートを手にした。

「こっちから乗りこんでやる」

「私もいく」

「その骨董品で戦う気か」

あきれたようにギルシュはいった。

「下っ端の頃、日本でもたされていた銃も、たいしてかわらなかった」

答えてからつけ加えた。

「今も下っ端だが」

34

港の入口に近い「エカテリーナ」から、「フジリスタラーン」までは、歩いて四、五分しか離れていない。

「先に俺がようすを見てくる。お前は少しあとからこい」

ギルシュがいい、私はその言葉にしたがうことにした。ギルシュのほうが地理に詳しいし、何より私より小さく、隠れて動ける。

ナガンを防寒着のポケットに入れ、私はキオスクの近くで待った。キオスクには、みつごとはちがう女の店員がいた。

毛皮を着たギルシュが小走りに駆けていく姿は、まるで犬か猫のように見える。

「フジリスタラーン」の手前の角にギルシュは体を押しつけ、あたりをうかがうと、こちらに手をふった。

私は腰をかがめ走った。無事、ギルシュのかたわらにたどりついた。角を回りこんだところに、「フジリスタラーン」の紫色のガラス扉がある。

「『フジリスタラーン』に裏口はあるのか」

私は小声で訊ねた。ギルシュは頷いた。

「この角の反対側だ」

「あんたはそっちに回ってくれ」

「お前はどうする？　正面から乗りこむのか」

「まさか！」

思わず首をふった。

「とりあえず、ようすを見よう」

ギルシュは目を細めた。

「連中だってずっとここにいるわけにはいかない。でてくるのを待つんだ」

私がいうと、小さく頷いた。でてくるのを狙い撃つという手はあるが、敵は四人いる。倒せてもひとりかふたりだろう。銃撃戦になったら、まず助からない。

だが今のところ思い浮かぶ手はそれしかなかった。幸い、今日は外にいても凍えるほどは寒くない。

ギルシュが反対側の角に回ると、私はナガンをとりだした。十メートルも離れれば、拳銃を命中させるのは難しくなる。これだと、さらに短く、二、三メートルといったところだろう。

通常のリボルバーは五発か六発装塡だが、奇妙なことにこの銃には七発こめられるようだ。シリンダーにそれだけの数の穴が開き、弾丸が入っているのが見える。

グリップはざらざらとして妙に細く、ニューナンブとどこか似ていた。

不意に携帯が鳴りだし、私はナガンをとり落としそうになった。

「フジリスタラーン」の壁に体を向け、電話を手でおおう。

「イシガミ！」

タチアナの声が聞こえた。

「無事か」

思わずいった。

「イシガミ、今どこなの？」

「君こそどこにいる？」

不意に電話が奪われる気配がして、

「よう、天才」

ボリスの声が聞こえた。

「また俺と女医さんは仲よしになった。お前とはおしまいだとよ」

「どこにいる？」

「『フジリスタラーン』だよ。ギルシュを連れてこっちにこい。さもないと店の人間や客を皆殺しにする。いっとくが、国境警備隊はアテにするなよ。俺たちがかたづけちまった」

「タチアナにかわれ」

「今さら文句でもいうのか？　待ちな」

「タチアナ、グラチョフたちはどうした？」

「あいつら、偽警官だった。二人、撃たれた」

「グラチョフは？」

「生きてるけど殴られて……」

「店には他に誰がいる？」

再び電話が奪われた。

「そんなに話したいなら、ここにきて話せよ」

「こんな真似をして、無事に島からでられると思ってるのか」

「大丈夫だよ。ピョートルがオロテックのエクスペールトと話をつけることになってるんだ。俺らが暴れて困るのは、オロテックのほうだ」

自信たっぷりにボリスはいった。

「俺たちはギルシュとお前を殺せば、それで用がすむ」

私は目の前の壁を見つめた。

「だったらそんなところに隠れていないで、堂々とでてきたらどうだ?」

「誰が隠れてるだと?」

「そうじゃないか。『フジリスタラーン』の従業員と客を人質にしているのだろう」

「メス犬のくせに何をいってやがる!」

ボリスが熱くなった。

「そのメス犬一匹に怯えているのがお前だよ、ボリス」

「ふざけんな! どこにでもでていってやる」

「だったら港までこい。勝負をつけよう」

ボリスは黙った。やがてくっくっと笑い声が聞こえてきた。

「本当に天才だな、お前は。うまくひっぱりだされるところだった」

私は息を吐いた。

「メス犬のお前は、自分が助かるためなら何だってやるものな」

「ああ、そうさ。だから人質なんてとっても無駄だ。じき私は、日本いきの船に乗る」

「じゃあ、ここにいる客のじじいを今からぶち殺す。お前のせいだ」

パクだ。

「よせ!」

「ギルシュを連れて、すぐくるんだ。わかったな」

ボリスはいって、電話を切った。私は小走りで「フジリスタラーン」の裏口に回った。ギルシュが身をかがめている。そのかたわらにうずくまり、ささやいた。

「ボリスから電話があった。あんたを連れてここにこないと、客を殺すといっている」

「客？」

「『本屋』が中にいる」

ギルシュは舌打ちした。

「このドアの鍵は開いているのか？」

私は裏口の扉を見て、訊ねた。安っぽい合板で作られている。別の建物からの流用品のように見えた。

「確かめた。開いている」

私は深呼吸した。喉がひくついた。

「私が表から入って、人質を解放するよう交渉する」

「奴らが応じるわけねえ」

「注意をそらすのが目的だ。あんたがここから入って、はさみ撃ちにする」

ギルシュは考えていた。

「グラチョフはどこだ？」

「警備隊は二人撃たれ、グラチョフは拘束されているらしい」

「すると中にはボリスとロラン、偽刑事二人の四人全員がいるんだな」

私は頷いた。

「二対四だ」

ダブルスコアだ。絶望的な数字だった。これが東京だったら、まちがいなく私は逃げだす。SATかERTに任せるべき状況だ。

だが応援はこないし、私が逃げればパクとギルシュは殺される。しかも逃げきれるという保証はない。補給船に逃げこんだとしても、ボリスは追うのをあきらめない。

生きのびられる可能性は、ここで戦うのが最も高い。

それに何より、いくら臆病者の私でも、パクを見捨てて逃げる気にはなれなかった。

——日本人はすべきことを必ずすると、皆にわかります
逃げるのは、その彼の言葉を裏切ることだ。

「やってやる。奴らの注意をお前がひきつけたら、俺がうしろからバンバン！　だ」

ギルシュはいった。

「五分後に表から入る」

私がいうと、ギルシュは腕時計をにらんだ。

「了解」

そして私の目をのぞきこんだ。

「たいしたお巡りだよ、お前は」

私は無言だった。身をひるがえし、壁づたいに入口に戻った。もうひとつ保険をかけることを思いついていた。

ヤンの携帯を呼びだす。すぐに答があった。

「どうなりました？」

「マフィアと殺し屋が『フジリスタラーン』に人質をとってたてこもっています。私とギルシュがいかないと、人質が殺されます」

「刑事は？　サハリンから刑事がきたのではありませんか」

「その刑事二人が殺し屋でした。国境警備隊も二人撃たれ、グラチョフはつかまっています」

「石上さんは今どこにいますか」

「『フジリスタラーン』のすぐ外です。こんなことを頼める立場ではありませんが、もし手を貸してもらえたら、死なずにすむかもしれません。あなたは強力な銃をもっている」

ヤンは黙っている。

「わかっています。中国安全部に、私を助けなければならない理由はない」

私は早口でいった。時計をのぞいた。

「あと三分で突入です」

「三分ではそちらにいけません。がんばってくださ

い」

　答えて、ヤンは電話を切った。期待をしていたわけではないが、目の前が暗くなった。

　電話をポケットに入れ、ナガンを握りしめた。膝が震えた。

　人は必ず死ぬ。ここで死ななくても、いつか死ぬ。そのとき、今日のことを悔いて死ぬのだけは嫌だ。

　唇を強く嚙《か》みしめ、足を踏みだした。

「フジリスタラーン」の紫色のガラス扉までが果てしなく遠い。

「やるぞ」

　口にだしていった。まずボリス、そしてロランに殺し屋二人。少なくともどれかひとりには銃弾を命中させなければならない。

　五分がたった。私はナガンを握った右手を背中に回し、左手で紫色の扉を押した。

「本当にきやがったぜ！」

　まず見えたのがボリスだった。こちらに背を向けてすわるタチアナとパクと、奥のテーブルで向かいあっている。撃とうとすれば、二人が邪魔だ。

　床に血だまりがあり、制服を着た兵士が二人、壁によりかかっていた。ひとりは薄目を開け、荒い息をしているが、もうひとりは目を閉じて動かない。

　椅子に縛りつけられたグラチョフがいた。額から血を流し、サルグツワをはめられている。

　扉のすぐ内側にいたロランが、マカロフを私に向けた。

　殺し屋二人を捜した。奥の厨房の入口にニキーシンが立っている。ブドニツキーの姿が見えない。私は立ち止まった。

「ブドニツキーはどこだ？」

　ボリスが立ちあがった。

「ギルシュはどこなんだよ」

「訊きたいことがある。ブドニツキーは『日本人《ヤポンスキー》』だろう？」

　ボリスは顔をしかめた。

「何をいってやがるんだ」

「俺に何だってんだ？」

かすれ声が聞こえた。すぐ左側に、椅子にすわって脚を組んだブドニツキーがいた。膝の上に巨大なナイフをのせている。刃渡りが三十センチ近くあった。ニナのいうカタナにちがいない。かたわらの床に、ヤコフとサーシャが伏せていた。

「あんたのひいじいさんは、かつてこの島に住んでいたか」

恐怖を忘れようと、九十年前の事件に気持を集中させた。

ギルシュはこない。逃げたのか。

「知るか、そんなこと」

ブドニツキーが吐きだした直後、厨房の奥の扉が開いた。

「ボリス・コズロフ！」

叫びをあげ、ギルシュが店に飛びこんできた。ロランがそちらに銃口を向け、私はナガンをもちあげると撃った。妙にくぐもった銃声がして、ロランの肩から血がとび散った。

フロアの中央に立ったギルシュはボリスにグロックの狙いをつけた。

「くたばれ！」

ボリスが床に伏せた。ギルシュの放った銃弾が壁のテレビを粉砕した。直後、ギルシュの背後からニキーシンが二発撃った。

毛皮のコートから毛が舞い、目をみひらいたギルシュはうつぶせに倒れこんだ。

私はナガンをニキーシンに向け、発射した。

ニキーシンのかたわらの壁が破片をとび散らせ、ニキーシンは驚いたように私を見た。

もう一発撃った。ニキーシンががくんと顔をのけぞらせた。直後に私の左のわき腹を何かが抉った。

私は床に膝をついた。痛みより熱さを感じた。首をねじると、ナイフを手にした『日本人』が背後にいた。

「俺がとどめをさす！」

ボリスが叫んだ。まっすぐマカロフを私に向け、歩み寄ってくる。私の左目に銃口を押しつけた。

「いよいよだな、天才。お前の脳ミソをぶちまけるのをずっと楽しみにしてたんだ」

銃声がした。ボリスがぎくっと体をこわばらせた。その肩にグロックを握ったギルシュがつかまっていた。左手でボリスをひき寄せ、右手に握ったグロックを押しつけてたてつづけに撃った。

「馬鹿が」

荒々しくギルシュは吐きだした。ボリスの膝が崩れるまで、グロックの引き金をひきつづけた。

グロックが空になった。私はつき飛ばされ、床に転がった。『日本人』が一歩踏みだすとギルシュに切りつけた。グロックと二本の指が床に落ちた。

毛皮のコートの前が開き、ケブラーの抗弾ベストが見えた。小柄なギルシュには滑稽なほど大きい。だがそのベストがギルシュの命を救ったのだ。

ギルシュは叫び声をあげ、右手を左手でつかんだ。ナガンを握った私の右手首を『日本人』が踏みつけた。

「俺の相棒を殺しやがった」

恐ろしい形相で私を見おろした。

私はニキーシンを見た。目から入った銃弾が後頭部に抜けている。我ながらいい腕だ。だが私もここで死ぬ。

光を失ったボリスと目が合った。

『日本人』がナイフをふりかぶった。ボリスの背中を踏み台にして、ギルシュがとびかかった。ナイフが私ではなく、ギルシュの体にふりおろされた。が、ベストに刃先が当たってそれ、毛皮のコートを切り裂いた。

転がったギルシュが呻き声をたてた。私は右手を自由にしようと動かしたが、びくともしなかった。自分の体から流れだした血が「フジリスタラーン」の床に広がっている。

「お前ら二人——」

『日本人』がいいかけ、その体に無数の銃弾が叩きこまれた。サングラスが飛び、コートを穴だらけにして、『日本人』は倒れこんだ。

厨房の入口にヤンがいた。マイクロウジを手にしている。

「間に合いましたか」

ヤンはいった。さすがに青ざめた顔をしていた。

「きてくれたのか」

私はつぶやいた。

「誰がいかないといいました?」

ヤンが訊き返した。私は目を閉じ、息を吐いた。

35

診療所に運ばれた私にタチアナがいった。

「輸血する。ここにある血液製剤は、もしかしたらウイルス等で汚染されているかもしれない。それでも輸血しなければ、あなたは死ぬ。いいわね?」

ストレッチャーの上で私は頷いた。

「本当は私の血をあげたいのだけど、かわりにこれで我慢して」

唇を押しつけられた。

「傷口は消毒して縫合するけど、ナイフについていた菌で敗血症を起こす可能性もある。輸血が終わったら、大きな病院に移す手配をする」

「どこの病院だ」

「一番早くいけるところ。あなたに選ぶ自由はない。時間との戦いよ」

「ついてきてくれるのか」

心細くなり、思ってもいなかった言葉がでた。タチアナは嬉しそうな笑みを浮かべ、首をふった。

「他の人の治療がある」

かたわらの椅子でギルシュが獣のような唸り声をたてている。

痛み止めを射たれぼんやりとなった。少し眠ったかもしれない。気づくとギルシュの姿が消え、パキージンがかたわらにいた。

「ネムロから医療用のヘリが向かっていて、君と国境警備隊の兵士一名を運ぶ」

「ギルシュは?」

「ブラノーヴァ医師の話では、命に別状はないそうだ。ブドニツキーを撃ったのは君か?」

言葉の意味がわからず、私はパキージンを見つめた。

「現場にサプレッサーつきのマイクロウジが落ちていた。偽刑事のどちらかがもってきたのだろう?」

ヤンは立ち去ったのだ。厨房の入口にいたせいで、その姿は私にしか見えていなかったかもしれない。

つかのま考え、答えた。

「そうです。ニキーシンがもっていたのを奪って撃ちました。お借りしたナガンは——」

「回収した。サハリン警察とは、詳細な打ち合わせが必要になるだろうな。あの二人が本物の刑事だったのかどうかも含めて、署長には厳しく問いただすつもりだ」

責任を問われるのは自分ではないという自信に満ちた口調だった。

パキージンの意に沿った事後処理がなされると見てよいようだ。

パキージンがでていき、グラチョフと横たわっている兵士が見えた。私に気づいたグラチョフが歩みよってきた。額に絆創膏《ばんそうこう》を貼っている。

「グラチョフ少尉」

「イシガミ」

「撃たれた兵士はどうなりました? ひとりは私とヘリに乗せられるらしいが」

「ポポフは死亡した。コズロフが撃ったのだ」

険しい表情でグラチョフは答えた。

「残念です」

「君とギルシュの英雄的な行動に感謝を伝えたい。君たちがこなければ、私を含め、あの場にいた全員が殺された」

「コズロフは、私とギルシュを殺す気でした。私自身、生きのびるには『フジリスタラーン』で戦うしかなかった」

グラチョフは私を見つめた。

「パクがいっていた。君こそが日本人だと。戦いから決して逃げない」

私は首をふった。

「日本人の中でも、私は臆病者です」

グラチョフが笑うのを初めて見た。

「そうやって謙遜するのも日本人だ」

グラチョフが診療所をでていった。すべての怪我人の治療を終えたのか、タチアナが椅子にかけ、疲れきった表情でデスクに顔を伏せた。白衣が血まみれだ。

「こんなにたくさんの患者をみたのは初めて。まるで野戦病院よ」

くぐもった声でつぶやいた。

「ロランはどうなった?」

「死ぬほどの怪我じゃなかった。治療したとき、モルヒネの取引のことは喋らないといったわ」

「君の思いどおりになったな」

いってから気づいた。彼女は私の口を塞ぐことができた。しなかったが。

「なぜ私を殺さなかった?」

タチアナは顔を上げた。金髪が乱れ、目が赤い。なのに、それがむしろセクシーだった。

「殺す?」

「治療をしなければ、私の口を塞げた」

「そうね。でも、あなたを殺してもアルトゥールがいるし、エクスペールトも真実に気づいている」

「だから私を殺す意味はない、と?」

「あなたはわたしを誤解している。そんなに冷酷な人間だったら、医者になんてなっていない」

私は自分の左腕を見つめた。点滴の針が刺さり、血液製剤の袋とつながっている。

「さっきはわたしについてきてほしいといったくせに」

タチアナはいって、唇を尖らせた。私は息を吐いた。

「きれいすぎるんだ、君は。だからどこか信じられない」

「美人じゃなくても人をだます女はいくらでもいる」

むしろそのほうが多い。美人の言葉は疑ってかかるが、そうでない女性の言葉は信じてよいような気がするのが、男だ。

だがタチアナはただの嘘つきではない。まぎれもなく殺人者だった。

「イシガミの好きにすればいい」

タチアナはいった。

「日本に帰ってから、わたしがニシグチを殺した犯人だと、いいたければいっていい」

私は天井を見上げた。輸血のせいか、やけに体が熱っぽい。

「いったところで何の意味がある？」

自分の声がひどく遠くから聞こえた。

「それがあなたの職務よ」

タチアナが答えた。


体が揺れ、ひどくやかましかった。目を開けると、ストレッチャーごとヘリコプターに乗せられていた。かたわらに、ヘルメットとヘッドセットをつけた救急隊員がいて、

「あと十分ほどで着陸します。そこからすぐ病院ですから」

日本語でいった。私は首を動かした。下だけ国境警備隊の制服を着た兵士が、ストレッチャーに固定されていた。他には誰もいない。

タチアナもパキージンもおらず、グラチョフの同行もないようだ。

「彼は？」

私は兵士を目で示して、訊ねた。

「銃弾が肺で止まっていて、設備の整った病院で、摘出手術をしなければなりません」

救急隊員は答えた。麻酔を射たれているのか、意識を失っているように見える。

「撃った犯人はつかまったのですか。怪我人がたくさんでたようですが」

私は頷いた。

「つかまった」

「よかった。ヨウワ化学の人から聞いたのですが、あなたは警察官だそうですね」

「日本では」

救急隊員は不思議そうな顔をした。が、それ以上何も訊かず、私も黙っていた。

ヘリコプターが着陸したのは、病院のヘリポートだった。ただちに私は集中治療室に運ばれた。日本人の医師と看護師に、刺されたときの状況と、島でうけた治療について訊ねられ、覚えている限りのことを答えた。

最後に名前と住所、連絡先を訊かれ、警視庁組織犯罪対策第二課の、稲葉課長の名を告げた。

その夜は集中治療室で過した。私とともに運ばれてきた兵士もいっしょだったが、彼は手術の麻酔の影響で、ほとんど眠っていた。

翌朝、私は個室に移された。体温が若干高いことを除けば、バイタルサインに異常はないと説明された。ただしレントゲンとＭＲＩの検査結果によっては、手術をうけなければならないかもしれない。その検査は、翌日になる。

食事は与えられず、点滴のみだった。

午後、稲葉と根室サポートセンターの坂本が病室にやってきた。

「石上さん、刺されたと聞いて、びっくりしました。大丈夫ですか」

坂本は私の顔を見るなり、訊ねた。稲葉は睡眠不足らしく、むくんだ顔で私をにらみつけた。

「銃撃戦に巻きこまれたと聞いたが、刺されたというのはどういうことだ？」

「そこですか」

笑うと、わき腹が痛んだ。

「刺したのは『日本人《ヤポンスキー》』という渾名の殺し屋です。私が彼の相棒を撃ったので、逆上したんです」

「その『日本人』はどうなった？」

「射殺されました」

「撃ったのは国境警備隊か？」

「いえ。中国安全部の人間です」

稲葉は理解できない、という顔をした。私は坂本を見た。

坂本は私と稲葉を見比べ、

「席を外しましょうか」

と、訊ねた。

「申しわけありません。お願いします」

稲葉が答えた。

「五分ですみます」

私はいった。

「あの、でていく前にひとつだけ教えていただけますか。西口くんを殺した犯人はわかったのでしょうか」

坂本は訊ねた。私は頷いた。

「犯人はロシア人でした。もう、ヨウワの人が被害にあうことはありません」

「ロシア人……」

稲葉が咳ばらいし、坂本はあわてて病室をでていった。

「いったい何があった？」

稲葉は腕を組んだ。

「あの島にはかつて化学兵器の貯蔵庫がありました。その秘密を守るためにＦＳＢから派遣されていた人間が、西口を殺したんです。西口は、島の洞窟に興味をもち、そこから貯蔵庫につながる通路を発見してしまった。その洞窟にあった古い神社に隠されていた金《きん》をめぐって起きたのが、九十年前の大量殺人です」

「ボリスとはどうかかわる？」

「ボリスは、島の歓楽施設の利権を狙ったのです。現在のボスであるギルシュを殺し、自分がなりかわるつもりでした。ちなみに、ボリスが呼び寄せた殺し屋のひとりで、私を刺した『日本人』のひいじいさんが、大量殺人の犯人であった可能性はあります」

「マル害の目が抉られていた理由は？」

「犯行の動機が化学兵器の貯蔵庫の秘匿であることを隠すため、オロテックの施設長がやったのです。彼は元KGBで、島の秘密を守らなければならない立場でした。九十年前の大量殺人との関係を疑わせ、化学兵器の貯蔵庫の存在から目をそらさせようとした。ですが皮肉なことに、九十年前の大量殺人について知っているのはロシア人ばかりで、日本人は誰も知らなかった。その結果、私がやってきて過去を掘り起こしてしまった」

「施設長……」

「あの島の最高権力者です。非常に賢く、危険な人物ですが、マフィアと組むのを嫌ったおかげで、私は生きのびられました」

「西口を刺殺したのは、イワン・アンドロノフだったのか？」

一瞬、間をおき、私は頷いた。

「そうです」

「タチアナ・ブラノーヴァは関係ない？」

「イワンとタチアナは肉体関係があり、嫉妬深いイワンにタチアナは辟易《へきえき》していました。亡命を希望したのはそのせいだったようです」

稲葉は信じられないように目をむいた。

「男から逃げるためだというのか」

「彼女はたいへんな美人ですから」

「そんなことを訊いているんじゃない」

「いずれにしても、今後、ヨウワ化学の社員が事件に巻きこまれることはない、と思います」

「中国安全部うんぬんの話は何だ?」

「精製施設であるプラントの警備責任者のヤンという人物が、国家安全部に所属していて、産業スパイの防止と島にあった軍事施設の情報収集にあたっていました」

「最後の電話で、君がいっていた人物だな。いっしょに洞窟に入ったのか」

私は頷いた。

「ギルシュもいっしょでした」

「君はあの島でいったい何をしていたんだ」

稲葉は額に手をあてた。

「そのおかげで、ヤンは私を助けてくれたのです」

「中国安全部が、警視庁にいつか貸しを返せといってこないことを願うよ」

「ロシアマフィアに命を狙われたら、あなたにもわかるでしょう。誰にどんな借りを作っても、生きのびるのはたいへんです。銃撃戦では、ボリスを含むロシアマフィア三人と国境警備隊の兵士ひとりが死にました」

「銃撃戦を起こしたのは誰だ?」

「ギルシュと私です」

「何だと?」

「もし銃撃戦にならなければ、国境警備隊員を含む、七名がボリスらに殺されていました。レストランにたてこもり、客と従業員を人質にしていたのです」

「二人でそこに乗りこんだのか」

「生きのびるには最善の選択でした。逃げる場所などありませんでしたから」

稲葉は何かをいいかけ、黙った。

「とにかく、退院したら詳しい報告書をだしてもらうぞ」

病室の扉がノックされた。坂本が戻ってきたのだと思い、

「どうぞ」

と私はいった。

扉が開いた。だぶだぶの入院着を着たギルシュが

立っていた。右腕を肩から吊るしている。稲葉はあっけにとられたように、小さなロシア人を見つめた。

「ギルシュ！」

「イシガミ！」

ギルシュはずかずかと病室に入ってくるなり、無事なほうの左手をさしだした。私はそれを力いっぱい握りしめた。

「お前のあと、俺もネムロいきの船に乗ったんだ。ここなら、落とされた指をくっつけてくれるというんでな」

「くっついたのか」

「明日、手術だ。指はヤコフが氷漬けにしてくれた」

私は稲葉を見た。

「彼がギルシュです」

「この、こび、いや、小さな男が？」

私はギルシュに目を戻した。

「あんたに礼をいいたかった。『日本人』にとびかかってくれなかったら、私は殺されていた」

「お前を助けるためじゃねえ。指を落とされて、頭に血がのぼっていたのさ。ボリスの野郎に、全部の弾丸を使っちまったのも、馬鹿だった」

私は息を吐いた。昨夜、集中治療室で考えていたことがあった。

「訊きたいこともあった」

「何だ？」

「『フジリスタラーン』にとびこんできたとき、あんたは大声でボリスの名を呼んだ。黙って入ってきて撃つことだってできたのに。なぜだ」

「なぜだ？　決まってるだろう。恐かったからだ。奴の名でも叫ばなけりゃ、おっかなくて足が動かなかった。サムライのお前とはちがう」

「あんたがおっかなかっただって？」

「ああ、そうさ。小便をちびりそうだった。お前は堂々としていたが」

私は天井を見た。笑いがこみあげた。

「笑いたけりゃ笑え」

ギルシュはいった。

「ちがう。私も足が震えていた」

「お前は落ちつきはらっていた。『五分後に表から入る』といったとき、すげえ野郎だ、と思った」

私は首をふった。ギルシュは稲葉を示した。

「こいつは？　お前のボスか？」

私は頷いた。

「お前に勲章をくれるってか？」

「そんなものはもらえない」

「嘘だろ！」

ギルシュは恐い顔で稲葉をにらみつけた。

「イシガミを表彰してやれ。それだけの価値がこいつにはある！」

「何を怒っているんだ」

不安そうに稲葉がいった。

「警官が嫌いなだけです」

「君とは仲がよさそうだが？」

「東京を案内してやると約束しましたから」

私が答えると、ぎょっとしたように訊ねた。

「まさかボリスのように東京進出を考えているのじゃないだろうな」

「ちがいます。彼の希望は観光です」

私物の回収も含め、オロボ島にはもう一度戻らなければならないだろう。

だが、その前に。

「手術が終わって退院したら、トウキョウにいっしょにいこう」

ギルシュは驚いたような顔をしたが、にやりと笑って、私を指さした。

「約束したな、そういえば」

私は頷いた。

「ガイドは、お巡りだ」

後記

本書執筆にあたり、ニッキ株式会社の津野智明氏、石黒忍氏のお話を参考にさせていただいた。記してお礼を申しあげる。ありがとうございました。

また「小説すばる」編集部、故高橋秀明氏の熱意がなければ、本書は生まれなかった。氏の冥福をお祈りします。

大沢在昌

参考文献
『北方四島ガイドブック』ピースボート北方四島取材班 編（第三書館）
『海底鉱物資源　未利用レアメタルの探査と開発』臼井朗 著（オーム社）
『トコトンやさしい　レアアースの本』藤田和男 監修／西川有司、藤田豊久、亀井敬史、中村繁夫、金田博彰、美濃輪武久 著（日刊工業新聞社）

『漂砂の塔』は、二〇一八年九月に集英社から四六判ハードカバーで刊行されました。

◎お願い◎

この本をお読みになって、どんな感想をもたれたでしょうか。「読後の感想」を左記あてにお送りいただけましたら、ありがたく存じます。

なお、「カッパ・ノベルス」にかぎらず、最近、どんな小説を読まれたでしょうか。また、今後、どんな小説をお読みになりたいでしょうか。読みたい作家の名前もお書きくわえいただけませんか。

どの本にも一字でも誤植がないようにつとめておりますが、もしお気づきの点がありましたら、お教えください。ご職業、ご年齢などもお書き添えくだされば幸せに存じます。当社の規定により本来の目的以外に使用せず、大切に扱わせていただきます。

東京都文京区音羽一―一六―六
郵便番号 一一二―八〇一一
光文社 文芸第二編集部

漂砂《ひょうさ》の塔《とう》

2020年9月30日　初版1刷発行

著者　大沢在昌《おおさわありまさ》
発行者　鈴木広和
組版　萩原印刷
印刷所　萩原印刷
製本所　ナショナル製本
発行所　株式会社光文社
東京都文京区音羽1-16-6
電話　編集部　03-5395-8176
書籍販売部　03-5395-8116
業務部　03-5395-8125
URL　光文社 https://www.kobunsha.com/

落丁本・乱丁本は業務部へご連絡くだされば、お取り替えいたします。

ISBN978-4-334-07745-7

Printed in Japan

「カッパ・ノベルス」誕生のことば

カッパ・ブックス Kappa Booksの姉妹シリーズが生まれた。カッパ・ブックスは書下ろしのノン・フィクション(非小説)を主体としたが、カッパ・ノベルス Kappa Novelsは、その名のごとく長編小説を主体として出版される。

もともとノベルとは、ニューとか、ニューズと語源を同じくしている。新しいもの、新奇なもの、はやりもの、つまりは、新しい事実の物語というところから出ている。今日われわれが生活している時代の「詩と真実」を描き出す――そういう長編小説を編集していきたい。これがカッパ・ノベルスの念願である。

したがって、小説のジャンルは、一方に片寄らず、日本的風土の上に生まれた、いろいろの傾向、さまざまな種類を包蔵したものでありたい。かくて、カッパ・ノベルスは、文学を一部の愛好家だけのものから開放して、より広く、より多くの同時代人に愛され、親しまれるものとなるように努力したい。読み終えて、人それぞれに「ああ、おもしろかった」と感じられれば、私どもの喜び、これにすぎるものはない。

昭和三十四年十二月二十五日

KAPPA NOVELS